最好的杂文和随笔

一滴墨水引发千万人的思考，
一本好书可以改变无数人的命运。
——［英］拜伦

一生的读书计划　永恒的收藏经典

最好的杂文和随笔

鲁迅等　著
斗南　主编

中国华侨出版社

图书在版编目（CIP）数据

最好的杂文和随笔／鲁迅等著；斗南主编. —北京：中国华侨出版社，
2013.12

ISBN 978-7-5113-4302-4

I.①最… Ⅱ.①鲁…②斗… Ⅲ.①杂文集—世界—现代②随笔—作品集—世界—
现代 Ⅳ.①I16

中国版本图书馆CIP数据核字（2013）第291061号

最好的杂文和随笔

著　　者：	鲁迅等
主　　编：	斗　南
出 版 人：	方　鸣
责任编辑：	彬　彬
封面设计：	王明贵
文字编辑：	贾　娟
美术编辑：	潘　松
经　　销：	新华书店
开　　本：	720mm×1020mm　1/16　印张：26　字数：620千字
印　　刷：	北京海德伟业印务有限公司
版　　次：	2014年1月第1版　2017年5月第3次印刷
书　　号：	ISBN 978-7-5113-4302-4
定　　价：	68.00元

中国华侨出版社　北京市朝阳区静安里26号通成达大厦三层　邮编：100028

法律顾问：陈鹰律师事务所

发 行 部：（010）65487513　　　　传　　真：（010）65487513
网　　址：www.oveaschin.com
E-mail：oveaschin@sina.com

如果发现印装质量问题，影响阅读，请与印刷厂联系调换。

前 言 preface

　　书籍是传承文明的桥梁，是延续文化的中介。在人生的道路上，我们所见的风景是有限的，是书籍让我们看得更远、更清晰。丰富多彩而有意义的人生，应该伴随着读书而发展。然而人生匆匆，要遍阅古今中外的杂文和随笔佳作，既不现实，也不经济。在一切讲求快节奏的今天，每个人都希望能在最短的时间内获得最多的知识。为了帮助广大读者朋友寻找到一种最省时而且最有效的方式，去阅读那些能经受住时间考验的、许多人都从中得到过特别启迪的作品，我们在参考诸多名家推荐的必读书目的基础上，组织编撰了本书。

　　全书分为"杂文篇"和"随笔篇"两部分，收录了中外价值最高、影响最大、流传最广的经典作品。

　　杂文是文学殿堂中一种比较特殊的文体，它的形式灵活，可以抒情、可以叙事、可以议论，具有应用性强的鲜明特点。一个人在其一生中，阅读一些思想性强、艺术性佳的杂文，不仅可以汲取其中的思想精华，增加知识储备，提高思辨能力，获得艺术熏陶，使自己的人生更加丰富和完美，而且还可以掌握和使用这一文体，使之成为自己生活和工作中的好助手。历史与现实的观照，文学与生活的冲突，社会与文化的动荡，均在这些嬉笑怒骂而又才情横溢的文字间有所展现，通过它们读者可以在最短的时间里获得最佳的阅读效果。杂文是一面明亮的镜子，它可以折射出人间万象、生活百态，让人在纷繁芜杂的生活里依然能看清人情世故，在思想争鸣的时代里仍有属于自己的清晰的思想和行为。

　　随笔灵巧自然，在随意中创造美。或叙事，或议论，或抒情，随性而出，随心而走，随感而发，随意而就，匠心独具，灵巧而不失严谨。书中所选的作品均出自大家之手，这些作品或讴歌自然，或剖析社会，或赞颂真善美，或鞭挞假恶丑，其优美文辞的背后，总是蕴蓄着深刻的自然或社会哲理，在思想性和艺术性方面都有独到之处。有的字字珠玑，给人以语言之美；有的感人肺腑，

前
言

001

给人以情感之美；有的立意隽永，给人以意境之美。古今中外的文学大师们，以其洞幽入微的观察力、超凡尘世的秉性、细腻激扬的情愫，凭借生花的妙笔，写下了无数文采斐然、脍炙人口的名篇佳作。这些经历了时间考验的佳作，不仅丰富了世界文学宝库，而且还感染和影响了成千上万的人们，叩击着一代又一代人的心灵，给人们以精神上的享受和艺术上的熏陶。

值得一提的是，在编排方式上，我们以崭新的思路，精心设计出一本图文并茂，融文学性、美学性、鉴赏性、典藏性于一炉的彩图版读本，突破了图书市场上同类图书纯文字型的单调平板的窠臼。在体例上，本书通过"入选理由"、"作者简介"、"名篇原文"、"作品赏析"等栏目多角度解析名作，引导读者准确、透彻地把握作品的思想内涵，从中汲取丰富的人生营养。"入选理由"点明每篇作品的独特之处，让读者在阅读前对作品有个初步的认识。"作者简介"以简练的文字对作者的生平、文学成就和影响等作了扼要的介绍，使读者对作者有一个清晰概括的了解。"名篇原文"为了保持原文风貌，其中个别用字和当今现代汉语语法不统一的现象，我们都没有改动，以带给读者原汁原味的佳作享受，同时我们还富有创意地为每篇文章配置了契合文意、形象精美的图片，以文带图、以图衬文、图文相映，帮助读者从美学、现实、立体的角度去品味原文的主旨、情境，在给读者视觉上愉悦享受的同时，也给读者带来丰富的想象空间。"作品赏析"以凝练的文字，对写作背景、语言特色、创作技巧、思想哲理等进行了精当到位的解析和点评。

读一本好书，就是和许多高尚的人谈话。我们诚挚地期望，通过本书，能够使读者启迪心智，陶冶性情，进而提高个人的审美意识、文学素养、写作水平、鉴赏能力、人生品位，为自己的人生添上光彩亮丽的一笔。

目 录 contents

杂文篇

随笔篇

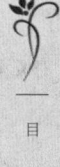

杂文篇

中国人的心理 / 马相伯

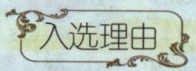
入选理由

一个睿智者对一个民族的日常审查

近代灵魂关心的开端

最简约朴素的言语触及最根本的问题

中国人有一个最大的毛病，就是不肯努力，说白些，就是好吃懒作。从这一种心理发展下去，便是亡国亡种的心理。

大家都是各顾其私，只要自己过得衣食饱暖，什么国家社会，什么公共福利，皆一概不管。就是对于国家现状抱着忧虑，表示不满的，也只是在那里嗟叹或希望"天生圣人"来替他们打江山。这里我要说件故事——据说，有两个叫化子在那儿"各言尔志"，一个说，假使我发了财，我买它五百石米，我睡在米堆里；饿的时候左边吃一口，右边吃一口，多么快活！另一个说，假使我发财，我一定买它一大堆棉絮，我睡在棉絮上头，左边冷了，向左边堆里钻钻，右边冷了，向右边堆里滚滚，岂不温暖一世！——这是一件。

又有人说：有一大群虾蟆在池塘里商量，说蚂蚁有王，蜜蜂也有王，为什么我

作者简介

马相伯（1840～1939），原名志德，又名建常，改名良，以字行，晚号华封先生，江苏丹徒人。1862年入耶稣会，后获神学博士学位。1869年升神父。曾任上海徐汇公学校长、清政府驻日使馆参赞。1903年创办震旦学院。1905年创办复旦公学，并两度担任该校校长（监督）。1907年参加梁启超组织的政闻社。1931年"九·一八"事变后积极参加抗日救亡活动，1937年被任命为国民党政府委员。遗有《马相伯先生文集》。

马相伯像

们不要一个王，于是大家就朝着天乱叫，叫得上天不安，从天空里降下一个大木板下来！落在水面上，把这一群虾蟆吓得屁滚尿流，个个都伏在水底，不敢出头。其中有一个胆大地跑出水面，跳在木板上，以为很得意，大叫起来，其余的虾蟆也都相继跳到板上，乱叫起来。上天听得不耐烦，道，这些东西真讨厌，它们要个"王"，好！就降了一条赤练蛇下来。这条赤练蛇下来以后，便把那一群虾蟆吞得干净。凡事之不能自救，不肯牺牲，而只希望外力来拯救者，皆虾蟆之流，叫化子之续也！

· 作品赏析 ·

　　本文写于1935年，文章开门见山地指出中国人的一大恶习：好吃懒做。为了说明这个现象的危害，作者给我们讲述了两个白日梦：一个是关于发财的"白日梦"。但是做梦者都是"各顾其私，只要自己过得衣食饱暖，什么国家社会，什么公共福利，皆一概不管。就是对于国家现状抱有忧虑，表示不满的，也只是在那里嗟谈或希望'天生圣人'来替他们打江山"。做梦不是奇怪的事情，问题在于，没有行动，只能是白日梦。生活中不管大小的事情都要我们动手去做才行，但是从中国人的心理看，似乎明白这一点的人不多。另一个白日梦是希望"外力"来拯救自己。作者把这个看成是妄想，并且说，一个民族如果都这样想，则只有亡国了。除了自己，没有什么救世主能救你。文章语言很平淡，但是所谈的道理却使我们惊醒，尤其在当时的年代里，很有现实意义。

20世纪30年代以放映欧美影片著称的南京大戏院

自"九·一八"事变后，中国受到了日本的野蛮侵略，旷日持久的国共之战也进入白热化程度，国人在动荡不安的环境中苟延残喘。在这种背景下，国民政府仍然采取不抵抗主义和依赖国际联盟调停的政策，一些平民百姓也是空怀忧虑之心，只在那里清谈和希望"外力"来拯救自己。图中的大戏院在战火纷飞的年代仍然繁华依旧，竟成为乱世中人们避世的乐土。

偶像破坏论 / 陈独秀

入选理由

中国近现代反对封建政治的重要文献

陈独秀深刻思想的体现

政论文章中的激昂之作

"一声不作，二目无光，三餐不吃，四肢无力，五官不全，六亲无靠，七窍不通，八面威风，九(音同久)坐不动，十(音同实)是无用"：这几句形容偶像的话，何等有趣！

偶像何以应该破坏，这几句话可算说得淋漓尽致了。但是世界上受人尊重，其实是个无用的废物，又何只偶像一端？凡是无用而受人尊重的，都是废物，都算是偶像，都应该破坏！

世界上真实有用的东西，自然应该尊重，应该崇拜；倘若本来是件无用的东西，只因人人尊重他，崇拜他，才算得有用，这班骗人的偶像倘不破坏，岂不教人永远上当么？

泥塑木雕的偶像，本来是件无用的东西，只因有人尊重他，崇拜他，对他烧香磕头，说他灵验：于是乡愚无知的人，迷信这人造的偶像真有赏善罚恶之权，有时便不敢作恶，似乎这偶像却很有用。但是偶像这种用处，不过是迷信的人自己骗自己、非是偶像自身真有什么能力。这种偶像倘不破坏，人间永远只有自己骗自己的迷信，没有真实合理的信仰，岂不可怜！

天地间鬼神的存在，倘不

痛击封建反动势力

此漫画原为保路运动中抨击盛宣怀的宣传画。盛宣怀作为阻碍民主进程的反动形象受到了人们的痛击。

作者简介 ⋯⋯⋯⋯⋯⋯⋯⋯⋯⋯⋯⋯⋯⋯⋯⋯⋯⋯⋯⋯⋯⋯⋯⋯⋯⋯⋯⋯⋯

陈独秀（1879～1942），中国"五四"新文化运动领袖和中国共产党创始人以及早期领导人之一。原名庆同，字仲甫，号实庵，1879年出生于安徽安庆北门后营，17岁中秀才。1898年入杭州求是书院学习。1902年，从日本留学回国后，开始在故乡从事革命活动。1905年，在安徽组织秘密的反清军事团体"岳王会"，为同盟会在安徽的发展打下基础。"反袁"二次革命失败后，流亡日本。1915年，回到上海，创办著名刊物《青年》杂志（1916年改名《新青年》），大力提倡民主与科学。1917年初，担任北京大学文科学长。1918年和李大钊、胡适等创办《每周评论》，宣传马克思主义，成为"五四"新文化运动的重要组织者和领导者之一。

陈独秀像

1919年5月4日，热情支持青年学生的爱国运动，并逐渐成为马克思主义者。1920年，在上海发起成立马克思主义研究会，成立中国第一个共产主义小组，还联络全国各地的共产主义小组，筹建中国共产党。1921年7月，在中国共产党第一次全国代表大会上，陈独秀被选为中央局书记，成为中共中央主要领导人。后来相继担任中共要职。还曾帮助孙中山改组国民党，并先后在沪参加了"五卅"运动、上海工人三次武装起义等领导工作。

1922年后，犯严重的右倾投降主义路线错误，8月7日，中国共产党中央撤销其总书记职务。1929年11月，被开除中国共产党党籍。1932年，在上海淞沪会战中，陈独秀支持抗战，被国民党政府逮捕。1937年8月出狱后，在武汉联络民主人士和抗日军队，独立进行政治活动。

1938年，陈独秀被王明、康生诬陷为日本间谍，从此与中共彻底决裂。晚年流落于四川。1942年5月，病逝于江津。

能确实证明，一切宗教，都是一种骗人的偶像：阿弥陀佛是骗人的；耶和华上帝也是骗人的；玉皇大帝也是骗人的；一切宗教家所尊重的崇拜的神佛仙鬼，都是无用的骗人的偶像，都应破坏！

古代蒙昧初开的民族，迷信君主是天的儿子，是神的替身，尊重他，崇拜他，以为他的本领与众不同，他才能居然统一国土。其实君主也是一种偶像，他本身并没有什么神圣出奇的作用；全靠众人迷信他、尊崇他，才能够号令全国，称做元首；一旦亡了国，像此时清朝皇帝溥仪，俄罗斯皇帝尼古拉斯二世，比寻常人还要可怜。这等亡国的君王，好像一座泥塑木雕的偶像抛在粪缸里，看他到底有什么神奇出众的地方呢！但是这等偶像，未经破坏以前，却很有些作怪；请看中外史书，这等偶像害人的事还算少么！事到如今，这等不但骗人而且害人的偶像，已被我们看穿了，还不应该破坏么？

国家是个什么？照政治学家的解释，越解释越教人糊涂。我老实说一句，国家也是一种偶像。一个国家，乃是一种或数种人民集合起来，占据一块土地，假定的名称；若除去人民，单剩一块土地，便不见国家在哪里，便不知国家是什么。可见国家也不过是一种骗人的偶像，他本身亦无什么真实能力。现在的人所以要保存这种偶像的缘故，不过是藉此对内拥护贵族财主的权利，对外侵害弱国小国的权利罢了。（若说到国家自卫主义，乃不成问题。自卫主义，因侵害主义发生。若无侵害，自卫何为？侵略是因，自卫是果。）世界上有了什么国家，才有什么国际竞争；现在欧洲的战争，杀人如麻，就是这种偶像在那里作怪。我想各国的人民若是渐渐都明白世界大同的真理，和真正和平的幸福，这种偶像就自然毫无用处了。但是世界上多数的人，若不明白也是一种偶像，而且明白这种偶像的害处，那大同和平的光明，恐怕不会照到我们眼里来！

世界上男子所受的一切勋位荣典，和我们中国女子的节孝牌坊，也算是一种偶像；因为功业无论大小，都有一个相当的纪念在人人心目中；节孝必出于自身主观

"国家偶像"

1901年，载沣代表清政府就德国驻华公使被杀一事亲自前往德国道歉。此时，清朝已无大清帝国往日的傲气，显出一副衰落之态。没落的清朝是"国家"这一"偶像"的代表。图为载沣途经上海南京路的情景。

的自动的行为，方有价值；若出于客观的被动的虚荣心，便和崇拜偶像一样了。虚荣心伪道德的坏处，较之不道德尤甚；这种虚伪的偶像倘不破坏，却是真功业真道德的大障碍！

破坏！破坏偶像！破坏虚伪的偶像！吾人信仰，当以真实的合理的为标准；宗教上，政治上，道德上，自古相传的虚荣，欺人不合理的信仰，都算是偶像，都应该破坏！此等虚伪的偶像倘不破坏，宇宙间实在的真理和吾人心坎儿里彻底的信仰永远不能合一！

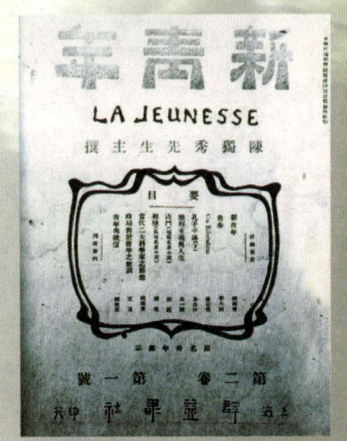

《新青年》书影
创刊于1915年9月，原名《青年杂志》，第2卷始改名为《新青年》。1918年在陈独秀主持下，吸收了李大钊、胡适、鲁迅、周作人、钱玄同、刘半农等参与编辑工作，成为提倡"新文学"、"新文化"的主要阵地。

· 作品赏析 ·

个性至上、个人至上的思想，正是民主主义的重大主题，而所谓的"偶像"思想正是阻止民主进程的最大精神障碍之一。辛亥革命后，政治形势还十分险恶，但人们又大胆地寻求新的救中国的出路了，十月革命的炮声和中国工人阶级力量的发展，以及更广泛的爱国民主运动促成了"五四"运动，中国历史从此开始了的新纪元。那是一个破除封建政治、文化和思想迷信的时代。陈独秀的《偶像破坏论》写在"五四"运动前夜，在文中，陈独秀把"国家""民族"同"宗教""君主""节孝"一道视为应该破坏的"虚伪的偶像"。其实早在谭嗣同那里，"国"已经成为否定的对象，他在阐发"春秋大一统"时指出："《春秋》之义，天下一家，有分土，无分民。同生地球上，本无所谓国。"在《偶像破坏论》中，陈独秀写道："君主也是一种偶像，他本身并没有什么神圣出奇的作用；全靠众人迷信他、尊崇他，才能够号令全国，称做元首；一旦亡了国，像此时清朝皇帝溥仪，俄罗斯皇帝尼古拉斯二世，比寻常人还要可怜。这等亡国的君主，好像一座泥塑木雕的偶像抛在粪缸里，看他到底有什么神奇出众的地方呢！但是这等偶像，未经破坏以前，却很有些作怪；请看中外史书，这等偶像害人的事还算少么！"思想的闸门一旦打开，以民主和科学为出发的思想解放的洪流就奔腾向前，不可阻挡，其后尽管经历了漫长艰苦的革命斗争，但是中国从此在政体上真正摆脱了封建的集权一统，逐步走上了民主和科学发展的现代化道路。

论雷峰塔的倒掉 / 鲁迅

入选理由

鲁迅反封建的战斗檄文中的著名篇章

在文章中鲁迅以倒掉的雷峰塔作为象征，巧用曲笔，文风生动犀利

标志着鲁迅杂文风格的高度成熟

听说，杭州西湖上的雷峰塔倒掉了，听说而已，我没有亲见。但我却见过未倒的雷峰塔，破破烂烂的映掩于湖光山色之间，落山的太阳照着这些四近的地方，就是"雷峰夕照"，西湖十景之一。"雷峰夕照"的真景我也见过，并不见佳，我以为。

然而一切西湖胜迹的名目之中，我知道得最早的却是这雷峰塔。我的祖母曾经常常对我说，白蛇娘娘就被压在这塔底下！有个叫做许仙的人救了两条蛇，一青一白，后来白蛇便化作女人来报恩，嫁给许仙了；青蛇化作丫鬟，也跟着。一个和尚，法海禅师，得道的禅师，看见许仙脸上有妖气——大凡讨妖怪作老婆的人，脸上就有妖气的，但只有非凡的人才看得出来，便将他藏在金山寺的法座后，白蛇娘娘来寻夫，

作者简介

鲁迅（1881～1936），原名周树人，字豫才，浙江绍兴人，中国文学家、思想家和革命家。出身于破落封建家庭。青年时代受进化论、尼采超人哲学和托尔斯泰博爱思想的影响。1902年去日本留学，原在仙台医学院学医，后从事文艺工作，企图用以改变国民精神。1909年，回国任教。1918年5月，首次用"鲁迅"的笔名，发表中国现代文学史上第一篇白话小说《狂人日记》，奠定了新文学运动的基石。1919年后，成为"五四"新文化运动的主将。1921年12月发表的中篇小说《阿Q正传》，是中国现代文学史上的不朽杰作。

鲁迅像

1930年起，先后参加中国自由运动大同盟、中国左翼作家联盟和中国民权保障同盟，反抗国民党政府的独裁统治和政治迫害。

于是就"水满金山"。我的祖母讲起来还要有趣得多，大约是出于一部弹词叫作《义妖传》里的，但我没有看过这部书，所以也不知道"许仙""法海"究竟是否这样写。总而言之，白蛇娘娘终于中了法海的计策，被装在一个小小的钵盂里了。钵盂埋在地里，上面还造起一座镇压的塔来，这就是雷峰塔。此后似乎事情还很多，如"白状元祭塔"之类，但我现在都忘记了。

那时我惟一的希望，就在这雷峰塔的倒掉。后来我长大了，到杭州，看见这破破烂烂的塔，心里就不舒服。后来我看看书，说杭州人又叫这塔作"保叔塔"，其实应该写作"保俶塔"，是钱王的儿子造的。那么，里面当然没有白蛇娘娘了，然而我心里仍然不舒服，仍然希望他倒掉。

现在，他居然倒掉了，则普天之下的人民，其欣喜为何如？

这是有事实可证的。试到吴、越的山间海滨，探听民意去。凡有田夫野老，蚕妇村氓，除了几个脑髓里有点贵恙的之外，可有谁不为白娘娘抱不平，不怪法海太多事的？

和尚本应该只管自己念经。白蛇自迷许仙，许仙自娶妖怪，和别人有什么相干呢？他偏要放下经卷，横来招是搬非，大约是怀着嫉妒罢，那简直是一定的。

听说，后来玉皇大帝也就怪法海多事，以至荼毒生灵，想要拿办他了。他逃来逃去，终于逃在蟹壳里避祸，不敢再出来，到现在还如此。我对于玉皇大帝所作的事，腹诽的非常多，独于这一件却很满意，因为"水满金山"一案，的确应该由法海负责；他实在办得很不错的。只可惜我那时没有打听这话的出处，或者不在《义妖传》中，却是民间的传说罢。

雷峰夕照
这幅照片摄于 20 世纪 30 年代。"雷峰残塔紫烟中，潦倒斜睡似醉翁"，正是雷峰塔的真实写照。而雷峰塔之所以家喻户晓，更是因为民间传说中，白娘子被法海镇压在塔下。1924 年 9 月 25 日下午雷峰塔倒塌。

皮影戏传统曲目《白蛇传》中"断桥"一折
"水漫金山"后,许仙、白素贞、小青在断桥相遇。小青恨许仙听信法海之言负心于白,拔剑欲杀许仙。白素贞念旧情原谅了许仙,三人才和好如初。白蛇的故事在文中只是一个引子。

秋高稻熟时节,吴越间所多的是螃蟹,煮到通红之后,无论取哪一只,揭开背壳来,里面就有黄,有膏;倘是雌的,就有石榴子一般鲜红的子。先将这些吃完,即一定露出一个圆锥形的薄膜,再用小刀小心地沿着锥底切下,取出,翻转,使里面向外,只要不破,便变成一个罗汉模样的东西,有头脸身子,是坐着的,我们那里的小孩子都称他"蟹和尚",就是躲在里面避难的法海。

当初,白蛇娘娘压在塔底下,法海禅师躲在蟹壳里。现在却只有这位老禅师独自静坐了,非到螃蟹断种的那一天为止出不来。莫非他造塔的时候,竟没有想到塔是终究要倒的么?活该。

本文最初发表时,篇末有作者的附记,说"这篇东西,是一九二四年十月二十八日做的。今天孙伏园来,我便将草稿给他看。他说,雷峰塔并非就是保俶塔。那么,大约是我记错了,然而我却确乎早知道雷峰塔下并无白娘娘。现在既经先生指点,知道这一节并非得于所看之书,则当时何以知之,也就莫名其妙矣。特此声明,并且更正。十一月三日。"

· 作品赏析 ·

《论雷峰塔的倒掉》最初发表于1924年11月17日北京《语丝》周刊第1期。雷峰塔和保俶塔同在西湖,雷峰塔是吴越建国之初,越王为皇妃所建,故又称皇妃塔,用以标榜封建道德。保俶塔建于吴越行将覆亡之时,是越王钱元为王子钱俶入贡宋朝所建,其"保"之称便有明显的维护封建道统的色彩。辛亥革命后,虽然封建专制被推翻,但封建制度并没有"绝种",复辟势力仍存在,复古论调仍在鼓噪不绝中,要清除封建思想意识更非易事。所以说,"雷峰塔"倒掉了,固然值得"欣喜",可是压在人们心头上的"保俶塔"还根深蒂固,更需警醒国民精神,让人们人人自觉,群起而拆倒它。虽然鲁迅知道雷峰塔"下面并没有白娘子",但是他巧妙地把两座塔合而为一,含蓄地表达了这样一个深意:不仅封建专制该倒,凡是封建的东西,都应在"希望他倒掉"之列。"现在,他居然倒掉了,则普天之下的人民,其欣喜为何如?"文章在运笔上非常随意,故事讲得很生动,如"但我却见过未倒的雷峰塔,破破烂烂的映掩于湖光山色之间,落山的太阳照着这些四近的地方,就是'雷峰夕照',西湖十景之一。'雷峰夕照'的真景我也见过,并不见佳,我以为。"而议论更是精辟独到,在遣词造句上十分生动形象和准确,寓深刻思想于嬉笑怒骂之中,是一篇充满战斗力的檄文,又是一篇难得的美文。

灯下漫笔 / 鲁迅

入选理由

是鲁迅思想彻底转向革命的标志性篇章

是自"五四"以来思想革命领域的重要文献

其意义在于不但提出问题，研究问题，而且试图通过努力探索，给出解决问题的思路和方法

一

有一时，就是民国二三年时候，北京的几个国家银行的钞票，信用日见其好了，真所谓蒸蒸日上。听说连一向执迷于现银的乡下人，也知道这既便当，又可靠，很乐意收受，行使了。至于稍明事理的人，则不必是"特殊知识阶级"，也早不将沉重累坠的银元装在怀中，来自讨无谓的苦吃。想来，除了多少对于银子有特别嗜好和爱情的人物之外，所有的怕大都是钞票了罢，而且多是本国的。但可惜后来忽然受了一个不小的打击。

就是袁世凯想做皇帝的那一年，蔡松坡先生溜出北京，到云南去起义。这边所受的影响之一，是中国和交通银行的停止兑现。虽然停止兑现，政府勒令商民照旧行用的威力却还有的；商民也自有商民的老本领，不说不要，却道找不出零钱。假如拿几十几百的钞票去买东西，我不知道怎样，但倘使只要买一枝笔，一盒烟卷呢，难道就付给一元钞票么？不但不甘心，也没有这许多票。那么，换铜元，少换几个罢，又都说没有铜元。那么，到亲戚朋友那里借现钱去罢，怎么会有？于是降格以求，不讲爱国了，要外国银行的钞票。但外国银行的钞票这时就等于现银，他如果借给你这钞票，也就借给你真的银元了。

我还记得那时我怀中还有三四十元的中交票，可是忽而变了一个穷人，

民国时期人们挤兑黄金的情形

当时纸币贬值，人们争先恐后地兑换黄金。国家动荡，经济萧条，人们疲于奔命。

1909年《民呼日报》刊载揭露政府腐败的漫画
将腐败的政府比作变坏的罐头，民众的谴责是有力的鞭击，但这样大胆的作为在中国并不多见。

几乎要绝食，很有些恐慌。俄国革命以后的藏着纸卢布的富翁的心情，恐怕也就这样的罢；至多，不过更深更大罢了。我只得探听，钞票可能折价换到现银呢？说是没有行市。幸而终于，暗暗地有了行市了：六折几。我非常高兴，赶紧去卖了一半。后来又涨到七折了，我更非常高兴，全去换了现银，沉垫垫地坠在怀中，似乎这就是我的性命的斤两。倘在平时，钱铺子如果少给我一个铜元，我是决不答应的。

但我当一包现银塞在怀中，沉垫垫地觉得安心，喜欢的时候，却突然起了另一思想，就是：我们极容易变成奴隶，而且变了之后，还万分喜欢。

假如有一种暴力，"将人不当人"，不但不当人，还不及牛马，不算什么东西；待到人们羡慕牛马，发生"乱离人，不及太平犬"的叹息的时候，然后给与他略等于牛马的价格，有如元朝定律，打死别人的奴隶，赔一头牛，则人们便要心悦诚服，恭颂太平的盛世。为什么呢？因为他虽不算人，究竟已等于牛马了。

我们不必恭读《钦定二十四史》，或者入研究室，审察精神文明的高超。只要一翻孩子所读的《鉴略》，——还嫌烦重，则看《历代纪元编》，就知道"三千余年古国古"的中华，历来所闹的就不过是这一个小玩艺。但在新近编纂的所谓"历史教科书"一流东西里，却不大看得明白了，只仿佛说：咱们向来就很好的。

但实际上，中国人向来就没有争到过"人"的价格，至多不过是奴隶，到现在还如此，然而下于奴隶的时候，却是数见不鲜的。中国的百姓是中立的，战时连自己也不知道属于那一面，但又属于无论那一面。强盗来了，就属于官，当然该被杀掠；官兵既到，该是自家人了罢，但仍然要被杀掠，仿佛又属于强盗似的。这时候，百姓就希望有一个一定的主子，拿他们去做百姓，——不敢，是拿他们去做牛马，情愿自己寻草吃，只求他决定他们怎样跑。

假使真有谁能够替他们决定，定下什么奴隶规则来，自然就"皇恩浩荡"了。可惜的是往往暂时没有谁能定。举其大者，则如五胡十六国的时候，黄巢的时候，五代时候，宋末元末时候，除了老例的服役纳粮以外，都还要受意外的灾殃。张献忠的脾气更古怪了，不服役纳粮的要杀，服役纳粮的也要杀，敌他的要杀，降他的也要杀：将奴隶规则毁得粉碎。这时候，百姓就希望来一个另外的主子，较为顾及他们的奴隶规则的，无论仍旧，或者新颁，总之是有一种规则，使他们可上奴隶的轨道。

"时日曷丧，予及汝偕亡！"愤言而已，决心实行的不多见。实际上大概是群盗如麻，纷乱至极之后，就有一个较强，或较聪明，或较狡滑，或是外族的人物出来，较有秩序地收拾了天下。厘定规则：怎样服役，怎样纳粮，怎样磕头，怎样颂圣。而且这规则是不像现在那样朝三暮四的。于是便"万姓胪欢"了；用成语来说，就叫作"天下太平"。

任凭你爱排场的学者们怎样铺张，修史时候设些什么"汉族发祥时代""汉族发达时代""汉族中兴时代"的好题目，好意诚然是可感的，但措辞太绕湾子了。有更其直捷了当的说法在这里——

一，想做奴隶而不得的时代；

二，暂时做稳了奴隶的时代。

这一种循环，也就是"先儒"之所谓"一治一乱"；那些作乱人物，从后日的"臣民"看来，是给"主子"清道辟路的，所以说："为圣天子驱除云尔。"现在入了那一时代，我也不了然。但看国学家的崇奉国粹，文学家的赞叹固有文明，道学家的热心复古，可见于现状都已不满了。然而我们究竟正向着那一条路走呢？百姓是一遇到莫名其妙的战争，稍富的迁进租界，妇孺则避入教堂里去了，因为那些地方都比较的"稳"，暂不至于想做奴隶而不得。总而言之，复古的、避难的，无智愚贤不肖，似乎都已神往于三百年前的太平盛世，就是"暂时做稳了奴隶的时代"了。

但我们也就都像古人一样，永久满足于"古已有之"的时代么？都像复古家一样，不满于现在，就神往于三百年前的太平盛世么？

自然，也不满于现在的，但是，无

看杀头
原题《觉得全身仿佛微尘似地迸散了》，原载丰子恺《阿Q正传》（1939年3月绘）。有人被砍头，集体围观议论，不报以同情心，这样的麻木不仁是中国几千年来国民劣根性的突出表现。鲁迅先生在文中从文化角度进行了深刻探讨。

须反顾，因为前面还有道路在。而创造这中国历史上未曾有过的第三样时代，则是现在的青年的使命！

二

但是赞颂中国固有文明的人们多起来了，加之以外国人。我常常想，凡有来到中国的，倘能疾首蹙额而憎恶中国，我敢诚意地捧献我的感谢，因为他一定是不愿意吃中国人的肉的！

鹤见钓辅氏在《北京的魅力》中，记一个白人将到中国，预定的暂住时候是一年，但五年之后，还在北京，而且不想回去了。有一天，他们两人一同吃晚饭——

"在圆的桃花心木的食桌前坐定，川流不息地献着出海的珍味，谈话就从古董、画、政治这些开头。电灯上罩着支那式的灯罩，淡淡的光洋溢于古物罗列的屋子中。什么无产阶级呀，Proletariat 呀那些事，就像不过在什么地方刮风。

"我一面陶醉在支那生活的空气中，一面深思着对于外人有着'魅力'的这东西。元人也曾征服支那，而被征服于汉人种的生活美了；满人也征服支那，而被征服于汉人种的生活美了。现在西洋人也一样，嘴里虽然说着 Democracy 呀，什么什么呀，而却被魅于支那人费六千年而建筑起来的生活的美。一经住过北京，就忘不掉那生活的味道。大风时候的万丈的沙尘，每三月一回的督军们的开战游戏，都不能抹去这支那生活的魅力。"

这些话我现在还无力否认他。我们的古圣先贤既给与我们保古守旧的格言，但同时也排好了用子女玉帛所做的奉献于征服者的大宴。中国人的耐劳，中国人的多子，都就是办酒的材料，到现在还为我们的爱国者所自诩的。西洋人初入中国时，被称为蛮夷，自不免个个蹙额，但是，现在则时机已至，到了我们将曾经献于北魏，献于金，献于元，献于清的盛宴，来献给他们的时候了。出则汽车，行则保护；虽遇清道，然而通行自由的；虽或被劫，然而必得赔偿的；孙美瑶掳去他们站在军前，还使官兵不敢开火。何况在华屋中享用盛宴呢？待到享受盛宴的时候，自然也就是赞颂中国固有文明的时候；但是我们的有些乐观的爱国者，

穿行在石桥上的轿子
外国人曾在西湖乘坐轿子，见轿夫负重而面带微笑，便大加赞美中国人的能忍。这是对中国文明的误解。鲁迅对那种借着外国人的猎奇之心来复古的民粹主义也一直在批判。

舟山普陀寺庙

这是 19 世纪末的铜版画。雄伟的寺庙前，有身价不菲的官员和富商，更有乞求残羹剩饭的穷人，穷人们受尽封建政治几千年的压迫而未能翻身。鲁迅认为，中国的文明，只不过是安排给富人享用的人肉筵宴。

也许反而欣然色喜，以为他们将要开始被中国同化了罢。古人曾以女人作苟安的城堡，美其名以自欺曰"和亲"，今人还用子女玉帛为作奴的赞敬，又美其名曰"同化"。所以倘有外国的谁，到了已有赴宴的资格的现在，而还替我们诅咒中国的现状者，这才是真有良心的真可佩服的人！

但我们自己是早已布置妥帖了，有贵贱，有大小，有上下。自己被人凌虐，但也可以凌虐别人；自己被人吃，但也可以吃别人。一级一级的制驭着，不能动弹，也不想动弹了。因为倘一动弹，虽或有利，然而也有弊。我们且看古人的良法美意罢——"天有十日，人有十等。下所以事上，上所以共神也。故王臣公，公臣大夫，大夫臣士，士臣皁，皁臣舆，舆臣隶，隶臣僚，僚臣仆，仆臣台。"（《左传》昭公七年）

但是"台"没有臣，不是太苦了么？无须担心的，有比他更卑的妻，更弱的子在。而且其子也很有希望，他日长大，升而为"台"，便又有更卑更弱的妻子，供他驱使了。如此连环，各得其所，有敢非议者，其罪名曰不安分！

虽然那是古事，昭公七年离现在也太辽远了，但"复古家"尽可不必悲观的。太平的景象还在：常有兵燹，常有水旱，可有谁听到大叫唤么？打的打，革的革，可有处士来横议么？对国民如何专横，向外人如何柔媚，不犹是差等的遗风么？中国固有的精神文明，其实并未为共和二字所埋没，只有满人已经退席，和先前稍不同。

因此我们在目前，还可以亲见各式各样的筵宴，有烧烤，有翅席，有便饭，有西餐。但茅檐下也有淡饭，路傍也有残羹，野上也有饿莩；有吃烧烤的身价不资的阔人，也有饿得垂死的每斤八文的孩子（见《现代评论》二十一期）。所谓中国的文明者，其实不过是安排给阔人享用的人肉的筵宴。所谓中国者，其实不过是安排这人肉的筵宴的厨房。不知道而赞颂者是可恕的，否则，此辈当得永远的诅咒！

外国人中，不知道而赞颂者，是可恕的；占了高位，养尊处优，因此受了蛊惑，昧却灵性而赞叹者，也还可恕的。可是还有两种，其一是以中国人为劣种，只配悉照原来模样，因而故意称赞中国的旧物。其一是愿世间人各不相同以增自己旅行的兴趣，到中国看辫子，到日本看木屐，到高丽看笠子，倘若服饰一样，便索然无味了，因而来反对亚洲的欧化。这些都可憎恶。至于罗素在西湖见轿夫含笑，便赞美中国人，则也许别有意思罢。但是，轿夫如果能对坐轿的人不含笑，中国也早不是现在似的中国了。

这文明，不但使外国人陶醉，也早使中国一切人们无不陶醉而且至于含笑。因为古代传来而至今还在的许多差别，使人们各各分离，遂不能再感到别人的痛苦；并且因为自己各有奴使别人，吃掉别人的希望，便也就忘却自己同有被奴使被吃掉的将来。于是大小无数的人肉的筵宴，即从有文明以来一直排到现在，人们就在这会场中吃人，被吃，以凶人的愚妄的欢呼，将悲惨的弱者的呼号遮掩，更不消说女人和小儿。

这人肉的筵宴现在还排着，有许多人还想一直排下去。扫荡这些食人者，掀掉这筵席，毁坏这厨房，则是现在的青年的使命！

·作品赏析·

写于1925年的《灯下漫笔》是鲁迅写给革命青年的经典战斗檄文，相比早期的"呐喊"言论，《灯下漫笔》这样的杂文更多了全面、理性、纵深和冷峻犀利的揭露和分析，不但能够直指病灶，而且更为明确地提出解决问题的方法和途径，使革命的杂文呈现出新的气象。

《灯下漫笔》写作的缘起则是当时一些文人学者自欺欺人的"修史"方法和内容。从写法上来讲，依然是从身边的日常小事说起，一直纵横开去，生动鲜活而严谨肃杀。文章的第一节讲国民的奴隶性，通过对历史的深刻洞察，鲁迅指出国民奴隶性的发生根源和赖以长期存在的政治的、经济的、文化的根源，从而揭露漫长的封建政治历史的真相，即：一，想做奴隶而不得的时代；二，暂时做稳了奴隶的时代。显然这两个"做奴隶"的时代，都不是中国历史继续前进的方向。鲁迅指出，第三条路就是：开创一个做主人的新时代，正是"现在的青年的使命"。

第二节同样是通过对封建政治和中国文化的审查，指出封建文化的"人肉宴席"的本质。它是一种吃人的文化，而"中国人的耐劳，中国人的多子"都是这样的"人肉宴席""办酒的材料"。鉴于封建社会文化的吃人的本质，鲁迅呼吁革命的青年人"扫荡这些食人者，掀掉这筵席，毁坏这厨房"。

纪念刘和珍君 /鲁迅

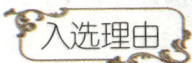
一

中华民国十五年三月二十五日，就是国立北京女子师范大学为十八日在段祺瑞执政府前遇害的刘和珍杨德群两君开追悼会的那一天，我独在礼堂外徘徊，遇见程君，前来问我道，"先生可曾为刘和珍写了一点什么没有？"我说"没有"。她就正告我，"先生还是写一点罢；刘和珍生前就很爱看先生的文章。"

这是我知道的，凡我所编辑的期刊，大概是因为往往有始无终之故罢，销行一向就甚为寥落，然而在这样的生活艰难中，毅然预定了《莽原》全年的就有她。我也早觉得有写一点东西的必要了，这虽然于死者毫不相干，但在生者，却大抵只能如此而已。倘使我能够相信真有所谓"在天之灵"，那自然可以得到更大的安慰，——但是，现在，却只能如此而已。

可是我实在无话可说。我只觉得所住的并非人间。四十多个青年的血，洋溢在我的周围，使我艰于呼吸视听，那里还能有什么言语？长歌当哭，是必须在痛定之后的。而此后几个所谓学者文人的阴险的论调，尤使我觉得悲哀。我已经出离愤怒了。我将深味这非人间的浓黑的悲凉；以

刘和珍（后中）像

刘和珍（1904～1926），江西南昌人，北京女子师范大学学生自治会主席。1926年3月18日带领学生参加天安门集会时遇难。鲁迅作《纪念刘和珍君》就是为了纪念她。

我的最大哀痛显示于非人间，使它们快意于我的苦痛，就将这作为后死者的菲薄的祭品，奉献于逝者的灵前。

二

真的猛士，敢于直面惨淡的人生，敢于正视淋漓的鲜血。这是怎样的哀痛者和幸福者？然而造化又常常为庸人设计，以时间的流驶，来洗涤旧迹，仅使留下淡红的血色和微漠的悲哀。在这淡红的血色和微漠的悲哀中，又给人暂得偷生，维持着这似人非人的世界。我不知道这样的世界何时是一个尽头！

我们还在这样的世上活着；我也早觉得有写一点东西的必要了。离三月十八日也已有两星期，忘却的救主快要降临了罢，我正有写一点东西的必要了。

三

在四十余被害的青年之中，刘和珍君是我的学生。学生云者，我向来这样想，这样说，现在却觉得有些踌躇了，我应该对她奉献我的悲哀与尊敬。她不是"苟活到现在的我"的学生，是为了中国而死的中国的青年。

她的姓名第一次为我所见，是在去年夏初杨荫榆女士做女子师范大学校长，开除校中六个学生自治会职员的时候。其中的一个就是她；但是我不认识。直到后来，也许已经是刘百昭率领男女武将，强拖出校之后了，才有人指着一个学生

请愿群众与执政府卫队对峙

1926 年 3 月 18 日，北京各界民众在天安门集会抗议日本等国要拆除大沽口国防设施等无理要求，会后前往执政府请愿。段祺瑞下令开枪，并用大刀砍杀群众，酿成骇人听闻的"三·一八"惨案。鲁迅称这一天为"民国以来最黑暗的一天"。

告诉我，说：这就是刘和珍。其时我才能将姓名和实体联合起来，心中却暗自诧异。我平素想，能够不为势利所屈，反抗一广有羽翼的校长的学生，无论如何，总该是有些桀骜锋利的，但她却常常微笑着，态度很温和。待到偏安于宗帽胡同，赁屋授课之后，她才始来听我的讲义，于是见面的回数就较多了，也还是始终微笑着，态度很温和。待到学校恢复旧观，往日的教职员以为责任已尽，准备陆续引退的时候，我才见她虑及母校前途，黯然至于泣下。此后似乎就不相见。总之，在我的记忆上，那一次就是永别了。

鲁迅像

四

　　我在十八日早晨，才知道上午有群众向执政府请愿的事；下午便得到噩耗，说卫队居然开枪，死伤至数百人，而刘和珍君即在遇害者之列。但我对于这些传说，竟至于颇为怀疑。我向来是不惮以最坏的恶意，来推测中国人的，然而我还不料，也不信竟会下劣凶残到这地步。况且始终微笑着的和蔼的刘和珍君，更何至于无端在府门前喋血呢？

　　然而即日证明是事实了，作证的便是她自己的尸骸。还有一具，是杨德群君的。而且又证明着这不但是杀害，简直是虐杀，因为身体上还有棍棒的伤痕。

　　但段政府就有令，说她们是"暴徒"！

　　但接着就有流言，说她们是受人利用的。

　　惨象，已使我目不忍视了；流言，尤使我耳不忍闻。我还有什么话可说呢？我懂得衰亡民族之所以默无声息的缘由了。沉默呵，沉默呵！不在沉默中爆发，就在沉默中灭亡。

五

　　但是，我还有要说的话。

　　我没有亲见；听说，她，刘和珍君，那时是欣然前往的。自然，请愿而已，稍有人心者，谁也不会料到有这样的罗网。但竟在执政府前中弹了，从背部入，斜穿心肺，已是致命的创伤，只是没有便死。同去的张静淑君想扶起她，中了四弹，

杨德群像

杨德群（1902～1926），湖南人，北京女子师范大学学生，在"三·一八"惨案中遇难。

其一是手枪，立仆；同去的杨德群君又想去扶起她，也被击，弹从左肩入，穿胸偏右出，也立仆。但她还能坐起来，一个兵在她头部及胸部猛击两棍，于是死掉了。

始终微笑的和蔼的刘和珍君确是死掉了，这是真的，有她自己的尸骸为证；沉勇而友爱的杨德群君也死掉了，有她自己的尸骸为证；只有一样沉勇而友爱的张静淑君还在医院里呻吟。当三个女子从容地转辗于文明人所发明的枪弹的攒射中的时候，这是怎样的一个惊心动魄的伟大呵！中国军人的屠戮妇婴的伟绩，八国联军的惩创学生的武功，不幸全被这几缕血痕抹杀了。

但是中外的杀人者却居然昂起头来，不知道个个脸上有着血污……

六

时间永是流驶，街市依旧太平，有限的几个生命，在中国是不算什么的，至多，不过供无恶意的闲人以饭后的谈资，或者给有恶意的闲人作"流言"的种子。至于此外的深的意义，我总觉得很寥寥，因为这实在不过是徒手的请愿。人类的血战前行的历史，正如煤的形成，当时用大量的木材，结果却只是一小块，但请愿是不在其中的，更何况是徒手。

然而既然有了血痕了，当然不觉要扩大。至少，也当浸渍了亲族，师友，爱人的心，纵使时光流驶，洗成绯红，也会在微漠的悲哀中永存微笑的和蔼的旧影。陶潜说过，"亲戚或余悲，他人亦已歌，死去何所道，托体同山阿。"倘能如此，这也就够了。

七

我已经说过：我向来是不惮以最坏的恶意来推测中国人的。但这回却很有几点出于我的意外。一是当局者竟会这样地凶残，一是流言家竟至如此之下劣，一是中国的女性临难竟能如是之从容。

我目睹中国女子的办事，是始于去年的，虽然是少数，但看那干练坚决，百折不回的气概，曾经屡次为之感叹。至于这一回在弹雨中互相救助，虽殒身不恤的事实，则更足为中国女子的勇毅，虽遭阴谋秘计，压抑至数千年，而终于没有消亡的明证了。倘要寻求这一次死伤者对于将来的意义，意义就在此罢。

苟活者在淡红的血色中，会依稀看见微茫的希望；真的猛士，将更奋然而前行。

呜呼，我说不出话，但以此记念刘和珍君！

·作品赏析·

1926年，也是大革命的前夜，反动势力迫害进步人士的事情时有发生，"三·一八"惨案即为其中的典型事件之一。在黑暗现实面前，更多的人选择沉默，鲁迅拿起笔来写这篇纪念的文章，具有两重意义：现实的意义和历史的意义。而事实上自20世纪20年代中期以来，鲁迅在思想上更多的时候深陷怀疑和他自己所说的"彷徨"中，甚至感觉到了刀笔的无力，一种接近"失语"的状态一直伴随着他，在本文中可以看到，鲁迅在表达自己的愤怒和控诉的时候力图穷尽语言的力量，但是文字中充满了无尽的悲伤和绝望，正如他在文中反复表达的："我们还在这样的世上活着；我也早觉得有写一点东西的必要了。离三月十八日也已有两星期，忘却的救主快要降临了罢，我正有写一点东西的必要了。"以及"可是我实在无话可说"。文章用直笔记录来表达作者所知道的和认识到的，尽管反复地给予进步学生极高的赞誉，然而却明显地表示出对"徒手请愿"的价值的怀疑和不赞成。但是鲁迅还是找到并且在文中指出了进步学生牺牲的现实意义："然而既然有了血痕了，当然不觉要扩大。至少，也当浸渍了亲族，师友，爱人的心，纵使时光流驶，洗成绯红，也会在微漠的悲哀中永存微笑的和蔼的旧影。""苟活者在淡红的血色中，会依稀看见微茫的希望；真的猛士，将更奋然而前行。"这是鲁迅意识到对待反动势力的暴力革命的必要性，表明了鲁迅在现实中革命思想的重大突破。

为了忘却的记念 / 鲁迅

入选理由

"左联"革命文艺的重要史料文献

鲁迅纪念性文章中的典范之作

文字显示出鲁迅后期的高越、慷慨和悲壮格调

一

我早已想写一点文字，来记念几个青年的作家。这并非为了别的，只因为两年以来，悲愤总时时来袭击我的心，至今没有停止，我很想借此算是辣身一摇，将悲哀摆脱，给自己轻松一下，照直说，就是我倒要将他们忘却了。

两年前的此时，即一九三一年的二月七日夜或八日晨，是我们的五个青年作家同时遇害的时候。当时上海的报章都不敢载这件事，或者也许是不愿，或不屑载这件事，只在《文艺新闻》上有一点隐约其辞的文章。那第十一期（五月二十五日）里，有一篇林莽先生作的《白莽印象记》，中间说：

"他做了好些诗，又译过匈牙利和诗人彼得斐的几首诗，当时的《奔流》的编辑者鲁迅接到了他的投稿，便来信要和他会面，但他却是不愿见名人的人，结果是鲁迅自己跑来找他，竭力鼓励他作文学的工作，但他终于不能坐在亭子间里写，又去跑他的路了。不久，他又一次的被了捕。……"

这里所说的我们的事情其实是不确的。白莽并没有这么高慢，他曾经到我的寓所来，但也不是因为我要求和他会面；我也没有这么高慢，对于一位素不相识的投稿者，会轻率的写信去叫他。我们相见的原因很平

1932 年 11 月 27 日，鲁迅应邀在北京师范大学作《再论"第三种人"》的演讲。

常，那时他所投的是从德文译出的《彼得斐传》，我就发信去讨原文，原文是载在诗集前面的，邮寄不便，他就亲自送来了。看去是一个二十多岁的青年，面貌很端正，颜色是黑黑的，当时的谈话我已经忘却，只记得他自说姓徐，象山人；我问他为什么代你收信的女士是这么一个怪名字（怎么怪法，现在也忘却了），他说她就喜欢起得这么怪，罗曼谛克，自己也有些和她不大对劲了。就只剩了这一点。

殷夫像

殷夫 (1909～1931)，原名徐柏庭，一署名白莽，浙江象山人，诗人。1920年参加太阳社，1930年参加"左联"。

夜里，我将译文和原文粗粗的对了一遍，知道除几处误译之外，还有一个故意的曲译。他像是不喜欢"国民诗人"这个字的，都改成"民众诗人"了。第二天又接到他一封来信，说很悔和我相见，他的话多，我的话少，又冷，好象受了一种威压似的。我便写一封回信去解释，说初次相会，说话不多，也是人之常情，并且告诉他不应该由自己的爱憎，将原文改变。因为他的原书留在我这里了，就将我所藏的两本集子送给他，问他可能再译几首诗，以供读者的参看。他果然译了几首，自己拿来了，我们就谈得比第一回多一些。这传和诗，后来就都登在《奔流》第二卷第五本，即最末的一本里。

我们第三次相见，我记得是在一个热天。有人打门了，我去开门时，来的就是白莽，却穿着一件厚棉袍，汗流满面，彼此都不禁失笑。这时他才告诉我他是一个革命者，刚由被捕而释出，衣服和书籍全被没收了，连我送他的那两本；身上的袍子是从朋友那里借来的，没有夹衫，而必须穿长衣，所以只好这么出汗。我想，这大约就是林莽先生说的"又一次的被了捕"的那一次了。

我很欣幸他的得释，就赶紧付给稿费，使他可以买一件夹衫，但一面又很为我的那两本书痛惜：落在捕房的手里，真是明珠投暗了。那两本书，原是极平常的，一本散文，一本诗集，据德文译者说，这是他搜集起来的，虽在匈牙利本国，也还没有这么完全的本子，然而印在《莱克朗氏万有文库》（Reclam m's Universal－Bibliothek）中，倘在德国，就随处可得，也值不到一元钱。不过在我是一种宝贝，因为这是三十年前，正当我热爱彼得斐的时候，特地托丸善书店从德国去买来的，那时还恐怕因为书极便宜，店员不肯经手，开口时非常惴惴。后来大抵带在身边，只是情随事迁，已没有翻译的意思了，这回便决计送给这也如我的那时一样，热爱彼得斐的诗的青年，算是给它寻得了一个好着落。所以还郑重其事，托柔石亲自送去的。谁料竟会落在"三道头"之类的手里的呢，这岂不冤枉！

柔石像

柔石（1902～1931），原名赵平复，浙江宁海人。中国自由运动大同盟发起人之一。

二

我的决不邀投稿者相见，其实也并不完全因为谦虚，其中含着省事的分子也不少。由于历来的经验，我知道青年们，尤其是文学青年们，十之九是感觉很敏，自尊心也很旺盛的，一不小心，极容易得到误解，所以倒是故意回避的时候多。见面尚且怕，更不必说敢有托付了。但那时我在上海，也有一个惟一的不但敢于随便谈笑，而且还敢于托他办点私事的人，那就是送书去给白莽的柔石。

我和柔石最初的相见，不知道是何时，在那里。他仿佛说过，曾在北京听过我的讲义，那么，当在八九年之前了。我也忘记了在上海怎么来往起来，总之，他那时住在景云里，离我的寓所不过四五家门面，不知怎么一来，就来往起来了。大约最初的一回他就告诉我是姓赵，名平复。但他又曾谈起他家乡的豪绅的气焰之盛，说是有一个绅士，以为他的名字好，要给儿子用，叫他不要用这名字。所以我疑心他的原名是"平福"，平稳而有福，才正中乡绅的意，对于"复"字却未必有这么热心。他的家乡，是台州的宁海，这只要一看他那台州式的硬气就知道，而且颇有点迂，有时会令我忽而想到方孝孺，觉得好象也有些这模样的。

他躲在寓里弄文学，也创作，也翻译，我们往来了许多日，说得投合起来了，于是另外约定了几个同意的青年，设立朝华社。目的是在绍介东欧和北欧的文学，输入外国的版画，因为我们都以为应该来扶植一点刚健质朴的文艺。接着就印《朝花旬刊》，印《近代世界短篇小说集》，印《艺苑朝华》，算都在循着这条线，只有其中的一本《拾谷虹儿画选》，是为了扫荡上海滩上的"艺术家"，即戳穿叶灵凤这纸老虎而印的。

然而柔石自己没有钱，他借了二百多块钱来做印本。除买纸之外，大部分的稿子和杂务都是归他做，如跑印刷局，制图，校字之类。可是往往不如意，说起来皱着眉头。看他旧作品，都很有悲观的气息，但实际上并不然，他相信人们是好的。我有时谈到人会怎样的骗人，怎样的卖友，怎样的吮血，他就前额亮晶晶的，惊疑地圆睁了近视的眼睛，抗议道，"会这样的么？——不至于此罢？……"

不过朝花社不久就倒闭了，我也不想说清其中的原因，总之是柔石的理想的头，先碰了一个大钉子，力气固然白化，此外还得去借一百块钱来付纸账。后来他对于我那"人心惟危"说的怀疑减少了，有时也叹息道，"真会这样的么？……"但是，

他仍然相信人们是好的。

他于是一面将自己所应得的朝花社的残书送到明日书店和光华书局去，希望还能够收回几文钱，一面就拚命的译书，准备还借款，这就是卖给商务印书馆的《丹麦短篇小说集》和戈理基作的长篇小说《阿尔泰莫诺夫之事业》。但我想，这些译稿，也许去年已被兵火烧掉了。

他的迂渐渐的改变起来，终于也敢和女性的同乡或朋友一同去走路了，但那距离，却至少总有三四尺的。这方法很不好，有时我在路上遇见他，只要在相距三四尺前后或左右有一个年青漂亮的女人，我便会疑心就是他的朋友。但他和我一同走路的时候，可就走得近了，简直是扶住我，因为怕我被汽车或电车撞死；我这面也为他近视而又要照顾别人担心，大家都苍皇失措的愁一路，所以倘不是万不得已，我是不大和他一同出去的，我实在看得他吃力，因而自己也吃力。

无论从旧道德，从新道德，只要是损己利人的，他就挑选上，自己背起来。

他终于决定地改变了，有一回，曾经明白的告诉我，此后应该转换作品的内容和形式。我说：这怕难罢，譬如使惯了刀的，这回要他耍棍，怎么能行呢？他简洁的答道：只要学起来！

他说的并不是空话，真也在从新学起来了，其时他曾经带了一个朋友来访我，那就是冯铿女士。谈了一些天，我对于她终于很隔膜，我疑心她有点罗曼谛克，急于事功；我又疑心柔石的近来要做大部的小说，是发源于她的主张的。但我又疑心我自己，也许是柔石的先前的斩钉截铁的回答，正中了我那其实是偷懒的主张的伤疤，所以不自觉地迁怒到她身上去了。——我其实也并不比我所怕见的神经过敏而自尊的文学青年高明。

她的体质是弱的，也并不美丽。

三

直到左翼作家联盟成立之后，我才知道我所认识的白莽，就是在《拓荒者》上做诗的殷夫。有一次大会时，我便带了一本德译的，一个美国的新闻记者所做的中国游记去送他，这不过以为他可以由此练习德文，另外并无深意。然而他没有来。我只得又托了柔石。

"左联"等组织出版的部分刊物

但不久，他们竟一同被捕，我的那一本书，又被没收，落在"三道头"之类的手里了。

四

明日书店要出一种期刊，请柔石去做编辑，他答应了；书店还想印我的译着，托他来问版税的办法，我便将我和北新书局所订的合同，抄了一份交给他，他向衣袋里一塞，匆匆的走了。其时是一九三一年一月十六日的夜间，而不料这一去，竟就是我和他相见的末一回，竟就是我们的永诀。第二天，他就在一个会场上被捕了，衣袋里还藏着我那印书的合同，听说官厅因此正在找寻我。印书的合同，是明明白白的，但我不愿意到那些不明不白的地方去辩解。记得《说岳全传》里讲过一个高僧，当追捕的差役刚到寺门之前，他就"坐化"了，还留下什么"何立从东来，我向西方走"的偈子。这是奴隶所幻想的脱离苦海的惟一的好方法，"剑侠"盼不到，最自在的惟此而已。我不是高僧，没有涅槃的自由，却还有生之留恋，我于是逃走。

这一夜，我烧掉了朋友们的旧信札，就和女人抱着孩子走在一个客栈里。不几天，即听得外面纷纷传我被捕，或是被杀了，柔石的消息却很少。有的说，他曾经被巡捕带到明日书店里，问是否是编辑；有的说，他曾经被巡捕带往北新书局去，问是否是柔石，手上上了铐，可见案情是重的。但怎样的案情，却谁也不明白。

他在囚系中，我见过两次他写给同乡的信，第一回是这样的——

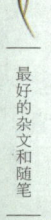

"我与三十五位同犯（七个女的）于昨日到龙华。并于昨夜上了镣，开政治犯从未上镣之纪录。此案累及太大，我一时恐难出狱，书店事望兄为我代办之。现亦好，且跟殷夫兄学德文，此事可告周先生；望周先生勿念，我等未受刑。捕房和公安局，几次问周先生地址，但我那里知道。诸望勿念。祝好！

赵少雄一月二十四日。"

以上正面。

《奇剑及其他》书影
鲁迅、柔石等译，是近代中国世界短篇小说集的第一种。

"洋铁饭碗，要二三只
如不能见面，可将东西望转交赵少雄"

以上背面。

他的心情并未改变，想学德文，更加努力；也仍在记念我，像在马路上行走时候一般。但他信里有些话是错误的，政治犯而上镣，并非从他们开始，但他向来看得官场还太高，以为文明至今，到他们才开始了严酷。其实是不然的。果然，第二封信就很不同，措词非常惨苦，且说冯女士的面目都浮肿了，可惜我没有抄下这封信。其时传说也更加纷繁，说他可以赎出的也有，说他已经解往南京的也有，毫无确信；而用函电来探问我的消息的也多起来，连母亲在北京也急得生病了，我只得一一发信去更正，这样的大约有二十天。

天气愈冷了，我不知道柔石在那里有被褥不？我们是有的。洋铁碗可曾收到了没有？……但忽然得到一个可靠的消息，说柔石和其它二十三人，已于二月七日夜或八日晨，在龙华警备司令部被枪毙了，他的身上中了十弹。

原来如此！……

在一个深夜里，我站在客栈的院子中，周围是堆着的破烂的什物；人们都睡觉了，连我的女人和孩子。我沉重的感到我失掉了很好的朋友，中国失掉了很好的青年，我在悲愤中沉静下去了，然而积习却从沉静中抬起头来，凑成了这样的几句：

惯于长夜过春时，挈妇将雏鬓有丝。
梦里依稀慈母泪，城头变幻大王旗。
忍看朋辈成新鬼，怒向刀丛觅小诗。
吟罢低眉无写处，月光如水照缁衣。

但末二句，后来不确了，我终于将这写给了一个日本的歌人。

可是在中国，那时是确无写处的，禁锢得比罐头还严密。我记得柔石在年底曾回故乡，住了好些时，到上海后很受朋友的责备。他悲愤的对我说，他的母亲双眼已经失明了，要他多住几天，他怎么能够就走呢？我知道这失明的母亲的眷眷的心，柔石的拳拳的心。当《北斗》创刊时，我就想写一点关于柔石的文章，然而不能够，只得选了一幅珂勒惠支（KaHtheKollwitz）夫人的木刻，名曰《牺牲》，是一个母亲悲哀地献出她的儿子去的，算是只有我一个人心里知道的柔石的记念。

同时被难的四个青年文学家之中，李伟森我没有会见过，胡也频在上海也只见过一次面，谈了几句天。较熟的要算白莽，即殷夫了，他曾经和我通过信，投过稿，但现在寻起来，一无所得，想必是十七那夜统统烧掉了，那时我还没有知道被捕的也有白莽。然而那本《彼得斐诗集》却在的，翻了一遍，也没有什么，只在一首《Wahlspruch》（格言）的旁边，有钢笔写的四行译文道：

"生命诚宝贵，
　　爱情价更高；
　　若为自由故，
　　二者皆可抛！"

"左联"成立大会　绘画
1930年3月2日，共产党领导下的中国左翼作家联盟在上海中华艺术大学的一间教室里成立。鲁迅在会上发表了著名的《对于左翼作家联盟的意见》，成为指导左翼文艺运动的纲领性文件。

又在第二叶上，写着"徐培根"三个字，我疑心这是他的真姓名。

五

前年的今日，我避在客栈里，他们却是走向刑场了；去年的今日，我在炮声中逃在英租界，他们则早已埋在不知那里的地下了；今年的今日，我才坐在旧寓里，人们都睡觉了，连我的女人和孩子。我又沉重的感到我失掉了很好的朋友，中国失掉了很好的青年，我在悲愤中沉静下去了，不料积习又从沉静中抬起头来，写下了以上那些字。

要写下去，在中国的现在，还是没有写处的。年青时读向子期《思旧赋》，很怪他为什么只有寥寥的几行，刚开头却又煞了尾。然而，现在我懂得了。

不是年青的为年老的写记念，而在这三十年中，却使我目睹许多青年的血，层层淤积起来，将我埋得不能呼吸，我只能用这样的笔墨，写几句文章，算是从泥土中挖一个小孔，自己延口残喘，这是怎样的世界呢。夜正长，路也正长，我不如忘却，不说的好罢。但我知道，即使不是我，将来总会有记起他们，再说他们的时候的。

· 作品赏析 ·

"左联"五烈士的血案在当时文化界引起极大的震撼。国民党反动派当时残酷镇压和迫害左翼知识分子，而普通的老百姓并不十分知情，在这样的情况下，烈士牺牲之后还要面对诬陷和诽谤，其意义和价值极有可能被否定或刻意淡忘，因此，写一些文章来揭露事实、彰显意义来对抗这样的黑暗现状在当时是非常迫切和必要的。

鲁迅文章题为《为了忘却的记念》，其深意至少包含着对现实麻木中很快的对血腥的淡忘的事实或可能的抗拒，当然，在文章中鲁迅讲到，他的要忘却是想"将悲哀摆脱，给自己轻松一下"。巨大的牺牲很快被国民麻木的灵魂刻意曲解，或漠视或忘却，这样的忧虑在鲁迅早期的小说《药》里就有反映。因为失去，所以更为珍贵，所以鲁迅在文章中竭力回忆并记录与烈士们生前交往的每一个细节，其目的在于努力告诉读者一个个真实的人，给读者一个公正的判断的事实依据，给历史一个确实的记忆。而对鲁迅本人来讲，被极大的悲愤浸染的情绪里，烈士们往日每一个活生生的情形，恐怕都是绝无仅有的最珍贵的财富和遗产了，所以，文章在沉痛缅怀中追忆了与柔石、殷夫等人在工作和生活中的交往，于细节处着笔，侧重对友情和平常事物的抒写，于慷慨清音中见得作者对烈士的沉痛哀悼，对反动势力的愤怒控诉，同时表现出继续战斗的巨大决心和信心。

国粹与欧化 / 周作人

在《学衡》上的一篇文章里，梅光迪君说："实则模仿西人与模仿古人，其所模仿者不同，其为奴隶则一也。况彼等模仿西人，仅得糟粕，国人之模仿古人者，时多得其神髓乎。"我因此引起一种对于模仿与影响，国粹与欧化问题的感想。梅君以为模仿都是奴隶，但模仿而能得其神髓，也是可取的。我的意见则以为模仿都是奴隶，但影响却是可以的；国粹只是趣味的遗传，无所用其模仿，欧化是一种外缘，可以尽量的容受他的影响，当然不以模仿了事。

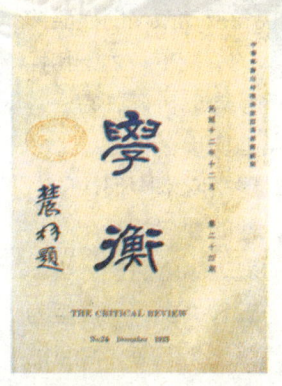

《学衡》书影

1912年1月，南京东南大学的梅光迪、吴宓等人创办《学衡》杂志，先后发表《评提倡新文化者》（梅光迪）、《评新文化运动》（吴宓）、《评〈尝试集〉》（胡先骕）等文，批评《新青年》"文学革命"的主张，引发一场论战。

倘若国粹这一个字，不是单指那选学桐城的文章和纲常名教的思想，却包括国民性的全部，那么我所假定遗传这一个释名，觉得还没有什么不妥。我们主张尊重各人的个性，对于个性的综合的国民性自然一样尊重，而且很希望其在文艺上能够发展起来，造成有生命的国民文学。但是我们的尊重与希望无论怎样的深厚，也只能以听其自然长发为止，用不着多事的帮助，正如一颗小小的稻或麦的种子，里边原自含有长成一株稻或麦的能力，所需要的只是自然的养护，倘加以宋人的揠苗助长，便反不免要使他"则苗槁矣"了。我相信凡是受过教育的中国人，以不模仿什么人为唯一的条件，听凭他自发的用任何种的文字，写任何种的思想，他的结果仍是一篇"中国的"文艺作品，有他的特殊的个性与共通的国民性相并存在，虽然这上边可以有许多外来的影响。这样的国粹直沁进在我们的脑神经里，用不着保存，自然永久存在，也本不会消灭的，他只有一个敌人，便是"模仿"。模仿者

作者简介

周作人像

周作人（1885～1967），原名栅寿，字星杓，后改名奎缓，自号起盂、启明（又作岂明）、知堂等，笔名仲密、药堂、周遐寿等。祖籍浙江绍兴，鲁迅之二弟。中国现代散文家、诗人、文学翻译家。1901年秋考入江南水师学堂。1906年赴日本，先后入东京政法大学、立教大学文科学习。曾与鲁迅共同翻译《域外小说集》。1911年回国后在绍兴任中学英文教员。1917年任北京大学文科教授。

新文学运动发轫时期，在《新青年》、《每周评论》等刊物上先后发表《人的文学》、《平民文学》、《思想革命》等新文学运动理论建设上的重要文章，产生过广泛影响。1920年参加新潮社，被推选为该社主任编缉，并负责主持北京大学歌谣研究会。1921年参与发起成立文学研究会并起草宣言。"五四"前后除继续翻译介绍外国作品外、还发表大量白话诗文，成为新文化运动的骨干之一。

"五四"以后，周作人作为《语丝》周刊的主编和主要撰稿人之一，写了大量散文，风格平和冲淡，清隽幽雅。在他的影响下，20世纪20年代形成了包括俞平伯、废名等作家在内的散文创作流派。第一次国内革命战争失败后，思想渐离时代主流，主张"闭户读书"。20世纪30年代他提倡闲适幽默的小品文，沉溺于"草木虫鱼"的狭小天地。"七七事变"后，北大南迁，他留在北平。在日本帝国主义统治下，出任南京国民政府委员、华北政务委员会委员兼教育总署督办，及东亚文化协会会长等。1945年抗战胜利后因汉奸罪被国民党政府逮捕，判有期徒刑10年。1949年1月保释出狱。中华人民共和国成立后定居北京，在人民文学出版社从事日本、希腊文学作品的翻译和写作有关回忆鲁迅的著述。1967年因患前列腺肿瘤在北京去世。

成了人家的奴隶，只有主人的命令，更无自己的意志，于是国粹便跟了自性死了。好古家却以为保守国粹在于模仿古人，岂不是自相矛盾么？他们的错误，由于以选学桐城的文章，纲常名教的思想为国粹，因为这些都是一时的现象，不能永久的自然的附着于人心，所以要勉强的保存，便不得不以模仿为唯一的手段，奉模仿古人而能得其神髓者为文学正宗了。其实既然是模仿了，决不会再有"得其神髓"这一回事；创作的古人自有他的神髓，但模仿者的所得却只有皮毛，便是所谓糟粕。奴隶无论怎样的遵守主人的话，终于是一个奴隶而非主人，主人的神髓在于自主，而奴隶的本分在于服从，叫他怎样的去得呢？他想做主人，除了从不做奴隶入手以外，再没别的方法了。

我们反对模仿古人，同时也就反对模仿西人，所反对的是一切的模仿，并不是有中外古今的区别与成见。模仿杜少陵或泰戈尔，模仿苏东坡或胡适之，都不是我们所赞成的，但是受他们的影响是可以的，也是有益的，这便是我对于欧化问题的态度。我们欢迎欧化是喜得有一种新空气，可以供我们的享用，造成新的活力，并不是注射到血管里去，就替代血液之用。向来有一种乡愿的调和说，主张中学为体西学为用，或者有人要疑我的反对模仿欢迎影响说和他有点相似，但其间有这一个差异：他们有一种国粹优胜的偏见，只在这条件之上才容纳若干无伤大体的改革，我却以遗传的国民性为素地，尽他本质上的可能的量去承受各方面的影响，使其融和沁透，合为一体，连续变化下去，造成一个永久而常新的国民性，正如人的遗传之逐代增入异分子而不失其根本的性格。譬如国语问题，在主张中学为体西学为用者的意见，大抵以废弃周秦古文而用今日之古文为最大的让步了；我的主张则就单音的汉字的本性上尽最大可能的限度，容纳"欧化"，增加他表现的力量，却也不强他所不能做到的事情。照这样看来，现在各派的国语改革运动都是在正轨上走着，或者还可以逼紧一步，只不必到"三株们的红们的牡丹花们"的地步：曲折语的语尾变化虽然是极便利，但在汉文的能力之外了。我们一面不赞成现代人的做骈文律诗，但也并不忽视国语中字义声音两重的对偶的可能性，觉得骈律的发达正是运命的必然，非全由于人为，所以国语文学的趋势虽然向着自由的发展，而这个自然的倾向也大可以利用，炼成音乐与色彩的言讯，只要不以词害意就好了。总之我觉得国粹欧化之争是无用的，人不能改变本性，也不能拒绝外缘，到底非大胆的是认两面不可。倘若偏执一面，以为彻底，有如两个学者，一说诗也有本能，一说要"取消本能多"，大家高论一番，聊以快意，其实有什么用呢？

· 作品赏析 ·

　　中国文学的现代化是从"五四"新文学革命开始的，当时最大的争论就是：要国粹还是要欧化。按照胡适的总结，这个现代化在语言形式上以"白话文"为特征，内在精神上以"人的文学"为特征。胡适进一步认为，"白话文"的理念是他提出的，而"人的文学"的理念是由周作人提出的。无论是胡适，还是周作人，在当时都是西化论者，即主张中国文学的现代化必须走西方化的道路。周作人的"西方化"观念主要侧重在文学精神上，他认为，中国古代的东西就如同遗传基因一样是永远地在我们的血液里的，所以用不着我们着意继承或者模仿，"我们反对模仿古人，同时也就反对模仿西人，所反对的是一切的模仿，并不是有中外古今的区别与成见。模仿杜少陵或泰戈尔，模仿苏东坡或胡适之，都不是我们所赞成的，但是受他们的影响是可以的，也是有益的，这便是我对于欧化问题的态度。"而外来的东西则相反，"我们欢迎欧化是喜得有一种新空气，可以供我们享用，造成新的活力"，周作人希望借西方的新鲜血液使中国文学获得新的精神动力，当然周作人也强调这种借鉴必须以"遗传的国民性"作为"它的基地"，也就是说周作人对"西方化"是有一定保留的。

幽默的叫卖声 / 夏丏尊

入选理由

文章短小精悍而文笔辛辣
其包含的道理贯穿在我们的生生不息的社会里
在寻常的小事里，却发出使人震撼的声音

住在都市里，从早到晚，从晚到早，不知要听到多少种类多少次数的叫卖声。深巷的卖花声是曾经入过诗的，当然富于诗趣，可惜我们现在实际上已不大听到。

作者简介 ┄┄┄┄┄┄┄┄┄

夏丏尊（1886～1946），浙江上虞人，名铸，字勉旃，号闷庵，后改名丏尊，散文家、语文学家、翻译家。1904年赴日本宏文书院、东京高等工业学堂留学，后因经济原因提前归国，在杭州浙江两级师范学堂任职，潘天寿、丰子恺等都是他的得意学生。后加入南社，积极主张废除读经书、闭门造车、尊孔崇古等改革，增加介绍世界新知识的教材。"五四"新文化运动中，推行革新语文教育。1920年到长沙湖南第一师范任教。1921年加入文学研究会。1922年回家乡，与陈春澜等集资在白马湖开设春晖中学，聘文教界著名人士朱自清、王任叔等执教。1924年，夏丏尊在宁波浙江省立第四中学任教，1925年与朱自清在上海

夏丏尊像

发起立达学会，创办立达学园，并创《立达季刊》。1926年起，到复旦大学中文系兼课，并应聘任上海暨南大学教授兼中国文学系主任，同时担任上海开明书店编辑所长。1930年为该书店创办《中学生》杂志、《一般》月刊。1936年，他当选为中国文艺家协会理事、主席。1937年创办《月报》杂志，并担任上海文化界救亡协会机关报《救亡日报》编委。20世纪30年代末，应邀兼职于南屏女校高中部，任国文教师。1941年太平洋战争爆发后，深居简出，谢绝应酬。1943年，他被日本宪兵司令部逮捕，经日本人内山完造等营救获释。抗战胜利后，他与傅东华等文教界老友筹设中国语文教育会，准备继续振兴文化运动，1945年11月，他被选为中华全国文艺家协会上海分会理事。1946年4月23日卒于上海，葬于白马湖畔。

臭豆腐摊

这是一张19世纪末的老明信片。街边随处可见这样手推肩扛、穿街走巷的卖臭豆腐的人。透过他们的吆喝声，作者看到了诚实的品质。

寒夜的"茶叶蛋""细沙粽子""莲心粥"等等，声音发沙，十之七八似乎是"老枪"的喉咙，困在床上听去颇有些凄清。每种叫卖声，差不多都有着特殊的情调。

我在这许多叫卖者中，发见了两种幽默家。

一种是卖臭豆腐干的。每日下午五六点钟，弄堂日常有臭豆腐干担歇着或是走着叫卖，担子的一头是油锅，油锅里现炸着臭豆腐干，气味臭得难闻。卖的人大叫"臭豆腐干！""臭豆腐干！"态度自若。

我以为这很有意思。"说真方，卖假药"，"挂羊头，卖狗肉"，是世间一般的毛病，以香相号召的东西，实际往往是臭的。卖臭豆腐干的居然不欺骗大众，自叫"臭豆腐干"，把"臭"作为口号标语，实际的货色真是臭的。言行一致，名副其实，如此不欺骗别人的事情，怕世间再也找不出了吧！我想。

"臭豆腐干！"这呼声在欺诈横行的现世，俨然是一种愤世嫉俗的激越的讽刺！

还有一种是五云日升楼卖报者的叫卖声。那里的买报的和别处不同，没有十多岁的孩子，都是些三四十岁的老枪瘪三，身子瘦得像腊鸭，深深的乱头发，青屑屑的烟脸，看去活像个鬼。早晨是不看见他们的，他们卖的总是夜报。傍晚坐电车打那儿经过，就会听到一片发沙的卖报声。

他们所卖的似乎都是两个铜板的东西，如《新夜报》《时报号外》之类。

叫卖的方法很特别，他们不叫"刚刚出版××报"，却把价目和重要新闻标题联在一起，叫起来的时候，老是用"两个铜板"打头，下面接着"要看到"三个字，再下去是当日的重要的国家大事的题目，再下去是一个"哪"字。"两个铜板要看到十九路军反抗中央哪！"在福建事变起来的时候，他们就这样叫。"两个铜板要看到日本副领事在南京失踪哪！"藏本事件开始的时候，他们就这样叫。

在他们的叫声里任何国家大事都只要花两个铜板就可以看到，似乎任何国家大事都只值两个铜板的样子。我每次听到，总深深地感到冷酷的滑稽情味。

"臭豆腐干！""两个铜板要看到×××哪！"这两种叫卖者颇有幽默家的风格。前者似乎富于热情，像个骄世的君子，后者似乎鄙夷一切，像个玩世的隐士。

旧时卖报的妇女

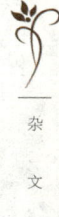

· 作品赏析 ·

叫卖实际是一种古老的广告，而这种广告里则包含着许多人情世故，也就是说，它也是建立在对生活的经验和对世态人心的认识上。在这篇从寻常见惯的事情里发出感慨的小杂文里，我们看到的却是我们习以为常而实际上却并不可敬爱的事实：谎言在我们的世界里无处不在而且被我们所习惯，习惯之后就成为一种世道人心，成为一种民族的心理习惯，一种恶劣到瓦解人与人之间真诚友善的积习。在谎言不被人指责，反而被习惯地接纳后，则真实的话就成了一种冷酷的讽刺，足以刺破我们的耳膜。于是，"臭豆腐干！"这呼声在欺诈横行的现世，俨然是一种愤世嫉俗的激越的讽刺！而作者在文中提到的"两个铜板要看到十九路军反抗中央哪！"的卖报广告，则使我们看到另一种寻常世态：那些听起来（事实上也是）宏大的人类事件离普通人的生活有多远？离我们的内心有多远？或者说我们离这个人世间到底有多远？或者说，它为什么就离我们那么远？以至于"似乎任何国家大事都只值两个铜板的样子"，这里头包含着至少两个原因：对报纸传闻的质疑和对自身权利的质疑和漠视，于是，用鄙夷的眼光冷漠而深沉地凝视世上一切，就成了大多数普通人的唯一姿态。正如作者言：前者似乎富于热情，像个骄世的君子；后者似乎鄙夷一切，像个玩世的隐士。

危险思想与言论自由 / 李大钊

思想本身，没有丝毫危险的性质。只有愚暗与虚伪，是顶危险的东西。只有禁止思想，是顶危险的行为。

近来——自古已然——有许多人听见几个未曾听过、未能了解的名辞，便大惊小怪起来，说是危险思想。问他们这些思想有什么危险，为什么危险，他们认为危险思想的到底是些什么东西，他们都不能说出。像这样的人，我们和他共同生活，真是危险万分。

1919 年 5 月 7 日，人们在街头声援北京学生集会
此前，北洋军阀政府出动军警，逮捕在街头演讲的北京大学生，激怒了所有追求言论自由的人们。
李大钊主张个体心灵自由、言论自由、良知自由，反对任何强力压制。

作者简介 ···

　　李大钊（1889～1927），字守常，河北省乐
亭县人。1905年考入天津北洋法政专门学校。
1913年毕业后，24岁的李大钊留学日本，入早
稻田大学本科，学习法律和经济。在日本，他
接触到各种社会主义学说，并开始学习和研究
马克思主义。1914年组织神州学会，进行反袁
活动。次年为反对日本灭亡中国的"二十一条"，
以留日学生总会名义发出《警告全国父老》通电，
号召国人以"破釜沉舟之决心"誓死反抗。

李大钊像

　　1916年回国后，李大钊先后担任《新青年》、
《少年中国》、《每周评论》和《晨钟报》等
进步刊物的编辑或主任编辑。1918年他受聘担
任北京大学图书馆主任。1919年参加创建少年
中国学会，任《少年中国》月刊编辑主任。1920年，他发起组织马克思主义学说研
究会，10月成立北京共产党小组，11月建立北京社会主义青年团。同年，任北京大
学教授，在史学、经济、法律等系，以及北京朝阳大学、中国大学、女子高师等院
校授课。1921年8月任中国劳动组合书记部北京分部主任，在京奉、京汉、京海等
铁路开展工人运动。1923年6月出席中共"三大"，当选为中央执行委员，10月任
国民党临时中央执行委员和改组委员，参与筹备国民党"一大"。1924年1月当选
为国民党中央执行委员、国民党北京执行部组织部长。6月率中共代表团赴莫斯科
参加共产国际"五大"。1925年，针对"五卅惨案"在京组织"沪案雪耻会"，声
援上海人民的反帝斗争。1926年3月18日因组织请愿示威游行被段祺瑞政府通缉。
1927年4月6日被奉系军阀张作霖逮捕，28日遇害。

　　我且举一个近例，前些年科学的应用刚刚传入中国，一般愚暗的人都说是异端
邪教。看待那些应用科学的发明的人，如同洪水猛兽一样。不晓得他们也是和我们
同在一个世界上一样生存而且比我们进化的人类细胞，却说他们是"鬼子"，是"夷狄"。
这种愚暗无知的结果，竟造出一场义和拳的大祸。由此看来，到底是知识思想危险呢？
还是愚暗无知危险？

　　听说日本有位议长，说俄国的布尔什维克是实行托尔斯泰的学说，彼邦有识的
人惊为奇谈。现在又出了一位明白公使，说我国人鼓吹爱国是无政府主义。他自己
果然是这样愚暗无知，这更是可怜可笑的话。有人说他这话不过是利用我们政府的
愚暗无知和恐怖的心理，故意来开玩笑。嗳呀！那更是我们莫大的耻辱！

　　原来恐怖和愚暗有密切的关系，青天白日，有眼的人在深池旁边走路，是一点
危险也没有的。深池和走路的行为都不含着危险的性质。若是"盲人瞎马，夜半深池"

"一时之雄"（局部）

原载丰子恺《又生画集》（1947年4月初版）。禁止思想和言论是不可能的。任何钳制思想、束缚思想、禁止思想的行为都是思想法西斯的表现。我们应当提倡言论自由和思想解放。

中国为自由而战

自"五四"新文化倡导"民主"和"科学"到中国军民同仇敌忾、不屈不挠地抗击日本侵略者，中国人民都在奋力为自由而战。此图为斯特朗著的《人类的五分之一》的书影。

那就是危险万分，那就是最可恐怖的事情。可见危险和恐怖，都是愚昧造出来的，都是黑暗造出来的。

人生第一要求，就是光明和真实，什么东西什么境界都不危险。知识是引导人生到光明与真实境界的灯烛，愚暗是达到光明与真实境界的障碍，也就是人生发展的障碍。

思想自由与言论自由，都是为保障人生达于光明与真实的境界而设的。无论什么思想言论，只要能够容他的真实没有矫揉造作的尽量发露出来，都是于人生有益，绝无一点害处。

说某种主义学说是异端邪说的人，第一要知道他自己所排斥的主义学说是什么东西，然后把这种主义学说的真像尽量传播使人人都能认识他是异端学说，大家自然不去信他，不至于受他的害。若是自己未曾认清，只是强行禁止，就犯了泯没真实的罪恶。假使一种学说确与情理相合，我们硬要禁止他，不许公然传播，那是绝对无效。因为他的原素仍然在情理之中，情理不灭，这种学说也终不灭。假使一种学说确与情理相背，我以为不可禁止，不必禁止。因为大背情理的学说，正应该让大家知道，大家才不去信。若是把他隐藏起来，很有容易被人误信的危险。

禁止人研究一种学说的，犯了使人愚暗的罪恶。禁止人信仰一种学说的，犯了教人虚伪的罪恶。世间本来没有"天经地义"与"异端邪说"这种东西。就说是有，也要听人去自由知识，自由信仰。就是错知识了、错信仰了所谓邪说异端，只要他的知识与信仰，是本于他思想的自由，知念的真实，一则得了自信，二则免了欺人，都是有益于人生的，都比那无知的排斥、自欺的顺从还好得多。

禁止思想是绝对不可能的，因为思想有超越一切的力量。监狱、刑罚、苦痛、贫困，乃至死杀，思想都能自由去思想他们，超越他们。这些东西，都不能钳制思想，束缚思想，禁止思想。这些东西，在思想中全没有一点价值，没有一点权威。

思想是绝对的自由，是不能禁止的自由，禁止思想自由的，断断没有一点的效果。你要禁止他，他的力量便跟着你的禁止越发强大。你怎样禁止他、制抑他、绝灭他、摧残他，他便怎样生存发展传播滋荣。因为思想的性质力量，本来如此。我奉劝禁遏言论思想自由的注意，要利用言论自由来破坏危险思想，不要借口危险思想来禁止言论自由。

·作品赏析·

"五四"新文化运动提出科学与民主，而"五四"新文化所倡导的自由，并不只是一种宣传口号，而是一种理性思考下深刻认识到的人的心灵自由，这是科学与民主的前提。陈独秀说："言论思想自由，是文明进化的第一重要条件。"李大钊也认为："思想自由与言论自由，都是为保障人生达于光明与真实的境界而设的。"在这个基本认识的前提下，他们要求"科学与人权并重"。陈独秀说："中国学术不发达之最大原因，莫如学者自身不知学术独立之神圣。……妄称'文以载道'、'代圣贤立言'，以自贬抑。"

李大钊对个体心灵自由的热烈追求，同样流诸笔端。他写道："自由之价值与生命有同一之贵重，甚或远在生命之上。""余故以真理之权威，张言论之权威，以言论之自由，示良知之自由，而愿与并世明达共勉之矣。"在要求心灵自由方面，他们都主张言论和思想的绝对自由，反对任何强力压制。当时的《新青年》和《每周评论》对不同意见，只要不是谩骂，都留有一栏之地，用陈独秀的话说，"宁欢迎有意识有信仰的反对，不欢迎无意识无信仰的随声附和。"李大钊在文章中以非常理性的思考列举了对待心灵自由和思想自由的两种不同态度，指出禁止和限制人的思想和言论自由于民族、国家和人民的罪恶后果。

"作揖主义" / 刘半农

入选理由

在一个倡导自由争论的时代，本文代表了不同的声音

形象、幽默和诙谐是本文最大的特征

言语温和却毫不失力度

沈二先生与我们谈天，常说生平服膺红老之学。红，就是《红楼梦》；老，就是《老子》。这红老之学的主旨，简便些说，就是无论什么事，都听其自然。听其自然又是怎么样呢？沈先生说："譬如有人骂我，我们不必还骂：他一面在那里大声疾呼的骂人，一面就是他打他自己。我们在旁边看看，也很好，何必费着气力去还骂？

兼容并包

"旧派"代表刘师培、辜鸿铭与"新派"代表李大钊、胡适、鲁迅、周作人、钱玄同、刘半农等同时在北大课堂上自由讲学，对各种问题进行争论。在反复争论中，刘半农却看出了有些争论牛头不对马嘴。一争论起来便到天荒地老，于是刘半农便提出"作揖主义"。此画为沈加蔚1988年作。

又如有一只狗，要咬我们，我们不必打它，只是避开了就算；将来有两只狗碰了头，自然会互咬起来。所以我们做事，只须抬起了头，向前直进，不必在这抬头直进四个字以外，再管什么闲事；这就叫作听其自然，也就是红老之学的精神。"我想这一番话，很有些同托尔斯泰的不抵抗主义相像，不过沈先生换了个红老之学的游戏名词罢了。

不抵抗主义我向来很赞成，不过因为有些偏于消极，不敢实行。现在一想，这个见解实在是大谬。为什么？因为不抵抗主义面子上是消极，骨底里是最经济的积极。我们要办事有成效，假使不实行这主义，就不免消费精神于无用之地。我们要保存精神，在正当的地方用，就不得不在可以不必的地方节省些。这

作者简介

刘半农（1891～1934），名复，原名寿彭，初字关侬，后改半农，晚号曲庵。笔名寒星、范奴冬女士。堂号有灵霞馆、桐花芝豆堂等。他是我国"五四"新文化运动的先驱之一，著名的文学家、语言学家、教育家，以及摄影理论奠基人。他还是我国第一个获"康士坦丁语言学专奖"的语言学家，尤其在文学领域，他是白话诗歌的拓荒者，现代民歌研究的带头人，是具有开拓精神的杂文家。

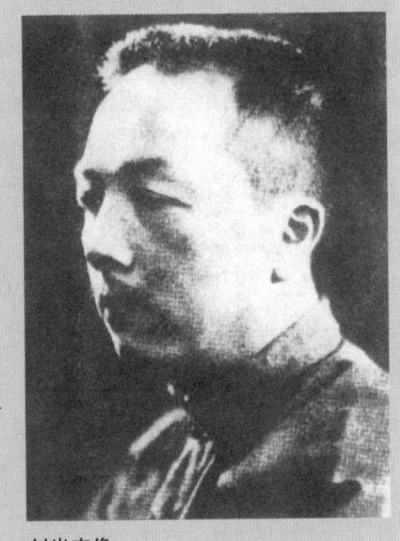

刘半农像

1911年曾参加辛亥革命。1912年在上海先后任《中华新报》特约编译员和中华书局编辑，并从事翻译和文学创作。1915年《新青年》创刊，为重要撰稿人之一。1917年应陈独秀之邀去北京，任北大预科教员，讲授国文法，并任《新青年》编辑，在《新青年》上发表了许多震惊文坛的进步论著，成为新文化运动中一位"斗士"和"闯将"。他积极提倡白话文，提倡分段、句读，使用新式标点等。1919年出席国语统一筹备会，通过了由其起草的《国语统一进行方法案》。1920年由北京政府派遣赴伦敦大学、巴黎大学攻读、研习实验语言学。后又去德国深造，并收集研究资料。1925年获法国国家文学博士学位，同时被推为巴黎语言学会会员，获法国学院的伏尔内语言学专奖。回国后，历任北大中文系教授及研究所国学门导师、中法大学国文系主任、中央研究院历史语言研究所特约研究员、北京古物保管委员会委员、辅仁大学教务长、北平大学女子文理学院院长。1929～1930年间，利用国外带回的仪器建立了我国第一个语音实验室——语音乐律实验室，曾创"声调推断尺"、"最简音高推断尺"。1931年后，专任北大文学院研究教授，主管研究院文史部事。

1934年在北京病逝，葬于香山碧云寺东侧风景秀丽的玉皇顶。病逝后，鲁迅曾在《青年界》上发表《忆刘半农君》一文表示悼念。

就是以消极为积极：不有消极，就没有积极。既如此，我也要用些游戏笔墨，造出一个"作揖主义"的新名词来。

"作揖主义"是什么呢？请听我说：——

譬如早晨起来，来的第一客，是位前清遗老。他拖了辫子，弯腰曲背走进来，见了我，把眼镜一摘，拱拱手说："你看！现在是世界不像世界了：乱臣贼子，遍于国中，欲求天下太平，非请宣统爷正位不可。"我急忙向他作了个揖，说："老先生说的话，很对很对。领教了，再会罢。"

第二客，是个孔教会会长。他穿了白洋布做的"深衣"，古颜道貌的走进来，向我说："孔子之道，如日月经天，江河行地。现在我们中国，正是四维不张，国将灭亡的时候；倘不提倡孔教，昌明孔道，就不免为印度波兰之续。"我急忙向他作了个揖，说："老先生说的话，很对很对，领教了，再会罢。"

第三客，是位京官老爷。他衣裳楚楚，一摆一踱的走进来，向我说："人的根，就是丹田。要讲卫生，就要讲丹田的卫生。要讲丹田的卫生，就要讲静坐。你要晓得，这种内功，常做了可以成仙的呢！"我急忙向他作了个揖，说："老先生说的话，很对很对。领教了，再会罢。"

第四五客，是一位北京的评剧家，和一位上海的评剧家，手携着手同来的。没有见面，便听见一阵"梅郎""老谭"的声音。见了面，北京的评剧家说："打把子有古代战术的遗意，脸谱是画在脸孔上的图案；所以旧戏是中国文学美术的结晶体。"上海的评剧家说："这话说得不错呀！我们中国人。何必要看外国戏；中国戏自有好处，何必去学什么外国戏？你看这篇文章，就是这一位方家所赏识的；外国戏里，也有这样的好处么？"他说到"方家"二字，翘了一个大拇指，指着北京的评剧家，随手拿出一张《公言报》递给我看。我一看那篇文章，题目是《佳哉剧也》四个字，我急忙向两人各各作了一个揖，说："两位老先生说的话，很对很对。领教了，再会罢。"

第六客是个玄之又玄的鬼学家。他未进门，便觉阴风惨惨，阴气逼人，见了面，他说："鬼之存在，至今日已无丝毫疑义。为什么呢？因为人所居者为'显界'，鬼所居者，尚别有一界，名'幽界'。我们从理论上去证明他，是鬼之存在，已无疑义。从实质上去证明他，是搜集种种事实，助以精密之器械，继以正确之试验，可知除显界外，尚有一幽界。"我急忙向他作了个揖，说："老先生说的话，很对很对，领教了，再会罢。"

末了一位客，是王敬轩先生。他的说话最多，洋洋洒洒，一连谈了一点多钟。把"中学为体，西学为用"八个字，发挥得详尽无遗，异常透彻。我屏息静气听完了，也是照例向他作了个揖，说："老先生的话，很对很对。领教了，再会罢。"

如此东也一个揖，西也一个揖，把这一班老伯，大叔，仁兄大人之类送完了，我仍旧做我的我：要办事，还是办我的事；要有主张，还仍旧是我的主张。这不过忙了两只手，比用尽了心思脑力唇焦舌敝的同他们辩驳，不省事得许多么？

何以我要如此呢？

因为我想到前清末年的官与革命党两方面，官要尊王，革命党要排满；官说革命党是"匪"，革命党说官是"奴"。这样牛头不对马嘴，若是双方辩论起来，便到地老天荒；恐怕大家还都是个"缠夹二先生"，断断不能有什么谁是谁非的分晓。所以为官计，不如少说闲话，切切实实想些方法去捉革命党。为革命党计，也不如少说闲话；切切实实想些方法去革命。这不是一刀两断，最经济最爽快的办法么？

我们对于我们的主张，在实行一方面，尚未能有相当的成效，自己想想，颇觉惭愧。

不料一般社会的神经过敏，竟把我们看得像洪水猛兽一般。既是如此，我们感激之余，何妨自贬声价，处于"匪"的地位：却把一般社会的声价抬高——这是一般社会心目中之所谓高——请他处于"官"的地位？自此以后，你做你的官，我做我的匪。要是做官的做了文章，说什么"有一班乱骂派读书人，其狂妄乃出人意表。所垂训于后学者，曰不虚心，曰乱说，曰轻薄，曰破坏。凡此恶德，有一于此，即足为研究学问之障，而况兼备之耶？"我们看了，非但不还骂，不与他辩，而且还要像我们江阴人所说的"乡下人看告示"，奉送他"一篇大道理"五个字。为什么？因为他们本来是官，这些话说，本来是"出示晓谕"以下，"右仰通知"以上应有的文章。

到将来，不幸而竟有一天，做官的诸位老爷们额手相庆曰："谢天谢地，现在是好了，洪水猛兽，已一律肃清，再没有什么后生小子，要用夷变夏，蔑污我神州四千年古国的文明了。"那时候，我们自然无话可说，只得像北京刮大风时坐在胶皮车上一样，一壁叹气，一壁把无限的痛苦尽量咽到肚子里去；或者竟带这种痛苦，埋入黄土，做蝼蚁们的食料。

万一的万一竟有一天变作了我们的"一千九百十一年十月十日"了，那么，我一定是个最灵验的预言家。我说：那时的官老爷，断断不再说今天的官话，却要说："我是几十年前就提倡新文明的，从前陈独秀胡适之陶孟和周启明唐元期钱玄同刘半农诸先生办《新青年》时，自以为得风气之先，其时我的新思想，还远比他们发生得早咧。"到了那个时候，我又怎么样呢？我想，一千九百十一年以后，自称老同盟的很多，真正的老同盟也没有方法拒绝这班新牌老同盟。所以我到那时，还是实行"作揖主义"，他们来一个，我就作一个揖，说："欢迎！欢迎！欢迎新文明的先知先觉！"

·作品赏析·

这是一篇有趣的画像，作者列举了一批人物：政客、遗老、帮闲、文艺家等，而作者所谓的"作揖主义"就是针对这些人的对策。"五四"新文化运动时期是一个对各种问题进行大争论的时期，然而刘半农却从这些争论中看出一些问题来："我想到前清末年的官与革命党两方面，官要尊王，革命党要排满；官说革命党是'匪'，革命党说官是'奴'。这样牛头不对马嘴，若是双方辩论起来，便到地老天荒；恐怕大家还都是个'缠夹二先生'，断断不能有什么谁是谁非的分晓。所以为官计，不如少说闲话，切切实实想些方法去捉革命党。为革命党计，也不如少说闲话，切切实实想些方法去革命。这不是一刀两断，最经济最爽快的办法么？"在作者看来，有些争论除了浪费时间和精力，根本毫无意义，于是他倡导不抵抗主义，"因为不抵抗主义面子上是消极，骨子里是最经济的积极。我们要办事有成效，假使不实行这主义，就不免消费精神于无用之地。我们要保存精神，在正当的地方用，就不得不在可以不必的地方省些。"并称之为"作揖主义"。文章做得很妙，形象而且幽默，温和且务实。而在骨子里，作者的态度却是非常鲜明的。

差不多先生传 /胡适

入选理由

文章的写法很具个性

夸张幽默的表达方式

从小处审查问题的简约手段

你知道中国最有名的人是谁?

提起此人,人人皆晓,处处闻名。他姓差,名不多,是各省各县各村人氏。你一定见过他,一定听过别人谈起他。差不多先生的名字天天挂在大家的口头,因为他是中国全国人的代表。

差不多先生的相貌和你和我都差不多。他有一双眼睛,但看的不很清楚;有两只耳朵,但听的不很分明;有鼻子和嘴,但他对于气味和口味都不很讲究。他的脑子也不小,但他的记性却不很精明,他的思想也不很细密。

他常常说:"凡事只要差不多,就好了。何必太精明呢?"

他小的时候,他妈叫他去买红糖,他买了白糖回来。他妈骂他,他摇摇头说:"红糖白糖不是差不多吗?"

他在学堂的时候,先生问他:"直隶省的西边是哪一省?"他说是陕西。先生说,

作者简介

胡适(1891～1962),现代诗人、学者。原名嗣穈,学名洪骍,字适之,笔名天风、藏晖等。安徽绩溪人。1904年,开始接触到西方科学及文化知识,1910年,胡适赴美留学。学成归国后,被聘为北京大学教授。1917年,参与《新青年》的编辑工作,提倡白话文和文学革命,极大地冲击了中国传统的文学观念。次年,提出"人的文学"及写实主义的主张。"五四"运动爆发后,提出改良主义的政治观。1946年,出任北京大学校长。1949年,赴美定居。

胡适像

"错了。是山西，不是陕西。"他说："陕西同山西，不是差不多吗？"

后来他在一个钱铺里做伙计；他也会写，也会算，只是总不会精细。十字常常写成千字，千字常常写成十字。掌柜的生气了，常常骂他。他只是笑嘻嘻地赔小心道："千字比十字只多一小撇，不是差不多吗？"

有一天，他为了一件要紧的事，要搭火车到上海去。他从从容容地走到火车站，迟了两分钟，火车已开走了。他白瞪着眼，望着远远的火车上的煤烟，摇摇头道："只好明天再走了，今天走同明天走，也还差不多。可是火车公司未免太认真了。八点三十分开，同八点三十二分开，不是差不多吗？"

他一面说，一面慢慢地走回家，心里总不明白为什么火车不肯等他两分钟。

有一天，他忽然得了急病，赶快叫家人去请东街的汪医生。那人急急忙忙地跑去，一时寻不着东街的汪大夫，却把西街牛医王大夫请来了。差不多先生病在床上，知道寻错了人；但病急了，身上痛苦，心里焦急，等不得了，心里想道："好在王大夫同汪大夫也差不多，让他试试看罢。"于是这位牛医王大夫走近床前，用医牛的法子给差不多先生治病。不上一点钟，差不多先生就一命呜呼了。

差不多先生差不多要死的时候，一口气断断续续地说道："活人同死人也差……差……差不多，……凡事只要……差……差……不多……就……好了，……何……何……必……太……太认真呢？"他说完了这句格言，方才绝气了。

他死后，大家都很称赞差不多先生样样事情看得破，想得通；大家都说他一生不肯认真，不肯算帐，不肯计较，真是一位有德行的人。于是大家给他取个死后的法号，叫他做圆通大师。

他的名誉越传越远，越久越大。无数无数的人都学他的榜样。于是人人都成了一个差不多先生。——然而中国从此就成为一个懒人国了。

·作品赏析·

写中国人的懒和不认真不负责的文字并不在少。然而作为一篇杂文，本文却是另一种写法，就是全用简笔的白描，兼用嘲讽和夸张的手法，写出一种病。胡适先生是将一种毛病拟人来写，他拟出的人物叫"差不多先生"，而文章就是此先生的高妙画像。他首先是中国籍的名人，并且作者说他是"中国全国人的代表"，他的五官和脑子身体几乎无用。而他的意见是"凡事只要差不多，就好了。何必太精明呢"。不必太精明的他认为"千字比十字只多一小撇，不是差不多吗"。他得一急病，找了一个差不多的医生，使他小命难保，但他在咽气前仍发表了"活着跟死了差不多"的高论。这样的人，被我们国人认为是一位有德行的人，并且都以他为榜样。这样的嘻嘻哈哈的写法很符合胡适一贯温和的风格，但是谈论的问题却不是轻松的。幽默和讽刺使得这篇文章成为一种善意的劝喻，而不至于过激地攻击和伤害。

中国的人命 / 陶行知

入选理由

所谈的问题今天依然具有极大的现实意义

一针见血地直指问题的根源，具有非常深刻的思想性

我在太平洋会议的许多废话中听到了一句警语。劳耳说："中国没有废掉的东西，如果有，只是人的生命！"

人的生命！你在中国是耗废得太多了。垃圾堆里的破布烂棉花有老太婆们去追求，路边饿得半死的孩子没有人过问。

卖女

图中女孩（左二）不情愿地被父母卖掉。在中国特定的历史时期，子女的命运掌握在父母手中，而且在人的生命不被重视的年代，孩子也能成为商品被买卖。正如作者所感叹，中国最不值钱的是人命。物的价值、世俗的价值远远凌驾于生命之上。对此，作者投以人道主义的怜悯。

作者简介 ....

陶行知(1891～1946)，安徽黄山市歙县人。现代著名教育家、教育思想家、民主主义战士、共产主义战士、爱国者。1910年入南京金陵大学学习。1914年赴美留学。1917年回国，先后任南京高等师范学校以及东南大学教授、教务主任、教育科主任。1919年初，参加《新教育》杂志编辑工作，1921年任该杂志主编，并任中华教育改进社主任干事。1923年，与晏阳初等发起组织中华平民教育促进会，推进平民教育运动。1926年，发表《中国教育改进社改造全国乡村教育宣言书》倡导乡村教育运动。1927年，创办了闻名中外的试验乡村师范学校——晓庄师范，并提出了"社会即教育"、"生活即教育"、"教学做合一"

陶行知像

的生活教育理论，主张教育要深入民间、为民众生活服务、为抗日救国服务。1929年被美国圣约翰大学授予科学博士学位。1931年，发起"科学下嫁运动"，从事科学普及工作。1932年起，先后创办了"山海工学团"、"晨更工学团"、"劳工幼儿团"，首创"小先生制"，成立"中国普及教育助成会"，开展"即知即传"的普及教育运动。1935年，"一二·九"运动后，积极参加抗日救亡运动，提倡国难教育、战时教育，投身抗日民主教育。1936年，当选为全国各界救国联合会执行委员和常务委员。同年当选为世界和平大会中国执行委员。1937年7月，创办了著名的育才学校。1945年，在中国民主同盟临时全国代表大会上，陶行知当选为中国民主同盟中央常务委员兼教育委员会主任委员。1946年又在重庆创办社会大学。同年7月25日病逝于上海。

陶行知毕生从事平民教育事业，宋庆龄为陶行知纪念馆题辞称之为"万世师表"。

花十来个铜板坐上人力车要人家拚命跑，跑得吐血倒地，望也怕望，便换了一部车儿走了。太太生孩子，得雇一个奶妈。自己的孩子白而胖，奶妈的孩子瘦且死。童养媳偷了一块糖吃要被婆婆逼得上吊。做徒弟好比是做奴隶，连夜壶也要给师傅倒，倒得不干净，一烟袋打得脑袋开花。煤矿里是五个人当中要残废一个。日本人来了，一杀是几百。大水一冲是几万。一年之中死的人要装满二十多个南京城。(说得正确些，是每年死的人数等于首都人口之二十多倍。)当我写这篇短文的时候，每个字出世是有三个人进棺材。

"中国没有废掉的东西，如果有，只是人的生命！"

您却不可作片面的观察。一个孩子出天花，他的妈妈抱他在怀里七天七夜，毕竟因为卓绝的坚忍与慈爱她是救了他的小命。在这无废物而有废命的社会里，这伟

大的母爱是同时存在着。如果有一线的希望，她是愿意为她的小孩的生命而奋斗，甚而至于牺牲自己的生命，也是甘心情愿的。

这伟大的慈爱与冷酷的无情如何可以并立共存？这矛盾的社会有什么解释？他是我养的，我便爱他如同爱我，或者爱他甚于爱我自己。若不是我养的，虽死他几千万，与我何干？这个态度解释了这奇怪的矛盾。

中国要到什么时候才能翻身？要等到人命贵于财富，人命贵于机器，人命贵于安乐，人命贵于名誉，人命贵于权位，人命贵于一切，只有等到那时，中国才站得起来！

旧时的乞丐

这对母子乞丐在大街小巷流浪乞讨。他们是中国底层社会人民的代表。母亲虽然贫穷，她的手却仍拉着孩子，努力养活儿子，这种微薄的母爱在荒废人命的时代却是非常伟大的。

·作品赏析·

本文发表于1932年，而今天读来，却依然使人震惊如昨。陶行知是位虔诚的人道主义者，始终把人的价值放在一切价值的核心位置。他认为生命的尊严才是至高无上的，在神圣的生命面前，没有任何世俗之物称得上高贵。从生命本位出发，陶行知特别推崇博爱，"爱满天下"是他的人生信条，终身恪守不渝。在本文里就充分体现了这种理念。然而中国社会的实际却恰好相反：物的价值，世俗的价值远远凌驾于生命之上。这样一种扭曲的价值体系，不仅是对生命的亵渎，造成人的异化，而且直接导致国家的积弱积贫。有感于不断重演的生命悲剧，陶行知喟然长叹到："人的生命！你在中国是耗废得太多了。"而奇怪的是，残忍的冷酷与伟大的慈爱这两种看似矛盾的人性竟可以并存于中国人身上，冷酷施于所谓"外人"，慈爱施于所谓"自己人"，可见中国人对生命权的保护是功利的，它仅仅承认被选择的人的生命权利。不在选择范围内的，就根本漠视其生命权利，根本视若草芥。选择的标准，主要着眼于生命的外在价值，即社会属性。生命的社会属性压倒一切，生命本身无足轻重。这种情况下，生灵受荼受毒，人命如草如菅，是极正常的现象。对生命在中国的这种悲惨遭际，陶行知痛心疾首，发出振聋发聩的警言——"中国要到什么时候才能翻身？要等到人命贵于财富，人命贵于机器，人命贵于安乐，人命贵于名誉，人命贵于权位，人命贵于一切，只有等到那时，中国才站得起来！"

"老爷"说的准没错 / 叶圣陶

　　《十五贯》里的娄阿鼠说："老爷说是通奸谋杀，自然是通奸谋杀的了。"这当然表现娄阿鼠作恶心虚，谋脱干系，可是这句话的格式可以研究一下，因为这个格式代表一种思想方法。

　　老爷说的话准没有错儿。为什么准没有错儿？就因为说话的是老爷。不妨听一听，

作者简介

叶圣陶像

　　叶圣陶（1894～1988），原名叶绍钧，生于江苏苏州。1907年考入草桥中学，毕业后任小学当教员。1914年被排挤出学校，开始在《礼拜六》等杂志上发表文言小说。1915年秋到上海商务印书馆附设的尚公学校教国文，并为商务印书馆编小学国文课本。1917年应聘到吴县、角直县立第五高等小学任教。1919年参加北京大学学生组织的新潮社，并在《新潮》上发表小说和论文。1921年与郑振铎、茅盾等人组织发起"文学研究会"，并在《小说月报》和《文学旬刊》上发表作品。1923～1930年，在上海商务印书馆当编辑。1927年5月开始主编《小说月报》。1930中转到开明书店当编辑。抗日战争期间举家内迁，曾在乐山任武汉大学中文系教授。后到成都主持开明书店编务。1946年返回上海。新中国成立后，曾任出版总署署长、教育部副部长兼人民教育出版社社长、中央文史研究馆馆长、全国政协副主席。

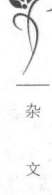

围观

这是 19 世纪末的一幅照片。八国联军侵华后，几位外国人在中国北平街上喝酒寻乐，旁若无人。一群平民百姓目瞪口呆地看着他们，似觉不可思议，但无人敢问津。

老爷说是怎么样，自然是怎么样了，他的语气是多么斩钉截铁。娄阿鼠的思想方法的全部精华就是这样。

岂但娄阿鼠呢！从前有许多人用"先圣有言"发端，或者用"孔子曰"、"孟子曰"开场，把大前提摆出来，然后立下判断。近几十年来，"先圣有言"和"孔子曰""孟子曰"几乎绝迹了，可是大前提的前边往往是"某某说"或者"某某指示我们"，可见余风未衰。这些大前提为什么能做大前提，照例用不着证明，这里头隐隐含着这么个意思——是某某说的话就有资格做大前提。这就差不多跟娄阿鼠一鼻孔出气了。娄阿鼠不是相信老爷说的话准没有错儿吗？所以娄阿鼠的思想方法可以做代表。

早些年有个名儿叫"偶像崇拜"，今年有个新鲜名儿叫"个人崇拜"，两个名儿二而一，都指的这一种思想方法。

听令

这是一张 19 世纪末的明信片。八国联军侵华后，中国丧失了独立和主权，中国官吏不得不受八国联军的摆布。图中清朝官吏正讨好地听着那位外国军官的吩咐。

被用作大前提的先圣，孔子、孟子以及这个某某，那个某某的话也全没有错儿，从这些大前提推出来的结论也许全有道理，也许对实际工作有好处，可是这样的思想方法总难叫人信服，因为它只认某某而不辨道理，因为它无条件地肯定某某的话必有道理，这是无论如何不会约定俗成的。

摆脱这样的思想方法，该是改进文风的办法之一。

·作品赏析·

叶圣陶先生的智慧、深刻和含蓄的确让人佩服。他通过《"老爷"说的准没错》一文巧妙地揭露了封建专制统治及其危害，但见诸文字的却是有关改进文风的话题。

本文以娄阿鼠的言语为切入点，引出了"娄阿鼠式的思想方法"，即"'老爷'说的话准没错，为什么准没错？就因为说话的是老爷。"

细细分析"娄阿鼠式的思想方法"形成原因无非是专制暴政的压迫和个体利益的驱动。因为"老爷"有权有势，能操纵"下人"身家性命，所以"老爷"的话对于下人而言就一定是对的了，即便不对，"下人"也只能无声地忍受；而"下人"在面对强权的时候只有唯命是听，唯命是从，才能保证自己的利益，乃至自己的生命不受伤害。

"老爷"说的准没错

昆剧《十五贯》中的娄阿鼠奴颜婢膝，唯上是从。这种角色反映了现实生活中一类人相似的思想作风。

文中，叶先生还特意强调了"娄阿鼠思想方法"形成的条件，就是"大前提"，还作了这样的解释："这些大前提为什么能做大前提，照例用不着证明，这里头隐隐含着这么个意思——是某某说的话就有资格做大前提"。而"大前提"是什么意思，"老爷"指的是什么人，这里就不言而喻了。

为什么叶先生宁可用非常隐讳的方法提醒人们要"摆脱这种思想方法"？因为它的危害实在是太大了。首先是对"下人"的危害。"这样的思想方法总难叫人信服，因为它只认某某而不辨道理，因为它无条件地肯定某某的话必有道理，这是无论如何不会约定俗成的。"也就是说像娄阿鼠这样处理事情，无疑是受人以柄；其次，是对"老爷"的危害。"老爷"说的话如果是错的，那势必造成一定后果，而要为后果"埋单"的，只能是"老爷"，而非"下人"；再次，是对普天下老百姓的危害，这也是最大的危害。也就是说，如果后果严重到"老爷"也无法承担的时候，那"埋单"的义务则毫无疑问会地落到老百姓的头上。

所以，要想避免可怕的后果出现，就要摆脱"娄阿鼠式的思想方法"。而摆脱这种思想方法最有效的途径就是彻底消除"老爷"阶层，让全天下的人都有话语权。

中国人的国民性 / 林语堂

入选理由

有关中国人的国民性的著作中，本文是具有独立价值的
大家手笔拈来的精致小品
诙谐嬉笑中藏着热烈的爱与深刻的分析

一

中国向来称为老大帝国。这老大二字有深意存焉，就是既老又大。老字易知，大字就费解而难明了。所谓老者第一义就是年老之老。今日小学生无不知中国有五千年的历史，这实在是我们可以自负的。无论这五千年中是怎样混法，但是五千年的的确确被我们混过去了。一个国家能混过上下五千年，无论如何是值得敬仰的。国家和人一样，总是贪生想活，与其聪明而早死，不如糊涂而长寿。中国向来提倡敬老之道，老人有什么可敬呢？是敬他生理上一种成功，抵抗力之坚强；别人都死

作者简介

林语堂(1895～1976)，福建龙溪人。原名和乐，后改玉堂，又改语堂。1912年入上海圣约翰大学，毕业后在清华大学任教。1919年秋赴美哈佛大学文学系。1922年获文学硕士学位。同年转赴德国入莱比锡大学，专攻语言学。1923年获博士学位后回国，任北京大学教授、北京女子师范大学教务长和英文系主任。1924年后为《语丝》主要撰稿人之一。1926年到厦门大学任文学院长。1927年任外交部秘书。1932年主编《论语》半月刊。1934年创办《人间世》，1935年创办《宇宙风》，提倡"以自我为中心，以闲适为格调"的小品文。1935年后，在美国用英文写作。1944年曾一度回国到重庆讲学。1945年赴新加坡筹建南洋大学，任校长。1952年在美国创办《天风》杂志。1966年定居台湾。1967年受聘为香港中文大学研究教授。1975年被推举为国际笔会副会长。1976年在香港逝世。

林语堂像

了，而他偏还活着。这百年中，他的同辈早已逝世，或死于水，或死于火，或死于病，或死于匪，灾旱寒暑攻其外，喜怒忧乐侵其中，而他能保身养生，终是胜利者。这是敬老之真义。敬老的真谛，不在他德高望重，福气大，子孙多，倘使你遇到道旁一个老丐，看见他寒穷，无子孙，德不高望不重，遂不敬他，这不能算为真正敬老的精神。所以敬老是敬他的寿考而已。对于一个国家也是这样。中国有五千年连绵的历史，这五千年中多少国度相继兴亡，而他仍存在；这五千年中，他经过多少的旱灾水患，外敌的侵凌，兵匪的蹂躏，还有更可怕的文明的病毒，假使在于神经较敏锐的异族，或者早已灭亡，而中国今日仍存在，这不能不使我们赞叹的。这种地方，只可意会，不可言传。同时老字还有旁义。就是"老气横秋"，"脸皮老"之老。人越老，脸皮总是越厚。中国这个国家，年龄总比人家大，脸皮也比人家厚。年纪一大，也就倚老卖老，荣辱祸福都已置之度外，不甚为意。张山来说得好："少年人须有老成人之识见，老成人须有少年人之襟怀"；就是少年识见不如老辈，而老辈襟怀不如少年。少年人趾高气扬，鹏程万里，不如老马之伏枥就羁。所以孔子是非常反对老年人之状况的。一则曰"不知老之将至"，再则曰"老而不死是为贼"，三则曰"及其老也，戒之在得"。戒之在得是骂老人之贪财，容易犯了晚年失节之过。俗语说"鸨儿爱钞，姐儿爱俏"，就是孔子的意思。姐儿是讲理想主义者，鸨儿是讲现实主义者。

大是伟大之义。中国人谁不想中国真伟大啊！其实称人伟大，就是不懂之意。以前有黑人进去听教师讲道，人家问他意见如何，他说"伟大啊"。人家问他怎样伟大，他说"一个字也听不懂"。不懂时就伟大，而同时伟大就是不可懂。你看路上一个同胞，或是洗衣匠，或是裁缝，或是黄包车夫，形容并不怎样令人起敬起畏。然而试想想他的国度曾经有五千年历史，希腊罗马早已亡了，而他巍然获存。他所代表的中国，虽然有点昏沉老耄，国势不振，但是他有绵长的历史，有古远的文化，有一种处世的人生哲学，有文学，美术，书画，建筑足与西方媲美。别人的种族，经过几百年文明，

《南京条约》签字图

《南京条约》是中国近代史上第一个丧权辱国的不平等条约。1842年8月29日，清政府官员与英国签定了《南京条约》，同意割让香港，付给英国巨额赔款，给予领事裁判权，实行片面最惠国待遇等等。中国人的忍耐和退让曾让泱泱大国蒙羞受辱。

总是腐化，中国的民族还能把河南犹太民族吸引同化。这是西洋民族所未有的事。中国的历史比他国有更长的不断的经过，中国的文化也比他国能够传遍较大的领域。据实用主义的标准讲，他在优胜劣败的战场上是胜利者，所以这文化，虽然有许多弱点，也有竞存的效果。所以你越想越不懂，而因为不懂，所以你越想中国越伟大起来了。

二

老实讲，中国民族经过五千年的文明，在生理上也有相当的腐化，文明生活总是不利于民族的。中国人经过五千年的叩头请揖让跪拜，五千年说"不错，不错"，所以下巴也缩小了，脸庞也圆滑了。一个民族五千年中专说"啊！是的，是的，不错，不错"，脸庞非圆起来不可。江南为文化之区，所以江南也多小白脸。最容易看出的是毛发与皮肤。中国女人比西洋妇人皮肤嫩，毛孔细，少腋臭，这是谁都承认的。

还有一层，中国民族所以生存到现在，也一半靠外族血脉的输入，不然今日恐尚不止此颓唐萎靡之势。今日看看北方人与南方人体格便知此中的分别。（南人不必高兴，北人不必着慌，因为所谓"纯粹种族"在人类学上承认"神话"，今日国中就没人能指出谁是"纯粹中国人"。）中国历史，每八百年必有王者兴，其实不是因为王者，是因为新血之加入。世界没有国家经过五百年以上而不变乱的；其变乱之源就是因为太平了四五百年，民族就腐化，户口就稠密，经济就穷窘，一穷就盗贼瘟疫相继而至，非革命不可。所以每八百年的周期中，首四五百年是太平的，后二三百年就是内乱兵匪，由兵匪起而朝代灭亡，始而分裂，继而迁都，南北分立，终而为外族所克服，克服之后，有了新血脉然后又统一，文化又昌盛起来。

蒙古人攻城图

元朝统一后，经济社会迅速发展，十分繁荣。作者认为，国家的乱治与新鲜的力量的融入有关。一个民族越是平稳无变动，越容易腐败。只有加入新鲜的力量，才能昌盛繁荣。

周朝八百年是如此。先统一后分裂，再后楚并诸侯南方独立，再后灭于秦。由秦至隋也是约八百年一期，汉晋是比较统一，到了东晋便五胡乱华，到隋才又统一。由隋至明也是约八百年，始而太平，国势大振，到南宋而渐微，到元而灭。由明到清也是一期，太平五百年已过，我们只能希望此后变乱的三百年不要开始，这曾经有人做过很详细的统计。总而言之，北方人种多受外族的混合，所以有北方之强，为南人所无。你看历代建朝帝王都是出于长江以北，没有一个出于长江以南。所以中国人有句话，叫做，吃面的可以做皇帝，而吃米的不能做皇帝。曾国藩不幸生于长江以南，又是湖南产米之区，米吃得太多，不然早已做皇帝了。再精细考究，除了周武王秦始皇及唐太祖生于西北陇西以外，历朝开国皇帝都在陇海路附近，安徽之东，山东之西，江苏之北，河北之南。汉高祖生于江北，晋武帝生于河南，宋太祖出河北，明太祖出河南。所以江淮盗贼之薮，就是皇帝发祥之地。你们谁有女儿，要求女婿或是要学吕不韦找邯郸姬生个皇帝儿，求之陇海路上之三等车中，可也。考之近日武人，山东出了吴佩孚，张宗昌，孙传芳，卢永祥。河北出了齐燮元，李景琳，强之江，鹿钟麟。河南出一袁世凯，险些儿就登了龙座，安徽也出了冯玉祥，段祺瑞。江南向来没有产过名将，只出了几个很好的茶房。

三

但是虽有此南北之分，与外族对立而言，中国民族尚不失为有共同的特殊个性。这个国民性之来由，有的由于民种，有的由于文化，有的是由于经济环境得来的。中国民族也有优点，也有劣处，若俭朴，若爱自然，若勤俭，若幽默，好的且不谈，谈其坏的。为国与为人一样，当就坏处着想，勿专谈己长，才能振作。有人要谈民族文学也可以，但是夸张轻狂，不自检省，终必灭亡。最要紧是研究我们的弱点何在，及其弱点之来源。

德国人统治下脚带镣铐的"幸福生活"
这是一幅 19 世纪的明信片。它是八国联军时期德国人统治中国人的一个缩影。

我们姑先就这三个弱点：忍耐性，散慢性及老猾性，研究一下，并考其来源。我相信这些都是一种特殊文化及特殊环境的结果，不是上天生就华人，就是这样忍辱含垢，这样不能团结，这样老猾奸诈。这有一方法可以证明，就是人人在他自己的经历，可以体会出来。本来人家说屁话，我就反对；现在人家说屁话，我点头称善曰："是啊，不错不错。"由此度量日宏而福泽日深。由他人看来，说是我的修养工夫进步。不但在我如此，其实人人如此。到了中年的人，若肯诚实反省，都有这样修养的进步。二十岁青年都是热心国事，三十岁的人都是"国事管他娘"。我们要问，何以中国社会使人发生忍耐，莫谈国事，及八面玲珑的态度呢？我想含忍是由家庭制度而来，散慢放逸是由于人权没有保障，而老猾敷衍是由于道家思想。自然各病不只一源，而且其中各有互相关系；但为讲解得清楚便利，可以这样暂时分个源流。

　　忍耐，和平，本来也是美德之一。但是过犹不及；在中国忍辱含垢，唾面自干已变成君子之德。这忍耐之德也就成为国民之专长。所以西人来华传教，别的犹可，若是白种人要教黄种人忍耐和平无抵抗，这简直是太不自量而发热昏了。在中国，逆来顺受已成为至理名言，弱肉强食，也几乎等于天理。贫民遭人欺负，也叫忍耐，四川人民预缴三十年课税，结果还是忍耐。因此忍耐乃成为东亚文明之特征。然而越"安排吃苦"越有苦可吃。若如中国百姓不肯这样地吃苦，也就没有这么许多苦吃。所以在中国贪官剥削小百姓，如大鱼吃小鱼，可以张开嘴等小鱼自己游进去，不但毫不费力，而且甚合天理。俄国有个寓言，说一日有小鱼反对大鱼的奸灭同类，就对大鱼反抗，说"你为什么吃我？"大鱼说："那么，请你试试看。我让你吃，你吃得下去么？"这大鱼的观点就是中国人的哲学，叫做守己安分。小鱼退避大鱼谓之"守己"，退避不及游入大鱼腹中谓之"安分"。这也是吴稚晖先生所谓"相安为国"，你忍我，我忍你，国家就太平无事了。

　　这种忍耐的态度，我想是由大家庭生活学来的。一人要忍耐，必先把脾气炼好，脾气好就忍耐下去。中国的大家庭生活，天赋给我们练习忍耐的机会，因为在大家庭中，子忍其父，弟忍其兄，妹忍其姊，侄忍叔，妇忍姑，妯娌忍其妯娌，自然成为五代同堂团圆局面。这种日常生活磨练影响之大，是不可忽略的。这并不是我造谣。以前张公艺九代同堂，唐高宗到他家问何诀。张公艺只请纸连写一百个"忍"字。这是张公艺的幽默，是对大家庭制度最深刻的批评。后人不察，反拿百忍当传家宝训。自然这也有道理。其原因是人口太多，聚在一起，若不兼容，就无处翻身，在家在国，同一道理。能这样相忍为家者，自然也能相安为国。

　　在历史上，我们也可证明中国人明哲保身莫谈国事决非天性。魏晋清谈，人家骂为误国。那时的文人，不是隐逸，便是浮华，或者对酒赋诗，或者炼丹谈玄，而结果有永嘉之乱，这算是中国人最消极最漠视国事之一时期，然而何以养成此普遍清谈之风呢？历史的事实，可以为我们明鉴。东汉之末，子大夫并不是如此的。太学生三万人常常批评时政，是谈国事，不是不谈的。然而因为没有法律的保障，清议之权威抵不过宦官的势力，终于有党锢之祸。清议之士，大遭屠杀，或流或刑，或夷其家族，杀了一次又一次。于是清议之风断，而清谈之风成，聪明的人或故为放逸浮夸，或沉湎酒色，而达到酒德颂的时期。有的避入山中，蛰居子屋，由窗户传食。有的化为樵夫，求其亲友不要来访问，以避耳目。竹林七贤出，而大家以诗酒为命。刘伶出门带一壶酒，叫一人带一铁锹，对他说"死便埋我"，而时人称贤。贤就是聪明，因为他能佯狂，而得善终。时人佩服他，如小龟佩服大龟的龟壳的坚实。

所以要中国人民变散慢为团结，化消极为积极，必先改此明哲保身的态度，而要改明哲保身的态度，非几句空言所能济事，必改造使人不得不明哲保身的社会环境，就是给中国人民以公道法律的保障，使人人在法律范围之内，可以各开其口，各做其事，各展其才，各行其志。不但扫雪，并且管霜。换句话说，要中国人不像一盘散沙，根本要着，在给与宪法人权之保障。但是今日能注意到这一点道理，真正参悟这人权保障与我们处世态度互相关系的人，真寥如晨星了。

·作品赏析·

在反思中国人的国民性的著作中，《中国人的国民性》是具有独立价值的。作者在看透中国人的老大自居和"忍耐性，散慢性及老猾性"等人性弱点的同时究其根源，认为种种劣迹的繁衍在于世道和人心的相互改造。中国历史的古老，生存的艰难，环境的复杂，政治的变乱，都是产生这些弱点的土壤，而中国历史之所以绵长而不绝的原因只在新血液的不断加入。作者认为，原本"无论这五千年中是怎样混法，但是五千年的的确确被我们混过去了。一个国家能混过上下五千年，无论如何是值得敬仰的"。但可笑可悲的是，中国向来提倡敬老之道"是敬他生理上一种成功，抵抗力之坚强；别人都死了，而他偏还活着"。莫大的讽刺在于我们的敬是糊涂的敬，并没有敬在道理上。关于"忍耐性，散慢性及老猾性"，作者指出："含忍是由家庭制度而来，散慢放逸是由于人权没有保障，而老猾敷衍是由于道家思想。自然各病不只一源，而且其中各有互相关系。"忍耐、和平，本来也是美德之一，而"在中国忍辱含垢，唾面自干已变成君子之德。这忍耐之德也就成为国民之专长"。而改造国民，使"中国人民变散慢为团结，化消极为积极，必先改此明哲保身的态度，而要改明哲保身的态度"。就"必改造使人不得不明哲保身的社会环境，就是给中国人民以公道法律的保障"。也就是说，"要中国人不像一盘散沙，根本要着，在给与宪法人权之保障"。文章从容谈古论今，确凿而在理，使人不能不信服。

X 市的狗 / 胡愈之

入选理由

敏感自觉的平等意识
思想和态度的生动外化
现实指涉的长远意义

在我们的读者中间，大概有好几位是曾经到过S市，或者是住居在S市的。列位大概都知道S市是东方最繁盛的都市，是物质文明集合的中心点；那边的人们，吃的、着的、住的、逛的，比在别处都要好。可是除了十几层高的洋楼，十多丈阔的马路以外，

S 市的狗

原题《查办狗案》，选自《点石斋画报》。西方人爱狗像对待人一样，狗食牛肉，睡红地毯，还坐马车，由主人抱在怀里如抱婴儿。公平洋行养狗数条。正月初一夜被人枪毙了三条狗。主人报案，最后没有查到击狗的人。这件案子恐怕是人们看不惯，狗惹人嫌所致。

这S市的文化，还有一个特点，却少有人知道。这特点是什么？原来就是狗道主义。狗，在S市是特别被尊崇的。S市的法律对于狗的生命安全，保护得十分周到。没有人敢杀害它，虐待它。狗的一切享受，也与众不同。初次来到S市的乡下曲辫子，见了那边的哈巴狗，住的是清洁的洋楼，套的是金银的项索，吃的是牛肉和乳酪，出来乘着龙飞行的汽车，亲着洋太太的香吻，都不免摇摇头，叹一声"我不如也"。所谓S市的狗道主义便是如此的。

此外更有许多事实可以证明S市的狗道主义的发达。S市的公园，门口都挂着一块牌子，写着"狗与□人不准入内"。自然，一切的牲畜，都是禁止走入公园的。但是没

有写着："狮子不准入内"，"老虎不准入内"，"猪不准入内"，"牛不准入内"，却单写着"狗与□人不准入内"，可见对于狗的地位的重视，至少，在 S 市的人们看来，狗和某种的人类是立于平等地位了。而且，这一条法律，也不是没有例外的。据说，狗，只要穿戴了人的衣冠，依旧可以走进公园里去，并不加以禁阻。但是自从 S 市开辟公园以来，却不曾见有四足的动物，着着 overcoat，戴着大礼帽，假扮了人模样，在公园里散步。可见，虽然是狗，实在也颇知自爱呢。

再举一个例：假如你在 S 市开着汽车，撞死了一个不相干的人，那没有什么大不了的事，你只消到法庭里去申辩一下，那公正的法官，便"援笔判道"："死者

作者简介 ......

胡愈之（1896～1986），浙江省上虞县人。1911 年后，入绍兴府中学堂。1914 年，考入上海商务印书馆编辑所当练习生，开始接受新文化思潮。1919 年在上海参加了声援"五四"运动的斗争，并在《东方杂志》连续撰文，提倡科学和民主。他积极参加社会活动，创建了上海世界语学会，介绍俄国和其他弱小民族的文学作品。1920 年，和郑振铎、沈雁冰共同发起成立"文学研究会"，积极推进新文学运动。1925 年，参加上海"五卅"运动，编辑出版《公理日报》，成为指导运动的舆论工具。1928 年 1 月流亡法国，入法国巴黎大学国际法学院学习，并系统地钻研马克思主义著作。

胡愈之像

1931 年，"九·一八"事变后，他主编《东方杂志》，积极宣传抗日救亡主张。同时他与邹韬奋共同主持著名的《生活周刊》，并推动创办生活书店。1933 年初，应鲁迅之邀加入"民权保障同盟"，并当选为总会临时中央执行会执行委员。1935 年，主要精力投入组织救国会的活动。1935 年 12 月，由于国民党特务的追捕，胡愈之逃亡到香港。1940 年，胡愈之奉命在新加坡开展抗日宣传工作。后流亡在印尼苏门答腊岛。

抗日战争胜利后，胡愈之回到新加坡，创办了"新南洋出版社"、《南侨日报》、《风下》周刊和《新妇女》杂志，在海外团结侨胞共同为迎接新中国的诞生贡献力量。

新中国成立后，胡愈之历任《光明日报》总编辑，国家出版总署署长，中国文字改革委员会副主任，文化部副部长，中国人民外交学会副会长、中华全国世界语协会理事长，第一至第五届全国人大常委，第六届全国人大常委会副委员长，第二届、第三届、第四届全国政协委员，第五届全国政协副主席，中国民主同盟中央委员会副主席、代主席等职。

1986 年 1 月 16 日，胡愈之在北京逝世，终年 90 岁。

系自不小心，着尸属具结领回，汽车夫开释。"但你要是运道不好，在马路上撞坏了一条狗腿，而那狗又是某洋太太所最钟爱的，你可就没有这么便宜了。你至少也得赔偿医药费 50 元，才能了事。这是因为在 S 市有一句俗语："只有不小心的人，没有不小心的狗。"把人撞坏了，那也许由于被撞的人自不小心。要是把狗撞坏了，那罪一定在于撞狗的人，而不在于被撞的狗，因为狗是决不至于不小心的。就这一个例，更可以看出狗道主义的精义的一斑。

但是现在我所要讲的，却是另一个故事，这故事不是讲 S 市的狗，而是讲 X 市的狗的。X 市和 S 市不同，在那边狗道主义还未昌明，因此狗竟不齿于人类。话虽如此，X 市的狗却不是无用的狗。它们能拉车，能负重，能做一切的工作。X 市的人们差不多全是靠了狗才能生活。但是狗虽做了最大的职务，却只得了最小的报酬。它们替人做了许多事，把生命的全部都耗尽了，但结果竟不得一饱。连它们所应得的骨头，也不能得到。在 X 市的人们看来，以为这不算不公平，这是当然的事：凡牲畜本来比奴隶还要下等，而狗却比奴隶的奴隶还要下等。狗是受人类豢养的，如果没有人类，也就没有狗类。所以苦工是狗的本分，而骨头却是人的恩泽。狗有做苦工的义务，而没有要求骨头的权利。这是在 X 市所公认的道德原则。

向来 X 市的狗，都是非常安分，而且对于此种道德原则，是谨守不渝的。但是道德虽高妙，究竟不能装满肚腹。狗的智慧虽不如人，生理的构造，却和人差不了多少。肚饿了究竟是无法可想的。因此，有一天，X 市的狗，从来不吠的，居然喤喤的吠了起来。这意思是要求多给一块骨头。这本来是违反 X 市的道德的。X 市的人把狗吠当作了一件大不吉利的事。但是又有什么法想呢？要是天天狂叫起来，荒废工作，人类的损失可是不笑到了最后，人居然让步了，和狗订了一个契约，以后多给一块骨头，但不许乱叫。总算万幸，一场狗风潮，就此平息了。

但是人到底比狗聪明得多，他知道此风断不可长，风潮虽幸而平息，却不可不下一番辣手，以儆将来，否则狗胆日益张大，后患何堪设想！因此虽然已经允许了多给一块骨头，到了风潮平息后，依旧不给。狗自然不肯干休，这一次不单是狂叫，而且张着狰狞的牙齿，仿佛要咬人的样子。狗是激成忿怒了，谁知这正中了人的恶计。X 市全体的人们便都嚷着道："不得了，不得了，狗咬起人来了，这些狗一定是疯了，为了 X 市的治安，为了人类的生命的安全，快来打死这疯狗，快来打死这疯狗！"

轰轰的两声，枪弹穿进了两只狗的肚腹。

又是轰轰轰的接连十几声，枪弹穿进了十几只狗的肚腹。

"为了 X 市的治安，为了人类生命的安全，快来打死这疯狗，快来打死这疯狗！"

明天 X 市的报纸，登了一条新闻，说道："昨天某处打死了两只公狗。"许多读报的人，都不满意，他们说："打死两只狗，也值得上报吗？"

以后的事情，却不曾知道。但据新从 X 市回来的人说，那边的狗虽然打死了好多只，但是那些没有打死的，却都已传染了疯狗毒，现在真的咬起人来了。被咬死的人也有不少。那人回来的时候，X 市里正闹着疯狗问题呢。

读完了这一篇故事的人，一定要感叹着说："同是狗也，何幸而为 S 市的狗，何不幸而为 X 市的狗！"但是著者的见解却又不同。著者以为 S 市的狗，虽然养尊处优，但是它的地位，到底也不见得很高，因为真正的幸福是要自己去挣得的，而不是可以赐与的。至于 X 市的狗，本来只求多得一块骨头，填填它的肚腹，现在骨头虽不曾到手，它的肚腹却已装满了枪弹了，这不是一样的有幸吗？

人不如狗

19 世纪末，在外国监工驱打下推拉巨石的劳工的艰苦生活，反映了一个时期中国劳苦大众的普遍生存状况。在受人欺凌、缺乏人权保障的时代，中国民众大多生活在水深火热之中。

· 作品赏析 ·

以狗比喻人的文字是非常多的，但大多都在于指出这类人的为人所不耻处。本文的不同在于，虽然是以狗比喻，却重在对比两种"狗"的不同境遇，进而说明，即使是狗，对于实在的不公以致不能存活的处境，都要起反抗之心的。文章的题目是"X 市的狗"，可见作者的关注在"X 市的狗"，而 S 市的狗，"特别被尊崇的。S 市的法律对于狗的生命安全，保护得十分周到。没有人敢杀害它，虐待它。狗的一切享受，也与众不同。"连初次来到 S 市的乡下曲辫子，也要叹一声"我不如也"。作者说这些，只是拿来比较说明，社会人心、世道不公，于狗而言尚且有天壤的差别，我们在文中看到的上等的狗，实际上是下等的狗最终抗议的伏笔所在，"它们能拉车，能负重，能做一切的工作。X 市的人们差不多全是靠了狗才能生活。但是狗虽做了最大的职务，却只得了最小的报酬。它们替人做了许多事，把生命的全部都耗尽了，但结果竟不得一饱。"究其原因是在于 X 市所公认的道德原则认为："凡牲畜本来比奴隶还要下等，而狗却比奴隶的奴隶还要下等。""苦工是狗的本分，而骨头却是人的恩泽。狗有做苦工的义务，而没有要求骨头的权利。"于是作者认为反抗有理，只是，尽管作者以为真正的幸福是要自己去挣得的而不是可以赐与的，却仍在结尾感叹到："X 市的狗，本来只求多得一块骨头，填填它的肚腹，现在骨头虽不曾到手，它的肚腹却已装满了枪弹了，这不是一样的有幸吗？"

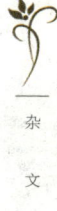

迂缓与麻木 / 郑振铎

自上海大残杀案发生后，我们益可看出我们中国民族的做事是如何的迂缓迟钝，头脑是如何的麻木不灵。我揣想，如此的空前大残杀案一发生，南京路以及各街各路的商店总应该立刻有极严重的表示。然而竟不然！此事发生时，我不知其情形如何；

作者简介

郑振铎（1898～1958），现代作家、文学评论家、文学史家、考古学家。笔名西谛、CT、郭源新等。原籍福建长乐，生于浙江永嘉。1917年入北京铁路管理学校学习，"五四"运动爆发后，曾作为学生代表参加社会活动，并和瞿秋白等人创办《新社会》杂志。1920年11月，与沈雁冰、叶绍钧等人发起成立"文学研究会"，并主编"文学研究会"机关刊物《文学周刊》，编辑出版了《文学研究会丛书》。

郑振铎一家三口

1923年1月，接替沈雁冰主编《小说月报》，倡导写实主义的"为人生"的文学，提出"血与泪"的文学主张。大革命失败后，旅居巴黎。1929年回国。曾在生活书店主编《世界文库》。抗战爆发后，参与发起了"上海文化界救亡协会"，创办《救亡日报》，还和许广平等人组织"复社"，出版了《鲁迅全集》、《联共党史》、《列宁文选》等。抗战胜利后，参与发起组织"中国民主促进会"，创办《民主周刊》，鼓动全国人民为争取民主、和平而斗争。1949年以后，历任文物局局长、考古研究所所长、文学研究所所长、文化部副部长、中国民间研究会副主席等职。1958年10月18日，在率中国文化代表团出国访问途中，因飞机失事殉难。

"五卅"惨案发生前聚集在南京路上的民众

1925年5月30日,上海2000多名学生在租界内游行,声援工人的斗争,被英国巡捕房逮捕了100多人。万余民众义愤填膺地要求释放被捕学生,遭到巡捕镇压,当场打死10多人,伤人无数,逮捕了53人,酿成震惊中外的"五卅"惨案。

然而当发生后二小时,我到了南京路,却还不见有一丝一毫的大雷雨扫荡后的征象。直到了先施公司之西,行人才渐渐的拥挤,多半伫立而偶语。至于商店呢,一若无事然,仍旧大开着门欢迎顾客。只有当枪弹之冲的七八家商店关上了店门。我不明白,我们民族的举动为什么如此的迂缓迟钝!也许是大家故示镇定,正在商议对付方法罢?!夜间,我再到外面作第二次的观察。一路上毫无什么可注意的现象。

各酒楼上,弦歌之声,依然鼎沸。各商店灯火辉煌,人人在欢笑,在嘲谑。我在自疑,上海不是很大的地方,交通也不算不方便,电话、电车、汽车、马车、人力车,全都有,为什么这样重大的消息传播得如此的迂慢?我不敢相信又不能不相信:"上海难道竟是一个至治之邦,'鸡犬之声相闻,民至老死不相往来'的么?"又到了南京路,各商店仍旧是大开着门欢迎顾客,灯光如白昼的明亮,人众憧憧的进出。依然的,什么大雷雨扫荡的痕迹也没有,什么特异的悲悼的表示也没有!直行至老闸捕房口,才觉得二三丈长的这一段路,灯火是较平常暗淡些,闭了的商店门也未全开。英捕与印捕,乘了高头大马,闯上行人道,用皮鞭驱打行人。被打的人在东西逃避。一个青年,穿着长衫的,被驱而避于一家商店的檐下,英捕还在驱他。他只是微笑的躲避着皮鞭。什么反抗的表示也没有。这给我以至死不忘的印象。我血沸了,我双拳握得紧紧的。他如来驱我呀,……皮鞭如打在我身上呀!……但亏得英捕印捕并

上海巡捕房的英国巡警

在中国的土地上，这帮外来侵略者曾经做过不少残害中国人的勾当。
20世纪初期国家民族衰微，异族跋扈，人民受欺。

不来驱逐我。当时如有什么军器在手，我必先动手打死了这些无人道的野兽再说！再走过去，景象一如平日，又是什么大雷雨扫荡的痕迹也没有。我又在自疑：为什么我们还没有什么严重的悲悼的表示呢？！难道商界领袖竟没有在商议这事么？难道在商议而尚未确定办法么？"迟钝，迟钝！"我暗暗的自叫着。回转身，到西藏路，望见宁波同乡会门口有黑压压的一大堆人。我吃了一惊："又发生了什么事？

也许商界在这里会议？群众在这里候大消息的宣布？匆匆的走近，"失望"立刻抓住了我的心，我的热泪立刻聚挤在眼眶中了。原来是一个什么"南大附中平民学校游艺会"正在那里开会！我自己愤骂道："还开什么游艺会！还不立刻停止么！"

唉，我失望，什么也使我失望！第二天是星期日，我又出去观察一次，还是什么悲悼的表示也没有。"迟钝呀！麻木呀!!"

我又在自叫着。下午是某人为他的父母在徐园做双寿，有程砚秋的堂会。我不能不去拜寿，一半因为大家都出去了，什么朋友也找不到，正好趁空到徐园去，一半也要借此探听些消息。但我揣想，堂会是一定没有了，客一定不多，也许"双寿"竟至于改期举行。到了徐园门口，又使我明白我的揣想是完全错了。什么都依旧进行。厅上黑压压的坐着许多骄贵的绅士们，

"五卅"运动时期各地散发的传单

"五卅"惨案后，有志之士十分愤怒，秘密组织发起了反抗暴力的活动。此传单深刻揭露了当时中国的险恶处境，号召大家起来作反抗。

艳装的太太们，都在等候着看戏。招呼了几个熟人，谈起了昨天的大残杀，他们也附和着说道："不应该，不应该！"然而显然的，他们的脸上，眼中，没有一丝一毫的同情，没有一丝一毫的悲愤（也许我的观察错了，请他们原谅）！大家说完了话，又静静的等候着看戏。我没有听见再有什么人说起一句关于这个大残杀案的话。"麻木，淡漠，冷酷？！为什么？"我任怎样也揣想不出。

约有四十小时是在如此的平安而镇定中度过去。到了第三天早晨，商店才不复照例开门。听说还是学生们包围强迫的结果。事后，商会的副会长想登报声明，这次议决罢市是被迫的。亏得被较明白的人劝阻住了。

"唉！迟缓、麻木、冷酷！为什么？"我任怎样也揣想不出。

·作品赏析·

"五卅"惨案之后不少同胞对于无辜者的血，所表现出的迟缓、迟钝、麻木、冷酷深深地刺痛了年轻的知识分子郑振铎的心。在《公理日报》消失之后，郑振铎还在《文学周报》一再地提到这一挥之不去的血案，如《迟缓与麻木》、《杂谈二则》、《六月一日》等。《迟缓与麻木》直接描述事发后的社会现实情形，却给人以最强烈的震撼："直到了先

声援上海民众的抗议活动

施公司之西，行人才渐渐的拥挤，多半伫立而偶语。至于商店呢，一若无事然，仍旧大开着门欢迎顾客。""各酒楼上，弦歌之声，依然鼎沸。各商店灯火辉煌，人人在欢笑，在嘲谑。"租借地里的印度巡警骑着高头大马，用皮鞭抽打着衣衫破烂的穷青年，阔人们祝寿的堂会照常进行，如鲁迅说："街市依旧太平。"这样的画面是何其刺眼！但是郑振铎并没有长篇的议论，他选择直接地表现他的愤怒：这些绅士和国民们所要求的是苟安，是奴隶的、待屠的猪羊似的苟安。只要皮鞭还没有打在他们的身上，子弹还没有穿透他们的胸背，他们是安然不动的。这种为奴为隶、为猪为羊都情愿，只求能暂时苟安的心理，已有四千余年的传统关系了。这个传统的心理不打破，中国民族是永无救的！显然，面对这种现实，作者是不需要什么曲笔、讽刺的做法，直接的抨击也许都并不见得有好的效果。

说 "忍" / 陈子展

入选理由

大开大合的磅礴引证
生动幽默的表达途径
全面理性的批评态度

孔子说过"小不忍则乱大谋"的话，这话本来不错。因为他只教人忍小事，当然权衡轻重，以成就大计划，忍耐小事件为是。倘若对方要使你的大计划弄不成，那就不是小事，只要你还有做人的血性，一定忍无可忍了。孔子的话虽然这样说，可是他老先生常常为了一点小事气得胡子发抖。比如他看见鲁国当权的阉人季氏在家里擅用只有天子可用的八佾的乐舞，他就气愤愤地说道："这个可忍呀！还有什么不可忍呀！"又有一次齐国打发人送女戏子给季氏，季桓子玩疯了，三天不办公。恰好有祭祀，胙肉又忘记分送给孔子，孔子只好气冲斗牛地出走，连官也不要做了。可见孔子还有修养不到的地方。

五代时候，冯道以孔子自比，他的忍性的修养工夫，似乎要比孔子进步。相传他做宰相的时候，有人在街上牵着一匹驴子，用一块布写着"冯道"二字，挂在驴子的脸上，这分明是在取笑他了，他看见了也不理。有个朋友告诉他，他

陈子展像

作者简介

陈子展（1898～1990），原名炳坤，笔名楚狂，湖南长沙人，中国古代文学教授。1951年加入"九三学社"，东南大学教育系肄业。20世纪30年代，写下大量文学作品。曾任南国艺术学院、中国公学、沪江大学教授，复旦大学教授，中文系主任。他专长中国先秦史学，毕生致力于《诗经》、《楚辞》的研究和教学。所著《诗经直解》、《楚辞直解》，总结旧学、融会新知，是这一研究领域的重要的新成果。还著有《唐宋文学史》、《中国近三十年文学史》、《孔子与戏剧》、《正面文章反看法》、《中国近代文学之变迁》、《雅颂选译》等。

强行搜身

20世纪初，万国商团在租界里检查中国行人。中国人的忍耐在水深火热的19世纪至20世纪初期表现得尤为突出。没有人权，甚至丧失基本的人格尊严，中国人却也能忍气吞声，逆来顺受。

不好再装聋，只好答道："天下同姓名的不知道有许多，难道那一冯道就是我？想是人家拾了一匹驴子，寻访失主呢。"

俗语道："宰相肚里好撑船。"肚皮窄狭，不能容忍，那是不配做宰相的。相传唐朝有一个宰相，叫做娄师德。他放他的弟弟去做代州都督，要动身了，他叮嘱弟弟道："我本不才，位居宰相，你如今又做了一州的都督，我家阔气过分，这是人家要妒忌的，你想怎么了局？"弟弟道："从今以后，有人吐我一脸的唾沫，我也不敢做声，只好自己抹去，这样或者不致累哥哥担忧罢？"师德道："这恰恰是我担忧的地方。人家要吐你一脸的唾沫，那是因为他对你生了气。你如今把脸上的唾沫自己抹去，那就会更招人家生气。唾面不抹，它会自干，为什么不装着笑脸受了呢！"弟弟道："谨受哥哥的指教。"这就是娄师德唾面自干的故事。这一故事活活描出了为着做官，不惜忍受一切耻辱的心理。

吾家白沙先生，是明朝大儒，他有一篇忍字箴道："七情之发，惟怒为剧。众怒之加，惟忍为是。当怒火炎，以忍水制。忍之又忍，愈忍愈励。过一百忍，为张公艺。不乱大谋，乃其有济。如不能忍，倾败立至！"他要学张公百忍，可惜他不曾做宰相，像娄师德冯道之流，以忍治国，他只能学张公艺以忍治家。从家到国，都离不了一个忍字，一忍了事，中国民族算是世界上最能忍耐的伟大的民族了。

这个忍字，真可算得咱们唯一无二的国粹。忍的哲学：道家发明最早，不过

织工队

这是凯绥·珂勒惠支的木刻作品。图中低头背负沉重压力的人群似乎也是中国人忍耐一切的形象的写照。

不曾呈请注册专利。老子的不争主义，就在于能忍。他说，"夫唯不争，故天下莫能与之争"，这只算是他的诡辩。道家每每把黄帝老子并称，称做"黄老之学"，其实不对。倘若关于黄帝的史事可靠，那么，黄帝开国，他是用抵抗主义斗争主义战胜一切的。他把蚩尤赶走，外患消灭，他才开始整理内部，建设了一个像样的国家。老子主张不争，主张柔弱，不但不曾继承了黄帝的道统，他简直不配做黄帝的子孙。

自从佛家的哲学传到中国，老子的哲学又得了一个帮手。

相传释迦昔为螺髻仙人，常常行禅，在一棵树下兀坐不动。有鸟飞来，把他看做木头，就在他的发髻里生蛋。等他禅觉，才知脑袋顶上有了鸟蛋。他想，我若起身走动，鸟不会再来，鸟蛋一定都要坏了，他即再行入定，直到鸟蛋已生鸟儿飞去，他才起身。这个故事虽然未必真有其事，可是佛家忍性的修养工夫，实在比咱们的道家不知高了许多。六朝道家佛家的思想最有势力，恰在这个时期中国的民族最倒霉，北方经过五胡十六国以及北朝的蹂躏，可怜南方小朝廷，还是偏处一隅，相忍为国，醉生梦死，苟安旦夕。宋朝虽说好象是儒家思想最占势力，其实一般道学家戴的是儒家帽子，却穿了佛家道家的里衣。他们好发议论，没有实际工夫。"议论未定，兵已渡河"，贻为千古笑柄。这一时期中国民族也最倒霉，北方始终在异民族手里，结果南方的小朝廷退让，退让，一直退到广州的海里崖山，小皇帝投海死了。明朝道学号为中兴。所谓儒家还是贩的佛道两家的货色，即消极的哲学，懒惰的哲学，不求长进的哲学。虽说有个王阳明算为无用的书生吐了一口气，可是王学的末流，堕落做了狂禅。明朝亡了，中国民族又倒霉三百年。我虽然不一定要把两千年来受异民族侵略倒霉的责任，通通推在道家佛家乃至号为儒家的道学家身上。但这三派思想浸透中国民族的血液，已经久远了，三派所最注重的忍性修养工夫做得愈精进，愈深湛，就愈成为牢不可破的民族性。因此这个在世界上最会忍耐一切的伟大的民族，也就愈成为最适于被侮辱被侵略的民族了。

被作为墨家的一个哲学家说，"见侮不辱，救世之斗。"忍受一切，提倡和平，好伟大的和平主义者！记得清儒张培仁的《妙香室丛话》里有一段说：

忍之一字，天下之通宝也。如与人相辩是非，这其间着个忍字，省了多少口舌。如与美人同眠，这其间着个忍字，养了多少精神。……凡世间种种有为，才起念头，便惺然着忍，如马欲逸，应手加鞭，则省事多矣。但忍中有真丹，又是和之一字。以和运忍，如刀割水无伤。和者，众人见以为狂风骤雨，我见以为春风和气，众人见以为怒涛，我见以为平地，乃谓之和耳。

这也像是说的忍耐与和平二者有不可分离的关系。难怪中国民族是这个世界上最会忍耐一切的伟大的民族。同时又是这个世界上最爱和平的伟大的民族。

· 作品赏析 ·

这篇关于忍的文章，不是表面的罗列和批评，而是从传统的思想史析理，指出中国人之所以能忍的思想道德根源——倡导忍与无争的哲学。作者给我们提供了一个从思想发展上对"忍"的信奉程度不断递增到登峰造极的程度的事实：为人的"忍"，处世的"忍"，政治的"忍"。当然作者并没有片面地否定"忍"，但是其主要立场是对"忍"的批判："孔子说过'小不忍则乱大谋'的话，这话本来不错。因为他只教人忍小事，当然权衡轻重，以成就大计划，忍耐小事件为是。倘若对方要使你的大计划弄不成，那就不是小事，只要你还有做人的血性，一定忍无可忍了。"不过笔法委婉，其中的挖苦语中深藏，不断的推理和事实最终给出一个骇人的但不得不被承认的事实："这三派思想浸透中国民族的血液，已经久远了，三派所最注重的忍性修养工夫做得愈精进，愈深湛，就愈成为牢不可破的民族性。因此这个在世界上最会忍耐一切的伟大的民族，也就愈成为最适于被侮辱被侵略的民族了。"并且作者明确反驳了"见侮不辱，救世之斗"与"众人见以为狂风骤雨，我见以为春风和气，众人见以为怒涛，我见以为平地，乃谓之和耳"等将"忍"等于和平的荒谬论调。我等固爱和平，而不以苟且！

狗道主义 / 瞿秋白

入选理由
完全政治角度的思想批判
直接揭露的批判方法
非常时代思想斗争领域的珍贵记录

最近有人说："只有人道主义的文学，没有狗道主义的文学。"

然而，我想：中国只有狗道主义的文学，而没有人道主义的文学。中国文人最

作者简介

瞿秋白像

瞿秋白（1899～1935），江苏省常州市人。1916年入北京俄文专修馆学习。1919年在北京参加"五四"运动。1920年初，参加李大钊组织的马克思学说研究会。同年10月，以北京《晨报》记者身份赴苏俄采访，开始系统地向中国人民报道苏俄情况。1922年加入中国共产党。1923年任中共中央机关刊物《新青年》、《前锋》主编和《向导》编辑。他是中共三大、四大、五大、六大中央委员，四大中央局成员，五大、六大中央政治局委员，五大中央政治局常委。1927年8月，主持召开了中共"八七"紧急会议，会后任临时中央政治局常委，主持中央工作，并参与了南昌起义、秋收起义、广州起义及其他地区的武装起义。曾犯过"左"倾盲动主义错误。1928年参加共产国际第六次代表大会，当选为共产国际执行委员、主席团委员及政治书记处成员，并留驻莫斯科任中共中央驻共产国际代表团团长。1930年8月回国，9月和周恩来一起主持召开中共六届三中全会，纠正了李立三的"左"倾冒险主义错误。1931年1月，在中共六届四中全会上遭王明等人打击，被解除中央领导职务。从1931年夏至1933年秋，在上海和鲁迅一起领导左翼文化运动。1934年2月，任中华苏维埃共和国中央政府人民教育委员。1935年2月24日，在福建长汀县被国民党军队逮捕，6月18日在长汀县罗汉岭遇害。

爱讲究国粹，而国粹之中又是越古越好。因此，要问读者诸君贵国的文学是什么，最好请最古的太史公来回答。他说，这是"主上所戏弄，倡优所蓄，流俗之所轻也！"

1946 年河北怀柔发放贷款的情景

20 世纪的中国资产阶级将榨取民众血汗所得钱财转化成一种货币银行资本，然后再放贷出去，打着人道主义的旗号赚取老百姓的血汗钱。

人道主义的文学，据说是"被压迫者苦难者的朋友"。可是，请问中国现在除了"被压迫者苦难者"自己之外，还有什么"朋友"？"苦难者"的文学和"苦难者朋友"的文学，现在差不多都在万重的压迫之下，这种文学不能够是人道主义的，因为"被压迫者"自己没有资格对自己讲仁爱，没有可能也没有理由对压迫者去讲什么仁爱的人道主义。

于是乎狗道主义的文学就耀武扬威了。

固然，18 世纪的革命的资产阶级文学之中，曾经有过人道主义。然而 20 世纪的中国资产阶级，尤其是 1927 年之后，根本不能够有那种人道主义。中国资产阶级始终和封建地主联系着，最近更和他们混合生长着。帝国主义支配之下的"关余万能"主义，外国资本的垄断市场，租田制度和高利贷商业资本的畸形发展，使榨取民众血汗所形成的最初积累的资本，终在流转到一种特殊的"货币银行资本"里去，而且从所谓民族工业里逃出来。中国资产阶级之中的领导阶层，现在难道不是那些中国式的大大小小的银行银号钱庄吗？这些"货币银行资本"的最主要的投资，除了做进出口生意的垫款和高利贷的放账以外，就是公债生意。而在公债等类的生意里面，利率比那种破产衰落的工业至少要高二三十倍。这种资产阶级会有什么人道主义？！他们要戴起民族的大帽子，不是诓骗民众去争什么自由平等。不是的。远东第一大伟人，比卢梭等类要直爽而公开得多。这大约是因为中国有一座万里长城做他的脸皮。他就爽爽快快的说：不准要什么自由平等，国民应该牺牲自由维持不平等，而去争"国家的自由和平等"。所以这顶民族的大帽子，是用来诓骗民众安心做奴隶的。欧洲十八世纪的资产阶级要诓骗民众去争自由平等，为的是多多少少要利用民众反对贵族地主，要叫民众"自由平等的"来做自己的奴隶，而不再做贵族僧侣的奴隶。中国现在的资产阶级又要诓骗民众"为着民族和国家"安心些，更加镇静些做绅士地主和自己的共同奴隶。

所以很自然的只会有狗道主义的文学。这是猎狗，这是走狗的文学，因为这些

中国人帮外国人虐待被俘的义和团团员

在历史上，义和团是争取民族独立和自由的早期代表。但清政府借助外国人的力量来强力打击。当时的政府不准人民起来争取自由平等，反而一再丧权辱国，诓骗民众安心做奴隶。

地主资产阶级的走狗的主人，本身又是帝国主义的走狗。这种走狗的走狗，自然是狗气十足，狗有狗道，此之谓狗道主义。

狗道主义的精义：第一是狗的英雄主义，第二是羊的奴才主义，第三是动物的吞噬主义。

英雄主义的用处是很明显的：一切都有英雄，例如诸葛亮等类的人物，来包办，省得阿斗群众操心！英雄的鼓吹总算是"独一无二的"诓骗手段了。这是独一无二的，因为另外还有些诓骗的西洋景，早已拆穿了；只有那狗似的英勇，见着叫化子拼命的咬，见着财神老爷忠顺的摇尾巴——仿佛还可以叫主人称赞一句："好狗子！"至于羊的奴才主义，那就是说：对着主人，以及主人的主人要驯服得像小绵羊一样。

话说元朝时候，汉族的绅商做了蒙古人的走狗和奴才，其中有一位将军叫做宋大西，他对于元朝皇帝十分忠顺。他跟着蒙古军队去打俄罗斯，居然是个"勇士"。元朝的帝国主义打平了中国，又去打俄国，——他是到处都很出力的，到处都要开锣喝道的喊着："万岁哟，马上的鞑靼！永久哟，神武的大元！"有一天，他忽然间诗兴勃发，念出一首诗来：

外表赛过勇士，心里已如失望的小羊。

无家可归的小羊哟，何处是你的故乡？

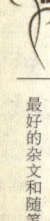

这首诗的确高明，尤其是那"赛过"两个字用得"奇妙不堪言喻"。真是天才的诗人呀！"赛过"！一只驯服的亡国奴的小羊，居然赛过勇士和英雄！

这些狗呀羊呀的动物，有什么用处？嘿，你不要看轻了这些动物！天神还借用它们来惩罚不安分的罪孽深重的人类呢。

原来某年月日，外国的天父上帝和中国的财神菩萨开了一个方桌会议，决定叫这些动物，张开吃人的血口，大大的吞噬一番，为的是要征服那些不肯安分的人，那些敢于反抗的人，那些不愿意被"主上所戏弄倡优所畜"的人。

有诗为证：

天父和菩萨在神国开会相逢，

选定了沙漠的动物拿来借用；

于是米加勒高举火剑，爱普鲁拉着银弓：

一刹那便刀光血影，青天白日满地红！

· 作品赏析 ·

从1931年夏秋到1932年夏初，瞿秋白陆续写成《学阀万岁》、《菲洲鬼话》、《民族的灵魂》、《流氓尼德》、《狗道主义》等多篇杂文，彻底揭露"民族主义文学"的卖国求荣、奴役人民的反动面目。在20世纪30年代的文艺思想斗争中，"民族主义"的反动影响并

1930年5月，江苏发大水，灾民到民族资本家中抢购粮食。

不仅仅限于在文学艺术领域，而对这种文艺思潮的批判和斗争也显然不仅仅是在文学艺术意义上，思想的混乱在于大部分人并不明白民族主义文学的动机、实质和后果，所以，作为一个具有敏锐思想和洞察力的政治家，瞿秋白一针见血地指出："奴耕婢织各称其职，为国杀贼职在军人。换句话说，叫醒民族的灵魂是为着巩固奴婢制度。""现在抵抗不抵抗日本阎王的问题，不过是一个'把中国小百姓送给日本做奴婢，还是留着他们做自己的奴婢'的问题。其实，中国小百姓做'自己人'的奴婢，也还是英美法德日等等的奴婢，因为这一流的'自己人'原本是那么奴隶性的。他们的灵魂和精神就在于要想保持他们的'一人之下，万人之上'的地位。"

考而不死是为神 / 老舍

考试制度是一切制度里最好的，它能把人支使得不像人了，而把脑子严格地分成若干小块块。一块装历史，一块装化学，一块……

比如早半天考代数，下午考历史，在午饭的前后你得把脑子放在两个抽屉里，中间连一点缝子也没有才行。设若你把 X+Y 和 1828 弄到一处，或者找唐朝的指数，你的分数恐怕是要在二十上下。你要晓得，状元得来个一百分呀，得这

作者简介

老舍（1899～1966），满族，原名舒庆春，字舍予，生于北京。父亲是一名满族的护军，阵亡在八国联军攻打北京城的炮火中。母亲也是旗人，靠替人洗衣裳做活计维持一家人的生活。1918年夏天，老舍以优秀的成绩由北京师范学校毕业，被派到北京第十七小学当校长。1924年夏应聘到英国伦敦大学东方学院任中文讲师。在英期间开始文学创作。1930年老舍回国后，先后在齐鲁大学和山东大学任教授。解放后，他担任全国文联和全国作协副主席兼北京文联主席，是全国人大代表和全国政协常委。

老舍像

老舍以长篇小说和剧作著称于世。他的作品大都取材于市民生活，为中国现代文学开拓了重要的题材领域。他的长篇小说所描写的自然风光、世态人情、习俗时尚，运用的群众口语，都呈现出浓郁的"京味"。他的短篇小说构思精致，取材较为宽广，耐人咀嚼。他的作品以独特的幽默风格和浓郁的民族色彩，以及从内容到形式的雅俗共赏而赢得广大读者的喜爱，目前已被译成20余种文字出版。

北京孔庙大成殿

读书人礼拜孔庙祈求得功名，是中国文人的传统。通过科举考得状元，或经过各种现代考试取得认证，都是中国考试制度下读书人的现实追求。

么着：上午，你的一切得是代数，仿佛连你是黄帝的子孙和姓甚名谁，全根本不晓得。你就像刚由方程式里钻出来，全身的血脉都是 X 和 Y。待刚一交卷，你立刻成了历史，向来没听说过代数是什么。亚历山大、秦始皇等就是你的爱人，连他们的生日是某年某月某时都知道。代数与历史千万别联宗，也别默想二者的有无关系，你是赴考呀，赶考的期间你别自居为人，你是个会吐代数，吐历史的机器。

这样考下去，你把各样功课都吐个不大离，好了，你可以现原形了；睡上一天一夜，醒来一切茫然，代数历史化学诸般武艺通通忘掉，你这才想起"妹妹我爱你"。这是种蛇蜕皮的工作，旧皮蜕尽才能自由；不然，你这条蛇不曾得到文凭，就是你爱妹妹，妹妹也不爱你，准的。

最难的是考作文。在化学与物理中间，忽然叫你"人生于世"。你的脑子本来已分成若干小块，分得四四方方，清清楚楚，忽然来了个没有准地方的东西，东扑扑个空，西扑扑个空，除了出汗没有合适的办法。你的心已冷两三天，忽然叫你拿出情绪作文，要痛快淋漓，慷慨激昂，假如题目是"爱国论"，或"天下兴亡匹夫有责"；你的心要是不跳吧，笔下便无血无泪；跳吧，下午还考物理

考试如鞭打

在中国，读书人一直被一种思想和制度在"鞭策"着，这便是考试。自隋唐至今，科考的制度越来越完备，选择人才的手段和标准也更单一。

呢。把定律们都跳出去，或是跳个乱七八糟，爱国是爱了，而定律一乱则没有人替你整理，怎办？幸而不是爱国论，是山中消夏记，心无须跳了。可是，得有诗意呀。仿佛考完代数你更文雅了似的！假如你能逃出这一关去，你便大有希望了，够分不够的，反正你死不了。被"人生于世"憋死，不是什么稀罕的事。

说回来，考试制度还是最好的制度。被考死的自然无须用提。假若考而不死，你放胆活下去吧，这已明明告诉你，你是十世童男转身。

·作品赏析·

科考可以谓之我们的国粹之一，但是作为一种制度和途径，它发展到今天，确实也积养了不少弊端。老舍先生向来幽默，他并没有言辞激烈地去批判，而是摆出非常形象的事实，将讽刺隐藏在这令人发笑的幽默中，他说："考试制度是一切制度里最好的，它能把人支使得不像人了，而把脑子严格的分成若干小块块。"接着他提供出一个在目前仍然存在畅行的事实，"早半天考代数，下午考历史"，并指出其中的荒唐。老舍把考试比做蛇脱皮的工作，"旧皮脱尽才能自由"，如果"你这条蛇不曾得到文凭，就是你爱妹妹，妹妹也不爱你，准的"。为什么？因为中国的考试，从根子上无不是功利的，我们要通过金榜题名升官发财，飞黄腾达，我们要通过考试就业糊口，等等，所以，"说回来，考试制度还是最好的制度。被考死的自然无须用提。假若考而不死，你放胆活下去吧，这已明明告诉你，你是十世童男转身"。不管你怎么看，今天的考试依然是我们生活的一个重要活动，小考、中考、高考、研考、公务员考、等级考、职称考，生活在一个考试大国里，我们大有活到老、考到老的趋势，不知道是不是在将这种科考的制度再推进一步。

骂人的艺术 / 梁实秋

入选理由

条分缕析的揭露方法
貌似中立的态度，含而不露的嘲讽
条理分明的体例

古今中外没有一个不骂人的人。骂人就是有道德观念的意思，因为在骂人的时候，至少在骂人者自己总觉得那人有该骂的地方。何者该骂，何者不该骂，这个抉择的标准，是极道德的。所以根本不骂人，大可不必。骂人是一种发泄感情的方法，

作者简介 ··

　　梁实秋（1903～1987），原籍浙江杭县，生于北京。学名梁治华，字实秋，曾以秋郎、子佳为笔名。1915年秋考入清华学校，开始从事写作。1923年毕业后赴美留学，1926年回国任教于南京东南大学。第二年到上海编缉《时事新报》副刊《青光》，同时与张禹九合编《苦茶》杂志。不久任暨南大学教授。

　　1930年，杨振声邀请他到青岛大学任外文系主任兼图书馆馆长。1932年到天津编《益世报》副刊《文学周刊》。1934年应聘任北京大学研究教授兼外文系主任。1935年秋创办《自由评论》，先后主编过《世界日报》副刊《学文》和《北平晨报》副刊《文艺》。

梁实秋像

　　"七七事变"后，梁实秋离家独身到后方。1938年任国民参政会参政员，到重庆编译馆主持翻译委员会并担任教科书编辑委员会常委，年底开始编辑《中央日报》副刊《平明》。抗战胜利后回北平任师大英语系教授。1949年到台湾，任台湾师范学院（后改为大学）英语系教授，后兼系主任，再后又兼文学院长。1961年起专任师大英语研究所教授。1966年退休。

尤其是那一种怨怒的感情。想骂人的时候而不骂，时常在身体上弄出毛病，所以想骂人时，骂骂何妨。

但是，骂人是一种高深的学问，不是人人都可以随便试的。有因为骂人挨嘴巴的，有因为骂人吃官司的，有因为骂人反被人骂的，这都是不会骂人的原故。今以研究所得，公诸同好，或可为骂人时之一助乎？

（一）知己知彼

骂人是和动手打架一样的，你如其敢打人一拳，你先要自己忖度下，你吃得起别人的一拳否。这叫做知己知彼。骂人也是一样。譬如你骂他是"屈死"，你先要反省，自己和"屈死"有无分别。你骂别人荒唐，你自己想想曾否吃喝嫖赌。否则别人回敬你一二句，你就受不了。所以别人有着某种短处，而足下也正有同病，那么你在骂他的时候只得割爱。

（二）无骂不如己者

要骂人须要挑比你大一点的人物，比你漂亮一点的或者比你坏得万倍而比你得势的人物，总之，你要骂人，那人无论在好的一方面或坏的一方面都要能胜过你，你

愤骂外国侵略者

这是一幅八国联军侵华时一位德国人的速写。图中被人拉住的男子正在愤怒的控诉外国侵略者。如果说骂人一定要理由，怒骂冒然闯进自己院子的侵略者应该是最正当了。骂人是发泄愤怒，表明立场的一种方式。但将骂人当学问来研究，可以像作者这样说出一二三来的人并不多。

才不吃亏的。你骂大人物，就怕他不理你，他一回骂，你就算骂着了。在坏的一方面胜过你的，你骂他就如教训一般，他即便回骂，一般人仍不会理会他的。假如你骂一个无关痛痒的人，你越骂他他越得意，时常可以把一个无名小卒骂出名了，你看冤与不冤？

（三）适可而止

骂大人物骂到他回骂的时候，便不可再骂；再骂则一般人对你必无同情，以为你是无理取闹。骂小人物骂到他不能回骂的时候，便不可再骂；再骂下去则一般人对你也必无同情，以为你是欺负弱者。

（四）旁敲侧击

他偷东西，你骂他是贼；他抢东西，你骂他是盗，这是笨伯。骂人必须先明虚实掩映之法，须要烘托旁衬，旁敲侧击，于要紧处只一语便得，所谓杀人于咽喉处着刀。越要骂他你越要原谅他，即便说些恭维话亦不为过，这样的骂法才能显得你所骂的句句是真实确凿，让旁人看起来也可见得你的度量。

（五）态度镇定

骂人最忌浮躁。一语不合，面红筋跳，暴躁如雷，此灌夫骂座，泼妇骂街之术，不足以骂人。善骂者必须态度镇静，行若无事。普通一般骂人，谁的声音高便算谁占理，谁来得势猛便算谁骂赢，惟真善骂人者，乃能避其而击其懈。你等他骂得疲倦的时候，你只消轻轻的回敬他一句，让他再狂吼一阵。在他暴躁不堪的时候，你不妨对他冷笑几声，包管你不费力气，把他气得死去活来，骂得他针针见血。

（六）出言典雅

骂人要骂得微妙含蓄，你骂他一句要使他不甚觉得是骂，等到想过一遍才慢慢觉悟这句话不是好话，让他笑着的面孔由白而红，由红而紫，由紫而灰，这才是骂人的上乘。欲达到此种目的，深刻之用词故不可少，而典雅之言词尤为重

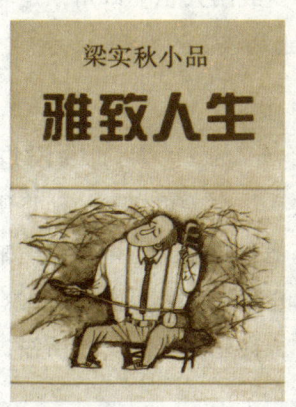
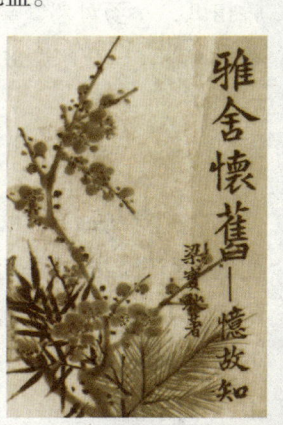

梁实秋作品书影

要。言词典雅则可使听者不致刺耳。如要骂人骂得典雅，则首先要在骂时万万别提起女人身上的某一部分，万万不要涉及生理学范围。骂人一骂到生理学范围以内，底下再有什么话都不好说了。譬如你骂某甲，千万别提起他的令堂令妹。因为那样一来，便无是非可言，并且你自己也不免有令堂令妹，他若回敬起来，岂非势均力敌，半斤八两？再者骂人的时候，最好不要加人以种种难堪的名词，称呼起来总要客气，即使他是极卑鄙的小人，你也不妨称他先生，越客气，越骂得有力量。骂得时节最好引用他自己的词句，这不但可以使他难堪，还可以减轻他对你骂的力量。俗话少用，因为俗话一览无遗，不若典雅古文曲折含蓄。

（七）以退为进

两人对骂，而自己亦有理屈之处，则处于开骂伊始，特宜注意，最好是毅然将自己理屈之处完全承认下来，即使道歉认错均不妨事。先把自己理屈之处轻轻遮掩过去，然后你再重整旗鼓，咄咄逼人，方可无后顾之忧。即使自己没有理屈的地方，也绝不可自行夸张，务必要谦逊不遑，把自己的位置降到一个不可再降的位置，然后骂起人来，自有一种公正光明的态度。否则你骂他一两句，他便以你个人的事反唇相讥，一场对骂，会变成两人私下口角，是非曲直，无从判断。所以骂人者自己要低声下气，此所谓以退为进。

（八）预设埋伏

你把这句话骂过去，你便要想想看，他将用什么话骂回来。有眼光的骂人者，便处处留神，或是先将他要骂你的话替他说出来，或是预先安设埋伏，令他骂回来的话失去效力。他骂你的话，你替他说出来，这便等于缴了他的械一般。预设埋伏，便是在要攻击你的地方，你先轻轻的安下话根，然后他骂过来就等于枪弹打在沙包上，不能中伤。

（九）小题大做

如对方有该骂之处，而题目身小，不值一骂，或你所知不多，不足一骂，那时节你便可用小题大做的方法，来扩大题目。先用诚恳而怀疑的态度引申对方的意思，由不紧要之点引到大题目上去，处处用严谨的逻辑逼他说出不逻辑的话来，或是逼他说出合于逻辑但不合乎理的话来，然后你再大举骂他，骂到体无完肤为止，而原来惹动你的小题目，轻轻一提便了。

（十）远交近攻

一个时侯，只能骂一个人，或一种人，或一派人。决不宜多树敌。所以骂人的时侯，万勿连累旁人，即时必须牵涉多人，你也要表示好意，否则回骂之声纷至沓来，使你无从应付。

骂人的艺术，一时所能想起来的有上面十条，信手拈来，并无条理。我做此文的用意，是助人骂人。同时也是想把骂人的技术揭破一点，供爱骂人者参考。挨骂的人看看，骂人的心理原来是这样的，也算是揭破一张黑幕给你瞧瞧！

· 作品赏析 ·

作为资产阶级改良派的代表人物，梁实秋本人没少挨过骂，至少与鲁迅的著名的论战从 1927 年到 1936 年持续了 9 年之久。1936 年 10 月 19 日，鲁迅不幸逝世，对垒式论战也自然结束。但是，这场论战所产生的影响非常深远。它不因鲁梁论战的结束而结束。论战所产生的影响实际已超出鲁梁本身，论战性质也已逾越了文学范畴，其余波扩涟到如今。抗战年间，发生在重庆的那场"与抗战无关"的论争，虽不能说与这场论战有直接的关系，但也不能否认它们之间有着微妙的关联。但是，梁实秋的"骂人的艺术"，我们只能理解为一种温和的讽刺，因为他与鲁迅的论战实际上已经远远超出了这个境界，比如，他说："骂人就是有道德观念的意思，因为在骂人的时候，至少在骂人者自己总觉得那人有该骂的地方。何者该骂，何者不该骂，这个抉择的标准，是极道德的。所以根本不骂人，大可不必。骂人是一种发泄感情的方法，尤其是那一种怨怒的感情。想骂人的时候而不骂，时常在身体上弄出毛病，所以想骂人时，骂骂何妨。""我做此文的用意，是助人骂人。同时也是想把骂人的技术揭破一点，供爱骂人者参考。"当然其中包含一种涉及到鲁迅的激愤，但是，他们的论战无论从思想上还是时代意义上都超出了这个概念。

孩 子 / 梁实秋

入选理由

"温和谈话风"的代表作

生活小道理与世界大道理的内在统一

对家庭制度的理性反思

兰姆是终身未娶的，他没有孩子，所以他有一篇《未婚者的怨言》收在他的《伊利亚随笔》里。他说孩子没有什么稀奇，等于阴沟里的老鼠一样，到处都有，所以有孩子的人不必在他面前炫耀，他的话无论是怎样中肯，但在骨子里有一点酸——葡萄酸。

我一向不信孩子是未来世界的主人翁，因为我亲见孩子到处在做现在的主人翁。孩子活动的主要范围是家庭，而现代家庭很少不是以孩子为中心的。一夫一妻不能成为家，没有孩子的家像是一株不结果实的树，总缺点什么，必定等到小宝贝呱呱堕地，家庭的柱石才算放稳，男人开始做父亲，女人开始做母亲，大家才算找到各自的岗位。我问过一个并非"神童"的孩子："你妈妈是做什么的？"他说："给我缝衣的。""你爸爸呢？"小宝贝翻翻白眼："爸爸是看报的！"但是他随即更正说："是给我们挣钱的。"孩子的回答全对。爹妈全是在为孩子服务。母亲早晨喝稀饭，买鸡蛋给孩子吃；父亲早晨吃鸡蛋，买鱼肝油精给孩子吃。最好的东西都要献呈给孩子，否则，做父母的心里便起惶恐，像是做了什么大逆不道的事一般。孩子的健康及其舒适，成为家庭一切设施的一个主要先决问题。这种风气，自古已然，于今为烈。自有小家庭制以来，孩子的地位顿形提高，以前的"孝子"是孝顺其父母之子，今之所谓"孝子"乃是孝顺其孩子之父母。孩子是一家之主，父母都要孝他！

梁实秋像

"孝子"之说，并不偏激。我看见过不少的孩子鼓噪起来能像一营兵；动起武来能像械斗；吃起东西来能像饿虎扑食；对于尊长宾客有如生番；不如意时撒泼打滚有如羊痫；玩得高兴时能把家俱什物狼藉满室，有如惨遭洗劫；……但是"孝子"式的父母则处之泰然，视若无睹，顶多皱起眉头，但皱不过三四秒钟仍复堆下笑容，危及父母的生存和体面的时候，也许要狠心咒骂几声，但那咒骂大部份是哀怨乞怜的性质，其中也许带一点威吓，但那威吓只能得到孩子的讪笑，因为那威吓是向来没有兑现过的。"孟懿子问孝，子曰：'无违。'"今之"孝子"深趋是说。凡是孩子的意志，为父母者宜多方体贴，勿使稍受挫阻。近代儿童教育心理学者又有"发展个性"之说，与"无违"之说正相符合。

背纤

原载丰子恺《儿童漫画》（1932 年 1 月初版）。溺爱孩子，纵容他们无所不为，还轻描淡写为"孩子顽皮一点正常"，是多数中国父母的做法。像这样培养出来的孩子，是非常令人头痛的。

　　体罚之制早已被人唾弃，以其不合儿童心理健康之故，我想起一个外国的故事：

儿孙成群、几世同堂仍是中国人的心愿

这是一幅 20 世纪初的旧照片。尽管儿女是父母的负担，但中国传统的多子多福观念更能说服父母。子女多，教养子女就成了一个难题。

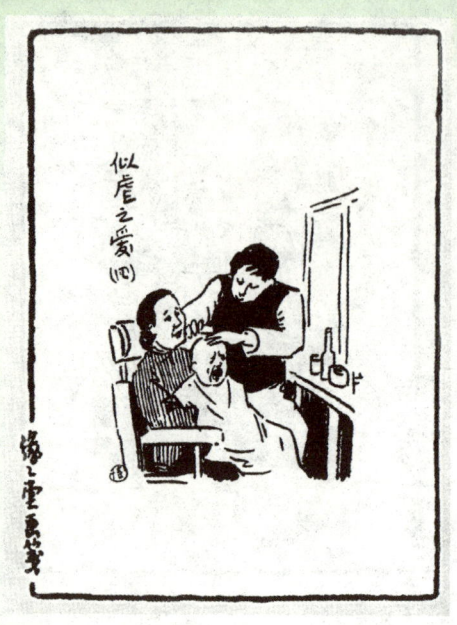

似虐之爱（四）

原收入丰子恺《儿童漫画》（1932 年 1 月初版）。父母对孩子恰当的爱，莫过于该宠时宠，该打时打，让其养成良好的习惯和品格。

一个母亲带孩子到百货商店，经过玩具部，看见一匹木马，孩子一跃而上，前摇后摆，踌躇满志，再也不肯下来，那木马不是为出售的，是商店的陈设。店员们叫孩子下来，孩子不听；母亲叫他下来，加倍不听；母亲说带他吃冰淇淋去，依然不听；买朱古力糖去，格外不听。任凭许下什么愿，总是还你一个不听；当时演成僵局，顿成胶着状态。最后一位聪明的店员建议说："我们何妨把百货商店特聘的儿童心理学专家请来解围呢？"众谋佥同，于是把一位天生成有教授面孔的专家从八层楼请了下来。专家问明原委，轻轻走到孩子身边，附耳低声说了一句话，那孩子便像触电一般，滚鞍落马，牵着母亲的衣裙，仓皇遁去。事后有人问那专家到底对孩子说的是什么话，那专家说："我说的是：'你若不下马，我打碎你的脑壳！'"

这专家真不愧为专家，但是颇有不孝之嫌。这孩子假如平常受惯了不兑现的体罚、威吓，则这专家亦将无所施其技了。约翰孙博士主张不废体罚，他以为体罚的妙处在于直截了当，然而约翰孙博士是 18 世纪的人，不合时代潮流！

哈代有一首小诗，写孩子初生，大家誉为珍珠宝贝，稍长都夸做玉树临风，长成则为非做歹，终至于陈尸绞架。这老头子未免过于悲观。但是"幼有神童之誉，少怀大志。长而无闻，终乃与草木同朽"——这确是个可以普遍应用的公式，"小时聪明，大时未必了"，究竟是知言，然而为父母者多属乐观，孩子才能骑木马，父母便幻想他将来指挥十万貔貅时之马上雄姿；孩子才把一曲抗战小歌哼得上口，父母便幻想着他将来喉声一啭彩声雷动时的光景；孩子偶然拨动算盘，父母便暗中揣想他将来或能掌握财政大权，同时兼营投机买卖；……这种乐观往往形诸言语、成为炫耀，使旁观者有说不出的感想。曾见一幅漫画：一个孩子跪在他父亲的膝头用他的玩具敲打他父亲的头，父亲眯着眼在笑，那表情像是在宣告"看看！我的孩子！多么活泼——多么可爱！"旁边坐着一位客人裂着大嘴做傻笑状，表示他在看着，而且感觉兴趣。这幅画的标题是："演剧术"。一个客人看着别人家的孩子而能表示感觉兴趣，这真确实需要良好的"演剧术"，兰姆显然是不欢喜这样的戏。

孩子中之比较最蠢，最懒，最刁，最泼，最丑，最弱，最不讨人欢喜的，往往最得父母的钟爱。此事似颇费解，其实我们应该记得《西游记》中唐僧为什么偏偏欢喜猪八戒。

谚云："树大自直"，意思是说孩子不需管教，小时恣肆些，大了自然会好。可是弯曲的小树，长大是否会直呢？我不敢说。

·作品赏析·

　　梁实秋的杂文多涉及日常事。本文即是一例。众所周知，教养孩子对中国人而言，向来是头等的大事。有孩子，自然是寻常或幸福的事情；教养孩子成人，也当然是重要的事情。然而，中国人对待孩子却非常不同，或是严厉苛刻到非常的家长制的态度，或者是溺爱到夸张，正如作者所说的现代的家庭，很少不是以孩子为中心。作者嘲讽说："自有小家庭制以来，孩子的地位顿形提高。以前的'孝子'是孝顺其父母之子，今之所谓'孝子'乃是孝顺其孩子之父母。孩子是一家之主，父母都要孝他！"在宠溺之下，孩子养成了这种心理，使家长根本无法去正确地引导孩子成长。孩子在成长中发展成什么样子，固然有孩子本身的原因，但是家长在其中的重要作用是不言而自明的，与对自己孩子的溺爱同步的是家长对孩子未来极殷切的希望："为父母者多属乐观。孩子才能骑木马，父母便幻想他将来指挥十万貔貅时之马上雄姿；孩子才把一曲抗战小歌哼得上口，父母便幻想着他将来喉声一啭彩声雷动时的光景；孩子偶然拨动算盘，父母便暗中揣想他将来或能掌握财政大权，同时兼营投机买卖；……这种乐观往往形诸言语，成为炫耀，使旁观者有说不出的感想。"而事实上，家长的行为却与这种期望是背道而驰的。在文中，作者要论的核心问题是，对于孩子，是否需要管教？或者如何管教？梁实秋的杂文坚持着典雅温和的嘲讽，选取的话题与我们的生活息息相关，是一种随和亲切的谈话。

韩康的药店 / 聂绀弩

韩康是个卖药的，在十字街头开着一家小小的药店。

韩康人老实，卖的都是真药；向来把钱财看得淡，又没有亲朋老小要照顾，药价都定得便宜；再加上人和气，容易说话，拖欠他一点钱也不大要紧。人们都乐于照顾他，门口常是穿进拥出，人山人海。

有一天，西门大官人打他门口走过，人挤得几乎叫大官人穿不过马。大官人问玳安，为什么这儿有这么多人？玳安回禀是到韩家买药的。大官人大吃一惊。大官人刚才就是到自己的药店里去算过账的。因为生意清淡，管事的都吃喝着大官人的血本，大官人正打算收业，却为了体面而踌躇着。怎么韩康药店里的生意却这么好呢？想是这店开在十字街头，居全城之中，来往行人甚多，故尔如此。药店招牌，名唤"寿

作者简介

聂绀弩（1903～1986），现代散文家，湖北京山人。曾用笔名耳耶、二鸦、箫今度等。1923年在缅甸仰光《觉民日报》、《缅甸晨报》当编辑。1924年考入广州中央陆军军官学校（黄埔军校）第2期，参加过国共合作的第一次东征。20世纪20年代中期，曾去苏联，入莫斯科中山大学，1927年回国。1931年"九·一八"事变后在上海加入中国左翼作家联盟。20世纪30年代中期，先后编辑《中华日报》副刊《动向》和杂志《海燕》。期间，创作了一些短小精悍、犀利泼辣的杂文。抗日战争时期，聂绀弩在桂林与夏衍、宋云彬、孟超、秦似编辑杂文刊物《野草》。中华人民共和国成立后，

聂绀弩像

聂绀弩历任中国作家协会理事，香港《文汇报》主笔，人民文学出版社副总编辑等职。

世"，病家更自欢喜。"我且再作理会！"大官人对自己说。

第二天早晨，韩康正在账桌上登账，两个伙计在柜台上招呼点药。只见人丛里挤进一个人来，叫道一声："韩老板在家么？"

韩康起身看时，却是西门大官人的亲随玳安，心里一愣，但连忙脸上堆笑，唱了一个肥喏："不知今天甚风吹得大叔到小人寒舍？怎不请到店内坐呢？"

"打搅不当，正要借一步讲话。"

韩康把玳安请到柜台后面一个小房里坐好，斟了一杯茶奉上，口里说："寒舍窄小，不成看相；药臭冲天，有冒大叔贵体，大叔休得见怪！"

西门大人开药店

插图为西门大人正在巡视自家药铺。店中牌匾写有"道地药材"、"妙手回春"等字。从摆设来看，他家药铺的规模不小。

"韩大哥有所不知。我家大官人不知听信谁家闲言，好好的大药店，说是要收业了。你说可笑也不？"

韩康不懂玳安的话里有什么意思，却不得不随口应和："大人不干小事，大官人何处不省下些银两，药店济得甚事？"

"可知怪么，却想重开一家小的。"

"也好，还是小营生自在。"

"因此，大官人命玳安来问，韩大哥这般大小药店，该得几何银两？"

"有甚难见处？上连屋瓦，下连地泥，也不到百十两银子。"

"既是这般，大官人假若好赉发大哥一些银两，大哥愿把宝店出顶么？连招牌在内。"

"大叔取笑，小人无福，怎得大官人正眼儿觑到小店上来？"

"只问大哥愿不？"玳安两眼盯住韩康。

韩康寻思，这回糟了。要待允时，谁不知西门庆是说真方卖假药的都头，若非这等，怎的店里鬼不上门？借给他自家招牌不干甚事，伤害别人性命，可是罪过。要待不允，那厮平日欺压良民，为非作歹，说得出，作得到，连官府也奈何他不得，怎能与他计较？罢，忍得一时之气，省得百日之灾，且换些银两再说。于是答道："若得大官人真实看顾小人，可知小人前世修得。"

假药害人

原题《庸医龟鉴》，选自《点石斋画报》。图中庸医开错药差点害人性命。而西门是经常卖假药误人性命。

"还是大哥爽快。银两随带在此，便请清点。"

"且慢，"韩康按住桌上银两说："小人尚有一言，须得大叔禀明大官人，才敢收下银两。小人自幼生长药材行里，不解别种营生。今得大官人赏赐银两，恐日后仍作药材母金，请大官人休得降罪。"

"这个自然，大官人岂能断人生路？"

"只是小人浅见，还望大叔海涵则个！"

闲言少叙，且说大官人顶了韩康的药店，便将旧有的大药店歇了。旧店的存药，都搬到新顶的小药店来，生意十分兴旺，大官人看了暗自欢喜，便从韩康药橱里检出些香料补品，带回分给月娘，玉楼，金莲等使用。

可是不到半年，小药店门口又冷落下来了。韩康留下的药早已卖完，老店的存药便大量补充。病家出了大价钱，买回药去，却医不好病。

这时候，韩康却搬到东街，换了招牌，又开了一家小小的药店，名唤"济世"。

韩康的药店一开，一传十，十传百，转眼之间，通城的人都晓得了。不但东街，就是南街，西街，北街的人，也都到韩康店里去买药。门口依旧穿进拥出，人山人海。

韩康也没有别的，不过货真，价廉，可以拖欠而已。

这事又叫大官人得知了。大官人寻思，东方生门，正是卖药之所，不料又被这厮抢了先。咱却叫他自己理会。

一日薄暮，韩康正待收店，忽然一个彪形大汉，闯进门来，对着韩康问："韩大哥在家么？"

韩康招呼：

"客官有何需要，韩某便是小人。"

"三年前，借去五十两纹银，迄今本利俱无，是何道理？"

"客官息怒，韩某生平不曾向人告贷，何处借得客官银两？且客官尊姓大名，韩某尚未得知，向来亦未拜识尊颜，何从向客官告贷？"

那人咆哮道："韩康，你竟是这等无良之辈，当年告贷时，何种好言不曾讲过，今日却乔作不相识，意图抵赖。"

"便是真有此事，从来借贷须有保有据，客官如有保据，韩某还钱不迟。"

"有，有，"那人向门外招手道："张三哥怎地还不进来，代小弟索逋？当年如不是三哥担保，谁肯把钱借给这乞儿来！"

马上一个黑汉子从门外进来，随即发话道："这就是韩大哥的不是了。纵然一时无力，亦可好说宽限，何得竟说乌有？字据今在小弟处，须抵赖不得。"

说着，便从身边掏出一张字纸，远远地示给韩康，韩康看时，虽因天色已晚，不能仔细，但却已看出不是自己笔迹，并且似乎并非借据。韩康道："请借字据近处一看。"

话还未了，那大汉就随手抓住一根木棍，大喝一声，将屋梁上吊下的一盏琉璃花灯打落下来，跌得粉碎。韩康正待叫唤，那大汉向瘦些的那人说一声，"不趁此时动手，尚待何时！"就一个擒住韩康两手，一个用破絮塞进韩康嘴内，然后用绳子将他脚手捆倒在地。店内伙计见势不妙，早已逃得无影无踪。天已昏黑，街上行人稀少。

两人举起棍棒将店内药橱门窗，床榻桌椅，一齐打得七零八落，落花流水，药材像雨点般落在韩康身上，几乎将他埋了。好半天，两人兴尽，才指住韩康道："便宜了你，明天还不将欠项还清，须不这般轻易了事。"说罢扬长而去。

过了好久，伙计回来，掌上灯火，才把韩康从药堆里拨出。韩康一面与伙计收拾零乱的什物药料，一面仔细参详，料是西门庆指使，西门庆迎娶李瓶儿时，也曾如此这般，打过蒋竹山的。但是若是这厮常来打闹，这便如何是好？

次日，韩康也不开门应市，只请了几位邻居父老，同在家中坐地，等那两位闲汉来时，便好与他分说。但一连几日，那两人的影子也不曾见，末后，又是玳安来与韩康谈了一席话，韩康又把药店连招牌一齐出顶给西门大官人，自己却到南门口另开一家小店。一来韩康不会别的营生，二来勤俭人，闲着就不知道怎地打发日子。

不用说，韩康的店一开，又是穿进拥出，人山人海，西门大官人顶下的两个店里，依旧冷冷清清，连韩康留下的药物，这回也卖不完了。

多行不义终自毙
原题《如塗塗附》，选自《点石斋画报》。图中一人向别人铺子里扔石子，结果石子砸到自己。文中西门最后在自己的荒唐作为中丧身，也是搬石头砸自己脚的表现。

反省，在人类，尤其是像西门大官人之类的人，是一件困难的工作，西门大官人就从来没有想到自己卖的药和药价，总想着是韩康存心和他捣乱，西门大官人本是个宽宏大量的人，但对于存心捣乱的家伙们，却决不轻易放过。自己本来足智多谋，左右能够出谋划策的人又着实不少，也就总有方法把韩康的药店顶到手里来。

韩康呢，实在是个不肯讨人欢喜的家伙，自己的药店顶给别人了，总不肯从此收业。东街的药店顶出去了，在南街里开，南街的药店顶出了，在西街里开；现在西街的药店又顶出去了，却早在北街开了一家。

西门大官人愤怒极了。有韩康这厮在这城里开药店，自己的药店里的生意总不会好的。一不做，二不休，大官人想好了一个最毒辣的计策：除非如此这般。

一天夜晚，韩康和伙计已经睡了。街上静静的，忽然有两个人拍门问："这里是韩康老板的药店么？"

伙计在门里答应，问他们干什么的。并且说，如果买药，请明天白天里来。

那两个人在外面说："我们是远方客人，特来韩家买药，有百十两银子的交道。现在天已大黑，刚到此地，不知何处是客栈，请让我们进店胡乱睡一夜，不等天亮，把药买好了，还要赶路的。"

韩康本是容易讲话的人，听听门外人的口音，果然是外乡人模样。人家辛辛苦苦，远道赶来，怎好不开门呢？反正店里有些空屋，便让人家睡睡也没有什么。就吩咐伙计掌灯开门。不料门一开，却是两个彪形大汉，面貌十分凶恶，足登麻鞋，腰挎朴刀，把伙计吓了一跳，以为又是来打店的。

两人进来后，便和韩康寒暄了一会，也略略谈了些要买的药物的名目和分量。就由伙计带领他们在一间小空屋里睡了。

半夜时分，韩康由梦中惊醒，听见门外又有人擂鼓般敲门。说是查夜的。这些日子，梁山泊的强人声势浩大，各县地方，恐有强人出没，户口调查甚严。常有半夜三更，官宪率领兵丁，到民家查点等事。韩康一听，早捏了一把汗，自己店里正有两个不认识的客人。事已至此，后悔不及，只得硬起头皮起来招呼。这时候伙计已把大门开了。

"你们家里有几个人？"查夜的老爷问。

"两个。一个伙计，一个我。"韩康答。

"再没有别人了么？"

"还有两个买药的客人，刚到不久，天亮就走的。"

"甚么样的人，叫他来看看。"

说到这里，伙计和韩康都还没有去喊，那两个客人就出来了。衣服穿得好好，似乎并没有睡。

"兀那黑汉，你不是黑旋风李逵么？我可认得你。"一个做公的指着那粗笨的一个客人说。

"什么？黑旋风？梁山泊的强人，赶快替我拿下！"老爷说。

可是几个公人听见说是强人，大家都吓得动也不能动。倒是"黑旋风李逵"大喝一声："你黑爷爷便是黑旋风李逵，他是俺哥哥神行太保戴宗，便待怎的？"说着，就和"神行太保戴宗"抡起大拳便打，公人和老爷都连忙闪在一旁，让两个强人逃跑了。

过了好半天，查夜人们仿佛从梦中惊醒了。老爷指住韩康两人说："你们好大狗胆，竟敢窝藏匪盗，左右，还不拿下！"

这回，左右可都勇敢当先，大喝一声，就把站在一旁，早已目定口呆有口难分辩的韩康和伙计都绑起来了。

话休絮烦，从此韩康吃官司去了，他的最后的一个药店抄没归官，又由西门大官人，用便宜的价钱从官家买了回来。

现在城里只有西门大官人的五家药店，十字街，东街，南街，西街，北街，每处一所。可是生意仍旧不佳，好像这城里的人，城外的人，离城不远的人们，都忽然一起不生病了；或者生病就宁可死掉，也不吃药了。

这故事到这里就算完结，有人说，韩康吃了一回官司却并没有死，几年之后，被开释出来，那时候，西门大官人，已经死在潘金莲的肚子上，五家药店都被掌柜们卷逃一空，关门大吉。剩下一些粗笨的药柜之类，又被韩康买回去开了新药店。说也奇怪，韩康的药店一开，人们又重新生起病来，吃起药来，韩康的药店门口，仍旧穿进拥出，人山人海。不过这是后话。

·作品赏析·

《韩康的药店》是现代杂文史上独具一格的名篇。在聂绀弩的创作中，以杂文成就最大，在现代文学史上占有重要的地位。在《韩康的药店》这篇用古白话笔调写成的类似小说的杂文中，聂绀弩把汉代的韩康和《金瓶梅》中的西门庆摆在一起来演绎并说明一个真理。韩康有救人济世之心，他药店卖的药货真价实，门庭若市，生意兴隆；恶霸西门庆也开药店，但因卖假药，门可罗雀，生意萧条，他要弄各种阴谋手段，欺行霸市，先后通过收买、敲诈恐吓、栽赃诬陷、赶尽杀绝等手段霸占韩康药店，并且使韩康不能经营此行业，造福乡里百姓，但生意仍然没有因此而好起来；在西门庆混世之日，"好像这城里的人，城外的人，离城不远的人们，都忽然一起不生病了；或者生病就宁可死掉，也不吃药了。"直到那厮不久暴卒，韩康的药店才得以东山再起，门前人山人海。在当时写作这篇杂文，是影射和讽刺国民党当局的。在第二次反共高潮中，国民党反动派查封了深受群众欢迎的桂林生活书店，并在原地开设一家专卖"总裁言论"的"国际书店"，但生意冷落，无人问津。这篇杂文就是讽刺这一事件的，文章没有什么议论，而是以小说故事形式，生动形象且无不辛辣嘲讽地说明了"阎王开饭店，鬼都不进门"的道理，是轰动一时的名文。

简论市侩主义 / 冯雪峰

入选理由

理性全面的精神剖析
对市侩主义精神实质的深刻把握
深刻的现实意义

市侩和市侩主义，可以说是现在人类社会的"阿米巴"。市侩主义者是软体的，会变形的，善于营钻，无处不适合于他的生存。他有一个核心，包在软体里面，这就是利己主义，也就是无处不于他有利。这核心是永远不会变，包在软滑的体子里，也永远碾不碎。核心也是软滑的，可是坚韧。

市侩主义首先以聪明、灵活、敏感为必要。市侩主义者不仅心机灵活，并且眼光尖锐、准确，手段高妙、敏捷：凡有机，他是无不投上的，凡有利，他无不在先。

然而一切都做得很恰当，圆滑，天衣无缝。一切看去都是当然的，没有话可说。

但市侩主义又需以用力小而收获大为必要。市侩主义者心思是要挖的，可是力却不肯多用。因此他是属于吃得胖胖的一类里面。市侩主义，于是以能用"巧"为特征；因此，市侩主义者自然都是绝顶聪明的人，所以又天然属于"劳心者治人"的一类。

买肥卤鸭

市侩主义是商品社会必然蔓延的一种风气。其实质是一种交换主义。在交换过程中，文化、艺术、道德、国家、真理等名义只不过是市侩主义者的遮掩物。为了利益，市侩主义者会自然抛弃这些。图为民国时期的一幅市井图。

市侩主义者也决非完全的害人或绝端的损人主义者，他只绝端的利己主义者罢了；他决不做赤裸裸的"谋财害命"的事。他是要绝对地利己的，然而要绝对地万无一失的。

只要你能慷慨一点，他也会适可而止罢。但是即使你明明知道太上当了，你也无可奈何，他决不会留一个隙给你，还是要你过得去的。

但市侩主义也决非完全的欺骗主义；它还是不失为一种交换主义，不过总要拿进来的比拿出的多一点。

如果说是欺骗主义，也应该说是相互的，公开的欺骗主义，两方彼此心里都明白的。如果你不明白，只怪你自己太不聪明；这样的受骗，就算是活该，市侩主义

作者简介 ·······································

冯雪峰（1903～1976），原名福春，笔名雪峰、画室、洛扬等。浙江义乌人。1921年考入浙江省立第一师范，参加朱自清等人组织的文学社团晨光社，开始创作新诗。1922年与汪静之等组织湖畔诗社，出版合诗集《湖畔》。1925年到北京大学旁听日语，1926年开始翻译日本、苏联的文学作品及文艺理论专著。1927年加入共产党。

冯雪峰像

1928年结识了鲁迅，编辑出版《萌芽》月刊，并与鲁迅共同编辑《科学的艺术论丛书》。1929年参加筹备中国左翼作家联盟，1931年任"左联"党团书记、中共上海文化工作委员会书记，编辑出版《前哨》杂志。同年10月，在瞿秋白指导下，起草《中国无产阶级革命的文学新任务》决议，成为此后左联指导性文件。1932年，"一·二八"抗战爆发，他与鲁迅等联合发表"上海文化界告世界书"等，先后任中共中央宣传文化委员会书、中央上海宣传部干事、江苏省委宣传部长。1933年年底到江西瑞金任中共中央党校副校长。1934年参加长征。1936年春到上海，任中共上海办事处副主任。

1937年回家乡，创作反映长征的长篇小说《卢代之死》。1941年被捕，囚于上饶集中营。在狱中写了几十首新诗，后结集为《真实之歌》。1942年被营救出狱。1943年到重庆，在中华文艺界抗敌协会工作，发表了许多杂文及文艺理论文章。1946年回上海后创作了许多寓言。

1950年任上海市文联副主席，鲁迅著作编刊社社长兼总编。1951年调北京，先后任人民文学出版社社长兼总编、《文艺报》主编，中国作协副主席、党组书记。

1954年后因《红楼梦》研究问题和"胡风事件"受批判，1957年被划为右派；1966年又被关进牛棚。1976年患肺癌去世。1979年中共中央为他彻底平反并恢复名誉。

者不算对不起你。

市侩主义产生于商业社会，尤其盛行于殖民地次殖民地，然而它决非是"洋奴"主义。它有时还俨然地显现为自尊的主人主义。他决不会失其主人的身份与尊严，而且无论何时都是文明人。假如推行外国文明是适当的时候，自然也于他是有利的时候。他便是外国文明的提倡者；但他决不会否定本国的文化，倒竭力"发扬"本国文化的，所以他决不是"洋奴"。假如本国的东西应该

茶楼服务

此图为 19 世纪末的一幅老照片。图中茶楼负责人亲自为外国人斟茶倒水，极尽地主之谊，而对于一般的中国人，他却不这样。可见，市侩主义成了渗透到人心底里的社会毒素，处处可见，难以根除。

提倡了，他就是国粹主义者，然而他又决不顽固。

中外古今的道理，文明，物事，对于市侩主义者大抵都有用，有利。凡对于他有利的，都是有理的，但他无所信仰，因为利己主义是他唯一的神。

但市侩主义者也要高尚，也要雅，也要美名，他也要辩明他不是市侩主义者。可是等你要他拿出那美名所要兑现的东西来时，他又立刻申明他是市侩了。

文化、艺术、道德、国家、民族、人类、真理……这些名义他都要。当然，你真的要他拿出这些来，他便要责备你不识时务，不明了实情：他原是生意人，原是拿这些的名在做生意；即使退一步说，"这个年头也不能不顾生意经呀。"

但这样的责备，也还算是客气的，否则，那便算你揭穿了他的高雅，伤了他的"自尊心"，于他的面子过不去，即使不揍你一顿，也要给你一个脸色看，教你知道这一点是不好触到的：你明明知道他是市侩主义者，为什么又给他当面说穿呀。

是的，市侩主义者也是不好惹的。他虽然是软体，但触到了他的利害，他也蛮硬，也可以和你拼命。市侩主义就最忌"太认真"，虽然他于利上是最认真的。他自然需要面子，名誉，自尊，你不可指说他，即使是"朋友"。何况他并不反对你也成为市侩主义者呀，你为什么要说他是市侩主义哪。

但市侩主义者所以是顽强，坚韧，还在于他对于一切都可以不固执，都可以客气，漂亮，让步；惟其如此，他对于利就能够永远地执着。他是永远都在打算的。他和"犹太人"一样顽强，坚韧；但他自然比"犹太人"大方，更漂亮，更聪明，而且他更

有礼貌。

是的，市侩主义者是不好惹的，而且为了相同的利益也自然会大家联合起来战斗，所谓合伙，所谓"大家都是朋友"，所谓行帮：形成一条战线呢。但他们又决不是市侩主义的主义同盟，这是它独有的特色。这是为了个人各自的利益所必需的，是一种个人主义的集体同盟；是矛盾的，然而是统一的。为了大家的方便，互相的照应。

互相吹拍，互相帮忙。可是大家心里都互相明白；彼此都不是真心的，彼此都给对方留一个地步；无论己帮人，人帮己，都是要打一个折扣的。因此，也彼此都不至"逼人太甚"。大家都心里明白。这就是他们间的"矛盾的统一"。

他们相互间自然也会起冲突，也会有近于"火并"之类的事，但彼此都是明白人，很快就会"消除误会"，言归于好。

无论什么社会里，人互相间都要发生所谓"爱"这种关系。惟独在市侩主义社会，却没有爱。

对于圈外的人类固然没有爱，他们相互间也没有爱。

市侩主义者对于社会也很少仇恨；因为无论怎样，他都是处于有利的地位的，它永远是胜利者。即使是失败了，也马上又胜利了。

但因此，他非天生地冷酷不可；他非仇恨仇恨市侩主义者不可。

它在有适当的温度的浑池里游泳着，那么自由，那么自在，那么愉快，那么满足。你吹它一口罢，它也许翻一下身；但早已在原地游泳着，而且更活泼，更灵快，也更惊人。

它成群的游泳着，互相照应，大家嬉笑，彼此庆贺。你用石头击它一下罢，也许它要被冲散了一下，但立刻又复聚在一块了。

自然，只要你对他有些利益，至少对他没有什么不方便，还要你装一点傻，你也可以和市侩主义者相处，也可以处得很好，但你决不能和他贴得很紧，因为他的软滑的表皮原是用来保护他自己，也用来和你相隔的。你想探索他的灵魂或抓捏他的核心么？那也不可能的；软滑滑地，你不知道那里是他的核心，只像抓捏一个软橡皮的温水袋，滑得你全身毛骨悚然了。

哦，哪里没有市侩主义呢！然而在我们这里是最多，最活跃。这就是因为我们这里有适当的温度，

《有进无退》书影
冯雪峰著，1945 年出版。本书收《无聊与恶趣》等 30 篇散文。

有适当的营养的社会液汁，这产生它，繁殖它，这适合它的生存，活动。

那么，这是不能再让它继续繁殖的时候了么？但有什么方法呢？必须比市侩主义者更聪明才行，可是有谁比他更聪明？你不听见市侩主义者也在照着你一样的说法："应该反对市侩主义"么？然而他胜利地说，"为了反对市侩主义，所以我们就非成为市侩主义不可呀？"

这样，简直没有办法，除了这也可算是聪明的一条：你自己不要被他的聪明所骗，也被拖下去成为和他一样了。但这其实又不能算是办法。

· 作品赏析 ·

　　市侩有一个庞大的群体，所以市侩主义是一个广泛的主义，其核心原则是利己主义。作者在文章中列举了市侩主义的种种表现，对市侩们的描述和分析非常的形象和准确，作者说市侩主义者是"软体的，会变形的，善于营钻，无处不适合于他的生存"。说到底，它的确是建立在生存努力之上的一种丰富的人生哲学，作者说它的根源在商业社会，市侩主义者挖空心思使自己用力小而收获大，因为"市侩主义者自然都是绝顶聪明的人，所以又天然属于'劳心者治人'的一类。"市侩主义的盛行使一个社会整体的风气充满了极端的自私自利的狡猾、尔虞我诈和虚伪，它的确是商品社会必然迅速蔓延的一种风气，不但如此，市侩主义者还会为了利益而报成团，"他虽然是软体，但触到了他的利害，他也蛮硬，也可以和你拼命。""无论什么社会里，人互相间都要发生所谓"爱"这种关系。惟独在市侩主义社会，却没有爱。对于圈外的人类固然没有爱，他们相互间也没有爱。""市侩主义者对于社会也很少仇恨，因为无论怎样，他都是处于有利的地位的，它永远是胜利者。即使是失败了，也马上又胜利了。"文章写于 20 世纪 30 年代，但是今天睁眼看一下世界，与文中所言相比较，我们会感慨，市侩主义是越加发展和猛烈了。人人为己和唯利是图，在今天的社会甚至已经很少有人议论其非了。

三八节有感 /丁玲

入选理由

对妇女解放一次落到实处的讨论
一个坦诚的独立女性自白

"妇女"这两个字，将在什么时代才不被重视，不需要特别的被提出呢？

年年都有这一天。每年在这一天的时候，几乎是全世界的地方都开着会，检阅着她们的队伍。延安虽说这两年不如前年热闹，但似乎总有几个人在那里忙着。而

作者简介 ....

丁玲（1904～1986），原名蒋冰之，笔名彬芷、从喧等。现当代女作家，湖南临澧人。在长沙等地上中学时，受到"五四"思潮的影响。1923年进共产党创办的上海大学中文系学习。1927年发表小说《莎菲女士的日记》等作品，引起文坛的热烈反响。1930年参加中国左翼作家联盟，后出任左联机关刊物《北斗》主编及左联党团书记。这时期她创作的《水》、《母亲》等作品，显示了左翼革命文学的实绩，1933年被国民党特务绑架，后逃离南京转赴中共中央所在地陕北保安县。在陕北历任西北战地服务团团长、《解放日报》文艺副刊主编等职，并先后创作《一颗未出膛的枪弹》、《夜》、《我

1924年，丁玲与胡也频

在霞村的时候》、《在医院中》等解放区文学优秀作品。1948年写成长篇小说《太阳照在桑干河上》，曾被译成多种外文。1951年获斯大林文学奖金。新中国成立后，丁玲先后担任文艺界多种重要领导职务，并在繁忙工作之余，发表了大量小说、散文和评论文章。1955年和1957年被错误地定为"丁玲、陈企霞反党小集团"和"丁玲、冯雪峰右派反党集团"主要成员，1958年又受到"再批判"。并被下放到北大荒劳动改造。1979年平反后重返文坛、先后出任中国作家协会副主席等职，并多次出访欧美诸国。丁玲一生著作丰富，有些作品被译成多种文字，在世界各国流传，产生了广泛的影响。

且一定有大会，有演说的，有通电，有文章发表。

延安的妇女是比中国其它地方的妇女幸福的。甚至有很多人都在嫉羡的说："为什么小米把女同志吃得那么红胖？"女同志在医院，在休养所，在门诊部都占着很大的比例，却似乎并没有使人惊奇，然而延安的女同志却仍不能免除那种幸运：不管在什么场合都最能作为有兴趣的问题被谈起。而且各种各样的女同志都可以得到她应得的诽议。这些责难似乎都是严重而确当的。

女同志的结婚永远使人注意，而不会使人满意的。她们不能同一个男同志比较接近，更不能同几个都接近。她们被画家们讽刺："一个科长也嫁了么？"诗人们也说："延安只有

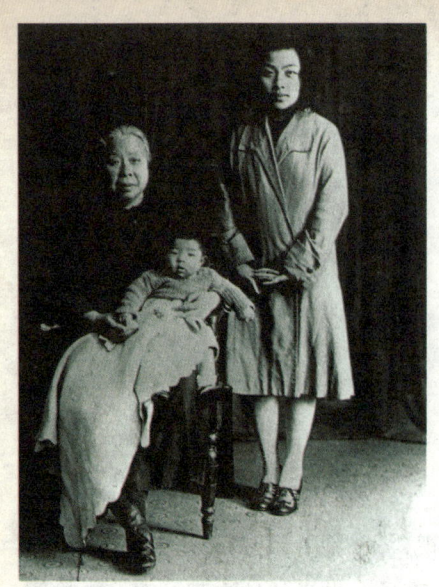

1931年，胡也频遇害后，丁玲与幼子回常德。图为丁玲与母亲和儿子在一起。

骑马的首长，没有艺术家的首长，艺术家在延安是找不到漂亮的情人的。"然而她们也在某种场合聆听着这样的训词："他妈的，瞧不起我们老干部，说是土包子，要不是我们土包子，你想来延安吃小米！"但女人总是要结婚的。（不结婚更有罪恶，她将更多的被作为制造谣言的对象，永远被污蔑。）不是骑马的就是穿草鞋的，不是艺术家就是总务科长。她们都得生小孩。小孩也有各自的命运：有的被细羊毛线和花绒布包着，抱在保姆的怀里，有的被没有洗净的布片包着，扔在床头啼哭，而妈妈和爸爸都在大嚼着孩子的津贴，（每月25元，价值二斤半猪肉）要是没有这笔津贴，也许他们根本就尝不到肉味。然而女同志究竟应该嫁谁呢，事实是这样，被逼着带孩子的一定可以得到公开的讥讽："回到家庭了的娜拉。"而有着保姆的女同志，每一个星期可以有一天最卫生的交际舞。虽说在背地里也会有难比的诽语悄声的传播着，然而只要她走到那里，那里就会热闹，不管骑马的，穿草鞋的，总务科长，艺术家们的眼睛都会望着她。这同一切的理论都无关，同一切主义思想也无关，同一切开会演说也无关。然而这都是人人知道，人人不说，而且在做着的现实。

离婚的问题也是一样。大抵在结婚的时候，有三个条件是必须注意到的。一、政治上纯洁不纯洁，二、年龄相貌差不多，三、彼此有无帮助。虽说这三个条件几乎是人人具备（公开的汉奸这里是没有的。而所谓帮助也可以说到鞋袜的缝补，甚至女性的安慰），但却一定堂皇的考虑到。而离婚的口实，一定是女同志的落后。我是最以为一个女人自己不进步而还要拖住她的丈夫为可耻的，可是让我们看一看她们是如何落后的。她们在没有结婚前都抱着有凌云的志向，和刻苦的斗争生活，

她们在生理的要求和"彼此帮助"的蜜语之下结婚了，于是她们被逼着做了操劳的回到家庭的娜拉。她们也唯恐有"落后"的危险，她们四方奔走，厚颜的要求托儿所收留她们的孩子，要求刮子宫，宁肯受一切处分而不得不冒着生命的危险悄悄的去吃着坠胎的药。而她们听着这样的回答："带孩子不是工作吗？你们只贪图舒服，好高骛远，你们到底做过一些什么了不起的政治工作？既然这样怕生孩子，生了又不肯负责，谁叫你们结婚呢？"于是她们不能免除"落后"的命运。一个有了工作能力的女人，而还能牺牲自己的事业去作为一个贤妻良母的时候，未始不被人所歌颂，但在十多年之后，她必然也逃不出"落后"的悲剧。即使在今天以我一个女人去看，这些"落后"分子，也实在不是一个可爱的女人。她们的皮肤在开始有折绉，头发在稀少，生活的疲惫夺取她们最后的一点爱娇。她们处于这样的悲运，似乎是很自然的，但在旧的社会里，她们或许会被称为可怜，薄命，然而在今天，却是自作孽、活该。不是听说法律上还在争论着离婚只须一方提出，或者必须双方同意的问题么？离婚大约多半都是男子提出的，假如是女人，那一定有更不道德的事，那完全该女人受诅咒。

我自己是女人，我会比别人更懂得女人的缺点，但我却更懂得女人的痛苦。她们不会是超时代的，不会是理想的，她们不是铁打的。她们抵抗不了社会一切的诱惑，和无声的压迫，她们每人都有一部血泪史，都有过崇高的感情，（不管是升起的或

妇女们为支持抗日在做军鞋
延安的妇女们要一边投入火热的革命中，一边履行做妻子和母亲的职责，负担非常大。作者在文中客观地指出了在革命现实中妇女们的普遍处境和心路转变。

女作家丁玲领导的西北战地服务团是抗战时期的宣传工作主力之一。图为丁玲（左一）和女团员。

沉落的，不管有幸与不幸，不管仍在孤苦奋斗或卷入庸俗，）这在对于来到延安的女同志说来更不冤枉，所以我是拿着很大的宽容来看一切被沦为女犯的人的。而且我更希望男子们尤其是有地位的男子，和女人本身都把这些女人的过错看得与社会有联系些。少发空议论，多谈实际的问题，使理论与实际不脱节，在每个共产党员的修身上都对自己负责些就好了。

然而我们也不能不对女同志们，尤其是在延安的女同志有些小小的企望。而且勉励着自己。勉励着友好。

世界上从没有无能的人，有资格去获取一切的。所以女人要取得平等，得首先强己。我不必说大家都懂的。而且，一定在今天会有人演说的："首先取得我们的政权"的大话，我只说作为一个阵线中的一员（无产阶级也好，抗战也好，妇女也好），每天所必须注意的事项。

第一、不要让自己生病。无节制的生活，有时会觉得浪漫，有诗意，可爱，然而对今天环境不适宜。没有一个人能比你自己还会爱你的生命些。没有什么东西比今天失去健康更不幸些。只有它同你最亲近，好好注意它，爱护它。

第二、使自己愉快。只有愉快里面才有青春，才有活力，才觉得生命饱满，才觉得能担受一切磨难，才有前途，才有享受。这种愉快不是生活的满足，而是生活的战斗和进取。所以必须每天都做点有意义的工作，都必须读点书，都能有东西给别人，游惰只使人感到

吃饭的孩子
图为20世纪30年代的一幅老照片。这些孩子自己端着碗聚在一起吃饭。他们的母亲为了家庭和工作操劳着，不能很好地照顾他们，这对于母亲和孩子来说都是一个大问题。

生命的空白，疲软，枯萎。

第三、用脑子。最好养好成一种习惯。改正不作思索，随波逐流的毛病。每说一句话，每做一件事，最好想想这话是否正确？这事是否处理的得当，不违背自己作人的原则，是否自己可以负责。只有这样才不会有后悔。这就是叫通过理性，这，才不会上当，被一切甜蜜所蒙蔽，被小利所诱，才不会浪费热情，浪费生命，而免除烦恼。

第四、下吃苦的决心，坚持到底。生为现代的有觉悟的女人，就要有认定牺牲一切蔷薇色的温柔的梦幻。幸福是暴风雨中的搏斗，而不是在月下弹琴，花前吟诗。假如没有最大的决心，一定会在中途停歇下来。不悲苦，即堕落。而这种支持下去的力量却必须在"有恒"中来养成。没有大的抱负的人是难于有这种不贪便宜，不图舒服的坚忍的。而这种抱负只有真正为人类，而非为己的人才会有。

三八节清晨

附及：文章已经写完了，自己再重看一次，觉得关于企望的地方，还有很多意见，但为发稿时间有限，也不能整理了。不过又有这样的感觉，觉得有些话假如是一个首长在大会中说来，或许有人认为痛快。然而却写在一个女人的笔底下，是很可以取消的。但既然写了就仍旧给那些有同感的人看看吧。

·作品赏析·

本文发表之后引起了极大的轰动，并受到一些批评和质疑。整风运动中，许多人都对丁玲的《三八节有感》和王实味的《野百合花》提出批评。在一次高级干部学习会上，毛泽东最后说："《三八节有感》虽然有批评，但还有建议。丁玲同王实味也不同，丁玲是同志，王实味是托派。"这句话保了丁玲，文艺整风期间，只有个别单位在墙报上和个别小组的同志对《三八节有感》有批评。《三八节有感》深刻透彻地分析了生活在延安革命队伍中知识女性的艰难生活、尴尬处境和不幸命运。作者以自己作为女人身份的实际体验和思考，说出了作为与男人一同工作和战斗的职业革命女性的实际困难和苦恼，在当时非常具有现实意义。"'妇女'这两个字，将在什么时代才不被重视，不需要特别的被提出呢？"正是纪念"三八"妇女节的日子，她却敢于发别人之所未发，从"被重视"的、热闹的表面看出了实际上正是因为不被重视才被重视的严峻本质。丁玲写到："我自己是女人，我会比别人更懂得女人的缺点，但我却更懂得女人的痛苦。她们不会是超时代的，不会是理想的，她们不是铁打的。"她以自己艺术家的敏感和知识分子的良知，揭示了遗传在革命队伍里，滋生在理想社会肌体上的某种恶瘤。

野百合花 / 王实味

入选理由

文情并茂的写作风格
特定时代秉笔直书的勇气
具有特殊的文史价值

前 记

在河边独步时，一位同志脚上的旧式棉鞋，使我又想起了曾穿过这种棉鞋的李芬同志——我所最敬爱的生平第一个朋友。

想起她，心脏照例震动一下。照例我觉到血液循环得更有力。

李芬同志是北大 1926 年级文预科学生，同年入党，1928 年春牺牲于她底故乡——湖南宝庆。她底死不是由于被捕，而是被她底亲舅父缚送给当地驻军的。这说明旧中国底代表者是如何残忍。同时，在赴死之前，她曾把所有的三套衬衣裤都穿在身上，用针线上下密密缝在一起：因为，当时宝庆青年女共产党员被捕枪决后，常由军队纵使流氓去奸尸！这又说明着旧中国是怎样一具血腥，丑恶，肮脏，黑暗的社会！从听到她底噩耗时起，我底血管里便一直燃烧着最狂烈的热爱与毒恨。每一想到她，我眼前便浮出她那圣洁的女殉道者底影子，穿着三套密密缝在一起的衬衣裤，由自己的亲舅父缚送去从容就义！每一想到她，我便心脏震动，血液循环的更有力！（在这歌啭玉堂春、舞回金莲步的升平气象中，提到这样的故事，似乎不太和谐，但当前的现实——请闭上眼睛想一想吧，每一分钟都有我们亲爱的同志在血泊中倒下——似乎与这气象也不太和谐！）

为了民族底利益，我们并不愿再算阶级仇恨的旧账。我们是真正大公无私的。我们甚至尽一切力量拖曳着旧中国底代表者同我们一路走向光明。可是，在拖曳的过程中，旧中国底肮脏污秽也就沾染了我们自己，散布细菌，传染疾病。

王实味像

王实味（1906～1947），1906年出生于河南省潢川，当时家境已败落。王实味少年时期由父亲给予了较好的国学启蒙，并且接受了进步教师的新式教育。他与同学徐智雨、戚宇凡都是中共党员（后二人是潢川党组织的创建者）。

王实味17岁（1923年）时考取河南省留学欧美预备学校。一年后因为经济所迫考取邮务，又一年后（1925年）考入北京大学文院预科，年底发表书信体小说《休息》。

在北大参加了党组织活动，很快因为热恋李芬而离开了党组。1927年再次因为经济所迫辍学，并且因为政治的原因无处安身。1930年在上海跟李芬的战友刘莹结婚。多年流徙奔走，不满当局，忧虑时事。1937年10月只身抵达延安。

王实味在延安专门从事翻译马克思、恩格斯、列宁原著的工作。4年间单独或与人合作共译出近200万字的理论书稿。1941年开始的整风运动因为丁玲、萧军、王实味、艾青等人掀起了暴露黑暗的浪潮。1942年3月王实味连续推出《政治家·艺术家》、《野百合花》两篇文章，认为"揭破清洗工作不止是消极的，因为黑暗消灭，光明自然增长。"当时形成了巨大的社会思潮，与延安热烈的时代氛围形成了一种极不和谐的冲撞。

1942年6月起展开了对托派王实味的批判并且不断升级扩大。康生的插手使得这件事情向一个更加恶劣的政治事件演变。1943年4月1日被康生下令逮捕王实味。1946年重新审查，结论是"反革命托派奸细分子"。1947年7月1日夜，晋绥公安总局审讯科将王实味提出，砍杀后置于一眼枯井掩埋，时年41岁。

1990年12月，王实味冤案得以平反昭雪。

我曾不止十次二十次地从李芬同志底影子汲取力量，生活的力量和战斗的力量。这次偶然想到她，使我决心要写一些杂文。野百合花就是它们的总标题。这有两方面的含义：第一，这种花是延安山野间最美丽的野花，用以献给那圣洁的影子；其次，据说这花与一般百合花同样有着鳞状球茎，吃起来味虽略带苦涩，不似一般百合花那样香甜可口，但却有更大的药用价值——未知确否。

1942年2月26日

一 我们生活里缺少什么？

延安青年近来似乎生活得有些不起劲，而且似乎肚子里装得有不舒服。

为什么呢？我们生活里缺少什么呢？有人会回答说：我们营养不良，我们缺少维他命，所以……。另有人会回答说：延安男女的比例是"十八比一"，许多青年找不到爱人，所以……。还有人会回答说：延安生活太单调，太枯燥，缺少娱乐，所以……。

这些回答都不是没有道理的。要吃得好一点，要有异性配偶，要生活得有趣，这些都是天经地义。但谁也不能不承认：延安的青年，都是抱定牺牲精神来从事革

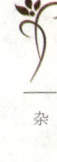

女子篮球比赛

许多青年怀着为革命贡献青春的理想来到延安，虽然那时现实比理想残酷得多，但他们仍然对生活充满了热爱。

命，并不是来追求食色的满足和生活的快乐。说他们不起劲，甚至肚子里装着不舒服，就是为了这些问题不能圆满解决，我不敢轻于同意。

那么，我们生活里到底缺些什么呢？下面一段谈话可能透露一些消息。

新年假期中，一天晚上从友人处归来，昏黑里，前面有两个青年女同志在低声而兴奋地谈着话。我们相距丈多远，我放轻脚步凝神谛听着：

"……动不动，就说人家小资产阶级平均主义；其实，他自己倒真有点特殊主义。事事都只顾自己特殊化，对下面同志，身体好也罢坏也罢，病也罢，死也罢，差不多漠不关心！"

"哼，到处乌鸦一般黑，我们底 ×× 同志还不也是这样！"

"说得好听！阶级友爱呀，什么呀——屁！好象连人对人的同情心都没有！平常见人装得笑嘻嘻，其实是皮笑肉不笑，肉笑心不笑。稍不如意，就瞪起眼睛，搭出首长架子来训人。"

"大头子是这样，小头子也是这样。我们底科长，×××，对上是毕恭毕敬的，对我们，却是神气活现，好几次同志病了，他连看都不伸头看一下。可是，一次老鹰抓了他一只小鸡，你看他多么关心这件大事呀！以后每次看见老鹰飞来，他却嚎嚎的叫，扔土块去打它——自私自利的家伙！"

沉默了一下。我一方面佩服这位女同志口齿尖利，一方面惘然若有所失。

"害病的同志真太多了，想起来叫人难过。其实，害病，倒并不希望那类人来看你。他只能给你添难受。他底声音、表情、态度，都不使你感觉他对你有什么关怀、爱护。"

"我两年来换了三四个工作机关，那些首长以及科长、主任之类，真正关心干部爱护干部的，实在太少了。"

"是呀，一点不也错！他对别人没有一点爱，别人自然也一点不爱他。要是做群众工作，非垮台不可……。"

她们还继续低声兴奋地谈着。因为要分路，我就只听到这里为止，这段谈话也许有偏颇，有夸张，其中的"形象"也许没有太大的普遍性；但我们决不能否认它有镜子底作用。我们生活里到底缺少什么呢？镜子里看吧。

二　碰"碰壁"

在本报"青年之页"第12期上，读到一位同志底标题为"碰壁"的文章，不禁有感。

先抄两段原文：

新从大后方来的一位中年朋友，看到延安青年忍不住些微拂意的事；牢骚满腹，到处发泄的情形，深以为不然地说："这算得什么！我们在外面不知碰了多少壁，受人多少气……"他的话是对的。延安虽也有着令人生气的"脸色"，和一些不能尽如人意的事物；可是在一个碰壁多少次，尝够人生冷暖的人看来，却是微乎其微，算不得什么的。至于在入世未深的青年，尤其是学生出身的，那就迥乎不同了。家庭和学校哺乳他们成人，爱和热向他们细语着人生，教他们描摹单纯和美丽的憧憬；现实的丑恶和冷淡于他们是陌生的，无怪乎他们一遇到小小的风浪就要叫嚷，感到从来未有过的不安。

我不知道作者这位"中年朋友"是怎样的一个人，但我认为他底这种知足者长乐的人生哲学，不但不是"对的"，而是有害的。青年的可贵，在于他们纯洁，敏感，热情，勇敢，他们充满着生命底新锐的力。别人没有感觉的黑暗，他们先感觉；别人没有看到的肮脏，他们先看到；别人不愿说不敢说的话，他们大胆

延安青年自己动手制作乐器，增加生活乐趣。
在现实中，青年们发现生活中少了友谊和关爱，就没有了许多乐趣。制作乐器，一展所长，让枯燥的生活丰富起来，让大家一起快乐起来。

青年人自己动手挖窑洞，解决住房问题
对于青年，让他们苦闷和受挫的或许不是艰苦的
生活条件，而是现实带给他们的困惑。

地说，因此，他们意见多一些，但不见得就是"牢骚"；他们的话或许说得不够四平八稳，但也不见得就是"叫嚣"。我们应该从这些所谓"牢骚""叫嚣"和"不安"的现象里，去探求那产生这些现象的问题底本质，合理地（注意：合理地！青年不见得总是"盲目的叫嚣"。）消除这些现象的根源。说延安比"外面"好得多，教导青年不发"牢骚"，说延安的黑暗方面只是"些微拂意的事"，"算不得什么"，这丝毫不能解决问题。是的，延安比"外面"好得多，但延安可能而且必须更好一点。

当然，青年常表现不冷静，不沉着。这似乎是"碰壁"作者底主题。但青年如果真个个都是"少年老成"起来，那世界该有多么寂寞呀！其实，延安青年已经够老成了，前文所引那两位女同志底"牢骚"，便是在昏黑中用低沉的声音发出的。我们不但不应该讨厌这种"牢骚"，而且应该把它当作镜子照一照自己。

说延安"学生出身"的青年是"家庭和学校哺乳他们成人，爱和热向他们细语着人生……"我认为这多少有些主观主义。延安青年虽然绝大多数是"学生出身"，"入世未深"，没有"尝够人生冷暖"，但他们也绝大多数是从各种不同的痛苦斗争道路走到延安来的，过去的生活不见得有那样多的"爱和热"；相反他们倒是懂得了"恨和冷"，才到革命阵营里来追求"爱和热"的。依"碰壁"作者底看法，仿佛延安青年都是娇生惯养。或许因为没有糖果吃就发起"牢骚"来，至于"丑恶和冷淡"，对于他们也并不是"陌生"；正因为认识了"丑恶和冷淡"，他们才到延安来追求"美丽和温暖"，他们才看到延安的"丑恶和冷淡"而"忍不住"要发"牢骚"，以期引起大家注意，把这"丑恶和冷淡"减至最小限度。

1938年冬天，我们党曾大规模的检查工作，当时党中央号召同志们要"议论纷纷"，"意见不管正确不正确都尽管提"，我希望这样的大检查再来一次，听听一般下层青年底"牢骚"。这对我们底工作一定有很大的好处。

三 "必然性""天塌不下来"与"小事情"

"我们底阵营存在于黑暗的旧社会，因此其中也有黑暗，这是有必然性的。"对呀，这是"马克思主义"。然而，这只是半截马克思主义，还有更重要的后半截，却被"主观主义宗派主义的大师"们忘记了。这后半截应该是：在认识这必然性以后，

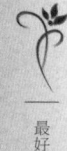

我们就须要以战斗的布尔塞维克能动性，去防止黑暗底产生，削减黑暗底滋长，最大限度地发挥意识对存在的反作用。要想在今天，把我们阵营里一切黑暗消灭净尽，这是不可能的；但把黑暗削减至最小限度，却不但可能，而且必要。可是，"大师"们不惟不曾强调这一点，而且很少提到这一点。他们只指出"必然性"就睡觉去了。

其实，不仅睡觉而已。在"必然性"底借口之下，"大师"们对自己也就很宽容了。他们在睡梦中对自己温情地说：同志，你也是从旧社会里出来的呀，你灵魂中有一点小小黑暗，那是必然的事，别脸红吧。

于是，我们在那儿间接助长黑暗，甚至直接制造黑暗！

在"必然性"底"理论"之后，有一种"民族形式"的"理论"叫做"天塌不下来"。是的，天是不会塌下来的。可是，我们底工作和事业，是否因为"天塌不下来"就不受损失呢？这一层"大师"们的脑子绝少想到甚至从未想到。如果让这"必然性""必然"地发展下去，则天——革命事业的天——是"必然"要塌下来的。别那么安心吧。

与此相关的还有一种叫做"小事情"的"理论"。你批评他，他说你不应该注意"小事情"。有的"大师"甚至说，"妈的个×，女同志好注意小事情，现在男同志也好注意小事情！"是呀，在延安，大概不会出什么叛党叛国的大事情的，但每个人做人行事的小事情，都有的在那儿帮助光明，有的在那儿帮助黑暗。而"大人物"生活中的"小事情"，更足以在人们心里或是唤起温暖，或是引起寂寞。

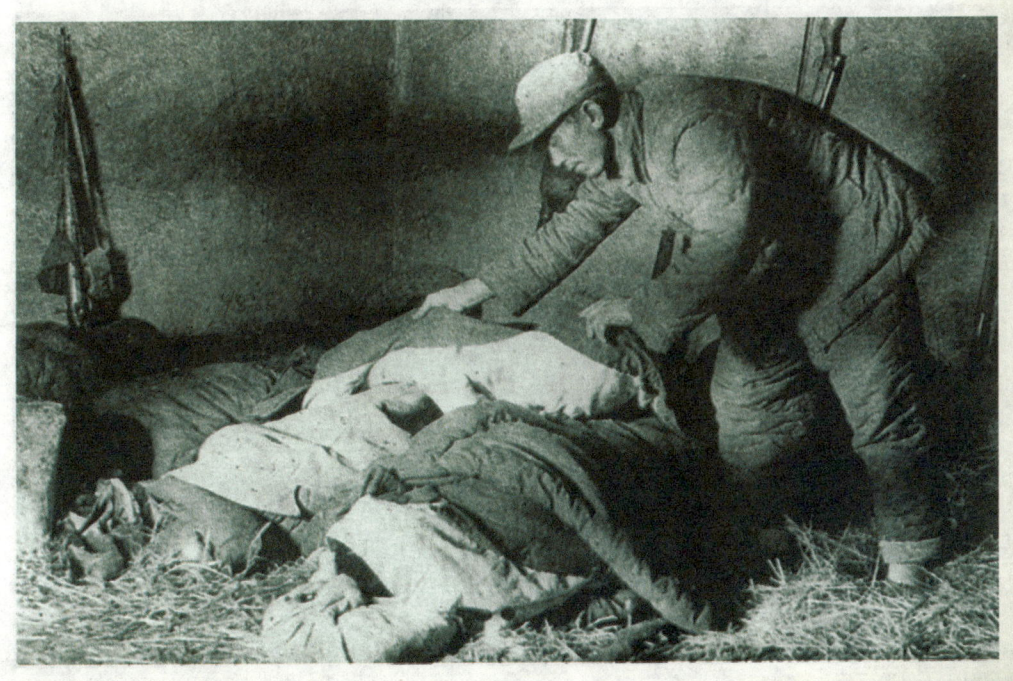

关爱
早起的同志伸手帮别人拉上被子，这种质朴的关爱情感在阶级同胞之间是存在的。对于追求"爱和热"的青年，他们敏感，需要更多的关爱。

四　平均主义与等级制度

听说，曾有某同志用与这同样的题目，在他本机关底墙报上写文章，结果被该机关"首长"批评打击，致陷于半狂状态。我希望这是传闻失实。但连稚弱的小鬼都确凿曾有疯狂的，则大人之疯狂，恐怕也不是不会有的事。虽然我也自觉神经不像有些人那么"健康"，但自信还有着足够的生命，在任何情形下都不至陷于疯狂，所以，敢继某同志之后，也来谈平均主义与等级制度。

共产主义不是平均主义（而且我们今天也不是在进行共产主义革命），这不需要我来做八股，因为，我敢保证，没有半个伙伕（我不敢写"炊事员"，因为我觉得这有些讽刺画意味；但与他们谈话时，我底理性和良心却叫我永远以最温和的语调称呼他们"炊事员同志"——多么可怜的一点温暖呵！）会妄想与"首长"过同样的生活。谈到等级制度，问题就稍微麻烦一点。

一种人说：我们延安并没有等级制度；这不合事实，因为它实际存在着。另一种人说：是的，我们有等级制度，但它是合理的。这就需要大家用脑子想一想。

说等级制度是合理的人，大约有以下几种道理：一、根据"各尽所能，各取所值"的原则，负责任更大的人应该多享受一点；二、三三制政府不久就要实行薪给制，待遇自然有等差；三、苏联也有等级制。

集体就餐

蹲在地上一起享用并不丰盛的午餐，这也是某种意义上的平等。等级制度是几千年封建社会的桎梏，也是人们一直想消灭的对象。

这些理由，我认为都有商量余地。关于一，我们今天还在艰难困苦的革命过程中，大家都是拖着困惫的躯体支撑着煎熬，许许多多人都失去了最可宝贵的健康，因此无论谁，似乎都还谈不到"取值"和"享受"；相反，负责任更大的人，倒更应该表现与下层同甘苦（这倒是真正应该发扬的民族美德）的精神，使下层对他有衷心的爱，这才能产生真正的铁一般的团结。当然，对于那些健康上需要特殊优待的重要负责者，予以特殊的优待是合理的而且是必要的。一般负轻重要责任者，也可略予优待。关于二，三三制政府的薪给制，也不应有太大的等差，对非党人员可稍优待，党员还是应该保持艰苦奋斗的优良传统，以感动更多的党外人士来与我们合作。关于三，恕我冒昧，我请这种"言必称希腊"的"大师"闭嘴。

我并非平均主义者，但衣分三色，食分五等，却实在不见得必要与合理——尤其是在衣服问题上（笔者自己是所谓"干部服小厨房"阶层，葡萄并不酸）一切应该依合理与必要的原则来解决。如果一方面害病的同志喝不到一口面汤，青年学生一天只得到两餐稀粥（在问到是否吃得饱的时候，党员还得起模范作用回答：吃得饱！），另一方面有些颇为健康的"大人物"，作非常不必要不合理的"享受"，以致下对上感觉他们是异类，对他们不惟没有爱，而且——这是叫人想来不能不有些"不安"的。

老是讲"爱"，讲"温暖"，也许是"小资产阶级感情作用"吧？听候批判。

· 作品赏析 ·

王实味作为文人和翻译家，在写下《野百合花》时是天真的，他在前记里说到了野百合花是性味苦的"药"，且"药"的价值如何而不得知。从《野百合花》中可以看出他的敏感天性和孩子般的纯真，看事物的简单化和他的学识并不相称。他是一个文人，而不是政治家，他任性和直率的表达也全然是由自己的心性所发出，"在这歌啭玉堂春，舞回金莲步的升平气象中，提到这样的故事，似乎不太和谐，但当前的现实——请闭上眼睛想一想吧，每一分钟都有我们亲爱的同志在血泊中倒下。"他大概绝不会预料到这篇文章问世之后会在青年心目中的"明灯和灯塔"的延安引起轩然大波，会引起政界要人和整个文艺界普遍的关注，更没想到自己的鲜活的生命最终也成了此文的祭品。王实味作为中央研究院特别研究员，如果凭他的党员资历和理论的成就，是完全可以不用批评"歌啭玉堂春，舞回金莲步的升平气象"，不用批评"我们在那儿间接助长黑暗，甚至直接制造黑暗"，不必批评"衣分三色，食分五等"的等级制度，他也可以在那个时代安身立命、功成名就的。然而王实味终究没有停止思考，他坚持艺术家的责任是"揭露一切肮脏和黑暗"，他听见了别人听不见的声音，他发出了别人不敢发出的声音，尽管在"欣欣向荣"的赞美史诗般的和声中，他的声音是不和谐的，他的声音是微弱的，但他的声音，这浸透了鲜血的文字，在透过了历史的重重迷雾，终于为世人所重新认识、重新感知、重新受到启迪。

论麻雀及扑克 / 梁遇春

年假中我们这班"等是有家归不得"的同学多半数是赌过钱的。这虽不是什么好现象，然而我却不为这件事替现在年轻人出讪闻，宣告他们的人格破产。我觉得打牌跟看电视一样。花了一毛钱在钟鼓楼看国产片《忠孝义节》，既会有裨于道德，坐车到真光看差不多每片都有的 Do you believe love at first sight? 同在 finis 削面的接吻，何曾是培养艺术趣味，但是亦不至于诲淫。总之拉闲扯散，作些无聊之事，遣此有涯之生而已。

梁遇春像

因为年假中走到好些地方，都碰着赌钱，所以引起我想到麻雀与扑克之比较。麻雀真是我们的国技，同美国的橄榄球，英国的足球一样。近两年来在灾官的宴会上，学府的宿舍里，同代表民意的新闻报纸上面，都常听到一种论调，就是：咱们中国人到底聪明，会发明麻雀，现在美国人也喜欢起来了；真的，我们脑筋比他们乖巧得多，你看麻雀比扑克就复杂有趣得多了。国立师范大学教授张耀翔先生在国内惟一的心理学杂志上曾做过一篇赞美麻雀的好处的文章，洋洋千言，可惜我现在只能记得张先生赞美麻雀理由的一

作者简介 ········

　　梁遇春 (1906 ~ 1932)，福建闽侯人，1924 年进入北京大学英文系学习。1928年秋毕业后曾到上海暨南大学任教。翌年返回北京大学图书馆工作。后因染急性猩红热，猝然去世。文学活动始于大学学习期间，主要是翻译西方文学作品和写作散文。1926 年开始陆续在《语丝》、《奔流》、《骆驼草》、《现代文学》、《新月》等刊物上发表散文，后大部分收入《春醪集》和《泪与笑》。

个。他说麻雀牌的样子合于 golden section。区区对于雕刻是门外汉，这话对不对，不敢乱评。外国人真傻，什么东西都要来向我们学。所谓大眼镜他们学去了，中国精神文化他们也要偷去了。美国人也知道中国药的好处了。就是娱乐罢，打牌也要我们教他们才行。他们什么都靠咱们这班聪明人，这真是 Yellow man's burden。可是奇怪的是玳瑁大眼镜我们不用了，他们学去了，后来每个留学回来脸上有多两个大黑圈。罗素一班人赞美中国文化后，中国的智识阶级也深觉得中国文化的高深微妙了。连外国人都打起麻雀了，我们张教授自然不得不做篇麻雀颂了。中国药的好处，美国人今日才知道，真是可惜，但是我们现在不应该来提倡一下吧？半开化的民族的模仿去，愚蠢的夷狄的赞美，本不值得注意的，然而我们的东西一经他们的品评，好像"一登龙门，声价十倍"的样子，我们也来"重新估定价值"，在这里也可看出古国人虚怀了。

话归本传。要比较麻雀同扑克的高低，我们先要谈一谈赌钱通论。天下爱赌钱的人真不少，那么我们就说人类有赌钱本能罢。不过"本能"两个字现在好多人把它当做包医百病的药方，凡是到讲不通的地方，请"本能"先生出来，就什么麻烦都没有了。所以有一班人就竖起"打倒本能"的旗帜来。我们现在还是用别的话讲解罢。人是有占有冲动的。因为钱这东西可以使夫子执鞭，又可以使鬼推磨，所以对钱的占有冲动特别大点。赌钱所有趣味，因为它是用最便当迅速的法子来满足这占有冲动。所以钱所用工具愈简单愈好，输得愈快愈妙。由这点看起来，牌九，扑克都是好工具，麻雀倒是个笨家伙了。

但是我们中华民族是礼仪之邦，总觉得太明显地把钱赌来赌去，是不雅观的事情，所以牌九等过激党都不为士大夫所许赞，独有麻雀既可赌钱，又不十分现出赌钱样子，且深宵看竹，大可怡情养性，故公认为国粹也。实在钱这个东西，不过是人们交易中一个记号，并不是本身怎样无限神秘。把钱看做臭坏，把性交看做龌龊，或者是因为自己太爱这类东西，又是病态地爱它们，所以一面是因为自己病态，把这类东西看做坏东西，一面是因为自己怕露出马脚来，故意

赌徒告饶

原题《赌棍遇骗》，选自《点石斋画报》。打牌是中国人喜爱的一种娱乐方式。在打牌过程中，中国人形成了一种打牌心理——不管面临何种境遇总能找到治疗伤痛的药剂。

以诗为博

选自《点石斋画报》。赌博的方式有许多种，以诗为赌资确是较为雅致的一种。输后作诗比输后赔钱更让人觉得有面子。赌徒的心理一定程度上反映了中国人为人的含蓄。

装出藐视的样子，想去掩护他心中爱财贪色的毛病。深夜闭门津津有味地看春宫的老先生，白日是特别规行矩步，摆出坐怀不动的样子。越是受贿的官，越爱谈清廉。夷狄们把钱看做同日用鞋袜桌椅书籍一样，所以父子兄弟在金钱方面分得很清楚的，同各人有各人的鞋袜桌椅书籍一样。我们中国人常把钱看得比天还大，以为若使父子兄弟间金钱方面都要计较那还有什么感情存在，弄到最后各人有各人的心事，大家都伤了感情了。因为他们不把钱看做特别重要东西，所以明明白白赌起钱来，不觉得有什么羞耻。我们明是赌钱，却要用一个很复杂的工具，说大家不过消遣消遣，用钱来做输赢，不过是助兴罢了。我们真讲礼节，自己赢了别人的钱，虽然不还他，却对他的输钱表十二分的同情与哀矜。当更阑漏尽，大家打呵欠擦眼忙得不能开交的时候，主人殷勤地说再来四圈罢，赢家也说再玩儿一会罢。他的意思自然给输家捞本的机会，这是多么有礼！因为赌钱是消遣，所以

《春醪集》书影

内收《醉中梦话》、《人死观》等13篇散文。

赌财可以还，也可以不还，虽然赢了钱没有得实际利益，只得个赢家这空名头是不大好的事，因为我们太有礼了，所以我们也免不了好多麻烦。中国是讲礼的国家，北京可算是中国最讲礼的地方了。剃完了头，想给钱的时候，理发匠一定说："呀！不用给罢！"若使客人听了他话，扬长而去，那又要怎么办呢？雇车时候，车夫常说，"不讲价罢！随您给得了。"虽然等到了时候要敲点竹杠，但是那又是一回事了。上海车夫就不然。他看你有些亚木林气，他就绕一个圈子或者故意拉错地方，最后同你说他拉了这么多地路，你要给他五六毛钱才对。这种滑头买办式的车夫真赶不上官僚式的北京车夫。因为他们是专

以礼节巧妙不出血汗得些冤枉钱的。这也是北京所以为中国文化之中点的原因，盖国粹之所聚也。

有人说赌钱虽是为钱，然而也可以当做一种游戏。我却觉得不是这么复杂。赌钱是为满足占有冲动起见，若使像 Ella 同 Bridgetel 一样 play for love 那是一种游戏，已经不是赌钱，游戏消遣法子真多。大家聚着弹唱作乐是一种，比克力 (picnic) 来江边，一个人大声念些诗歌小说给旁人听……多得很。若使大家聚在一块儿，非各自满足他的占有冲动打麻雀不可，那趣味未免太窄了，免不了给人叫做半开化的人民，并且输了钱占有冲动也不能满足，那更是寻乐反得苦了。

（又要关进课堂的前一日于北大西斋）

· 作品赏析 ·

用"麻雀心理"来概括中国人的国民性虽显片面，但也恰当。当中国曾经的辉煌、曾经的文明在西方炮舰的轰鸣声中宣告衰落的时候，麻雀就成了中国人聊以自慰的"荣耀"，因为麻雀是中国人发明的，并且传到了西方，还深得西方人的喜爱，并因此而承认中国人的聪明。这就是中国人的"麻雀心理"——不管面临何种境遇总是能找到疗治伤痛的药剂。

而由麻雀引申出来的中国式的赌博，则更体现了中国人的"含蓄美"和"礼"。就像文中说的那样："我们中华民族是礼仪之邦，总觉得太明显地把钱赌来赌去，是不雅观的事情，所以牌九等过激党都不为士大夫所许赞，独有麻雀既可赌钱，又不十分现出赌钱的样子。"对于中国人的含蓄，作者还发表了极为深刻的见地："中国人把钱看作臭坏，把性交看作龌龊，或者是因为自己太爱这类东西，又是病态地爱它们，所以一面是因为自己病态，把这类东西看作坏东西，一面是因为自己怕露出马脚来，故意装出藐视的样子，想去掩护他心中爱财贪色的毛病。"真是达到了"犹抱琵琶半遮面"的境界。

关于玩麻雀时体现出的"礼"，作者的见解更是高明："我们真讲礼节，自己赢了别人的钱，虽然不还他，却对他的输钱表十二分的同情和哀矜。当更阑漏尽，大家打哈欠擦眼忙得不可开交的时候，主人殷勤地说再来四圈吧，赢家也说再玩一会罢。他的意思自然给输家捞本的机会，这是多么有礼！"

麻雀有这么多的优点！中国人在感到无比骄傲的同时自然就要全身心地投入其中了。据资料显示，民国时期全国每天至少有 100 万张麻雀桌，如果每桌只打 8 圈的话，每圈按照半个小时来计算，这就要消耗 400 万小时，相当于损失了 16.7 万天的光阴。现在的情况恐怕更是有过之而无不及吧。

当麻雀成为我们自欺欺人的资本的时候，骄傲和悲哀也就没有什么分别了。为此，胡适曾经痛心疾首地说："我们走遍世界，可曾看到哪一个长进的民族、文明的国家肯这样荒时废业的！"

这种虫 / 李广田

入选理由

中国现代优秀的散文家的精彩篇章
靠声名、靠资历混饭吃的所谓"老专家"的形象刻画
对过时的学术权威的质疑和批判

一群人，围住了一个虫。"真奇怪！这是什么虫呢？"大家都很惊讶。其中没有一个人是曾经见过这种虫的，更没有人能指出这虫的名字。

这虫有一寸长。像一根小手指那么粗。身体是方的，绿色，透明。每一个环节上都有淡黄色的斑点，有颇长的毛刺。而环节与环节之间只有很细微的一点连接，似花瓣之连接于花蹀。头部也是方的，那里的毛刺更多，因之不能看清它的本来面目。它被许多惊诧的目光所射击，它不敢爬行。有人胆怯地用草叶去触它一下，它无可奈何地微微蠕动，说明它并不曾死，但也只有在这样蠕动之际，人们就很容易担心它会即将脱节，解体，假如它的一节不幸被触脱了，那自然就是全体的死亡。这是

作者简介

李广田（1906～1968），山东邹平人。1923年考入济南第一师范后，开始接触"五四"以来兴起的新思潮、新文学。1929年入北大外语系预科，先后在《华北日报》副刊和《现代》杂志上发表诗歌、散文。

1935年北大毕业，回济南教书，继续散文创作。1941年秋至昆明，在"西南联大"任教。除散文外，还写了长篇小说《引力》。抗战胜利后，他先后在南开大学、清华大学任教。1948年加入中国共产党。解放后任清华大学中文系主任。1949年全国第一次文代会，当选为文联委员、文协理事。1951年任清华副教务长。1952年调任云南大学副校长、校长。历任中国科学院云南分院文学研究所所长，作协云南分会副主席、中国作协理事等。

李广田像

一个既丑陋而又奇怪的虫。它丑陋，甚至使人生畏；它奇怪，就叫人离不开它。

这到底是一个什么虫呢？没有人能够回答。

正当大家惊讶不止的时候，忽然有一位老先生来了。他看见这里围了很多人，他向那中心注视。"一个虫"。他看见了，同时，他接受了很多疑问的目光。"这是一个什么虫呢，老先生？"那些目光说。

"不错，"他说，而且笑着，"是'有'这么一种虫。"

他丝毫也不表示惊讶，他像一个渊博的昆虫学家，又一再肯定地说道："一点也不错，确乎是'有'这么一种虫呢。"

大家听了，也并不问什么，似乎已获得了完全的答复，心里的惊讶也消逝了。

当然的，这还有什么可问呢。假设你再问他，那答复是可以想到的：

"这种虫是怎样生活呢？"

"这种虫就是'这样'生活。"

"这种虫是怎样变化呢？"

"这种虫就是'这样'变化。"

"那么这种虫到底叫什么虫呢？"

"这种虫啊，这种虫就叫'这种虫'。"

如此而已，人们，为了他的老年，而且因为他曾作了一生的研究工作，就恭敬他，不问他，不驳他，似乎相信他。而他呢，他就凭了他的老年，他的一生的研究工作，而随时随地都坦然地指明："这个就是这个。"他是现存的最古老的哲学家。

讨论学术

老先生不懂装懂、欺世盗名。对于这样的"老专家"，学生也一味点头称是，真是"名师出高徒"。文中正是讽刺了这种丑陋的学术欺骗现象。

· 作品赏析 ·

权威之所以成为权威，大抵因为他对某个学术领域的深入研究与真知灼见。一个国家、一个民族学术权威的整体水平、创新精神及研究态度决定着这个国家和民族整体科研状况。当这些学术权威丧失了研究能力，仍沉浸于自己曾经的研究之中，甚至为了保住权威的面子胡说八道的时候，国家的科学研究只能无可奈何地走向悲凉的没落。

看看文中那种老专家对新生事物的"精辟"分析吧！他把从来没见过的虫称"有"，他虽对新物种的生活习性及特性一无所知，但都圆满地用"这样"两个字"成功"地解决了。从他的"高明"的论断中，我们得不到任何有价值的东西。

文中，作者用精练的对话，活画出"老先生"不懂装懂、欺世盗名的老朽形象，把社会上那些靠声名、靠资历混饭吃的所谓"老专家"剥了一个一丝不挂，把他们丑陋的形象赤裸裸地展现在世人面前，真叫过瘾！

"上"人回家 / 萧乾

入选理由

灵活的文体形式
用生动鲜活的事实说话
"笑"余的沉重反思

　　"上"人先生是鼎鼎有名的语言艺术家。他说话不但熟练，词儿现成，而且一向四平八稳，面面俱到。据说他的语言有两个特点，其一是概括性——可就是听起来不怎么具体，有时候还难免有些空洞罗嗦；其二是民主性——他讲话素来不大问对象和场合。对于学习马克思列宁主义，他自认有一套独到的办法。他主张首先要掌握的是马克思列宁主义语言。至于马克思列宁主义语言究竟与生活里的语言有什么区别，以及他讲的是不是就是马克思列宁主义语言，这个问题他倒还没考虑过。总之，他满口离不开"原则上""基本上"。这些本来很有内容的字眼儿，到他嘴里就成了口头禅，无论碰到什么，他都"上"它一下。于是，好事之徒就赠了他一

作者简介

　　萧乾（1910～1992），近代中国著名作家、翻译家和记者。1910年1月27日，出生于北京；1928年，到广州汕头当教员；1935年，燕京大学毕业；1939年，为剑桥大学研究生，担当英国伦敦大学东方学院讲师，同期担任《大公报》驻欧记者；1940～1948年期间，任职上海《大公报》兼复旦大学教授；1949年，为英文《人民中国》副总编辑；1953年，任职《译文》和《文艺报》；1961年，调任人民文学出版社；文革期间，被打为右派，下放农村；1978，平反恢复名誉；1986，荣获挪威王国政府颁发的国家勋章；1992年2月11日，因心肌梗塞及肾衰竭，在北京逝世。

萧乾像

个绰号，称他做"上"人先生。

这时已是傍晚，"上"人先生还不见回家，他的妻子一边照顾小女儿，一边烧着晚饭。忽听门外一阵脚步中。说时迟，那时快。"上"人推门走了进来。做妻子的看了好不欢喜，赶忙迎上前去。

故事叙到这里，下面转入对话。

妻：今儿个你怎么这样晚才回来？

上：主观上我本希望早些回来的，但是出于客观上难以逆料、无法控制的原因，以致我实际上回来的时间跟正常的时间发生了距离。

妻（撇了撇嘴）：你干脆说吧，是会散晚啦，还是没挤上汽车？

上：从质量上说，咱们这十路公共汽车的服务水平不能算低，可惜在数量上，它还远远跟不上今天现实的需要。

学生在编写反映群众意见的黑板报

1957年前后，对于时局弊端和政府官员作风，不少知识分子提出了批评意见。随着整风运动的开展，这种温和的方式逐步发展成为"大鸣放、大字报、大辩论"的形式。文中作者幽默讽刺了当时"上"人的工作态度和作风。

妻（不耐烦）：大丫头还没回来，小姐子直嚷饿得慌。二丫头，拉小姐子过来吃饭吧！

（小姐子刚满三周岁，怀里抱着个新买的布娃娃，一扭一扭地走了过来。）

姐：爸爸，你瞧我这娃娃好看不？

上：从外形上说，它有一定的可取的地方。不过，嗯，（他扯了扯娃娃的胳膊）不过它的动作还嫌机械了一些。

姐（撒娇地）：爸爸，咱们这个星期天去不去公园呀？

上：原则上，爸爸是同意带你去的，因为公园是个公共文娱活动的地方。不过——不过近来气候变化很大，缺乏稳定性，等自然条件好转了，爸爸一定满足你这个愿望。

妻（摆好了饭菜和碗筷）：吃吧，别转文啦！

姐（推开饭碗）：爸爸，我要吃糖。

上：你热爱糖果，这是完全可以理解的。这种副食品要是不超过定量，对身体可以起良好的作用。不过，今天早晨妈妈不是分配两块水果糖给你了吗？

妻：我来当翻译吧。小姐子，你爸爸是说，叫你先乖乖儿地吃饭，糖吃多了长虫牙！（温柔地对"上"）今儿个合作社到了一批朝鲜的裙带菜，我称了半斤，用它烧汤试一试，你尝尝合不合口味？

《落日》

萧乾著，内收《落日》、《链》等9篇散文，属于"近代散文诗集"之一。

上（舀了一调羹，喝下去）：嗯，不能不说是还有一定的滋味。

妻（茫然地）：什么？倒是合不合口味呀？

上（被逼得实在有些发窘）：从味觉上说如果我的味觉还有一定的准确性的话——下次如果再烧这个汤的话。那么我倾向于再多放一点儿液体。

妻（猜着）：噢，你是说太咸啦，对不对？下回我烧淡一点儿就是嘞。

（正吃着饭，一个十五六岁的姑娘推门走进来，这就是"大丫头"，她叫明。今年上初三。）

明：爸爸，（随说随由书包里拿出一幅印的水彩画，得意地说）这是同学送我的，听说是个青年女画家画的。你看这张画好不好？

上（接过画来，歪着头望了望）：这是一幅有着优美画面的画。在我看来（沉吟了一下），它具有一定的吸引力。这一点，自然跟画家在艺术上的修养是分不开的。然而在表现方式上，还不能说它完全没有缺点。

明：爸爸，它哪一点吸引了你？

上：从原则上说，既然是一幅画，它又是国家的美术出版社出版的，那么，它就不能不具有一定的吸引力。

明（不服气）：那不成，你得说是什么啊！（然后，眼珠子一转）这么办吧：你先说说它有什么缺点。

上：它有没有缺点，这一点自然是可以商榷的。不过，既然是青年画家画的，那么，从原则上说，青年总有他生气勃勃的一面，也必然有他不成熟的一面。这就叫做事物的规律性。

明：爸爸，要是你问我为什么喜欢它呀，我才不会那么吞吞吐吐呢。我就干脆告诉你。我喜欢芦苇旁边浮着的那群鸭子。瞧，老鸭子打头，后边跟着（数）一、二、三、四……七只小鸭子。我好象看见它们背上羽毛的闪光，听到它们的小翅膀拍水的声音。

上：孩子，评论一件完整的艺术品，你怎么能抓住一个具体的部分？而且，"喜欢"这个字眼儿太带有个人趣味的色彩了。

明（不等"上"说完就气愤地插嘴）：我喜欢，我喜欢。喜欢就是喜欢。说什么，我总归还告诉了你我喜欢它什么，你呢？你"上"了半天，（鼓着嘴巴，像是上了

当似的）可是你什么也没告诉我！

妻：大丫头，别跟你爸爸费嘴啦。他几时曾经告诉过谁什么！

·作品赏析·

《"上"人回家》写于1957年，是一篇别致有趣的杂文，文中的"上"人是一个"鼎鼎有名的语言艺术家"，作者概括他的语言艺术特点是"概括性"（很难听到具体的东西）和"民主性"（讲话不大问场合和地点），作为某一时代风气和典型人物，"上"人具有极强的代表性。作者用非常形象幽默的笔调对"上"人所掌握和运用的马克思列宁主义语言做了一番描绘，这些使人看起来不禁要发笑的语言正是来自"上"人的生活中。向妻子解释为什么回来晚了，"上"人说："主观上我本希望早些回来的，但是出于客观上难以逆料、无法控制的原因，以至我实际上回来的时间跟正常的时间发生了距离。"对女儿说话也是同样的风格，作者写"上"人的这些语言特征，指出"上"人没有区分清楚马克思列宁主义语言和生活语言的区别，甚至，他讲的到底是不是马克思列宁主义语言还是个疑问。作者的用意不仅仅在于嘲讽这样滑稽可笑的现象，还在于说明，在这样的语言背后，"上"人的工作态度和作风。语言只是一个阶层、时代和灵魂的镜子，"上"人的存在是一个阶层和一个时代的悲哀。

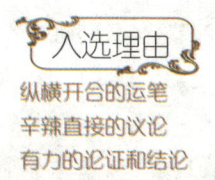

人语与鬼话 / 秦似

入选理由

纵横开合的运笔
辛辣直接的议论
有力的论证和结论

如果世界一切作为人的语言都湮息下去，只剩了鬼话，是很荒凉的。可幸这种情形倒不曾有过。古希腊的讽刺作家琉善曾经写过三十章鬼话，但即使在他的作品那完全黑暗了的背景里，也还有代表"人语"的一种鬼的意见在。譬如第十章上面

作者简介 ......

　　秦似（1917～1986），原名王扬，广西博白县人。读初中时开始在《中学生》上发表作品。1933年上高中后，以"思秩"为笔名在《广州日报》副刊《东南西北》发表诗歌数十首。1937年进广西大学化学系读书并负责编辑学生会会刊《呼声》。1939年初任《贵县日报》副刊编辑，开始写杂文。1940年7月，在桂林与夏衍等人结成野草社，编辑杂文刊物《野草》。1941年出版第一本杂文集《感觉的音响》。同年8月与孟昌、庄寿慈共办《文学译报》。桂林陷落后，参加桂东南武装暴动。1946年至1949年在香港，先以丛刊形式恢复《野草》，又任《华商报》英文电讯翻译、《文汇报》副刊编辑。

　　解放后先后任广西文联副主席、广西文化局局长、广西师院中文系主任、广西大学中文系主任、广西作协副主席。1957年以前致力于戏曲改革，著有京剧、桂剧剧本多种。以后主要从事文学教学和研究，同时创作杂文、散文和诗歌。"文革"中因创作的京剧《牛郎织女传》和几篇杂文受到错误打击，后平反。1986年7月病逝。

就有着这样的一段对话：

> 暴君（鬼）：我是某国的暴君。
>
> 黑梅斯（鬼）：到了这里，要这许多好看东西作什么？
>
> 暴：怎么呀，你要暴君脱得干干净净才到这里来么？
>
> 黑：一位暴君么！你当暴君的时候，我们原不敢这样烦你。但是你这个时候是一个鬼，我们却对不起了。请你都脱下来！
>
> 暴：我都脱下来了，富贵都完了。
>
> 黑：你还有架子，还有骄傲，也都要去了。
>
> 暴：你至少也让我留住我的紫袍王冕。
>
> 黑：不能，不能，都剥下来！

这已是第二世纪的作品，如果是出于 20 世纪 40 年代的什么作家的手笔的话，这些话是在删除之列的。虽然所谈的不过是鬼世界。

近在手边就有一个例。1940 年 3 月 24 日的早晨，在未亡的法兰西的一个法庭上。有几个人据说是犯"叛国罪"，推出来审判了，法官首先问什么职业，一个囚犯回道："议员。"

法官："你不是一个议员。"

囚犯："对，议员的权利已经被剥夺了。"

另一个囚犯："必须达拉第到场，他指我们是卖国贼，然而卖国贼恰恰不是我们，是那些出卖奥地利、捷克和西班牙共和国，并鼓励希特勒侵略的人。"

在群众的骚动中，警卫队的拉雷阿提上校愤愤地咆哮起来："我不准别人说政府是在竭力破坏和平。"

另一个声音爆裂了，是被告的辩护律师哲瓦士对法官的提示："人和禽兽的分别，就在于他有言语的力量。"

二战中，法德两军对峙，下层军官伤亡最惨重，而高级军官们享受着最好的待遇。此图为在一座结构合理的防御工事里，军官们不顾战火纷飞和战士的生死，仍在享受法国式的浪漫。

1933年，一名俄国犹太人的一项诈骗计划得到了一名法国政府成员的支持。该丑闻披露后，民众十分愤怒。政府出卖国家的行为在民众的舆论法庭中受到了审查。此图为当时愤怒的民众暴动。

这里所提示的"言语的力量"，是用"人"的资格来抗议迫害的尖锐表示。要用人语击退专横，是显然的。

然而这到底已经是三月间的事，时势演变得真快，又三个月之后，"巴士底狱"以来，共和了一百五十年的法兰西这才真的被卖掉了。谁卖的，似乎还是悬案。因为在我们这边，另一个共和国的自由人们，又正大发其议论：说是法国之亡，实由于什么之类的怠工或反战等等。所以这些人们一面在哀悼花都丽国的颠覆，一面也就着重于现身说法的卫道：或则在绍介福煦元帅的名著中郑重声称："法国当时之国民战争，与吾人今日之全民抗战，同其本裔"，或则娓娓动听地轻描淡绘一下：法国是世界上最文明的国家，一切都成功，为别国所羡慕。"其实那里止呢？实际情形还要比表面好百分之二十。"若夫直截了当的爽快话，只有一句："所以民主终底要亡了国！"

18世纪法国出版界书禁

堆放在比利时列日省的一家书店门外的成包的图书很有可能是发往法国的。为了躲过国家的检查，法国的作家们经常在国外出书，然后将图书通过边界偷偷运回国内。

定论还在混沌中，没有得出来。不过这时候常常浮起一两句人语，为那些虫沙般的蚁民鸣冤。但同时也有胜者的嘲笑：通讯社传出的消息，巴黎人民一再凋萎，面如菜艾了。戈培尔提取精义，得了很好的播讲资料："法国人在血统上及精神上都含有很重的黑人分量，现在已充分的表现在外。"这同时又成为了我们这边的黄色人种的笑料。败亡者之于我们，是有定谥的，曰"贼"，如果不是一时可以剿清，则冠以"流"，至若奚落以肤色的贱种的，还要算这次最早。可见虽然自称"本裔"，就文明程度说，却是不自量的攀亲。

但奚落的对象仍然是有畛域的。被嘲者是虫沙的小民；一般如猿鹤的君子呢，自然还做稳可以飞也可以走的白种。所以当戈将军（这里是另一位）正在巴黎的国立图书馆大阅档案的时候，维琪的赖总理却可以为着防范占领区里的"游民"的叛乱，向德国请援。这事实，使人鬼弄个分明，各各负着应负的责任，同时也证明了这边的自以为正人君子的匡时之论者，其实也是鬼话。虽然穿起袈裟，俨然救主，实则连毛孔也满藏毒箭，自己还没有站起来，已经对着那些在迫害者的凌迟之际而尚未气绝的人们射过去了。

自然没有射死；于是再来哗啦一番。这次是说法国人只会弄文学和艺术，自由而又浪漫，当然只好亡国了，要救国惟有高度的"集中化"。又名"战时体制化"。然而其实这与事实又是不符的。不特远在去年八月达拉第便禁止了由巴比塞创办，作为国际作家协会法国支部的会报《和平与自由》，而

肉的香气

原收入丰子恺《幼幼画集》（1947年7月版）。
政客在民众面前许愿，犹如挂在这条狗前面的肉，
吸引人却遥不可及。信誓旦旦其实是鬼话连篇。

且连有名的龚古尔文学奖金，法兰西学院奖金等等，也由于文学作品的阙如而考虑停止审评了；驰名的《精神》周报改了月刊，篇幅还得由三百页缩裁为三十页；报纸的文艺副刊则是明令取消的。一种以绍介新书为主的杂志，自动停刊，因为文坛干净到几乎一本新书都没有，无从评起。有骨气的出版家停业了，剩下的便挂起招牌："国难时期要求特别飘逸和艳冶的文学，描写灵魂阴暗的女人或者寂寞的男人的。"这些招牌甚至挂到兵营里面。然而就是这一类作品，也没有写出来，作家不是逃亡和下狱，便是当书记或者尘芥般的办事员去了。

在这种情形下，是嗅不出自由的气味的，同时也正便利于东方西方猎狗们的猎狩。坐在维琪小朝廷里面的官绅，享着资本主义最末的火烬的余炎，用这火烬，由别人的手焚毁了第三共和国，又由官绅们自己的手，火葬了和火葬着锋镝之下的流浪民，逼使他们没入海洋，进入地窖，然后再摆出悠然自得的架子，在完全黑暗了的地狱中，坐上完全黑暗的宝殿。

然而这却是每况愈下，困顿而犹以为有余地的处境。人语是被抑杀了，但魑魅的噪嚷也不见得能够传开去。看日益逼近眉睫的事实，却是无声的巨响在震撼着这烽火之邦，那便是黑梅斯的一句老话："都剥下来！"

·作品赏析·

秦似在文章中说明了这样一个事实："如果世界一切作为人的语言都湮息下去，只剩了鬼话，是很荒凉的。"人语，或者说真话的被限制，总是与黑暗的背景无法分开，作者以类比发议论，写到1940年3月24日的早晨在未亡的法兰西的一个法庭上发生的争论说明：鬼话的猖獗是因为警卫队的拉雷阿提上校不准别人说政府是在竭力破坏和平。然而"人和禽兽的分别，就在于他有言语的力量"。这个"言语的力量"就是用"人"的资格来抗议迫害的尖锐表示，用人语击退专横。统治者一边禁止人民说出真相，一边传播着鬼话，在维护自己专横的集权的同时，将责任全推向别人，而奚落的对象只是"虫沙的小民，一般如猿鹤的君子呢，自然还做稳可以飞也可以走的白种。"即使以救国的名义造成高度的"集中化"或说"战时体制化"，也实际上不过是鬼话，"坐在维琪小朝廷里面的官绅，享着资本主义最末的火烬的余炎，用这火烬，由别人的手焚毁了第三共和国，又由官绅们自己的手，火葬了和火葬着锋镝之下的流浪民，逼使他们没入海洋，进入地窖，然后再摆出悠然自得的架子，在完全黑暗了的地狱中，坐上完全黑暗的宝殿。"作者指出："人语是被抑杀了，但魑魅的噪嚷也不见得能够传开去。"因为日益逼近眉睫的事实，是最终谁也无法掩藏得了的。事实上，所言法国事却正是当时国内政治的写照。

论焦大 /黄裳

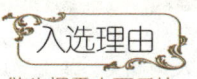

欲先揭露之而后快

平和语调中的痛快

信手拈来的笑谈和撕破面皮的酣畅淋漓

　　焦大可以算得是贾府的屈原。焦大不过为了看不惯贾门不肖子孙的行径，酒后发了几句牢骚，就被捆了起来扔在马圈里；又为了防止他讲出更不好听的话来，给他塞了满嘴的马粪。其实焦大的原意是要贾府好，不忍看它陷入破败的境地，动机原是可嘉的，

作者简介

　　黄裳（1919～　），原名容鼎昌，中国作家协会荣誉委员，交通大学肄业。1945年进文汇报社，任重庆、南京特派员、编辑、编委等职。曾任军委总政文化部越剧团编剧、上海电影剧本创作所编剧。1940年开始散文创作后从事新闻记者工作，撰有大量散文、杂文、剧评、游记、读书随笔等。迄今出版专著40余种。有《锦帆集》、《锦帆集外》、《关于美国兵》、《旧戏新谈》、《山川·历史·人物》、《榆下说书》、《黄裳论剧杂文》、《银鱼集》、《翠墨集》、《晚春的行旅》、《过去的足迹》、《惊弦集》、《花步集》、《彩色的花雨》、《榆下杂说》、《清代版刻一隅》等。译文有《猎人日记》、《一个平凡的故事》、《歌略夫里奥夫家族》等。

黄裳像

焦大骂贾府不肖子孙
原题《焦大骂》，清代孙温绘全本《红楼梦》之一。家奴强拉住发酒疯骂人的焦大，马车里凤姐却神情自若，貌似坦荡。结果，说了真话的焦大被做了丑事的凤姐理直气壮地绑进了柴房。

但结果如此，因此他演出的应是一出悲剧。这些意思记得都是鲁迅先生曾经说过的。

归结起来就是，焦大不去为贾府歌功颂德，反而借发酒疯，暴露了贾府的缺点，实属缺德，理应得到如此这般的处分。

这是谁人的观点呢？自然是爬灰、养小叔子的那些老爷、太太、少爷、少奶奶们。下令捆起焦大来的就是凤姐。至于坐在祠堂里的太爷，怕是站在焦大一边的，但对发酒疯，可能也不大赞成。宝玉的态度不大清楚，因为他不懂"爬灰"……这些字眼的奥义，还不识相地向凤姐打听。这也是戴不凡所主张的有大小两个宝玉的一条根据吧？岂有在"初试云雨情"之后很久，还听不懂这些话的道理呢？不过也很难说，封建时

代的贵公子有时确实是有些古怪的生物，很难以常理论。不是做了多年皇帝的溥仪连穿衣、吃饭还不大熟练么？这不是造谣，是他自己说得明明白白的。我想如果宝玉真的懂得焦大说的其实是什么，他也不会主张捆人，呆若木鸡，甚至发起呆病来，都有可能。当然他也不会痛哭流涕，当众检讨，或到祠堂里去请罪。总之，宝玉和凤姐是不同的。

　　凤姐向盘根问底的宝玉进行恫吓，不许再提了，不然连你也要打死。曹雪芹写得实在深刻，使我们懂得为什么有些人一听见写真实就要吓得灵魂出窍。老爷、太太、少爷、少奶奶们就全靠这层朦胧的、柔情脉脉的纱幕保护了作戏，雾里看花，一切荒淫无耻看来似乎都是高贵文雅的。谁来动一动他们这命根子，可了不得，他们必然站出来誓死保护，原是完全合情合理的行为。

　　凤姐下令原不过是"捆起来"，塞上满嘴马粪可就是站在一旁的小厮们的发明创造了。这一创造也实在不能不说是天才的。不过无论怎样天才横溢，小厮们还想不到要切断焦大的喉管，看来这只有归因于"时代的局限"了。

· 作品赏析 ·

　　作者以《红楼梦》里的焦大说开，说明一个是非颠倒的事实：焦大酒后吐真言，动机上是为了贾府好，"不忍看它陷入破败的境地"，"结果被捆起来扔进马圈里，又为了防止他说出更不好听的话来，给他塞了满嘴的马粪。"因此，焦大出演的应是一出悲剧。焦大的悲剧在于：他暴露了贾府的缺点。焦大暴露的缺点无非是老爷、太太、少爷、少奶奶爬灰、偷人、养小叔子的事情，于是被凤姐下令捆起来，而贾府其他的人是什么态度呢？祠堂里的太爷尽管可能会站在焦大一边，却并不能赞成他撒酒疯；宝玉可能不会因此捆起焦大，可惜他并不懂焦大说的是什么意思。作者说："曹雪芹写得实在深刻，使我们懂得为什么有些人一听见写真实就要吓得灵魂出窍。"原来"老爷、太太、少爷、少奶奶们就靠这层朦胧的、柔情脉脉的纱幕保护了作戏，雾里看花，一切荒淫无耻看来似乎都是高贵文雅的"。这样，"他们必然站出来誓死保护，原是完全合情合理的行为"。

人才 /柏杨

入选理由

嬉笑怒骂中的明白道理
整合历史和政治现实的大气魄大手笔
不平则鸣的慷慨之音

社会上嚷嚷得最厉害，连耳朵都震聋的一句话是："没有人才"，也难怪有此嚷嚷，多少年来，无论大事小事，几乎没有一件事不窝窝囊囊，丢人砸锅。小民固然望人才如大旱之望海龙王，便是高高在上的二抓份子，私欲满足之余，也想到人才之妙，而兴"没有人才"之叹。好像中国气数已尽，人才到此戛然而止，绝了种啦！旧有的人才死光，再没有新的人才啦！尤其是二抓牌，坐在办公桌后翘起尊腿，自得其乐，偶尔抬头一瞧，四周站的全是给他们官做的子孙圈，想操其妈就操其妈，想罚其跪就罚其跪，自己一咳嗽就有人研究该咳嗽的哲学基础；自己一搔耳，就有人立刻以头碰

作者简介

柏杨（1920～ ），原名郭衣洞。在20世纪70年代的台湾，柏杨随意翻译了一篇美国漫画，却令他差点被政府枪决，结果劳改了8年。

在柏杨身上，我们可以看到鲁迅的影子。他的笔触痛快淋漓，特别是他的杂文，如《丑陋的中国人》、《中国人你受了甚么的诅咒》及《中国人史纲》，文字刻薄尖锐，直指中国人种种的劣根性，和中国文化的弱质。

柏杨的创作经历应该从1949年到台湾后开始的，他先从事了10年的小说创作，接着又进行了10年的杂文创作，然后就是10年的牢狱之灾。出狱后，

柏杨像

柏杨先进行了5年的专栏写作，然后又花了10年时间将《资治通鉴》这部古书翻译成白话文，即《柏杨版资治通鉴》。这本书可以说是他写作生涯的里程碑，蕴含了他传播中国传统文化的心愿。

地表示搔得好呀搔得好。而那些圈外之人，有的不准操他妈，有的连罚站都不接受，有的多嘴多舌，有的专唱反调，有的不听话，有的更为荒唐，竟然说我的咳嗽是害感冒，而搔耳不过因为痒。呜呼，在他阁下的尊眼之中除了奴才，就是乱民，同样也是没有人才。

问题就在于，中国真的气数已尽，人才也真的绝了种乎哉？恐怕多少有点商量余地。唐太宗李世民先生有一次教封德彝先生举荐贤良，好久没有消息，李世民先生催他，你猜他说啥？他也是绝种论，答曰："非不尽心也，但于今未得奇才。"好像凡是奇才之士，额上都刻着字，他一拣就拣到了手。既然没有刻字的，便木法度，于是李世民先生曰："但患己不能知，安可诬一世人。"这一个钉子碰得响亮，千载以下，仍在耳际缭绕。还有后秦高祖姚兴先生，也有一钉，他教梁喜先生物色人才，也是过了很久再催促，梁公也是绝种论，答曰："未得其人，可谓世之乏才。"姚兴先生曰："卿自识拔不明，岂得远四海乎？"李世民先生和姚兴先生，仅凭这个钉子，就应该名垂寰宇。有的人动不动就叹没有人才，应该马上送到地方法院，去吃诽谤官司。

君读过王安石先生论孟尝君之文乎？孟尝君田文先生是战国时代三"君"之一，也是三"君"之首，他阁下有一次出使秦国，昭王嬴稷先生打算逮捕杀之，以除后患。田文先生听啦，急得团团转，转到最后，人才出焉，一个圈里人善于窃盗，乃夜入秦宫，把田文先生送给嬴稷先生一件价值五十万美金的海勃龙大衣偷了出来，转献给嬴稷先生的宠姬，该宠姬想那一件大衣想得要命，一见大喜，乃在嬴稷先生跟前，用了点功夫，这才放他回去。走到函谷关，值半夜，按当时的法律，鸡鸣才开关，田文先生第二度团团转，恐怕嬴稷先生改变主意，派兵追赶，一旦追赶得上，便尊命休矣。到了此时人才又出，另一个圈里人善于鸡叫，就当场表演，叫了两下，别的公鸡在梦中被该叫声惊醒，糊里糊涂也跟着叫，结果你叫他也叫，关门大开，他才算逃脱虎口。田文先生逃脱虎口之后，用不着说，一定芳心大喜，拍屁股曰："幸亏我天纵英明，人才丛生。"即令他阁下没有这么说，恐怕也会这么想，想到得意之处，难免一番沾沾自喜。

然而王安石先生觉得颇不对劲，他有一篇《读孟尝君传》，字数不多，且抄在下面：

"世皆称孟尝君能得士，士以故归之，而卒赖其力，以脱于虎豹之秦。嗟乎！孟尝君特鸡鸣狗盗之雄耳，岂足以言得士？不然，擅齐之强，得一士焉，宜可以南面而制秦，尚何取鸡鸣狗盗之力哉？鸡鸣狗盗之出其门，此士之所以不至也。"

王安石先生认为，以齐国面积之大，人口之多，只要有一个半个人才，便足可以

盆栽联想

原载丰子恺《护生画集》。这棵被缚绳索以塑形的盆景，就像受奴驭的人才。社会风气的恶化，会导致真正的人才畸形发展，或藏其光辉。

强盛，足可以把秦整得七零八落，田文先生根本就不会被叫到秦国去，受要囚要杀之辱。正因为田文先生左右充满了鸡鸣狗盗之徒，真正人才才落荒而逃。

王安石先生为田文先生上了一个尊号，曰："鸡鸣狗盗之雄"，中国历史上这镜头很多，有些人看起来精明能干，小聪明如连珠炮，忽冬忽冬，俨然俨然，实际上不过一个"奴才总管"、"一圈之长"而已焉。夫二抓牌尊眼中，人才和不听话是不可分的，事实上人才有些时候也确实不听话，盖奴才头"操"奴才的妈，奴才马上就在门口挂匾志庆；一圈之长罚子孙圈跪，子孙圈马上就削半截。如果刘备先生操诸葛亮先生的妈，或苻坚先生罚王猛先生

地走人形兽 花开鬼面春（局部）
此图原收入丰子恺《客窗漫画》（1942 年 8 月初版）。这只狗着人衣，拄拐杖，却被一条绳子拉着。这正是奴才的写照。被权势俘虏的奴才只能倚仗权势行走于世。奴才永远成不了人才，而人才也永远不是奴才。

的跪，恐怕他们很难忠贞不误。不特此也，纵然二抓牌于心不忍，其奴才一看，咦！你怎敢不把亲娘献上去呀，显然还有保留，这种人不可靠不可靠，也无你立足之地。

前已言之矣，历史上任何一个政权，开创之初，无不人才济济。可是到了后来，圈圈出笼，就非关系不行，而"才难"了矣。"才难"似乎并不对题，教头目舒服的人才固多的是，只不过教国家兴隆强盛的"才"才"难"。初期的姜小白先生，大智大慧，想吃山珍海味，就找易牙，想当圣人，满足满足自尊和虚荣，就找开方，想玩玩女人，就找竖刁，想治治国，把齐国弄强，就找管仲。等到管仲先生一命归天，他把国事寄托到前三个人才身上，就糟了大糕，其结局如何，世人尽知，活活饿死不算，连尸首都生了蛆，还没人发现。我们向不以"死"来衡量人，对不得善终的忠臣义士和英雄豪杰，敬意没有稍衰，但把齐国弄成那种样子，姜小白先生之昏，千载以下，尤使人踩脚。

人才和奴才誓不并立，奴才永远成不了人才，而人才也永远成不了奴才。表面看起来，越是末世，人才越少，左也窝囊，右也纰漏。古人谈到一个王朝的衰亡，往往叹曰："气数已尽"，到了无可奈何之时，也只好这么一叹。不过柏杨先生以为，

似乎并不见得，盖气数尽者，人才绝也。问题恐怕是，越到末世，不但人才并不越少，相反的，人才反而越多。君不见旧政权垮台，新政权成立，在新政权下，不都是人才如云乎哉？秦王朝末尾几年，只剩下赵高先生一人，可是西汉王朝的开国功臣张良先生、韩信先生、萧何先生，固是秦王朝属下的乱民也。隋王朝末尾几年，也只剩下虞世基先生一人，可是唐王朝开国功臣李靖先生、尉迟恭先生、魏征先生，同样隋王朝属下的乱民也。

末世政治最大的特征，是把人才——逼成乱民。这并不是说处心积虑的要别人反，而是"天下为私"的结果，有些酱不住的人，不得不反。君一看《水浒传》便知，像林冲先生，高太尉手执钢刀，咆哮曰："你反不反？不反，老子就杀！"头目高坐堂上，凶态可掬，当然不怕你反。张三反焉，大刀一挥，喀嚓一声，杀掉其头。李四反焉，大刀一挥，喀嚓一声，杀掉其头。只见他举刀如飞，威风凛凛。可是"反"是他阁下努力制造出来的，所以即令活活累死，也杀不完。杀来杀去，终于遇到一个脖子硬的，不是喀嚓一声啦，而是当啷一声，大刀震落在地，一个新政权出现。战国时代毛遂先生的故事，可帮助我们了解末世何以"才难"，平原君赵胜先生那一套话，听起来能把人气断了筋，他曰：大丈夫处世，像把锥子放到口袋里，尖端会立刻透出来。阁下在我这里三年，默默无闻，也没有一个人说你好话，恐怕你没啥没啥。毛遂先生曰：假如我被放到口袋里，尖端早透出来啦，而是我根本没有被放到口袋里呀。盖口袋已被圈圈扎住，谁都放不进去，举目所及，不是在垃圾箱里烂着，就是已上了梁山，读史至此，涕泪交集。

· 作品赏析 ·

柏杨先生的洋洋大文均热衷于以锥笔挑中国政治文化的脓包，一刺即使人闻到一股剧烈的恶臭，盖一国家一种族的腐朽至如此，只能使颇怀赤子之心的人"读史至此，涕泪交集"。杂文的写和读，怕的不是言语的尖刻和观点的离奇，而是这些听之逆耳的话竟句句属实。柏杨的文章正是如此，他不开口说话便罢，一旦开口，就不在小处挠痒，而是在大处开刀，不是修甲理发，而是心脏搭桥，即使比喻他是一个医生也罢，一个精神的斗士，文化的牛虻也罢，柏杨的开方和下刀，均是有理有据，使你若不自欺，便为自己所在的种族汗颜痛心，为自己将要浸染其中的酱缸深感恶心和绝望。作为一个民族自新的前提，柏杨杂文的价值是不言自明的。《人才》一文正是柏杨先生以史为据的发怒之作，作者大量的言之确凿的史实分析和严密有力的逻辑论述在于向我们说明"为什么没有人才"或者说"为什么一有奴才就没有人才"。柏杨的论述表明，天下为私是一个根本的原因，而因为人才的本质属性使得"人才和奴才皆不并立"，而私天下的结果是这样的政治体制要奴才而不要人才的，而以要人才的名义纳奴才，于是"在他阁下的尊眼之中除了奴才，就是乱民，同样也是没有人才。"或者"把人才——逼成乱民"。

诬告有益论 / 王蒙

——谨以此文献给亲爱的诬告者

入选理由

一个作家的做人智慧和看世事的透彻
对诬告现象的巧妙抨击

诬告无罪，诬告无害。诬告有理，诬告有益。谓余不信，请看：

一、利于提高警惕。诬告者，告莫须有之罪名也。莫须有者，或许有之谓也。今日或许乌有，明日与明日之明日，能保长期乌有乎？某甲或许乌有，某甲之哥儿们及哥儿们之哥儿们得保均乌有乎？你说乌有，你负得了责吗？

二、利于掌握信息。信息时代之信息，犹宝玉兄弟之宝玉。为人长官而无信息，不知其可也。诬告或可能为歪曲之信息，而歪曲之信息者，正确信

王蒙像

作者简介

　　王蒙（1934~　　）当代作家。河北省南皮县人，生于北平（今北京）。上中学时参加了中国共产党领导的城市地下工作，1948年加入中国共产党。1950年从事青年团（即后来的共青团）的区委会工作。1956年被错误划为右派。1962年调北京师范学院中文系现代文学教研室任助教。1963年起赴新疆生活、工作了10多年。1978年调回中国作家协会北京分会。从此他发表了大量中短篇小说、报告文学和文学评论，成为新时期文坛上创作最丰、也最有活力的作家之一。1985年，王蒙被选为中国作家协会副主席。同年在全国党代表会议上当选中央委员。

　　王蒙按照生活在人们心灵中的投影，反映出经过人们咀嚼后的生活。在作品的思想和艺术内容以及形式的各个方面，他都是一位勤于探索又善于创新的作家，因此格外受到当代文坛和读者的注目。近年来，王蒙多次赴美国、联邦德国、墨西哥等国家访问。他的作品被译成多种文字在美、英、墨西哥、罗马尼亚、荷兰、挪威等国家出版。

注：此底图为丰子恺漫画《要讲话，先来比比拳头看》。

息之变形而已哉。是故如能掌握由此及彼，歪打正着，顺藤摸瓜、下网待鱼。有意栽花花不活，无心插柳柳成荫之功夫，诬告之信息量固不可漠然视之也。再者，明知为变形信息，亦可视需要而用之，或贮之待用，此为天机，不可轻泄。

三、利于"路线"斗争。诬告甲可取悦于乙，诬告甲实却为乙效命也，诬告乙可能悦于丙，诬告乙实却为丙立功也。在人口爆炸，竞争机制发达之今日，出人头地，升级提职，金榜题名，谈何容易！欲取悦于乙，攻甲方是捷径；攻甲才是先锋！攻错了亦无妨，曰：站队站错了要什么紧，站过来就是了，只要反过来诬告乙，能不见爱于或甲或丙乎？

四、利于张扬大纛。疾呼狼来了，虎至了，惟我独革，惟我独"马"，高亢入云之旋律，能无不战而胜，煞有介事，弄假成真，自成一家，难能可贵，自我拔高，平步青云之功乎？

五、利于帮助同志。诬告某甲，即帮助甲也，其心拳拳如赤子。即使诬告全被推翻，不告一下，有谁来搞清甲的问题？有谁来关心甲？某甲能不感其恩而戴其德乎？

六、利于开发智能。诬告诬告，容易吗？不熟悉魔幻现实主义，推理小说手段，荒诞变形自由联想结构，另加想象力结构力叙述力抒情力揣度力见微知著力无微知著力特别是闭目力黑心力，你倒诬告一下试试！

七、利于运转机器。一封诬告信，登记呈阅，编号铅打，画圈批点，组织人力，调查出差，夜餐补助，水陆码头，宾馆旅店，伙食补贴，长途电话，密件亲启，复印存档，何其忙活也！真是，有诬告信自远方来，不亦乐乎！

八、利于锻炼意志，无中生有，百折不息。九、利于扩大权威，数信在手，谁不战栗？十、利于凝聚同好，上下其手，左右其羽。十一、利于丰富生活，窃窃私语，特殊魅力。十二、利于神秘自己，若有来头，长线大鱼。十三、利于堵塞对手，互为对立，谁敢打击？十四、利于广开言路，群众监督，总是有理。十五、十六……妙也无极！

告亏了怎么办？确实查出属诬告怎么办？有志诸君应记取，诬告得失不由天；只要诬告中有个百分之一、二、三的干货，再拉扯上一批人——扯得愈多愈好，多说"据老A反映，据老B谈，据老C提及"之类的话，突出你的诬告材料来源的多样性，再又赶上好风头，闹它个大方向对头，保管怎么查也查不清。最不利的情况下，也要得出"事出有因，查无实据"的结论，把被诬告的某甲归入"有争议"人物的可疑范畴。仍然是小本大利，无本有利！稍稍做得聪明一点，就会得出"所告事实虽有不符，但仍是很重要很有益，诬告者与被诬告者同属代表人物，都要团结，下次开代表会议，都要选成委员理事才好摆平"的结论来！

呜呼，诬告之妙，妙不可言。顺风扯旗，谎言不惭。搔住痒处，投入心坎。以此为业，可以怡年。鬼鬼祟祟，忙忙团团，其中油水，肥田润颜。不甘寂寞，盍兴乎来！

·作品赏析·

俗语："强盗有强盗的逻辑"，那么诬告者呢？文中，作者站在诬告者的立场，罗列出诬告给个人、社会带来的十四条乃至更多的"好处"，以及即便是告亏了也能脱身或者是转败为胜、化凶为吉的高妙手法。诬告可谓有"益"，诬告不能不说有"理"，好一个"诬告者的逻辑"，真是让人开眼。

正是作者全方位多视角的分析，让我们看清了诬告者的险恶用心。他们为了一己之私，置他人、社会利益于不顾，制造混乱，混淆视听，打击进步，诬陷好人，妨碍国家机器正常运转，浪费行政管理资源……把整个单位乃至社会风气搞得乌烟瘴气，效率低下，甚至无法发挥正常的功能。

作者在文中没有用文学语言和犀利的笔法，而是借助"诬告逻辑"的精彩分析，把诬告者丑恶阴暗的心理曝于光天化日之下，虽没给出解决问题的方法，但能让我们猛醒，让我们惊觉。

富人区 / 冯骥才

入选理由

视角新颖，手法多变，描写细致深入
开掘生活底蕴，咀嚼人生况味
对中国人仇富心理的深入挖掘和分析

在洛杉矶，一位美国朋友开车带我去看富人区。富人区就是有钱人的聚居地。美国人最爱陪客人看富人区，好似观光。到那儿一瞧，千姿万态的房子和庭院，优雅、宁静、舒适，真如人间天堂。我忽然有个问题问他：“你们看到富人住在这么漂亮的房子里，会不会嫉妒？”

我这美国朋友惊讶地看着我，说：

“嫉妒他们？为什么？他们能住在这里，说明他遇上了一个好机会。如果将来我也遇到好机会，我会比他们做得还好！”

这便是标准的“老美”式的回答。他们很看重机会。

后来在日本，一位日本朋友说他要陪我看看不远的一处富人区。原来日本人也有这种爱好。日本的富人区，小巧、幽静、精致，每座房子都像一个首饰盒，也挺美。我又想到上次问过美国人的那个问题，便问

冯骥才像

作者简介 ......

　　冯骥才（1942～　），当代作家。原籍浙江慈溪，生于天津。从小喜爱美术、文学、音乐和球类活动。1960年，高中毕业后到天津市书画社从事绘画工作，对民间艺术、地方风俗等产生浓厚兴趣，1974年调天津工艺美术厂、在工艺美术工人业余大学教图画与文艺理论。1978年调天津市文化局创作评论室，后转入天津作协从事专业创作，任天津市文联主席、国笔会中国中心会员、《文学自由谈》和《艺术家》主编等职。

日本朋友：

"你们看到富人们住着这么漂亮的房子，会嫉妒吗？"

这个日本朋友稍稍想了想，摇摇头说："不会的。"继而他解释道，"如果一个日本人见到别人比自己强，通常会主动接近那个人，和他交朋友，向他学习，把他的长处学到手，再设法超过他。"

噢，日本真厉害。我想。

前不久，一位南方朋友来看我，闲谈中说到他们的城市发展得很快，已经出现国外那种"富人区"了。我饶有兴趣地打听其中的情形，据说有的院子里还有喷水池，车库，门口有保安，还养大狼狗。我无意中再次想到问过美国和日本朋友的那个问题，拿来问他：

"有没有人去富人区参观？"

"有呀，常有人去看。但不能进去，在门口扒一扒头而已。"这位南方朋友说。

"心理反应怎么样？会不会嫉妒？"

"嫉妒？"他眉毛一扬，笑道，"何止嫉妒，恨不得把那小子宰了！"

我听了怔住。

· 作品赏析 ·

这篇脍炙人口、广为流传的小文章看起来不像杂文，倒像是篇微型小说，其结构简单得又像是一则寓言，这大概是冯先生以小说家的手笔信手拈来不脱本性的缘故吧。作者以征询对富人区是否"嫉妒"为线索串起全文，通篇用对比的手法，虽没有辛辣的讽刺，也没有冷峻的分析，但却深刻地揭露了中国社会中存在的一个严重问题，可谓不著一字尽得风流。

冯先生想要揭示的问题一言蔽之曰"仇富"。听听那位南方人的回答吧："何止嫉妒，恨不得把那小子宰了！"恶狠狠的语言让人嗅到其中的血腥气，闻之不禁颤栗。对富人区的态度，美国人、日本人、中国人何以有如此之大的差别呢？这也正是冯先生想要我们思考的问题。

国人的仇富心理既有历史的渊源也有现实的因素。历史上长期的封建剥削和压迫导致巨大的贫富分化，穷人、富人之间存在长久而尖锐的矛盾，"为富不仁"、"杀富济贫"等成语充分证明了中国悠久的仇富传统，现实中先富起来的人当中不少是靠贪污腐化、侵吞公共财富、钱权交易、坑蒙拐骗而积累起巨额家资，况又为富不仁，挥霍无度，这自然为社会所不容、所不齿、所痛恨。

然而，要促进社会进步，构建和谐社会，仇富的心态要不得。它是导致社会矛盾激化的重要的不安定因素。那么，要消除这种仇富心态应当从制度建设着手，要去保障民众在踏上致富路的起点公平、过程公正。若如此则中国自然会出现日美社会见"富"思齐的良好现象。

中国人，你为什么不生气 / 龙应台

入选理由

历数现实的种种事实
从常情常理出发发问
激起无数读者的共鸣

在昨晚的电视新闻中，有人微笑着说："你把检验不合格的厂商都揭露了，叫这些生意人怎么吃饭？"

我觉得恶心，觉得愤怒。但我生气的对象倒不是这位人士，而是台湾一千八百万懦弱自私的中国人。

我所不能了解的是：中国人，你为什么不生气？

包德甫的《苦海余生》英文原本中有一段他在台湾的经验：他看见一辆车子把小孩撞伤了，一脸的血。过路的人很多，却没有一个人停下来帮助受伤的小孩，或谴责肇事的人。我在美国读到这一段。曾经很肯定地跟朋友说：不可能！中国人以人情味自许，这种情况简直不可能！

回国一年了，我睁大眼睛，发觉包德甫所描述的不只可能，根本就是每天发生、随地可见的生活常态。在台湾，最容易生存的不是蟑螂，而是"坏人"，因

龙应台像

作者简介

　　龙应台（1952～　），作家、社会批评家、思想家。祖籍湖南衡山，出生于台湾高雄，1974年毕业于成功大学外文系，后赴美深造，攻读英美文学。1982年获堪萨斯州立大学英文系博士学位。曾任教于纽约市立大学及梅西大学外文系。现任香港大学传媒及新闻研究中心客座教授。著有《野火集》等作品多种。1984年，她的《龙应台评小说》一上市即告罄，多次再版，余光中称之为"龙卷风"。

为中国人怕事、自私，只要不杀到他床上去，他宁可闭着眼假寐。

我看见摊贩占据着你家的骑楼，在那儿烧火洗锅，使走廊垢上一层厚厚的油污，腐臭的菜叶塞在墙角。半夜里，吃客喝酒猜拳作乐，吵得鸡犬不宁。

你为什么不生气？你为什么不跟他说"滚蛋"？

哎呀！不敢呀！这些摊贩都是流氓，会动刀子的。

那么为什么不找警察呢？

警察跟摊贩相熟，报了也没有用；到时候若曝了光，那才真惹祸上门了。

所以呢？

所以忍呀！反正中国人讲忍耐！你耸耸肩、摇摇头！

在一个法治上轨道的社会里，人是有权利生气的。受折磨的你首先应该双手叉腰，很愤怒地对摊贩说："请你滚蛋！"他们不走，就请警察来。若发觉警察与小贩有勾结——那更严重。这一团怒火应该往上烧，烧到警察肃清纪律为止，烧到摊贩离开你家为止。可是你什么都不做；畏缩地把门窗关上，耸耸肩、摇摇头！

我看见成百的人到淡水河畔去欣赏落日、去钓鱼。我也看见淡水河畔的住家整笼整笼地把恶臭的垃圾往河里倒；厕所的排泄管直接通到河底。河水一涨，污秽气直逼到呼吸里来。

爱河的人，你又为什么不生气？

你为什么没有勇气对那个丢汽水瓶的少年郎大声说："你敢丢我就把你也丢进

工业急剧发展造成了极大的环境污染
大多数日子，这些城市上空都布满雾、烟、尘埃，连降水的平均 PH 值（酸碱度）也偏酸。文中作者看到身边环境恶化而无人愤怒反对而大声疾呼："中国人，你为什么不生气？"

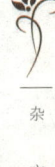

一颗被酸雨损害了的树需要紧急医疗

生态环境恶化，不仅危害到植物、动物，而且人类也会自食其果。如果人类能够停止对环境的侵害，保护环境，人类的未来才有希望。

去？"你静静坐在那儿钓鱼（那已经布满癌细胞的鱼），想着今晚的鱼汤，假装没看见那个几百年都化解不了的汽水瓶。你为什么不丢掉鱼竿，站起来，告诉他你很生气？

我看见计程车穿来插去，最后停在右转线上，却没有右转的意思。一整列想右转的车子就停滞下来，造成大阻塞。你坐在方向盘前，叹口气，觉得无奈。

你为什么不生气？

哦！跟计程车可理论不得！报上说，司机都带着扁钻的。

问题不在于他带不带扁钻。问题在于你们这二十个受他阻碍的人没有种推开车门，很果断地让他知道你们不齿他的行为，你们很愤怒！

经过郊区，我闻到刺鼻的化学品燃烧的味道。走近海滩，看见工厂的废料大股大股地流进海里，把海水染成一种奇异的颜色。湾里的小商人焚烧电缆，使湾里生出许多缺少脑子的婴儿。我们的下一代——眼睛明亮、嗓音稚嫩、脸颊透红的下一代，将在化学废料中学游泳，他们的血管里将流着我们连名字都说不出来的毒素——

你又为什么不生气呢？难道一定要等到你自己的手臂也温柔地捧着一个无脑婴儿，你再无言地对天哭泣？

西方人来台湾观光，他们的旅行社频频叮咛：绝对不能吃摊子上的东西，最好也少上餐厅；饮料最好喝瓶装的，但台湾本地出产的也别喝，他们的饮料不保险……

这是美丽宝岛的名誉，但是名誉还真是其次；最重要的是我们自己的健康、我们下一代的健康。一百位交大的学生食物中毒——这真的只是一场笑话吗？中国人的命这么不值钱吗？好不容易总算有几个人生起气来，组织了一个消费者团体。现在却又有"占着茅坑不拉屎"的卫生署、为不知道什么人做说客的立法委员要扼杀这个还没做几桩事的组织。

你怎么能够不生气呢？你怎么还有良心躲在角落里做"沉默的大多数"？你以为你是好人，但是就因为你不生气、你忍耐、你退让，所以摊贩把你的家搞得像个破落大杂院，所以台北的交通一切乌烟瘴气，所以淡水河是条烂肠子；就是因为你不讲话、不骂人、不表示意见，所以你疼爱的娃娃每天吃着、喝着、呼吸着化学毒素，你还在梦想他大学毕业的那一天：你忘了，几年前在南部有许多孕妇，怀胎九月中，她们也闭着眼梦想孩子长大的那一天。却没想到吃了滴滴纯净的色拉油，孩子生下来是瞎的、黑的！

控告污染河流的公司
对于忍无可忍的环境污染以及其他侵害，我们都应该有维权意识。这不仅是为自己，也为周围的人和下一代。

不要以为你是大学教授。所以作研究比较重要；不要以为你是杀猪的，所以没有人会听你的话；也不要以为你是个学生，不够资格管社会的事。你今天不生气，不站出来说话，明天你——还有我、还有你我的下一代。就要成为沉默的牺牲者、受害人！如果你有种、有良心，你现在就去告诉你的公仆立法委员、告诉卫生署、告诉环保局：你受够了，你很生气！

你一定要很大声地说。

· 作品赏析 ·

　　《中国人，你为什么不生气》是一篇很有名气的文章，其激愤的言辞曾引起强烈的反响。作者直接把矛头指向"台湾一千八百万懦弱自私的中国人"，在文章中列举了许多事实，从这些事件中，我们可以看到，这些事情有大有小，但均有很强的代表性。中国人为什么不生气？作者说："在台湾，最容易生存的不是蟑螂，而是'坏人'"，因为中国人怕事、自私，只要不杀到他床上去，他宁可闭着眼假寐。"别人占、抢、闹，"那么为什么不找警察呢？警察跟摊贩相熟，报了也没有用；到时候若曝了光，那才真惹祸上门了。"在一系列关系到自己的生活、健康、事业前途的事情面前，他们怎么都还有良心躲在角落里不生气，做"沉默的大多数"？原因是长期的政治环境和民族心理影响下，大多数认为自己即使说了也没有什么用，于是大家都在忽略和漠视一个普通无名者的声明和抗议。作者疾呼："不要以为你是大学教授。所以作研究比较重要；不要以为你是杀猪的，所以没有人会听你的话；也不要以为你是个学生，不够资格管社会的事。你今天不生气，不站出来说话，明天你——还有我、还有你我的下一代。就要成为沉默的牺牲者、受害人！如果你有种、有良心，你现在就去告诉你的公仆立法委员、告诉卫生署、告诉环保局：你受够了，你很生气！"使我们的内心真正地感到震动。

患者吴良知先生的就诊报告 / 苏中杰

入选理由

以其独具个性的文体引人注目
言辞犀利直接
整体形成的嘲讽达到了最好的批判效果

患者姓名：吴良知

性　　别：男亦可，女亦可

出生年月：20 世纪 60、70 或 50、40 年代

主要职业：从文

病灶表现：麻木冷漠

往年确诊：畏惧综合症

复诊方法：中西结合

这幅漫画讽刺了没有社会良知、粉饰天下的文人

一、望诊

面部：颜色和报纸一样，像社论，又像头版头条。

眼睛：眼球转动缺一个方向，主要看上方和两侧动向，不能平视，更不能下视。

鼻子：鼻子变形，向上翻翘，只能闻财气、贵气、官气，不能闻民气、贫气和怨气。

舌头：肉质发生变异，导致发音功能失调，如说"shouzhang（首长）"，清楚准确，并颇有亲切感，说"minyi（民意）"则含糊不清，而且发音冷硬。

二、把脉

脉象：沉、紧、促、微、细、软、浮、滑、涩……都是心脏衰弱、早搏和神经紧张时出现心悸的证明。

三、透视

作者简介

苏中杰，曾任中学教师、文艺编导、新闻编辑、副刊编辑、图书策划。做过多家报纸专栏作家。发表散文、杂文、诗歌和小说千余篇（首），多次获奖，其中杂文影响最大。

肺：肺壁颜色发黑。用仪器对肺壁黑色物质进行射测，发现是高级香烟和大量酒精所致。

肝与胆：严重萎缩，形体变小，且肝趋于僵化，胆内缺乏胆汁。这种肝胆下的行为是小心翼翼，亦步亦趋，窥测方向，于稳中渔利，人虽是矮化了的，然而永不吃亏，高职称，高收入，高地位，或者耀眼的荣光，都能轻轻松松地得到。

四、化验

化验物：血。色泽发暗，缺乏人文氧气，融入了大量的封建文化的二氧化碳，分子结构是"奴"字型的。这种血供应大脑，大脑必然迷混不清，时常昏昧，神经衰弱，精神脆弱。

五、基因鉴定

已发生奇怪的变异，基因图上难以追溯和链接。基因符号显示，不属于孔孟的嫡系子孙（有的甚至不能辨认孔孟的文字，不能理解孔孟的理论），但与孔孟的因子有着明白无误的一致性。因此，神经系统的指挥方向就是见皇帝就呼万岁，见官员就下跪，并无师自通地由此获得荣誉感、成就感、归宿感和人生价值。

治疗方案

一、服用明目剂：走出书斋和会议室，进行角色换位，到工厂体验工人下岗的滋味，到农村体验农民的贫困，听失学儿童的哭泣声，或陷冤案去上访……

二、服用换血剂：读一批有关科学和民主的论著。

医师　（签字）

·作品赏析·

这是一篇别致的杂文，它的出现拓展了杂文写作的手段和思路。文中的吴良知，谁都明白，是无良知的谐音。文章以就诊报告单的形式写就，但是作者诊的不是身体或生理上的病患，而是精神和心理上的病患。作者作为一个"医师"，选择了作为文人的吴良知先生作为自己的诊断对象，批判目的非常明确。文人笔下的文字有很多种功能，而文字发挥着什么功能，则跟为文者的人品密切相关。作者所批判的那些没有良知的文人，他们的文字只能是谄上欺下，黑白不分，粉饰天下，为权势者贴金叫好，从他们笔端发出的声音，只能是充满奴性的讨好讨巧之言。文中的吴良知先生还患有畏惧综合症，为求四平八稳地抱着饭碗，他的眼球主要看上方和两侧，他的鼻子只能闻官气、财气、贵气，因为他们没有了良知，自私自利地让自己好好活着，是可以被自己原谅的；因为没有了良知，神经系统的指挥方向就是见皇帝呼万岁，见官员就下跪，并无师自通地由此获得荣誉感、成就感、归宿感和人生价值。作为吴良知先生开出的一剂良方，这篇杂文在使我们深有感触的同时也使人耳目一新、过目不忘，但愿能医患者的病。

杂文篇

无根的义勇 / 刘洪波

独到的视角，智者的眼光
对社会现象的大胆批判，对中国教育的勇敢质疑

我所供职的报纸要招聘一批新闻从业人员。招聘考试有知识题十五道，用以测试应聘者是否具备一定的基础知识。另有两题，一是根据新闻材料撰写消息和编者按，意在测试参谋者的新闻潜质；二是问考生对"9·11"恐怖袭击事件的第一反应以及两个月里的思考是怎样的，以测试考生对时事是否有关注和思考的兴趣。

先说基础适应。基础知识题十五道，虽然广涉人文社会科学和时政诸多方面，但试题绝不超过中学水平。如"革命尚未成功，同志仍须努力"是哪一位中国政治家的临终遗言，如写出春秋旧中国时期诸子百家中的任意五家，如奥地利心理学家弗洛伊德创立的心理学派叫什么，如西方国家三权分立政治制度指的是哪三种权力的分立制衡等等。这些试题对"具有大学本科或同等学历以上"的人说，应该不会感到为难吧，但结果并不乐观，能够在这十五道题上拿到及格分数的，至多只有半数。

答案极为丰富。"革命尚未成功，同志仍须努力"这句话，有派给陈毅的，有派给夏明翰的，有派给方志敏的，也有派给毛泽东、周恩来的。诸子百家的名单中出现了"朱家"、"商家"、"释家"等新品种。获得过诺贝尔文学奖的英国首相，有张伯伦、希思、撒切尔夫人、梅杰、布莱尔，被人提名的还有莎士比亚、狄更斯乃至未有其人的"伊丽莎白十一世"。弗洛伊德创立的心理学派，有"梦的解析"、"精神胜利"等说法。西方国家三权分立制度指"党、政府和民族自治"、"行政、检察、监督"等等。林肯时代美国有过的一场战争是"拿破仑战争"，与北京争办2008年奥运会的城市中出现了"奥地利亚"的名称。

然而这又怎么样呢，并不影响许多人听到"9·11"恐怖袭击事件以后，"我的

作者简介

刘洪波（1966～ ），1985年毕业于武汉大学。毕业后先在湖北某图书馆工作，后调至兰州大学任教。1993年至今供职于《长江日报》评论部。

第一反应是要尽快赶到现场去采访战地新闻"；更多的人在两个月的思考中，展望"世界格局发生了根本的变化"。在关于恐怖主义的那道题里，应试者中以"人的感受"来说话的人寥寥无几，而"国际战略学家"，则多如牛毛。

看卷的时候，我就想，就当这些"大学本科以上学历"的"知识分子"都具有"战略学家"的潜质，就当他们说的都是正确的话，看了他们在基础知识问题上的答案，就不能不怀疑这样一点：以那样的基础水平，他们所说的这番道理又有多大的"可信度"呢？我当然知道，一个人只要能够表达自己的看法就可以了，一件事情出现以后，见仁见智也是很正常的，然而我实在无法猜想，一个缺乏最起码知识的人，一个脑子里缺乏基本"思维材料"的人，当他谈论超出自身经验的事情时，除了误打误撞，还能怎么样呢？虽然误打误撞也会有守株待兔式的结果，但究竟算不得有过播种的"收获"。

经常看到类似的人。他们并不知道阿富汗在遭受报复性打击前一直内战不止，却能敏锐地发现美国打击塔利班时的"狼子野心"。他们并不知道诸子百家为何物，却在大声疾呼"弘扬国粹"，"读经救时"。他们并不知道三权分立是哪三种权在分立、怎样分立，却在那里批判三权分立是一种虚伪而且根本不可行的东西。他们说是对是错，暂不讨论。任何一个论点，难道能够因为得到这种没脑子的支持或阐发而增强一丁点的说服力吗？

我看到，义勇无边的人是从不缺少的，但许多人所发出的只是无根的义勇。没有基本思维常识，没有基本思维材料，却可以态度鲜明、立场坚定，除了一点"朴素的感情"，还有何可爱呢？教育给人智慧，而受过高等教育的人，智慧不过如此，岂不令人悲哀。

·作品赏析·

读完此文，不能不叹服作者的眼光和他揭示问题的深刻。本文作者从招考新闻从业人员的 15 道知识题入手，揭示出了目前社会中存在的"无根的义勇现象"，即不具备"基本思维常识"，没有"基本思维材料"的人在某一事件发生时大放厥词。义勇是无可厚非的，但许多人发出的无根的义勇却是极不可取的。就像作者所说：以那样的基础水平，他们所说的这番道理又有多大的"可信度"呢。也正因为"无根"，才让这些"义勇者"忘记了自己的感受，变成了"国际战略学家"。

作者的讽刺的确戳中了很多人的痛处。"任何一个论点，难道能够因为得到这种没脑子的支持或阐发而增强一丁点的说服力吗"，这是作者面对"义勇者"做出"无根的义勇"的行为时发出的质问，可以说一棒打碎了"义勇者"们的外壳。

文中引起作者发问的"义勇者"是"大学本科或以上学历"的人，而这一人群在我们的社会中确实算得上"知识分子"，他们尚且如此，低学历、无学历者又该怎样。这不由引起人们的反思"中国的高等教育怎么了？中国教育到底在做什么？中国的大学生还学习吗？任凭一纸文凭上的字样多么醒目，也掩饰不了几年下来的满身的颓废，也回答不了社会对中国教育的质疑。

社会实在是需要真正的义勇，我们的教育还是少培养一些"无根的义勇者"吧。

关于"指鹿为马"的信 / 曾颖

入选理由

对颠倒是非者一针见血地批判
用最简单的方法揭露最深层的问题
一篇策略极高的战斗檄文

尊敬的赵高领导：

首先，请接受我十二万分的崇敬和景仰。(以上略褒义词句600字)特别是您昨天在会上明确指出鹿是马，为我们解决了几千年都没有解决的思想难题，使我们心更明眼更亮头脑更清楚思维更开放，对此，我更是佩服之极崇拜有加。但由于您的思想比较超前，有许多人在认识上还不能及时跟上来，更有一小撮别有用心的人冥顽不化，不肯接受您的正确思想，对于这批人，必须干净彻底迅速毫不手软地将其消灭，把他们的花岗岩脑袋砍掉砸碎扔进棺材里去。但对于前者，则应该多做思想工作，让他们认清形势，加强学习，从而真正进入到"鹿是马"的境界，对此，我们应做大量的工作，给他们讲正确的"鹿马观"，考察他们的"鹿马认识"，使整个单位形成"鹿是马"光荣，"马是马"可耻的是非观念，让坚持"马是马"思想的人政治上无前途，经济上无收益。为了配合这一系统工程，我费了三天两宿的时间，捻掉胡子数百根，耗红塔山几十包，翻烂各种典章，得到一些思想心得，为领导的正确认识提供强有力的佐证。当然，这功劳算领导的，苦劳算我的，如果能在发年

作者简介 ......

　　曾颖（1969～），笔名纸刀，出生于四川什邡。《成都晚报》"新闻茶坊"负责人。自1990年开始创作，以小说和杂文为主，亦有新闻评论和娱乐评论见诸报端。迄今发表作品约200万字。先后在《羊城晚报》、《北京晚报》、《周末》、《商务早报》、《成都商报》、《武汉晨报》等多家报纸开设专栏。并有多篇稿件在《南方周末》、《中国青年报》、《凤凰周刊》、《检察日报》、《小小说选刊》、《杂文选刊》、《微型小说选刊》、《读者》、《青年文摘》等报刊上发表和转载。有杂文作品入选高中语文教材和《中华百年杂文精品》。

终奖的时候考虑考虑我，我将感恩不尽。

1. "鹿是马"的正确性：

因为"鹿是马"是正确理论，所以"鹿是马"正确，故而"鹿是马"具有无可争辩的正确性。

2. "鹿是马"不仅仅是概念问题：

在"鹿是马"还是"马是鹿"这个大是大非的问题前，我们尊敬的且一贯正确的领导赵高同志确定了前者，那么，后者绝对是错的，因为赵高同志不会错。谁反对"鹿是马"谁就是反对赵高，这已不仅仅是个概念问题。

3. "鹿与马"从历史的角度看，它们本身不是个问题：

严格说起来，"鹿与马"从历史角度看，它们本身就不是问题。假如当年蒙昧的原始人不头脑发昏地把"马"叫"马"，

鹿与马

原题《初生的小鹿》，原载丰子恺《护生画集》。鹿与马的差别众人皆知。反动者故意颠倒是非，愚弄大众。他们是本文揭露的对象。

把"鹿"叫"鹿"，充其量也不过是个概念问题。而且，谁又敢说"鹿"先前不叫"马"，或"鹿"压根就是"马"的命名呢？此为其一。

其二，据《胡说八道大词典》介绍，马的祖先原本是有角的，乖乖，这可是个有力的物证。而非洲至今还有一种叫角马的动物，由此说明，马的祖先是鹿，马是鹿的后代，鹿就是马！

通过以上论证，我们清楚地知道，赵高同志对"鹿是马"的论断是全景式的、高屋建瓴式的、高瞻远瞩式的，也是最科学的，希望本单位同志充分理解消化，并从自身生存和实际的利益出发，充分发挥聪明才智，认清形势，将本单位的"鹿马"事业发扬光大。

以上为个人管窥，恐难以理解透彻领导的意思，某些提法和用语可能不太妥当，请领导念我动机是好的，多多明示，及时斧正，以免谬种误传，贻笑方家。

您忠实的部下

鹿为马理论的忠实拥趸

昨天名马比金今天名马是鹿的小马

通篇没有指责，没有分析，而把最深层的问题揭露无遗，手段十分高超。

抓贼最有效的方法是搞清他们的作案手段；赢得战争最关键的是摸清对手的兵力部署及作战策略；而要清除故意颠倒是非者愚弄奴役群众的最好办法，无过于揭穿他们的理论根据及丑恶嘴脸，把他们的险恶用心放到太阳底下。从这一点上说，本文是一篇策略极高的战斗檄文。

本文通过一个故意颠倒是非者的帮凶写给主子的信，为我们提供一个它们相互勾结，不但实施行动，还把具体行为理论化去愚弄社会大众的活标本。

文中首先是帮凶对主子的吹捧："特别是昨天您在会上明确指出鹿是马，为我们解决了几千年都没有解决的思想难题，使我们眼更明心更亮头脑更清楚思维更开放，对此，我更是佩服之极崇拜有加。"这是对故意颠倒是非者的反动思想与荒谬逻辑的赞同与肯定。接下来这个帮凶以比主子更凶残的手段去贯彻反动方针，对头脑清醒立场坚定的反对者举起屠刀，"把他们的花岗岩脑袋砍掉砸碎扔到棺材里去"，对犹豫观望者则"多做思想工作"，让他们"认清形势"，从而达到"'鹿是马'的境界"。随后，这位帮凶开始为主子的言行寻找依据，并把它理论化、系统化，以混淆视听，欺天下之心。

这个标本让我们看清了故意颠倒是非者的疯狂与猖獗，看清了他们的狡诈与"反动智慧"，认清了任其发展可能产生的巨大危害，以及可能导致的严重后果。作者以这样的方式呼吁社会的正义力量团结起来，高度警惕，毫不手软地铲除这些阻碍社会进步和危害大众的反动势力。

此图为丰子恺漫画《鹿指人参》（局部）

随笔篇

要生活得写意 / 蒙田

跳舞的时候我便跳舞，睡觉的时候我就睡觉。即便我一人在幽美的花园中散步，倘若我的思绪一时转到与散步无关的事物上去，我也会很快将思绪收回，令其想想花园，寻味独处的愉悦，思量一下我自己。天性促使我们为保证自身需要而进行活动，这种活动也就给我们带来愉快。慈母般的天性是顾及这一点的。它推动我们去满足理性与欲望的需要。打破它的规矩就违背情理了。

作者简介

　　蒙田 (1533 ～ 1592)，法国作家。一译蒙泰涅。生于多尔多涅的蒙泰涅堡，卒于波尔多市。自幼入教会学校学习，熟练掌握拉丁语和希腊语，后专修法律。1554年起任法院顾问等职达 15 年之久。辞官还乡后，潜心研读并常常出外旅行，随手撰写读书心得及旅游见闻，1580 年出版《随笔集》的第一卷、第二卷。1588 年第三卷问世。1595 年《随笔集》增订本出版。《随笔集》内容丰富广博，包罗万象，读来让人感到亲切、生动有趣。死后 200 年，他游历意大利期间的日记手稿被发现，以《旅行日记》为名出版。

蒙田像

枫丹白露宫前贵族们正在野餐
枫丹白露宫及其花园位于塞纳河左岸的枫丹白露镇，距法国首都巴黎约 60 公里。这里风景秀丽，气候宜人，所有的法国国王都喜欢这里的舒适与浪漫。枫丹白露宫周围的森林，当时是皇家狩猎和野餐等娱乐的场所。

我知道恺撒与亚力山大就在活动最繁忙的时候，仍然充分享受自然的、也就是必需的、正当的生活乐趣。我想指出，这不是要使精神松懈，而是使之增强，因为要让激烈的活动、艰苦的思索服从于日常生活习惯，那是需要有极大的勇气的。他们认为，享受生活乐趣是自己正常的活动，而战事才是非常的活动。他们持这种看法是明智的。我们倒是些大傻瓜。我们说："我这辈子一事无成。"或者说："我今天什么事也没有做……"怎么！您不是生活过来了吗？这不仅是最基本的活动，而且也是我们的诸活

法国农民在五月的一个节日里
春天难得的假期里，阳光明媚，人们欢聚在一起唱歌跳舞，连习惯了四处漂泊的行吟诗人也伫足于此，参与其中，享受人生。

动中最有光彩的。"如果我能够处理重大的事情，我本可以表现出我的才能。"您懂得考虑自己的生活，懂得去安排它，那您就做了最重要的事情了。天性的表露与发挥作用，无需异常的境遇。它在各个方面乃至在暗中也都表现出来，无异于在不设幕的舞台上一样。我们的责任是调整我们的生活习惯，而不是去编书；是使我们的举止井然有致，而不是要打仗，去扩张领地。我们最豪迈、最光荣的事业乃是生活得写意，一切其他事情，执政、致富、建造产业，充其量也只不过是这事业的点缀和从属品。

（梁宗岱　黄建华　译）

·作品赏析·

　　要生活得写意，对今天的人来说是很重要的，在忙碌的无法摆脱的现代社会生活中，人们往往已经离生活的本意太远，对生活的理解也已经走得太偏。过多地纠缠于生活的意义使我们陷入迷茫，如何理解生活和如何生活已经成了我们的难题。在如今这个喧嚣的时代，我们要听从自己的内心和生活的真意，已经不再是容易的事情了。蒙田倡导随意和自然地释放自己的天性的生活。"天性促使我们为保证自身需要而进行活动，这种活动也就给我们带来愉快。慈母般的天性是顾及这一点的。它推动我们去满足理性与欲望的需要。打破它的规矩就违背情理了。"文章举出恺撒与亚力山大的例子，为了向我们说明如何理解生活，什么才是真正的生活，这些伟大的人物的看法给我们以极好的启示："享受生活乐趣是自己正常的活动，而战事才是非常的活动。"生活是自然的而不是制造出来的，它是实在的而不是虚构的，所以，重要的是调整自己的生活，"是使我们的举止井然有致，而不是要打仗，去扩张领地。我们最豪迈、最光荣的事业乃是生活得写意，一切其他事情，执政、致富、建造产业，充其量也只不过是这事业的点缀和从属品。"蒙田的随笔朴实大气，见解深邃睿智，被认为是法国一个时代文学的辉煌成就。

论爱情（节选）/培根

对爱情的深刻见解
语言朴素无华
客观理性地揭示了爱情的本质

舞台上的爱情比生活中的爱情要美好得多。因为在舞台上，爱情只是喜剧和悲剧的素材，而在人生中，爱情却常常招来不幸。它有时像那位诱惑人的魔女，有时又像那位复仇的女神。

你可以看到，一切真正伟大的人物（无论是古人、今人，只要是其英名永铭于人类记忆中的），没有一个是因爱情而发狂的人。因为伟大的事业抑制了这种软弱

作者简介 ·········

弗兰西斯·培根（1561～1626），英国17世纪杰出的唯物主义哲学家，是哲学史和科学史上划时代的人物。他12岁入剑桥大学，大学毕业以后，当过律师，出任过国会议员，后被聘为女王的特别法律顾问以及朝廷的首席检察官、掌玺大臣等。晚年，受宫廷阴谋的牵累，被逐出宫廷，脱离政治生涯，专心从事学术研究和著述活动，写成了一批在近代文学思想史上具有重大影响的著作，其中最重要的一部是《伟大的复兴新工具论》。另外，他以哲学家的眼光，思考了广泛的人生问题，写出了许多形式短小、风格活泼的随笔小品，集成《论说随笔文集》，最初10篇短文，书出后风靡一时，后增加为58篇文章。

培根像

1626年3月底，培根由于身体羸弱，在实验中遭受风寒，支气管炎复发，病情恶化。1626年4月9日清晨病逝。

十四行诗 1838 年

威廉·马尔雷迪绘。画面中，在高原空地上，一对恋人正彼此交流着各自创作的十四行诗。图中男子将书搁放一旁，正在对女友发表感慨；女友则正在为一首诗而感动得热泪盈眶。这幅图画歌颂了超越现实的牧歌式的爱情。

的感情。只有罗马的安东尼和克劳底亚是例外。前者本性就好色荒淫，然而后者却是严肃多谋的人。所以爱情不仅会占领开旷坦阔的胸怀，有时也能闯入壁垒森严的心灵——假如守御不严的话。

　　埃皮克拉斯曾说过一句笑话："人生不过是一座大戏台。"似乎本应努力追求高尚事业的人类，却只应像玩偶奴隶般地逢场作戏似的。虽然爱情的奴隶并不同于那班只顾吃喝的禽兽，但毕竟也只是眼目色相的奴隶——而上帝赐人以眼睛本来是有更高尚的用途的。

过度的爱情追求，必然会降低人本身的价值。例如，只有在爱情中，才永远需要那种浮夸谄媚的辞令。而在其他场合，同样的词令只能招人耻笑。古人有一句名言："最大的奉承，人总是留给自己的。"——只有对情人的奉承要算例外，因为甚至最骄傲的人，也甘愿在情人面前自轻自贱。所以古人说得好："就是神在爱情中也难保持聪明。"情人的这种弱点不仅在外人眼中是明显的，就是在被追求者的眼中也会很明显——除非她（他）也在追求他（她）。所以，爱情的代价就是如此，不能得到回爱，就会得到一种深藏于心的轻蔑，这是一条永真的定律。

（林语堂　译）

·作品赏析·

关于爱情，许多感情充沛的诗人和艺术家都做过经典的描述，但那只是通过想象美化了的爱情，与现实很不相符。爱情是盲目的。它时而甜美，时而苦涩，常常捉弄深陷其中的人，让人失去理智和平常心。然而，对于爱情这种经常给人带来大喜大悲的情感，至今无人能够完全把握它，也尚无权威可以遵从。对于爱情，个人至多只能发表自己的观点。

培根认为美好的爱情只存在于戏剧之中，现实中的爱情却只能带来灾难。首先，爱情让人思想狭隘，性格软弱，无法成就伟大的事业。这以罗马的安东尼和克劳底亚相比较说明。再者，过度的爱情会降低人的价值。爱情中的赞美是谄媚和自夸。追求爱情的人若得不到爱的回应，就会得到对方心底的蔑视。培根冷眼看爱情，用他睿智的眼光发现爱情诸多的负面作用——尽管有人会不以为然。但他用冷静的语气、严密的逻辑来条分缕析地论说他的观点，让人不得不对他的观点信服，至少会让读者反思自己的想法。

论人间荣耀之虚渺 / 笛福

入选理由

凝练庄严的写作风格
对传统人生价值观的拷问
独立的判断和客观的论述

人生的工作是什么？那些伟大人物们，被我们称作英雄的人们，他们得意洋洋地走过了世界的舞台又做了些什么呢？难道就是要在众口喧称中变得伟大，还

笛福像

要在历史上占据许多篇章吗？唉！那只不过是编一个故事，供后人阅读，直到它变成了神话或传奇罢了。难道就是要供给诗人们以吟咏的题材，生活在他们那些所谓不朽的诗篇之中吗？说起来那只不过是在将来变为歌谣，由老奶奶唱给凝神静听的孩子，或由卖唱的在街角唱出，以吸引大批的听众，使扒手和穷人多了一个谋生机会而已。他们所应做的事情，是不是要为自己的荣耀添加上美德和虔诚呢？只有这两样东西才可以使他们进入永生，真正不朽！如果没有美德，荣耀又算什么呢？一个没有宗教信仰的伟人，和一只没有灵魂的巨兽又有什么区别。如果没有价值存在，荣誉又算什么呢？被称作真正有

作者简介 ....

　　笛福（1660～1731），英国作家。生于伦敦一小工商业者家庭，只受过普通中等教育。早年曾经商，办工厂，后办报刊出版政治读物并参与党派政治斗争，长年奔走于英格兰和苏格兰各地了解舆论情况，因文字两次获罪，年近花甲其小说创作才进入盛期。1731年4月26日卒于莫尔福德。他除了是高产作家外，还同时是商人、政客、密探、冒险家、编辑、评论家等。他一生写了200余部作品，其代表作《鲁滨逊漂流记》、《辛格顿船长》等，开创了英国现实主义小说之先河。

笛福在政治上树敌甚多，加之其匿名小册子《惩治新教教徒的捷径》的出版，因而遭到新教徒的逮捕，被处以空前的刑罚——巨额罚款、连续三天在伦敦三个不同的地点带枷示众。笛福非但没有屈服，还靠朋友印出了他的《枷刑颂》。笛福的勇敢和幽默赢得了许多人的同情，他被示众时，群众向他投来的不是石头，而是鲜花。

价值的东西，除了那种不仅把一个人造就成伟人，并且使他具有好人的本质之外，还有什么呢？

（李冀宏　编译）

·作品赏析·

在这篇篇幅短小的文章中，笛福揭示了人生的价值这一重大命题。一个人真正的价值在什么地方？或许一千个人有一千个答案。或许那些只热衷于追逐荣誉和地位的人认为青史留名是他们的人生价值。而在笛福看来，所有的荣耀只不过是短暂而没有真正价值的东西。对那些得意洋洋走过世界舞台，在历史上占据几个篇章，或者在诗篇和歌谣中被传唱的所谓英雄，他都持否定的态度。尽管在现实生活中，我们看到许多人用尽全力，终其一生追求这些虚渺的东西，但并不能说明这是正确的人生价值观。

笛福用他独有的智者眼光，站在更高境界的精神层次上，为我们阐明了他所认为的人生的真正价值：所有的荣耀，必须添加上美德和虔诚，有信仰的庇护，才能进入永生，才具有普遍的价值。美德和虔诚，只能来自信仰，一个没有宗教信仰的人，就像一个没有灵魂的怪兽。信仰产生价值，这个价值就是美德和虔诚。如果人没有这些具有人性内在美的东西，人就没有价值。如果缺少这些高贵的品质，即使那些似乎已经青史留名的伟人，也不能算作真正的伟人。

美和崇高 / 康德

入选理由

著名哲学家的通俗小品文
对人类普遍事物的智慧见解
对男女社会生活特征及价值的热切肯定

　　第一个称女子为美丽的性别的人，也许只是想恭维她们，其实他表达出来的意思超过了他自己的预料。我们姑且不说女性容貌清秀，线条柔和，她们面部表现出来的友好、戏谑、和蔼比男人更强烈、更动人……除此之外，女性心灵结构本身首

作者简介 ....

康德像

　　康德（1724～1804），德国人。小时候深受新教思想的影响。1732年，康德进入哥尼斯堡的腓特烈公学。1740年，康德以优异的成绩考入哥尼斯堡大学哲学系。1745年，康德获得哥尼斯堡大学的哲学学士学位。但由于体弱多病，他大学毕业后没有外出找工作，而是在家乡当了7年的家庭教师。1755年，康德被母校哥尼斯堡大学聘为讲师，他一边给学生上课，一边从事学术研究，陆续发表了一系列重要著作。刚开始时，康德主要研究天文学，1770年以后，康德开始转向研究哲学。经过十几年的艰苦钻研，他出版了一系列涉及领域广阔，有独创性的伟大著作，创立了德国古典哲学体系。正是在他的影响下，才成就了费希特、谢林、黑格尔等伟大哲学家。

　　在学术上取得丰硕成果的同时，在职务上康德也节节攀升。1770年，他由讲师升任为教授。1786年，62岁的康德出任哥尼斯堡大学的校长。由于他在哲学上取得的巨大成就，柏林科学院、彼得堡科学院、科恩科学院和意大利托斯卡那科学院先后选举他为院士。1804年2月12日，康德病逝，享年80岁。

希望　1872 年

法国夏凡纳绘。美丽的少女侧着身子坐在废墟基石上，左手拿着一根绿树枝，表达渴求和平的心愿。她脚边的乱石丛中开出了一朵朵美丽的鲜花，这象征着生命力极强的法国人民。远处立有十字架的墓牌暗示着战争中牺牲的将士只有看到法国和平才能得以安息。这幅画借美丽的少女向世人传达了画家对战争的谴责和对和平的希望，与本文作者表达的女性天生维护着人与人的和谐和安定的意思如出一辙。

先是具有独特的，和我们男性显然不同的并且以美作为主要标志的特征。如果并不要求高尚的人推让荣誉，将美称割爱他人，我们就不妨自称是高尚的性别。但是，切不可把这番话理解成这样：妇女似乎缺少高尚品德，而男子似乎缺少美。恰恰相反。倒是可以认为无论男女都是二者兼而有之，只不过女人身上的其他一切品德都是为了衬托其美的特性而组合在一起，而在男人的各种品格中，以作为男性的显著标志的崇高最为突出……

　　妇女有较强的爱美、爱优雅、爱漂亮的天性。女性自幼就非常喜欢穿得漂亮，以修饰打扮为乐趣。她们有洁癖，对凡是使人反感的东西都很敏感。她们喜欢谐趣，只要她们的心情好，就可以拿些小饰物哄她们开心……妇女非常会体贴人，心地善良，富于恻隐之心，讲究美而不注重实用……她们对极其微不足道的羞辱都十分敏感，对一丝一毫的怠慢和不尊重，也能觉察出来。总之，多亏有了妇女，我们才能识别人性中美的品格和高尚的品格；女人甚至使男子也变得较为精细……

女性的智慧同男性的智慧不相上下，差别只在于：女性的智慧是美的智慧，我们男性的智慧则是深沉的智慧，而这不过是崇高的另一种表现。

一种行为之所以美，首先是因为它轻松自然，仿佛无须费力；而花费气力和克服困难，总是令人赞叹的，因而属于崇高行为之列……

美最忌讳的是使人反感，而和崇高相去最远的是令人失笑。因此男子最感到难堪的是被人骂为蠢才，女人最感难堪的是人家说她丑陋。

（李秋零　译）

·作品赏析·

这是一篇美妙的小品文。睿智的康德告诉我们，在男性和女性身上都具有有价值的东西，但同时又有着显著的区别。女性是美的化身，男性是智慧的化身，只有了解了彼此的区别，男女之间才谈得上相互尊重和理解，其价值和意义才会在相互默契的配合中彰显。也许可以认为这只是一个男性视角，认为女性是美的化身；"我们姑且不说女性容貌清秀，线条柔和，她们面部表现出来的友好、戏谑、和蔼比男性更强烈、更动人"。"除此之外，女性心灵结构本身首先是具有独特的，和我们男性显然不同的并且以美作为主要标志的特征"。女性天生维护着人与人的和谐和安定，相反，在女人的反衬下，男人更多地表现出来的是"崇高"。一种同样在人类社会显得非常必要的特征，康德的看法是非常进步的，他认为"女性的智慧同男性的智慧不相上下"，但是却有区别，"女性的智慧是美的智慧，我们男性的智慧则是深远的智慧，而这不过是崇高的另一种表现"。

名 誉 /叔本华

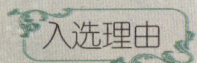
由于人性奇特的弱点，我们经常过分重视他人对自己的看法；其实，只要稍加反省就可知道别人的看法并不能影响我们可以获得的幸福。所以我很难了解为什么人人都对别人的赞美夸奖感到十分快乐。如果你打一只猫，它会竖毛发；要是你赞美一个人，他的脸上便浮起一线愉快甜蜜的表情，而且只要你所赞美的正是他引以自傲的，即使这种赞美是明显的谎言，他仍会欢迎之至。

只要有别人赞赏他，即使厄运当头，幸福的希望渺茫，他仍可以安之若素；反过来，当一个人的感情和自尊心受到自然、地位或是环境的伤害，当他被冷淡、轻视和忽略时，每个人都难免要感觉苦恼甚至极为痛苦。

叔本华像

假使荣誉感便是基于此种"喜褒恶贬"的本性而产生的话，那么荣誉感就可以取代道德律，而有益于大众福利了；可惜荣誉感在心灵安宁和独立等幸福要素上所生的影响非但没有益处反而有害。所以就幸福的观点着眼，我们应该制止这种弱点的蔓延，自己恰

作者简介 ·····························

叔本华（1788～1860），19世纪德国哲学家，唯意志论的创始人。祖籍荷兰，生于但泽（今波兰的革但斯克）一个银行家家庭。早年在法国接受教育，后随父母游历英国、瑞士和澳大利亚，1809年进入哥丁根大学学医后改学哲学。1811年转柏林大学，1814年获耶拿大学博士学位。1822年被聘为柏林大学讲师，后因与黑格尔竞争惨败而离开讲坛，靠父亲遗产过离群索居的生活，死于法兰克福。

当而正确地考虑及衡量某些利益的相对价值，从而减轻对他人意见的高度感受性；不管这种意见是谄媚与否，还是会导致痛苦，因它们都是诉诸情绪的。如果不照以上的做法，人便会成为别人高兴怎么想就怎么想的奴才——对一个贪于赞美的人来说，伤害他和安抚他都是很容易的。

因此将人在自己心目中的价值和在他人的眼里的价值加以适当的比较，是有助于我们的幸福的。人在自己心目中的价值是集合了造成我们存在和存在领域内一切事物而形成的。简言之，就是集合了我们前章所讨论的性格、财产中的各种优点在自我意识中形成的概念。另一方面，造成他人眼中的价值的是他人意识；是我们在他人眼中的形象和连带对此形象的看法。这种价值对我们存在的本身没有直接的影响；可是由于他人对我们的行为是依赖这种价值的，所以它对我们的存在会有间接而和缓的影响；然而当这种他人眼中的价值促使我们起而修改"自己心目中的自我"时，它的影响便直接化了。除此而外，他人的意识是与我们漠不相关的；尤其当我们认清了大众的思想是何等无知浅薄，他们的观念是多么狭隘，情操如何低贱，意见是怎样偏颇，错误是何其多时，别人对我们的看法就更不相干了。当我们由经验中知道人在背后是如何地诋毁他的同伴，只要他毋须怕对方也相信对方不会听到诋毁的话，他就会尽量诋毁。这样我们便会真正不在乎他人的意见了。只要我们有机会认清古来多少的伟人曾受过蠢虫的蔑视，也就晓得在乎别人怎么说便是太尊敬别人了。

如果人不能在前述的性格与财产中找到幸福的源头，而需要在第三种，也就是名誉里寻找安慰，换句话说，他不能在他自身所具备的事物里发现快乐的源泉，却寄望他人的赞美，这便陷于危险之境了。因为究实说来我们的幸福应该建筑在全体的本质上，所以身体的健康是幸福的要素，其次重要的是一种独立生活和免于忧虑的能力。这两种幸福因素的重要，不是任何荣誉、奢华、地位和名声所能匹敌和取代的，如果必要我们是会牺牲了后者来成就前者的。要知道任何人的首要存在和真实存在的条件都是藏在他自身的发肤中，不是在别人对他的看法里；而且个人生活的现实情况，例如健康状态、气质、能力、收入、妻子、儿女、朋友、家庭等，对幸福的影响将大于别人高兴怎么对我们的看

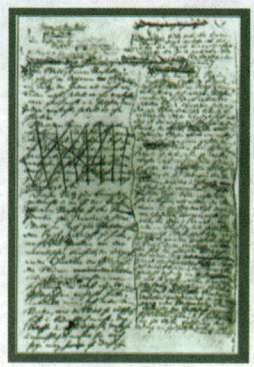

叔本华早年手稿
叔本华的代表作《作为意志和表象的世界》一书的书名就集中概括了他的形而上学思想。该书初版于1818年，1844年修订本出版。

《论充足理由律的四重基础》书影
这本书是叔本华的处女作，使他获得了耶拿大学的博士学位。他自费予以出版。

法千百倍；如果不能及早认清这一点，我们的生活就晦暗了。假使人们还要坚持荣誉重于生命，他真正的意思该是坚持生存和圆满都比不上别人的意见来得重要。当然这种说法可都只是强调如果要在社会上飞黄腾达，他人对自己的看法，即名誉的好坏是非常重要的，关于此点，容后详谈。只是当我们见到几乎每一件人们冒险犯难，刻苦努力，奉献生命而获得的成就，其最终的目的不外乎抬高他人对自己的评价，当我们见到不仅职务、官衔、修饰，就连知识、艺术及一切努力都是为了求取同僚更大的尊敬而发时，我们能不为人类愚昧的极度扩张而悲哀吗？过分重视他人的意见是人人都会犯的错误，这个错误根源于人性深处，也是文明于社会环境的结果，但是不管它的来源到底是什么，这种错误在我们所有行径上所产生的巨大影响以及它有害于真正幸福的事实则是不容否认的。这种错误小则使人们胆怯和卑屈在他人的言语之前，大则可以造成像维吉士将匕首插入女儿胸膛的悲剧，也可以使许多人为了争取身后的荣耀而牺牲了宁静与平和、财富、健康，甚至于生命。由于荣誉感（使一个人容易接受他人的控制）可以成为控制同伴的工具，所以在训练人格的正当过程中，荣誉感的培养占了一席要地。人们非常计较别人的想法而不太注意自己的感觉，虽然后者较前者更为直接。他们颠倒了自然的次序，把别人的意见当做真实的存在，而把自己的感觉弄得含混不明。他们把二等的出品当做首要的主体，以为它们呈现在他人前的影响比自身的实体更为重要。他们希望自间接的存在里得到真实而直接的结果，把自己陷进愚昧的"虚荣"中，而虚荣原指没有坚实的内在价值的东西。这种虚荣心重的人就像吝啬鬼，热切追求手段而忘了原来的目的。

　　事实上，我们置于他人意见上的价值以及我们经常为博取他人欢心而作的努力与我们可以合理地希望获得的成果是不能平衡的，也就是说前者是我们能力以外的东西，然而人又不能抑制这种虚荣心，这可以说是人与生俱来的一种疯癫症。我们每做一件事，首先便会想到："别人该会怎么讲？"人生中几乎有一半的麻烦与困扰就是来自我们对此项结果的焦虑上；这种焦虑存在于自尊心中，人们对它也因日久麻痹而没有感觉了。我们的虚荣弄假以及装模作样都是源于担心别人会怎么说的焦虑上。如果没有了这种焦虑，也就不会有这么多的奢求了。各种形式的骄傲，不论表面上多么不同，骨子里都有这种担心别人会怎么说的焦虑，然而这种忧虑所费的代价又是多么大啊！人在生命的每个阶段里都有这种焦虑，我们在小孩身上已可见到，而它在老年人身上所产生的作用就更强烈，因为当年华老大没有能力来享受各种感官之乐时，除了贪婪剩下的就只有虚荣和骄傲了。法国人可能是这种感觉的最好例证，自古至今，这种虚荣心像一个定期的流行病时常在法国历史上出现，它或者表现在法国人疯狂的野心上，或者在他们可笑的民族自负上，或者在他们不知羞耻的吹牛上。可是他们不但未达目的，其他的民族不但不赞美却反而讥笑他们，称呼他们说：法国是最会"盖"的民族。

在 1846 年 3 月 31 日的《时代》杂志有一段记载，足以说明这种极端顽固的重视别人的意见的情形。有一个名叫汤默士·魏克士的学徒，基于报复的心理谋杀了他的师傅。虽然这个例子的情况和人物都比较特殊一点，可是却恰好说明了根植在人性深处的这种愚昧是多么根深蒂固，即使在特异的环境中依旧存在。《时代》杂志报道说在行刑的那天清晨，牧师像往常一样很早就来为他祝福，魏克士沉默着表示他对牧师的布道并不感兴趣，他似乎急于在前来观望他不光荣之死的众人面前使自己摆出一副"勇敢"的样子……在队伍开始走时，他高兴地走入他的位置，当他进入刑场时他以足够让身边人听到的声音说道："现在，就如杜德博士所说，我即将明白那伟大的秘密了。"

接近绞刑台时，这个可怜人没有任何协助，独自走上了台子，走到中央时他转身向观众连连鞠躬，这种举动引起台下看热闹的观众们一阵热烈的欢呼声。

这是一个很好的例子，说明一个人当死的阴影就在眼前时，还在担心他留给一群旁观者的印象，以及他们会怎么想他。另外在雷孔特身上也发生了相似的事情，时间也是公元 1846 年，雷孔特在为企图谋刺国王而被判死刑，在法兰克福被处决。审判的过程中，雷孔特一直为他不能在上院穿着整齐而烦恼。他处决的那天，更因为不许他修面而为之伤心。其实这类事情也不是近代才有的。马提奥·阿尔曼在他著名的传奇小说 Guzmrn be alfarache 的序文中告诉我们，许多中了邪的罪犯，在他们死前的数小时中，忽略了为他们的灵魂祝福和做最后忏悔，却忙着准备和背诵他们预备在死刑台上做的演讲词。

我拿这些极端的例子来说明我的意思，因为从这两个例子中我们可以看到他自己本身放大后的样子。我们所有的焦虑、困扰、苦恼、麻烦、奋发努力几乎大部分都起因于担心别人会怎么说：在这方面我们的愚蠢与那些可怜的犯人并没有两样。羡慕和仇恨经常也源于相似的原因。

要知道幸福是存在于心灵的平和及满足中的。所以要得到幸福就必须合理地限制这种担心别人会怎么说的本能冲动，我们要切除现有分量的五分之四，这样我们才能拨去身体上一根常令我们痛苦的刺。当然要做到这一点是很困难的，因为此类冲动原是人性内自然的执拗。泰西特斯说："一个聪明人最难摆脱的便是名利欲。"制止这种普遍愚昧的唯一方法就是认清这是一种愚昧，一个人如果完全知道了人家在背后怎么说他，他会烦死的。最后，我们也清楚地晓得，与其他许多事情比较，荣誉并没有直接的价值，它只有间接价值。如果人们果能从这个愚昧的想法中挣脱出来，他就可以获得现在所不能想象的平和与快乐：他可以更坚定和自信地面对着世界，不必再拘谨不安了。退休的生活有助于心灵的平和，就是由于我们离开了长久受人注视下的生活，不需再时时刻刻顾忌到他们的评语；换句话说，我们能够"归返到本性"上生活了。同时我们也可以避免许多厄运，这些厄运是由于我们现在只追寻别人的意见而造成的，由于我们的愚昧造成的厄运只有当我们不再在意这些不可捉摸的阴影，并注意坚实的真实时才能避免，这样我们方能没有阻碍地享受美好的真实。但是，别忘了：值得做的事都是难做的事。

（张尚德　译）

 ·作品赏析·

　　叔本华是西方的一个传奇人物。他与黑格尔长达数年的哲学辩论，以及他后来离群索居的生活，都让这个影响世界200余年的西方哲学大师显得高深莫测。然而正是这种神秘性，引导后人对其哲学思想不断地进行探索。《名誉》让我们更好地解读叔本华。

　　研究过印度哲学的叔本华，充分汲取了佛学思想，认为科学和哲学在意志领域已达到了极限，只有依靠神秘的洞察，才能领悟意志的本性；只有以禁欲为起点，尔后忘我，最后忘掉一切，进入空幻境界，才能超脱生存意志及其一切烦恼。而"荣誉"就是在欲望和功利心的基础上产生的。所以叔本华认为"荣誉感在心灵安宁和独立等幸福要素上所生的影响非但没有益处反而有害"，而且随着年龄的增长，注重荣誉的人们"除了贪婪他剩下的就只有虚荣和骄傲了"。

　　在伦理道德方面，叔本华认为人的欲海难填，欲望不能满足，就会产生痛苦，所以欲望愈大痛苦愈烈；所以与欲望有着直接联系的"荣誉"感并不能给人们带来持久的幸福感。而相反，人们的痛苦很多时候来自于对"名誉"的注重。因此，叔本华认为"幸福是存在于心灵的平和及满足中的"，所以要得到幸福就"必须合理地限制这种担心别人会怎么说的本能冲动"。也就是说不要太盲目追求所谓的"名誉"，而要时时警惕"虚荣心"的滋生。

　　由此看来，叔本华的哲学思想不论多么深奥，最终的落脚点仍是人类的最普遍的情感和生活，反映的仍是对于人类生存状态的终极关怀。

随笔篇

论 爱 / 雪莱

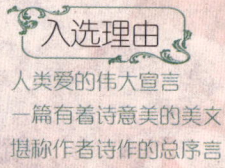

什么是爱？要回答这个问题，让我们先问那些活着的人，什么是生活？问那些虔诚的教徒，什么是上帝？

我不知其他人的内心结构，也不知你们——我正与之讲话的你们的内心；我看到在有些外在属性上，别人同我相像，惑于这种形似，当我诉诸某些应当共通的情感并向他们吐露灵魂深处的心声时，我发现我的话语遭到了误解，仿佛它是一个遥远而野蛮的国度的语言。人们给我体验的机会越多，我们之间的距离越远，理解与同情也就愈离我而去。带着无法承受这种现实的情绪，在温柔的颤栗和虚弱中，我在海角天涯寻觅知音，而得到的却只是憎恨与失望。

你垂询什么是爱吗？当我们在自身思想的幽谷中发现一片虚空，从而在天地万物中呼唤、寻求与身内之物的通感对应之时，受到我们所感、所惧、所企望的事物的那种情不自禁的、强有力的吸引，就是爱。倘使我们推理，我们总希望能够被人理解；倘若我们遐想，我们总希望自己头脑中逍遥自在的孩童会在别人的头脑里获得新生；倘若我们感受，那么，我们祈求他人的神经能和着我们的一起

雪莱像

作者简介

雪莱（1792～1822），英国浪漫主义诗人。出身乡村地主家庭，20岁入牛津大学，因写反宗教的哲学论文被学校开除。投身社会后，又因写诗歌鼓动英国人民革命及支持爱尔兰民族民主运动，而被迫于1818年迁居意大利。在意大利，他仍积极支持意大利人民的民族解放斗争，1822年渡海遇风暴不幸船沉溺死。

罗马新教徒墓地中的雪莱墓

共振，他人的目光和我们的交融，他人的眼睛和我们的一样炯炯有神；我们祈愿漠然麻木的冰唇不要对另一颗火热的心、颤抖的唇讯诮嘲讽。这就是爱，这就是那不仅联结了人与人而且联结了人与万物的神圣的契约和债券。我们降临世间，我们的内心深处存在着某种东西，自我们存在那一刻起，就渴求着它相似的东西。也许这与婴儿吮吸母亲乳房的奶汁这一规律相一致。这种与生俱来的倾向随着天性的发展而发展。在思维能力的本性中，我们影影绰绰地看到的仿佛是完整自我的一个缩影，它丧失了我们所蔑视、嫌厌的成分，而成为尽善尽美的人性的理想典范。它不仅是一帧外在肖像，更是构成我们天性的最精细微小的粒子组合。它是一面只映射出纯洁和明亮的形态的镜子；它是在其灵魂固有的乐园外勾画出一个为痛苦、悲哀和邪恶所无法逾越的圆圈的灵魂。这一精魂同渴求与之相像或对应的知觉相关联。当我们在大千世界中寻觅到了灵魂的对应物，在天地万物中发现了可以无误地评估我们自身的知音（它能准确地、敏感地捕捉我们所珍惜、并怀着喜悦悄悄展露的一切），那么，我们与对应物就好比两架精美的竖琴上的琴弦，在一个快乐的声音伴奏下发出音响，这音响与我们自身神经组织的震颤相共振。这——就是爱所要达到的无形的、不可企及的目标。正是它，驱使人的力量去捕捉其淡淡的影子；没有它，为爱所驾驭的心灵就永远不会安宁，永远不会歇息。因此，在孤独中，或处在一群毫不理解我们的人群中（这时，我们仿佛遭到遗弃），我们会热爱花朵、小草、河流以及天空。就在蓝天下，在春天的树叶的颤动中，

雪莱在野外构思他的诗作（底图）

我们找到了秘密的心灵的回应：无语的风中有一种雄辩；流淌的溪水和河边瑟瑟的苇叶声中，有一首歌谣。它们与我们灵魂之间神秘的感应，唤醒了我们心中的精灵去跳一场酣畅淋漓的狂喜之舞，并使神秘的、温柔的泪盈满我们的眼睛，如爱国志士胜利的热情，又如心爱的人为你独自歌唱之音。因此，斯泰恩说，假如他身在沙漠，他会爱上柏树枝的。爱的需求或力量一旦死去，人就成为一个活着的墓穴，苟延残喘的只是一副躯壳。

（徐文惠　译）

·作品赏析·

　　雪莱浪漫主义理想的终极目标就是创造一个人人享有自由、幸福的新世界。他以美丽的语言、丰富的想象描绘了这个新世界的绚丽画面，而且豪迈地预言："如果冬天已经来临，春天还会远吗？"恩格斯赞美雪莱是"天才的预言家"。他将自己全部的生命诉诸于爱的表达，奉献于人类终极的博爱，无论作诗还是为文都牵系于这根永恒的主线，《论爱》可以说是雪莱创作的总的纲领，总的宣言。

　　《论爱》中说，"当我们在大千世界中寻觅到了灵魂的对应物，在天地万物中发现了可以无误地评估我们自身的知音，那么，我们与对应物就好比两架精美的竖琴上的琴弦，在一个快乐的声音伴奏下发出音响，这音响与我们自身神经组织的震颤相共振"，这就是雪莱所理解的爱。他用形象的语言告诉人们，爱应该是人类心灵的相通，是"相看两不厌"的相知相识的和谐境界。作者把抽象的思想具体化，让读者在形象的感知中接受自己的观点。关于爱的伟大意义，雪莱说："爱的需求或力量一旦死去，人就成为一个活着的墓穴，苟延残喘的只是一副躯壳。"正是这个爱的主旋律，使雪莱的作品无论是诗作还是散文，都充满着人性的光辉。

树林和草原 / 屠格涅夫

入选理由

时代的缩影

作家自身思想的反照

文笔优美，意境独特

……于是开始渐渐地吸引他

归去：到乡村去，到深荫蔽日的花园里去，

那里菩提树巍峨参天，绿荫一片，

铃兰花散发出贞洁的芳香，

那里一行圆冠的杨柳，

从堤岸上覆盖着水面，

那里茂密的橡树耸立在茂草丛生的田地上，

那里弥漫着大麻和荨麻的气味……

回到那里，回到广袤的原野，

那里的黑土柔软如绒，

无论您放眼何处，

作者简介

屠格涅夫（1818～1883），19世纪俄国批判现实主义作家，出生于世袭贵族家庭。1833年进入莫斯科大学文学系，一年后转入圣彼得堡大学哲学系语文专业，毕业后到德国柏林大学攻读哲学、历史、希腊和拉丁文。1843年发表叙事长诗《巴拉莎》，开始文学生涯。19世纪60年代后，大部分时间在西欧度过，曾参加巴黎"国际文学大会"，被选为副主席。主要作品有特写集《猎人笔记》，长篇小说《罗亭》、《贵族之家》、《父与子》，中篇小说《阿霞》、《彼士什科夫》，散文诗集《散文诗》等。

屠格涅夫像

随笔篇

169

那里的黑麦都荡漾着轻柔的波浪，

从那透明、洁白的云团里，

沉甸甸地射出金色的阳光；

那里多么美好……

（摘自待焚的诗篇）

也许，读者对我的笔记已经感到厌烦了。赶快告慰他，除了这里发表的几个片断外，我不再写什么了。但是，和他分别之际，我不能不说几句关于打猎的话。

扛着猎枪、带着狗去打猎，这件事单独本身，正像古时候说的 für sich，是很美妙的事情。即使您生来并不是个猎人，但您总会热爱大自然吧，所以您不可能不羡慕我们这些兄弟……请您听着吧。

比如说，您知道春天里黎明前乘车外出的乐趣吗？您走到台阶上……深灰色的天空里几处地方闪烁着星星，湿润的风儿时而像微波似的荡来，听得见压抑的、模糊的夜声，笼罩在浓荫里的树木的低声絮语。仆人把毛毯铺在马车上，把装着茶炊的箱子搁在脚边。拉车的马儿瑟缩着身子，打着响鼻，神气地捣动着蹄子；一对刚刚醒来的白鹅，默默地蹒跚着穿过道路。篱笆后的花园里，看守人安宁地打着鼾声。每一声仿佛都停留在凝滞的空气里，滞留不散。现在您坐到车子里，马儿一下子动身了，马车辚辚地碾过大地……您乘着车子，经过教堂，到山脚下向右一拐，驰过了堤岸……池塘刚刚开始蒸腾起雾气。您稍感寒冷，您翻起大衣领子遮住脸面，您打着瞌睡。马儿哗哗地趟过水洼，车夫打着口哨。您大约走了四俄里……天边发红了。乌鸦在白桦林中醒来，笨拙地飞来飞去。麻雀在黑黢黢的草垛附近吱吱喳喳叫着。空气发亮了，道路明显了，天空明朗了，云彩泛白，田野翠绿。农舍里的松明燃烧着红色的火焰，听得见门后喃喃着睡眼惺忪的语声。这时候朝霞灿烂，金色的光带已经弥漫天际。峡谷里水气氤氲，云雀在嘹亮地歌唱，黎明前的风儿吹拂着——

于是鲜红的太阳悄悄地升起。光明潮水般泻来。您的心儿像鸟儿似的扑腾着。新鲜，欢乐，美好！周围视野辽阔。瞧，丛林后面有个村子。再远处是建有白色教堂的另一个村子，山上有座小白桦林，林后就是您要去的沼泽地……快点吧，马儿，快点吧！迈开大步往前冲……至多只有三俄里了。太阳迅速升起，天空澄碧无云……是个出色的天气。一群牲口从村子里向我们迎面走来。您登上了山顶……多美的景色！河流蜿蜒，绵延长达十俄里左右；穿越雾气，它呈现出暗蓝的色泽。河那边是水灵灵的绿色草地，草地那边耸起倾斜的丘陵。远处有几只凤头麦鸡啼叫着，盘旋在沼泽上空。穿越流泻于空中的湿润的光辉，远处的地平线清晰地呈现了出来……现在不像夏天那样。胸脯呼吸得多么自由，四肢活动得多么有朝气，感受着春天清新的气息。浑身觉得多么健壮……

　　夏天七月的早晨！除了猎人，谁能体验到黎明时分流连于灌木林中的乐趣？缀满白露的草地上，留下您一行绿色的足迹。您拨开潮湿的灌木，夜里蕴蓄起来的一股暖气向您袭来。空气里充溢着艾蒿清新的苦味、荞麦和三叶草的甜味。橡树林像一座墙似的耸立在远方，在阳光下闪烁、发红。虽然清凉，但已感到热气的来临。浓郁的芳香，熏得脑袋懒洋洋地晕眩起来。灌木林没有尽头……只是在远处几个地方，可以见到正在成熟的发黄的黑麦，一小畦一小畦发红的荞麦。马车轧轧作响。农夫缓步踱来，预先把马牵到树荫下……您跟他打了一声招呼，继续前进——在您身后响起了镰刀的铿锵声。太阳愈升愈高。草上的露水很快就被晒干了。已经感到炎热了。过了一小时，又一小时……天空的边沿开始发暗。凝然不动的空气里，喷射出刺人

的闷热。

"兄弟，哪儿可以弄点水喝？"您问一个割草人。

"那边，山谷里，有眼井。"

越过杂生着野草的、密密的榛树林，您下到谷底。不错，紧挨在悬崖下，藏有一泓清泉。橡树林贪婪地伸展开它那茂密的树梢，覆盖着泉水。大颗大颗银白的水珠，晃动着，从铺着一层轻绒似的苍苔的水底冒上来。您趴到地上，您喝个够，但您懒得动弹了。您躺在荫凉里，您呼吸着芳香的湿气。您感到舒服，可是您对面的灌木林，在阳光下炙烤着，仿佛变黄了。这是什么？风儿突然吹来，猛刮过去。周围的空气振动了：这是雷声吧？您从山谷里走出来……天穹里为什么出现铅灰色的云带？天气是否更加郁闷了？乌云是否要涌来了……瞧，闪电微弱地亮了一下……哦，雷雨要来啦！周围还普照着阳光，还可以打猎。但是乌云膨胀起来了，它的前沿像只袖子似的伸展开来，又像穹隆似的弯垂下来。青草，丛林，一切都突然变暗……快走！瞧，前面仿佛是座草棚……快走……您奔跑着，走进去……多大的雨，多亮的闪！有几处雨水渗过草屋顶，滴落在香喷喷的干草上……现在太阳又照耀起来。雷雨过去了，您走出来。我的天啊，周围的一切闪出那么愉悦的光彩，空气多么清新澄澈，草莓和蘑菇多么芬芳……

但是，傍晚临近了。晚霞像大火似的烧燃着，弥漫了半个天空。夕阳快落山了。附近的空气显得特别透明，仿佛水晶一般。远处降下来轻柔的、显得暖和的雾气。红光和露水一齐降落到林中空地上，这里不久前还沐浴在熔金般的光焰之中。树木、丛林、高高的草堆，都投下了长长的影子……太阳完全隐没了。星星眨着眼睛，在落霞的火海里颤抖……天空的颜色淡了，青了。孤零零的影子消失了，空气里弥漫着雾气。是归去的时候了，回到村里，回到您夜宿的农舍。您把猎枪背到肩后，尽管疲惫不堪，还是快步走着……这时夜幕降临，已经看不清二十步外的景物，黑暗中猎狗依稀可见。在那黑黢黢的丛林上面，天边模模糊糊地明亮起来……这是什么？是火灾吗……不，这是月亮升起来了。瞧，下面右前方，已经亮起了村里的灯光……终于走到了您的农舍，透过小窗，您看见了铺着白桌布的餐桌，点亮的蜡烛和晚餐……

有时您吩咐套上轻便马车，到林子里去猎松鸡。驰过高高的黑麦田中间的小路，多么欢快。麦穗轻拂着您的脸，矢车菊绊住您的腿，周围的鹌鹑鸣叫着，马儿迈着懒洋洋的步子。树林子到了。荫凉，宁静。端庄匀称的白杨树，高耸在您的头上絮语；白桦树细长、纷披的枝梢，轻轻摇动；魁梧的橡树，像战士似的，挺立在秀美的菩提树旁边。您驰过绿影斑驳的小路，黄头大苍蝇停滞在金色的空气里，又倏地飞去；蛾子上上下下飞旋着，在树荫里显出白影，在阳光下显出黑影。鸟儿安闲地叫着。

饶舌的鸫鸟的金嗓子，天真烂漫地欢叫着：这种鸟语，正好和铃兰花的芳香互相配合。继续前进，继续前进，深入到林子里去……林中万籁无声……一种不可言说的静谧，袭上心头。周围是如此充满睡意，一片寂静。吹来了一阵风，于是树梢喧哗起来，宛如涛声一般。拱开去年的黄叶，这里那里长出了茂草。各种蘑菇，分别顶着自己的小帽子。蓦地窜出一只雪兔，猎狗汪汪吠叫着，跟踪追去……

深秋，当山鹬鸟飞来的时候，这同一座林子变得多么迷人！山鹬并不栖息在密林深处，得沿着林边去寻找它们。没有风，也没有阳光，没有树荫，草木不动，无声无息。柔和的空气里，弥漫着秋天那种类似葡萄酒味的香气。远处黄澄澄的田野上，笼罩着薄雾。穿过脱尽叶子的、棕褐色的树枝，可见一片宁静的天空。这里那里，菩提树上挂着最后几片金色的树叶。潮湿的泥土踩下去富有弹性。高高的干草一动不动。在颜色变淡的草叶上，闪烁着长长的游丝。胸口呼吸自然，可心底袭来一种莫名的不安。您走在林边，眼睛盯着猎狗，同时回想起了心爱的形象，心爱的人物，死去的人和活着的人。早就淡忘的印象，突然清晰起来。想象似小鸟一般展翅飞翔，一切如此鲜明地呈现在眼前。心儿一会儿突然怦怦跳动，热切地向往着未来，一会儿又不可挽回地沉湎于回忆之中。整个一生像一卷手稿那样，轻易地迅速展开。此时人掌握了他的一切往事，全部感情、力量，整个自己的灵魂。周围没有什么东西妨碍他——既没有太阳，也没有风儿，没有声音……

而在晴朗的、稍稍有点寒冷的、早晨结有冰霜的秋日里，白桦树像神话中的树木那样，浑身金光闪闪，在蔚蓝色的天幕下，呈现出美丽的剪影；低低的太阳已不炎热，但却比夏天照得更明亮；不大的白杨林透明地闪耀着，仿佛它脱尽了叶子更觉得轻松愉快；霜花还在山谷底部银光熠熠，清新的风儿轻轻地吹赶着蜷缩的落叶；河上欢奔着蓝色的波涛，有节奏地托起散游在水面上的鹅、鸭；远处柳树掩映的磨坊轧轧作响，鸽群在明朗的天空中闪闪发光，迅速盘旋于磨坊之上……

夏天有雾的日子也很美妙，虽然猎人们并不喜欢它们。在这样的日子里不能打枪：鸟儿刚从您脚下飞起，立刻就消失在白茫茫的、凝然不动的雾霭之中。可是周围的一切多么宁静，一种不可言说的宁静！万物都已醒来，万物沉寂无声。您经过一棵树木，它一动不动，清闲自在。透过弥漫在空中的薄雾，在您面前呈现一长条黑乎乎的带子。您把它当做是附近的林子。您走过去，林子变成了田埂上一垄高高的蒿草。您的周围上下——到处是雾……可是吹来一阵风，一小块淡蓝的天空，穿越薄如烟云的雾气，模模糊糊地露了出来；一缕金黄色的阳光蓦地闯入进来，长长地流泻着，照耀着田野，照射着丛林——旋即一切又归于云雾笼罩之中。这一较量持久地进行着。但当光明终于取得胜利，最后一团团蒸热的雾气或像布幅似的铺展开来，或盘旋而上，消失在阳光和煦的高空里之后，天气变得无法形容地美好、晴朗……

现在您收拾行装，到远离庄园的旷野去，到草原上去。你在乡间土路上走了十来俄里，终于走上了大道。经过望不见头尾的大车队，经过大门洞开、门前有口井、檐下茶炊咝咝作响的小客农店，驰过无边无际的田野，沿着翠绿的大麻田，从一个村子到另一个村子，您长时间地乘车前进。喜鹊在柳丛里飞来飞去。手拿长耙子的农妇，在田野里蹒跚着步子。一个行路人穿着破烂的土布外套，肩上背着行囊，疲惫不堪地踟蹰着。地主家笨重的马车，套上六匹疲乏的高头大马，向您迎面驶来。车窗里露出一角坐垫。身穿大衣的仆人，手拉着绳子，铺着蒲包，侧身坐在马车后面的脚蹬上，浑身溅满了泥浆。前面是一座小县城，倾斜的木板小屋，很长很长的栅栏，商人们空关着的石头房子，深谷上架起的古老的桥梁……向前，向前……进入了草原地带。从山上眺望，多美的景色。一座座低矮的丘陵，被农夫们耕种到顶部，像巨浪似的起伏着。灌木丛生的山谷蜿蜒其间。星散各处的小树林子，像一座座椭圆的绿岛。条条小径从村子通向村子。礼拜堂的白墙很醒目。小河在柳丛中闪闪发光，有四个地方筑上了堤坝。远处田野里鹤立着一行野鸟。在小池塘边，建有一所老式的贵族宅院，附有库房、果园和打谷场。但您继续前进。丘陵越来越小，树木几乎看不到了。终于，您来到了一望无际的草原！

而在冬日里，您可以跨越雪堆去追逐兔子，呼吸凛冽、刺骨的空气，软雪炫目的反光使您情不自禁地眯起眼睛，您可以欣赏有点儿发红的林子上面蓝色的天空……而在初春的日子里，周围的一切在闪烁，在溶化；透过融雪的重雾，已经蒸腾起大地的热气；在化雪的上空，斜射的阳光下，云雀安详地鸣啭着；春水在欢笑、在喧闹，从山谷向山谷奔流……

不过，现在应该结束了。我顺便提到了春天，春天容易离别，春天召唤着幸福者奔向远方……别了，读者。我祝您永久平安。

·作品赏析·

《树林和草原》是屠格涅夫的一篇优美的写景散文。通过阅读，我们可以体味屠格涅夫作品中淡淡的贵族气息和哀而不伤的格调。《树林和草原》中，我们看到的树林是薄雾霭霭的、草原是"茫无涯际"的，这样的描写，在视野的开阔中又给人在感觉上造成一种空茫。而置身其中的鸟儿和云雀却是天真烂漫的，阳光是金色的。作者在穿过丛林寻找草原的路途中，见到的农妇、行人和马匹都是疲倦而了无生气的。而草原又是令人温暖愉悦的，这种用现实手法写景的方式，使作品在带有作者主观感受的同时，又遵从了事物的客观性。他向读者展现的不仅是一派生机中夹带颓败的自然景观，而且是上升和变革时期的俄国社会现状图。

观 舞 / 高尔斯华绥

某日下午我被友人邀至一家剧院观舞。幕启后，台上除周围高垂的灰色幕布外，空荡不见一物。不久，从幕布厚重的褶折处，孩子们一个个或一双双联翩而入，最后台上总共出现了十多个人。全都是女孩子；其中最大的看来也超

作者简介

  约翰·高尔斯华绥（1867～1933），英国小说家、剧作家，出生于伦敦一个富裕的中产阶级家庭。高尔斯华绥毕业于牛津大学法律系，1890年取得律师资格。1891年至1893年游历欧洲，结识了约瑟夫·康拉德，成为莫逆之交。在康拉德的鼓励与影响下，开始了文学创作生涯。高尔斯华绥也是一位剧作家。他的剧作在20世纪60～70年代上演时极为成功。作者把一种新型的社会责任感引入英国戏剧，对20世纪初的英国戏剧起了革新作用。

  高尔斯华绥是个多产作家，他一生共创作了17部小说，26个剧本，12个短篇小说、散文、诗歌和书信集。生前曾获美国许多大学授予的名誉学位，担任过国际笔会会长。1929年获得荣誉勋章。他被认为是英国文学中现实主义传统的优秀继承者，与威尔斯、贝内特并称为20世纪英国现实主义三杰。1932年，鉴于他在文学上的杰出成就，特别是"为其描述方面的卓越艺术——这种艺术在《福尔赛世家》中达到高峰"，而获诺贝尔文学奖。1933年1月31日，高尔斯华绥卒于伦敦。

高尔斯华绥像

不过十三四岁，最小的一两个则仅有七八岁。她们穿得都很单薄，腿脚胳臂完全袒露。她们的头发也散而未束；面孔端庄之中却又堆着笑容，竟是那么和蔼而可亲，看后恍有被携去苹果仙园之感，仿佛己身已不复存在，惟有精魂浮游于那缥缈的晴空。这些孩子当中，有的白皙而丰满，有的棕褐而窈窕；但却个个欢欣愉快，天真烂漫，没有丝毫矫揉造作之感，尽管她们显然全都受过极高超和认真的训练。每个跳步，每个转动，仿佛都是出之于对生命的喜悦而就在此时此地即兴编成的——舞蹈对于她们真是毫不费难，不论是演出还是排练。这里见不到蹑足欠步、装模作样的姿态，见不到徒耗体力、漫无目标的动作；眼前惟有节奏、音乐、光明、舒畅和(特别是)欢乐。笑与爱曾经帮助形成她们的舞姿；笑与爱此刻又正从她们的一张张笑脸中，从她们肢体的雪白而灵动的旋转中息息透出，光彩照人。

尽管她们无一不觉可爱，其中却有两人尤其引我注目。其一为她们中间个子最高、肤褐腰细的那个女孩。她的每种表情每个动作都可见出一种庄重然而火辣的热情。

舞蹈节目中有一出由她扮演一个美童的追求者，这个美童的每个动作，顺便说一句，也都异常妩媚；而这场追逐——宛如点水蜻蜓之戏舞于睡莲之旁，或如暮春夜晚之向明月吐诉衷曲——表达了一缕摄人心魂的细细幽情。这个肤色棕褐的女猎手，情如火燎，实在是世间一切渴求的最奇妙不过的象征，深深地感动着人们的心。当我们从她身上看到她在追求她那情人时所流露的一腔迷惘激情，那种将得又止的曲折神态，我们仿佛隐然窥见了那追逐奔流于整个世界并永远如斯的伟大神秘力量——如悲剧之从不衰歇，虽永劫而长葆芳馨。

另一个使我最迷恋不止的是身材上倒数第二、发丝浅棕、头着白花半月冠的俊美女神，短裙之上，绛英瓣瓣，衣衫动处，飘飘欲仙。她的妙舞已远远脱出儿童的境界。她那娇小的秀颜与腰肢之间处处都燃烧着律动的圣洁火焰；在她的一小段"独舞"中，她简直成了节奏的化身。快睹之下，恍若一团喜气骤从天降，并且登时凝聚在那里；而满台喜悦之声则洋洋乎盈耳。这时从台下响起了一片窸窣与喷喷之声，继而欢声雷动。

我看了看我那友人，他正在用指尖悄悄地从眼边拭泪。至于我自己，则氍毹之上几乎一片溟濛，世界万物都顿觉可爱；仿佛经此飞仙用圣火一点，一切都已变得金光灿灿。

或许惟有上帝知道她从哪里得来的这股力量，能够把喜悦带给我们这些枯竭的心田；惟有上帝知道她能把这力量保持多久！但是这个蹁跹的小爱神的身上却蕴蓄着那种为浓艳色调、幽美乐曲、天风丽日以及某些伟大艺术珍品等等所同具的力量——足以把心灵从它的一切窒碍之中解脱出来，使之泛满喜悦。

（高健　译）

· 作品赏析 ·

高尔斯华绥是个天才的作家，对于人物的描写居然能写到如此的极致，正如他本身的贵族气质，《观舞》整篇文章中描摹的人物，都带着一种高贵的、优雅的风韵。天生带了一双艺术的眼睛，高尔斯华绥所到之处都满含艺术的气息。其实正是作家对于生活本身的挚爱，才会自觉地对于生活进行细致的观察，才会不断产生艺术创作上的灵感，这样才有了作者笔下各种栩栩如生的形象。

《观舞》中作者以惯用的树立典范的写作方法，塑造了两个典型形象：一个是"庄重然而火辣"的女猎手；一个是飘飘欲仙的"俊美女神"。作者用十分精练而优美的语言，将这两个人物写到极美的程度。这两种美，一个是不受任何形式束缚的狂野美的极致，一个是超凡脱俗美的典范。站在戏剧艺术的高度，描摹眼前的东西，这也许是作者同时作为一个剧作家的区别于一般作家之处吧。而这种高度所达到的艺术效果，如同刘锷的《老残游记》之《绝唱》中对于白妞唱腔的评价："余音绕梁三日不绝，而又岂止三日？"高尔斯华绥高超的文字表现力，让我们终生难忘。

论具有现代头脑 / 罗素

入选理由

冷峻的文笔书写科学的人生
不流于庸俗的人生立场
充满个性色彩的语言

自荷马时代以降，我们这个时代地方观念最重。新的时髦语也对我们隐瞒了我们祖先的思想感情，即使在它们和我们的时髦语差别不大的时候。我们自以为才智上登峰造极了，无法相信往代的奇装异服与笨拙词句居然包装着人们，思想也还值得我们重视。如果《哈姆雷特》还使一位真正现代的读者发生兴趣的话，必须首先把它译成马克思或弗洛伊德的语言，或者理想一点的话，译成合二为一的行话。几年前，我读过一篇对桑塔亚那某部书嗤之以鼻的评论，提到一篇哈姆雷特论"在各种意义上都是 1908 年的老调"——仿佛此后的一切发现都使以前任何一篇欣赏莎士比亚的文字无关紧要，因而也就比较肤浅。他的评论"在各种意义上都是 1936 年的老调"，这一点没有在评论家头脑里闪现过。或许这种想法的确出现于他的头脑，而且使他洋洋得意。他是在为眼前而写作，不是为着一切时代而写作；时隔一年他又将采用舆论的新潮，无论是什么内容，他当然希望只要自己作文不辍，就得不断跟上新潮。对现代头脑的人来说，一位作家的其他任何理想看来都是荒唐过时的。

罗素与示威者在伦敦国防部门外静坐，抗议英国的核政策

罗素晚年关注政治，1958 年任核裁军运动的主席，1960 年辞任，继而组织一个激进的核裁军 100 人委员会。

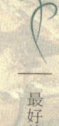

伯特兰·阿瑟·威廉·罗素（1872～1970），
20世纪最有影响力的哲学家、数学家和逻辑学家之
一，同时也是活跃的政治活动家，并致力于哲学的
大众化、普及化。无数人将罗素视为这个时代的先知，
而与此同时罗素的许多政治立场却又是十分有争议
性的。

罗素出生于英国威尔士一个贵族家庭。罗素的
教父是哲学家约翰·斯图亚特·弥尔。双亲去世后，
罗素和他的哥哥富兰克·罗素由祖父母抚养长大。
1890年罗素进入剑桥大学三一学院学习哲学、逻辑
学和数学，1908年成为学院的研究员并获选为英国
皇家学会成员。1920年罗素访问俄国和中国，并在

罗素像

北京讲学一年。1921年，罗素因为参与反战活动而被校方开除，他通过出版各种
有关物理、伦理和教育方面的书籍谋生。1927年，建立了一所教育实验学校——
皮肯·希尔学校。

1931年罗素的哥哥去世，罗素继承爵位，成为罗素勋爵三世。1939年罗素搬
到美国，到加利福尼亚大学洛杉矶分校讲学，并很快被任命为纽约城市大学教授。
1944年，回到英国，并重新执教于三一学院。1950年，罗素获得诺贝尔文学奖。
20世纪60年代罗素出版了自己的三卷自传，并曾参与了肯尼迪遇刺事件的调查。
1970年去世，骨灰被撒在威尔士的群山之中。

想成为当代人的愿望当然仅仅在程度上是新的；一切相信当世是进步的历史时
期中，都在一定程度上存在过这种愿望。文艺复兴时期对以前哥特式风行的几个世
纪抱有蔑视；17和18世纪用白石灰涂抹价值连城的镶嵌画；浪漫主义运动瞧不起英
雄偶句诗体。80年代前莱基责备我母亲受知识界潮流的导向而反对猎狐："我确信，"
他这样写道，"你对于猎狐其实并非是感情用事的态度，对主张女权的最堂而皇之
的论调，野外骑马，也不会大惊小怪。可你老是把政治和智力看做是一种激烈的竞赛，
唯恐不够先进或知识分子气味不浓。"但是在这些时期，对往代的蔑视都不像目前
这么彻底。从文艺复兴到18世纪末叶，人们都称羡罗马古风；浪漫主义运动使得中
世纪重见天日；我的母亲尽管笃信19世纪的进步，却始终爱读莎士比亚和弥尔顿。
只是自1914～1918年的大战以来，彻底忽视往代才变得时髦起来。

唯有时尚应该左右舆论这种信念大有益处。这种信念使得思维成为多余的了，
而且把至高的智力置于每个人可以企及的范围之内。"情结"、"虐待狂"、"俄
狄浦斯"、"布尔乔亚"、"偏向"、"左派"，学会正确使用这类字眼并不困难；

造成一位出色的作家和清谈者，再也不需要什么了。至少其中某些字眼颇多代表了发明这类字眼的人的思想；如同纸币一样，起初可以兑换成黄金。但对大多数人来说，它们已经渐渐地无法兑换了，而在贬值的过程中思想上名义财富却增加了。这样才能使我们蔑视往代的无足轻重的知识财产。

应该假定，具有现代头脑的人看待他的个人能力时非常谦虚，虽然他深信自己时代的智慧。他的最高希望就是，该想什么就想什么，该说什么就说什么，该感受什么就感受什么；他根本不希望思考的思想比他的邻居更高明；说出更有见地的话，也不愿具有某个时髦族所不具有的情感，他的希望无非是在时间上领先一步。他处心积虑地压制他身上反映个性的一面，图的是博得群体的赞赏。一种精神上孤独的生活，诸如哥白尼、斯宾诺莎或王政复辟之后弥尔顿的生活，依照现代标准来看似乎毫无意义。于是哥白尼理应推迟提倡哥白尼体系，直到它能变得时髦起来；斯宾诺莎理应要么做个虔诚的犹太人，要么做个虔诚的基督徒；弥尔顿则应该与时共进，像克伦威尔的遗孀那样，她向查理二世启齿索取养老金，理由是她并不赞同丈夫的政治主张。为什么个人要标榜自己是有主见的判官呢？智慧存在于北欧人种的血统之中，或者换而言之，存在于无产阶级之中，这不是明明白白的吗？况且，无论在哪种情况下，一个标新立异的见解又有何用处呢？它绝不可能指望战胜宣传的强大机构。

那些机构可能提供的酬金和遐迩闻名却昙花一现的声誉，在能人的道路上所设置的诱惑难以抵制。在新闻界经常被指认出来，受人羡慕，大名被人提到，赚大钱的捷径有人提供，这是十分令人快意的；一旦所有这些机会都向某个人敞开了，他就会发现很难继续从事自认为最合适的工作，而且不由自主地使自己的判断服从一般舆论。

其他各种因素也促成了这种结果。其中之一便是进步之迅速，已经使得人们不容易从事不会即将被替代的工作。牛顿在爱因斯坦出现之前首屈一指；而爱因斯坦已被许多人视为陈腐。当今之世，很少有科学工作者坐下来撰写一部伟大的著作，因为他明白：他在著述的时候，别人将发现新事物，它们将使他的书在出版之前变显得内容陈旧了。世界的感情基调也是同样迅速地发生变化，因为战争、萧条、革命在世界舞台上竞相出现。而且和往日比较起来，公共事件更为有力地冲击着私人生活。斯宾诺莎尽管抱着异端见解，即使他的国家遭到外敌侵犯的时候，他还能继续出售眼镜，独自沉思；如果他生活在现代，极有可能被征募服兵役或关入牢房。由于这些原因，要一个人站出来反对当世的潮流，必须具有一种更大的个人信念的力量，它超过了文艺复兴以来任何时期所必要的程度。

然而，这种变化还有一层更深的原因。在往日，人们只想虔奉上帝。当弥尔顿想运用"遮掩起来等于死亡的唯一禀赋"的时候，他感到他的灵魂是"注定以它去虔奉我的造物主"。每一位具有宗教意识的艺术家都确信，上帝的审美判断契合他本人的审美判断；因此他自有一番道理，独立于大众的喝彩之上，去从事于他认为最适合的工作，即使他的作风已经不合时尚。探索真理的科学工作者，即令他与当时风行的迷信发生冲突，仍然在表述造化的奇迹，促使人们不完善的信仰与上帝的完美知识更近于和谐一致。每一位严肃的工作者，不论是艺术家、哲学家，还是天文学家，都曾相信，在遵循自己信念的同时，他是在为上帝的旨意服务。一旦随着启蒙的进步，这种信念开始变得暗淡了，真、善、美依然存在。非人类的标准还是被置于上天，即使上天已经失去地形上的存在。

整个19世纪期间，真、善、美还朝不保夕地保持在热诚的无神论者的心目中。但是他们的热诚却造成了他们的毁灭，因为这种态度使得他们不可能停止在中途客栈。实用主义者的解释是，"真"之所以有价值就是信仰有好处。研究伦理的史家把"善"归结为一种部落习俗的问题。"美"为艺术家所废弃，因为他们反叛庸俗时代华而无实的内容，同时处于一种愤怒的心情，认为满足得之于伤害。因此世界上一扫而空的不仅是作为人而存在的上帝，而且是作为一种理想的上帝的本质，原来人类是对它抱有一种理想的忠诚；而个人呢，由于对健全的学说所采取的粗俗而无所鉴别的解释，结果内心的防御能力荡然无存，对付不了社会的压迫。

一切运动都走过了头，对主观性的反抗运动当然也是如此，始于马丁·路德和笛卡尔的那场运动是要维护个人，由于一种内在逻辑联系而以个人的彻底屈服告终。真理的主观性是一种仓促形成的学说，不是有效地从那些据认为是包含着它的前提中演绎出来的；多少世纪以来的习惯致使许多事物似乎依赖于神学的信仰，事实上并非如此。人们过去靠着某个幻想生活，他们失去了一个幻想，又陷入另一个幻想。可是我们不能以旧错误来战胜新错误。在思想和感情两个方面，超脱和客观的态度，在历史上而非逻辑上与某些传统信念相联系；保持这两种态度而不抱这些信念是可能而又重要的。在空间和时间上保持一定程度的孤立，这是产生最重要的工作所需要的独立性所必不可少的；必须具有人们觉得是比当代大众的推崇更为重要的东西。我们现在遭受的痛苦不是神学信念的衰退，而是孤独的丧失。

（杨岂深　译）

·作品赏析·

《论具有现代头脑》是罗素在中国读者中较为脍炙人口的一篇，其中作者对学术工作者在自己领域应持的态度，以及应如何对待潮流文化都提出了自己独到的见解。对于习惯了以含蓄隽永、意味深长为主调的东方文化的中国读者来说，如此直白而科学的西洋文字厨艺是不可不品的。

《论具有现代头脑》中，罗素说在思想和感情两方面，超脱和客观的态度是十分重要的。他论述的这一点，其实和中国文化中的"超于物外"和"物我两忘"的观点并无十分的差异，其中都蕴含着一个观点：首先我们要尊重物质，然后在其基础上生发自己的感情和思想，只是中国的哲学根源于较为深奥的禅宗的"悟"，而罗素取道于西方直白的科学。

在《论具有现代头脑》中关于这种态度的重要性，文章并不是放在首位的，作者花很大篇幅围绕"潮流"和"孤独"展开论述，并在文章的结尾亮出了点睛之笔，"我们现在遭受的痛苦不是神学信念的衰退，而是孤独的丧失"，而且作者认为"孤独的丧失"最大的原因取决于我们这个时代太推崇"具有现代头脑"。罗素无奈于文化界这种浮躁的现状，因此悲叹"要一个人站出来反对当世的潮流，必须具有一种更大的个人信念的力量，它超过了文艺复兴以来任何时期所必要的程度"。

由此看来罗素是孤独的，孤独于大多数人都在顺应潮流的现代，孤独于无人应对的心灵独白，只是他的孤独少了中国文人的哀怨眼神，少了寻找倾诉的伤感脆弱，更多的是直面人生的果敢与坚持，这也许正是中西方文化观的迥异吧。

学问之趣味 / 梁启超

我是个主张趣味主义的人，倘若用化学划分"梁启超"这件东西，把里头所含一种原素名叫"趣味"的抽出来，只怕所剩下的仅有个零了。我以为，凡人必常常生活于趣味之中，生活才有价值，若哭丧着脸捱过几十年，那么，生活便成沙漠，要他何用。中国人见面最喜欢用的一句话："近来作何消遣？"这句话我听着便讨厌。话里的意思，好像生活得不耐烦了，几十年日子没有法子过，勉强找些事情来消他遣他。一个人若生活于这种状态之下，我劝他不如早日投海。我觉得天下万事万物都有趣味，我只嫌二十四点钟不能扩充到四十八点，不够我享用。我一年到头不肯歇息。问我忙什么？忙的是我的趣味。我以为这便是人生最合理的生活。我常常想运动别人也学我这样生活。

凡属趣味，我一概都承认他是好的。但怎么样才算"趣味"？不能不下一个注脚。我说："凡一件事做下去不会生出和趣味相反的结果的，这件事便可以为趣味的主体。"赌钱趣味吗？输了怎么样？吃酒趣味吗？病了怎么样？做官趣味吗？没有官做的时候怎么样……诸

梁启超像

作者简介

梁启超（1873～1929），字卓如，号任公，又号饮冰室主人。广东新会人，光绪举人。和康有为一起倡导变法维新，曾参加组织"公车上书"。1898年入京，以六品衔办京师大学堂、译书局，参与百日维新。变法失败后逃亡日本。辛亥革命后回国，出任袁世凯政府司法总长，1916年策动蔡锷讨袁。后又组织宪法研究会，与北洋军阀段祺瑞合作，出任财政总长。晚年任教于清华大学。其著作编为《饮冰室全集》。1929年，在北京病逝。

梁启超书写的隶书七言联

梁启超对杜甫和陶渊明相当敬仰。杜甫建草堂而独居，陶渊明偏爱菊而独隐，两人以诗文之学问度过余生，可谓梁启超以学问为趣味的典范。

如此类，虽然在短时间内像有趣味，结果会闹到俗语说的"没趣一齐来"。所以我们不能承认他是趣味。凡趣味的性质，总要以趣味始以趣味终。所以能为趣味之主体者，莫如下面的几项：一、劳作。二、游戏。三、艺术。四、学问。诸君听我这段话，切勿误会以为我用道德观念来选择趣味。我不问德不德，只问趣不趣。我并不是因为赌钱不道德才排斥赌钱，因为赌钱的本质会闹到没趣；闹到没趣便破坏了我的趣味主义，所以排斥赌钱。我并不是因为学问是道德才提倡学问，因为学问的本质能够以趣味始以趣味终，最合于我的趣味主义条件，所以提倡学问。

学问的趣味，是怎么一回事呢？这句话我不能回答。凡趣味总要自己领略，自己未曾领略得到时，旁人没有法子告诉你。佛典说的："如人饮水，冷暖自知。"你问我这水怎样的冷，我便把所有形容词说尽，也形容不出给你听，除非你亲自喝一口。我这题目——学问之趣味，并不是要说学问如何如何的有趣味，只要如何如何便会尝得着学问的趣味。

诸君要尝学问的趣味吗？据我所经历过的，有下列几条路应走：

第一，"无所为"（为读去声）。趣味主义最重要的条件是"无所为而为"，凡有所为而为的事，都是以另一件事为目的，而以这件事为手段。为达目的起见勉强用手段，目的达到时，手段便抛却。例如学生为毕业证书而做学问，著作家为版权而做学问，这种做法，便是以学问为手段，便是有所为。有所为虽然有时也可以为引起趣味的一种方便，但到趣味真发生时，必定要和"所为者"脱离关系。你问我"为什么做学问？"我便答道："不为什么。"再问，我便答道："为学问而学问。"或者答道："为我的趣味。"诸君切勿以为我这些话掉弄虚机，人类合理的生活本来如此。小孩子为什么游戏？为游戏而游戏。人为什么生活？为生活而生活。为游戏而游戏，游戏便有趣。为体操分数而游戏，游戏便无趣。

第二，不息。"鸦片烟怎样会上瘾？""天天吃。""上瘾"这两个字，和"天天"这两个字是离不开的。凡人类的本能，只要那部分搁久了不用，他便会麻木，会生锈。十年不跑路，两条腿一定会废了。每天跑一点钟，跑上几个月，一天不得跑时，腿便发痒。人类为理性的动物，"学问欲"原是固有本能之一种，只怕你出

了学校便和学问告辞，把所有经管学问的器官一齐打落冷宫，把学问的胃弄坏了，便山珍海味摆在面前，也不愿意动筷子了。诸君啊！诸君倘若现在从事教育事业或将来想从事教育事业，自然没有问题，很多机会来培养你学问胃口。若是做别的职业呢，我劝你每日除本业正当劳作之外，最少总要腾出一点钟，研究你所嗜好的学问。一点钟哪里不消耗了？千万别要错过，闹成"学问胃弱"的症候，白白自己剥夺了一种人类应享之特权啊。

第三，深入的研究。趣味总是慢慢的来，越引越多，像那吃甘蔗，越往下才越得好处。假如你虽然每天定有一点钟做学问，但不过拿来消遣消遣，不带有研究精神，趣味便引不起来。或者今天研究这样明天研究那样，趣味还是引不起来。趣味总是藏在深处，你想得着，便要入去。这个门穿一穿，那个窗户张一张，再不会看见"宗庙之美，百官之富"。如何能有趣味！我方才说："研究你所嗜好的学问。"嗜好两个字很要紧，一个人受过相当教育之后，无论如何，总有一两门学问和自己脾胃相合。而已经懂得大概可以作加工研究之预备的，请你就选定一门作为终身正业（指从事学者生活的人说），或作为本业劳作以外的副业（指从事其他职业的人说）。不怕范围窄，越窄越便于聚精神。不怕问题难，越难越便于鼓勇气。你只要肯一层一层的往里面钻，我保你一定被他引到"欲罢不能"的地步。

第四，找朋友。趣味比方电，越摩擦越出。前两段所说，是靠我本身和学问

西园雅集记　明代　陈洪绶
梁启超提倡获得学问的趣味须广交志同道合者，互相切磋。明代陈洪绶的这幅《西园雅集记》描绘了宋代名人苏轼、蔡天启、李瑞淑、苏子由、秦少游、米元章、黄鲁直、刘巨济等吟诗、作画、谈禅、论道的文会故事，此为局部。众人皆凝神细观，深得切磋学问之趣味。

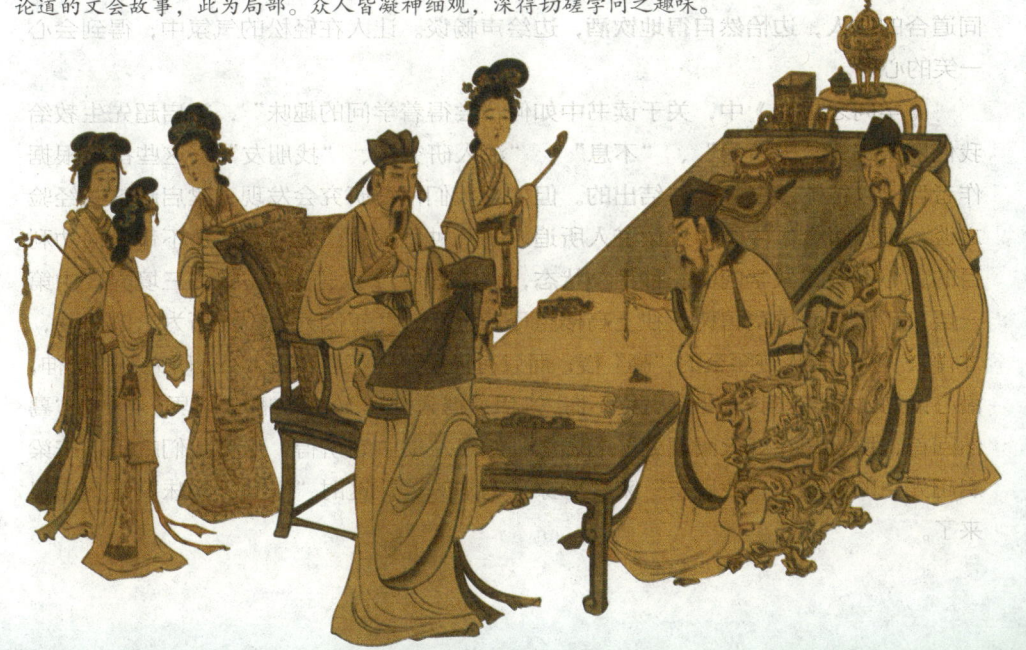

梁启超的《海南先生集》
梁启超以学问为一生之趣味，著述颇丰，著作等身，诗歌、散文、戏曲、小说无不通涉，尤擅政论、杂文、传记。

本身相摩擦，但仍恐怕我本身有时会停摆，发电力便弱了，所以常常要仰赖别人帮助。一个人总要有几位共事的朋友，同时还要有几位共学的朋友。共事的朋友，用来扶持我的职业。共学的朋友和共玩的朋友同一性质，都是用来摩擦我的趣味。这类朋友，能够和我同嗜好一种学问的自然最好，我便和他搭伙研究。即或不然——他有他的嗜好，我有我的嗜好，只要彼此都有研究精神，我和他常常在一块或常常通信，便不知不觉把彼此趣味都摩擦出来了。得着一两位这种朋友，便算人生大幸福之一，我想只要你肯找，断不会找不出来。

我说的这四件事，虽然像是老生常谈，但恐怕大多数人都不曾会这样做。唉！世上人多么可怜啊！有这种不假外求不会蚀本不会出毛病的趣味世界，竟自没有几个人肯来享受。古书说的故事"野人献曝"，我是尝冬天晒太阳滋味尝得舒服透了，不忍一人独享，特地恭恭敬敬的来告诉诸君，诸君或者会欣然采纳吧！但我还有一句话：太阳虽好，总要诸君亲自去晒，旁人却替你晒不来。

·作品赏析·

梁启超的《学问之趣味》是一篇教给自己的弟子如何培养学习的兴趣的文章。作者本是以长者的身份来教导下一辈，但此文却丝毫没有说教之气，而似同一位志同道合的友人，边怡然自得地饮酒，边绘声畅谈。让人在轻松的气氛中，得到会心一笑的心得。

《学问之趣味》中，关于读书中如何"尝得着学问的趣味"，梁启超先生教给我们四条路："无所为"、"不息"、"深入研究"、"找朋友"。这些都是根据作者自己以往的读书经验总结出的。但如果我们仔细研究会发现，梁启超这些经验之谈，正好暗合了中国传统读书人所追求的几种境界："无所为"是不带任何功利目的、心无旁骛做学问的一种精神状态，它恰好应合了王国维"读书三境界"中第一层："昨夜西风凋碧树，独上高楼望尽天涯路。"正因为有"无所为"的心性，才肯去"独"上人迹罕至的"高"楼；而只有具备了"不息"和"深入研究"的精神，潜心读书，才能达到"衣带渐宽终不悔，为伊消得人憔悴"如痴如醉的境界。当到了"蓦然回首，那人却在灯火阑珊处"的层次，便是从书中有所得，这样我们就可以按梁启超先生的做法，"找朋友"来"摩擦我的趣味"，这时"学问之趣味"便不请自来了。

生命力 / 毛姆

毛姆像

生命力是非常活跃的。生命力带来的欢快可以抵消人们面临的一切艰难困苦。它使生活值得过，因为它在人的内部起作用，用它的辉煌火焰向每个人的处境投射光明，所以人无论怎样忍受，还是忍受得了生活。悲观主义的产生往往是由于你设身处地想象别人的感受。这就是小说之所以那么不真实的多种因素之一。小说家以他的私人小空间为素材，创造一个公众的世界，把自己特有的敏感性、思维能力和感情力量加在他想象的人物身上。大多数人不大有想象力，他们感受不到富于想象力的人觉得无法忍受的坎坷境遇。以私生活不受干扰为例，极贫困的人可以为常，根本不以为然，

作者简介 ......

毛姆（1874～1965），英国当代作家、文艺批评家，在戏剧方面很有成就。其成名作为《人间的枷锁》、《月亮和六便士》、《大吃大喝》、《刀锋》。1874年1月25日生于法国巴黎。父亲是律师，自幼受到良好教育，1897年在伦敦取得医师资格。毛姆曾到中国、东南亚和南太平洋诸岛旅行，写了游记《在中国的屏风上》、《客厅里的绅士》及小说《彩巾》等。所作150余篇短篇小说分别收在《方向集》、《颤叶集》和《卡苏里纳树》等集子里。1902～1933年，毛姆重新开始戏剧的创作，《圈子》、《比我们高贵的人们》、《忠实的妻子》这些剧本大都表现爱情、婚姻和家庭中的波折，都是脍炙人口的作品。1965年12月16日卒于法国民斯。

而我们却对此非常重视，最怕私生活受到干扰。他们嫌恶独处，和人群在一起使他们感到踏实。每一个跟他们在一起的人都会注意到，他们不大妒羡富裕的人。事实是我们认为必不可少的东西，有许多他们并不需要。这是富裕者的运气。因为除非是瞎子，谁都可以看到，大城市里的无产阶级全都生活在何等的苦难和纷扰之中。

当我们看到即使在今天，我们习惯于称为文明国家的社会里，人与人之间的关系仍是那么残酷无情，真不能轻易断言他们的生活比过去好。不过，尽管如此，我们还不妨认为这个世界总的说来比历史上过去的世界好了些，大多数人的命运虽然不好，总没有像过去那样可悲可怕。我们有理由希望，随着知识的增长，许多令人深受其苦的邪恶将被消除。尽管还有许多邪恶势力继续存在。我们是大自然的玩物。地震将继续造成惨重灾害。干旱将使谷物枯萎，突然而来的洪水将摧毁人们精心营造的建筑物。唉，人类的愚蠢还将继续发动战争并蹂躏彼此的国土，不能适应生活的婴儿还将继续出生，结果生活将成为他们的沉重负担。世界上的人只要有强弱之分，弱者一定要被强者逼得走投无路。除非人们摆脱掉私有观念的符咒——我想那是永远不可能的——他们永远要从无力的人手中抢夺他的所有。只要人们自我完成的本能存在一天，他们就会不惜牺牲别人的幸福，恣意发挥自己的这种本能。总而言之，只要人是人，他必须准备面对他所能忍受的一切邪恶和祸患。

（俞亢咏　译）

·作品赏析·

毛姆用"生命力"作为这篇文章的标题，其所暗含的意思即是人所面对和应付一切苦难的能力。"只要人是人，他必须准备面对他所能忍受的一切邪恶和祸患。"这些苦难，其中多数是人为的，面对这种"生命力"真不知道是该赞美还是悲叹。毛姆的语言是简练而直接的，他首先表明了对人类文明进步的怀疑："即使在今天，我们习惯于称为文明国家的社会里，人与人之间的关系仍是那么残酷无情。"人的可悲在于，首先，我们是大自然的玩物，对来自自然的灾祸我们无能为力，我们辛勤的劳动因此而毁于一旦，许多生命因此消失，而我们只有默默承受；其次，人还要不断地制造灾难，相互蹂躏，同时，无辜的生命继续诞生在这个他自己因无法把握而随时处于危险境地的世界里，肩负着沉重的生活负担。毛姆指出了这一切人为灾难发生的根源："世界上的人只要有强弱之分，弱者一定要被强者逼得走投无路。除非人们摆脱掉私有观念的符咒。"但是毛姆认为，人类摆脱私有的观念是不可能的。显而易见的是，在这篇半含悲悯半含嘲讽的文字里，毛姆对人类所表现出的"生命力"的态度是复杂的。在所有的不幸和悲剧面前，我们谁也不能站得更远，而对这种"生命力"的肯定，又多少掺杂着一些无奈。

我的人生信念 / 托马斯·曼

不管是简单地或详细地，我觉得要将我对人生和世界的哲学概念或信念——或许应该说是我的观点，或我的感情——有系统地陈述出来，是非常困难的一件事。经由图像和韵律间接表达我对世界和人生，这种习惯并不适宜抽象的说明。我现在的情况，倒有点像浮士德被格列卿 (Gretchen) 问到他对宗教的态度时一样。

当然你的意思并不是要拷问我，但事实上你的询问与此相似。因为就我个人而言，我认为要说出我对宗教的感觉可以说比要说出我对哲学的感觉容易些。真的，我否认我对精神方面的问题持有任何空论的态度。我一直惊奇于有些人为何那样轻易将"上帝"这两个字说出口——或甚至写之于纸上。对我以及和我同类的人而言，在宗教上，某种程度的谦虚，甚至缺乏信心远比任何过度的自信更为适宜。我们似乎只能以间接的方法来研讨

托马斯·曼像

作者简介

托马斯·曼（1875～1955），德国作家。托马斯·曼生于富商之家，曾在保险公司当见习生，19岁发表中篇小说《堕落》。1895年到慕尼黑高等学校学习，以后专门从事写作。1910年第一部长篇小说《布登勃洛克一家》问世，引起文坛的广泛关注，托马斯·曼就此一举成名，为1926年获诺贝尔文学奖奠定了基础。1933年因发表抨击法西斯暴行的演说而被长期驱逐，流亡国外。

托马斯·曼著有长篇小说《布登勃洛克一家》、《魔山》、《浮士德博士》等，其中《魔山》尤为著名，美国大作家刘易斯称它是整个欧洲生活的精髓。

这问题：利用比喻，即伦理的象征，这样可以使这概念与宗教脱离关系，暂时除掉教士袍，而只从事于合乎人性的精神问题之探讨。

最近我读到一位博学的朋友讨论 RELIGIO 这个拉丁词的来源和历史的一篇论文。这个词的动词形为 RELEGERD 或 RELIGARE，它的非宗教的意义是照顾、留心、想起等。它是 NEGLEGERE 或 NEGLIGERE(疏忽之意)的相反词，意指专心、挂虑和仔细、谨慎、小心之态度而言——也就是一切不当心和疏忽的相反词。

整个拉丁时代，RELIGIO 这个词似乎都保持着知觉、良心上的顾虑等意思。在最早的拉丁文学里，这个词的用法就是如此，并不一定与宗教或神的事情有关。

读了这文章我觉得很高兴。我对自己说，如果那样子便算笃信宗教，那么每位艺术家，仅依其艺术家的身份，都可大胆地自认为是笃信宗教的人了。因为还有什么会比不当心或疏忽更与艺术家的本性相背呢？除了专心、谨慎、注意、深切的关心——总而言之，仔细——之外，还有什么东西更能显著地表现出他的道德标准以及他与生俱来的特质呢？艺术工作者当然是最细心的人；智慧高的人都是如此，

诗 1894~1895 年

圣地亚哥绘。画中诗人带着她的铅笔和本子正在花园里冥想。她站在一条蜿蜒伸向远方的小路上，旁边有一个喷泉、缀满鲜花的草地、树林，非常美丽。诗人正微微昂着头似乎在看着什么，又像是在追寻脑海中一闪而过的灵感。这幅静谧美丽的画似乎本身就是一首华美的诗篇。

而艺术家以其创造性的才华建造人生和心智间的桥梁，只是此一类型的一种表白而已——或者我们应该说，一个特别令人欣悦的怪物？是的，细心就是这种人最明显的特征：他深切而灵敏的注意着整个宇宙精神的意旨和活动，真理之外衣的更换，正确而必需的事物，换言之，即上帝的意旨。有心智和精神的人，必须不顾那些愚蠢，受到惊讶，依恋于当代颓废和罪恶事务的民众间所引起的恶感，而全心全意地为上帝服务。

那么，艺术家、诗人——由于他不但对自己的作品，而且对善、真，和上帝的意旨都能全神贯注——可以说是一个对宗教虔诚的人了。当歌德用下列词句赞美人的高贵命运时，他的意思就是如此：

思想永远正确的人，永远完美而伟大。

再换句话说：对我这类人而言，有人性才有对宗教的信仰。我的意思并不是说人性来自对人类的神化——事实上这根本没有什么根据！当一个人的话日日与冷酷无情的事实互相矛盾时，他在观察我们这些疯狂的人类之后，他还敢尽发乐观的豪语吗？每日我们都看到人类在犯着十诫里的恶事；日日我们都为其前途失望，我们非常了解为何天使们自创世以来一见到造物主对他那可疑的手工显出难解的偏心时，他们就会脸露轻蔑。然而——今天更甚以往——我觉得不管我们的怀疑如何有根据，我们绝对不能对人类心存讥讽和轻视。虽然人类的罪恶昭彰，但我们也不能忘记他在艺术的形式、科学、真理的追求、美的创造、正义的概念等等方面所显露出来的伟大和可敬的特质。每当我们说出人类或人性这两个字眼时，我们便触及到一个"大神秘"，如果我们对这"大神秘"已无知觉，那么我们便已经屈服于精神的死亡。

"精神的死亡"，这几个字听来倒很有宗教味道，而且令人有异常严肃之感。今天我们的时代特别严酷，人类的整个问题以及我们对它的看法都有着生死存亡一般的严肃。对每个人而言，尤其是对艺术家，这是一个精神的存亡的问题；用宗教的术语来说，这是个救赎的问题。我深信：一位作家如果不能面对并且为他自己解决人生问题，而致背叛精神界的事物，那么他自己本身已经是不可救药了。不可避免地，他将会发育不全，他的作品将蒙受损失，他的才能将会衰退，直到他不能赋予他的创作以生命。即使在他受责难以前所创造的作品，而且一度是上乘又有生命的东西，最后也将不再给人如此的印象。它将在人们眼前呈现完全崩溃的景象。以上这些便是我的信念，我的脑子里确有这样的例子。

当我说人类是一大神秘时，我是否夸大其词呢？人类来自何处？他来自自然，

来自自然界的动物，而且行为与其同类毫无差异。但是在其身上，自然发觉到他自己。自然创造了他，不仅仅是要他主宰他自己。也在他身上，自然敞开胸怀承接精神的奥妙。他探询、赞赏和判断自己，就仿佛是在一个既是他自己又是属于更高一层的一个创造物身上。发觉自己，便是有良心，能辨别善恶。较人类低一层的自然不知道这些，他是"无罪的"，但在人类身上，他便有罪了——也就是"所谓堕落"。人类便是自然离弃纯洁之后的堕落；这不是下降，而是上升，也就是说，有良心之情况乃是高于无罪之状态。基督徒所谓的"原罪"不仅是使人们接受教会控制的一种策略。那是作为精神体的人对其天生的柔弱、犯错的倾向，以及在精神上能够超越这些弱点的一种深切的觉醒。这是对自然的不忠吗？绝对不是。那是对自然最深邃的要求之反应。自然之创造出人类就是为了他本身的精神化之目的。

这些概念既合乎基督教义，又合乎人情；而且很明显的，如果我们今天特别强调我们西方文化的基督教性质，对我们将会有益处。对于今天那些未受足够教育而企图"征服基督教"的一些人，我最具反感。我同样深信未来的人类——也就是现在正从各种的努力和试验吸取生命；且为当代优秀人才努力奋斗的目标，那是即将诞生的，包含全人类的一种新知觉——在基督教信仰的精神里，在基督教的二元论（亦即灵魂和肉体、精神和生命，真理与"此世界"）中，这种人文主义将永不会耗尽其生命力。

我深信人类的一切努力，必须能有助于这种新的人类的知觉之诞生，才能算是好的、值得的，当我们这个无望又无领导者的阶段过去之后，所有人类将生活在这一知觉的庇护与支配之下。我深信我这些分析和综合的努力，只有当它们与这即将来临的诞生有关时，它们才有意义和价值。事实上，我相信一个新的、第三类人一定会到来，在面貌和基本性质上都将与其前辈不同。他以乐观的态度注视人类，但他不是过分夸赞人类，因为他有前人所没有的经验。他勇敢地面对人类的黑暗、凶恶，这些极端原始的一面；而对其超生物的精神价值也怀着敬仰。这新的人将是全世界性的——他会有艺术家的态度；就是说，他能认出人类伟大的价值和美好乃在于人类是属于两大领域，自然界和精神界。他会知道在这一事实内，并不含有浪漫的冲突与悲剧的二元论；而是命运和自由抉择之完美有效的融合。基于此，才有对人类的爱心，而人类的悲观与乐观在此爱心中也会互相消融了。

年轻的时候，我迷惑于那将生活和精神、肉欲和超度互相对立的悲观而浪漫的宇宙观。从这宇宙观中艺术得到一些最迷人的结果——虽然迷人，但对人类而言，却没有什么真实的意义与合理的价值。简言之，我是华格纳的信徒。但是大概由于年龄增长的关系，我的爱心和注意力逐渐地集中在一个更适当更健全的典范上：

那便是歌德。他是恶魔和文雅的混合体，也因此使他成为人类的骄子。我并不是轻率地选择他作为我穷毕生之力以赴的史诗之英雄，他是一位得到天地万物赐福的人。

约瑟夫的父亲雅各曾对他如此祝福。这并不是说他真可以得到这样的赐福，而是说他就是这样子受到赐福，是希望他幸福的一个愿望。就我而言，这是对我理想的人类最简要的说明。不管是在心灵和人格领域内的任何地方，只要我能发现我把这些理想表现出来，例如黑暗和光明，情感和理智，原始和文明，智慧和愉快的心灵等之融合——简言之，即我们所谓人的那有人性的神秘体：我就献出我最诚挚的忠诚，我的心就有其安心的所在。让我说得更清楚些：我的意思并不是将浪漫变得更微妙，也不是将野蛮变得更精致。我只是将自然阐明，那便是文化；作为艺术家的人类，艺术乃是人类步向了解自己的崎岖道上的向导。

对人类的一切爱需留待未来，对艺术之爱也是如此。艺术就是希望……我并不是断言人类未来的希望落在艺术家的肩膀上；而是说艺术是所有人类希望的表现，是幸福而平衡的人类的影像和模范，我喜欢常常想着：一个未来即将到来，那时一切非由智能控制的艺术，我们都将斥之为魔术，没有头脑不负责任的本能之产品。

绘画　1894～1895年
圣地亚歌绘。这是一幅有象征主义倾向的画作。画中，画家坐在圣洁的百合花丛中描绘一群列队行走的天使。远处是宽广平静的海面。这幅画中，将洁白的百合花与圣洁的天使，充满灵感的绘画与神圣的宗教结合在一起，在牧歌式的氛围中暗示了绘画这一创造性的活动具有宗教般神圣的意蕴。

我们之斥责它，就如它在像我们现在所处这样无能的时代里受到赞扬一样。事实上，艺术并非完全是甜美和光明。它也不全然像地球深处那么黝黑、盲目与古怪，它不仅仅是"生活"。未来的艺术家对其艺术将有更清晰、更恰当的见解；艺术是天使的魔术，它是生活和精神之间有翅膀、有魔力、有幻影的调和者，因为一切调合之本身便是精神。

（钱嘉鸿　译）

·作品赏析·

在这篇文章里，托马斯·曼认真严肃地讨论了他对人类的宗教和艺术的看法。在对宗教的态度问题上，托马斯·曼保持着非常谨慎的态度，这是一种对精神虔诚的具体表现，他认为，对宗教保持"某种程度的谦虚，甚至缺乏信心远比任何过度的自信更为适宜"。而艺术家的工作就是"深切而灵敏地注意着整个宇宙精神的意旨和活动，真理之外衣的更换，正确而必需的事物，换言之，即上帝的意旨"。艺术就是对真善美的全神贯注，只有关注人性才有宗教的信仰。这种对人性的坚持要求艺术家不能对人类心存讥讽和轻视。因为人类是"大神秘"的，艺术家必须始终保持对人生的严肃关照和探究，人类之所以高于动物，是因为人有良心、能够辨别善恶，因而原罪感所意识到的"堕落"实际上是精神上的上升。深信人类自觉努力的托马斯·曼对人类抱有一种热切乐观的期望，这种期望在他看来，必须保留在艺术家的创作之中，从这个意义上来讲，托马斯·曼所坚持的艺术就是对"人类的一切爱"的期待。托马斯·曼的这篇文章语言非常凝练厚重，思想主题深刻，关照对象博大而高远，表现出一个伟大文学家非凡的胸怀和崇高的精神境界。

生活对我意味着什么 / 杰克·伦敦

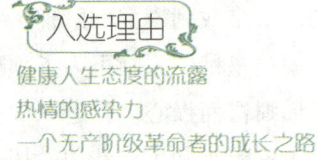
我出生在一个工人家庭，很早就显得热情洋溢，有雄心壮志，富于理想；我的环境是粗野、鄙俗、不文雅的。我不是向前看，而是往上瞧。我处在社会的底层。在这里生活肉体上和精神上所赐予的是肮脏和不幸；在这里肉体上和精神上都同样忍饥挨饿，遭受折磨。

在我上面耸峙着巍峨的社会大厦。我认为唯一的出路就是往上爬。很早我就决定在这幢大厦里进行攀登。在上层，男人们穿黑衣服和硬胸衬衫，妇女们穿漂亮的长裙。他们大吃大喝，食不厌精，心广体胖，至于精神方面，我知道在我上面的人，都大公无私，心地纯洁高尚，学识渊博。我读了"海滨文库"的一些小说，才了解这一切，在这些小说里，除了坏人和女

杰克·伦敦像及签名

作者简介 ⋯⋯⋯⋯⋯⋯⋯⋯⋯⋯⋯⋯⋯⋯⋯⋯⋯

杰克·伦敦（1876～1916），美国作家。生于破产农民家庭，从小靠出卖劳力为生，曾卖报、卸货、当童工。成年后当过水手、工人，曾去阿拉斯加淘金，得了坏血症。从此埋头读书写作，成为职业作家。19世纪90年代他参加社会主义运动，1905年后参加社会党的活动，此间创作了一些优秀的现实主义作品。到后期，杰克·伦敦逐渐脱离社会斗争，追求个人享受。1916年他在精神极度苦闷空虚中服毒自杀。

少年杰克·伦敦和他的狗

投机分子外，所有的男人和女人都是嘉言懿行，兰心蕙性。总之，我像承认太阳升起一样，承认上层社会的人都是善良、高尚、文雅的，所有这些带来了举止端庄和可敬的品德，使得生活有意义，报偿了人们的辛劳和痛苦。

但是要向上攀登脱离工人阶级不是很容易的——特别是当他具有理想和抱负。我住在加利福尼亚的一个牧场，很难找到攀登的阶梯，我早就在打听投资的利率，童稚的头脑里为了领略人类卓越的创造和增加财富而操心。我进一步弄清了各种年龄工人的工资等级和生活费用。从这些材料我得出结论，如果我从现在开始劳动和积蓄，当我50岁时，就可以停止劳动，通向高一层社会的门将向我打开，可以进去分享一份欢乐和美好。当然我断然决定不结婚，但我完全忘却工人们的巨大灾难——疾病。

我要求过的不仅仅是一种节衣缩食、拮据贫乏的生活。10岁时，我就成为一个城市大街上的报童，改变了向上的看法。在我周围仍然是同样的肮脏和不幸。在我的上层，仍然是等待着我的可以达到的天堂；但是有了一个不同的攀登阶梯。现在这个阶梯就是做生意。为什么我不把收入积攒起来，投资于政府公债，我用五分钱买两份报，转手之间就卖一角，把我的资本增加一倍？做生意的阶梯是为我配备的阶梯，我幻想成为一个秃头的成功的商业大亨。

这些倒霉的幻景！在我16岁时我就已经得到了"王子"的称号，这称号是一帮凶手和窃贼封给我的，我被他们叫做"捕蠔贼王子"，那时我已经攀登上了做生意阶梯的第一级。我是一个资本家，我拥有一条船和一套偷捕牡蛎的完整设

杰克·伦敦（右一）和他的水手朋友们

备。我开始剥削我的同胞。我有一个船员。作为船长，我占有所有战利品的三分之二，给那位船员三分之一。虽然他和我一样艰苦劳动，而且冒着失去生命和自由的风险。

这一级是我攀登做生意的阶梯的顶点。有一天晚上我去袭击一群中国渔民。绳索和渔

20世纪初生活在纽约市贫民窟里的穷人

网都是值钱的。我承认这是抢劫，但这是地道的资本主义精神。资本家通过回扣、拒付赊账款以及收买参议员和法官，对同胞进行巧取豪夺。我用的仅仅是粗暴的手段。这就是惟一的区别。我使用了一杆枪。

然而我的船员那天晚上却显得很不卖力。对于这种人资本家通常是一顿臭骂，因为，说真的，不卖力会增加开销和减少利润。我的船员造成了这两方面的损失。由于他的疏忽使主帆着火，把它付之一炬。那晚上没有得到任何利润，我破产了，无力花65美元去买一张新的主帆。我离开了我的停泊着的船，登上一艘海湾海盗船，溯萨克门托河而上，准备进行一次袭击。然而就在途中，另一帮海盗袭击了我的船。他们抢走一切东西，甚至锚；后来我找到了漂流的船壳，把它卖了20美元。我从攀登上的第一级滑了下来，再也不去攀登那做生意的阶梯。

从此以后，我遭受其他资本家的残酷剥削。我有力气，他们靠它赚钱，而我自己却过着清苦的生活。我是一个水手，一个海岸散工，一个码头搬运工；我在罐头厂、工厂和洗衣房工作；我锄草地，清洗地毯，擦窗户。我从来没有得到过我劳动的全部产品。我瞧着罐头厂主的女儿，她坐在马车里，我懂得正是我的部分力气，拖着这辆有橡皮轮胎的马车前进。我瞧着工厂厂主的儿子，他正在上学，我懂得正是我的部分力气，支付他的酒费和学费。

但我对这并不憎恨。所有一切都处在一场竞争中，他们是强者。很好，过去我也曾是强者。我要打通一条道路去置身他们之间，还要用别人的力气来赚钱。我不害怕劳动，我爱艰苦的劳动。我愿比过去更加紧张更加辛勤地劳动，最后成为社会的一根支柱。

就在这时，我有幸找到一个和我有同样想法的雇主。我愿意劳动，他更愿让我

杰克·伦敦的书房

杰克·伦敦的教育，源于他亲身经历的贫穷、剥削、暴力的世界及他的自幼便爱看书的习惯。据说在这张摆放于加州格伦艾伦故居里的床上，他阅读了大量的书籍，其中包括达尔文、斯宾塞、尼采和马克思等人的著作，这为他整整16年的创作生活提供了丰厚的资源。

劳动。我认为我是在学一门手艺。其实我替代了两个人。我认为他是培养我成为一名电工；事实上他每月从我身上赚50美元；我替代的两个人每人每月拿40美元；我干两个人的活每月只拿30美元。

雇主用沉重的劳动把我累得要死。人们爱吃牡蛎，但是太多的牡蛎会使人对那种佳肴倒胃口。对我也是如此。过多的劳动使我厌恶它。我不愿再看见劳动，我逃避劳动。我变成一个流浪汉，挨家挨户乞讨。在美国大地漂泊，在贫民窟和监狱里干苦力活。

我出生在工人家庭，现在我已经18岁，还处在我刚开始的那条线下。我被打落在社会底层。被打落在苦难的地下深处。我是在地狱里，在深渊里，在人类的污水池里，在我们文明的废墟上与停尸所里。这是被社会所忽视的社会大厦的一部分。由于篇幅关系我在这儿把它从略，我要讲的是在那里看到的使我大吃一惊。

在惊恐中我沉思。我看到我所居住的复杂的文明世界真够愚钝。生活不过是饮食和居住。为了获得食物和住所，人们出卖物品。商人卖鞋，政治家出卖人格，人民代表除掉少数例外，出卖信誉；几乎所有的人都出卖他们的节操。女人也一样，她们流落街头或者尚为神圣的婚约所羁束，愿意出卖她们的肉体。一切东西都是商品，所有的人都买和卖。工人所能出卖的商品是力气，工人的节操在市场上是没有价格的。工人有力气，而且只有力气能出卖。

但是有一个差别，一个重要的差别。鞋和信誉和节操有办法更新，它们是永久的存货。在另一面，力气却不能更新。当商人卖鞋，他不断补充他的存货，但没有办法去更新劳动者的力气存货。他出卖的力气越多，留给自己的就越少。它是他的惟一商品，每天他的存货在减少，到头来，他不是早夭，就是出卖或关掉他的铺子。他是一个力气的破产者，他一无所有，跌入社会的底层，悲惨地死去。

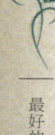

我进一步懂得，脑力也是一种商品，它和力气不一样。出卖脑力的人只有在他的鼎盛时期，即50或60岁时，他的货品能以空前高的价格出卖。但一个劳动者在45或50岁就筋疲力竭或身体垮了。我曾在社会的底层待过，可不愿把那里当作住所。那儿的水管的排水沟是不卫生的，空气恶浊得令人窒息。如果我不能住在社会的厅堂，无论如何也要力图住进阁楼。其实那儿的膳食不佳，但至少空气是清新的，因此我决定不再出卖力气，我要成为一个脑力出卖者。

于是开始狂热地追求知识，我回到加利福尼亚，打开书本。当我装备我自己成为一个脑力商人，不可避免地我要钻研社会学。我发现在某些书中科学地制定了我自己业已得出来的简单的社会学概念。在我出生之前，其他伟大人物已经解决了我所有思考过的问题，而且大大超出我。我发现我是一个社会党人。

社会党人是革命者，因此他们致力于推翻现在的社会，去建立一个未来的社会。我也是一个社会党人和一个革命者，我加入了工人阶级和革命知识分子的行列，我第一次过着知识分子的生活。在这里我发现了许多聪慧的知识分子和卓越的智者；在这里我遇见了身强力壮、才思敏捷的同时满手是茧的工人阶级成员；拒绝拜金主义而被免职的传教士；教授们被那些屈从统治阶级的大学所绞杀和抛弃，因为他们学识渊博并力图使之应用于人类事物。

在这里我还发现对人类的热烈信念，光辉的理想，大公无私，自我克制和舍身赴义——所有这些都是精神世界中壮丽的激动人心的东西。这里的生活是纯洁的，

20世纪初美国轮船上的上层阶级妇人与男士们

高尚的，活泼的。在这里生活改善着它自己，变得美好和愉快；我乐于生活，我接触过一些伟大人物，他们赞美高尚的精神，鄙弃金钱。他们关心啼饥号寒的贫民窟儿童胜过金碧辉煌的商业扩展和世界帝国。在我周围的是崇高的目标和英雄主义行为，我的日日夜夜都是阳光和煦，星光灿烂，火焰在我眼前永远燃烧着。圣杯，基督的圣杯，热情的人类，长期以来的受难和受虐待，最终得到了拯救。

纽约向来被称为"富人的天堂，穷人的地狱"，在其表面繁荣的背后，隐藏着深刻的社会危机，贫困、失业是司空见惯的现象。图为一位失业工人表情忧郁地坐在帝国大厦顶上，在为自己的生活发愁，摄于20世纪初。

我，愚昧无知的我，认为这是预先尝到了上层社会生活乐趣。自从我在加利福尼亚读了"海滨文库"的小说后，便失去了许多幻想。我注定还要失去许多至今仍保留着的幻想。

作为一个脑力商人我是成功的，社会的门对我大开着。我登堂入室，我的幻灭在迅速增长。我坐下来同社会的主人们，同社会主人的妻女们共餐。淑媛们穿着漂亮的长裙，使我吃惊的是我发现她们和下层妇女具有相同的体质与天赋。

不是这些，而是她们的实利主义使我大为震惊。说真的，这些装束入时的漂亮妇女也侈谈理想和道德；但是撇开她们的言论，她们生活的基调是实利主义。她们是这样自私！她们资助各种慈善事业，并以此向人吹嘘，然而她们的锦衣玉食都是用沾满童工、汗流浃背的工人以及妓女们的鲜血的利润买来的。当我谈到这些事实，天真地希望她们立刻脱下她们染血的绸衣和珠宝，她们却显得激动愤怒，喋喋不休地说什么是铺张、酗酒和天生的邪恶导致下层社会的贫困。当我谈到了不应归罪于一个6岁的孩子，说他铺张、酗酒和邪恶，他饿得半死，被迫到一家南方纺织厂每晚干12小时活，这些淑媛们就大肆攻击我的私生活，把我叫做"煽动者"——就这样结束了这场争论。我来往于那些身居高位的人们中——牧师、政客、商人、教授和记者之中。我同他们一块吃肉，一块饮酒，一块乘汽车，研究他们。我发现他们对于腐败现象、糜烂的生活麻木不仁，他们是没有被埋葬的死人。

我遇到这样一些人，他们祈求和平反对战争，但却把枪支交给工贼们去射杀他们自己工厂的罢工工人。我遇到过这样一些人，他们对职业性拳击赛的残忍义愤填膺，但同时却参与食物的掺假，每年杀害的婴儿比满手鲜血的义律王杀的人还多。

我在旅馆和俱乐部，在家里和火车卧车以及轮船的躺椅上同工业巨头们谈话，对他们知识之贫乏感到惊奇。另一方面，我发现他们做生意的知识都是畸形发展的。我还发现，他们的道德，凡是牵涉到生意经的等于零。

这些温文尔雅、贵族气派十足的绅士是木偶戏的导演，是各大公司的工具，他们掠夺孤儿寡妇。这些绅士还附庸风雅，他们搜集善本书，充当文学的保护人，却向一个脑肥肠满面色阴郁的市政机器老板交纳保护费。这些编辑们刊登专利药品广告，却不敢在他的报纸上透露这些所谓专利药品的真象，因为害怕失去广告。他们反而把我叫作造谣生事的恶棍，因为我告诉他，他的政治经济学是陈旧的，他的生物学还是普林尼[①]时代的。

这位参议员不过是一位粗鲁的没有文化的机器业大亨的工具、奴仆和小小傀儡；这位州长和这位最高法官也是如此；这个人严肃热烈地侈谈理想主义的美妙和上帝的仁慈，恰恰就是他在商业交易中出卖了他的同伙。这个人是教堂的支柱，又大量资助到国外传教，却让他商店中的女售货员每天工作10小时，而获得的工资不足糊口，因此他直接鼓励卖淫。这个人向大学捐赠讲座基金，但在一件经济案件中却在法庭上作伪证。这位铁路巨子丧失了绅士和基督徒的身份，当他给两位工业巨头中的一位以秘密回扣并同他们在一场殊死斗争中抱成一团。

我发现我不爱住在社会的厅堂里了。在理智上我感到厌烦它。道义精神上对它十分厌倦。我想起了我的知识分子，我的理想主义者，我的被免职的传教士，被压垮了的教授和心地纯洁有阶级觉悟的人。我想起我的那些阳光和煦、星光灿烂的日日夜夜，在那里生活是一个

杰克·伦敦的墓地
1916年，杰克·伦敦同其代表作《马丁·伊登》里的主人公一样，在精神极度空虚和悲观失望中自杀身亡。

---

① 普林尼（公元23～49年），古罗马前者。

甜美的奇迹，一个无私的道德高尚的精神乐园。我瞧见在我前面燃烧着圣杯。

我回到工人阶级中来了，我生长于斯，是其中的一个成员。我不再打算往上爬。那强加在我头上的社会大厦，不再使我感到愉快。我感兴趣的是大厦的基础。我安心劳动，手执铁锹，同知识分子、理想主义者和有阶级觉悟的工人肩并肩，不时给大厦狠狠地一撬，使它动摇。总有一天，当我有了更多的人手和铁锹，我们定会把它推翻，连同它的腐朽生活、没有埋葬的死人、它的穷凶极恶的自私自利的腐败的实用主义。然后我们要清扫地下室，建设一所人类的新居。在那里没有华丽的厅堂，在那里所有的房间都明亮、畅爽，在那里所呼吸的空气将是清洁高尚、活泼的。

这就是我的展望。我期待着有一天，人们获得的进步将远较填满肚皮更有价值，更崇高。有一天将有一种更好的刺激去推动人们行动，而今天这种刺激就是填满肚皮。我对人类的高尚和美德持有信心。我坚信精神上的美好和大公无私将战胜贪得无厌。最后，我的信心在工人阶级。正如某些法国人说的，"在时间的楼梯上永远震响着木屐往上走，擦亮的皮靴向下行的声音。"

（申奥 编译）

·作品赏析·

经历会影响一个作家的思想和创作，如同一株花朵，它枝叶的繁茂程度，或多或少是取决于它受到浇灌的程度。一个人经历的风雨，就如同一株小花受到的浇灌，生活的风风雨雨浇灌了他，他的人生会随之丰盈，他的思想也会随之圆熟。《生活对我意味着什么》记录了美国著名作家杰克·伦敦丰富的人生之路，这篇文章以自传体的形式，向我们展露了一个真实的杰克·伦敦。

杰克·伦敦出生在美国加利福尼亚州一个普通的工人家庭，童年时就饱尝了贫穷困苦的滋味，8岁的时候，为了谋生，不得不到一个畜牧场当牧童。10岁以后的他，开始在旧金山附近的奥克兰市当报童。16岁时，他失业了，不得不在美国东部和加拿大各地流浪，住在大都市的贫民窟里。这就是《生活对我意味着什么》中，杰克·伦敦真实的少年生活。然而这一切并没有阻止他"狂热地追求知识"，这种追求的执著又使他发现"人类的热烈信念，光辉的理想"，最终使他的信心在工人阶级中，"在时间的楼梯上永远震响着木屐往上走"。

《生活对我意味着什么》虽然是一篇随笔，但却充分体现着作者作品中一贯的现实主义风格，多少年来一直深深吸引着不同时代、不同经历的读者。我们品读着这篇文章，也在拜读着杰克·伦敦的一生。

培养独立工作和独立思考的人 / 爱因斯坦

入选理由

独到的育人见解
一位伟大科学家的思想名篇
指导人类走向真理的诗篇

在纪念的日子里，通常需要回顾一下过去，尤其是要怀念一下那些由于发展文化生活而得到特殊荣誉的人们。这种对于我们先辈的纪念仪式确实是不可少的，尤其是因为这种对过去最美好事物的纪念，必定会鼓励今天善良的人们去勇敢奋斗。但这种怀念应当由从小生长在这个国家并熟悉它的过去的人来做，而不应当把这种任务交给一个像吉卜赛人那样到处流浪并且从各式各样的国家里收集了他的经验的人。

这样，剩下来我能讲的就只能是超乎空间和时间条件的，但同教育事业的过去和将来都始终有关的一些问题。进行这一尝试时，我不能以权威自居，特别是因各时代的有才智的善良的人们都已讨论过教育这一问题，并且无疑已清楚地反复讲明他们对于这个问题的见解。在教育学领域中，我是个半外行，除了个人经验和个人信念以外，我的意见就没有别的基础。那么我究竟是凭着什么而有胆量来发表这些意见呢？如果这真是一个科学的问题，人们也许就因为这样一些考虑而不想讲话了。

但是对于能动的人类的事情来说，情况就不同了，在这里，单靠真理的知识是不够的；相反，如果要不失掉这种知识，就必须以不断的努力来使它经常更新。它像一座矗立在沙漠上的大理石像，随时都有被流沙掩埋的危险。

爱因斯坦于 1921 年获得诺贝尔奖的证书

随
笔
篇

203

作者简介 ....

爱因斯坦（1879～1955），出生在德国乌耳姆的一个商人家庭，父亲是一个经营电器作坊的小业主。在他两岁那年，他们举家迁往慕尼黑。爱因斯坦 11 岁时自学了牛顿力学，12 岁时就阅读了德国哲学家黑格尔的著作。1894 年，因不满德国窒息自由思想的军国主义教育，爱因斯坦只身离开德国前往瑞士，两年后进入苏黎世联邦工业大学学习物理学。1900 年，爱因斯坦以优异的成绩毕业，但由于他不羁的性格，一直没有找到工作。

爱因斯坦像

1902 年，爱因斯坦受聘为瑞士专利局的技术员，负责专利申请的技术鉴定工作。1905 年，他在《物理学记事》上连续发表 3 篇论文，分别在物理学的三个不同领域取得了重大突破。同年，他以论文《分子大小的新测定法》获得苏黎世大学的博士学位。1908 年，他被伯尔尼大学聘为编外讲师，次年转到苏黎世大学讲授理论物理学。1914 年，应普朗克和能斯脱的邀请，他回到故乡德国，担任普鲁士科学院院长和凯撒·威廉物理研究所所长，并兼任柏林大学教授。

回国后不久，第一次世界大战爆发，他利用自己的影响力积极进行反战活动。1915 年，在"狭义相对论"发表 10 年后，他建立了"广义相对论"。1916 年，他发表《广义相对论原理》。20 世纪 20 年代后，爱因斯坦主要进行统一场理论的研究，他于 1929 年发表总结性论文《统一场论》。1933 年，希特勒攫取德国政权后疯狂迫害犹太人，幸而爱因斯坦当时在美国讲学，未遭毒手。1940 年，爱因斯坦放弃德国国籍，加入美国籍。

定居美国后，爱因斯坦一直担任普林斯顿高级研究院的教授，直到 1945 年退休。1939 年，他获悉德国正在进行原子能实验后，给美国总统罗斯福写了封信，介绍了原子核裂变的巨大威力，建议美国政府研制原子弹，以防德国占先。第二次世界大战结束后，爱因斯坦意识到核武器的巨大破坏力，积极投身于反对核战争的和平运动。

1955 年 4 月 18 日凌晨，爱因斯坦在普林斯顿与世长辞，享年 76 岁。

为了使它永远照耀在阳光之下，必须不断地勤加擦拭和维护。我就愿意为这工作而努力。

学校向来是把传统的财富从一代传到一代的最重要机构。同过去相比，在今天就更是这样。由于现代经济生活的发展，家庭作为传统和教育的承担者，已经削弱了。因此比起以前来，人类社会的延续和健全要在更高程度上依靠学校。

有时，人们把学校简单地看作一种工具，靠它来把最大量的知识传授给成长中的一代。但这种看法是不正确的。知识是死的，而学校却要为活人服务。它应当在青年人中发展那些有益于公共福利的品质和才能。但这并不意味着应当消灭个性，使个人变成仅仅是社会的工具，像一只蜜蜂或蚂蚁那样。因为由没有个人独创性和个人志愿的统一规格的人所组成的社会，将是一个没有发展可能的不幸的社会。相反，学校的目标应当是培养独立工作和独立思考的人，这些人把为社会服务看作自己最高的人生问题。就我所能作判断的范围来说，英国学校制度最接近于这种理想的实现。

但是人们应当怎样来努力达到这种理想呢？是不是要用讲道来实现这个目标呢？完全不是。言辞永远是空的，而且通向毁灭的道路总是和侈谈理想联系在一起的。但是人格绝不是靠所听到的和所说出来的言语而是靠劳动和行动来形成的。

因此，最重要的教育方法总是鼓励学生去实际行动。初入学的儿童第一次学写字便是如此，大学毕业写博士论文也是如此，简单地默记一首诗，写一篇作文，解释和翻译一段课文，解一道数学题目，或在体育运动的实践中，也都是如此。

但在每项成绩背后都有一种推动力，它是成绩的基础，而反过来，计划的实现也使它增长和加强。这里有极大的差别，对学校的教育价值关系极大。同样工作的动力，可以是恐怖和强制，追求威信荣誉的好胜心，也可以是对于对象的诚挚兴趣，和追求真理与理解的愿望，因而也可以是每个健康儿童都具有的天赋和好奇心，只是这种好奇心很早就衰退了。同一工作的完成，对于学生教育影响可以有很大差别，这要看推动工作的主因究竟是对苦痛的恐惧，是自私的欲望，还是快乐和满足的追求。没有人会认为学校的管理和教师的态度对

1899 年的苏黎世理工学院的科学实验室，当时爱因斯坦在这所大学读书

1896 年 10 月，爱因斯坦进入苏黎世工业大学学习数学和物理学。他充分利用学校中的自由空气，把精力集中在自己所热爱的学科上。在学校中，他广泛地阅读了赫尔姆霍兹、赫兹等物理学大师的著作。为此，爱因斯坦深有体会，得出结论说："知识是死的，而学校却要为活人服务。"

1933年爱因斯坦提出能量聚集的新理论，并邀请科学界的精英与记者一起参加他的学术论坛

爱因斯坦曾说过："安逸和幸福，对我来说从来不是目的。我称这些伦理基础为猪倌的理想……"他甚至拒绝自己被安排在上流社会中，而居于与众不同的地位。

塑造学生的心理基础没有影响。

我认为对学校来说最坏的事，是主要靠恐吓、暴力和人为的权威这些办法来进行工作。这种做法伤害了学生的健康的感情、诚实的自信；它制造出的是顺从的人。这样的学校在德国和俄国成为常例；在瑞士，以及差不多在一切民主管理的国家也都如此。要使学校不受到这种一切祸害中最坏的祸害的侵袭，那是比较简单的。只允许教师使用尽可能少的强制手段，这样教师的德和才就将成为学生对教师的尊敬的惟一源泉。

第二项动机是好胜心，或者说得婉转些，是期望得到表扬和尊重，它根深蒂固地存在于人的本性之中。没有这种精神刺激，人类合作就完全不可能；一个人希望得到他同类赞许的愿望，肯定是社会对他的最大约束力之一。但在这种复杂感情中，建设性同破坏性的力量密切地交织在一起。要求得到表扬和赞许的愿望，本来是一种健康的动机；但如果要求别人承认自己比同学、伙伴们更高明、更强有力或更有才智，那就容易产生极端自私的心理状态，而这对个人和社会都有害。因此，学校和教师必须注意防止为了引导学生努力工作而使用那种会造成个人好胜心的简单化的方法。

达尔文的生存竞争以及同它有关的选择理论，被很多人引证来作为鼓励竞争精神的根据。有些人还以这样的办法试图伪科学地证明个人之间的这种破坏性经济竞争的必然性。但这是错误的，因为人在生存竞争中的力量全在于他是一个过着社会生活的动物。正像一个蚁垤里蚂蚁之间的交战说不上什么是为生存竞争所必需的，人类社会中成员之间的情况也是这样。

因此，人们必须防止把习惯意义上的成功作为人生目标向青年人宣传。因为一个获得成功的人从他人那里所取得的，总是无可比拟地超过他对他们的贡献。然而看一个人的价值应当是从他的贡献来看，而不应当看他所能取得的多少。

在学校里和生活中，工作的最重要的动机是在工作和工作的结果中的乐趣，以及对这些结果的社会价值的认识。启发并且加强青年人的这些心理力量，我看这该

是学校的最重要的任务。只有这样的心理基础，才能引导出一种愉快的愿望，去追求人的最高财富——知识和艺术技能。

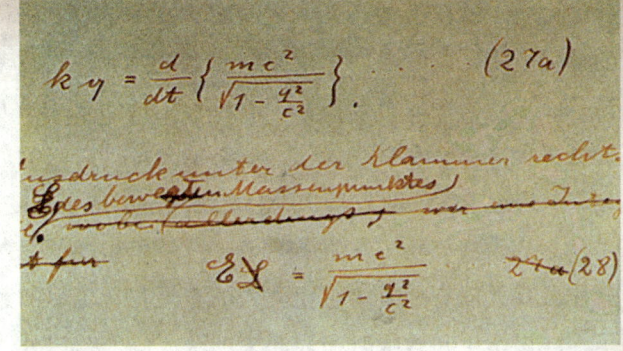
爱因斯坦演算的质能方程草稿

要启发这种创造性的心理才能，当然不像使用强力或者唤起个人好胜心那样容易，但也正因为如此，所以才更有价值。关键在发展孩子们对游戏的天真爱好和获得他人赞许的天真愿望，引导他们为了社会的需要参与到重要的领域中去。这种教育的主要基础是这样一种愿望，即希望得到有效的活动能力和人们的谢意。如果学校从这样的观点出发胜利完成了任务，它就会受到成长中的一代的高度尊敬，学校规定的课业就会被他们当作礼物来领受。我知道有些儿童就对在学校时间比对假期还要喜爱。

这样一种学校要求教师在他的本行成为一个艺术家。为了能在学校中养成这种精神，我们能够做些什么呢？对于这一点，正像没有什么方法可以使一个人永远健康一样，万应灵丹是不存在的。但是还有某些必要的条件是可以满足的。首先，教师应当在这样的学校成长起来。其次，在选择教材和教学方法上，应当给教师很大的自由。因为强制和外界压力无疑也会扼杀他在安排他的工作时所感到的乐趣。

如果你们一直在专心听我的想法，那么有件事或许你们会觉得奇怪。我详细讲到的是，我认为应当以什么精神教导青少年。但我既未讲到课程设置，也未讲到教学方法。譬如说究竟应当以语文为主，还是以科学的专业教育为主？对这个问题，我的回答是：照我看来，这都是次要的。如果青年人通过体操和远足活动训练了肌肉和体力的耐劳性，以后他就会适合任何体力劳动。脑力上的训练，以及智力和手艺方面技能的锻炼也类似这样。因此，那个诙谐的人确实讲得很对，他这样来定义教育："如果人们忘掉了他们在学校里所学到的每一样东西，那么留下来的就是教育。"就是这个原因，我对于遵守古典文史教育制度的人同那些着重自然科学教育的人之间的争论，一点也不急于想偏袒哪一方。

另一方面，我也要反对把学校看作应当直接传授专门知识和在以后的生活中直接用到的技能的那种观点。生活的要求太多种多样了，不大可能允许学校采用这样专门的训练。除开这一点，我还认为应当反对把个人作为死的工具。学校的目标始终应当是使青年人在离开它时具有一个和谐的人格，而不是使他成为一个专家。照

我的见解，这在某种意义上，即使对技术学校也是正确的，尽管它的学生所要从事的是完全确定的专业。学校始终应当把发展独立思考和独立判断的一般能力放在首位，而不应当把取得专门知识放在首位。如果一个人掌握了他的学科的基础，并且学会了独立思考和独立工作，就必定会找到自己的道路，而且比起那种其主要训练在于获得细节知识的人来，他会更好地适应进步和变化。

最后，我要再一次强调一下，这里所讲的，虽然多少带有点绝对肯定的口气，其实，我并没有想要求它比个人的意见具有更多的意义。而提出这些意见的人，除了在他做学生和教师时积累起来的个人的经验以外，再没有别的什么东西来做他的根据。

（许良英　译）

· 作品赏析 ·

　　爱因斯坦是 20 世纪最伟大的科学家。他热爱物理学，把一生献给了物理学的理论研究。人们称他为 20 世纪的哥白尼和牛顿。爱因斯坦不仅是一个伟大的科学家，同时又是一个有高度社会责任感的正直的人，一个富有哲学探索精神的杰出的思想家。可以说在 20 世纪思想家的画廊中，爱因斯坦是最受人景仰的一位。他是公正、善良、真理的化身。

　　《培养独立工作和独立思考的人》体现了爱因斯坦的学校教育的思想，是他对于学校教育中如何培养有实际价值的人才的一些看法。他在文中说："由没有个人独创性和个人志愿的统一规格的人所组成的社会，将是一个没有发展可能的不幸的社会。"这是爱因斯坦此文中的思想基础。因此，作者认为作为培养社会人才的学校"目标应当是培养独立工作和独立思考的人"。那么如何才能实现这个目标呢？作者说"关键在于发展孩子们对游戏的天真爱好和获得他人赞许的天真愿望，引导他们为了社会的需要参与到重要的领域中去"。而做到这点的根本，爱因斯坦认为在于我们要建立什么样的学校理念及在这个理念下培养什么类型的教师。他认为"学校的目标始终应当是使青年人在离开它时具有一个和谐的人格，而不是使他成为一个专家"。本文的这些观点，都有超于前人的独到之处，而爱因斯坦对于学校教育的这些独到的见解，若不是建立在对于社会、对于人类的强烈的责任感之上，是不会分析得如此细致深入的。

家庭为中国之基本 / 鲁迅

入选理由

文笔犀利，寓意深刻
似匕首直指封建制度的本质
无产阶级文学战士的随笔名篇

中国的自己能酿酒，比自己来种鸦片早，但我们现在只听说许多人躺着吞云吐雾，却很少见有人像外国水兵似的满街发酒疯。唐宋的踢球，久已失传，一般的娱乐是躲在家里彻夜叉麻雀。从这两点看起来，我们在从露天下渐渐的躲进家里去，是无疑的。古之上海文人，已尝概乎言之，曾出一联，索人属对。道："三鸟害人鸦雀鸽"，"鸽"是彩票，雅号奖券，那时却称为"白鸽票"的。但我不知道后来有人对出了没有。

不过我们也并非满足于现状，是身处斗室之中，神驰宇宙之外，抽鸦片者享乐着幻境，叉麻雀者心仪于好牌，檐下放起爆竹，是在将月亮从天狗嘴里救出；剑仙坐在书斋里，哼的一声，一道白光，千万里外的敌人可被杀掉了，不过飞剑还是回家，钻进原先的鼻孔去，因为下次还要用。这叫做千变万化，不离其宗。所以学校是从家庭里拉出子弟来，教成社会人才的地方，而一闹到不可开交的时候，还是"交家长严加管束"云。

"骨肉归于土，命也；若夫魂气，则无不之也，无不之也！"一个人变了鬼，该可以随便一点了罢，而活人仍要烧一所纸房子，请他住进去，阔气的还有打牌桌，鸦片盘。成仙，这变化是很大的，但是刘太太偏舍不得老家，定要运动到

鲁迅全家合影，摄于20世纪30年代。

"拔宅飞升"，连鸡犬都带了上去而后已，好依然的管家务，饲狗，喂鸡。

我们的古今人，对于现状，实在也愿意有变化，承认其变化的。变鬼无法，成仙更佳，然而对于老家，却总是死也不肯放。我想，火药只做爆竹，指南针只看坟山，恐怕那原因就在此。

现在是火药蜕化为轰炸弹，烧夷弹，装在飞机上面了，我们却只能坐在家里等他落下来。自然，坐飞机的人是颇有了的，但他哪里是远征呢，他为的是可以快点回到家里去。

家是我们的生处，也是我们的死所。

诗人如是说 / 希梅内斯

入选理由

一个诗人的心路成长历程
感性的语言营造如诗的意境
真挚的感情把读者带入一个唯美的世界

1881年圣诞之夜，我在安达卢西亚地区的莫格尔城出生。我父亲是卡斯蒂利亚人，有一双蓝眼睛；我母亲是安达卢西亚人，有一双黑眼睛。我的童年是在我那洁白而美妙的故乡一幢具有宽敞的大厅和绿色的庭院的旧宅里度过的。我清楚地记得，在那些幸福的岁月，我很少玩耍，非常喜欢独处；隆重的典礼、访问和教堂，让我害怕。我最大的快乐是每天下午放学回来后在玫瑰色的、雨燕满天飞的天空下养花种草，在花园里散步。11岁那年我戴着孝进了耶稣会在圣马利亚港设立的学校；我很忧伤，因为我离开了令我动情的东西：窗口，我常站在窗前望着雨水落在花园中、我的树林里和我的街道上。学校面对大海，周围有许多大公园；我的宿舍旁边有一扇窗子对着海滩；在春天的夜晚，在窗口可以看到海上深远的、沉睡的天空。在远方，卡迪斯闪烁着城市路灯的暗淡光亮。离开学校后，发

希梅内斯像

作者简介 ···

希梅内斯（1881～1958），西班牙诗人。1881年12月24日生于安达卢西亚的莫格尔镇，大学毕业后前往马德里谋生，从此致力于文学创作。与拉美现代主义"诗圣"鲁文·达里奥交往甚密，遍游欧洲各国。1936年西班牙内战爆发后移居南美小国波多黎各，任大学教师。1956年"由于他的抒情诗为情操的高尚和艺术的纯洁提供了范例"，获诺贝尔文学奖。不久迁回西班牙居住。1958年3月29日卒于波多黎各首都圣胡安。

生了我生活中的一件令人幸福的事情："爱"出现在我的路上。那时，有一段时间，塞维利亚一些强调色彩、喜欢娱乐的画家为我画像；瓜达尔基维尔河为我那些发表在塞维利亚的报纸上的最早的诗篇哭泣；我有了小小的名气；人们说我是"真正的诗人"；阿尔卡拉·德·瓜代拉和卡马斯的抒情诗人写文章介绍我；人们在一家报纸的增刊上刊登我的照片，社长在一篇赞扬文章中说，我的"灵感闪耀着固有的光芒……"与此同时，我继续挑灯写作，把我的钱全花在了买书上。夏天，我在户外激动地阅读拉马丁、贝克尔、拜伦、埃斯普隆塞达和海涅的浪漫主义文学。当时我学习的法律预科占用的时间不多。由于我的西班牙批评史课不及格，我干脆放弃了学业。医生们劝告我母亲不要让我工作。我面色苍白，好几次摔倒在地上不省人事。不过，在那段幸福的日子里我的心情比较乐观，对科学和死亡都不怎么介意。在那些日子，马德里出版一种杂志，叫《新生活》周刊，热情欢迎青年作家投稿。一天，我把仔细润色的诗，一首恐怖的《小夜曲》寄给了《新生活》；不到一个星期我就看见它发表了，并且有好几种大家熟悉的报纸转载了。这使我感到恐慌。从这天开始，几乎每一期《新生活》都刊登我的诗；我还翻译发表了一些易卜生的作品，受到了欢迎。迪奥尼西奥·佩雷斯在《可怜虫的情人们》这篇无政府主义诗中看到了我对自己的描绘。我的诗友们都把这首诗背下来了，我却希望把它忘记。我收到了一些青年作家的信，他们请我去马德里，并在那里出版诗集。我的青春时代充满了诱惑……1900 年 4 月，18 岁的我怀着春天的深沉的忧伤去了马德里。我带去了许多诗，朋友们说最好出两本情调不同的诗集；巴列－因克兰为一本书取名为《白睡莲》，鲁文·达里奥为另一本书取名为《紫罗兰的灵魂》；当时和我形影不离的朋友佛朗西斯科·比利亚埃斯佩萨写了几篇象征性的散文，好让我们像兄弟一样一起出现在用紫罗兰灵魂系在一起的感伤主义的书里。同年 9 月，两本书同时出版。对一个诗人，人们从来也没有写过、没有讲过那么多言过其实的话；学校的老师叫了起来，报纸的记者叫了起来。我面带微笑读着、听着这一切。我想，在如此纷扰、如此缺乏经验的情况下，我心灵中最美好、最纯洁和最难于表达的东西也许就在这最早的两本书里。其时，我觉得病很重，不得不回家去。父亲的死亡使我的心灵充满沮丧的焦虑；一天夜里，我突然感到透不过气来，便倒在地上。在后来的日子里，这种情况又发生了几次，我非常害怕突然死去。直到一位医生来看我——多巧啊！——，我才平静下来。他使我心中充满一种令人不安和顺从的神秘观念。我参加了宗教迎神活动，撕毁了一本不敬神明的诗集——《珍贵的吻》——；我被送往法国波尔多布斯卡特"卡斯特尔·丹多尔特疗养院"。我在那里的一个花园里写了《抒情诗》，第二年在马德里出版。这是我 20 岁时写的一本书。1901 年底，我怀念西班牙；

在阿尔卡雄①过了秋天后，我去了马德里，进了很有条理的慈善修女办的白蓝②罗萨里奥医院。在这种修道院与花园般的环境中，我度过了我一生中最美好的两年。某种吸引人的信仰，某种浪漫的爱情，一种修道院的宁静，焚烧的香烟和鲜花的香味，对着花园的窗口，月夜里种满玫瑰的花坛……使我写了《忧伤的咏叹调》。在瓜达拉马山中的一段漫长生活使我写了《田园诗》；之后是一个多情的秋天——蓝色和金色的——，使我创作了《日记》和多篇《远方的花园》。这个时期，音乐充满了我的大部分生活。我出版了《远方的花园》(1905年2月)，我计划写《浪漫话语》和《忘却》。家道的败落加重了我的病情，那是一个令人感到遗憾的时期，我什么事也不能干；对死的忧虑把我从急救中心推到医生的家，从医院门诊部推到实验室。寒冷、疲劳、想自杀。乡村再一次用它的春天包围着我：我写了《春天的叙事诗》。现在，带着正在趋于成熟的经验，对生活的绝对淡漠和对心灵的美的惟一营养过的这种介于城镇和乡村的孤独与沉思的生活，使我写了《挽歌》。

（朱景东　译）

·作品赏析·

在人类文化史上，不论哪一个民族、哪一个时代，都活跃着这样的人群，他们或炽热不安，或憔悴苍白，或岌岌于人类的最高端，或沉沦于社会的最底层——这就是诗人。真正的诗人不管他生前身后多么热闹，骨子里有的却总是掩不住的孤寂。这是永远对人类生命本质进行不息探索的一群人，他们在思想深处总是保持着对人类的终极关怀。在这群人中，西班牙诗人希梅内斯是较为出众的一个。《诗人如是说》是他记录自己诗歌创作历程的一篇散文。我们通过阅读此文，来体会这些在人类文学史上最为出众的一群内心深处最为真实的感受。

《诗人如是说》中，希梅内斯用一双忧郁的眼睛，注视着自己曾经走过的、有如幽蓝色梦境的人生之路。世间的纷扰，人世的苍凉，雨燕玫瑰，暗夜霜雪，只是一人蹒跚，其中也有爱的涟漪，但小湖依然平静。诗人在此文中，记下了自己早年的风雨历程，而这个过程又是自己诗作的成长之路。有了风风雨雨的真实生活，最终才成就了他婆娑多姿的诗歌。这就印证了诗歌史上一句老话："诗歌是生活的写照。"苦难可以成就人生，苦难也成就了一个伟大的诗人。

希梅内斯是个杰出的抒情诗人，他把作诗的手法融于散文写作中，使本文洋溢着浓郁的抒情意味。这也是本文区别于一般散文的一大特色。

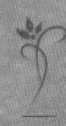

---

① 阿尔卡雄，法国城市。
② 白蓝，指白色的建筑，蓝色的衣帽。

戏剧与生活 / 乔伊斯

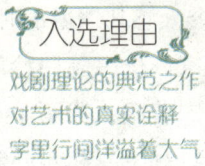

虽然戏剧与生活的联系自然而且必然是其重要的特点，但在戏剧自身的历史中，这种联系似乎并非贯穿于每个阶段。高加索山脉这一侧最早出现而且最广为人知的是希腊戏剧。我并非想概论其历史发展，但却不可避而不谈。希腊戏剧起源于对狄俄尼索斯神的崇拜。在他一生的传说中，这位早期的艺术和欢乐酒神为悲剧与喜剧的出现制定了切实可行的基本规划。谈到希腊戏剧，不应忘记的是，它的出现决定了它的形式。雅典剧场的条件决定了一整套后台的规矩以及对剧作家的限定。在以后的年代里，世界各地愚蠢地把它们确立为戏剧艺术的准则。就这样，希腊人留传

乔伊斯像

作者简介

　　乔伊斯（1882～1941），爱尔兰小说家。生于都柏林一个贫穷的税务员家庭。乔伊斯曾两度在耶稣会学校念书，在中学时代便尝试用散文和诗歌创作。1898年至1902年，他在都柏林大学攻读现代语言学。毕业后与叶芝、格雷戈里夫人、乔治·莫尔、乔治·拉赛尔等人结识交往。1902年赴巴黎学医，1903年因母亲病重辍学。之后，他开始短篇小说的创作。其间为生计所迫，曾经登台演唱，也当过一个时期的教员。1905年，他结婚后偕同妻子赴欧洲大陆，宣布"自愿流亡"，与爱尔兰彻底决裂。他曾先后在罗马、苏黎世等地以教授英语、做银行小职员为生，同时从事写作。1922年后，《尤利西斯》的成功使他得以定居巴黎，专心从事文学创作活动。

下来的一套法则被他们的后代以盲目的才智奉为威严的、受神灵启迪的艺术信念。至此我不想多说了。或许听来逆耳，但实在地讲，希腊戏剧已经剧终幕落。毕竟它已尽其所能，然而其贡献即使铸之以金，也难留迹于不朽的基柱之上。它的复兴，意义仅在温旧，于戏剧发展无关。它甚至在自己的阵营内也被取而代之了。在僧侣们的监护下，它

酒神的狂欢　1518～1520年　提香
希腊戏剧起源于对酒神狄俄尼索斯的崇拜和祭祀。

以礼仪的形式久盛之后，天才的亚利安人也感到厌倦了。随之而来的是一场必然的变革。正如古典戏剧起源于宗教，其继承者产生于文学上的一次运动。在这次变革中，英国扮演了重要的角色。因为正是莎士比亚那批剧作家给了那早已日薄西山的戏剧以致命的一击，莎士比亚首先是文学艺术家，他才华横溢：幽默、雄辩、对优美的音韵有辨识的才能、对戏剧有本能的直觉。他的剧中倾注着内心喷涌出的灿烂情感，本质上更高于其前辈。那远非戏剧而已；那是对话的文学，这里，我必须在文学与戏剧之间划一条分界线。

　　人类社会是永远不变规律的体现。这些规律存在于人们各自不同的个性与机遇中。文学的领地正是这些偶然的举动和习性。这是一个广阔的领地，也是真正的文学艺术家所最关心的，戏剧首先与毫无掩饰、神圣威严的深层规律发生联系，其次才触及繁杂的、能够证实这些规律的媒介。只有认识到这些，才能对戏剧艺术有真正的、更加理性化的认识。只有做出类似的区分，否则结果只能是混乱。抒情文学与心理对话招摇过市，各以诗剧和文学剧自诩；而传统的滑稽剧则打着喜剧的招牌在舞台上走过场。

　　这些戏剧已完成它们的使命，那就是，为充满生机的一出戏做了开场白。它们此时应归属于文学古董。说没有新戏剧出现，或声称它的宣言如巨雷贯耳都是毫无意义的。因篇幅有限，我不想批驳这些论断。然而在我看来，舞台戏剧必将抛弃它那只有靠最精心的管理和最节俭谨慎的经营才能苟延残生的长辈，道理如白昼一样

英国戏剧家莎士比亚像

显而易见。就此新潮流的出现，有过一些回合的较量。公众接受真理迟缓，而为首的那班人却不失时机，对其施之以秽语。很多人的嘴巴已习惯年久不变的食谱，此时对食品的变换也愤怒地大喊大叫起来。在这些人眼中，习惯与常规便是极乐世界。他们高声赞誉高乃依①温文尔雅的喧闹，特拉帕西②辉光呆滞的神圣和卡尔德隆③如庞波咝克般的笨拙。这些剧作家幼稚的剧情令他们目瞪口呆，不禁叹其精美。不能听信这些批评家，他们只是些滑稽可笑的角色！不言而喻，这股新潮流让他们的看家本领也失灵了。比较海登·钱伯斯、杰罗尔德④与苏德尔曼⑤、莱辛的技巧，在戏剧艺术的这个方面新潮流也是技高一筹的。这种优势是极为自然的，因为伴其而至的是质量极高的作品。正如瓦格纳音乐中最为平庸的地方也并非是贝利尼力所能及的。尽管昔日的崇拜者们高声反对，戏剧的殿堂正在建起，这是一座更宽敞、高大的城堡。这里光明将照亮黑暗，城堡外有足够的空间建造吊桥和堡垒。

让我对这位新来的巨人稍加解释。我认为，戏剧是通过情感的撞击描绘出真理；戏剧是由任意某种方式揭示出来的人类斗争、演变和行动。戏剧在其形式生成之前就独立存在着。它受环境限定却不为其左右。也许可以空口无凭地讲，人类一开始在地球上生活，就隐约地感到在他们的上方及周围存在着一种精神，并希望它来到他们中间，与他们亲密相处。在以后的年代里，由于渴望捕捉到它，他们成了探求真理的追寻者。这种精力仿佛是流动的空气，不受任何变化的影响，非到苍穹如一纸飞卷而去永远不会离开人类的视野。有时，它似乎以这样或那样的形式找到栖身之地——但因受到虐待，它就弃空室于身后立刻离去。也许可以这样猜想，它的本性有如顽皮的精灵，很像水中精灵或空气精灵。因此我们必须分清它与它的住所。一幅质朴的肖像，或是一个有干草堆的地方不能成为一出田园剧；这正如过分夸张与训诫不能构成一出悲剧一样。沉默与粗语均非戏剧之本。不论激情如何受到抑制、情节如何墨守成规、语言如何平庸，一出戏、一首乐曲或是一幅画，只要它表现了

---

① 高乃依(1606～1684)，法国古典主义戏剧家。
② 特拉帕西(1698～1782)，意大利歌剧词作家。
③ 卡尔德隆(1600～1681)，西班牙剧作家。
④ 杰罗尔德(1803～1857)，英国剧作家。
⑤ 苏德尔曼(1857～1928)，德国小说家及剧作家。

我们永恒的向往、希望与仇恨，或象征地体现了我们普遍相通的本性，哪怕只是一个侧面，它就是戏剧。这里我不想谈它众多的形式。它会冲破所有不适合它存在的形式，那情形就好比第一位雕塑家刻出雕像的双脚。它急速穿过并摈弃了寓意剧、神秘剧、芭蕾舞剧、哑剧和歌剧。然而它本身的形式"戏剧"仍旧完整无损。"高高的祭坛上有无数支蜡烛，虽然只有一次堕落。"

手持放大镜的乔伊斯

乔伊斯在 1917 年患青光眼，这令他大为苦恼，而且直接影响到了他最后一部作品《为芬尼根守灵》的创作。不过，他仍于 1938 年完成了这部著作，并于 1939 年 5 月出版。

　　无论它采用什么形式，决不可有牵强之感或投合俗尚。在文学中，我们允许习俗存在，因为文学是一种相对低下的艺术形式。文学是靠兴奋剂生存的，它通过人类关系间的习俗与现实而繁荣。而戏剧必须表现与习俗冲突中的未来才能实现自身的价值。认清了戏剧本身的价值，适合它的衣着自然也就清楚了。具有如此虔诚与可敬性格的戏剧无疑能从情景和舞台上牵动人心，因为无论在哪方面，它的主调都是真理与自由。或许我们可用托尔斯泰的话问，怎么办？首先要清除我们意识中的那些传统套语、纠正我们曾经支持过的虚情假意。我们是自由的民族，就让我们像自由人那样抨击吧，不要顾及清规戒律。我相信，公众能做很多事。"悠然无虑，公众自有评判"①，对任何人类的艺术形式这都不是一个过高的座右铭。让我们对弱者不要咄咄逼人；我们应以宽容的微笑面对那些了不起的、自以为庄重实为滑稽的"文人们"陈腐的艺术信念。倘若戏剧界头脑清醒理智，它将接受目前是少数人的信仰，它将全部记录历史上对《麦克佩斯》和《建筑师》②不同的评价。20 世纪文字洗练的评论家对这些评价可能会这样说——在他与它们之间有不可架通的深壑。

　　在戏剧与戏剧家之间，有些不可忽视的重要真理。本质上，戏剧是传播广泛的公众艺术。舞台戏剧是其最佳的传播形式。它的先决条件是要有观众，来自社会各阶层的观众。在热爱艺术和创造艺术的社会中，戏剧自然应领先于任何其他艺术形式。此外，戏剧有刚正不阿与无可挑剔的本质。在其最高的形式上几乎超越批评的职能。例如，人们很难批评《野鸭》，它像一处内心的隐痛，只能使人们暗自沉思。实际上，

---

① 圣·奥古斯丁语。
② 《建筑师》，易卜生著。

乔伊斯（右）和他的朋友、赞助人西尔维亚·比奇在巴黎莎士比亚公司的书店里

那些对易卜生晚期作品的所谓批评几乎是无理取闹。在任何其他艺术中，个性、风格及地方色彩被奉为装饰品或附带的魅力。但艺术却在其中放弃了自我，像个中间人站在上帝披挂面纱的尊容前调停不可抗拒的真理。

如果你们问我，戏剧出现的原因是什么，或者它们存在的必要性究竟是什么，我将回答：是需要，是纯粹的、与智慧结合的动物本能。除去那逃离熊熊燃烧的城堡的古老欲望，人类还渴望成为创造者的雕塑家。这正是所有艺术的必然性。此外，在所有艺术中，戏剧于其材料的依赖最小。如果塑土或石块的来源断绝了，雕塑将成为记忆；如果植物色素的分泌停止了，绘画艺术也就结束了。但不论有没有石块和颜料，戏剧是总会找到它的艺术素材。我还相信，戏剧是从生活中天然自生的，并与其共生共灭。每个民族都创造了自己的神话传说，而早期的戏剧常常是在这里寻得门径。《帕西法尔》①的作者认识到这一点，因为他的作品坚如磐石。当神话传说超越疆界闯入顶礼膜拜的庙宇时，用它创造戏剧的可能性就大为减少了。即使如此，它仍然力图回到自己的位置上，令守旧的信徒们深感不安。

人们对戏剧的起源莫衷一是；对其目的同样说法不一。在多数情况下，守旧的信徒们声称，戏剧应合乎一定的伦理道德。用他们的套话说，戏剧应起到教育、陶冶与娱乐作用。这是狱卒们给它戴上的一副镣铐。我并不是说戏剧不应该尽到所有这些或其中某些职能，但我否认发挥这些职能是首要的。艺术一旦升堂入殿坐上受膜拜的高位，常常会在沉滞安详的气氛中失去它的灵魂。至于这种信条更低一级的形式，那就可笑之至了。那种让戏剧家点出寓意，并比着西拉诺②反复在每一幕中说"最终我一定告诉你们"的客气请求实在令人吃惊。由于这是出自乡下人可爱的脾气，我们也只好不予理会了。饮士得宁中毒的勃尔利先生和发酒疯的库伯先生，一位穿白色法衣，另一位穿教袍，只不过令人觉得可怜罢了。然而，这种荒谬的信条正快

----

① 瓦格纳根据圣杯和亚瑟王传说所作的歌剧。

② 西拉诺(1619～1655)，法国剧作家。

速地将自身吞食，如老虎之尾，故事不长了。①

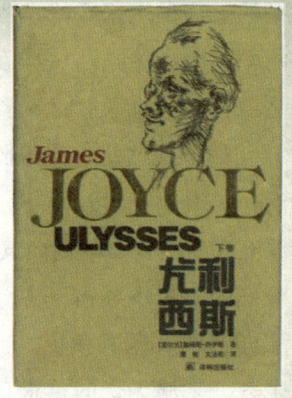

《尤利西斯》封面

还有更难应付的审美观。坚持这种主张的人认为，美可以是苍白的灵性，同时也可以是粗野的兽性。那么，主要由于美于人类是某种随意的概念且常浮于事物外表，把戏剧的职能局限于此是危险的。美是唯美学家的天堂，但真理的王国更真实、更易到达。艺术只有探索真理才忠实于自身。一旦地球上开始这样的一场磨难重重的普遍改革，真理便会成为进入美之殿堂的大门。

此书写成于1922年初，占去了乔伊斯8年的时间，但正是它使乔伊斯闻名于世，并且奠定了乔伊斯意识流派中心人物的地位。

我也许会让你们感到厌烦，可我还是想讨论剩下的惟一一项主张。比尔勃·特里②曾说："在信仰受到哲学疑问的那些日子里，我认为艺术应带给我们光明而不是黑暗。它不应指出我们与猿猴间的亲缘，而应提醒我们人类与安琪儿乃属同类。"这段话有一定的真理，但须加斟酌。特里先生认为，人类将把艺术永远当成一面能照见自己理想化身的镜子。而我却在想，人类对自己的艺术冲动很少认真思考，他们被习惯的枷锁牢牢地禁锢住了。但毕竟，特里先生又说，艺术不可被编织严紧、占有多数人的社会群体所制约；制约它的是那些从一开始就制约着它的永恒的限定力。我承认，这是不可否认的真理。但我最好记住，这些限定力不是现代社会的限定力。错误地强调宗教、伦理、美和理想化的作用损坏了艺术的完美。伦勃朗的一幅画就值得一画。经常可以看到，正是这种艺术上的理想主义损坏了果敢努力的结果，而且还助长了一提到魔怪现实主义就一头钻进毛毯的幼儿本能。因此，除非公众看到刀光剑影，他们是不会承认一出戏为悲剧的；他们讨厌不符合韵律法则的浪漫剧，认为在不幸的英雄主义流淌出的鲜血之中不迅速生长出哀伤的花朵，艺术效果是很

1920年，乔伊斯与女友雪维儿·毕奇在巴黎莎士比亚书店前。

---

① Like the tiger of story tail first：双关语，tale与tail同音。
② 比尔勃·特里(1853~1917)，英国著名舞台监督及演员。

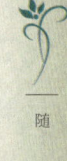

糟的。这种主张登峰造极之时，人们宁可受戏剧的愚弄；与此同时，富豪们在昏暗的剧场中，像吃药一样吞咽着司膳官们为他们端来的一盘盘模仿生活的佳肴。戏剧是靠吞食它的恩主们下水般的脑子才得以生存的。

如果说这些主张太陈旧，什么又能行之有效？我们是否应把生活——真实的生活——搬上舞台？不行，那群市侩们齐声反对，因为那是不会吸引人的。那将是一派充满安然自得的商业气息，多么令人失望的景象啊：帕那萨斯山[1]和商业银行在小贩们的心灵中各占一方。的确，现实生活常常无味得令人伤心。许多人就像法国人那样感到来迟了一步，当他们步入人生时，世界已衰老，而他们苍白的希望与毫无生气、平淡无奇的追求日趋严峻地预示着万事皆定与虚无的终局；但同时他们却要承受这重负。史诗般悲壮的残暴在巡警的监视下已不可行；骑士作风已被街上的时装圣殿所扼杀。没有锁子甲铿锵的声响；没有神光照耀的骑士豪爽；没有挥动礼帽的礼仪；也没有喧闹的狂饮。浪漫的传统只在波西米亚延续。尽管如此，我们认为，从这千篇一律、乏味的人生中，还是能够提取出一些戏剧般的生活。甚至最普通、生命中最无生气的东西也可以在杰出的戏剧中扮演角色。叹惜旧日好时光，用冰冷如石的过去填充我们的饥饿是不光彩的，是愚蠢的。我们必须正视人生，必须以客观的眼光正视现实生活中的人类，而不是把这一切想象成存在于仙境之中。这场大家都扮演角色的伟大人类喜剧为真正的艺术家提供着用之不竭的创作源泉。今天如此，昨天如此，时光流逝多少载，从来都是如此。万物的外表都改变了，地壳就是一例；塔西西[2]航船的骨架已散落，被狂虐的海浪侵蚀；时间攻陷了一座座

易卜生戏剧《群鬼》的背景

坚不可摧的城池；阿米达园[3]也木死园荒了。但是那永恒不灭的情感，那曾经得到普遍表现的人类真理，不论在英雄时代还是在科学时代，都同样是永恒不灭的。在偏僻与昏暗的场景中展开剧情的《洛享格林》[4]不是安特卫普的传说，而是全人类的戏剧。

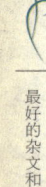

————————————

① 希腊神话中文艺女神的灵地，引申为文坛。
② 见《列王记》第二十二章，四十八节。
③ 见塔索著《被解放的耶路撒冷》。
④ 瓦格纳所作的歌剧。

在一间普通客厅中游荡的《群鬼》①有普遍的意义——这株宇宙之树②上的粗壮枯杈，虽根植大地，但透过高处的枝叶，却能看到天空闪动着群星。也许有很多人的生活与类似的传说无关，或者认为每日三餐才是他们惟一的需要。但是今天，我们在群山间前顾后盼，渴望山外之物，却连远方那几小块天空都看不清；眼前悬崖陡峭；脚下荆棘障路。此时，折一枝有纹的藤条作手杖，或用一块美丽的丝绸遮挡强劲的山风又有什么用处？我们应尽早认识我们的处境，以便尽早起身走路。同时，艺术，特别是戏剧，能帮我们深谋远虑，用华丽的砖石为我们建造一座座窗扉宽大明亮的安栖地。"……在我们这个社会里，你将做什么呢？赫斯尔小姐？"朗兰德问。罗娜答道，"我将放进新鲜空气，牧师。"③

易卜生像

易卜生是挪威剧作家、诗人。他是欧洲近代现实主义戏剧的杰出代表。他的社会问题剧《社会支柱》、《玩偶之家》、《群鬼》、《国家公敌》等，在各国产生了广泛影响。其在戏剧上的成就可与莎士比亚、莫里哀等戏剧大师相媲美。

（王军　译）

·作品赏析·

　　戏剧并不是一门难解的学问，它和我们的生活是息息相关的。所有伟大的剧作都来源于生活。因此不断地了解生活、接触社会，才可能使作家写出不朽的作品。《戏剧与生活》中，乔伊斯从生活本身出发，站在戏剧发展史的高度，并吸收西方戏剧理论史上各家的精华，为我们解释戏剧的真正含义，并解说了它与人类生活的密切联系。

　　乔伊斯的戏剧观点脱胎于西方传统的戏剧理论，作者列举了古希腊戏剧的缺点以及莎士比亚戏剧的伟大之处，在此基础上来生发自己的观点，这样就使自己的理论有了一种厚重的分量。作者的高于他人之处还在于，他以小说家的视角来看待戏剧这一特殊文学形式，使其具有了文学的普遍意义。他说"戏剧是通过情感的撞击描绘出真理；戏剧是由任意某种方式揭示出来的人类斗争、演变和行动"，这句话揭示的是戏剧和生活的必然联系。但作者又认为戏剧不是一般的文学，"它的主调是真理与自由"，所以它是不"投合俗尚"的。因此，作者认为戏剧的演出不能是"真实的生活"搬上舞台，它表现的应是人类"永恒不灭"的情感和真理。由此看来"艺术来源于生活而又高于生活"这条规律，乔伊斯似乎把"高于生活"放在了一个尤为突出的位置。从本文的论述中，我们也可以看到乔伊斯对于艺术的严肃态度。

① 易卜生著。
② 北欧神话中连接天、地、冥界的巨树。
③ 见易卜生著《社会支柱》第一幕。

笑的价值 /伍尔夫

入选理由

以生活中的感性诠释艺术中的抽象
真实生活态度的流露

有一种老观念，认为喜剧表现了人性的缺陷，而悲剧则把人描绘得比其本来面目更为崇高。要如实地写人，似乎就得在这两者之间取乎其中，其结果，便是某种说喜剧又太过严肃，说悲剧又不够完美的东西。这，我们可以管它叫幽默。据说，幽默这种东西，是妇女不可企及的。妇女要么是悲剧式的，要么是喜剧式的；而那

作者简介 ···

　　弗吉尼亚·伍尔夫（1882～1941），出生于英国伦敦，原名弗吉尼亚·斯蒂芬。英国著名女作家，在小说创作和文学评论两方面都有卓越的贡献。世界三大意识流作家之一，女权主义运动的先驱人物。伍尔夫深受弗洛伊德心理学、女性主义及同性恋运动影响，她在文学上的成就和创造性至今仍然产生着很大的影响。

　　父亲莱斯利·斯蒂芬爵士是维多利亚时代出身于剑桥的一位著名的文学评论家、学者和传记家。1895年5月，母亲去世，伍尔夫第一次精神崩溃。1905年2月，父亲去世，5月，伍尔夫第二次精神崩溃

伍尔夫像

并试图跳窗自杀。1909年，她开始为妇女的选举权努力。1913年7月，伍尔夫的精神病发作，持续了9个月。1914年春天开始渐渐地康复，11月时健康状况良好。1917年伍尔夫夫妇买下一架二手印刷机，在家中的地下室建立了霍加斯出版社。1931年，拒绝剑桥大学的讲座邀请。1933年10月，拒绝曼彻斯特大学的荣誉学位。1939年，拒绝利物浦大学的荣誉学位。1941年3月28日，预感另一次精神崩溃即将开始，伍尔夫担心自己永远不会再好转，在留下两封分别给丈夫和姐姐的短信后，她用石头填满口袋，自沉于家附近的乌斯河，终年59岁。

造成一位幽默家的特殊合成，只有在男人身上才能找到。不过，进行实验总是要担风险的，男性体操健将为了获得幽默家的高瞻远瞩，登上他的姐妹们可望而不可及的塔尖，站在那儿保持平衡，却时常会丢人现眼地歪向一边，不是一头栽进小丑的滑稽表演，就是摔落到一本正经的平庸硬地上，那儿，说句公道话，才真是他悠闲自在、得其所哉的场所。或许，悲剧这种必不可少的要素，在莎士比亚的时代并不那么平庸，因此，现今人们必须拿出一种体面的替代物，它抛开了血和剑，而换成头戴高顶礼帽，身着长礼服，这时它才显得神采奕奕，仪态万方。这，我们可以称之为庄严精神。如果精神具有性别的话，那么这精神无疑是男性的。喜剧呢，它是属于风雅女神和文艺女神的性别。

这幅木板油画创作于1766年，是弗拉戈纳尔最著名的代表作。作品描绘的是一对贵族夫妇在茂密的丛林中游玩戏耍的情景。年轻的贵妇人正在荡秋千，眼光中充满挑逗，她故意把鞋踢进树林中，引得青年男子四处忙乱地寻找，她反而恣情大笑。作品趣味虽然轻佻俗艳，却很符合当时贵族的口味，无论题材与形式，都体现了典型的洛可可风格。

当那位庄严的绅士迈步上前致以问候时，她望他一眼，不禁哑然失笑，再望一眼，便笑得前仰后合，不能自已，于是只得跑开，一头钻到姐妹们怀里去藏起她的笑。可见，幽默来到世间，是十分难得的，为了获得幽默，喜剧需要作一番拼搏。单纯的笑，如我们在小孩子或痴女人嘴上听到的那种笑声，名声是糟糕的。人们把那看成是傻气和轻佻的声音，既非出自见识，也非发自情感。它不携带信息，不提供知识；它是一种无词的发声，犹如狗吠或羊咩，因而，对于人这样一个发明了语言的物种来说，如此表达自己，是有失身份的。

　　然而，有一些事物，是在语言之外却又不亚于语言的，笑，便是其中之一。因为，笑尽管没有言词，却是除人以外任何动物都发不出来的。一只狗，躺卧在炉前地毯上，因痛苦而呜咽或因欢乐而吠叫，我们自会明了它的意思，而不觉有什么怪异之处；然而，设若它放声开怀大笑呢？设若，当你走进房间，它不是用摇尾吐舌来表示见到你时应有的欢愉，而是发出一串格格的笑声——咧着大嘴笑——笑得浑身直

1928年伍尔夫与丈夫在他们的汽车旁

哆嗦，显出极度开心的种种神态呢？那样，你的反应必是惊惧和恐怖，如同听到禽兽口吐人言一般。高于我们人类的存在物发出笑声，我们也同样无法设想。笑声，似乎主要是而且纯然是属于男人和女人的。笑是我们内在的喜剧精神的流露，而喜剧精神则涉及到怪癖、反常和偏离世所公认的常规的行径。喜剧精神通过突如其来的自发的笑加以评论，而这笑是因何而起，我们几乎莫名其妙，它何时发生，也难以说清。如果我们花点时间好好想一想，把喜剧精神打下的这种印记作一番剖析，我们无疑会发现，大凡表象为喜剧的事物，基本上都是悲剧性的；当我们唇边露出微笑时，眼里却已热泪盈眶。这一点，——这是班扬说过的话①——原是世所公认的幽默的定义。但喜剧性的笑却不携有眼泪的重负。再说，和真正的幽默相比，喜剧性的笑虽功能较微，但它在生活和艺术中的价值却怎样估计都不为过。幽默是顶峰；只有最罕见的才智才能登上塔尖，鸟瞰整个人生的全景。而喜剧则徜徉于大街小巷，反映着琐细的偶发的事件——它那面明察秋毫的小镜子，映照出在它前面走过的人们身上无伤大雅的瑕疵和怪癖。笑这种东西，比其他任何东西都更能帮助我们保持平衡感；它时时都在提醒着：我们不过是人，而人，既不会是完美的英雄，也不会是十足的恶棍。一旦我们忘却了笑，看人看事就会不成比例，失去现实感。狗们不会笑，倒也是件幸事，因为，假如它们会笑，它们就会意识到，做一只狗，会受到多么严重的局限。男人和女人呢，在文明的水准上恰恰够一定的高度，有资格被委以理解自己的弱点的能力，并且被赋予嘲弄这些弱点的才具。然而我们，由于受到一大堆生硬笨重的知识的压迫，现正面临着丧失这种宝贵特权，或者把它从胸中挤出去的危险。

要做到能够嘲笑一个人，你首先必须就他的本来面目来看他。财富、地位、学识等等这一切身外之物，都不过是一种浮面的积累所得，切不可让它们磨钝喜剧精神那快刀割肉的利刃。孩子们往往比成年人更具识人的慧眼，这已是惯见的事，而

① 见《天路历程》(1678年)第一部，基督徒遇到一位端庄淑丽、名叫谨慎的少女，"她微笑着，同时眼睛里含着泪水；她顿了一顿说，我去喊两三个家里人来。"

且我相信，妇女对人的性格的裁夺，就是到了末日审判那天也不致被否决。可见，妇女和儿童，是喜剧精神的主要执行官，这是因为，他们的眼睛没有被学识的云翳所遮蔽，他们的大脑也没有因塞满书本理论而窒息，因而人和事依旧保存着原有的清晰轮廓。我们现代生活中所有那些生长过速的丑恶的赘疣，那些华而不实的矫饰，世俗因袭的正统，枯燥乏味的虚套，最害怕不过的就是笑的闪光，它有如闪电，灼得它们干瘪蜷缩起来，露出了光森森的骨骸。正因为孩子们的笑具有这样的特性，那些自惭虚伪不实的人才惧怕孩子；或许也正是由于同样的原因，在以学识见长的行当里，妇女们才遭人白眼相待。她们之所以危险，是因为她们会嘲笑，就像汉斯·安徒生童话中那个孩子，当长辈们都朝着国王的那件并不存在的辉煌袍服顶礼膜拜时，他却直说国王是光着身子的。我们的大作家们以华美的辞章而扬名，我们的小作家们则堆砌词藻，陶醉于多愁善感的缠绵情调，这便在下层人们中造成那些耸人听闻的招贴画和哭哭啼啼的通俗剧。我们热衷于参加葬礼，探望病人，远胜于参加婚礼和喜庆；我们头脑中总摆脱不掉一个信念，认为眼泪里含有某种美德，而黑色是最相宜的服色。真的，没有什么比笑更难做到，但也没有什么比笑更难能可贵的了。笑是一把刀，它既修剪，又整枝，它使我们的行为举止、言词文笔合乎分寸，真挚诚恳。

（杨静远　译）

·作品赏析·

《笑的价值》是伍尔夫的一篇随笔，文字并不长，读后却能让人感觉到作者真实的生活态度。

文中作者首先概括地论述了悲剧和喜剧的意义。伍尔夫说，"喜剧表现了人性的缺陷"，而悲剧是"把人描绘得比其本来面目更为崇高"，作者说，喜剧中往往出现一个"幽默"的概念，她认为幽默是喜剧的"顶峰"。但作者又认为，这三者都是从生活中抽象出来的，源于生活，但又都不是真实的生活。那什么才是最真实的生活呢？接下来，伍尔夫引出了"笑"这个生活中最普遍的现象。

伍尔夫说"笑这种东西，比其他任何东西都更能帮助我们保持平衡感；它时时都在提醒着：我们不过是人，而人，既不会是完美的英雄，也不会是十足的恶棍。一旦我们忘却了笑，看人看事就会不成比例，失去现实感"，其实，作者不过是在提醒人们：真实的、有缺憾的生活，比任何一种艺术形式更有现实价值；而"笑"是生活中最具表现力的现象，哪怕是"嘲笑"，至少反映的是真实的生活，而有哪一种艺术形式能做到比生活本身更美呢？

作者又认为无论是在现实生活中还是在文学中，"没有什么比笑更难做到"的，作者把"笑"看成生活和艺术的最高境界。而"笑"在作者看来，其实是人们尊重生活、遵循人自身的真实感受的一种外在反映。由此看来，《笑的价值》中作者倡导的其实是一种真诚的生活和创作态度。

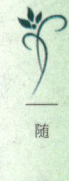

随
笔
篇

生活之艺术 / 周作人

入选理由

朴素温和的语调，平实冲淡的语言风格
客观的态度
对生活的认识见地深刻

契诃夫（Tshekhob）《书简集》中有一节道（那时他在爱珲附近旅行）："我请一个中国人到酒店里喝烧酒，他在未饮之前举杯向着我和酒店主人及伙计们，说道'请'。这是中国的礼节。他并不像我们那样的一饮而尽，却是一口一口地吸，每吸一口，吃一点东西；随后给我几个中国铜钱，表示感谢之意。这是一种怪有礼的民族……"

一口一口地吸，这的确是中国仅存的饮酒的艺术：干杯者不能知酒味，泥醉者不能知微醺之味。中国人对于饮食还知道一点享用之术，但是一般的生活之艺术却早已失传了。中国生活的方式现在只有两个极端，非禁欲即是纵欲，非连酒字都不准说即是浸身在酒槽里，二者互相反动，各益增长，而其结果则是同样的污糟。动物的生活本有自然的调节，中国在千年以前文化发达，一时颇有臻于灵肉一致之象，后来为禁欲思想所战胜，变成现在这样的生活，无自由，无节制，一切在礼教的面具底下实行迫压与放恣，实在所谓礼者早已消灭无存了。

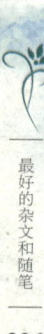

生活不是很容易的事。动物那样的，自然地简易地生活，是其一法；把生活当作一种艺术，微妙地美地生活，又是一法；二者之外别无道路，有之则是禽兽之下的乱调的生活了。生活之艺术只在禁欲与纵欲的调和。蔼理斯对于这个问题很有精到的意见。他排斥宗教的禁欲主义，但以为禁欲亦是人性的一面；欢乐与节制二者并存，且不相反而实相成。人有禁欲的倾向，即所以防欢乐的过量，并即以增欢乐的程度。他在《圣芳济与其他》一篇论文中曾说道："有

品茗图　清　吴昌硕

吴昌硕（1844～1927）的这幅《品茗图》中，一丛梅枝斜出，生动有致；充满拙趣的茶壶、茶杯与梅花相映照，更显古朴雅致。所题"梅梢春雪活火煎，山中人分仙乎仙"，则表达了画家希望摆脱人间尘杂，品茗赏梅，谈诗论艺的内心世界。这是中国人讲究生活之艺术的一种体现。

人以此二者（即禁欲与耽溺）之一为其生活之唯一目的者，其人将在尚未生活之前早已死了。有人先将其一（耽溺）推至极端，再转而之他，其人才真能了解人生是什么，日后将被纪念为模范的高僧。但是始终尊重这二重理想者，那才是知生活法的明智的大师。……一切生活是一个建设与破坏，一个取进与付出，一个永远的构成作用与分解作用的循环。要正当地生活，我们须得模仿大自然的豪华与严肃。"他又说过："生活之艺术，其方法只在于微妙地混和取与舍二者而已。"更是简明的说出这个意思来了。

生活之艺术这个名词，用中国固有的字来说便是所谓礼。斯谛耳博士在《仪礼》序上说："礼节并不单是一套仪式，空虚无用，如后世所沿袭者。这是用以养成自制与整饬的动作之习惯，唯有能领解万物感受一切之心的人才有这样安详的容止。"从前听说辜鸿铭先生批评英文《礼记》译名的不妥当，以为"礼"不是 Rite 而是 Art，当时觉得有点乖僻，其实却是对的，不过这是指本来的礼，后来的礼仪礼教都是堕落了的东西，不足当这个称呼了。中国的礼早已丧失，只有如上文所说，还略存于茶酒之间而已。去年有西人反对上海禁娼，以为妓院是中国文化所在的地方，这句话的确难免有点荒谬，但仔细想来也不无若干理由。我们不必拉扯唐代的官妓，希腊的"女友"（Hetaira）的韵事来作辩护，只想起某外人

的警句，"中国挟妓如西洋的求婚，中国娶妻如西洋的宿娼"，或者不能不感到《爱之术》（Ars Amaroria）的真是只存在草野之间了。我们并不赞同某西人那样要保存妓院，只觉得在有些怪论里边，也常有真实存在罢了。

中国现在所切要的是一种新的自由与新的节制，去建造中国的新文明，也就是复兴千年前的旧文明，也就是与西方文化的基础之希腊文明相合一了。这些话或者说的太大太高了，但据我想舍此中国别无得救之道，宋以来的道学家的禁欲主义总是无用的了，因为这只足以助成纵欲而不能收调节之功。其实这生活的艺术在有礼节重中庸的中国本来不是什么新奇的事物，如《中庸》的起头说："天命之谓性，率性之谓道，修道之谓教。"照我的解说即是很明白的这种主张。不过后代的人都只拿去讲章旨节旨，没有人实行罢了。我不是说半部《中庸》可以济世，但以表示中国可以了解这个思想。日本虽然也很受到宋学的影响，生活上却可以说是承受平安朝的系统，还有许多唐代的流风余韵，因此了解生活之艺术也更是容易。在许多风俗上日本的确保存这艺术的色彩，为我们中国人所不及，但由道学家看来，或者这正是他们的缺点也未可知罢。

暗香疏雨图

陈师曾作。这幅《暗香疏雨图》描绘了一丛生长于山石旁的菊花。霏霏细雨之中，娇艳凝香的菊花更加鲜艳美丽，它旁边的山石别具拙趣，更衬托出菊花的生动。整个画面给人一种悠闲的情趣美，雅致而不脱离生活，似乎有陶渊明笔下"采菊东篱下，悠然见南山"的生活情趣。

· 作品赏析 ·

在《生活之艺术》中，周作人认为生活之艺术在于"微妙地混合取与舍"，即把握生活的度。文中周作人指出了当时中国人两个极端的生活方式——禁欲与纵欲，同时也揭示了：千年的礼教禁欲主义过分压制了人的欲望，当礼教的压迫稍有松动，人们便进入另一个极端，开始无节制纵欲。禁欲与纵欲处于生活的两端，而调和两者才可以品味出生活的艺术。要做到独立地理解生活，讲究生活的艺术，而不是模仿他人，为群体的模式和意见所左右，是从众的普通人难以做到的，但是想真正地提高生活的质量，恰好在这里。周作人一贯主张调和与中庸的思想，他认为生活应当在禁欲与纵欲之间调和，欢乐与节制并存。

论婚姻、孩子、工作 / 纪伯伦

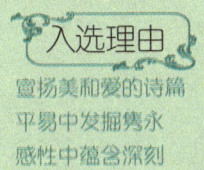

曾扬美和爱的诗篇
平易中发掘隽永
感性中蕴含深刻

论 婚 姻

爱尔美差说，夫子，婚姻怎样讲呢？

他①回答说：

你们一块儿出世，也要永远合一。

在死的白翼隔绝你们的岁月的时候，你们也要合一。

连在静默地忆想上帝之时，你们也要合一。

不过在你们合一之中，要有间隙。

让天风在你们中间舞荡。

彼此相爱，却不要做成爱的系链：

只让他在你们灵魂的沙岸中间，做一个流动的海。

纪伯伦像

作者简介

　　纪伯伦（1883～1931），黎巴嫩诗人、散文家、画家。1883 年 1 月 6 日生于北部山乡卜舍里，12 岁时随母去美国波士顿贫民区，进入侨民学校。两年后回国，进入贝鲁特希克玛学校学习阿拉伯文、法文和绘画。其间曾创办《真理》杂志，态度激进。1908 年发表小说《叛逆的灵魂》，激怒了当局，作品遭到查禁焚毁，本人被逐，再次前往美国。后去法国，在巴黎艺术学院学习绘画和雕塑，曾得到艺术大师罗丹的奖掖。1911 年重返波士顿；次年迁往纽约，专门从事文学艺术创作活动。他组织和领导了由旅美作家参加的笔会，成为旅美派的代表作家。1931 年 4 月 10 日，卒于美国纽约。

---

① 作者的代表作《先知》中的先知亚默斯达法。

彼此斟满了杯，却不要在同一杯中共饮。

彼此递赠着面包，却不要在同一块上取食。

快乐地在一处舞唱，却仍让彼此静独，

连琴上的那些弦子也是单独的，虽然他们在同一的音调中颤动。

彼此赠献你们的心，却不要互相保留。

因为只有"生命"的手，才能把持你们的心。

要站在一处，却不要太密：

因为殿里的柱子，也是分立在两旁，

橡树和松柏，也不在彼此的阴影中生长。

论 孩 子

一个怀中抱着孩子的妇人说，请给我们谈孩子。

他①说：

你们的孩子，都不是你们的孩子。

乃是"生命"为自己所渴望的儿女。

他们是借你们而来，却不是从你们而来。

他们虽和你们同在，却不属于你们。

你们可以给他们以爱，却不可给他们以思想，

因为他们有自己的思想。

你们可以荫庇他们的身体，却不能荫庇他们的灵魂，

因为他们的灵魂，是住在"明日"的宅中，那是你们在梦中也不能相见的。

你们可以努力去模仿他们，却不能使他们来像你们。

因为生命是不倒行的，也不与"昨日"一同停留。

你们是弓，你们的孩子是从弦上发出的生命的箭矢。

那射者在无穷之中看定了目标，也用神力将你们引满，使他的箭矢迅疾而遥远

地射了出去。

让你们在射者手中的"弯曲"，成为喜乐吧；

因为他爱那飞出的箭，也要那静止的弓。

---

① 作者的代表作《先知》中的先知亚默斯达法。

论 工 作

一个农夫说，请给我们谈工作。

他①回答说：

你做工为的是要与大地，和大地的精神一同前进。

因为惰逸使你成为一个时代的生客，一个生命大队中的落伍者，这大队是庄严的，高傲而服从的，向着无穷前进。

在你做工的时候，你是一管笛，从你心中吹出时光的微语，变成音乐。

你们谁肯做一根芦管，在万物合唱的时候，你独痴呆无声呢？

你们常听人说，工作是祸殃，劳动是不幸。

我却对你们说，你们工作的时候，你们完成了大地的深远的梦之一部分，他指示你那梦是何时开头，

而在你劳作不息的时候，你确在爱了生命，

从工作里爱了生命，就是通彻了生命最深的秘密。

倘然在你的辛苦里，将有身之苦恼和养身之诅咒，写上你的眉间，则我将回答你，只有你眉间的汗，能洗去这些字句。

你们也听见人说，生命是黑暗的，在你疲瘁之中，你附和了那疲瘁的人所说的话。

我说生命的确是黑暗的，除非是有了激励，

一切的激励都是盲目的，除非是有了知识；

一切的知识都是徒然的，除非是有了工作；

一切的工作都是虚空的，除非是有了爱；

当你仁爱地工作的时候，你便与自己、与人类、与上帝联系为一。

怎样才是仁爱地工作呢？

从你的心中抽丝，织成布帛，仿佛你的爱者要来穿此衣裳。

热情地盖造房屋，仿佛你的爱者要住在其中。

温存地播种，喜悦地刈获，仿佛你的爱者要来吃这产物。

这就是用你自己灵魂的气息，来充满你所制造的一切。

随笔篇

---

① 作者代表作《先知》中的先知亚默斯达法。

231

要知道一切受福的古人，是在你上头监视着。

我常听见你们仿佛在梦中说，"那在蜡石上表现出他自己灵魂的形象的人，是比耕地的人高贵多了。

那捉住虹霓，传神地画在布帛上的人，是比织履的人强多了。"

我却要说，不在梦中，而在正午极清醒的时候，风对大橡树说话的声音，并不比对纤小的草叶所说的更甜柔；

只有那用他的爱心，把风声变成甜柔的歌曲的人，是伟大的。

工作是眼能看见的爱。

倘若你厌恶工作，那还不如撇下工作，坐在大殿的门边，去乞求那些喜悦地做工的人的周济。

倘若你无精打采地烤着面包，你烤成的面包是苦的，只能救半个人的饥饿。

你若是怨恨地压榨着葡萄酒，你的怨恨，在酒里滴下了毒液。

倘若你像天使一般地唱，却不爱唱，你把人们能听白日和黑夜的声音的耳朵都塞住了。

（冰心　译）

·作品赏析·

纪伯伦的散文诗淡雅隽永，饱含哲理，暗含着对人生的思索，爱与美是他作品中始终旋转的主旋律。在东方文学史上，纪伯伦的艺术风格独树一帜。他的作品既有理性思考的严肃与冷峻，又有咏叹调式的浪漫抒情。他善于在平易中发掘隽永，在美妙的比喻中暗含深刻的哲理。《论婚姻、孩子、工作》是一首散文诗，它使读者在诗的优美韵味中，感悟散文所特有的理性和深刻的内涵。

纪伯伦风格还见诸于他极有个性的语言。他的文笔十分简练，常通过疯人、诗人、哲学家、先知之口，歌颂生命、自然中的美和爱，表达对和谐生活的向往、对丑恶黑暗的憎恶，通过诗情画意的语言显示对人生的透视和彻悟，使读者所得远不止于一般的审美愉悦。美国人曾称誉纪伯伦"像从东方吹来横扫西方的风暴"，而他带有强烈东方意识的作品被视为"东方赠给西方的最好礼物"。《论婚姻、孩子、工作》分三部分，每一部分文字都很简练，但读后总给人一种圆润而通透的顿悟。他对于婚姻、孩子、工作的诠释，如同一位和蔼而睿智的老人在讲《圣经》，精练中暗含深邃的哲理。试想如果没有作者对生命、对人生的大彻大悟，参透这些又谈何容易。

中西学术之不同 / 梁漱溟

入选理由

从本质上深刻地分析了东西方两种文化的差异
参照中西医学深入浅出地阐述自己的观点
深厚的文化底蕴

在我思想中的根本观念是"生命"、"自然"，看宇宙是活的，一切以自然为宗。仿佛有点看重自然，不看重人为。这个路数是中国的路数。中国两个重要学派——儒家与道家，差不多都是以生命为其根本。如四书上说："天何言哉？四时行焉，百物生焉"，"致中和，天地位焉，万物育焉"，都是充分表现生命自然的意思。在儒家中，尤其孟子所传的一派，更是这个路数。仿佛只要他本来的，不想于此外更有什么。例如，发挥本性，尽量充实自己原有的可能性等，都是如此。我曾有一个时期致力过佛学，然后转到儒家。于初转入儒家，给我启发最大，使我得门而入的，是明儒王心斋先生；他最称颂自然，我便是如此而对儒家的意思有所理会。开始理

作者简介

梁漱溟像

梁漱溟（1893～1988），中国思想家。原籍广西桂林。毕业于直隶法政专门学校。辛亥革命后潜心于佛学。1917年被聘为北京大学哲学系讲师，主讲印度哲学，1922年发表《东西文化及其哲学》，提出东西文化比较观。1924年辞去北京大学教职，先后到山东、河南从事"乡村建设"，自办教育。后在山东邹县创办乡村建设研究院，主编《村治月刊》。20世纪30年代初发表《中国民族自救运动之最后觉悟》和《乡村建设理论》，主张以"乡村建设"取代中国共产党领导的中国革命。抗战时期参加民主党团同盟。1946年曾随参观团赴延安参观、考察。中华人民共和国建立后任历届全国政协委员。著有《中国文化要义》、《印度哲学概论》、《朝话》、《漱溟卅前文录》、《漱溟卅后文录》等。

会甚粗浅，但无粗浅则不能入门。后来再与西洋思想印证，觉得最能发挥尽致，使我深感兴趣的是生命派哲学，其主要代表者为柏格森。记得二十年前，余购读柏氏名著，读时甚慢，当时尝有愿心，愿有从容时间尽读柏氏书，是为人生一大乐事。柏氏说理最痛快、透彻、聪明。美国詹姆斯·杜威与柏氏，虽非同一学派，但皆曾得力于生命观念，受生物学影响，而后成其所学。苟细读杜氏书，自可发见其根本观念之所在，即可知其说来说去者之为何。凡真学问家，必皆有其根本观念，有其到处运用之方法，或到处运用的眼光；否则便不足以称为学问家，特记诵之学耳！真学问家在方法上，必有其独到处，不同学派即不同方法。在学问上，结论并不很重要，犹之数学上算式列对，得数并不很重要一样。

再则，对于我用思想作学问之有帮助者，厥为读医书（我读医书与读佛书同样无师承）。医书所启发于我者仍为生命。我对医学所明白的，就是明白了生命，知道生病时要多靠自己，不要过信医生，药物的力量原是有限的。简言之，恢复身体健康，须完全靠生命自己的力量，别无外物可靠。外力仅可多少有一点帮助，药物如果有灵，是因其恰好用得合适，把生命力开出来。如用之不当，不但不能开出生命力，反要妨碍生命的。用药不是好就是坏，不好不坏者甚少，不好不坏不算药，仅等于喝水而已。

中国儒家、西洋生命派哲学和医学三者，是我思想所从来之根底。在医学上，我同样也可说两句有关于不同学派或不同方法的话；中西医都是治病，其对象应是一个。所以我最初曾想："如果都只在一个对象上研究，虽其见解说法不同，但总

旧时中医诊所

可发现有其相同相通处。"所以在我未读医书前，常想沟通中西医学。不料及读后，始知这观念不正确，中西医竟是无法可以沟通的。虽今人仍多有欲沟通之者（如丁福保著《中西医通》，日人对此用功夫者亦甚多）。但结果亦只是在枝节处，偶然发现中医书上某句话合于科学，或发现某种药物经化验认为可用，又或发现中医所用单方有效，可以来用等。然都不能算是沟通，因其是彻头彻尾不同的两套方法。单站在西医科学的立场上，说中医某条是对了，这不能算是已融取了中医的长处。若仅依西医的根本态度与方法，而零碎的东拾西捡，那只能算是整理中医，给中医一点说明，并没有把中医根本容纳进来。要

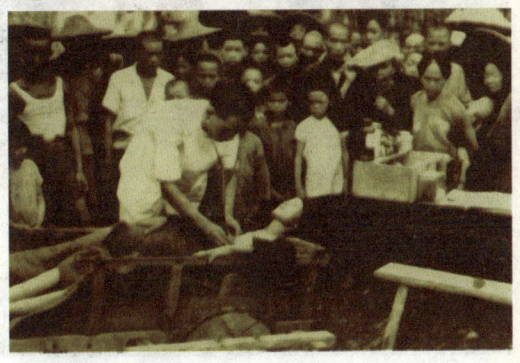

20 世纪 20 年代的中医（上）与西医（下）

把中医根本容纳进来确实不行；那样，西医便须放弃其自己的根本方法，则又不成其为西医了。所以，最后我是明白了沟通中西医为不可能。

如问我：中西医根本不同之点既在方法，将来是否永为两套？我于此虽难作肯定的答复，但比较可相信的是，最后是可以沟通的，不过须在较远的将来。较远到何时？要在西医根本转变到可以接近或至沟通中医时。中医大概不能转变，因其没有办法，不能说明自己，不能整理自己，故不能进步，恐其只有这个样子了。只有待西医根本方法转变，能与其接近，从西医来说明他，认识他。否则中医将是打不倒也立不起来的。

说西医转变接近中医，仿佛是说西医失败，实则倒是中医归了西医。因中医不能解释自己，认识自己，从人家才得到解释认识，系统自然还是人家的。须在西医系统扩大时才能容纳中医，这须有待于较远的将来。此将来究有多远？依我看，必须待西医对生命有所悟，能以生命作研究对象时；亦即现在西医研究的对象为身体而非生命，再前进如对生命能更有了解认识时。依我观察，现在西医对生命认识不足，实其大短。因其比较看人为各部机关所合成，故其治病几与修理机器相近。中医还能算是学问，和其还能站得住者，即在其彻头彻尾为一生命观念，与西医恰好是两套。试举一例：我的第一个男孩，六岁得病，迁延甚久，最后是肚子大，腹膜中有水，送入日本医院就医，主治大夫是专门研究儿科的医学博士，他说必须水消腹小才好，

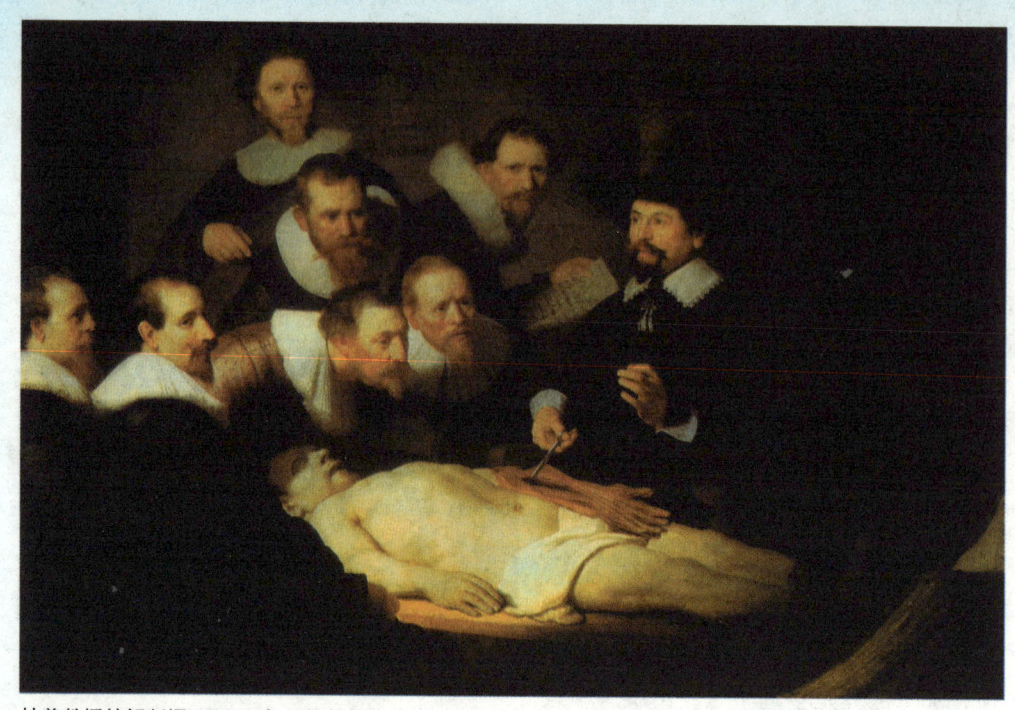

杜普教授的解剖课　1632 年　伦勃朗
解剖是西医的一个重要组成部分，但在梁漱溟看来，西医的治病几乎与修理机器相近。

这话当然不错。他遂用多方让水消，最后果然水消腹小，他以为是病好了，不料出院不到二十分钟即死去。这便是他只注意部分的肚子，而不注意整个生命的明证。西医也切脉，但与中医切脉不同。中医切脉，如人将死，一定知道，西医则否。中医切脉，是验生命力量的盛衰，着意整个生命。西医则只注意部分机关，对整个生命之变化消息，注意不够。中西医之不同，可以从许多地方比较，此不过略示一例。再如眼睛有病，在西医只说是眼睛有病，中医则说是整个身体失调。通俗的见解是外科找西医，内科找中医，此见解虽不高明，但亦有其来源。盖外科是比较偏于局部的，内科则是关于整个生命。西医除对中毒一项，认为是全身之事外，其他任何病症，皆必求其病灶，往往于死后剖视其病灶所在。将病与症候分开，此方法原来是很精确的，但惜其失处即在于局部观察。中医常是囫囵不分的，没有西医精确，如对咳嗽吐血发烧等都看作病，其实这些只是病的症候，未能将病与症候分开。普通中国医生，只知其当然，而不知其所以然，只知道一些从古相传的方法；这在学理上说，当然不够，但这些方法固亦有其学理上的根据。凡是学问，皆有其根本方法与眼光，而不在乎得数，中医是有其根本方法与眼光的，无奈普通医生只会用古人的得数，所以不能算是学问。

　　大概中国种种学术——尤其医学与拳术，往深处追求，都可发见其根本方法眼光是归根于道家。凡古代名医都是神仙家之流，如葛洪、陶弘景、华陀等，他们不单是有一些零碎的技巧法子，实是有其根本所在，仿佛如庄子所说"技而近乎道矣"。他们技巧的根本所在，是能与道相通。道者何？道即是宇宙的大生命，通乎道，即与宇宙的大生命相通。在中西医学上的不同，实可以代表中西一切学术的不同：西医是走科学的路，中医是走玄学的路。科学之所以为科学，即在其站在静的地方去客观地观察，他没有宇宙实体，只能立于外面来观察现象，故一切皆化为静；最后将一切现象，都化为数学方式表示出来，科学即是一切数学化。一切可以数学表示，便是一切都纳入科学之时，这种一切静化数学化，是人类为要操纵控制自然所必走的路子；但这仅是一种方法，而非真实。真实是动的不可分的（整个一体的）。在科学中恰没有此"动"，没有此"不可分"；所谓"动"，"整个一体不可分"，"通宇宙生命为一体"等，全是不能用眼向外看，用手向外摸，用耳向外听，乃至用心向外想所能得到的。反是必须收视返听，向内用力而后可。本来生命是盲目，普通人的智慧，每为盲目的生命所用，故智慧亦每变为盲目的，表现出有很大的机械性。但在中国与印度则恰不然，他是要人智慧不向外用，而返用之于自己生命，使生命成为智慧的，而非智慧为役于生命。印度且不说，在中国儒家道家都是如此。儒家之所谓圣人，就是最能了解自己，使生命成为智慧的。普通人之所以异于圣人者，就在于对自己不了解，对自己没办法，只往前盲目地机械地生活，走到哪里是哪里。儒家所谓"从心所欲不逾矩"，便是表示生命已成功为智慧的——仿佛通体透明似的。

　　道家与儒家，本是同样地要求了解自己，其分别处，在儒家是用全副力量求能了解自己的心理，如所谓反省等。（此处不能细说，细说则必与现代心理学作一比较才可明白，现代心理学最反对内省法，但内省法与反省不同。）道家则是要求能了解自己的生理，其主要的功夫是静坐，静坐就是收视返听，不用眼看耳听外面，而看听内里——看听乃是譬喻，真意指了解认识。开始注意认识的人手处在呼吸、血液循环、消化等。注意呼吸，使所有呼吸处都能觉察出来。呼吸、血液循环、消化等，是不随意肌的活动；关乎这些，人平常多不甘用心去管他，道家反是将心跟着呼吸、血液循环、消化等去走，以求了解他。譬如呼吸——通体（皮肤）都有呼吸，他都要求了解认识，而后能慢慢地去操纵呼吸、血液循环。消化营养等也全是如此，他都有一种细微而清楚的觉察。平常人不自觉地活动着的地方，他都有一个觉察，这同样是将智慧返用诸本身。于此才可以产生高明的医学。中国医学之根本在此。高

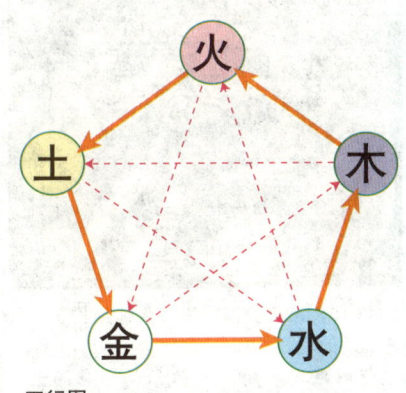

五行图

图中实线所示为相生关系，虚线所示为相克关系。中医的根本方法眼光归根于道家，它将道家五行相生相克关系应用于人体的生理循环理论。

随笔篇

孙思邈像

孙思邈是隋唐著名道士和道教学者，著名医药家，后世尊为药王。其医学理论以阴阳五行与天人合一说为基础，然后根据自然界中的灾异现象来解释人体病症，希冀从中找到病变的根源。

明医学家，大多是相传的神仙之流的原因亦在此。神仙，我们虽然不曾见过，但据我推想，他可以有其与平常人之不同处，不吃饭也许是可能的。他可以见得远，听得细，闻人所未闻，见人所未见。蚂蚁走路声音虽细，但总有声音当是可信的，以其——神仙——是静极了，能听见蚂蚁走路，应亦是可能的。人的智慧真了不起，用到哪里，则哪里的作用便特别发达，有为人所想象不到的奇妙。

道家完全是以养生术为根本，中国拳术亦必与道家相通，否则便不成其为拳术。这种养生术很接近玄学，或可谓之为玄学的初步，或差不多就是玄学。所谓"差不多"者，因这种收视返听，还不能算是内观；比较着向外，可说是向内观，但其所观仍"是外而非内，似内仍为外"。如所观察之呼吸、血液循环、消化等，仍非生命本体。人的生命，本与宇宙大生命为整个一体，契合无间，无彼此相对，无能观与所观，

如此方是真的玄学，玄学才到家。道家还是两面，虽最后也许没有两面，但开头却是有的。他所体察者是返观而非反省，因其有能知与所知两面，故仍不是一体。以上是推论的话，但也只能作此推论。我们从古人书籍中所能理解的古人造诣，深觉得道家的返观仍甚粗浅，虽其最后也许可以由粗浅而即于高深。

道家对呼吸、消化、循环等之能认识了解、操纵运用，其在医学上的贡献，真是了不得。西医无论如何解剖，但其所看到的仍仅是生命活动剩下的痕迹，而非生命活动的本身，无由去推论其变化。在解剖上，无论用怎样精致的显微镜，结果所见仍是粗浅的；无论用如何最高等的功夫，结果所产生的观念亦终是想象的，而非整个一体的生命。道家则是从生命正在活动时，就参加体验，故其所得者乃为生命之活体。

总之，东西是两条不同的路：

一面的根本方法与眼光是静的、科学的、数学化的、可分的。

一面的根本方法与眼光是动的、玄学的、正在运行中不可分的。

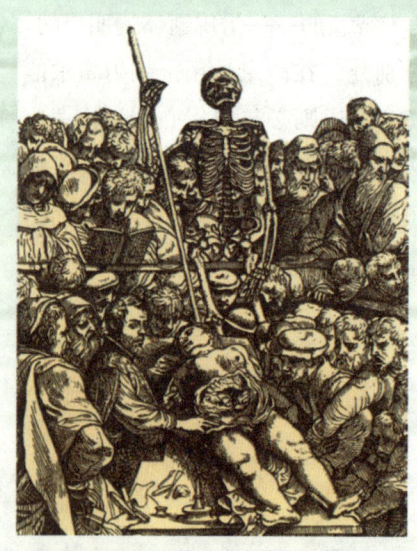

1543 年，维萨留斯发表《人体结构》时公开演讲的场面

维萨留斯发表的《人体结构》是西医解剖学史第一部伟大的著作，是西方解剖学上的又一个重大进展。以解剖学为代表的西医走着一条与中医截然不同的路，它的根本方法和眼光是静的、科学的、数学化的、可分的。

这两条路，结果中国的这个方法倒会占优胜。无奈现在还是没有办法，不用说现在无神仙之流的高明医生，即有，他站在现代学术的面前，亦将毫无办法，结果恐亦只能如变戏法似的玩一套把戏，使人惊异而已。因其不能说明自己，即说，人家也不能了解，也不信服。所以说中医是有其学术上的价值与地位，惜其莫能自明。中西医学现在实无法沟通。能沟通，亦须在较远的将来始有可能。而此可能之机在西医，在其能慢慢地研究、进步、转变，渐与中医方法接近，将中医收容进来；中医只有站在被动的地位等人来认识他。所以从这一点说，西洋科学的路子，是学问的正统，从此前进可转出与科学不同的东西来；但必须从此处转，才有途径可循。我常说中国文化是人类文化的早熟，没有经过许多层次阶段，而是一步登天；所以现在只有等着人家前来接受它。否则只是一个古董，人家拿它无办法，自己亦无办法。

中西医比较着看，西医之最大所长，而为中医之最大所短的，是西医能发见病菌，中医则未能。中医是从整个生命的变化消长上来论病，是以人为单位，这样固对。但他不知道有时这其中并不是一个单位，而是有两个能变化消长的力量。一则是身体的强弱虚实，一则是病菌。病菌是活的，同样能繁殖变化消长。此两者应当分开，不能混作一团看。西医是能看见两个重要因素的，但偏重于病菌；中医则除注意身体的强弱虚实外，对于病菌，完全没有看到。病菌的发现，真是西医的最大贡献。

· 作品赏析 ·

近现代以来，东西方两种文化，是许多学者关注的论题，《中西学术之不同》是梁漱溟先生关于东西方文化的一篇随笔，我们可以通过阅读，来领会这位中国20世纪著名思想家对于东西方文化的独特看法，以及他分析问题的独特角度。

《中西学术之不同》中作者并未直言中西文化的各自优劣，而是将对东西方文化的看法糅进对中西医学的分析中，以医学的长短来透视两种文化的差异，使读者在具体的、有内容可挖的话题中，来领受庞大文化中的抽象道理。梁漱溟认为，西医"只注意部分机关，对整个生命之变化消息，注意不够"；中医则是"验生命力量的盛衰，着意整个生命"。表面论医，实际是从本质出发论两种文化的高下。作者说西医是"静的、科学的、数学化的、可分的"；而中医是"动的、玄学的、正在运行不可分的"，从整体着眼来看东西方文化的根本区别。作者以医学这个文化中十分有代表意义的具体科学为切入点，使读者看到的结论是：中国文化注重的是"天人合一"的整体性，看重人与自然的和谐关系；而西方文化更看重的是具体的、明确的个体。作者以客观事实为依据，但字里行间也流露了强烈的民族情感。

不过作者并没有一味地沉醉于中国文化的优势中，他客观地看待东西方文化的优缺点，认为西方的优点我们也应该学习，学西是为了为我所用。他认为中医如果不与西医沟通，"中医将是打不倒也立不起来的"，这实际是在指出中国文化的出路和总体走向，反映了作者作为现当代知识分子积极关注社会、关注民族的历史责任感。

艺术家之功夫 / 徐悲鸿

入选理由

诚实对待生活的态度
科学对待艺术的角度
一个真正的艺术大家用大手笔书写小文章

　　研究艺术，务须诚笃。吾辈之习绘画，即研究如何表现种种之物象。表现之工具，为形象与颜色。形象与颜色即为吾辈之语言，非将此二物之表现，做到功夫美满时，吾辈即失却语言作用似矣。故欲使吾辈善于语言，须于宇宙万象，有非常精确之研究，与明晰之观察，则"诚笃"尚矣。其次学问上有所谓力量者，即吾辈研究甚精确时之确切不移之焦点也。如颜色然，同一红也，其程度总有些微之差异，吾人必须观察精确，表现其恰当之程度，此即所谓"力量"，力量即是绝对的精确，为吾辈研究绘画之真精神。

　　徐悲鸿（1895～1953），现代绘画艺术大师、美术教育家，江苏宜兴人。自幼随父徐达章学习诗文书画，1916年入上海复旦大学法文系，半工半读，并自修素描。1917年留学日本学习美术，不久回国，任北京大学画法研究会导师。1919年赴法国留学，1923年入巴黎国立美术学校，学习油画、素描，并游历西欧诸国，观摹、研究美术作品。1927年回国，先后任上海南国艺术学院美术系主任、中央大学艺术系教授、北京大学艺术学院院长。1933年起，先后在法国、比利时、意大利、英国、德国及苏联举办中国美术展览及个人画展。

徐悲鸿在创作

　　抗战后，屡在广州、长沙、香港、印度等各地为救济祖国难民，举办画展。历任北京大学、桂林美术学院教授。后任北平艺专校长。中华人民共和国建立后任中华全国美术工作者协会（今中国美术家协会）主席、中央美术学院院长等职。在绘画创作上，反对形式主义，坚持写实作风，主张"古法之佳者守之，垂绝者继之，不佳者改之，未足者增之，西方绘画可采入者融之"。继承我国绘画优秀传统，吸取西画之长，创造自己独特风格。擅长素描、油画、中国画。其素描多作人物、肖像，造型精练、准确，注重线与面的结合；油画长于人物、风景，作品体现了爱国主义和人道主义思想；中国画则融西方艺术手法于中国传统艺术之中，别具一格。画马为世所称，笔力雄健，气魄恢宏，布避设色，均有新意。1952年病中，曾将自己一生创作和全部珍藏捐献国家。平生积极从事美术教育事业，为中国美术事业发展，鞠躬尽瘁，培育了不少优秀人才。1953年9月26日卒于北京。

　　试观西洋各艺术品，如全盛时代之希腊作品，及米开朗琪罗、达·芬奇、提香等诸人之作品，无一不具精之精神，以成伟大者。至如何涵养此种之力量，全恃吾人之功夫。研究绘画者之第一步功夫即为素描，素描是吾人基本之学问，亦为绘画表现惟一之法门。素描拙劣，则于一个物象，不能认识清楚，以言颜色更不知所措，故素描功夫欠缺者，其所描颜色，纵如何美丽，实是放滥，凡与无颜色等。欧洲绘画界，自十九世纪以来，画派渐变。其各派在艺术上之价值，并无何优劣之点，此不过因欧洲绘画之发达，若干画家制作之手法稍有出入，详为分列耳。如马奈、塞尚、马蒂斯诸人，各因其表现手法不同，列入场各派，犹中国古诗中之潇洒比李太白、雄厚比杜工部者也。吾辈研究各派，须研究各派功夫之所在（如印象派不专究小轮廓，而重色影与气韵，其功夫

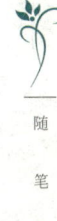

马夫和马　早期作品　素描　徐悲鸿

徐悲鸿喜欢画马，在欧洲留学的时候，曾学习西洋画的技法，认真地画过马的素描。此为其中之一。

即在色彩上），否则便不能洞见其实际矣。其次有所谓"巧"字，是研究艺术者之大敌。因吾人研究之目标，要求真理，唯诚笃，可以下切实功夫，研究至绝对精确之地步，方能获伟大之成功。学"巧"便固步自封，不复有为，乌能至绝对精确，于是我人之个性亦不能造就十分强固矣。

二十岁至三十岁，为吾人凭全副精力观察种种物象之期，三十以后，精力不甚健全，斯时之创作全恃经验记忆及一时之感觉，故须在三十以前养成一种至熟至精确之力量，而后制作可以自由。法国名画家莫奈九十岁时之作品，手法一丝不苟，由是可想见其平日素描之根底。故吾人研究绘画，当在二三十岁时，刻苦用功，分析精密之物象，涵养素描功夫，将来方可成杰作也。

诸位，艺术家之功夫，即在于此。兄弟不信世界上有甚天才，是在吾辈切实研究耳。诸位目今方在二三十岁之际，正当下功夫之时期，还望善自努力也。

·作品赏析·

"天才说"是古今中外文化界历来有争议的话题。生而知之的神秘论调也始终在文化、艺术、政治各个领域占有一席之地。这种论调的文化根基，在很大程度来源于老子的"道"，又经历代的玄学理论所生发，以致到了近、现、当代，文化、艺术界还时常被这种理论所笼罩。而徐悲鸿的《艺术家之功夫》一反这种"天才说"的论调，堪称是当时艺术界的一股清风。徐悲鸿先生用画马的一贯遒劲简洁风格，将自己对于艺术的看法作为主线条，再泼之以对艺术新生代的关怀之爱的浓墨，便做成这篇有一定理论色彩的文章。走进《艺术家之功夫》，我们可以看到一个艺术家画外真实的生活态度。

《艺术家之功夫》中徐悲鸿说研究艺术首要的是"务须诚笃"，而这种诚笃表现在绘画上便是"须于宇宙万象，有非常精确之研究，与明晰之观察"；其次便是"力量"，即"绝对的精确"，徐悲鸿用"如颜色然"作比，无非说的是我们对待生活、艺术的认真态度，而正是这种态度，才促使"研究绘画者"在艺术创作之外进行细心观察。而作者的真实用意是要告诫每一个进行艺术创作的人：要想成为出色的艺术家，要想成功，先要做一个平常人，有成绩的大家走的都是最普通的生活的路子。在谈到所谓的"巧"，徐悲鸿说"是研究艺术者之大敌"。在文章结尾他说"兄弟不信世界上有甚天才"，"艺术家之功夫，即在于此"。其中对于艺术与生活的联系的看法，反映了一个真正的艺术家对待艺术的科学态度，它也是一种踏实的生活态度的写照。而读本文，恰似面对一个面目庄严的师者，我们在聆听他讲艺术，亦是在讲人生。

人生的乐趣 /林语堂

我们只有知道一个国家人民生活的乐趣，才会真正了解这个国家，正如我们只有知道一个人怎样利用闲暇时光，才会真正了解这个人一样。只有当一个人歇下他手头不得不干的事情，开始做他所喜欢做的事情时，他的个性才会显露出来。只有当社会与公务的压力消失，金钱、名誉和野心的刺激离去，精神可以随心所欲地游荡之时，我们才会看到一个内在的人，看到他真正的自我。生活是艰苦的，政治是肮脏的，商业是卑鄙的，因而，通过一个人的社会生活状况去判断一个人，通常是不公平的。我发现我们有不少政治上的恶棍在其他方面却是十分可爱的人，许许多多无能而又夸夸其谈的大学校长在家里却是绝顶的好人。同理，我认为玩耍时的中国人要比干正经事情时的中国人可爱得多。中国人在政治上是荒谬的，在社会上是幼稚的，但他们在闲暇时却是最聪明最理智的。他们有着如此之多的闲暇和悠闲的乐趣，这有关他们生活的一章，就是为愿意接近他们并与之共同生活的读者而作的。这里，中国人才是真正的自己，并且发挥得最好，因为只有在生活上他们才会显示出自己最佳的性格——亲切、友好与温和。

既然有了足够的闲暇，中国人有什么不能做呢？他们食蟹、品茗、尝泉、唱戏、放风筝、踢毽子、比草的长势、糊纸盒、猜谜、搓麻将、赌博、典当衣物、煨人参、看斗鸡、逗小孩、浇花、种菜、嫁接果树、下棋、沐浴、闲聊、养鸟、午睡、大吃二喝、猜拳、看手相、谈狐狸精、看戏、敲锣打鼓、吹笛、练书法、嚼鸭肫、腌萝卜、捏胡桃、放鹰、喂鸽子、与裁缝吵架、去朝圣、拜访寺庙、登山、看赛舟、斗牛、服春药、抽鸦片、闲荡街头、看飞机、骂日本人、围观白人、感到纳闷儿、批评政治家、念佛、练深呼吸、举行佛教聚会、请教算命先生、捉蟋蟀、嗑瓜子、赌月饼、办灯会、焚净香、吃面条、射文虎、养瓶花、送礼祝寿、互相磕头、生孩子、

随笔篇一

243

旧时京城遛鸟的老人

遛鸟人闲逛时提着轻巧、漂亮的鸟笼，平时用布围上鸟笼，当老人坐下来休息时，便打开围布，让他的宝贝鸟儿晒晒太阳。

睡大觉。

这是因为中国人总是那么亲切、和蔼、活泼、愉快，那么富有情趣，又是那么会玩儿。尽管现代中国受过教育的人们总是脾气很坏，悲观厌世，失去了一切价值观念，但大多数人还是保持着亲切、和蔼、活泼、愉快的性格，少数人还保持着自己的情趣和玩耍的技巧。这也是自然的，因为情趣来自传统。人们被教会欣赏美的事物，不是通过书本，而是通过社会实例，通过在富有高尚情趣的社会里的生活，工业时代人们的精神无论如何是丑陋的，而某些中国人的精神——他们把自己的社会传统中一切美好的东西都抛弃掉，而疯狂地去追求西方的东西，可自己又不具备西方的传统，他们的精神更为丑陋。在全上海所有富豪人家的园林住宅中，只有一家是真正的中国式园林，却为一个犹太人所拥有。所有的中国人都醉心于什么网球场、几何状的花床、整齐的栅栏、修剪成圆形或圆锥形的树木，以及按英语字母模样栽培的花草。上海不是中国，但上海却是现代中国往何处去的不祥之兆。它在我们嘴里留下了一股又苦又涩的味道，就像中国人用猪油做的西式奶油糕点那样。它刺激了我们的神经，就像中国的乐队在送葬行列中大奏其"前进，基督的士兵们"一样。传统和趣味需要时间来互相适应。

古代的中国人是有他们自己的情趣的。我们可以从漂亮的古书装帧、精美的信笺、古老的瓷器、伟大的绘画和一切未受现代影响的古玩中看到这些情趣的痕迹。人们在抚玩着漂亮的旧书、欣赏着文人的信笺时，不可能看不到古代的中国人对优雅、和谐和悦目色彩的鉴赏力。仅在二三十年之前，男人尚穿着鸭蛋青的长袍，女人穿紫红色的衣裳，那时的双绉也是真正的双绉，上好的红色印泥尚有市场。而现在整个丝绸工业都在最近宣告倒闭，因为人造丝是如此便宜，如此便于洗涤，三十二元钱一盎司的红色印泥也没有了市场，因为它已被橡皮图章的紫色印油所取代。

古代的亲切和蔼在中国人的小品文中得到了极好的反映。小品文是中国人精神

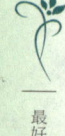

的产品，闲暇生活的乐趣是其永恒的主题。小品文的题材包括品茗的艺术，图章的刻制及其工艺和石质的欣赏，盆花的栽培，还有如何照料兰花、泛舟湖上，攀登名山，拜谒古代美人的坟墓；月下赋诗，以及在高山上欣赏暴风雨——其风格总是那么悠闲、亲切而文雅，其诚挚谦逊犹如与密友在炉边交谈，其形散神聚犹如隐士的衣着，其笔锋犀利而笔调柔和，犹如陈年老酒。文章通篇都洋溢着这样一个人的精神：他对宇宙万物和自己都十分满意；他财产不多，情感却不少；他有自己的情趣，富有生活的经验和世俗的智慧，却又非常幼稚；他有满腔激情，而表面上又对外部世界无动于衷；他有一种愤世嫉俗般的满足，一种明智的无为；他热爱简朴而舒适的物质生活。这种温和的精神在《水浒传》的序言里表述得最为明显，这篇序文伪托给该书作者，实乃17世纪一位批评家金圣叹所作。这篇序文在风格和内容上都是中国小品文的最佳典范，读起来像是一篇专论"悠闲安逸"的文章。使人感到惊讶的是，这篇文章竟被用作小说的序言。

在中国，人们对一切艺术的艺术，即生活的艺术，懂得很多。一个较为年轻的

园居图　明代　仇英
文人士大夫构成了明朝上层社会的主流，随着社会经济的发展，他们的生活情趣比以前发生了较大的变化，书画、品茶、玩古、治印、收藏、音乐、弈棋、读书等成为他们的生活中的重要组成部分。此图描绘的是友人相聚煮茶为乐的情景。正如本文作者所说"古代的中国人是有他们自己的情趣的"。

文明国家可能会致力于进步；然而一个古老的文明国度，自然在人生的历程上见多识广，它所感兴趣的只是如何过好生活。就中国而言，由于有了中国的人文主义精神，把人当做一切事物的中心，把人类幸福当做一切知识的终结，于是，强调生活的艺术就是更为自然的事情了。但即使没有人文主义，一个古老的文明也一定会有一个不同的价值尺度，只有它才知道什么是"持久的生活乐趣"，这就是那些感官上的东西，比如饮食、房屋、花园、女人和友谊。这就是生活的本质，这就是为什么像巴黎和维也纳这样古老的城市有良好的厨师、上等的酒、漂亮的女人和美妙的音乐。人类的智慧发展到某个阶段之后便感到无路可走了，于是便不愿意再去研究什么问题，而是像奥玛开阳那样沉湎于世俗生活的乐趣之中了。于是，任何一个民族，如果它不知道怎样像中国人那样吃，如何像他们那样享受生活，那末，在我们眼里，这个民族一定是粗野的，不文明的。

在李笠翁（17世纪）的著作中，有一个重要部分专门研究生活的乐趣，是中国人生活艺术的袖珍指南，从住宅与庭园、屋内装饰、界壁分隔到妇女的梳妆、美容、施粉黛、烹调的艺术和美食的导引，富人穷人寻求乐趣的方法，一年四季消愁解闷的途径，性生活的节制，疾病的防治，最后是从感觉上把药物分成三类："本性酷好之药"、"其人急需之药"和"一生钟爱之药"。这一章包含了比医科大学的药学课程更多的用药知识。这个享乐主义的戏剧家和伟大的喜剧诗人，写出了自己心中之言。我们在这里举几个例子来说明他对生活艺术的透彻见解，这也是中国精神的本质。

李笠翁在对花草树木及其欣赏艺术作了认真细致而充满人情味的研究之后，对柳树作了如下论述：

柳贵乎垂，不垂则可无柳。柳条贵长，不长则无袅娜之致，徒垂无益也。此树为纳蝉之所，诸鸟亦集。长夏不寂寞，得时闻鼓吹者，是树皆有功，而高柳为最。总之种树非止娱目，兼为悦耳。目有时而不娱，以在卧榻之上也；耳则无时不悦。鸟声之最可爱者，不在人之坐时，而偏在睡时。鸟音宜晓听，人皆知之；而其独直于晓之故，人则未之察也。鸟之防弋，无时不然。卯辰以后，

李渔像
李渔，字笠翁、谪凡，号湖上笠翁，兰溪（今属浙江）人，生于江苏雉皋（今江苏如皋），清代杰出的小说家、戏曲家、戏曲理论家。后卒于杭州。

是人皆起，人起而鸟不自安矣。虑患之念一生，虽欲鸣而不得，欲亦必无好音，此其不宜于昼也。晓则是人未起，即有起者，数亦寥寥，鸟无防患之心，自能毕其能事。且扣舌一夜，技痒于心，至此皆思调弄，所谓"不鸣则已，一鸣惊人"者是也，此其独宜于晓也。庄子非鱼，能知鱼之乐；笠翁非鸟，能识鸟之情。凡属鸣禽，皆当以予为知己。种树之乐多端，而其不便于雅人者亦有一节：枝叶繁冗，不漏月光。隔婵娟而不使见者，此其无心之过，不足责也。然匪树木无心，人无心耳。使于种植之初，预防及此，留一线之余天，以待月轮出没，则昼夜均受其利矣。

在妇女的服饰问题上，他也有自己明智的见解：

妇人之衣，不贵精而贵洁，不贵丽而贵雅，不贵与家相称，而贵与貌相宜……今试取鲜衣一袭，令少妇数人先后服之，定有一二中看，一二不中看者，以其面色与衣色有相称、不相称之别，非衣有公私向背于其间也。使贵人之妇之面色不宜文采，而宜缟素，必欲去缟素而就文采，不几与面色为仇乎？……大约面色之最白最嫩，与体态之最轻盈者，斯无往而不宜：色之浅者显其淡，色之深者愈显其淡；衣之精者形其娇，衣之粗者愈形其娇……然当世有几人哉？稍近中材者，即当相体裁衣，不得混施色相矣。

记予儿时所见，女子之少者，尚银红桃红，稍长者尚月白，未几而银红桃红皆变大红，月白变蓝，再变则大红变紫，蓝变石青。迨鼎革以后，则石青与紫皆罕见，无论少长男妇，皆衣青矣。

李笠翁接下去讨论了黑色的伟大价值。这是他最喜欢的颜色，它是多么适合于各种年龄、各种肤色，在穷人可以久穿而不显其脏，在富人则可在里面穿着美丽的色彩，一旦有风一吹，里面的色彩便可显露出来，留给人们很大的想象余地。

此外，在"睡"这一节里，有一段漂亮的文字论述午睡的艺术：

然而午睡之乐，倍于黄昏，三时皆所不宜，而独宜于长夏。非私之也，长夏之一日，可抵残冬二日，长夏之一夜，不敌残冬

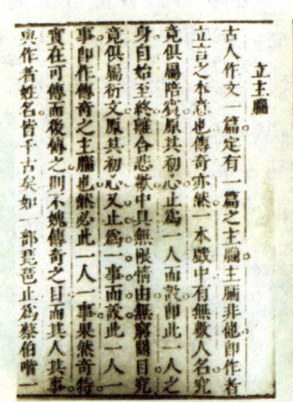

《闲情偶寄》书影
《闲情偶寄》是李渔的重要理论著作，此书包括《词曲部》、《演习部》、《声容部》、《居室部》、《器玩部》、《饮馔部》、《种植部》、《颐养部》等8部，其中用相当大的篇幅论述了戏曲、歌舞、园林、建筑、花卉、器玩等艺术和生活中的各种审美现象。

之半夜，使止息于夜，而不息于昼，是以一分之逸，敌四分之劳，精力几何，其能噬此？况暑气铄金，当之未有不倦者。倦极而眠，犹饥之得食，渴之得饮，养生之计，未有善于此者。午餐之后，略逾寸晷，俟所食既消，而后徘徊近榻。又勿有心觅睡，觅睡得睡，其为睡也不甜。必先处于有事，事未毕而忽倦，睡乡之民自来招我。桃源、天台诸妙境，原非有意造之，皆莫知其然而然者，予最爱旧诗中，有"手倦抛书午梦长"一句。手书而眠，意不在睡；抛书而寝，则又意不在书，所谓莫知其然而然也。睡中三昧，惟此得之。

只有当人类了解并实行了李笠翁所描写的那种睡眠的艺术，人类才可以说自己是真正开化的、文明的人类。

· 作品赏析 ·

林语堂是 20 世纪中国文学史上不可不说的一个人物，他开创的"五四"时期小品文的幽默闲适之风，使中国百年散文有了一派新气象，而他的文章很少涉及沉重的话题，也因此招来许多人对他的议论，但是否林语堂真的是闭门读书，不问世事呢？他的轻松小品文是否真的只是一味的轻松、轻巧呢？林语堂在《人生的乐趣》中说"我们只有知道一个国家人民生活的乐趣，才会真正了解这个国家"。他把"人生的乐趣"直接提升到民族、国家的高度。在提到上海人的生活趣味时，他说上海人"都醉心于什么网球场、几何状的花床、整齐的栅栏、修剪成圆形或圆锥形的树木，以及按英语字母模样栽培的花草"，林语堂很反感当时上海人这种一味西方化，没有自己民族特色的生活方式。但是对于这种现状的思考，作者没有借助激烈的语言来传达，而是融于"上海不是中国，但上海却是现代中国往何处去的不祥之兆"的深深忧虑中。从艺术特色上看，作者对于民族、国家的忧患意识，是在一种看似冲淡平和的文字中传达的。但有了这样沉重的时代背景的描摹，平和冲淡恰恰让林语堂的忧虑显得更深沉，更耐人寻味。

论东西文化的幽默 / 林语堂

各位女士和各位先生，我得以《论东西文化的幽默》这个题目向本届会议所特出的主题发表演说，深感欣幸。记得伯格森说过，"幽默可使紧张的情绪疏散，神经松弛。"我希望我们在讨论这一主题之后，大家不致于再犯上过分紧张的错误。

幽默是人类心灵开放的花朵

一般认为哭是一切动物所共有的本能，笑却只是猿猴的特性；这种特性只有我们和我们的祖先人猿才有。我不妨补充一句，思想是人的本能，但对一个人的错误，以微微一笑置之却是神了。

我不否认海豚很会嬉戏作乐。至于象和马会不会笑，我却不知道了。即使他们会的话，似乎也不能很明显的表现出来。我认为幽默的发展是和心灵发展并进的。因此幽默是人类心灵舒展的花朵，它是心灵的放纵或者是放纵的心灵。惟有放纵的心灵，才能客观地静观万事万物而不为环境所囿。

维多利亚女王的遗言

可以算得是文明的一项特殊赐予，每当文明发展到了相当的程度，人便可以看到他自己的错误和他的同人的错误，于是便出现了幽默。每当人的智力能够觉察统治人们的愚行；政客们的伪善面孔与陈腔滥调，以及人类的弱点与缺失；徒劳无益的努力与矫揉造作的情态，我们自己的梦想与现实之脱节，幽默便必然表现于文学。

故幽默也是人类领悟力的一项特殊赐予。我特别欣赏维多利亚女王临终前的最后遗言。当她知道她的死期已到，这位大英帝国统治者的最后一句话是："我已尽

力而为了。"她知道她不是完人，只不过是已尽了她一生最大的努力。我喜欢那种谦虚，那种健全的热情的和具有人情味的智慧。这就是最好的一种幽默。

搔痒是人生一大乐趣

有时我们把幽默和机智混为一谈，或者甚至把它混淆为对别人的嘲笑和轻蔑。实际发自这种恶意的态度，应称之为嘲谑或讥讽。嘲谑与讥讽是伤害人的，它像严冬刮面的冷风。幽默则如从天而降的温润细雨将我们孕育在一种人与人之间友情的愉快与安适的气氛中。它犹如潺潺溪流或者照映在碧绿如茵的草地上的阳光。嘲谑与讥讽损伤感情，辄使对方感到尴尬不快而使旁观者觉得可笑，幽默是轻轻地挑逗人的情绪像搔痒一样。搔痒是人生一大乐趣，搔痒会感觉到说不出的舒服，有时真是爽快极了，爽快得使

英国女王维多利亚像

英国女王维多利亚于1837年即位，在位60多年，是英国历史上在位时间最长的国王。维多利亚在位期间，英国的君主立宪制得到了充分发展，经济空前繁荣，并且建立了庞大的殖民地，在历史上被称为维多利亚时代。

你不自觉的搔个不休。那犹如最好的幽默之特性。它像是星星火花般的闪耀，然而却又遍处弥漫着舒舒的气息，使你无法将你的指头按在某一行文字上指出那是它的所在。你只觉得舒爽，但却不知道舒爽在哪里以及为什么舒服，而只希望作者一直继续下去。

朋友之间会心的微笑

因此，我们必须把幽默的真谛与各种作用混淆不清的语意加以区分，正如我们要将哄笑与冷笑，捧腹大笑和淡淡的微笑，或者嗤嗤讥笑加以区分一样。我喜欢一个作家含有淡淡带哀怨的微笑，那会给我们一点甜蜜的忧郁，就像葛瑞那首《墓园的衰歌》。绝妙的一种微笑是两个朋友相对"会心的微笑"，即一般所谓"相视莫逆"，"心照不宣"的浅笑。当爱默生和卡莱尔初次见面时，他们未发一语，而只像"心心相印"般的发出微笑。这便是中国人所最欣赏的"会心的微笑"。

佛祖与基督的爱与恕

各位女士和各位先生，我认为最精微纯粹的幽默便是能逗引人发出一种含有思想并发人深省的笑耍。如果我们是天使，便不需要幽默，我们将整天翱翔在空际吟

唱赞美诗。不幸我们生存在这人世间，居于天使与魔鬼之间的境界。人生充满了悲哀与忧愁，愚行与困顿。那就需要幽默以促使人发挥潜力，复苏精神的一个重要启示。

它表现在一种广大无垠的哀怜中——以一种悲怆且富有同情的态度来洞察人生。这惟有人类中最大的人物始克臻此，正如佛祖和耶稣。我想，佛祖的教训可用五个字总括，即"怜天下万物"。而耶稣对那个被捉住的淫妇正受犹太村民包围投石时说："慢着！且让那些没有犯过罪的人投击第一块石头。"这就是表现出一种宽宏的哀怜并教众人反省的警惕。也就是崇高的洞察力，对全人类的一种包含着慈悲与仁恕的谅解。

且让我再举几个胸襟伟大的人所流露出来的一种幽默实例——一种由于承受这人间世所不可避免的事情，或者克服一种缺憾，藉以表现内在潜力的幽默。

苏格拉底泼辣的妻子

诸位都知道苏格拉底有一位泼辣的悍妻。苏格拉底每当受到太太一连串的责骂后，他就走出屋子去找宁静的地方。他正跨出门外一步，他的悍妻便把一桶冷水从窗口倒在他的头上，淋得苏格拉底浑身　湿。他却毫无愠色，而自言自语地说："雷声过后必然雨下来了。"这样，便泰然自若地走向雅典市场去了。

他尝把结婚比拟为骑马。如果你想练习骑马，应当选择一匹野马，要是你想驾御一匹驯良的马以策安全，那就根本不需练习了。

很少人明了希腊哲学中逍遥学派的兴起系由于苏格拉底太太的功劳。倘苏格拉底沉醉在一个疼爱他的妻子的温柔怀抱里，恩爱缠绵，他决不会游荡街头，拉住路人问一些令人困窘的问题了。

林肯太太好吹毛求疵

另一个伟人，林肯，大概也是由于他那个唠叨而又容易激动的妻子促使他做了美国总统。林肯经常坐在酒吧里跟别人开玩笑。据替他作传记的人说：每当周末的夜晚来临，大家都想回家，独有林肯是最不愿意回家的人。他宁愿在酒吧和人厮混，藉以增强他的机智。因而使他获得那种纯朴自然的幽默感，并成为一个精通英语的人。

有一天，一个年轻的报童送报纸给林太太，因为迟到一刻，林太太就痛骂他一顿。吓得那报童抱头鼠窜而逃，奔向他的老板哭诉去了。那是一个小市镇，人人都彼此互相认识。日后报馆经理遇到林肯便说起这件事，而林肯回答他说："请你告诉那小伙计不要介意。他每天只看见她一分钟，而我却已忍受 12 年了。"

从苏格拉底与林肯这两个例子，我们也可以看出表现在他们幽默中的一种精神慰藉，任何一个能容忍他的妻子一桶水淋头的人便必能成为伟人。

老庄是我国大幽默家

在中国，有好多大哲学家都是富有幽默的机智。与孔子同时代的老子便常向孔子开着玩笑讲，因为孔子的主张要人经常修养不断地求进步；老子则主张返璞归真。在老子看来，像孔子那样忙着到处乱跑，满口仁义道德的人，不免显得有点滑稽可笑。老子说："失道而后德，失德而后仁，失仁而后义，失义而后礼……"因此，他说："知者不言，言者不知。"又说："圣人不死，大盗不止。"

老子对孔子的批评虽很尖刻，但他的语调还是很婉转柔和，是从他的胡须里面发出来的。跟亚里士多德同一时代，且为老子杰出门徒的庄子，他那种粗壮豪放的

庄周梦蝶图　元代　刘贯道
庄子，名周，宋国蒙（今河南商丘东北）人，先秦著名思想家。他最终继承老子的衣钵，成为战国时期道家学派的代表人物和集大成者。

笑声，却使历代均深受其影响。

庄子看到当时政治混乱的局面，曾经说道："窃钩者诛，窃国者侯。"

庄子有一则关于寡妇的故事。使我联想起皮特罗尼斯（西历纪元一世纪罗马讽刺家）所著那本《艾菲萨斯的寡妇》。

一天庄子从山林中散步归来，神情显得非常悲伤。他的门徒问道："先生为何显得这么悲伤呢？"于是他便说："我在散步的路旁，看到一个服丧的妇人跪在墓地上，手里拿着一把扇子用力扇一座新坟，而坟上的泥土还没有干呢。我就问她：'你为何要这样做呢？'那寡妇回答说：'我曾应允我亲爱的丈夫，我要等到他的坟土干了以后才会改嫁。现在你看，这可恶的天气！'"

我很快慰，我们有老子和庄子那样的圣人，如果没有他们，则中华民族早已为一个神经衰弱的民族了。

孔子对挫折付之一笑

现在来谈孔子。孔子曾经被人描绘成一个道貌岸然，规行矩步的学究。其实他根本不是那种人。他能笑他自己所以失败和挫折的遭遇。孔子表面上虽像是个失败的人，他离乡背井，出国远行，周游列国14年，想寻找一位乐意将他的主张付诸实施的统治者。他从一个城市走到另一个城市，他的门徒跟随着他，却一路上老是受到妒嫉他的小政

孔子微服过宋
孔子在大约47岁时率弟子周游列国，志欲改良时政，复兴周礼，但都没有得到重用。此图表现的是孔子去宋适郑，与弟子走散，被郑人嘲笑为丧家之犬的故事。

客痛恨；有好几次他被敌人在路上加以拦截，甚至有一次被围困在郊外一家小客栈中绝粮七日。当他的门徒开始发生怨声时，孔子却在树下唱起歌来。孔子到郑国，有一天他和门徒走散了，孔子独自个站在城东门。郑人或谓子贡曰："东门有人，其颡似尧，其项类皋陶，其肩类子产，然自腰以下不及禹三寸，累累若丧家之狗。"孔子欣然笑曰："形状未也，而似丧家之狗，然哉然哉。"你们看他泰然自若的态度多有趣。

新儒家特别缺乏幽默

我想在结束这篇演说时再说明一点，每当人的精神颓废而退化，伪善而夸大的陈腔滥调，甚至残酷，便会再度抬起头来。孔子的容忍，幽默，和富于人情味的热情便被忘却了，于是一些新儒家便把他的教训纳入一套严厉的道德法典中，诸如女人缠足，寡妇守节，一个女子在其未婚夫于婚前夭折，即不得改嫁他人等等，竟成为一种崇尚的妇德，非常受到新儒家的鼓励和钦佩。在这些学者论道德的文章中，就找不出一点人情味和幽默感。而在一些匿名作家或者不敢将其姓名签署于文学作品的作者所写的小说中，我们才再度找到幽默和一种比较能真实反映人生，符合一般人思想、知觉与情绪的东西。

·作品赏析·

　　林语堂是中国现代文学史上最早使用"幽默"一词的人。他用"博大、真切、幽默、闲适"相融合的文风，开启了格调独特的幽默闲适小品文的先河。在他精短简练的语言中，时时闪耀哲理的火花，使读者在宁和喜悦的阅读氛围中不经意地采撷深沉的智慧的硕果。《论东西文化的幽默》中，林语堂似在收集东西方幽默故事，文风舒缓轻松，而传递的主旨却有凝重深厚的一面。

　　《论东西文化的幽默》以简短札记似的形式为文，似 10 个小故事，即写即停。读来能让读者在会心一笑中体味"幽默"的真谛。"苏格拉底泼辣的妻子"、"林肯太太好吹毛求疵"、庄子关于寡妇的幽默、孔子对"丧家之狗"的从容，这些原本在一般文人笔下都会嚼出郁闷气息的故事，林语堂却能将之理解为幽默。即使作为中国传统的规范道德标准的儒家，林语堂认为最早的儒家处世原则也不乏幽默的因子。至于把孔子的教训"纳入一套严厉的道德法典中"，乃是"新儒家特别缺乏幽默"，将孔子人格异化为一种道德规范的结果。

　　林语堂曾说"没有幽默滋润的国民，其文化必日趋虚伪，生活必日趋欺诈，思想必日趋迂腐，文学必日趋干枯，而人的心灵必日趋顽固"（引自《一夕话》）。说明要真正使人们达到幽默的境界，民族也要有一种能让幽默生长发育的良好氛围。而最后一节"新儒家特别缺乏幽默"，既是对陈腐文化环境的批判，又蕴含着对于改良民族文化氛围的期待。从这一点看林语堂的幽默即有其凝重意味了。

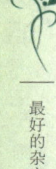

自觉与自贱 / 邹韬奋

自觉心是进步之母，自贱心是堕落之源，故自觉心不可无，自贱心不可有。本期沧波君自英通讯，提起我国驻外的公使馆领事馆，有的连牌子都不愿挂，国旗都不愿悬，这种习惯是否已普及于我国驻外的外交机关，虽不可知，但有此事实之发现，

作者简介 ••

邹韬奋像

邹韬奋（1895～1944），原名思润，笔名韬奋，祖籍江西余江，出生于福建永安。1919年由南洋大学转入圣约翰大学文科，毕业后任中华职业教育社编辑部主任，并负责编辑《教育与职业》月刊和主编职业教育丛书，同时兼任中华职业学校和海澜英文专门学校的英文教员。1921年大学毕业后至1931年，负责《生活》周刊和《时事新报》副刊编务。1931年"九·一八"事变后反对蒋介石的不抵抗主义，积极为抗日募捐。1932年7月，创办生活书店，该店相继在全国许多城市设立分店，大量编印发行各种抗日救亡书籍和马列主义书籍。次年加入中国民权保障同盟，当选为执行委员。1933年7月因受迫害流亡国外。

1935年8月，由美归国，创办《大众生活》周刊，不久被封。1936年奔走于港沪之间，积极鼓动抗日，年底遭逮捕，是"七君子"之一。出狱后，上海沦陷，前往武汉继续参加救国活动。国民党政府聘他为国民参议员。他把《抗战》和《全民周刊》合并改为《全民抗战》三日刊。1941年2月，辞去国民参议员职务，出走香港，并恢复《大众生活》周刊。

香港沦陷后，曾到苏北解放区参观访问。1943年因患脑癌秘密回上海治病。次年7月24日在上海病逝。中共中央根据他生前的申请，追认其为中国共产党党员。

"七君子"合影

右起：邹韬奋、李公朴、沙千里、沈钧儒、章乃器、史良、王造时。

已足引起国人的注意。我们试分析这种心理，实含有自己看不起自己的祖国，自己不愿做中国人的意味。试再作进一步心理上的分析，便知道是发生了自觉心以后的自贱心。以堂堂代表一国的外交官，乃具有这种自贱心，已属可痛，而依默察一般人所得，深恐这种变态的心理不仅限于所谓外交官也者。这种潜伏的祸根，苟非铲除净尽，则我们的民族前途实祸多而福少，进步减少希望而堕落的路愈跑愈远。

所谓自觉心，简言之，即自觉有何长处，便当极力保存而更发扬光大；自觉有何短处，便当极力避免而更奋发有为。自觉心所以能成为进步之母者，即在乎此。若自觉有所短而存着自贱的心理，便是自甘永居卑劣的地位，所得的结果是颓废，不是进步。

我国在此混乱时代，当然有许多不满人意的地方，我们所该努力的方向是靠我们自己群策群力把不满意的地方使它变成满意，否则你尽管不愿做中国人，终究是中国人。不愿挂中国牌子不愿悬中国国旗的中国公使或领事，不见得就因此一跃而为其他什么特别出风头国家的大公使或大领事；不见得就因此可以获得别人的特殊尊重。想穿了这一点，我们自觉之后，只用得着自奋，用不着自贱。我们当光明磊落泰然坦然的做中国人，尽我们心力做肯求进步的中国人。无所用其自大，亦无所用其自贱。

山水及自然景物的欣赏 / 郁达夫

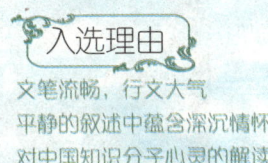

入选理由

文笔流畅，行文大气
平静的叙述中蕴含深沉情怀
对中国知识分子心灵的解读

自从亚里士多德的文学模仿论创定以来，以为诗的起源是根据于模仿本能的学说，到现在还没有绝迹；论客的富有独断性者，甚至于说出"所有的艺术，都是自然的模仿；模仿得像一点，作品就伟大一点，文学是如此，绘画亦如此，推而至于音乐、舞蹈，也无一不如此"等话来。这句话，虽则说得太独断，太笼统；但反过来说，自然景物以及山水，对于人生，对于艺术，都有绝大的影响，绝大的威力，却是一件千真万确

作者简介 ···

　　郁达夫 (1896～1945)，原名郁文，字达夫，浙江富阳人，1911 年起开始创作旧体诗，并向报刊投稿。1912 年考入之江大学预科，因参加学潮被校方开除。1914 年 7 月入东京第一高等学校预科后开始尝试小说创作。1919 年入东京帝国大学经济学部。1921 年 6 月，与郭沫若、成仿吾、张资平等人酝酿成立了新文学团体创造社。1922 年 3 月，自东京帝国大学毕业后归国。5 月，主编的《创造季刊》创刊号出版。1923 年至 1926 年间先后在北京大学、武昌师大、广东大学任教。1926 年底返沪后主持创造社出版部工作，主编《创造月刊》、《洪水》半月刊。

郁达夫像

　　1928 年加入太阳社，并在鲁迅支持下，主编《大众文艺》。1930 年 3 月，中国左翼作家联盟成立，为发起人之一。1933 年 4 月移居杭州，1936 年任福建省府参议。1938 年，赴武汉参加军委会政治部第三厅的抗日宣传工作，并在中华全国文艺界抗敌协会成立大会上当选为常务理事。1938 年 12 月至新加坡，主编《星洲日报》等报刊副刊。1942 年，日军进逼新加坡，与胡愈之、王任叔等人撤退至苏门答腊的巴爷公务，化名赵廉。1945 年日本投降后被日军宪兵杀害。

的事情；所以欣赏山水以及自然景物的心情，就是欣赏艺术与人生的心情。

　　无论是一篇小说，一首诗，或一张画，里面总多少含有些自然的分子在那里；因为人就是上帝所造的物事之一，就是自然的一部分，决不能够离开自然而独立的。所以欣赏自然，欣赏山水，就是人与万物调和，人与宇宙合一的一种谐和作用，照亚里士多德的说法，就是诗的起源的另一个原因，喜欢调和的本能的发露。

　　自然的变化，实在多而且奇，没有准备的欣赏者，对于他的美点也许会捉摸不十分完全的；就单说一个天体罢，早晨的日出，中午的晴空，傍晚的日落，都是最美也没有的景象；若再配上以云和影的交替，海与山的参错，以及一切由人造的建筑园艺，或种植畜牧的产物，如稻麦、牛羊、飞鸟、家畜之类，则仅在一日之中，就有万千新奇的变化，更不必去说暗夜的群星，月明的普照，或风、雷、雨、雪的突变，与四季寒暖的更迭了。

　　我们人类，大家都有一种特性，就是喜新厌旧，每想变更的那一种怪习惯；不问是一个绝色的美人，你若与她日日相对，就要觉得厌腻，所以俗语里有"家花不及野花香"的一句；或者是一碗最珍贵最可口的菜，你若每日吃着，到了后来，也觉得宁愿去换一碗粗肴淡菜来下饭；惟有对于自然，就决不会发生这一种感觉，太阳自东方出来，西方下去，日日如此，年年如此，我们可没有听见说有厌看白天晚

上的一定轮流而去自杀的人。还有月亮哩，也是只在那么循行，自有地球有人类以来的一套老调，初一出，月半圆，月底全没有，而无论哪一处的无论哪一个人，看了月亮，总没有不喜欢的，当然瞎子又当别论了。自然的伟大，自然的与人类有不可须臾离的关系，就此一点也可以看出来了，这就是欣赏自然景物的人类的天性。

欣赏自然景物的本能，是大家都有的；不过有些人忙于衣食，不便沉酣于大自然的美景，有些人习以为常了，虽在欣赏，也没有欣赏的自觉，因而使一般崇拜自然美的人，得自命为雅士，以为自然景物，就只为了他们少数人而存在的。更有些人，将自然范围限制得很小，以为能如此这般的欣赏，自然景物，就尽在他们的囊中了。下边的四首歌曲和一张节目，就是这些雅士们的欣赏自然的极致，我们虽则不能事事学他们，但从小处也可以见大，倒未始不是另一种欣赏自然景物的规范。

这些原也不免有点过于自命风雅，弄趣成俗之嫌；可是对于有些天良丧尽、人性全无的衣冠禽兽，倒也可以给他们一个警告，教他们不要忘掉自然。我从前在北平的时候，就有一位同事，是专门学法律的人，他平时只晓得钻门路，积私财，以升官发财为惟一的人生乐趣，你若约他上中央公园去喝一碗茶，或上西山去行半日乐，他就说这是浪漫的行径，不是学者所应有的态度。现在他居然位至极品，财积到了几百万了，但闻他惟一娱乐，还是出外则装学者的假面，回家则翻存在英国银行里的存折，对于自然，对于山水，非但不晓得欣赏，并且还是视若仇敌似的。对于这一种利欲熏心的人，我以为对症的良药，就只有一服山水自然的清凉散，到这里，前面所开的那两个节目，倒真合用了；因为山水、自然，是可以使人性发现，使名利心减淡，使人格净化的陶冶工具。我想中国贪官污吏的辈出，以及一切政治施设都弄不好的原因，一大半也许是在于为政者的昧了良心，忽略了自然之所致。

自然景物所包涵的方面，原是极博大、极广阔的；像上面所说的天地岁时、社会人事，静而观之，无一不是自然，无一不可以资欣赏，但这却非要悠闲自得，像朱夫子那样的道学先生才办得到；至于我们这种庸人，要想得到些自然的美感，第一，还是上山水佳处去寻生活，较为直截了当；古今来，闲人达士的游山玩水的习惯的不易除去，甚至于有渴慕烟霞成痼疾的原因，大约总也就在这里。

大抵山水佳处，总是自然景物的美点发挥得最完美，最深刻的地方。孔夫子到了川上，就觉悟到了他的栖栖一代，猎官求仕之非；太史公游览了名山大川，然后才死心塌地，去发愤而著书。可知我们平时所感受不到的自然的威力，到了山高水长的风景聚处，就会得同电光石火一样，闪耀到我们的性灵上来；古人的讲学读书，以及修真求道的必须要入深山傍大水去结庐的理由，想来也就在想利用这一点山水所给与人的自然的威力。

我曾经到过日本的濑户内海去旅行，月夜行舟，四面的青葱欲滴，当时我就只想在四国的海岸做一个半渔半读的乡下农民；依船楼而四望，真觉得物我两忘，生死全空了。后来也登过东海的崂山，上过安徽的黄山，更在天台雁荡之间，逗留过一段时期，每到一处，总没有一次不感到人类的渺小，天地的悠久的；而对于自然的伟大，物欲的无聊之念，也特别的到了高山大水之间，感觉得最切。所以要想欣赏自然的人，我想第一着还是先上山水优秀的地方去训练耳目，最为适当。

从前有一个赞美英国19世纪的那位美术批评家拉斯肯的人说，他在没有读过拉斯肯以前，对于绘画，对于蒙勃兰高峰的积雪晴云，对于威尼斯，弗露兰斯的壁画殿堂，犹如瞎子，读了之后，眼就开了。这话对于高深的艺术品的欣赏，或者是真的，但对于自然美，尤其是山水美的感受，我想也未必尽然。粗枝大略的想欣赏自然，欣赏山水，不必要有学识、有鉴赏力的人才办得到的；乡下愚夫愚妇的千里进香，都市里寄住的小市民的窗槛栽花，都是欣赏自然的心情的一丝表白。我们只教天良不泯，本性尚存，则但凭我们的直觉，也就尽够做一个自然景物与高山大水的初步欣赏者了。

· 作品赏析 ·

自然山水历来备受中国文人的关注，中国知识分子也多借自然山水来传达自己的心声。王国维说"一切景语，皆情语"，总览中国历代描摹自然山水的优秀文章，细细品来，字里行间无不蕴含着弦外之音，景外之境。现实生活中的跌跌荡荡，使中国知识分子固有的精神世界变得支离破碎，在看尽世态炎凉后，最终寻找着心灵的归宿，于是山水便成了他们最后的寄情之物。

《山水及自然景物的欣赏》是郁达夫关于山水鉴赏的一篇随笔，文笔流畅，行文大气，文字中没有郁达夫以往在小说中所表现的苦闷与忧郁。作者将对于山光水色的欣赏，提升到一定的鉴赏角度，上升到一个理论高度。认为"欣赏山水及自然景物的心情，就是欣赏艺术与人生的心情"，充分体现了山水在中国读书人生活中所占的重要位置。作者认为欣赏山水是人类的一种本能，认为山水、自然可以使"人性发现，使名利心减淡，使人格净化"。

文中郁达夫说自己曾经在日本濑户内海月夜行舟，陶醉于四周的美景，说"当时我就只想在四国的海岸做一个半渔半读的乡下农民"，这是作者见美景而突然生发的感情，但也无不传达着整个中国知识分子阶层不堪现实社会的重压，而欲去自然山水中寻求寄托的思想。这一点也许是中国文化中永远的悲哀。《山水及自然景物的欣赏》文字整洁，寓情深刻，是山水鉴赏文章中一篇难得的佳作。

翡冷翠山居闲话 / 徐志摩

在这里出门散步去，上山或是下山，在一个晴好的五月的向晚，正像是去赴一个美的宴会，比如去一果子园，那边每株树上都是满挂着诗情最秀逸的果实，假如你单是站着看还不满意时，只要你一伸手就可以采取，可以恣尝鲜味，足够你性灵的迷醉。阳光正好暖和，决不过暖；风息是温驯的，而且往往因为他是从繁花的山林里吹度过来，他带来一股幽远的澹香，连着一息滋润的水气，摩挲着你的颜面，轻绕着你的肩腰，就这单纯的呼吸已是无穷的愉快；空气总是明净的，近谷内不生烟，远山上不起霭，那美秀风景的全部正像画片似的展露在你的眼前，供你闲暇的鉴赏。

徐志摩像

作客山中的妙处，尤在你永不须踌躇你的服色与体态；你不妨摇曳着一头的蓬草，不妨纵容你满腮的苔藓；你爱穿什么就穿什么；扮一个牧童，扮一个渔翁，装一个农夫，装一个走江湖的桀卜闪，装一个猎户；你再不必提心整理你的领结，你尽可以不用领结，给你的颈根与胸膛一半日的自由，你可以拿一条这边艳色的长巾包在你的头上，学一个太平军的头目，或是拜伦那埃及装的姿态；但最要紧的是穿上你最旧的旧鞋，别管他模样不佳，他们是顶可爱的好友，他们承着你的体重却不叫你记起你还有一双脚在你的底下。

这样的玩顶好是不要约伴，我竟想严格的取缔，只许你独身；因为有了伴多少总得叫你分心，尤其是年轻的女伴，那是最危险最专制不过的旅伴，你应得躲避她像你躲避青草里一条美丽的花蛇！平常我们从自己家里走到朋友的家里，或是我们执事的地方，那无非是在同一个大牢里从一间狱室移到另一间狱室去，拘束永远跟着我们，自由永远寻不到我们；但在这春夏间美秀的山中或乡间你要是有机会独身闲逛时，那才是你福星高照的时候，那才是你实际领受，亲口尝味，自由与自在的时候，那才是你肉体与灵魂行动一致的时候；朋友们，我们多长一岁年纪往往只是加重我们头上的枷，加紧我们脚胫上的链，我们见小孩子在草里在沙堆里在浅水里打滚作乐，或是看见小猫追他自己的尾巴，何尝没有羡慕的时候，但我们的枷，我们的链永远是制定我们行动的上司！所以只有你单身奔赴大自然的怀抱时，像一个裸体的小孩扑入他母亲的怀抱时，你才知道灵魂的愉快是怎样的，单是活着的快乐是怎样的，单就呼吸单就走道单就张眼看耸耳听的幸福是怎样的。因此你得严格的为己，极端的自私，只许你，体魄与性灵，与自然同在一个脉搏里跳动，同在一个音波里起伏，同在一个神奇的宇宙里自得。我们浑朴的天真是像含羞草似的娇柔，一经同伴的抵触，他就卷了起来，但在澄静的日光下，和风中，他的姿态是自然的，他的生活是无阻碍的。

你一个人漫游的时候，你就会在青草里坐地仰卧，甚至有时打滚，因为草的和暖的颜色自然的唤起你童稚的活泼；在静僻的道上你就会不自主的狂舞，看着你自己的身影幻出种种诡异的变相，因为道旁树木的阴影在他们纤徐的婆娑里暗示你舞蹈的快乐；你也会得信口的歌唱，偶尔记起断片的音调，与你自己随口的小曲，因为树林中的莺燕告诉你春光是应得赞美的；更不必说你的胸襟自然会跟着漫长的山

作者简介 ································

徐志摩（1897～1931），现代诗人、散文家。浙江海宁人，1915年毕业于杭州一中，先后就读于上海沪江大学、天津北洋大学和北京大学。1918年赴美国学习银行学。1921年赴英国留学，入伦敦剑桥大学当特别生，研究政治经济学。在剑桥两年深受西方教育的熏陶及欧美浪漫主义和唯美派诗人的影响。

1921年开始创作新诗。1922年回国后在报刊上发表大量诗文。1923年，参与发起成立新月社。1924年与胡适、陈西滢等创办《现代评论》周刊，任北京大学教授。印度大诗人泰戈尔访华时任翻译。1925年赴欧洲，游历苏、德、意、法等国。1926年在北京主编《晨报》副刊《诗镌》，与闻一多、朱湘等人开展新诗格律化运动，影响到新诗艺术的发展。同年移居上海，任光华大学、大夏大学和南京中央大学教授。1927年参加创办新月书店。次年《新月》月刊创刊后任主编，并出国游历英、美、日、印诸国。1930年任中华文化基金委员会委员，被选为英国诗社社员。同年冬到北京大学与北京女子大学任教。1931年初，与陈梦家、方玮德创办《诗刊》季刊，被推选为笔会中国分会理事。同年11月19日，由南京乘飞机到北平，因飞机失事而身亡。

径开拓，你的心地会看着澄蓝的天空静定，你的思想和着山壑间的水声，山罅里的泉响，有时一澄到底的清澈，有时激起成章的波动，流，流，流入凉爽的橄榄林中，流入妩媚的阿诺河去……

并且你不但不须应伴，每逢这样的游行，你也不必带书。书是理想的伴侣，但你应得带书，是在火车上，在你住处的客室里，不是在你独身漫步的时候。什么伟大的深沉的鼓舞的清明的优美的思想的根源不是可以在风籁中，云彩里，山势与地形的起伏里，花草的颜色与香息里寻得？自然是最伟大的一部书，葛德说，在他每一页的字句里我们读得最深奥的消息。并且这书上的文字是人人懂得的；阿尔帕斯与五老峰，雪西里与普陀山，莱因河与扬子江，梨梦湖与西子湖，建兰与琼花，杭州西溪的芦雪与威尼斯夕照的红潮，百灵与夜莺，更不提一般黄的黄麦，一般紫的紫藤，一般青的青草同在大地上生长，同在和风中波动——他们应用的

翡冷翠的山村
风景秀丽，虽建筑林立，但无城市的喧嚣。

符号是永远一致的，他们的意义是永远明显的，只要你自己性灵上不长疮瘢，眼不盲，耳不塞，这无形迹的最高等教育便永远是你的名分，这不取费的最珍贵的补剂便永远供你的受用：只要你认识了这一部书，你在这世界上寂寞时便不寂寞，穷困时不穷困，苦恼时有安慰，挫折时有鼓励，软弱时有督责，迷失时有指南针。

·作品赏析·

在中国现当代才子中，徐志摩算是一颗璀璨的流星，让人瞩目却又英年早逝。生逢乱世的他，有着时代所赋予的特有的忧患气质；敏捷的才思，又使他的作品文采斐然；而与几位绝代才女的美好恋情，又恰到好处地烘托了他在当代文坛中的地位。他的作品，文字华美隽秀，文风洒脱流畅。在诗情画意的意境中，给人以哲理性的思考。

《翡冷翠山居闲话》是徐志摩散文随笔中比较经典的一篇。这篇文章写于意大利，文中的"翡冷翠"，是意大利的佛罗伦萨的另一译音。他以轻灵飘逸的文笔，为读者展现了一幅洋溢着诗情画意的翡冷翠山居图。翡冷翠山中每一处景都让作者陶醉其中，作者感动着大自然的创造力，并将对生命、自然的挚爱之情用形象生动的文字表现出来。在徐志摩的眼中，空气是"明净"的，"近谷内不生烟，远山上不起霭"；风是"温驯"的，"摩挲着你的颜面，轻绕着你的肩腰"。在这样人与自然的最高和谐状态下，徐志摩说"顶好是不要约伴"，你可以"在青草里坐地仰卧，甚至有时打滚"，可以看蓝天，可以听泉响……这样的境地，只有在徐志摩诗情画意的点染下才可以生辉。而使文章生辉的除了文字，还有作者的哲思。正如王国维在《人间词话》中说"一切景语，皆情语"，若不是作者的超乎物外，不为外物所累的洒脱坦然的生活态度，又如何能写下如此感动读者的文字呢？

随笔篇

263

吃瓜子 /丰子恺

前听人说：中国人人人具有三种博士的资格：拿筷子博士、吹煤头纸博士、吃瓜子博士。

丰子恺像

拿筷子，吹煤头纸，吃瓜子，的确是中国人独得的技术。其纯熟深造，想起了可以使人吃惊。这里精通拿筷子法的人，有了一双筷，可抵刀锯叉瓢一切器具之用，爬罗剔抉，无所不精。这两根毛竹仿佛是身体上的一部分，手指的延长，或者一对取食的触手。用时好像变戏法者的一种演技，熟能生巧，巧极通神。不必说西洋了，就是我们自己看了，也可惊叹。至于精通吹煤头的纸法的人，首推几位一天到晚捧水烟筒的老先生和老太太。他们的"要有火"比上帝还容易，只消向煤头的纸上轻轻一吹，

作者简介

丰子恺（1898～1975），名仁，又名婴行，浙江桐乡人，现代画家、文学家、艺术教育家。自幼爱好美术。1911年进浙江省立第一师范学校，从李叔同学习绘画、音乐，1919年毕业。1921年赴日学习音乐和美术。回国后，曾任上海开明书店编辑，上海大学、复旦大学、浙江大学美术教授。1924年，与友人创办立达学园。抗战期间，辗转于西南各地，在一些大专院校执教。1943年起结束教学生涯，专门从事绘画和写作。中华人民共和国成立后，曾任上海中国画院院长、中国美术家协会上海分会主席、上海文学艺术界联合会副主席等。工绘画、书法，亦擅散文创作及文学翻译。

火便来了。他们不必出数元乃至数十元的代价去买打火机，只要有一张纸，便可临时在膝上卷起煤头纸来，向铜火炉盖的小孔内一插，拔出来一吹，火便来了。我小时候看见我们染坊店里的管账先生，有种种吹煤头纸的特技。我把煤头纸高举在他的额旁边了，他会把下唇伸出来，使风向上吹；我把煤头纸放在他的胸前了，他会把上唇伸出来，使风向下吹；我把煤头纸放在他的耳旁了，他会把嘴歪转来，使风向左右吹；我用手按住了他的嘴，他会用鼻孔吹，都是吹一两下就着火的。中国人对于吹煤头纸技术造诣之深，于此可以窥见。所可惜者，自从卷烟和火柴输入中国而盛行之后，水烟这种"国烟"，竟被冷落，吹煤头纸这种"国技"也很不发达。生长在都会里的小孩子，

丰子恺漫画《苏州所见》
吹煤头纸本是中国人独特的技术，但自从卷烟和火柴在中国盛行后，这项所谓的国粹就近乎失传了。

有的竟不会吹，或者连煤头纸这东西也不曾见过。在努力保存国粹的人看来，这也是一种可虑的现象。近来国内有不少人努力于国粹保存。国医、国药、国术、国乐，都有人在那里提倡。也许水烟和煤头纸这种国粹，将来也有人起来提倡，使之复兴。

　　但我以为这三种技术中最进步最发达的，要算吃瓜子。近来瓜子大王的畅销，便是其老大的证据。据关心此事的人说，瓜子大王一类的装纸袋的瓜子，最近市上流行的有许多牌子。最初是某大药房"用科学方法"创制的，后来有什么"好吃来公司"、"顶好吃公司"……等种种出品陆续产出。到现在差不多无论哪个穷乡僻处的糖食摊上，都有纸袋装的瓜子陈列而倾销着了。现代中国人的精通吃瓜子术，由此盖可想见。我对于此道，一向非常短拙，说出来有伤于中国人的体面，但对自家人不妨谈谈。我从来不曾自动地找求或买瓜子来吃。但到人家作客，受人劝诱时；或者在酒席上、杭州的茶楼上，看见桌上现成放着瓜子盆时，也便拿起来咬。我必须注意选择，选那较大、较厚、而形状平整的瓜子，放进口里，用臼齿"格"地一咬；再吐出来，用手指去剥。幸而咬得恰好，两瓣瓜子壳各向两旁扩张而破裂，瓜仁没有咬碎，剥起来就较为省力。若用力不得其法，两瓣瓜子壳和瓜仁叠在一起而折断了，吐出来的时候我就担忧。那瓜子已纵断为两半，两半瓣的瓜仁紧紧地装塞在两半瓣的瓜子壳中，好像日本版的洋装书，套在很紧的厚纸函中，不容易取它出来。这种洋装书的取出法，现在都已从日本人那里学得，不要把指头塞进厚纸函中去力挖，只要使函口向下，两手扶着函，上下振动数次，洋装书自会脱壳而出。然而半

丰子恺漫画《茶店一角》

除家庭之外，酒席上、茶楼上皆是无数咬瓜子圣手聚集的地方。

瓣瓜子的形状太小了，不能应用这个方法，我只得用指爪细细地剥取。有时因为练习弹琴，两手的指爪都剪平，和尚头一般的手指对它简直毫无办法。我只得乘人不见把它抛弃了。在痛感困难的时候，我本拟不再吃瓜子了。但抛弃了之后，觉得口中有一种非甜非咸的香味，会引逗我再吃。我便不由地伸起手来，另选一粒，再送交臼齿去咬。不幸而这瓜子太燥，我的用力又太猛，"格"地一响，玉石不分，咬成了无数的碎块，事体就更糟了。我只得把粘着唾液的碎块尽行吐出在手心里，用心挑选，剔去壳的碎块，然后用舌尖舐食瓜仁的碎块。然而这挑选颇不容易，因为壳的碎块的一面也是白色的，与瓜仁无异，我误认为全是瓜仁而舐进口中去嚼，其味虽非嚼蜡，却等于嚼砂。壳的碎片紧紧地嵌进牙齿缝里，找不到牙签就无法取出。碰到这种钉子的时候，我就下个决心，从此戒绝瓜子。戒绝之法，大抵是喝一口茶来漱一漱口，点起一支香烟，或者把瓜子盆推开些，把身体换个方向坐了，以示不再对它发生关系。然而过了几分钟，与别人谈了几句话，不知不觉之间，会跟了别人而伸手向盆中摸瓜子来咬。等到自己觉察破戒的时候，往往是已经咬过好几粒了。这样，吃了非戒不可，戒了非吃不可；吃而复戒，戒而复吃，我为它受尽苦痛。这使我现在想起了瓜子觉得害怕。

但我看别人，精通此技的很多。我以为中国人的三种博士才能中，咬瓜子的才能最可叹佩。常见闲散的少爷们，一只手指间夹着一支香烟，一只手握着一把瓜子，且吸且咬，且咬且吃，且吃且谈，且谈且笑。从容自由，真是"交关写意！"他们不须拣选瓜子，也不须用手指去剥。一粒瓜子塞进了口里，只消"格"地一咬，"呸"地一吐，早已把所有的壳吐出，而在那里嚼食瓜子的肉了。那嘴巴真像一具精巧灵敏的机器，不绝地塞进瓜子去，不绝地"格"，"呸"，"格"，"呸"，……全不费力，可以永无罢休。女人们、小姐们的咬瓜子，态度尤加来得美妙：她们用兰花似的手指摘住瓜子的圆端，把瓜子垂直地塞在门牙中间，而用门牙去咬它的尖端。"的，的"两响，两瓣壳的尖头便向左右绽裂。然后那手敏捷地转个方向，同时头也帮着了微微地一侧，使瓜子水平地放在门牙口，用上下两门牙把两瓣壳分别拨开，咬住了瓜子肉的尖端而抽它出来吃。这吃法不但"的，的"的声音清脆可听，那手和头的转侧的姿势窈窕得很，有些儿妩媚动人。连丢去的瓜子壳也模样姣好，有如朵朵兰花。由此看来，咬瓜子是中国少爷们的专长，而尤其是中国小姐、太太们的拿手戏。

在酒席上、茶楼上，我看见过无数咬瓜子的圣手。近来瓜子大王畅销，我国的小孩子们也都学会了咬瓜子的绝技。我的技术，在国内不如小孩子们远甚，只能在外国人面前占胜。记得从前我在赴横滨的轮船中，与一个日本人同舱。偶检行箧，发见亲友所赠的一罐瓜子。旅途寂寥，我就打开来和日本人共吃。这是他平生没有吃过的东西，他觉得非常珍奇。在这时候，我便老实不客气地装出内行的模样，把吃法教导他，并且示范地吃给他看。托祖国的福，这示范没有失败。但看那日本人的练习，真是可怜得很！他如法将瓜子塞进口中，"格"地一咬，然而咬时不得其法，将唾液把瓜子的外壳全部浸湿，拿在手里剥的时候，滑来滑去，无从下手，终于滑落在地上，无处寻找了。他空咽一口唾液，再选一粒来咬。这回他剥时非常小心，把咬碎了的瓜子陈列在舱中的食桌上，俯伏了头，细细地剥，好像修理钟表的样子。约莫一二分钟之后，好容易剥得了些瓜仁的碎片，郑重地塞进口里去吃。我问他滋味如何，他点点头连称 umai，umai！（好吃，好吃！）我不禁笑了出来。我看他那阔大的嘴里放进一些瓜仁的碎屑，犹如沧海中投以一粟，亏他辨出 umai 的滋味来。但我的笑不仅为这点滑稽，本由于骄矜自夸的心理。我想，这毕竟是中国人独得的技术，像我这样对于此道最拙劣的人，也能在外国人面前占胜，何况国内无数精通此道的少爷、小姐们呢？

发明吃瓜子的人，真是一个了不起的天才！这是一种最有效的"消闲"法。要"消磨岁月"，除了抽鸦片以外，没有比吃瓜子更好的方法了。其所以最有效者，为了它具备三个条件：一、吃不厌；二、吃不饱；三、要剥壳。

俗语形容瓜子吃不厌，叫做"勿完勿歇"。为了它有一种非甜非咸的香味，能引逗人不断地要吃。想再吃一粒不吃了，但是嚼完吞下之后，口中余香不绝，不由你不再伸手向盆中或纸包里去摸。我们吃东西，凡一味甜的，或一味咸的，往往易于吃厌。只有非甜非咸的，可以久吃不厌。瓜子的百吃不厌，便是为此。有一位老于应酬的朋友告诉我一段吃瓜子的趣话：说他已养成了见瓜子就吃的习惯。有一次同了朋友到戏馆里看戏，坐定之后，看见茶壶的旁边放着一包打开的瓜子，便随手向包里掏取几粒，一面咬着，一面看戏。咬完了再取，取了再咬。如是数次，发见邻席的不相识的观剧者也来掏取，方才想起了这包瓜子的所有权。低声问他的朋友："这包瓜子是你买来的么？"那朋友说"不"，他才知道刚才是擅吃了人家的东西，便向邻座的人道歉。邻座的人很漂亮，付之一笑，索性正式地把瓜子请客了。由此可知瓜子这样东西，对中国人有非常的吸引力，不管三七二十一，见了瓜子就吃。

俗语形容瓜子吃不饱，叫做"吃三日三夜，长个屁尖头"。因为这东西分量微小，无论如何也吃不饱，连吃三日三夜，也不过多排泄一粒屎尖头。为消闲计，这是很重要的一个条件。倘分量大了，一吃就饱，时间就无法消磨。这与赈饥的粮食目的完全相反。赈饥的粮食求其吃得饱，消闲的粮食求其吃不饱。最好只尝滋味而不吞物质。最好越吃越饿，像罗马亡国之前所流行的"吐剂"一样，则开筵大嚼，醉饱之后，咬一下瓜子可以再来开筵大嚼。一直把时间消磨下去。

要剥壳也是消闲食品的一个必要条件。倘没有壳，吃起来太便当，容易饱，时间就不能多多消磨了。一定要剥，而且剥的技术要有声有色，使它不像一种苦工，而像一种游戏，方才适合于有闲阶级的生活，可让他们愉快地把时间消磨下去。

具足以上三个利于消磨时间的条件的，在世间一切食物之中，想来想去，只有瓜子。所以我说发明吃瓜子的人是了不起的天才。而能尽量地享用瓜子的中国人，在消闲一道上，真是了不起的积极的实行家！试看糖食店、南货店里的瓜子的畅销，试看茶楼、酒店、家庭中满地的瓜子壳，便可想见中国人在"格，呸"、"的，的"的声音中消磨去的时间，每年统计起来为数一定可惊。将来此道发展起来，恐怕是全中国也可消灭在"格，呸"、"的，的"的声音中呢。

我本来见瓜子害怕，写到这里，觉得更加害怕了。

·作品赏析·

丰子恺堪称一位全才的艺术大师，他在书法、绘画和文学领域都有突出的艺术成就。在思想上，受佛教思想的影响，他推崇善，追求解脱尘世的羁绊，有一种超然出世、不寂不灭的思想。然而，丰子恺又是一位关心人生、关心民族的正直艺术家，他不可能真正超脱。20世纪30年代，面对当时中国纷乱的时局，一向恬静超然的丰子恺先生逐渐转向对世间百态的描画与讽喻，现实性有所增强。"达则兼济天下，穷则独善其身"是几千年中国儒士所推崇的最高境界，丰子恺不是传统的儒者，却展现了历代文人所特有的出世或入世的忧患意识。于是在隽永冲淡的文字中，传达强烈的社会关注便成了丰子恺这一时期的主要特色。《吃瓜子》就是写于这一段时期的一篇随笔。

《吃瓜子》以生活中很细微的情节"吃瓜子"为主要阐述对象，将个人的观点融入"模样姣好，有如朵朵兰花"的"瓜子"中，看似在追逐当时的闲适小品之风，实则却以漫不经心地讽刺直刺当时"上流社会"的"少爷、小姐"。作者将瓜子和鸦片并论，说"要消磨岁月，除了抽鸦片以外，没有比吃瓜子更好的方法了"。这样推及"将来此道发展起来"，"恐怕是全中国也可消灭在'格，呸'、'的，的'的声音中呢"。消磨岁月的"消闲"足以误国便成了此篇文章的弦外之音。

丰子恺的随笔继承了我国古代散文夹叙夹议的手法，常在平和的叙写中夹进直言议论，情理并重。读丰子恺先生的《吃瓜子》，有如喝中医药茶，品时清甘如醴，喝完却余味无穷。

论雅俗共赏 / 朱自清

入选理由

深厚的古典文学功底

思想性和文学趣味性并重

雅俗共赏审美风格的倡导具有现实意义

陶渊明有"奇文共欣赏，疑义相与析"的诗句，那是一些"素心人"的乐事，"素心人"当然是雅人，也就是士大夫。这两句诗后来凝结成"赏奇析疑"一个成语，"赏奇析疑"是一种雅事，俗人的小市民和农家子弟是没有份儿的。然而又出现了"雅俗共赏"这一个成语，"共赏"显然是"共欣赏"的简化，可是这是雅人和俗人或俗人跟雅人一同在欣赏，那欣赏的大概不会还是"奇文"罢。这句成语不知道起于什么时代，从语气看来，似乎雅人多少得理会到甚至迁就着俗人的样子，这大概是在宋朝或者更后罢。

原来唐朝的安史之乱可以说是我们社会变迁的一条分水岭。在这之后，门第迅速的垮了台，社会的等级不像先前那样固定了，"士"和"民"这两个等级的分界

作者简介

朱自清（1898～1948）是跨新文学运动前后期的著名作家、学者。1921年春参加文学研究会，专注于散文创作。早期散文集有《背影》、《踪迹》。他的散文多写个人的经历和感想，诗意盎然，很有特色。1931年底近一年的欧游见闻酝酿了讲究语言技巧的游记作品，如散文集《欧游杂记》《伦敦杂记》，都是结构完美、文字精练的。1937年后，在抗战的洗礼下，他逐渐放弃记事抒情散文，开始关怀现实，偏于说理。新文学发展的后期，他专门从事文学理论与古典文学的研究，较少进行创作。但他的研究成果及前期文学创作，均有助于新文学的发展。他于1946年返回北京，任清华大学中文系主任。1948年在清贫生活中，保持中国人的气节，拒领美援面粉，在胃病中辞世。

朱自清像

不像先前的严格和清楚了，彼此的分子在流通着，上下着。而上去的比下来的多，士人流落民间的究竟少，老百姓加入士流的却渐渐多起来。王侯将相早就没有种了，读书人到了这时候也没有种了；只要家里能够勉强供给一些，自己有些天分，又肯用功，就是个"读书种子"；去参加那些公开的考试，考中了就有官做，至少也落个绅士。这种进展经过唐末跟五代的长期的变乱加了速度，到宋朝又加上印刷术的发达，学校多起来了，士人也多起来了，士人的地位加强，责任也加重了。这些士人多数是来自民间的新的分子，他们多少保留着民间的生活方式和生活态度。他们一面学习和享受那些雅的，一面却还不能摆脱或蜕变那些俗的。人既然很多，大家是这样，也就不觉其寒尘；不但不觉其寒尘，还要重新估定价值，至少也得调整那旧来的标准与尺度。"雅俗共赏"似乎就是新提出的尺度或标准，这里并非打倒旧标准，只是要求那些雅士理会到或迁就些俗士的趣味，好让大家打成一片。当然，所谓"提出"和"要求"，都只是不自觉的看来是自然而然的趋势。

中唐的时期，比安史之乱还早些，禅宗的和尚就开始用口语记录大师的说教。用口语为的是求真与化俗，化俗就是争取群众。安史乱后，和尚的口语记录更其流行，于是乎有了"语录"这个名称，"语录"就成为一种著述体了。到了宋朝，道学家讲学，更广泛的留下了许多语录；他们用语录，也还是为了求真与化俗，还是为了争取群众。所谓求真的"真"一面是如实和直接的意思。禅家认为第一义是不可说的，语言文字都不能表达那无限的可能，所以是虚妄的。然而实际上语言文字究竟是不免要用的一种"方便"，记录文字自然越近实际的、直接的说话越好。在另一面这"真"又是自然的意思，自然才亲切，才让人容易懂，也就是更能收到化俗的功效，更能获得广大的群众。道学主要的是中国的正统的思想，道学家用了语录做工具，大大的增强了这种新的文体的地位，语录就成为一种传统了。比语录体稍稍晚些，还出现了一种宋朝叫做"笔记"的东西。这种作品记述有趣味的杂事，范围很宽，一方面发表作者自己的意见，所谓议论，也就是批评，这些批评往往也很有趣味。作者写这种书，只当做对客闲谈，并非一本正经，虽然以文言为主，可是很接近说话。这也是给大家看的，看了可以当做"谈助"，增加趣味。宋朝的笔记最发达，当时盛行，流传下来的也很多。目录家将这种笔记归在"小说"项下，近代书店汇印这些笔记，更直题为"笔记小说"；中国古代所谓"小说"，原是指记述杂事的趣味作品而言的。

那里我们得特别提到唐朝的"传奇"。"传奇"据说可以见出作者的"史才、诗笔、议论"，是唐朝士子在投考进士以前用来送给一些大人先生看，介绍自己，求他们给自己宣传。其中不外乎灵怪、艳情、剑侠三类故事，显然是以供给"谈助"，引起趣味为主。无论照传统的意念，或现代的意念，这些"传奇"无疑的是小说，一方面也和笔记的写作态度有相类之处。照陈寅恪先生的意见，这种"传奇"

大概起于民间，文士是仿作，文字里多口语化的地方。陈先生并且说唐朝的古文运动就是从这儿开始。他指出古文运动的领导者韩愈的《毛颖传》，正是仿"传奇"而作。我们看韩愈的"气盛言宜"的理论和他的参差错落的文句，也正是多多少少在口语化。他的门下的"好难"、"好易"两派，似乎原来也都是在试验如何口语化。可是"好难"的一派过分强调了自己，过分想出奇制胜，不管一般人能够了解欣赏与否，终于被人看做"诡"和"怪"而失败，于是宋朝的欧阳修继承了"好易"的一派的努力而奠定了古文的基础。——以上说的种种，都是安史乱后几百年间自然的趋势，就是那雅俗共赏的趋势。

黄庭坚像

黄庭坚，字鲁直，自号山谷道人，晚号涪翁，洪州分宁（今江西修水）人，宋代著名诗人、书法家。黄庭坚是江西诗派的开山鼻祖，与苏轼并称"苏黄"。在文坛上，他提出了"以俗为雅"的主张。

宋朝不但古文走上了"雅俗共赏"的路，诗也走向这条路。胡适之先生说宋诗的好处就在"做诗如说话"，一语破的指出了这条路。自然，这条路上还有许多曲折，但是就像不好懂的黄山谷，他也提出了"以俗为雅"的主张，并且点化了许多俗语成为诗句。实践上"以俗为雅"，并不从他开始，梅圣俞、苏东坡都是好手，而苏东坡更胜。据记载梅和苏都说过"以俗为雅"这句话，可是不大靠得住；黄山谷却在《再次杨明叔韵》一诗的"引"里郑重的提出"以俗为雅，以故为新"，说是"举一纲而张万目"。他将"以俗为雅"放在第一，因为这实在可以说是宋诗的一般作风，也正是"雅俗共赏"的路。但是加上"以故为新"，路就曲折起来，那是雅人自赏，黄山谷所以终于不好懂了。不过黄山谷虽然不好懂，宋诗却终于回到了"做诗如说话"的路，这"如说话"，的确是条大路。

雅化的诗还不得不回向俗化，刚刚来自民间的词，在当时不用说自然是"雅俗共赏"的。别瞧黄山谷的有些诗不好懂，他的一些小词可够俗的。柳耆卿更是个通俗的词人。词后来虽然渐渐雅化或文人化，可是始终不能雅到诗的地位，它怎么着也只是"诗馀"。词变为曲，不是在文人手里变，是在民间变的；曲又变得比词俗，虽然也经过雅化或文人化，可是还雅不到词的地位，它只是"词馀"。一方面从晚唐和尚的俗讲演变出来的宋朝的"说话"就是说书，乃至后来的平话以及章回小说，还有宋朝的杂剧和诸宫调等等转变成功的元朝的杂剧和戏文，乃至后来的传奇，以及皮簧戏，更多半是些"不登大雅"的"俗文学"。这些除元杂剧和后来的传奇也算是"词馀"以外，在过去的文学传统里简直没有地位；也就是说这些小说和戏剧在过去的文学传统里多半没有地位，有些有点地位，也不是正经地位。可是虽然俗，

大体上却"俗不伤雅"，虽然没有什么地位，却总是"雅俗共赏"的玩艺儿。

"雅俗共赏"是以雅为主的，从宋人的"以俗为雅"以及常语的"俗不伤雅"，更可见出这种宾主之分。起初成群俗士蜂拥而上，固然逼得原来的雅士不得不理会到甚至迁就着他们的趣味，可是这些俗士

元杂剧虽然是俗文学，但大体上"俗不伤雅"，成为"雅俗共赏"的文学。图中左为元杂剧《西厢记》插图，右为《汉宫秋》插图。

摆脱的更多。他们在学习，在享受，也在蜕变，这样渐渐适应那雅化的传统，于是乎新旧打成一片，传统多多少少变了质继续下去。前面说过的文体和诗风的种种改变，就是新旧双方调整的过程，结果迁就的渐渐不觉其为迁就，学习的也渐渐习惯成了自然，传统的确稍稍变了质，但是还是文言或雅言为主，就算跟民众近了一些，近得也不太多。

至于词曲，算是新起于俗间，实在以音乐为重，文辞原是无关轻重的；"雅俗共赏"，正是那音乐的作用。后来雅士们也曾分别将那些文辞雅化，但是因为音乐性太重，使他们不能完成那种雅化，所以词曲终于不能达到诗的地位。而曲一直配合着音乐，雅化更难，地位也就更低，还低于词一等。可是词曲到了雅化的时期，那"共赏"的人却就雅多而俗少了。真正"雅俗共赏"的是唐、五代、北宋的词，元朝的散曲和杂剧，还有平话和章回小说以及皮簧戏等。皮簧戏也是音乐为主，大家直到现在都还在哼着那些粗俗的戏词，所以雅化难以下手，虽然一二十年来这雅化也已经试着在开始。平话和章回小说，传统里本来没有，雅化没有合式的榜样，进行就不易。《三国演义》虽然用了文言，却是俗化的文言，接近口语的文言，后来的《水浒》、《西游记》、《红楼梦》等就都用白话了。不能完全雅化的作品在雅化的传统里不能有地位，至少不能有正经的地位。雅化程度的深浅，决定这种地位的高低或有没有，一方面也决定"雅俗共赏"的范围的小和大——雅化越深，"共赏"的人越少，越浅也就越多。所谓多少，主要的是俗人，是小市民和受教育的农家子弟。在传统里没有地位或只有低地位的作品，只算是玩艺儿；然而这些才接近民众，接近民众却还能教"雅俗共赏"，雅和俗究竟有共通的地方，不是不相理会的两橛了。

单就玩艺而论，"雅俗共赏"虽然是以雅化的标准为主，"共赏"者却以俗人为主。固然，这在雅方得降低一些，在俗方也得提高一些，要"俗不伤雅"才成；雅方看来太俗，以至于"俗不可耐"的，是不能"共赏"的。但是在什么条件之下

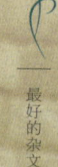

才会让俗人所"赏"的，雅人也能来"共赏"呢？我们想起了"有目共赏"这句话。孟子说过"不知子都之姣者，无目者也"，"有目"是反过来说，"共赏"还是陶诗"共欣赏"的意思。子都的美貌，有眼睛的都容易辨别，自然也就能"共赏"了。孟子接着说："口之于味也，有同嗜焉；耳之于声也，有同听焉；目之于色也，有同美焉。"这说的是人之常情，也就是所谓人情不相远。但是这不相远似乎只限于一些具体的、常识的、现实的事物和趣味。譬如北平罢，故宫和颐和园，包括建筑、风景和陈列的工艺品，似乎是"雅俗共赏"的，天桥在雅人的眼中似乎就有些太俗了。说到文章，俗人所能"赏"的也只是常识的、现实的。后汉的王充出身是俗人。他多多少少代表俗人说话，反对难懂而不切实用的辞赋，却赞美公文能手。公文这东西关系雅俗的现实利益，始终是不曾完全雅化了的。再说后来的小说和戏剧，有的雅人说《西厢记》诲淫，《水浒传》诲盗，这是"高论"。实际上这一部戏剧和这一部小说都是"雅俗共赏"的作品。《西厢记》无视了传统的礼教，《水浒传》无视了传统的忠德，然而"男女"是"人之大欲"之一，"官逼民反"，也是人之常情，梁山泊的英雄正是被压迫的人民所想望的。俗人固然同情这些，一部分的雅人，跟俗人相距还不太远的，也未尝不高兴这两部书说出了他们想说而不敢说的。这可以说是一种快感，一种趣味，可并不是低级趣味；这是有关系的，也未尝不是有节制的。"诲淫""诲盗"只是代表统治者的利益的说话。

19世纪20世纪之交是个新时代，新时代给我们带来了新文化，产生了我们的知识阶级。这知识阶级跟从前的读书人不大一样，包括了更多的从民间来的分子，他们渐渐跟统治者拆伙而走向民间。于是乎有了白话正宗的新文学，词曲和小说戏剧都有了正经的地位。还有种种欧化的新艺术。这种文学和艺术却并不能让小市民来"共赏"，不用说农工大众。于是乎有人指出这是新绅士也就是新雅人的欧化，不管一般人能够了解欣赏与否。他们提倡"大众语"运动。但是时机还没有成熟，结果不显著。抗战以来又有"通俗化"运动，这个运动并已经在开始转向大众化。"通俗化"还分别雅俗，还是"雅俗共赏"的路，大众化却更进一步要达到那没有雅俗之分，只有"共赏"的局面。这大概也会是所谓由量变到质变罢。

·作品赏析·

朱自清是继冰心等人之后又一位突出的小品散文家，他以"美文"的创作实绩彻底打破了复古派认为白话不能作"美文"的迷信。《论雅俗共赏》中，作者将文学雅俗共赏的进程放在一定的历史文化环境中进行阐述，这样就使雅俗共赏的审美境界成为文学发展的一种必然趋势，为作者所要立的观点提供了扎实的理论基础。综观全文，朱自清凭借自己深厚的古典文学功底，评古论今，使人在享受朴厚的中国古典文化风韵的同时，自然地领受其所倡导的观点。

音乐是一门情感的科学 / 格什温

　　在我看来，音乐是一种现象，它对于人的情感可以产生非常显著的作用。其作用各种各样，具有把人带入各种各样的情绪的力量。通过各种不同的情感，音乐能

作者简介

格什温像

　　乔治·格什温（1898～1937），生于美国纽约。他的双亲是来自俄国的犹太移民。他少年时对音乐的爱好缘于俄国作曲家鲁宾斯坦的《F大调旋律》。1913年，15岁的格什温为一位流行音乐出版商演奏钢琴做广告。同时，他拜钢琴老师汉比策尔为师，渐渐步入正轨。后来，他又先后随基伦尔和著名的作曲家戈尔德马克学习作曲。

　　18岁时，格什温发表了他的歌曲处女作。20岁时创作的歌曲《天鹅》曾红极一时，至今仍在流传。26岁的格什温已成为流行歌曲出版商们的宠儿。接着，格什温又开始在新的领域中出现。创作于1919年的第一部百老汇音乐剧《拉拉露西尔》大获成功。其后14年中，他的每一部音乐喜剧都成了纽约戏剧生活中的头等大事。1924年，格什温创作了交响音乐中的经典《蓝色狂想曲》。1925年，格什温作为钢琴家随纽约交响乐团在美国6大城市巡回演出，并应约为该团创作了《F大调钢琴协奏曲》。1928年，格什温完成了又一部交响乐队力作《一个美国人在巴黎》，由纽约交响乐团首演，反响不太热烈。但过了一段时间以后，终于得到了一致赞许。格什温的最后一部大型作品是反映美国黑人生活的歌剧《波吉与贝丝》。1935年，《波吉与贝丝》在波士顿首演，受到高度赞扬，至今仍是美国作曲家的歌剧作品中唯一能在保留剧目中保持不败之地的作品。

　　1937年，格什温在为一部电影配乐时，昏倒在录音室，经医院诊断为脑癌。手术两周后，这位才华横溢的作曲家离开了人世。

够使人清醒，令人烦恼，催人困倦，令人兴奋。

我不知道它最终将在多大程度上能成为人们生活的一部分。我认为，我们今天所知道的音乐并不是不可缺少的，尽管音乐以这样或那样的方式包围着我们。刮风之中也有音乐。例如，如果没有管弦乐，人们多少也能生活得美满如意。试想，谁又能肯定，假如我们不像今天这样文明开化，假如我们没有像今天这样多的情感，我们的景况就不会更好些吗？

可是，我们有这样情感，并且多少为有这些情感而自负。我们认为这些情感很重要，正是它们使我们成了现在的我们。我们认为，比之过去一些时代中那些不具备情感的人们，人们是有进步的。音乐已经成为文明的一个非常重要的组成部分。其中主要原因之一是，人们并不需要经过正规的教育就能欣赏音乐。既不会读又不会写的人也能够欣赏音乐，具有最高等智力结构的人同样可以欣赏音乐。譬如，爱因斯坦会拉小提琴，并喜欢听音乐。下层社会的人们，吸毒者，甚至强盗，同样会是音乐爱好者，或者说，他们至少会受到音乐的影响。音乐正进入医学领域。音乐产生某种振颤，这无疑会导致一种肉体上的反应。最终将会发现对每一个人都适宜的振颤，并加以利用。我愿意将音乐看作是一门情感的科学。

（余颀　译）

· 作品赏析 ·

一位天才的音乐家，一个不守规矩的才子，一位在 20 世纪 30 年代风靡一时却又英年早逝的音乐人，这就是乔治·格什温。他成长于动荡的 20 世纪 20 年代，在美国，这是一个打破传统旧习俗、宣扬享乐主义、蔑视惯例和疯狂追求快乐的时代；一个年轻女子不受传统拘束的年代；一个满是不承担法律义务的同居和充满多萝茜·帕克的俏皮话的年代。这样的一个年代能成就一个怎样的叛逆少年？一个不走传统旧路的浪子，能写出如此极具平民色彩的文章，《音乐是一门情感的科学》充满着时代特征和生活色彩，正如作者其人。

《音乐是一门情感的科学》诠释了音乐的真正意义。"音乐是一种现象"，它使我们有了"像今天这样多的情感"，它"能够使人清醒，令人烦恼，催人困倦，令人兴奋"。格什温对于音乐有着深刻广阔的理解，他对音乐进行了不同于以往的诠释，使音乐走下高雅的殿堂，真正走进平民生活。他说"下层社会的人们，吸毒者，甚至强盗，同样会是音乐爱好者"。在格什温的眼里，音乐具有超阶级的普遍意义，它是一种不分层次、不分高下、没有特权色彩的情感现象。作者认为音乐更像一门科学，在这个领域不存在其他领域所常见的等级之分、不平等现象，人类的一切失落的情感在音乐中都可以找到平衡点。作者剥去人类以往赋予音乐的玲珑外衣，使它最终露出了平民本色，这样的观点，在当时的美国社会具有鲜明的时代意义。

深情古谊，淡而弥厚，清而弥永 / 潘天寿

我在 27 岁的那年，到上海任教于上海美专，始和吴昌硕先生认识。那时候，先生的年龄，已近 80 了，身体虽稍清瘦，而精神很充沛，每日上午大概作画，下午大概休息。先生平易近人，喜谐语，在休息的时间中，很喜欢有朋友和他谈天。我与昌硕先生认识以后，以年龄的相差，自然以晚辈自居，态度恭敬，而先生却不以此而有距离，因此说诗论画，请益亦多。回想种种，如在眼前——一种深情古谊，淡而弥厚，清而弥永。真有不可语言形容之概。

有一天下午，我去看昌硕先生，正是他午睡初醒之后，精神甚好，就随便谈起诗和画来。谈论中，我的意见，颇和他的意趣相合，他很高兴。第二天就特地写成一副集古诗句的篆书对联送给我。对联的句子，上联是："天惊地怪见落笔"，下

作者简介

潘天寿（1898～1971），现代著名画家、美术教育家，浙江宁海人。原名天授，字大颐，号寿者，别号阿寿、懒道人、雷婆头峰寿者等。早年求学于杭沪，毕业于浙江第一师范学校。27 岁时任上海美术专科学校教授，其后历任多所艺专教授、校长等职，曾为国立艺专校长。新中国成立后，历任浙江省文联副主席，浙江美协副主席、主席，中国美协副主席，全国人大代表，中央美院华东分院副院长，浙江美院院长。1958 年受聘为苏联艺术科学院名誉院士。

潘天寿像

他精于写意花鸟和山水，偶作人物，兼工书法、诗词、篆刻等，都有很高的造诣。尤善画鹰、八哥、松树、梅竹、蔬果、山石、野花等题材。他还长于表现山花、野草，笔墨挺秀多姿，艳丽生动。

联是："巷语街谈总入诗"。昌硕先生看古今人的诗文书画，只说好，也往往不加评语，这是他平常的态度。他送给我的这副篆书集联，自然是奖励后进的一种办法，是昌硕先生平时所不常用的。尤其他所集的句子，虽原出于褒奖勉励，实觉得有些受不起，也更觉得郑重而可贵。很小心地什袭珍藏，有十多年的长久。抗日战争中，杭州沦陷，因未随身带到后方而遭遗失，不知落于谁人之手？至为可念！回忆联中所写的篆字，以"如锥划沙"三笔，"渴骥奔泉"之势，不论一竖一划，至今尚深深印于脑中而不磨灭。

任伯年为吴昌硕画的肖像

吴昌硕（1844～1927），名俊、俊卿，字昌硕、仓石，后以字行。浙江安吉人。著名金石书画家。1904 年参与创办西泠印社，任社长。

有一次，我画成了一幅山水画，自己觉得还能满意，就拿去给昌硕先生看看。他看了以后，仍旧只是说好。但是当天晚上，却写成了一首长诗，第二天早晨，就叫老友诸闻韵带交给我。诗里的内容，可说与平时不同，戒勉重于褒奖。因此可知道昌硕先生对于研究学术的态度，极重循序渐进，不主张冒险速成。兹录其长诗如下：

读潘阿寿山水障子

龙湫飞瀑雁荡云，石梁气脉通氤氲。久久气与木石斗，无挂碍处生阿寿。寿何状兮顾而长，年仅弱冠才斗量。若非农圃并学须争强，安得园菜瓜果助米粮。　生铁窥太古，剑气毫毛吐，　有若白猿公，竹竿教之舞。　昨见画人画一山，铁船寒鋈飞仙端，　直欲武家林畔筑一关，荷蕢沮弱相挤攀。　相挤攀，靡不可，走入少室峰，蟾蜍太么麽，遇着吴刚刚是我。　我诗所说疑荒唐，读者试问倪吴黄。　只恐荆棘丛中行太速，一跌须防堕深谷，寿乎寿乎愁尔独。

我在年轻的时候，便很欢喜国画；但每自以为天分不差，常常凭着不拘束的性情和由个人的兴趣出发，横涂直抹，如野马奔驰，不受羁勒。对于古人的"重工夫、严法则"的主张，特别加以轻视。这自然是一大缺点。昌硕先生知道我的缺点，便在这幅山水画上明确地予以指出，就是长诗末段中所说的"只恐荆棘丛中行太速，一跌须防堕深谷，寿

桃实图轴　清代　吴昌硕

乎寿乎愁尔独。"他深深地为我的画"行不由径"而发愁。

昌硕先生逝世以后，每与诸旧友谈及近代诗书、绘画、治印等项，总是要谈到昌硕先生。因此也常常引起昔年与昌硕先生许多过往的情况。抗日战争中，流离湘、赣、滇、蜀，笔砚荒废，每怀念昌硕先生诗、书、绘画、治印的卓绝而特殊的风格，而为左右一代风气的大宗师，不禁有所怀念，也因怀念而曾咏之于诗篇。兹将忆缶庐先生的诗录下：

忆吴缶庐先生

月明每忆斫桂吴，大布衣朗数茎须。

文章有力自折叠，性情弥古伴清癯。

老山林外无魏晋，驱蛟龙走耕唐虞。

即今人物纷眼底，独往之往谁与俱。

· 作品赏析 ·

《深情古谊，淡而弥厚，清而弥永》是画家潘天寿在西泠印社的演讲，其字里行间流露着对于吴昌硕先生以及其艺术思想的崇敬之情。

文章更多的介绍的是吴昌硕先生关于书法和绘画方面的独到见解，作者说"养气"是他做书画的第一要领，讲究的是一气呵成。而这种思想其实正是中国古典文学理论的重要组成部分，蕴含着中国传统文化的精神实质。其次，"不袭古人，独立成家"也是吴昌硕先生书画理论非常重要的一部分，而这种做法也是中国历代写书绘画思想的最高境界。这些思想是吴昌硕先生绘画精神的精髓，也代表中国传统文化的主旨。而潘天寿先生的崇师重道，从一定意义上讲，崇尚的正是中华民族传统文化的博大精深。

潘天寿先生的这篇文章将其对于吴昌硕先生的景仰之情，融于深情古谊、淡而弥厚、清而弥永的古典文化氛围中，文风恬淡而深情。

思想的尊严 / 哈基姆

入选理由

正义的立场和独立的品质
对思想作为人类精神活动的充分肯定和维护
对精神自由在当代的命运的深切关注

一

笔的真正力量在于："想说时能够说出其所想。"

真正的男子汉气概是：为了尊严，一个人可以献出自己的鲜血和金钱、快乐与欢愉、舒适和安逸、能够献出自己的亲人和眷属，献出他喜欢的和他珍爱的一切。

真正的尊严是：一个人将自己的最后一口气置于天平的一端，将自己的思想和见解置于天平的另一端，当环境要求衡量两个秤盘上放置物的重量时，他的思想和见解这一端会立即显示出优势来。历史上的所有伟大人物，都曾是这样。即使是今天缺少伟大人物的埃及，也

陶菲格·哈基姆像

作者简介 ......

陶菲格·哈基姆（1898～1987），埃及文学家、剧作家，被称为"阿拉伯现代戏剧之父"。哈基姆生于埃及布海拉省的迪林贾特村，他的父亲出身富裕农民家庭，后从事法律工作，母亲是土耳其人。1924年毕业于开罗法律学校，后留学法国，获法学博士学位。回国后，在政府中任职。1933年，他因长篇小说《灵魂归来》一举成名，作品标志着阿拉伯长篇小说的成熟。1943年辞去官方职务，专门从事文学创作和新闻工作。1951年以后，先后担任埃及国家图书馆馆长、埃及政府关注文学艺术和社会科学最高委员会委员、埃及驻联合国教科文组织代表、埃及作家协会主席等职。1958年获国家颁发的文学表彰奖。1961年被选为阿拉伯语言学会委员。1977年被地中海国家文化中心授予"地中海国家最佳思想家、文学家"称号。

有这样的人，他们为了一种思想，毫不犹豫地牺牲自己的一切，为了自己的主张，弃绝一切享受。这样的人物，在埃及精神生活和思想生活中出现过很多。

当我说世界各民族是靠这些人的肩膀支撑起来的时候，我并没有言过其实。可怕的是，一个民族缺少这样的人物。今天，有一件事困扰着我，令我不安。这就是：今天的法律是用脚践踏思想，法律跟在虚伪的人物和虚幻的金钱后面奔跑！

二

这些话我几年前就曾说过，今天还要说。我相信，在埃及有许多有头脑的人，他们很会思考问题，研究问题，提出有益于国家的见解。但是，他们把自己的意见藏在肚子里，或者低声悄语地谈及，不敢大胆地陈述或带着信心去宣传。他们怕遭到攻击，或者怕自己的利益受到想象中的损害。这种来自成熟者的退让回避，不参加对公共舆论的指导，存在于与集权统治或独裁统治相似状况下的舆论界。在这种状况下，一种思想控制人们的全部思想，不加任何讨论地相信某种占统治地位的说法，无意识地与横扫一切的观点相协调。我们——事实上——是通过自己把集权统治强加到自己身上！不是我们的宪法，不是我们的统治制度——我们的民主制度并不阻碍我们的自由，但是，我们心甘情愿地放弃了它，因为我们不想去保卫它或推进它。

我们常常更喜欢接受我们并不相信的别人的意见，而不愿为我们的意见付出某些辛劳或某些损失。世界上没有一种制度能保证这种人的自由——他们在表达自己的自由见解时，或害怕，或偷懒，或疏忽！

三

假如你们想要得到自由和人类的尊严，那你们就去检索你们头脑中的每一种意见，不要盲目地和不加思考地接受别人的意见。即使是你们最要好的朋友！

狗的勇敢行为是被轻视的，不是因为别的，只是因为它毫不困难地接受它的朋友们套在它脖子上的箍圈，即使那是金子做成的！

（伊宏　译）

思想者　法国

罗丹雕塑。罗丹完成这件作品之后，准备将它安放在《地狱之门》的顶上，可见作者对作品的喜爱程度之深。这尊雕像一手托腮，一手放在膝上，目光微微朝下，作凝神沉思状。

·作品赏析·

有尊严的思想必定是具有独立品质的思想。哈基姆在《思想的尊严》中所说的就是这样的思想，就是对一个民族来说最为宝贵的和有价值的思想。首先，什么是尊严，哈基姆在文章的第一部分形象地作出说明："一个人将自己的最后一口气置于天平的一端，将自己的思想和见解置于天平的另一端，当环境要求衡量两个秤盘上放置物的重量时，他的思想和见解这一端会立即显示出优势来。"哈基姆认为，任何一个民族都需要这样的人用肩膀来扛起其所属的民族。在思想和思想的尊严遭受贱踏之后的今天，哈基姆说："今天的法律是用脚践踏思想，法律跟在虚伪的人物和虚幻的金钱后面奔跑！"在没有思想尊严的时代和环境里，人们是沉默的，听任有害的事物和行为通过金钱和权力强加给自己，原因就是"他们怕遭到攻击，或者怕自己的利益受到想象中的损害"。在这样的情况下，我们放弃了自己的意见和想法，"通过自己把集权统治强加到自己身上"，我们心甘情愿地放弃了自由和思想。哈基姆在讨论思想的本质的时候看重思想的尊严，其意义就在于说明，公众自己的行为对自己本身的权利和利益产生了严重的伤害，进而，使整个国家和民族走向不幸和灾难。

沐 浴 / 庐隐

　　说到人，有时真是个怪神秘的动物，总喜欢遮遮掩掩，不大愿意露真相；尤其是女人，无时无刻不戴假面具，不管老少肥瘠，脸上需要脂粉的涂抹，身上需要衣服的装扮，所以要想赏鉴人体美，是很不容易的。

　　有些艺术团体，因为画图需要模特儿，不但要花钱，而且还找不到好的，——多半是些贫穷的妇女，看白花花的洋钱面上，才不惜向人间现示色相，而她们那种不自然的姿势和被物质压迫的苦相，常常给看的人一种恶感，什么人体美，简直是怪肉麻的丑相。

作者简介 ·····················

　　庐隐 (1898～1934)，原名黄淑仪，又名黄英，生于福建闽侯。1903年父亲去世，到北京舅舅家居住。1909年入教会办的慕贞书院小学部。信仰基督教。1912年考入女子师范学校，1917年毕业后任教于北平公立女子中学、安徽安庆小学及河南女子师范学校，1919年考入北京高等女子师范国文系。

　　1921年加入文学研究会。1922年大学毕业后到安徽宣城中学任教，半年后回北平师范大学附属中学教国文。1925年出版第一本小说集《海滨故人》。1926年到上海大夏大学教书，1927年任北京市立女子第一中学校长半年。这个时期出版的作品集有《灵海潮汐》和《曼丽》。1930年与李唯建结婚，1931年出版了二人的通信集《云欧情书集》。婚后他们一度在东京居住，出版过《东京小品》。1931年起担任上海工部局女子中学国文教师。36岁时因分娩死于上海大华医院。

庐隐像

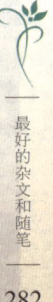

至于那些上流社会的小姐太太们，若是要想从她们里面发现人体美，只有从细纱软绸中隐约的曲线里去想象了。在西洋有时还可以看见半裸体的舞女，然而那个也还有些人工的装点，说不上赤裸裸的。至于我们礼教森严的中国，那就更不用提了。明明是曲线丰富的女人身体，而束腰扎胸，把个人弄得成了泥塑木雕的偶像了。所以我从来也不曾梦想赏鉴各式各样的人体美。

但是，当我来到东京的第二天，那时正是炎热的盛夏，全身被汗水沸湿，加之在船上闷了好几天，这时要是不洗澡，简直不能忍受下去。然而说到洗澡，不由得我蹙起双眉，为难起来。

洗澡，本是平常已极的事情，何至于如此严重？然而日本人的习惯有些别致。男人女人对于身体的秘密性简直没有。在大街上，可以看见穿着极薄极短的衫裤的男人和赤足的女人。有时从玻璃窗内可以看见赤身露体的女人，若无其事似的，向街上过路的人们注视。

他们的洗澡堂，男女都在一处，虽然当中有一堵板壁隔断了，然而许多女人脱得赤条条的在一个汤池里沐浴，这在我却真是有生以来破题儿第一遭的经验。这不能算不是一个大难关吧。

"去洗澡吧，天气真热！"我首先焦急着这么提议。好吧，拿了澡布，大家预备走的时候，我不由得又踌躇起来。

"呵，陈先生，难道日本就没有单间的洗澡房吗？"我向领导我们的陈先生问了。

"有，可是必须到大旅馆去开个房间，那里有西

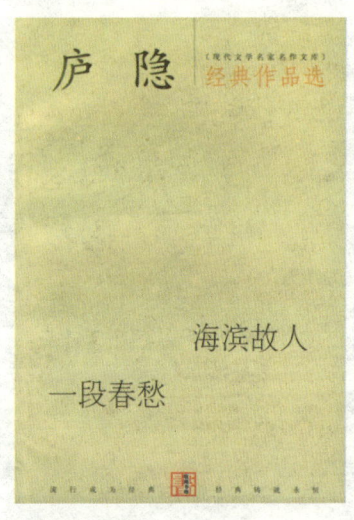

庐隐作品封面

日本女人在温泉洗浴
此图为电影《伊豆的舞女》剧照。

式盆汤，不过每次总要三四元呢。"

"三四元！"我惊奇地喊着，"这除非是资本家，我们哪里洗得起。算了，还是去洗公共盆汤吧。"

陈先生在我决定去向以后，便用安慰似的口吻向我道："不要紧的，我们初来时也觉着不惯，现在也好了。而且非常便宜，每人只用五分钱。"

我们一路谈着，没有多远就到了。他们进了左边门的男汤池去。我呢，也只得推开女汤池这边的门，呵，真是奇观，十几个女人，都是一丝不挂地在屋里。我一面脱鞋，一面踌躇，但是既到了这里，又不能作唐明皇光着眼看杨太真沐浴，只得勉强脱了上

身的衣服，然后慢慢地脱衬裙袜子……先后总费了五分钟，这才都脱完了。急忙拿着一块极大的洗澡手巾，连遮带掩地跳进温热的汤池里，深深地沉在里面，只露出一个头来。差不多泡了一刻钟，这才出来，找定了一个角落，用肥皂乱擦了一遍，又跳到池子里洗了洗。就算完事大吉。等到把衣服穿起时，我不禁嘘了一口长气，严紧的心脉才渐渐地舒畅了。于是悠然自得地慢慢穿袜子。同时抬眼看着那些浴罢微带娇慵的女人们，她们是多么自然的，对着亮晶晶的壁镜理发擦脸，抹粉涂脂，这时候她们依然是一丝不挂，并且她们忽而起立，忽而坐下，忽而一条腿竖起来半跪着，各式各样的姿势，无不运用自如。我在旁边竟得饱览无余。这时我觉得人体美有时候真值得歌颂——那细腻的皮肤，丰美的曲线，圆润的足趾，无处不表现着天然的艺术。不过有几个鸡皮鹤发的老太婆，满身都是瘪皱的，那还是披上一件衣服遮丑好些。

我一面赏鉴，一面已将袜子穿好，总不好意思再坐着呆着。只得拿了手巾和换下来的衣服，离开这现示女人色相的地方了。

在回家的路上，我的神经似乎有些兴奋，我想到人间种种的束缚，种种的虚伪，据说这些是历来的圣人给我们的礼赐——尤其严重的是男女之大防，然而日本人似乎是个例外。究竟谁是更幸福些呢？

· 作品赏析 ·

生逢乱世，是一个人莫大的不幸；命运多舛，又是这不幸中的不幸。庐隐的一生经历了太多的不幸，坎坷与磨难总是不间断地给她的心灵以巨大的打击。原本就脆弱而孤独的女子，又怎堪独自承受这接连而来的重重噩运？于是她的悲哀化作深积的潭水，在寂寞的不为人知的角落里静静流淌成一条忧伤的河。这就是庐隐的散文中，为什么会时常氤氲着那么多的伤感、焦躁、颓唐，甚至绝望的根本原因。她的散文，不粉饰，不遮掩，即使弥漫着浓烈的"悲哀"，也是绝对的真情流露。《沐浴》是庐隐关于日本见闻的一篇散文，字里行间流露着作者的真性情。此文虽然文字开朗、流畅，但从思想角度看却并不欢快、轻松。

《沐浴》中写作者在日本观澡，描述了日本女子的相对自然舒畅的沐浴习惯，这些给作者很大感触，使她"想到人间种种的束缚，种种的虚伪"，由此作者想到了中国人的沐浴情况，并由此发出感慨："据说这些是历来的圣人给我们的礼赐——尤其严重的是男女之大防，然而日本人似乎是个例外。究竟谁是更幸福些呢？"表面是在写沐浴，实际也是借沐浴表明自己对于中国几千年封建传统思想和习俗的一种反感，作者以女性独特的目光，关注着这一根深蒂固的状况，字里行间流露着女性特有的柔弱气息和无奈情绪，让人在沉重的现实中，又痛惜着她个人生命中的不幸。然而作者的不幸，又何尝不代表着整个中国女性知识分子，在多灾多难的时代的普遍命运呢？

关于美 /川端康成

入选理由

东方审美文章的典范
美学史上的名篇
具有日本民族特有的唯美主义色彩

我看罢大相扑夏季赛场最后一天的比赛归来，一踏进工作间，就看见桌面上摆着的希腊小陶俑和六朝陶俑。前些时候，我从京都带回一件陶器，把它同陶俑摆放在一起。这两件陶俑，一件是1500多年以前的，一件是2000多年以前的。这两件文物，都是从古墓出土，也都是不上彩釉的素陶俑。希腊的是左手持环的女俑，高约20公分；六朝的是文官，男性，高约25公分，两件都是小巧玲珑的立像。

夜半，面对着这两尊典雅的古代陶俑，联想到白天的现实中所看到的相扑力士

作者简介

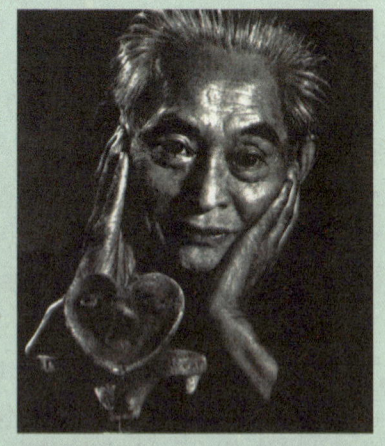

川端康成（1899～1972），日本现当代小说家。出生在大阪，幼年父母双亡，孤独忧郁伴其一生。在东京大学国文专业学习时，参与复刊《新思潮》杂志。1924年毕业，同年和横光利一等创办《文艺时代》杂志，后成为由此诞生的"新感觉派"的中心人物之一。"新感觉派"衰落后，参加新兴艺术派和新心理主义文学运动。川端康成一生创作小说100多篇，中短篇多于长篇。早期多以下层女性作为小说的主人公，写她们的纯洁和不幸。后期一些作品写了近亲之间，甚至老人的变态情爱心理，表现出颓废的一面。

川端康成像

川端康成担任过国际笔会副会长、日本笔会会长等职。1957年被选为日本艺术院会员。曾获日本政府的文化勋章、法国政府的文化艺术勋章等。1968年获诺贝尔文学奖。1972年在工作室自杀。

的魁梧身躯，我忽然泛起一种异样的感觉。希腊的陶俑是从京都带回来了，我又浮起了京都舞女的姿影。不论是京都的"祇园"舞伎，还是东京的相扑力士，他们都是存在于今天的我们当中。甚至被誉为国技或国色。舞伎和相扑力士，从体格来说，是两个极端；从职业上需要的裸体和服饰来说，也是两个极端。相扑力士和舞伎，从生理常识和伦理角度来看，应该是病态的丑陋的，可我们许多人却感到美，甚或狂热，要求保留男性遗物的发髻和女性的垂带，假使没有这种传统的发髻和垂带，就显得古怪和丑陋。细想起来，这也是咄咄怪事。这虽是体格、姿态的事，可在我们的心灵上、思想上，恐怕也有不少这类东西吧。

体重170多公斤的横纲① 东富士和体重40多公斤的作家我，是在同一个时期的日本，在各自不同的道路上奋进的。想起这些，倒也饶有兴味。体会也好，哀伤也好，都是无止境的。这样一个我，为了写这篇文章，要消除睡意，便用田能村竹田的手工制茶碗喝了一碗玉露茶。茶托是中国锡制品，那是煎茶师家华月庵祖传的茶具。我喝了玉露，同时也喝了美国咖啡。小茶壶上有竹田雕刻的"竹窗满月点苦茶"的字样。茶碗上也写了些什么。这是文政八年竹田49岁之作。然而，我只顾品茶，没有把茶具的作者和日本式的玉露炮制法放在心上。战败后，我喝美国咖啡也是如此，想它就觉得不得了，不想它也就渴了。我还凝视着放在桌面上的一两千年以前的东方和西方的陶俑。

有时我从罗丹的青铜像的手，想起了亡友横光利一的手；有时从能② 的侍童面具，想起了横光利一的脸。我觉得彼此确很相似。我这种心理活动又算是什么呢？今天看罢大相扑归来，又看了古代陶俑，我的脑海里又浮现了相扑力士和舞伎的姿影。前些日子，我也看了京都的"祇园"舞伎。相扑力士和舞伎的体格和风俗，是否反人之常态，则另当别论，

1924年，川端康成与横光利一等同窗好友创办了刊物《文艺时代》，他们欲使日本的旧文学走上全新的道路，这标志着日本文学史上著名的"新感觉派"的诞生。上图为1927年6月刊社骨干人员在各地召开"文艺春秋"动员演讲会而聚首时的情景。左二为川端康成。

① 横纲，相扑级别最高的"大关"中最优秀的力士之称谓。
② 能，日本一种古典歌舞剧。

伊豆半岛汤野的客店福田家近旁的舞女雕像
舞伎被称为日本的国技或国色，舞伎生活也成为日本作家所热衷不衰的题材，如川端康成就曾写过著名小说《伊豆的舞女》。同时，川端康成又认为舞伎和日本相扑力士一样，是病态的、丑陋的。

那时候我只是随习罢了。然而，我觉察到这两个极端的现实存在时，我就有一种异样的感觉。古代希腊的陶俑和古代中国的陶俑并排摆放在日本的我的书桌上，此番情景也是一种异常吧。它既成了生的喜悦，也成了生的恐惧。

我毕竟无法认为古代希腊陶俑就是2000多年以前的希腊姑娘的形象。这是写实的作品。六朝陶俑则是象征性的作品。从这两尊小小的陶俑，我感到了西方和东方的遥远的源流。可是，现在的我，把这两件陶俑都作为现代的东西来凝视，作为现代的东西而感到它们很美。这么说来，它们的美，在我的书桌上已经存在一两千年以上了，今后还会继续存在一两千年以上吗？像相扑和舞伎这种被扭曲了的美，也很执著，难以舍弃，这似乎就是我们的悲哀。

（叶渭渠 译）

·作品赏析·

　　川端康成的美学思想是建立在东方美学和日本美学的基础之上的，这与他对东方和日本的传统文化的热烈执著是一脉相通的。在东西方文化冲突和交汇的大背景下，川端康成找到了适合自己的位置，他"运用民族的审美习惯，挖掘日本文化最深层的东西和西方文化最广泛的东西，糅而合一，形成了川端康成文学之美"。这种思想，在《关于美》中就有充分的展现。

　　《关于美》中，作者提到了日本的相扑和舞伎，认为这是一种被扭曲了的美。作者推崇的是古代希腊和中国陶俑的美、罗丹雕塑的美。作者说它们"在我的书桌上已经存在一两千年以上了"，说"它既成了生的喜悦，也成了生的恐惧"，而这种美，正是川端康成所追求的一种近乎极致的美。正是对于这种美的极致的追求，恰恰造就了这位伟大的作家。如评论家们给他下的定义：他的优秀在于他创造的极美境界。但如果综观作者的全部创作，其中所体现的也未尝不是一种带有扭曲成分的美学思想。对美的追求成就了川端康成世界级的大师的地位，但这种追求的病态和绝望色彩又摧毁了作家的生命，回顾川端康成的一生，读者留下的只能是百年叹息。

画 说 / 张大千

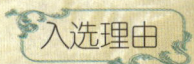
有人以为画画是很艰难的，又说要生来有绘画的天才，我觉得不然。我以为只要自己有兴趣，找到一条正路，又肯用功，自然而然就会成功的。从前的人说"三分人事七分天"，这句话我却绝对反对。我以为应该反过来说，"七分人事三分天"才对；就是说任你天分如何好，不用功是不行的。世上所谓神童，大概到了成年以后就默默无闻了。这是什么缘故呢？只因大家一捧加之父母一宠，便忘乎其形，自以为了不起，从此再不用功。不进则退，乃是自然趋势，你叫他如何得成功呢？在我个人的意思，要画画首先要从勾摹古人名迹入手，把线条练习好了。写字也是一样。要先习双勾，

张大千像

作者简介

张大千（1899～1983），原名正，后改张爰，四川省内江县人。9岁时母亲教其花鸟草虫白描。青年时随兄到日本京都攻读绘画，又研究染织工艺。回国后曾从师学诗文书画，曾耽于佛学，一度为僧，法号大千，后还俗，以法号行。他擅绘画，受八大山人、石涛的影响，尤擅长山水，喜好画荷花及工笔人物，独树一帜，俱臻妙境。与齐白石并有"南张北齐"之誉。20世纪40年代研究传统，踪及陈老莲、沈周诸家，又赴敦煌临摹壁画，同时习雕塑，画风为之一变。50年代栖身海外，居巴西17年，1976年移居台湾。1983年病逝于台湾，享年84岁。张大千诗、书、画、篆刻俱精，对于中国古字画的鉴赏独具慧眼。尤其他开创了淡墨泼色山水流派，推动了现代中国画艺术发展，影响深远，是中国杰出的艺术家。

张大千画作《一水菰蒲绿　半天云雨清》

跟着便学习写生。写生首先要了解物理，观察物态，体会物情，必须要一写再写，写到没有错误为止。

在我的想象中，作画根本无中西之分，初学时如此，到最后达到最高境界也是如此。虽可能有点不同的地方，那是地域的风俗习惯以及工具的不同，在画面上才起了分别。

还有，用色的观点，西画是色与光不可分开来用的，色来衬光，光来显色，为表达物体的深度与立体，更用阴影来衬托。中国画是光与色分开来用的，需要用光时就用光，不需用时便撇了不用，至于阴阳向背全靠线条的起伏转折来表现，而水墨和写意，又为我国独特的画法，不画阴影。中国古代的艺术家，早认为阴影有妨画面的美，所以中国画传统下来，除以线条的起伏转折表现阴阳向背，又以色来衬托。这也好像近代的人像艺术摄影中的高白调，没有阴影，但也自然有立体与美的感觉，理论是一样的。近代西画趋向抽象，马蒂斯、毕加索都自已说是受了中国画的影响而改变的。我亲见了毕氏用毛笔水墨练习的中国画五册之多，每册约三四十页，且承他赠了一幅所画的西班牙牧神。所以我说中

1956 年，张大千和妻子徐雯波与毕加索会面时的合影。

国画与西洋画，不应有太大距离的分别。一个人能将西画的长处融化到中国画里面来，看起来完全是国画的神韵，不留丝毫西画的外貌，这定要有绝顶聪明的天才同非常勤苦的用功，才能有此成就，稍一不慎，便走入魔道了。

中国画常常被不了解画的人批评说，没有透视。其实中国画何尝没有透视？它的透视是从四方上下各方面着取的，现在抽象画不过得其一斑。如古人所说的下面几句话，就是十足的透视抽象的理论。他说"远山无皴"，远山为何无皴呢？因为人的目力不能达到，就等于摄影过远，空气间有一种雾层，自然看不见山上的脉络，当然用不着皴了。"远水无波"，江河远远望去，哪里还看得见波纹呢？"远人无目"，也是一样的，距离远了，五官当然辨不清楚了，这是自然的道理。所谓透视，就是自然，不是死板板的。从前没有发明摄影，但是中国画里早已发明这些极合摄影的原理。何以见得呢？譬如画远的景物，色调一定是浅的，同时也是轻轻淡淡，模模糊糊的，这就是用来表现远的；如果画近景，楼台殿阁，就一定画得清清楚楚，色调深浓，一看就如到跟前一样。石涛还有一种独特的技能，他有时反过来将近景画得模糊而虚，将远景画得清楚而实。这等于摄影机的焦点，对在远处，更像我们眼睛注视远方，近处就显得不清楚了。这是"最高"现代科学的物理透视，他能用在画上而又能表现出来，真是了不起的。所以中国画的抽象，既合物理，而又要包含着美的因素。讲到以美为基点，表现的时候就该利用不同的角度，画家可以从每种角度，或从流动地位的眼光下，产生灵感，几方面的角度下，集成美的构图。这种理论，现代的人或已能够明白，但古人中就有不懂得这个道理的。宋人沈存中就批评李成所画的楼阁，都是掀屋角。怎么叫掀屋角呢？他说从上向下的角度看起来，看到屋顶，就不会看到屋檐，李成的画，既具屋脊又见斗拱颇不合理。粗粗看来，这个道理好像是对的，仔细一想就知道不对了：因为画既以美为主点，李成用鸟瞰的方法，俯看到屋脊，并且拿飞动的角度仰而看到屋檐斗拱，就

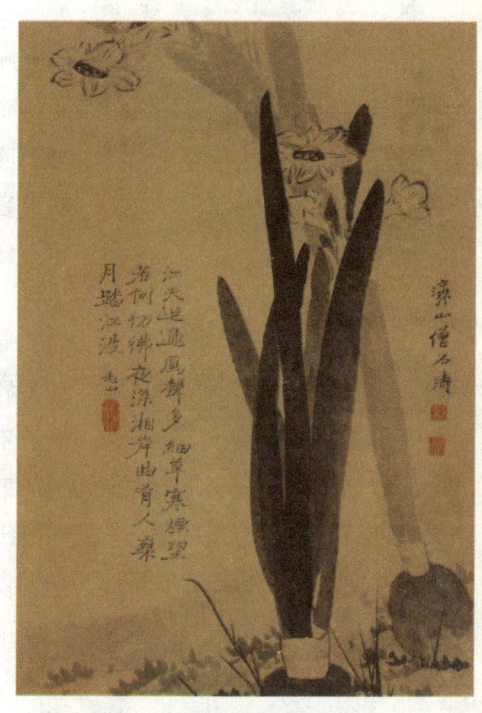

山水花卉图册页　清代　石涛

石涛，画坛巨将，精诗、书。此画中烟江浩渺，远山影影绰绰，近岸两株水仙如烟波仙子亭亭玉立，素雅之气直贯云霄。本图布局夸张，远景淡然，二水仙似巨柱般直与天齐，清纯气息扑面而来，令人耳目一新。张大千对石涛作画的独特技能极为欣赏，称其为"'最高'现代科学的物理透视"。

张大千画作《松风高士》

一刹那间的印象，将脑中所留屋脊与屋檐的美感并合为一，于是就画出来了。况且中国建筑，屋脊的美，斗拱的美都是绝艺，非兼用俯仰的透视不能传其全貌啊。

画家自身便认为是上帝，有创造万物的特权本领。画中要它下雨就可以下雨，要出太阳就可以出太阳；造化在我手里，不为万物所驱使；这里缺少一个山峰，便加上一个山峰，那里该删去一堆乱石，就删去一堆乱石，心中有个神仙境界，就可以画出一个神仙境界。这就是科学家所谓的改造自然，也就是古人所说的"笔补造化天无功"。总之，画家可以在画中创造另一个天地，要如何去画，就如何去画，有时要表现现实，有时也不能太顾现实，这种取舍，全凭自己思想。何以如此？简略地说，大抵画一种东西，不应当求太像，也不应当故意求不像，求它像，当然不如摄影，如求它不像，那又何必画它呢？所以一定要在像和不像之间，得到超物的天趣，方算是艺术。正是古人所谓遗貌取神，又等于说我笔底下所创造的新天地，叫识者一看自然会辨认得出来；我看到真美的就画下来，不美的就抛弃了它。谈到真美，当然不单指物的形态，是要悟到物的神韵。这可引证王摩诘两句话，"画中有诗，诗中有画"，"画是无声的诗，诗是有声的画"。怎样能达到这个境界呢？就是说要意在笔先，心灵一触，就能跟着笔墨表露在纸上。所以说"形成于未画之先"，"神留于既画之后"。近代有极多物事，为古代所没有，并非都不能入画，只要用你的灵感与思想，不变更原理而得其神态，画得含有古意而又不落俗套，这就算艺术了。

作画要怎样才得精通？总括来讲，首重在勾勒，次则写生，再次才到写意。不论画花卉翎毛、山水人物，总要了解理、情、态三事。先要着手临摹，观审名作，不论今古，眼观手临，切忌偏爱。人各有所长，都应该采取，但每人笔触天生有不同的地方，故不可专学一人，又不可单就自己的笔路去追求，要凭理智聪慧来采取名作的精神又要能转变它。老师教学生也应当如此，告诉他绘画的方法，由他自去追讨，不可叫他固守师法。然后立意创作，这样才可以成为独立的画家。所以唐宋人所传的作品，不要题款，给人一看就可知道这是某人的作品。看他片楮寸缣就可以代表他个人啊。

古人所谓读万卷书行万里路，这是什么意思呢？因为见闻广博，要从实地观察得来，不只单靠书本，两者要相辅而行的。名山大川，熟于心中，胸中有了丘壑，下笔自然有所依据。要经历得多有所获，山水如此，其他花卉人物禽兽都是一样。

游历不但是绘画资料的源泉，并且可以窥探宇宙万物的全貌，养成广阔的心胸，所以行万里路是必须的。

一个成功的画家，画的技能已达到化境，也就没有固定的画法能够拘束他，限制他。所谓"俯拾万物"，"从心所欲"，画得熟练了，何必墨守成规呢？但初学的人，仍以循规蹈矩，按部就班为是。古人画人物，多数以渔樵耕读为对象，这是象征士大夫归隐后的清高生活，不是以这四种为谋生道路，后人不知此意，画得愁眉苦脸，大有靠此为生，孜孜为利的样子，全无精神寄托之意，岂不可笑！梅兰菊竹，各有身份，代表与者受者的风骨性格，又是花卉画法的祖宗，想不到现在竟成了陈言滥套！

·作品赏析·

作为中国现代杰出艺术家的张大千，以其深厚的学养和传奇色彩的人生成为海内外知名的文化名人。《画说》是张大千关于绘画理论的一篇文章，其中有着对西方绘画思想的透解，更充斥着典范的中国传统美学思想。

《画说》中张大千认为，"作画根本无中西之分"，他从中西方绘画的"色"、"光"和"透视"几个方面来论中国画的深厚内蕴，认为西洋画中各种技法在中国画中都有体现，中国画中体现得更有神韵。他对于绘画的解释是站在中国传统文化的基础上的，以西方美学作为比照，所推崇的仍是中国传统的美学境界。如"意在笔先"、"用灵感和思想作画"，这些都闪耀着中国传统美学思想的光芒。对于如何才能作好画，张大千认为作画既要重苦练，还要不断收集绘画资料的源泉，不断地开阔心胸，所以经常游历也是十分必要的。

关于个人绘画风格的形成，张大千认为，作画要达到精通，不可"固守师法"。初学时，按部就班是必要的，但熟练了就不必"墨守成规"。张大千说中国古人画中渔樵耕读、梅兰菊竹只是画者思想及风骨的象征及追求，作画者到一定程度，画中更应有自身的精神寄托，不应一味模仿。这种"风骨"的说法，正是渊源于中国古典文学理论，是传统美学思想的最高境界。

张大千的《画说》向读者展现了一个开阔的艺术境界，让我们站在世界文化的高度，来欣赏中国传统的绘画艺术。试想，如果没有深厚的学养和对于东西方文化的深刻理解，又如何能得出这样独到的艺术见解。

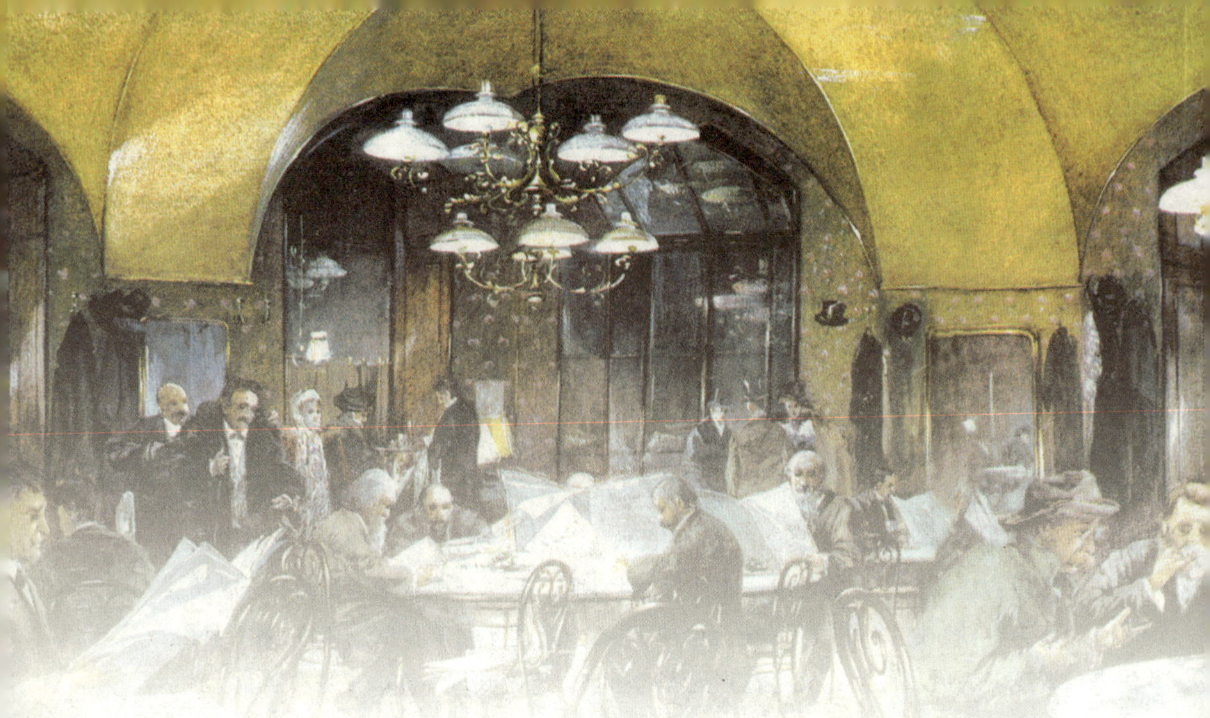

真实的高贵

/ 海明威

入选理由

极为简明直接的语言风格
令人信服的观念和态度
对人类命运的密切关注和深刻思考

在哈瓦那码头海明威（左）和他捕获的马林鱼

风平浪静的大海上，每个人都是领航员。

但是，只有阳光而无阴影，只有欢乐而无痛苦，那就不是人生。以最幸福的人的生活为例——它是一团纠缠在一起的麻线，丧亲之痛和幸福祝愿彼此相接，使我们一会儿伤心，一会儿高兴，甚至死亡本身也会使生命更加可亲。在人生的清醒时刻，在哀痛和伤心的阴影之下，人们与真实的自我最接近。

在人生或者职业的各种事务中，性格的作用比智力大得多，头脑的作用不如心情，天资不如由判断力所节制着的自制、耐心和规律。

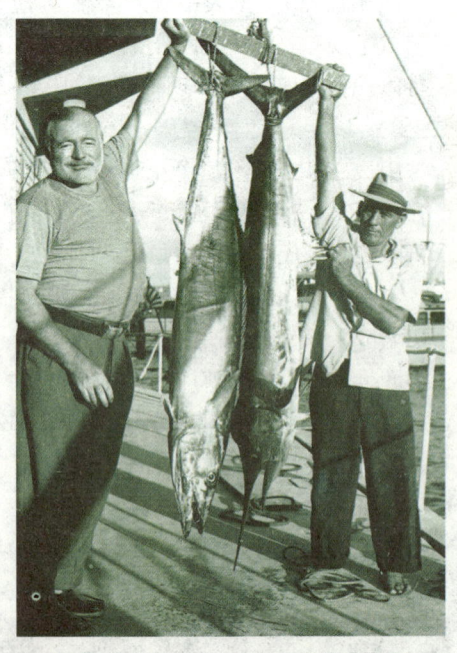

海明威像

  海明威（1899～1961），生于芝加哥市郊橡胶园小镇。父亲是医生和体育爱好者，母亲从事音乐教育。6个兄弟姐妹中，他排行第二，从小酷爱体育、捕鱼和狩猎。中学毕业后曾去法国等地旅行，回国后当过见习记者。第一次世界大战末期，海明威参加了红十字会救护队，奔赴意大利战场，因作战勇敢，获得美国和意大利勋章。1921年，他与哈德莉·理查德结婚，同年12月，他担任了加拿大《多伦多明星报》的驻巴黎特派记者。在巴黎期间，他结识了著名作家斯坦因等人，他们鼓励他努力使自己成为一名真正的作家，而他也深深受到了这些"迷惘的一代"作家们的早期思想的影响。

  1922年，海明威返回多伦多。次年，他的第一部著作《三个短篇和十首诗》问世，显示出了杰出的创作才能。1924年，海明威再次来到巴黎，担任了《大西洋评论》的助理编辑。此时，他已经在文坛初露头角，他的作品也被一些杂志竞相刊登。20世纪20年代，海明威发表了短篇小说《在我们的时代》（1924）、《没有女人的男人》（1927），长篇小说《太阳照样升起》（1926）、《春天的激流》（1926）、《永别了，武器》（1929）。西班牙内战爆发后，海明威曾经4次前往西班牙报道战况。1940年，他出版了以西班牙内战为背景的《丧钟为谁而鸣》（又名《战地钟声》），再次给自己带来了巨大的声誉。到1941年时，海明威的著作在全世界的销售已经超过了百万册。

  战后，海明威客居古巴，潜心写作。1952年，《老人与海》问世，深受好评，翌年获普利策奖；1954年获诺贝尔文学奖。卡斯特罗掌权后，他离开古巴返美定居。因身上多处旧伤，百病缠身，精神忧郁，1961年7月2日用猎枪自杀。海明威去世后发表的遗作，主要有《海流中的岛屿》（1970）和《伊甸园》（1986）。

我始终相信，开始在内心生活得更严肃的人，也会在外表上开始生活得更朴素。在一个奢华浪费的年代，我希望能向世界表明，人类真正需要的东西是非常之渺小的。

悔恨自己的错误，而且力求不再重蹈覆辙，这才是真正的悔悟。优于别人，并不高贵，真正的高贵应该是优于过去的字迹。

（蔡慧　译）

·作品赏析·

　　庞大的工业文明导致源源不断、数量惊人的生产，这些直接以诱导消费换取利润的人类工作和生活模式，已经将现代人拖入一个无法自拔的泥潭，以至于在现代生活中，很难有人说清楚自己真正需要什么，所有的努力都是为了什么。看到了这一切的海明威指出，唯有我们能救自己："风平浪静的大海上，每个人都是领航员。"在人们的心智普遍被工业和商业异化的时代，海明威呼唤真实的人生，痛苦而欢乐的人生，"使我们一会儿悲伤，一会儿高兴"的人生，因为"在人生清醒的时刻，在哀痛和伤心的阴影之下，人们与真实的自我最接近"。海明威强调人的心性在生活中的重要，"在人生或者职业的各种事务中，性格的作用比智力大得多，头脑的作用不如心情，天资不如由判断力所节制着的自制、耐心和规律"。然而可悲的是，我们在现代生活中所强调的，似乎正好相反，所有的这些相反的内容都远离了人们的内心，物质越来越丰富，内心越来越苍白而不真实。在这里，海明威的意思是，他不能相信一个内心生活真实而严肃的人，对物质有那么多的需求，反而，对物质的狂热追求正说明了我们内心世界的空虚和虚假。针对这一点，海明威说："在一个奢华浪费的年代，我希望能向世界表明，人类真正需要的东西是非常之渺少的。"

严于律己 / 弗洛姆

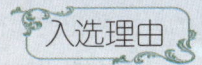
入选理由

将一个朴素的原则上升到人类命运的高度
体现出对历史和现实深重的反思
逻辑严密，针针见血

自责远不只是对某事物感到抱歉，自责是一种强烈的情感。一个自责的人感到真正厌恶他自己和他做的事。真正的自责和随之而来的耻辱是可以防止旧的罪行一次次重复的唯一的人的情感。哪里没有自责，哪里就会出现没有犯罪的幻觉。

几千年以来人们生活在这样的体制中，客观存在允许胜利者无须自责。因为它令权力等同于权利。

事实上，我们每个人都应该坦白承认由我们的祖先、我们的同代人或我们自己所犯下的罪行，无论是我们直

弗洛姆像

作者简介 ......

弗洛姆（1900～1980），美国著名心理学家、社会学家和哲学家，是新精神分析学派（社会文化学派）的代表人物之一，是精神分析学派中对现代人的精神生活影响最大的人物。主要著述有《逃避自己》、《健全的社会》、《爱的艺术》、《禅与心理分析》（与铃木大拙合著）、《心理分析之危机》等。

觉醒

威廉姆·霍曼·亨特绘。此作品描绘了一个正在偷情的女子猛然觉醒到自己道德的堕落，挣脱着从情人的怀抱中起来。画家着力表现了女子因美好事物而觉醒的瞬间，与本文作者所要表达的因为情感受理性支配而严格要求自己的行为合符道德约束的意思有异曲同工之妙。

接去干的，还是我们曾对这些罪行袖手旁观。我们应该坦率地公开以典礼的形式承认这些罪行，以便听到良心的呼唤。但是个人的忏悔是不够的，因为它不需讲出由一个团体、一个阶级、一个民族，或最为重要的是一个不听从于个人良心指示的主权国家所犯下的罪行，只要我们不愿做"民族罪行的忏悔"，我们就将继续使用我们的老办法，敏锐地注视着我们的敌人所犯的罪行，而对我们自己的人民所犯的罪行熟视无睹，当一些自称道德卫士的民族表现出丝毫不考虑的良心时，个人怎么能认真地开始遵从良心的指示呢？不可避免的结果是，良心的声音在每个公民的心中沉寂，因为良心并不比金子更难被分割。

如果人的理智能有效地指导我们的行动，我们就不会受不理智的情感所支配。智力仍然是智力，即使它被用于罪恶的目的。然而，理智，我们对本来面目的现实而不是对我们想要看到以便能为了自己的目的而加以利用的现实的认识——在这种意义上，理智能够发挥这样的作用——它可以驱使我们成为真正的人，并使不理智的动力不再是我们行动背后的主要驱使力。

（李慧 译）

·作品赏析·

　　严于律己是针对自己的，但这样的原则执行起来相当困难。严于律己的必要性在于防止个人和集体犯严重的过错或者放任恶行。对于任何一个民族和个人，这都是必要的。道德和良知在人的内心表现出来的状态正是对一切与自己有关、无关的罪恶行为和灾难后果的不安和愤怒。弗洛姆说："自责远不只是对某种事物感到抱歉。自责是一种强烈的情感。"这种情感在内心发挥作用，严于律己才成为可能。弗洛姆指出，几千年以来人们生活在这样的体制中，客观存在允许胜利者无须自责。因为它令权利等同于权力。自责如果有效，就必须要求我们全体来"坦白承认由我们的祖先、我们的同代人或我们自己所犯下的罪行，无论是我们直接去干的，还是我们曾对这些罪行袖手旁观"，这样才能使我们改变一种既成的做法，"敏锐地注视着我们的敌人所犯的罪行，而对我们自己的人民所犯的罪行熟视无睹"，正因为一些自称道德卫士的民族丝毫不考虑良心，所以，在这个民族，"良心的声音在每个公民的心中沉寂"。自责所引起的严于律己，使我们对任何一种可能产生的罪恶想法保持理智，而理智的作用必须以集体的自责为情感前提。

乐观的故事 / 伏契克

入选理由

法西斯黑暗中的一缕温暖的阳光

以小说的手法入散文

无产阶级散文中的名篇

12月的白雪，密集片片地飘落在节日前热闹的布拉格街头。雪没有在大道和人行道上积存，立即由特制的机器把雪堆积起来铲走了。机器是装在崭新的载重汽车上的。安东尼看了机器一眼，不由得回想起了他年轻时的光景。那时，布拉格街头的积雪是由失业工人把它堆成了堆运出去的，他们的衣服又单薄又破烂，双手冻得又红又硬，脚上是粗笨难看而又不合脚的木底鞋子。

安东尼今天分外匆忙。他和玛尔妲约好一块儿去新的人民剧院看话剧《时间的脚步》。这个剧今天已经是演到第七十场了。

现在是6点10分，他在自己的卡尔拖拉机工厂下了班，匆匆忙忙地洗了个脸，就跑出了工厂的大门。他需要跑回家一趟，洗个澡，刮刮脸，换上休息时穿的衣服，但主要的是买戏票。他犯了个不可原谅的错误——在头一天没有关心戏票的事，所以现在总放心不下：万一全部戏票被抢购一空，弄得他和玛尔妲进不了戏院，那可怎么办！

在地下铁道的车站，他坐上了开往他住的德伊维茨

伏契克像

作者简介 ....

伏契克（1903～1943），捷克新闻家、作家。1903年2月23日生于布拉格。1921年加入共产党。曾担任党中央机关报《红色权利报》及《红色晚报》记者、编辑，《新闻通报》主编。1934～1936年任《红色权利报》驻苏联记者。回国后，写了大量政论、传单、宣言等，与法西斯进行斗争。1942年被捕，在布拉格潘克拉茨监狱写下了长篇特写《绞刑架下的报告》。1943年9月8日，被害于德国柏林。

区的"B"号列车。从前，这里住的只是一些富翁，在石砌院墙后面的花园中，耸立着两层楼的私邸。现在，这里住的是劳动人民了。崭新的大楼里是舒适的住宅，楼是这样高，需要把头仰得高高的，才能看到最上一层。

安东尼跳上了电梯，按了一下15层楼的电钮。

"自己的错！"他责骂着自己，"没有事先把票买好，现在只得拼命地赶了。""我也没有错到哪儿去，"他内心里的另一种声音申辩着，"难道我关心的事情还少吗？特别是自从工厂委员会委托我在俱乐部里建立电影院以来。"上星期，为这个问题他已经开了三个会：一个是工会会议，另一个是文娱委员会议，第三个是和建筑师联合开的会。"瞧着吧，丹达，可不要丢脸，我们的电影院在各方面都应当是最最漂亮的。"同志们要求着他。

在地下铁道里，安东尼遇见了从前的朋友别比克。和蔼可亲的、活泼愉快的别比克，圆圆的面孔，闪射着儿童般的目光。他们亲热地互相握手。别比克早先是在林霍佛男爵的工厂里当炼钢工人，熟悉和热爱自己的事业；此外，他还是航空体育的热心参加者，是工厂里航空组的组长，并且创造了一些记录。

"我可以告诉你一个新消息，丹达。下周我们工厂委员会就又要得到一架飞机！美丽非凡的飞机！双发动机的复翼飞机！450匹马力！问题不是飞机，而是欢乐！理想！"

安东尼微笑道："我敢打赌，别比克，你一定在打算亲自驾驶新飞机来试飞。"

"当然是这样，这没有什么可猜三猜四的！"

"要谨慎小心！现在你听听我的新闻吧。在我们拖拉机工厂批准了修建雄伟堂皇的电影院的计划。我们决定把电影院命名为弗·恩格斯。春天，再过三个月，我们就要动工了。你来看第一次上演吧。你会看到这将是一座什么样的大厅啊！戏院到了，我得下车，祝你健康！"

"祝你成功！"

安东尼登上自动电梯，

德军开进布拉格

1938年9月29日，《慕尼黑协定》的签订，使得苏台德区并入了德国，希特勒完成了占领捷克斯洛伐克的第一步。1939年3月15日，德军开进布拉格，捷克全境陷入了德军的铁蹄之下，不屈的捷克人民也开始了轰轰烈烈的抵抗运动。图为德军走在布拉格的街道上。

急忙奔往戏院的售票处。售票处前面是一条长蛇阵。"这就是说票还有。"他高兴地想着，排上了队。许多思想挤在他的头脑中。他想道："这个别比克真棒，真是个好动的小伙子！但不管怎么说，我的电影院总比他的双发动机飞机还有趣。说句玩笑话，要建立个模范电影院！但要知道电影院落成后，就要产生节目单问题。这可不是这样简单的，我们将来只上演最精彩、最优秀的片子。严肃的、阐明问题的片子和轻松的、使人感到愉快的片子间的比例，是需好好考虑的；而450匹马力的飞机……也是需要的玩艺儿。我们俱乐部应当关心得到这样一个'理想'——用别比克的话说。"

在书房里创作的古·伏契科娃

古·伏契科娃是伏契克的妻子，也曾被纳粹分子关进大牢，直到1945年希特勒失败后才被解救出来。当得知丈夫惨遭杀害并留有部分作品时，她便投入到搜集整理文稿的工作中。图为伏契科娃在书房里创作的情形。该书房原为伏契克所用，后被盖世太保炸毁，战争胜利后，当地政府将其修葺如前。

"接着，不可避免地会产生一个问题：挨着卡尔拖拉机工厂要修建一个新机场。把现在的机场重新装备一下，和工厂的运动场连在一起。那么运动场将会容纳12万观众。但是，很快这个运动场对布拉格来说，对我们日益发展、繁荣着的首都来说又将显得小了……多少要关心的事情啊……"想到这儿，安东尼叹了一口气，突然之间，"关心"这个字眼所引起的1936年时的思想和心情涌进脑际。那时对希特勒的恐惧还笼罩着欧洲呢。

的确，当时是个黑暗时期，工人阶级的生活条件是艰难痛苦的。有工作就算是幸福。工作的利润，别人装进了口袋。要是这点"幸福"丧失了，一个人就会常常没犯任何过错而失了业，变成失业统计表中不知其为何物的号码、数字，再不被当人看待了。但就是对于有工作的人们来说，生活条件又是怎样呢？工人们住在破旧的陋室茅舍中；在伊诺尼茨城郊，人们像野兽似的居住在窑洞里……

"你要什么样的票，同志？"他听到一个人的声音。

票？什么样的票？他竟这样奔入了回忆的世界，遗忘了世上的一切；而现在，他又怀着多么愉快的心情回到了现实世界！

"请给两张楼上座位挨着的票。"他手中是戏票，心中是欢乐。

现在玛尔姐就要来了，她将会非常满意。安东尼出来到了街上，走近售报处买了一张《布拉格晚报》，开始走马观花地看了看报纸的大标题。

"红色造纸工人巨型联合工厂在斯洛伐克开工！""沙贝里茨1000座新房屋的设计！""科拉德诺冶金工厂完成了生产计划的158%！""努塞尔多林纳桥落

庞克拉茨监狱中的 267 号牢房

庞克拉茨监狱是德国盖世太保在布拉格东郊庞克拉茨区设立的一座监狱，267 号牢房是其中的一间。从照片可以看出牢房的情形与伏契克笔下所述毫无二致："紧靠着一面墙壁的是一张行军床，另一面墙上钉着一块暗褐色的搁板，上面放着陶制的碗盆。"每次受完刑，伏契克便在这里静躺着"疗伤"。其代表作《绞刑架下的报告》就是在这里完成的。

成通车！""捷克斯洛伐克工人图书馆已达两万处！"

安东尼想着图书馆的数目，认定图书馆也许就如在布拉格的 17 座戏院一样，还嫌不够用。正在这时，玛尔妲走来了，他们找到自己的座位坐下，话剧开演了。

戏的主演是一个医生。他设法找寻延长寿命的途径。全场观众怀着焦急的心情注视着一幕一幕地发展下去。"生活——这是多么美妙啊！"他俩想着，"对于那些对生活有兴趣，并且生活得很好的人们来说，寻常平庸的延长寿命是不够的。"接着安东尼又回忆起了 1936 年的冬天，当时捷克斯洛伐克和其他资本主义国家的许多劳动人民不时想着："总起来说是不是值得活下去？因为生活中有的只是一个痛苦。"

在幕间休息的时候，他把自己的想法告诉了玛尔妲。他们争先回忆着过去，幻想着比幸福的现在将更要美妙万倍的未来。

安东尼说：

"我非常想活到现在我们仅能幻想的一切变成现实的时候。我想，人们在共产主义社会时将是另一个样子。他们的心会永远年轻。很遗憾，在我们的心中，还有不少沉痛的旧时代的痕迹。"

"不，"玛尔妲说，"不要这样说，丹尼克！我衷心地希望在我们死后活在世界上的人们，能有像我们这样的心肠，能有像我们这样的感情。想想看吧，我们曾生活在抑郁沉闷、充满恐惧的时代；但是，我们没有向恐惧投降，我们没有感到恐惧。时代愈艰苦难熬，我们愈坚强不屈。我们是勇敢的，丹尼克，我们一刻也没有怀疑过我们必将胜利，虽然，还远不是在任何时候都能想象得出，在我们胜利之后，我们的国家将是什么样子。"

他们步行回家，沿着华丽的、闪耀着柏油光辉的街道。12 月的新鲜空气散播着蓬勃的朝气。虽然时间已经不早，但到处还是人来人往，生活沸腾着。安东尼沉默了一会儿，说道：

"也许，你是对的，玛尔姐……我想到了自己和1936年的同志们。恰恰在圣诞节那天，有一个同志到隐蔽的地方来，带给我们一张报纸，共产党的报纸。报纸上登着一个故事，这故事我记得很清楚，题目叫做《乐观的故事》。这个故事的开头是极其平凡的字句：'12月的白雪，密集片片地飘落在节日前热闹的布拉格街头。'接着描写的是光辉、公正、美妙的生活。我们未来的、指日可待的未来的生活。"说着，安东尼笑了起来，"我确切地知道，在这个故事中，每一个字都是真理，但是，怀疑主义者却认为活不到这样美妙的时候……"

伏契克纪念碑

1943年9月8日，伏契克被纳粹分子秘密杀害于柏林的勃洛琛斯狱中。但他英勇战斗的一生继续鼓舞着人们为自由、民族独立而进行斗争。世界各地的许多地方都建立了伏契克纪念碑，以纪念这位不朽的英雄。此图为1975年民主德国在柏林举行的伏契克纪念碑揭幕仪式。

（张昌　刘辽逸　译）

·作品赏析·

阿道夫·希特勒在狂吼。柏林街道被纳粹铁蹄敲响。捷克斯洛伐克地图瞬间被一片黑色吞没。纳粹的旗子傲慢地飘过布拉格查理大桥……这些真实镜头回放，每一组都会令20世纪沉重、惊心的一页骤然掀开。当回首全球陷入漫长严酷的黑夜时代，后人的心灵在紧缩与愤怒的同时，也会感到许多耀眼的、给人以鼓舞的阳光在这个历史的黑夜里闪亮，尤利乌斯·伏契克就是其中一缕耀眼的阳光。《绞刑架下的报告》让这位时代英雄时隔多年风采依旧，而《乐观的故事》让我们看到的是一缕更有生活气息的阳光，这才是真实的尤利乌斯·伏契克。它使这位伟大的人物，在正义、不屈、责任、睿智的人格下更多了一层人性的魅力，读一读《乐观的故事》，看一看人类在困境中应该怎样生活。

"我们曾生活在抑郁沉闷、充满恐惧的时代；但是，我们没有向恐惧投降，我们没有感到恐惧。时代愈艰苦难熬，我们愈坚强不屈。"这句话是文中玛尔姐向安东尼说的一句话，其实，也正是作者自己心迹的表白。文中开始写到的气氛环境是令人烦乱的、迷失的，但当看完电影"沿着华丽的、闪耀着柏油光辉的街道"步行回家时，"新鲜空气散播着蓬勃的朝气"，"生活沸腾着"。这些镜头的展现，无不流露着作者对前景的乐观态度，这种态度其实也是作者对于国家乃至整个人类和平、文明理想的执著追求。这是生活的真正大无畏者的宣言，它代表着人类中的英雄气概，它似一道刚毅的阳光照亮了整个人类发展的历史，使人奋进，让人高昂……

雅 舍 / 梁实秋

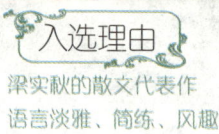

入选理由

梁实秋的散文代表作
语言淡雅、简练、风趣

　　到四川来，觉得此地人建造房屋最是经济。火烧过的砖，常常用来做柱子，孤零零的砌起四根砖柱，上面盖上一个木头架子，看上去瘦骨嶙嶙，单薄得可怜；但是顶上铺了瓦，四面编了竹篦墙，墙上敷了泥灰，远远的看过去，没有人能说不像是座房子。我现在住的"雅舍"正是这样一座典型的房子。不消说，这房子有砖柱，有竹篦墙，一切特点都应有尽有。讲到住房，我的经验不算少，什么"上支下摘"，"前廊后厦"，"一楼一底"，"三上三下"，"亭子间"，"茅草棚"，"琼楼玉宇"和"摩天大厦"，各式各样，我都尝试过。我不论住在那里，只要住得稍久，对那房子便发生感情，非不得已我还舍不得搬。这"雅舍"，我初来时仅求其能蔽风雨，并不敢存奢望，现在住了两个多月，我的好感油然而生。虽然我已渐渐感觉它是并不能蔽风雨，因为有窗而无玻璃，风来则洞若凉亭；有瓦而空隙不少，雨来则渗如滴漏。纵然不能蔽风雨，"雅舍"还是自有它的个性。有个性就可爱。

　　"雅舍"的位置在半山腰，下距马路约有七八十层的土阶。前面是阡陌螺旋的稻田。再远望过去是几抹葱翠的远山，旁边有高粱地，有竹林，有水池，有粪坑，后面是荒僻的榛莽未除的土山坡。若说地点荒凉，则月明之夕，或风雨之日，亦常有客到，大抵好友不嫌路远，路远乃见情谊。客来则先爬几十级的土阶，进得屋来仍须上坡，因为屋内地板乃依山势而铺，一面高，一面低，坡度甚大，客来无不惊叹，我则久而安之，每日由书房走到饭厅是上坡，饭后鼓腹而出是下坡，亦不觉有大不便处。

　　"雅舍"共是六间，我居其二。篦墙不固，门窗不严，故我与邻人彼此均可互通声息。邻人轰饮作乐，咿唔诗章，喁喁细语，以及鼾声、喷嚏声、吮汤声、撕纸声、脱皮鞋声，均随时由门窗户壁的隙处荡漾而来，破我岑寂。入夜则鼠子瞰灯，才一合眼，鼠子便自由行动，或搬核桃在地板上顺坡而下，或吸灯油而推翻烛台，或攀援而上帐顶，或在门框桌脚上磨牙，使人不得安枕。但是对于鼠子，我很惭愧的承认我"没有法子"。"没有法子"一语是被外国人常常引用着的，以为这话最足代表中国人的懒惰隐忍的态度。

其实我的对付鼠子并不懒惰。窗上糊纸，纸一戳就破；门户关紧，而相鼠有牙，一阵咬便是一个洞洞。试问还有什么法子？洋鬼子住到"雅舍"里，不也是"没有法子"？比鼠子更骚扰的是蚊子。"雅舍"的蚊风之盛，是我前所未见的。"聚蚊成雷"真有其事！每当黄昏的时候，满屋里磕头碰脑的全是蚊子，又黑又大，骨骼都像是硬的。在别处蚊子早已肃清的时候，在"雅舍"则格外猖獗，来客偶不留心，则两腿伤处累累隆起如玉蜀黍，但是我仍安之。冬天一到，蚊子自然绝迹，明年夏天——谁知道我还是住在"雅舍"！

"雅舍"最宜月夜——地势较高，得月较先。看山头吐月，红盘乍涌，一霎间，清光四射，天空皎洁，四野无声，微闻犬吠，坐客无不悄然！舍前有两株梨树，等到月升中天，清光从树间筛洒而下，地下阴影斑斓，此时尤为幽绝。直到兴阑人散，归房就寝，月光仍然逼进窗来，助我凄凉。细雨蒙蒙之际，"雅舍"亦复有趣。推窗展望，俨然米氏章法，若云若雾，一片弥漫。但若大雨滂沱，我就又惶悚不安了，屋顶湿印到处都有，起初如碗大，俄而扩大如盆，继则滴水乃不绝，终乃屋顶灰泥突然崩裂，如奇葩初绽，砉然一声而泥水下注，此刻满室狼藉，抢救无及。此种经验，已数见不鲜。

"雅舍"之陈设，只当得简朴二字，但洒扫拂拭，不使有纤尘。我非显要，故名公巨卿之照片不得入我室；我非牙医，故无博士文凭张挂壁间；我不业理发，故丝织西湖十景以及电影明星之照片亦均不能张我四壁。我有一几一椅一榻，酣睡写读，均已有着，我亦不复他求。但是陈设虽简，我却喜欢翻新布置。西人常常讥笑妇人喜欢变更桌椅位置，以为这是妇人天性喜变之一征。诬否且不论，我是喜欢改变的，中国旧式家庭，陈设千篇一律，正厅上是一条案，前面一张八仙桌，一边一把靠椅，两旁是两把靠椅夹一只茶几。我以为陈设宜求疏落参差之致，最忌排偶。"雅舍"所有，毫无新奇，但一物一事之安排布置俱不从俗。人入我室，即知此是我室。笠翁闲情偶寄之所论，正合我意。

"雅舍"非我所有，我仅是房客之一。但思"天地者万物之逆旅"，人生本来如寄，我住"雅舍"一日，"雅舍"即一日为我所有。即使此一日亦不能算是我有，至少此一日"雅舍"所能给予之苦辣酸甜，我实躬受亲尝。刘克庄词："客里似家家似寄。"我此时此刻卜居"雅舍"，"雅舍"即似我家。其实似家似寄，我亦分辨不清。

长日无俚，写作自遣，随想随写，不拘篇章，冠以"雅舍小品"四字，以示写作所在，且志因缘。

·作品赏析·

《雅舍》主要描写了作者抗战期间在四川乡间"雅舍"里生活的种种情状，抒发了作者躬身亲尝种种酸甜苦辣的情趣。"雅舍"是一种幽默的称谓，它实际上是一间简陋破败的四川土房。统观全文，作者写的几乎都是雅舍的"敝"、"陋"、"噪"，对雅舍的"雅"、"美"很少着笔。但在字里行间，人们并不感到雅舍的丑陋，反觉得其极可爱、可亲，这显示了作者独特的艺术匠心。在淡雅、简练、风趣的语言叙述中，透射着作者在任何环境中都能甘于淡泊、怡然自乐的处世态度和人生襟怀。

磨 难 / 萨特

入选理由

哲学大家对生活的独特见解
严肃冷峻的语言风格
凝练的表达方式

　　人的灵魂在自卑存在时是受磨难的，因为它同一个它所是而又不能是的整体不断地纠缠，如果它不像自认为那样自行消失的话，它不能达到自在。它从本质上讲

作者简介

　　让－保罗·萨特（1905～1980），法国思想家、作家。出身法国巴黎的富裕阶层家庭。1岁时便失去了父亲，4岁时由于疾病导致一只眼睛"斜眼"。他从小生活在外祖父母家里，外祖父家里的知识氛围让萨特在写作和文学上受益很多。在中学取得优异成绩后，萨特就读于巴黎高等师范学校，毕业后在中等学校任教，同时写作小说和哲学论文。

　　20世纪30年代，萨特曾在一个气象台里服兵役18个月。1939年，德国入侵波兰，萨特被德军俘虏。在战俘营期间，萨特撰写、组织了几个话剧。后来逃出战俘营，加入了巴黎的抵抗运动。

萨特像

　　二战结束之后，萨特成为法国知识界的知名人物。1938年出版了小说《恶心》，并获得了好评。1943年出版哲学专著《存在与虚无》。1945年，萨特的收入已经足够支持他的生活，遂辞去教师职务，专门从事写作。萨特的作品是"存在主义"哲学的代表。1964年，萨特获得了诺贝尔文学奖，但他拒绝领奖。

　　从20世纪50年代中期开始，萨特越来越多地介入到政治活动中。1971年以后，他走上街头，亲自兜售左翼书刊，参加革命活动，提出"用行动来承担义务而不是言词"。

　　萨特去世后，他的红颜知己西蒙·波伏瓦为他写过一部回忆作品《永别的仪式》，并在死后与萨特一起合葬在巴黎蒙帕纳斯公墓。

是一种痛苦的意识，是不可能超越的痛苦状态。

我对于自身的一切判断，在我进行判断的时候，我已经是虚假的人，就是说我已成为另外的事物了。

在过去，那是以"曾是"的方式产生的情绪。过去，世界禁锢着我，我消失在宇宙的决定论之中。但是今天我向着未来彻底地超越着我的过去，只要我"曾经是它"。

（桂裕芳　译）

·作品赏析·

存在主义哲学家萨特一生都在阐释自由，试图超越自由的不可阐释。在萨特看来，自由不断地被自为创造着，而自为的意义不但可以标识生命的存在，而且，本质地，可以使生命自由地消失在世界的禁锢之外，"消失在宇宙的决定论中"。在 20 世纪的哲学冒险中，哲学试图打开业已封闭的探究，从而达到它对世界的真正干预，萨特以他的方式参与这一行为。说到底，自由的困难和危险在于，人的灵魂的自在与自为始终无法摆脱其所在的世界，不断的痛苦纠缠在于人在世界面前感到有必要反抗而又无力反抗。但是抵抗仍然是必须的，也就是说，要保证一个自由灵魂的存在，就必须抵抗世界的种种禁锢。萨特说"人的灵魂在自卑存在时是受磨难的"，因为自卑使人感到世界和宇宙决定的强大，从而丧失抵抗，无法达到自在。萨特认为，对于绝大多数人而言，"人的灵魂的自卑"就是"一种痛苦的意识"，这种不能超越的痛苦意识来自对"自身的一切判断"，而这个判断恰好在通常状况下必然地以世界作为参照和判断的依据。所以，萨特讲到的磨难是人所有的必然的磨难，而它所产生的能动意识就是绝对彻底的抵抗，抵抗自我被世界决定了的和被异化的自行消失。

传授给儿子 / 傅雷

一九六二年三月八日（给傅敏的信）

亲爱的孩子，……对恋爱的经验和文学艺术的研究，朋友中数十年悲欢离合的事迹和平时的观察思考，使我们在儿女的终身大事上能比别的父母更有参加意见的条件。

……

傅雷像

首先态度和心情都要尽可能的冷静。否则观察不会准确。初期交往容易感情冲动，单凭印象，只看见对方的优点，看不出缺点，甚至夸大优点，美化缺点。便是与同性朋友相交也不免如此，对异性更是常有的事。许多青年男女婚前极好，而婚后逐渐相左，甚至反目，往往是这个原因。感情激动时期不仅会耳不聪，目不明，看不清对方；自己也会无意识的只表现好的方面，把缺点隐藏起来。保持冷静还有

作者简介

　　傅雷（1908～1966），我国著名文学翻译家、文艺评论家。他个性严谨、认真、一丝不苟。早年留学法国，回国后曾任教于上海美专，因不愿从流俗而闭门译书。数百万言的译作成了中国译界备受推崇的范文，形成了"傅雷体华文语言"。他多艺兼通，在绘画、音乐、文学等方面，均显示出独特的高超的艺术鉴赏力。傅雷先生为人坦荡，禀性刚毅，"文化大革命"之初即受冲击。1966年9月3日凌晨，傅雷与夫人朱梅馥双双愤而弃世，悲壮地走完了一生。

一个好处，就是不至于为了谈恋爱而荒废正业，或是影响功课或是浪费时间或是损害健康，或是遇到或大或小的波折时扰乱心情。

所谓冷静，不但是表面的行动，尤其内心和思想都要做到。当然这一点是很难。人总是人，感情上来，不容易控制，年轻人没有恋爱经验更难维持身心的平衡，同时与各人的气质有关。我生平总不能临事沉着，极容易激动，这是我的大缺点。幸而事后还能客观分析，周密思考，才不致于使当场的意气继续发展，闹得不可收拾。我告诉你这一点，让你知道如临时不能克制，过后必须由理智来控制

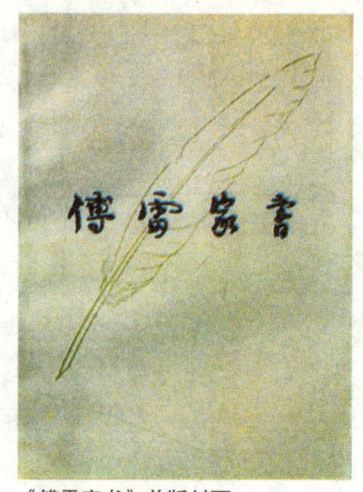

《傅雷家书》首版封面

大局：该纠正的就纠正，该向人道歉的就道歉，该收篷时就收篷，总而言之，以上二点归纳起来只是：感情必须由理智控制。要做到，必须下一番苦功在实际生活中长期锻炼。

我一生从来不曾有过"恋爱至上"的看法。"真理至上""道德至上""正义至上"这种种都应当作为立身的原则。恋爱不论在如何狂热的高潮阶段也不能侵犯这些原则。朋友也好，妻子也好，爱人也好，一遇到重大关头，与真理、道德、正义……等等有关的问题，决不让步。

其次，人是最复杂的动物，观察决不可简单化，而要耐心、细致、深入，经过相当的时间，各种不同的事故和场合。处处要把科学的客观精神和大慈大悲的同情心结合起来。对方的优点，要认清是不是真实可靠的，是不是你自己想象出来的，或者是夸大的。对方的缺点，要分出是否与本质有关。与本质有关的缺点，不能因为其他次要的优点而加以忽视。次要的缺点也得辨别是否能改，是否发展下去会影

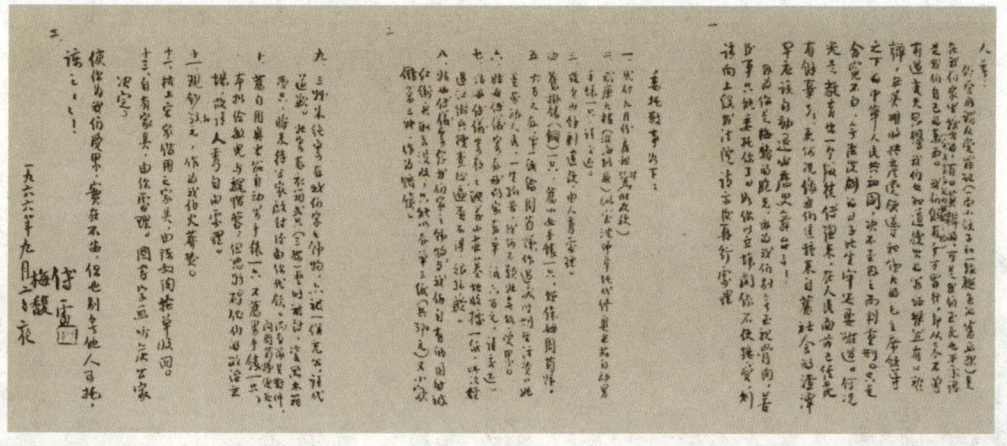

傅雷手迹

响品性或日常生活。人人都有缺点，谈恋爱的男女双方都是如此。问题不在于找一个全无缺点的对象，而是要找一个双方缺点都能各自认识，各自承认，愿意逐渐改，同时能彼此容忍的伴侣。（此点很重要。有些缺点双方都能容忍；有些则不能容忍，日子一久即造成裂痕。）最好双方尽量自然，不要做作，各人都拿出真面目来，优缺点一齐让对方看到。必须彼此看到了优点，也看到了缺点，觉得都可以相忍相让，不会影响大局的时候，才谈得上进一步的了解；否则只能做一个普通的朋友。可是要完全看出彼此的优缺点，需要相当时间，也需要各种大大小小的事故来考验；绝对急不来！更不能轻易下结论！（不论是好的结论或坏的结论）惟有极坦白，才能暴露自己；而暴露自己的缺点总是越早越好，越晚越糟！为了求恋爱成功而尽量隐藏自己的缺点的人其实是愚蠢的。当然，在恋爱中不知不觉表现出自己的光明面，不知不觉隐藏自己的缺点，不在此例。因为这是人的本能，而且也证明爱情能促使我们进步，往善与美的方向发展，正是爱情的伟大之处，也是古往今来的诗人歌颂爱情的主要原因。小说家常常提到，我们在生活中也一再经历：恋爱中的男女往往比平时聪明；读起书来也理解得快；心地也往往格外善良，为了自己幸福而也想使别人幸福，或者减少别人的苦难；同情心扩大就是爱情可贵的具体表现。事情主观上固盼望必成，客观方面仍须有万一不成的思想准备。为了避免失恋等等的痛苦，这一点"明智"我觉得一开头就应当充分掌握。最好勿把对方作过于肯定的想法，一切听凭自然演变。

总之，一切不能急，越是事关重要，越要心平气和，态度安详，从长考虑，细细观察，力求客观！感情冲上高峰很容易，无奈任何事物的高峰（或高潮）都只能维持一个短时间，要久而弥笃的维持长久的友谊可很难了。

除了优缺点，俩人性格脾气是否相投也是重要因素。刚柔、软硬、缓急的差别要能相互适应调剂。还有许多表现在举动、态度、言笑、声音……之间说不出也数不清的小习惯，在男女之间也有很大作用，要弄清这些就得冷眼旁观慢慢咂摸。所谓经得起考验乃是指有形无形的许许多多批评与自我批评（对人家一举一动所引起的反应即是无形的批评）。诗人常说爱情是盲目的，但不盲目的爱毕竟更健全更可靠。

人生观世界观问题你都知道，不用我谈了。人的雅俗和胸襟气量倒是要非常注意的。据我的经验：雅俗与胸襟往往带先天性的，后天改造很少能把低的往高的水平上提；故交往期间应该注意对方是否有胜于自己的地方，将来可帮助我进步，而不至于反过来使我往后退。你自幼看惯家里的作风，想必不会忍受量窄心浅的性格。

以上谈的全是笼笼统统的原则问题……

长相身材虽不是主要考虑点，但在一个爱美的人也不能过于忽视。

交友期间，尽量少送礼物，少花钱：一方面表明你的恋爱观念与物质关系极少牵连；另一方面也是考验对方。

· 作品赏析 ·

从傅雷写给儿子"长篇累牍"的书信中，可以窥知傅雷是一个对艺术认真执著、对工作满怀热诚、对生命尊重、对生活诚恳的艺术家，一个秉性刚直、高风亮节的读书人。不论在做人方面，在生活细节方面，在艺术修养方面，确实可见一个父亲对儿子无微不至的关怀。他不断地以一个长者的身份，为孩子开启智慧的明灯。《传授给儿子》是傅雷对于子女婚姻恋爱的一些观点。读此篇文字似面对一位眉目亲切的长者，谆谆话语中，闪烁着智慧的光芒，使烦恼在其循循善诱的话语中不禁释怀。

傅雷说年轻人谈恋爱"首先态度和心情都要尽可能的冷静"，要平静观察对方，"感情必须由理智控制"。其次，"要耐心、细致、深入"。关于选恋爱对象的标准，傅雷认为"人的雅俗和胸襟气量倒是要非常注意的"。可见傅雷在看人的角度上是比较注重人的品行的。这和傅雷一贯的生活态度和个人生活原则是分不开的。对于恋爱的态度也更多代表了个人的人生态度。《传授给儿子》从更广阔的意义上讲是傅雷人生态度的一种传达。

走进《传授给儿子》，可以让我们更多地领受人生哲理，使人在恋爱中更好地生活。这是傅雷给其子女的教诲，也是给每一个读者留下的最真诚的人生启迪。

假期的欢乐 / 波伏瓦

我最大的乐趣是黎明时去迎接草地的苏醒。我手拿一本书，离开尚在沉睡的家屋，轻轻推开栅栏。草地上覆盖着一层薄霜，无法坐下去；我踏着小路，沿着被爷爷称为"庭园"的种满奇花异木的花园散步。我边走边读书，清新的空气迎面扑来，滋润着我的皮肤。那一抹笼罩大地的雾霭逐渐消散；紫红色的山毛榉、蓝色的雪松、银白色的杨树闪烁发光，像天国的清晨一样晶莹。我独自一人享受大自然的美景和上帝的恩惠，同时由于腹中空虚，想起了巧克力和烤面包的美味。

波伏瓦像

作者简介

西蒙·波伏瓦（1908～1986），20世纪法国最有影响的女性之一，存在主义学者、文学家。19岁时，她发表了一项个人"独立宣言"，宣称"我绝不让我的生命屈从于他人的意志"。波伏瓦头脑明晰、意志坚强，具有旺盛的生命力和强烈的好奇心。当她还是名不见经传的穷教师时就开始写作，决心成为名作家。由此她终生不断努力，勇往直前，沿着成功之路成为了20世纪思想界的巨星。

阳光沐浴的紫藤散发着清香，蜜蜂嗡嗡叫着，绿色的百叶窗打开了；对于别人这是一天的开始，可是我同这一天已经秘密分享了一段漫长的时光了。家人互道早安并且吃早餐，然后我到木豆树下坐在一张铁桌旁边做我的"假期作业"。

这对于我是愉快的时刻，因为作业很容易；我好像在用功，实际上却陶醉于夏日的喧阗：胡蜂的嗡鸣、珠鸡的咕达、孔雀的哀叫、树叶的飒飒。福禄考花的芬芳和从厨房吹来的焦糖和巧克力的诱人香味混杂在一起，阳光在我的作业本上投下了朵朵跳动的圆圈。这儿，每件事物和我自己都各得其所，现在，永远。

　　将近中午，爷爷下楼了，两道白颊髯之间的下巴刚刚刮过。他拿起《巴黎回声报》，一直读到吃午饭。他喜欢有分量的食物：鹧鸪焖卷心菜、烤子鸡、橄榄炖鸭、兔里脊、馅饼奶油、水果馅饼、圆馅饼、杏仁奶油馅饼、烘饼、樱桃蛋糕。当菜盆托放着《角城之钟》时，爷爷同爸爸逗趣；他们争先恐后说话；他们笑声朗朗，时而背诵名句，时而唱歌；往事的回忆、奇闻轶事、名言警句、家传的笑料都是他们谈话的素材。饭后，我通常和

近半个世纪以来，波伏瓦与萨特一直以伴侣的面目出现在世人面前，这种伴侣关系是自由的、反世俗的。1960年，波伏瓦在《岁月的力量》一书中写道：我们有着共同的特点，我们之间的交流在有生之年从未间断。

随
笔
篇

313

姐姐一道去散步。我们跑遍了方圆几公里内的栗树林、田野和荒原，荆棘刺破我们的手脚……有时，我整个下午待在花园里，如痴似醉地读书，或者凝视地上慢慢移动的阴影和翩翩飞舞的蝴蝶。

雨天，我们留在屋子里。可是，如果说我对人为的约束感到痛苦，我对大自然的限制并不反感。客厅里有绿色长毛绒的扶手椅、挂着黄色纱幔的落地窗，我在那儿是很惬意的；在大理石壁炉上、在桌上、在餐具柜上，摆着许多逝去岁月的纪念物：羽毛日益脱落的鸟类标本、日益干缩的花朵、光泽日益暗淡的贝壳。我爬上凳子，在书架上搜寻。我在那儿总会找到一本未曾读过的芬尼莫尔库拍的小说，或者一期旧的《风光画报》。客厅里还有一架钢琴，好几个键已经不响了，弹出的声音不大协调。妈妈翻开摆在谱架上的《大莫戈尔》或《让内特婚礼》的乐谱，唱起爷爷爱听的歌曲，爷爷同我们齐声重复着副歌。

如果天晴，我晚饭后再到花园里兜上一圈。我头顶银河璀璨的星斗，呼吸沁人心脾的玉兰花香，窥伺横掠长空的流星。随后，我手执蜡烛上楼安寝。

· 作品赏析 ·

西蒙·波伏瓦在世人眼中是一个女权至上的坚强女子。她的代表作《第二性》为她赢得了不同凡响的声誉；与萨特的自由情侣式的恋情，更让她在世人眼中成为一个非同一般的传奇女性。这样的女子按理应具有坚硬的性格和张扬的个性。然而西蒙·波伏瓦有的只是亲切与平和。《假期的欢乐》是波伏瓦的一篇精致优美的散文，走进其间，我们可以看到一个轻罗小扇，裙袂飘动的粉嫩女孩，于清风和煦的落花春日，飘然而至我们松弛的假日。我们从中感到的是一个真实的西蒙·波伏瓦，一个女人味十足的纯情女子。她教会我们如何真实而快乐地生活。

《假期的欢乐》是一篇篇幅短小的文章，简洁如一有着明净眼神的清秀少女。其中作者可以于春日"黎明时去迎接草地的苏醒"；可以于"木豆树下坐在一张铁桌旁边做我的'假期作业'"；可以"凝视地上慢慢移动的阴影和翩翩飞舞的蝴蝶"。作者在文中没有大量的抒情的语句，她只是将自己身边常见的景象，如"横掠长空的流星"、"巧克力的诱人香味"、"鸟类标本"、"花朵"、"贝壳"融于自己细腻的情感之中，在真实多彩的生活中沉醉着、感动着。她没有后人想象中的叱咤风云的凌厉，没有刻意的尖锐，只把自己对于生命的尊重融入朴实亲切的文字中。字里行间流露的不过是一份对于生活的执著，一种朴素的人生关怀。而这种关怀能让她的读者，在纷乱的红尘中莞尔一笑。

茶在英国 / 萧乾

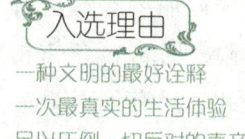

入选理由

一种文明的最好诠释
一次最真实的生活体验
足以压倒一切反对的声音

北方人常说，好吃不如饺子，舒服不如倒着。英国人在生活上最大的享受，莫如在起床前倚枕喝上一杯热茶。40年代在英国去朋友家度周末，入寝前，主人有时会问一声：早晨要不要给你送杯茶去。

那时，我有位澳大利亚朋友——著名男高音纳尔逊·伊灵沃茨。退休后，他在斯坦因斯镇买了一幢临泰晤士河的别墅。他平生有两大嗜好。一是游泳，二是饮茶。游泳，河就在他窗下。为了清早一睁眼就喝上热茶，他在床头设有一套茶具，墙上安装了插销。每晚睡前他总在小茶壶里放好适量的茶叶，小电锅里放上水。一睁眼，只消插上电，顷刻间就沏上茶了。他非常得意这套设备。他总一边啜着，一边哼起

波士顿倾茶事件

二战时"大不列颠空战"艰难时刻英国人民的生活
即使是在"大不列颠空战"的艰难时刻，英国人民仍然保持了一贯的坚强和平静，他们的生活一切如常，并向纳粹德国表明，他们对大英帝国的打击是徒劳的。

什么咏叹调。

从二次大战的配给，最能看出茶在英国人生活中的重要性。英国一向依仗是庞大帝国，生活物资大都靠船队运进。1939年9月宣战后，纳粹潜艇猖獗，英国商船要在海上冒很大风险，时常被鱼雷击沉。因此，只有绝对必需品才准运输（头六年，我就没有见过一只香蕉）。然而在如此艰难的情况下，居民每月的配给还包括茶叶一包。在法国，咖啡的位置相当于英国的茶。那里的战时配给品中，短不了咖啡。1944年巴黎解放后，我在钱能欣兄家中喝过那种"战时咖啡"，实在难以下咽。据说是用炒橡皮树籽磨成的！

然而那时英国政府发给市民的并不是榆树叶，而是真正在锡兰（今斯里兰卡）生产的红茶，只是数量少得可怜。每个月每人只有二两。

我虽是蒙古族人，一辈子过的却是汉人生活。初抵英伦，我对于茶里放牛奶和糖，很不习惯。茶会上，女主人倒茶时，总要问一声："几块方糖？"开头，我总说："不要，谢谢。"但是很快我就发现，喝锡兰红茶，非加点糖奶不可。不然的话，端起来，那茶是绛紫色的，仿佛是鸡血。喝到嘴时则苦涩得像吃未熟的柿子。所以锡兰茶亦有"黑茶"之称。

那些年想喝杯地道的红茶（大多是"大红袍"）就只有去广东人开的中国餐馆。

中国小包装茶在伦敦市场上

至于龙井、香片，那就仅仅在梦境中或到哪位汉学家府上去串门，偶尔可以品尝到。那绿茶平时他们舍不得喝。待来了东方客人，才从橱柜的什么角落里掏出。边呷着茶边谈论李白和白居易。刹那间，那清香的茶水不知不觉把人带回到唐代的中国。

作为一种社交方式，我觉得茶会不但比宴会节约，也实惠并且文雅多了。首先是那气氛。友朋相聚，主要还是为叙叙旧，谈谈心，交换一下意见。宴会坐下来，满满一桌子名酒佳馔往往压倒一切。尤其吃鱼：为了怕小刺扎入喉间，只能埋头细嚼慢咽。这时，如果太讲礼节，只顾了同主人应对，一不当心，后果真非同小可！我曾多次在宴会上遇到很想与之深谈的人，而且彼此也大有可聊的。怎奈桌上杯盘交错，热气腾腾，即便是邻座，也不大谈得起来。倘若中间再隔了数人，就除了频频相互举杯，遥遥表示友好之情外，实在谈不上几句话。我尤其怕赴闹酒的宴会：出来一位打通关的勇将，摆起擂台，那就把宴请变成了灌醉。

茶会则不然。赴茶会的没有埋头大吃点心或捧杯牛饮的。谈话成为活动的中心。主持茶会真可说是一种灵巧的艺术。要既能引出大家共同关心的题目，又不让桌面胶着在一个话题上。待一个问题谈得差不多时，主人会很巧妙地转换到另一个似是相关而又别一天地的话料儿上，自始至终能让场上保持着热烈融洽的气氛。茶会结束后，人人仿佛都更聪明了些，相互间似乎也变得更为透明。

在茶会上，既要能表现机智风趣，又忌讳说教卖弄。茶会最能使人学得风流倜傥，也是训练外交官的极好场地。

英国人请人赴茶会时发的帖子最为别致含蓄。通常只写：

　　某某先生暨夫人

　　　将于某年某月某日

　　下午某时在家

既不注明"恭候"，更不提茶会。萧伯纳曾开过这类玩笑。当他收到这样一张请帖时，他回了个明信片，上书：

　　萧伯纳暨夫人

　　　将于某年某月某日

　　下午某时也在家

英国茶会上有个规定：面包点心可以自取，但茶壶却始终由女主人掌握（正如男主人对壁炉的火具有专用权）。讲究的，除了茶壶之外，还备有一罐开水。女主人给每位客人倒茶时，都先问一下"浓还是淡"。如答以后者，她就在倒茶时，兑上点开水。放糖之前，也先问一声："您要几块？"初时，我感到太啰唆。殊不知这里包含着对客人的尊重之意。

我在英国还常赴一种很实惠的茶会，叫做"高茶"，实际上是把茶会同晚餐连在一起。茶会一般在4点至4点半之间开始，高茶则多在5点开始。最初，桌上摆的和茶会一样，到6点以后，就陆续端上一些冷肉或炸食。客人原座不动，谈话也不间

英国下午茶

断。我说高茶"很实惠"，不但指吃的样多量大，更是指这样连续四五个小时的相聚，大可以海阔天空地足聊一通。

茶会也是剑桥大学师生及同学之间交往的主要场合，甚至还可以说它是一种教学方式。每个学生都各有自己的导师。当年我那位导师是戴迪·瑞兰兹。他就经常约我去他寓所用茶。我们一边饮茶，一边就讨论起维吉尼亚·吴尔夫或戴维·赫·劳伦斯了。那些年，除了同学互请茶会外，我还不时地赴一些教授的茶会。其中有经济学大师凯因斯的高足罗宾逊夫人和当时正在研究中国科学史的李约瑟，以及20年代到中国讲过学的罗素。在这样的茶会，还常常遇到其他教授。他们记下我所在的学院后，也会来约请。人际关系就这么打开了。

然而当时糖和茶的配给，每人每月就那么一丁点儿，还能举行茶会吗？

这里就表现出英国国民性的两个方面。一是顽强：尽管四下里丢着炸弹，茶会照样举行不误。正如位于伦敦市中心的国家绘画馆也在大轰炸中照常举行"午餐音乐会"一样。这是在精神上顶住希特勒淫威的表现。另一方面是人际关系中讲求公道。每人的茶与糖配给既然少得那么可怜，赴茶会的客人大多从自己的配给中捏出一撮茶叶和一点糖，分别包起，走进客厅，一面寒暄，一面不露声色地把自己带来的小

包包放在桌角。女主人会瞟上一眼，微笑着说："您太费心啦！"

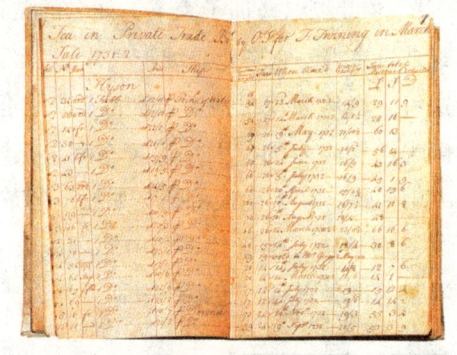

1731 年英国团宁公司进口中国绿茶原始记录

关于中国对世界的贡献，经常被列举的是火药和造纸。然而在中西交通史上，茶叶理应占有它的位置。

茶叶似乎是 17 世纪初由葡萄牙人最早引到欧洲的。1600 年，英国茶商托马斯·加尔威写过《茶叶和种植、质量与品德》一书。英国的茶叶起初是东印度公司从厦门引进的。17 世纪 40 年代，英人在印度殖民地开始试种茶叶。那时可能就养成了在茶中加糖的习惯。1767 年，一个叫做阿瑟·扬的人，在《农夫书简》中抱怨说，英国花在茶与糖上的钱太多了，"足够为 400 万人提供面包"。当时茶与酒的消耗量已并驾齐驱。1800 那年，英国人消耗了 15 万吨糖，其中很大一部分是用在饮茶上的。

17 世纪中叶，英国上流社会已有了饮茶的习惯。以日记写作载入英国文学史的撒姆尔·佩皮斯在 1660 年 9 月 25 日的日记中做了饮茶的描述。当时上等茶叶每磅可售到十英镑——合成现在的英镑，不知要乘上几十几百倍了。所以只有王公贵族才喝得起。随着进口量的增加，茶变得普及了。1799 年，一位伊顿爵士写道："任何人只消走进米德尔塞克斯或萨里郡 (按：均在伦敦西南) 随便哪家贫民住的茅舍，都会发现他们不但从早到晚喝茶，而且晚餐桌上也大量豪饮。" (见特里维林：《英国社会史》)

茶叶还成了美国人抗英的独立战争的导火线。这就是历史上有名的"波士顿事件"。1773 年 12 月，美国市民愤于英国殖民当局的苛捐杂税，就装扮成印第安人，登上开进波士顿的英轮，将船上一箱箱的茶叶投入海中，从而点燃起独立运动的火炬。

咱们中国人大概很在乎口福，所以说起合不合自己的兴趣时，就用"口味"来形容。英国人更习惯于用茶来表示。当一个英国人不喜欢什么的时候，他就说："这不是我那杯茶。"

18 世纪以《训子家书》闻名的柴斯特顿勋爵 (1694 ～ 1773 年) 曾写道："尽管茶来自东方，它毕竟是绅士气味的。而可可则是个痞子，懦夫，一头粗野的猛兽。"这里，自然表现出他对非洲的轻蔑，但也看得出茶在那时是代表中国文明的。以英国为精神故乡的美国小说家亨利·杰姆士 (1843 ～ 1916 年) 在名著《仁女画像》一书中写道："人生最舒畅莫如饮下午茶的时刻。"

湖畔诗人柯勒律治 (1875 ～ 1912 年) 则慨叹道："为了喝到茶而感谢上帝，没有茶的世界真难以想象——那可怎么活呀！我幸而生在有了茶之后的世界。"

·作品赏析·

人类的文明总是有一定的形式。当硝烟炮火这些人类赖以追求文明的工具，无休止地盘在人类文明的天空时；当人类因相互厮杀而令亲人爱人泪水纵横时；当无休止的战争将人类精心建成的文明世界再度撕成碎片时；不同肤色的朋友们啊，让我们围坐桌前，来喝一杯清茶吧。茶是一种氛围，茶是一种文化，茶更是一种生活、一种文明。品一杯清茶，和一两个情投意合的老友，天南海北地聊上一通，这也许是我们这些无关"最高文明"的存在个体所企盼的最真实的文明，无论国界，无关乎肤色。《茶在英国》是萧乾先生早期的一篇随笔，文章写得恬淡、清雅，正如同一杯中国清茶，而记录的却是欧洲的茶文化。读来自是别有一番滋味。

萧乾说，喝茶在英国人的生活中是重要的一部分，即使是战争年代，它几乎成了英国人司空见惯的生活现象，并且可以以"英国政府发给市民"的形式存在。这样，与茶相关的茶会，便成了一种"社交方式"。关于欧洲的"茶宴"，许多人曾称其为一种沙龙文化，认为它是欧洲上流社会一种消磨时光的颓废的生活方式。《茶在英国》中，萧乾却以其亲身感受，告诉了我们饮茶生活在英国的真实一面，他说："这里就表现出英国国民性的两个方面"，一是"顽强"，另一方面是"人际关系中讲求公道"。的确，在战火纷飞的年代，人类的精神世界被外界无端地侵扰，在压抑、恐慌的年代，抽出空闲饮一杯清茶，这应该只是人类对于文明的最低要求，也是面对困境毫不畏惧的一种乐观精神的体现吧。萧乾先生的真正目的，也许是想告诉我们，这样的"茶"不应只在英国，更应在中国，在人类……

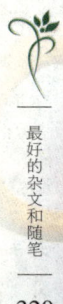

赋得永久的悔 / 季羡林

入选理由

情至深处无喜辞，落于纸上即华章
娓娓道来中的人间至情
绚烂至极归于平淡的艺术风格

题目是韩小蕙小姐出的，所以名之曰"赋得"。但文章是我心甘情愿作的，所以不是八股。我为什么心甘情愿作这样一篇文章呢？一言以蔽之，题目出得好，不但实获我心，而且先获我心：我早就想写这样一篇东西了。

作者简介

季羡林（1911～2009），北京大学教授、中国语言学家、文学翻译家，梵文、巴利文专家。山东清平（今临清）县人。1930年考入北京清华大学西语系。1934年毕业后，在济南山东省立高中任教。1935年考取清华大学交换研究生，赴德国留学，在哥廷根大学学习梵文、巴利文、吐火罗文等古代语。1941年获哲学博士学位。1946年回国，历任北京大学教授兼东方语言文学系教授、系主任。

季羡林像

新中国成立后，历任中国文字改革委员会委员、国务院学位委员会委员兼外国语言文学评议组负责人，第二届中国语言学会会长，中国外语教学研究会会长，中国科学院哲学社会科学部委员，中国史学会常务理事，中国作家协会理事，中国外国文学学会副会长，中国南亚学会会长，中国敦煌吐鲁番学会会长，中国民族古文字研究会名誉会长，社会科学院南亚研究所所长，中国比较文学学会名誉会长，《中国大百科全书》总编委会委员，中国东方文化研究会会长，国际儒学联合会顾问，亚非学会会长，语言学会会长等。

1978年任北京大学副校长。1993年3月当选为澳门文化研究会名誉会长。对印度古代语言形态学、原始佛教语言、吐火罗语的语义、梵文文学等研究均作出重要贡献。1995年11月，"北京大学季羡林海外基金会"成立。

我已经到了望九之年。在过去的七八十年中，从乡下到城里；从国内到国外；从小学、中学、大学到洋研究院；从"志于学"到超过"从心所欲不逾矩"，曲曲折折，坎坎坷坷，既走过阳关大道，也走过独木小桥；既经过"山重水复疑无路"，又看到"柳暗花明又一村"，喜悦与忧伤并驾，失望与希望齐飞，我的经历可谓多矣。要讲后悔之事，那是俯拾皆是。要选其中最深切、最真实、最难忘的悔，也就是永久的悔，那也是唾手可得，因为它片刻也没有离开过我的心。

我这永久的悔就是：不该离开故乡，离开母亲。

我出生在鲁西北一个极端贫困的村庄里。我祖父母早亡，留下了我父亲等三个兄弟，孤苦伶仃，无依无靠。最小的一叔送了人。我父亲和九叔饿得没有办法，只好到别人家的枣林里去捡落在地上的干枣充饥。这当然不是长久之计。最后兄弟俩被逼背乡离井，盲流到济南去谋生。此时他俩也不过十几二十岁。在举目无亲的大城市里，必然是经过千辛万苦，九叔在济南落住了脚。于是我父亲就回到了故乡，说是农民，但又无田可耕。又必然是经过千辛万苦。九叔从济南有时寄点钱回家，父亲赖以生活。不知怎么一来，竟然寻上了媳妇，她就是我的母亲。

后来我听说，我们家确实也"阔"过一阵。大概在清末民初，九叔在东三省用口袋里剩下的最后五角钱，买了十分之一的湖北水灾奖券，中了奖。兄弟俩商量，要"富贵而归故乡"，回家扬一下眉，吐一下气。于是把钱运回家，九叔仍然留在城里，乡里的事由父亲一手张罗。他用荒唐离奇的价钱，买了砖瓦，盖了房子。又用荒唐离奇的价钱，置了一块带一口水井的田地。一时兴会淋漓，真正扬眉吐气了。可惜好景不长，我父亲又用荒唐离奇的方式，仿佛宋江一样，豁达大度，招待四方朋友。——转瞬间，盖成的瓦房又拆了卖砖、卖瓦。有水井的田地也改变了主人。全家又回归到原来的情况。我就是在这个时候，在这样的情况下降生到人间来的。

母亲当然亲身经历了这个巨大的变化。可惜，当我同母亲住在一起的时候，我只有几岁，告诉我，我也不懂。所以，我们家这一次陡然上升，又陡然下降，只像是昙花一现，我到现在也不完全明白。这个谜恐怕要成为永远的谜了。

不管怎样，我们家又恢复到从前那种穷困的情况。后来听人说，我们家那时只有半亩多地。这半亩多地是怎么来的，我也不清楚。一家三口人就靠这半亩多地生活。城里的九叔当然还会给点接济，然而像中湖北水灾奖那样的事儿，一辈子有一次也不算少了，九叔没有多少钱接济他的哥哥了。

家里日子是怎样过的，我年龄太小，说不清楚。反正吃得极坏，这个我是懂得的。按照当时的标准，吃"白的"(指麦子面)最高，其次是吃小米面或棒子面饼子(黄的)，最次是吃红高粱饼子，颜色是红的，像猪肝一样。"白的"与我们家无缘。"黄的"与我们缘分也不大。终日为伍者只有"红的"。这"红的"又苦又涩，真是难以下咽。

但不吃又害饿，我真有点谈"红"色变了。

　　但是，小孩子也有小孩子的办法。我祖父的堂兄是一个举人，他的夫人我喊她奶奶。他们这一支是有钱有地的。虽然举人死了，但家境依然很好。我这一位大奶奶仍然健在。她的亲孙子早亡，所以把全部的钟爱都倾注到我身上来。她是整个官庄能够吃"白的"的仅有的几个人之一。她不但自己吃，而且每天都给我留出半个或者四分之一个白面馍馍来。我每天早晨一睁眼，立即跳下炕来向村里跑，我们家住在村外。我跑到大奶奶跟前，清脆甜美地喊上一声："奶奶！"她立即笑得合不上嘴，把手缩回到肥大的袖子，从口袋里掏出一小块馍馍，递给我，这是我一天中最幸福的时刻。

　　此外，我也偶尔能够吃一点"白的"，这是我自己用劳动换来的。一到夏天麦收季节，我们家根本没有什么麦子可收。对门住的宁家大婶子和大姑——她们家也穷得够呛——就带我到本村或外村富人的地里去"拾麦子"。所谓"拾麦子"就是别家的长工割过麦子，总还会剩下那么一点点麦穗，这些都是不值得一捡的，我们这些穷人就来"拾"。因为剩下的决不会多，我们拾上半天，也不过拾半篮子；然而对我们来说，这已经是如获至宝了。一定是大婶和大姑对我特别照顾，一个四五岁、五六岁的孩子，拾上一个夏天，也能拾上十斤八斤麦粒。这些都是母亲亲手搓出来的。为了对我加以奖励，麦季过后，母亲便把麦子磨成面，蒸成馍馍，或贴成白面饼子，让我解馋。我于是就大块朵颐了。

　　记得有一年，我拾麦子的成绩也许是有点"超常"。到了中秋节——农民嘴里叫"八月十五"——母亲不知从哪里弄了点月饼，给我掰了一块，我就蹲在一块石头旁边，大吃起来。在当时，对我来说，月饼可真是神奇的好东西，龙肝凤髓也难以比得上的，我难得吃上一次。我当时并没有注意，母亲是否也在吃。现在回想起来，她根本一口也没有吃。不但是月饼，连其他"白的"，母亲从来都没有尝过，都留给我吃了。她大概是毕生就与红色的高粱饼子为伍。到了灾年，连这个也吃不上，那就只有吃野菜了。

　　至于肉类，吃的回忆似乎是一片空白。我老娘家隔壁是一家卖煮牛肉的作坊。给农民劳苦耕耘了一辈子的老黄牛，到了老年，耕不动了，几个农民便以极其低的价钱买来，用极其野蛮的办法杀死，把肉煮烂，然后卖掉。老牛肉难煮，实在没有办法，农民就在肉锅内小便一通，这样肉就好烂了。农民心肠好，有了这种情况，就昭告四邻："今天的肉你们别买！"老娘家穷，虽然极其疼爱我这个外孙，也只能用土罐子，花几个制钱，装一罐子牛肉汤，聊胜于无。记得有一次，罐子里多了一块牛肚子。这就成了我的专利。我舍不得一口气吃掉，就用生了锈的小铁刀，一块一块地割着吃，慢慢地吃，这一块牛肚真可以同月饼媲美了。

"白的"、月饼和牛肚难得，"黄的"怎样呢？"黄的"也同样难得。但是，尽管我只有几岁，我却也想出了办法。到了春、夏、秋三个季节，庄外的草和庄稼都长起来了。我就到庄外去割草，或者到人家高粱地里去劈高粱叶。劈高粱叶，田主不但不禁止，而且还欢迎；因为叶子一劈，通风情况就能改进，高粱长得就能更好，粮食打得就能更多。草和高粱叶都是喂牛用的。我们家穷，从来没有养过牛。我二大爷家是有地的，经常养着两头大牛。我这草和高粱叶就是给它们准备的。每当我这个不到三块豆腐干高的孩子背着一大捆草或高粱叶走进二大爷的大门，我心里有所侍而不恐，把草放在牛圈里，赖着不走，总能蹭上一顿"黄的"吃，不会被二大娘"卷"（我们那里的土话，意思是"骂"）出来。到了过年的时候，自己心里觉得，在过去的一年里，自己喂牛立了功，又有勇气到二大爷家里赖着吃黄面糕。黄面糕是用黄米面加上枣蒸成的。颜色虽黄，却位列"白的"之上，因为一年只在过年时吃一次，物以稀为贵，于是黄面糕就贵了起来。

我上面讲的全是吃的东西。为什么一讲到母亲就讲起吃的东西来了呢？原因并不复杂。第一，我作为一个孩子容易关心吃的东西。第二，所有我在上面提到的好吃的东西，几乎都与母亲无缘。除了"红的"以外，其余她都不沾边儿。

我在她身边只待到六岁，以后两次奔丧回家，待的时间也很短。现在我回忆起来，连母亲的面影都是迷离模糊的，没有一个清晰的轮廓。特别有一点，让我难解而又易解：我无论如何也回忆不起母亲的笑容来，她好像是一辈子都没有笑过。家境贫困，儿子远离，她受尽了苦难，笑容从何而来呢？有一次我回家听对面的宁大婶子告诉我说："你娘经常说：'早知道送出去回不来，我无论如何也不会放他走的！'"简短的一句话里面含着多少辛酸、多少悲伤啊！母亲不知有多少日日夜夜，眼望远方，盼望自己的儿子回来啊！然而这个儿子却始终没有归去，一直到母亲离开这个世界。

最好的杂文和随笔

对于这个情况，我最初懵懵懂懂，理解得并不深刻。到了上高中的时侯，自己大了几岁，逐渐理解了。但是自己寄人篱下，经济不能独立，空有雄心壮志，怎奈无法实现，我暗暗地下定了决心，立下了誓愿：一旦大学毕业，自己找到工作，立即迎养母亲。然而没有等到我大学毕业，母亲就离开我走了，永远永远地走了。古人说："树欲静而风不止，子欲养而亲不待"，这话正应到我身上。我不忍想象母亲临终时思念爱子的情况，一想到，我就会心肝俱裂，眼泪盈眶。当我从北平赶回济南，又从济南赶回清平奔丧的时候，看到了母亲的棺材，看到那简陋的屋子，我真想一头撞死在棺材上，随母亲于地下。我后悔，我真后悔，

季羡林在清华大学毕业时的学位照

我千不该万不该离开了母亲。世界上无论什么名誉，什么地位，什么幸福，什么尊荣，都比不上待在母亲身边，即使她一字也不识，即使整天吃"红的"。

这就是我的"永久的悔"。

· 作品赏析 ·

季羡林是当代著名学者，他以潜心治学的严谨态度，自重淡泊的品格，为人们所尊重，并以"心如枯井，波澜不生"的朴厚儒雅性情，真正实践着钱钟书先生的"素心人"的倡导。文如其人，这样的淡泊性情反映在文学上，使他的文字散发着朴素纯真的光辉，细细品读又有燕园幽兰一般的馨香，真正体现着绚烂至极归于平淡的艺术风格。《赋得永久的悔》是季羡林回忆自己母亲的一篇文章，从中我们可以看到一个重情、守义、惜缘的季羡林先生。

《赋得永久的悔》是应别人之约写的一篇文章，其中作者回忆了童年与母亲在一起的经历，描写了于家乡于母亲一生难解的情怀。慈母仙逝，亲朋凋零，是一般人都可能遭遇的自然变迁，但事隔多年季羡林先生依然会夜半惊梦、老泪纵横，穿透思念的月色，情至深处无言辞，落于笔端即华章。文章对母亲几乎没有正面描叙，同是写亲情，作者的母亲没有朱自清《背影》中父亲潦倒背影的勾画，也没有朱德《母亲》中诸多事例的叙述。他把对母亲的思念只贯穿于"白的"、"红的"、"黄的"三种食物的讲叙中，烘托于一个朴实、温暖的乡里亲情下。于是母亲便成了一种落叶归根的乡里情怀；便成了永恒的乡愁；便成了人类心中永远难以割舍的寻根情结。正是有了这样的心结，作者在独自面对心灵时总会生出痛彻心扉的"永久的悔"："不该离开故乡，离开母亲"。

《赋得永久的悔》语言平实质朴，如朗月星空，看似稀松平常，细品却有博大的人间真气象。

玩是人生的基本需要 / 于光远

入选理由

从经济学的角度诠释了"玩"的社会意义
文字平实，思想深邃
传达了作者认真智慧的生活态度

玩是人生的基本需要之一。要有玩的文化，要研究玩的学术，要掌握玩的技术，要发展玩的艺术。

有人对我说：现在我国经济建设还只取得初步成就，部分地区和少数人的生活还很艰苦，我们连反对"消费早熟"都还来不及，你这位经济学家却那样重视玩，甚至以"大玩学家"的称号为荣，这么做合适吗？

要回答这个问题，首先应该搞清楚"玩"的概念。"玩"这个字有多种涵义，而我所讲的"玩"，仅指游乐和休闲，也即辞书中所解释的"使自己精神愉快的活动"。这样的玩，应是一种健康的、充满情趣的、有文化的玩。鉴于这种认识，有文化的玩应该是一种"消费能力"、"多方面享受的能力"。

作者简介 ···

于光远（1915～2013），经济学家，上海人。1934年由上海大同大学转入清华大学，1936年毕业于清华大学物理系。1939年兼任延安中山图书馆主任。历任中共中央图书馆主任，北京大学图书馆系教授，中共中央宣传部理论宣传处副处长，中国科学院哲学社会科学部委员、常委，科学规划委员会副秘书长，科学技术委员会副主任，国家科委副主任，马列主义、毛泽东思想研究所所长，国务院学位委员会委员，中国社会科学院副院长、顾问，中央民族大学名誉校长，中国国际经济技术合作促进会顾问。1993年2月当选为海南开发促进会副理事长。1994年应聘为深圳大学名誉教授，同年起任第三届中国旅游协会名誉顾问。

于光远像

马克思曾经说过这样一段话：真正的经济决不是禁欲，而是发展生产力，发展生产的能力，因而既是发展消费的能力，又是发展消费的资料。消费的能力是消费的条件，因而是消费的首要手段，而这种能力是一种个人才能的发展，一种生产力的发展。要培养具有尽可能广泛需要的人；因为要多方面享受，他就必须有享受的能力，因此他必须是具有高度文明的人。

玩，不仅是人类的基本需要之一，还是社会主义生产的目的之一；而且有文化的玩，也正是培养马克思所说的"高度文明的人"的一项工作。随着社会生产的发展，人们的业余时间会越来越多，如何利用业余时间，既要安排好学习，安排好家务，也要安排好休闲游乐。因而，玩的问题日益突出，必须有为发展玩的社会事业作研究、出点子的"玩学家"，把握住发展游乐休闲文化的方向，将传统文化与现代文化科技、创新与继承引进、儿童与成年、高档与平民式、国内与国外游客需求以及休闲与精神文明诸方面结合起来。这样才能玩出情趣，玩出文化，有益健康，助人进步，而不会"玩物丧志"。

玩具不只是属于儿童的礼品，也应是成年人爱不释手的消闲物。过去人们常说，活到老，学到老；现在我还要加上一个"玩"到老。

·作品赏析·

在读者心中，于光远给人印象最深的，是他早年对《资本论》的研究以及他在政治经济学方面的突出成就。他主编的《政治经济学》，曾带领许多青年读者轻松地步入经济学深奥的殿堂，在读者心中于光远先生似乎是一位不苟言笑的严肃学者，是科学权威的象征。然而这位马克思主义经济学、政治学界的泰斗，在生活中却被称为"老顽童"、"大玩家"，他的真实生活又是怎样的呢？

《玩是人生的基本需要》从经济学的角度，给出了于光远先生"老夫聊发少年狂"背后的科学依据。作者80岁以后有这样一个生活事例，我们可以从中看到于老"玩"的境界和层次了：于老总爱穿背带西裤，再配上84岁生日时女婿送的一部"手机"，上海产权交易所聘请他为顾问时赠送的红马甲，于老称自己"居然也有了一副现代商人的架势"。用于老自己的话说"我觉得我不仅在工作上向现代化前进了一步，而且思想上的现代化也随之前进了一步"——这也许是本文最鲜活的生活实践依据。

训子篇 /吴祖光

入选理由

极具生活气息的话语彰显亲切、自然的文风
坚持生活的真实性
饱含老一辈知识分子对下一辈的殷切关怀

写这篇文章的意思是，由于我的儿子带给我许多烦恼，到了我不得不写这样一篇文章来发泄我的烦恼的程度。

左思右想，值不值得为此浪费笔墨，浪费时间？但终于要写这篇文章，是从下面这一件事情引起的：

上星期的一个下午，我忽然接到一个电话，说："我找吴欢。"我回答说："吴欢刚刚去上海了，不在家。"电话里说："你是谁？"我说："我是他的父亲。"

作者简介 ············

吴祖光（1917～2003），江苏常州人，著名学者、戏剧家、书法家。曾任中国剧协副主席、全国政协委员。

1935年入中法大学文学院，同年开始在报刊上发表小说、散文。1937年任南京国立戏剧学校秘书，1939年起在该校任教，授《中国戏剧史》等。1941年任重庆中央青年剧社编导委员，1944年任重庆《新民晚报》副刊编辑，1946年任上海《新民晚报》副刊主编，同时与丁聪合办《清明》杂志。1947年9月离沪去香港，先后任中华影业公司、永华影业公司编导。1949年10月回北京，任中央电影局编导。1957年被错划为右派。1960年，任中国戏曲学校实验京剧团、中国戏曲研究院实验剧团编剧。1978年起任文化部艺术局艺术委员会委员。

吴祖光像

吴祖光是受中国传统文化熏陶和"五四"新文学运动影响、在抗日洪流里成长起来的剧作家。近50年来共创作、改编各类剧本40余部。他的剧作结构不求繁复，情节跌宕有致，语言自然流畅，颇具北京特色。

电话里说："啊！那也行，我这里有吴欢的一包东西，你们家不是也在朝阳区吗？我是朝阳区水利工程队的，我的名字叫胡德勇。我今天下班之后把东西送来吧。"

挂上电话也就没在意，管它是什么东西呢？儿子的东西和我有什么相干呢？当然就忘记这桩事了。但是到了快吃晚饭的时候有人敲门，一个工人装束，皮肤晒得漆黑的年轻人手里拿着一个塑料袋的小包到我家来了，说："您是吴欢的父亲？这是吴欢的东西，我就放在这儿吧。"是什么东西呢？来人解释说："今天中午我骑车走过安定门大街，在路边捡着这个包，看了包里的这个字条，知道这是吴欢丢下的。"

《少年游》书影，吴祖光著
吴祖光戏剧集之一，开明书店出版。

于是我也看了这个字条，上面写了几行字，是：

"小×同志：请通知吴欢来取……"

下面署名是："北影外景队陈××。"

面前站着的这个胡德勇，健康、淳朴，多么可爱的小伙子，不由得使我向他连连道谢。和我那个一贯马马虎虎、大大咧咧、嘻嘻哈哈的儿子欢欢相比，真叫我百感交集。来人对我的感谢反而觉得害羞了，连说："没什么，没什么，我也是朝阳区的，没费什么事。回见吧。"坐也没坐一下就走了。

接着走进门来的吴钢——是吴欢的哥哥，在这一段由于妻子出门治病、只是我一人留在家里的日子里，他每天中午和晚上都在下班之后来家里给我做饭——知道了这件事情后，说："这个小伙子真够意思，咱们应当写个稿寄到《北京晚报》表扬表扬他。"

不错，是得表扬表扬这位胡德勇，在他身上体现着被长期丢掉了的新社会的新道德的复苏，事情虽小但弥觉可贵。

表扬这位小胡，就不得不批批我这个小吴。写到这里就不觉无名火起。

先说这个小包是怎么回事吧，这使我想起似乎吴欢在那天上午出门时对我说过，说是到北影取点东西，而胡德勇送来的这包东西，显然就是他去取的东西了。这是一包从福建带来的茶叶，是欢欢的女朋友、有可能就是他的未婚妻小陈托人带到北影的。他专程去取这包茶叶，但却把东西丢在半路上了；回家之后提都没提，八成是根本忘记了，但是居然如有神助，被人给捡到送了回来。

就是这个欢欢，我家的第二个儿子，这一类荒唐糊涂的事情发生在他的身上乃是家常便饭。他从小就是这样没记性，不动脑子，一天到晚丢三落四；批评也好，

吴祖光的妻子新凤霞像

责骂也好，一律满不在乎，跟没听见一样，永远无动于衷。

他当然也是受害的一代，1957年他才4岁就跟着父母一起受到政治上的歧视。但是这孩子性格很强，身体很棒，从小学起就不甘心受人欺侮，反倒是常有一群小朋友经常集聚在欢欢的周围。10岁时打乒乓球便得到一个东城区的少年冠军。力气很大，在小学时举重就能和体育老师比试比试了。15岁响应党的号召去了北大荒，成了建设兵团的一员，一去7年。直到他的妈妈由于被"四人帮"的爪牙迫害重病，才有好心的朋友通过许多关系，把他从冰天雪地中调了回来，照顾他已成残疾难于行动的妈妈。因为他有劲，能轻易地把妈妈背起来……

当然，这一切都不足以构成他的生活方面的粗心大意。按说从15岁起就独立生活，本该把人锻炼得细致些、认真些、负责些，但是事实上全不是那回事。儿子回来，对我来说，毋宁是意味着一场灾难。

只把印象比较深的事情说几桩吧：

由于家里来了客人，晚上要支起折叠床睡觉，早晨起床之后，我说："欢欢，把床给收起来。"欢欢奉命收床，把折叠床放到一边也就是了；谁知他是要显显力气还是活动筋骨怎么的？忽然把床高高举起来了。"砰！"一下子把电灯罩和灯泡全给打碎了！

敲门声，我去开了门，来客是吴欢的朋友，是来找吴欢的，但是吴欢不在家。客人说，是吴欢约定这时让他来的。这种时候，我总是代儿子向来人道歉。但是由于这种事情屡次发生，我只能向吴欢的客人说："吴欢从来就不守信用，你最好以后不要和他订约会。"

这里我要为儿子解释的是：故意失约，作弄人，想来还不至于；而是他和别人约定之后，转眼就忘得干干净净了。

由于我的职业，我有不多、但也不少的一屋子书，这些书当然绝不可能每本都看，但却都可能是我在某一个时候需要查阅的资料；而且尽管书多且杂，一般我都能知道某一本书放在什么地方，可以不太费力地找到。但是使人恼火的是，不止一次地发现要找的书不见了，整套的书缺一本或几本，开始时感觉十分奇怪不可理解，但是后来便知道这全是欢欢干的。以至于正在看的书一下子也不见了；要用胶水粘信，胶水不见了；要用墨水灌钢笔，墨水不见了；或者是胶水和墨水瓶打开不盖，胶水和墨水洒在桌上地上，甚至于盖子要到桌子底下才能找到。特别是从外地寄来的少见的杂志书籍，转眼就到了他的手里……

至于到了他手里的书呢，新书马上就会变成旧书，书角立即卷起来了。倒着戳在枕边、墙角，掉到床底下积满灰尘……

就是这个欢欢，本来在黑龙江兵团自己学画过几年素描，期望成为未来的画家。谁知他近年来转变兴趣要学他的父亲，写起电影剧本来了。并且马上有一个杂志将要发表他的作品了。成了我的同行，也就意味着更多的不幸降落在我的身上；看我的书，翻我的东西成为合情合理合法……我多么希望他是整洁的，有条理的，爱干净的；但是，偏偏他是：

好东西搞坏，

整齐的弄乱，

新的弄旧，

干净的弄脏，

拿走的不还，

当场被我捉住的，无可抵赖；而事后追问的他大都不认账。

至于房门和自行车的钥匙已经无从统计他一共丢了多少。大概在 5 年前，我出门回家时，见门框旁边墙上出现了一处缺口，原来是一次儿子把钥匙锁在屋里了，进不去怎么办？他不耐烦等哥哥或者妈妈回家再开门，而是狠命把门撞开，因此把墙撞缺，弹簧锁撞断。纯粹是搞破坏！

带有更大危险性的是，欢欢有一天忽然积极起来，自己去厨房间烧一壶开水，但是点上煤气灶便忘得干干净净，于是始而把水烧干，继而把壶底烧通。假如一阵风来把火吹熄，或者煤气熏人，或者燃烧起火，弄个不好，会出人命！

事情当然还远不止此，他住的那间屋子同时还是我们家的小客厅。但是只要他在家的时候，屋里永远是乱糟糟的：袜子、裤子脱在桌上，每张椅子上都放着东西，床上被褥零乱，床下皮鞋拖鞋横七竖八；他前脚出门，后脚就是我去收拾房间。他的衣橱抽屉是关不上的，因为里面的东西堆得太多；其实如果每件衣服都叠整齐的话，完全可以放得很好，而他的每一件衣服都是随便往里一塞……有人对我说："抽屉里你也管，你

1979 年夏，吴祖光（题字）、新凤霞（作画）夫妇赠给阳翰笙的国画《翰老双喜》。

也未免太爱管闲事了！"但我实在不甘心，就管不了他！另外还有一个情况，那个五屉柜虽是个红木的，因为太老旧，抽屉不好关，应该请个巧手木匠来修一修了，可是就这么一件事，难道也要我做父亲的来张罗！

漫画家华君武两年前曾对我说过他的苦恼，他感觉到他的儿子抽烟抽得太凶了。我对他说，应当强行制止，不准儿子抽烟，他无可奈何地说："不行呀，我自己就抽烟。"看来君武是一个具有民主作风的，以身作则的父亲。从这一点说来，我的条件比他好，我家是个无烟之家，我和妻子都不抽烟，我们的两位老娘也不抽烟。我们的大儿子吴钢和女儿吴霜也不抽烟，而惟一抽烟的又是这个欢欢。

对此我就振振有词了，和欢欢作过不止一次的严肃谈判，因为发现他常常抽烟，

吴祖光手迹《1977 年元旦书感》

原因是我们家里经常准备着待客的烟。我向欢欢提出，假如你非抽烟不可的话，希望你不要和我们一起生活。我是声色俱厉地这样提出警告的，但仍发现过他偷偷抽烟的迹象；尤其是他来了朋友，关起门来吞云吐雾。朋友走后，烟灰缸里烟头一大堆。他的朋友是别人家的儿子，我如何管得？我哪有这么大的精力管这么多？

从朋友那里还听到这样一件事，儿子骑爸爸的自行车把车丢了，这个儿子一怒之下偷了别人一辆车，偏偏被警察捉住……这个祸闯得不大不小，但作父亲的恼火是可想而知的。我这个欢欢也发生了类似事件，他骑了我的车出去，回来时把车铃丢了。问题还不在此，而是丢了车铃他根本不知道，还是我发现的。受了我的责备，他也发火了，很快就发现车铃又安上了。不用说，是他在街上偷的别人的。这下子把我气疯了，我对欢欢发了一顿平生没有发过的脾气，逼他立即把车铃送还。他非常委屈地把车铃拿走了，我知道他决不可能送还，肯定是出门就给扔掉了。我这样严

厉地责备他，无非是希望他印象深刻，不要再犯这样的错误；这件事比偷车要轻得多，但性质却是一样的。使我伤心的是，根据欢欢的性格，这件事他早就忘记了，他没有知过必改的习惯，他只觉得委屈。因为即使是丢自行车对他也并不新鲜，他曾经丢过两次自行车，第一次

吴祖光剧作《风雪夜归人》剧照

丢了几天又找到了；第二次则是他要出去取一样东西，正好他的一个同学刚买了一辆新车来看他，便叫他骑新车去，但是奇怪的是他竟一去不复返了，待人们去找他时，才知道就在他上楼找人时，转眼之间车被偷掉了，由于无法交代，他赖在朋友家里不敢回来。于是爸爸妈妈只好拿出 170 元来赔车。

　　辩证法教导我们一分为二，欢欢不是没有优点的。对外而言，他对人热情，乐于助人，我的许多朋友都把他当做最好的劳动力使用。敬爱的夏公，天才的画家黄永玉，在搬家的时候都请欢欢去做最有力的帮手，他是全心全意地为人家操劳的；大人小孩全喜欢他，都愿意和他在一起，说他可爱，说他有趣味……对内而言，他对妈妈忠心耿耿。妈妈病了，行动不便，凡是出去开会、看戏，以及一切出门活动，都是他背起就走。妈妈病后长胖了，分量越来越重，但欢欢背着妈妈一口气上四楼，或是走得再多再远，都是心甘情愿的。而且对人说，他是妈妈的"小毛驴"。对爸爸呢，在适当的机会他也要表一表他的孝心。有一次家里只剩下我和他时，他说："爸爸，今天我做饭给你吃。"将近半小时之后，他来叫我吃饭了，做的是芝麻酱面。但是拿上饭桌时，实在叫人哭笑不得。面接近于黑色，那是酱油放多了；一碗面成了一团，芝麻酱显然也放得太多了。去厨房看时，一缸芝麻酱、半瓶酱油，都几乎被他用光了。最难想象的是给我的一双筷子，从下到上糊满了麻酱，根本无法下手。味道之咸可想而知，不但我没法吃，他自己也受不了。由于他的动机是好的，我没有责备他，父子两人面面相视，只能叹气。

　　所有上述他的缺点方面，说来都是生活小节，没有原则问题，更不是政治问题；但却都叫人无法容忍，随时招人火冒三丈。我这个最豁达的乐观主义者，曾经受过很多人无法经受的苦难，我都能泰然置之，但只有欢欢能气得我浑身发抖。我对他说过，我虽然身体健康，但有很大可能将来会被他气死。我希望他考虑别再和我一

块生活，但是看来他似乎又很爱爸爸妈妈，他不干。

神人共鉴：我从来不是一个爱骂人的人，但是和欢欢共同生活的日子里，骂人成了我的日常习惯，我真为此感到十分疲倦。这就出现一个情况，所有接触过欢欢的我的朋友，无一不对他交口称赞，说他是一个好儿子。当他们知道我几乎每天要为欢欢生气，以及知道或听到我在骂儿子时，都来劝我不要骂他。当听我说了我骂他的理由时，几乎都这样说："咳！现在的年轻人都这样。"譬如那位乐队大指挥李德伦对我说："我那儿子在屋里穿大衣，袖子一甩，桌上的茶杯茶壶，全都扫到地下摔个粉碎！"

这也完全是欢欢的风格。天地太窄，房子太小，远远不够这一代气冲霄汉、声势浩大的孩子们施展的，处处都碍他们的事。

按道理说，我们全家的清洁卫生理当由这个浑身力气使不完的小伙子包下来吧，我对他说得嘴唇皮都快磨破了，但是，休想！他自己住的那间屋还得靠我去收拾呢。

我又在想，假如胡德勇丢在路上的东西被吴欢拾到，他能像胡德勇这样做吗？我何等希望他能这样做呵！但是看来不可能，第一，他根本不会发现丢在街上的东西；第二，人家胡德勇也不会那样粗心丢掉女朋友千里迢迢送来的东西。

因此使我不得不联想到他的又一个可恨的作风：不知有多少次在他要出门的时候，让他顺便去发信；他把信接过去，满口答应。但在他走后常会发现，信丢在桌上，或是椅子上，或是别的地方。就在昨天，我又发现一封别人托"吴欢同志转交"而且封面上画了地图说明的信摆在他的桌上，而他却去了上海了。

应当告诉儿子的女朋友，将来你如果做了他的妻子，你将比他的爸爸还要倒霉。因为你要和这个不负责任、不顾一切、目中无人的家伙生活一辈子，而做爸爸的究竟是日子不会太多了。假如你一定要嫁给他，我希望你具备一种特殊的威力或神奇的法术，能镇压他和改造他。在这方面，爸爸是个失败者。

儿子被一家电影厂特邀写剧本去了。这个毛手毛脚的愣小子，居然有人邀请写剧本了，——可怜他该读书的时候什么也没有读到，全是"四人帮"害了他——这是他自己努力的成果，我为他高兴，也希望他做出成绩。至于写这篇文章的目的，当然主要是希望他能改变作风，虽然根据我多年的实践经验，改变的可能是极少极少的。另外还有一个目的，是为了提醒和刺激与欢欢同样类型的青年人，因为许多朋友们对我说的这句话太使人惊心动魄了！这就是："咳！现在年轻人都这样！"当然，"都这样"不可能，但是，我听到这样的话实在太多了。假如真是青年人都是这样的话，怎么建设我们的国家？

写到这里本该结束了，再要提一下的是刚刚收到一封儿子从上海的来信，当中有一段话是："我有许多错误，心里很难过，我一定好好改。"这很难得，使我很感动。

但是这封信上又有一行写的是："请在我的抽屉里找一下，我的学生证忘记带来了，请用挂号信寄到这里来。"学生证是北京电影学院编剧进修班的证件。

亲爱的儿子呵！你说你可怎么好？

以上是 8 月中旬在北戴河西山宾馆写的，写完之后恰好一位报社记者来看到，他认为文章很好，且有普遍的典型意义。但是他说："你家欢欢目前正在上升时期，在从事剧本创作，如果发表这篇文章，对他的打击太大，应当慎重。"我尊重记者的意见，同时也应当听听欢欢的意见，因此就把它放下了。一直等到现在，儿子回家来了，我让他看了一遍，我发现他开始时在笑，但是看到后来就不笑了。看完之后，他说："呵！'惊心动魄'！……爸爸，发表也行，既然有典型意义，会有助于我的改变作风。"

我不怀疑儿子有改正生活作风的诚意和决心。我忽然发现我有一个多月没有骂人了，在儿子离家的这一段时期，我过得多么太平安静呵！馨香祈祷，愿意欢欢福至心灵，能够生活自理，别再让爸爸妈妈着急操心了。

·作品赏析·

对于子女的教育是中国文学作品中经常出现的一个话题。不论是三国时期诸葛亮的《戒子篇》，还是曾国藩的曾氏家训，或是当代翻译家傅雷的《傅雷家书》，都无一例外地反映了中国家庭中父辈对于子女成长的关怀及言传身教。《训子篇》是吴祖光教导儿子吴欢如何生活、如何做人的一篇随笔。不同的是吴祖光先生并没有简单地说教，而是将对于子女的关怀融入于儿子吴欢日常生活的描述中，其中也有谆谆教导，但是语重心长；其中也有批评，但满含着关切。而且作者的可贵之处在于，他由儿子的日常生活想到了下一代的成长，将对于儿子的关怀之情，放在对于下一代成长的关注中。使"训子"成为了一个具有普遍的、时代意义的话题。语言诙谐、饱含慈爱，使人在如沐春风的语言中引起深深的思索。

在《训子篇》中，吴祖光直言不讳地列举了儿子偷铃铛、丢东西、烧坏水壶的一系列事件，其中显示了老一辈知识分子敢讲真话、坚持生活真实性的高尚德行。文章结束时作者说："假如真是青年人都是这样的话，怎么建设我们的国家？"在训子的同时，也更多地包含了对当时年轻一代的殷切期望，以及老一辈知识分子对社会、对下一代的真切关注。

《训子篇》语言幽默，轻松中寓深意，使本文不失为"训子"类文章中的佳作。

人皆有错 /刘易斯·托马斯

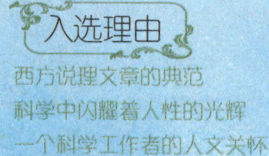
　　时至今日，每个人至少都已亲身经历过一次计算机错误。银行结余从379美元突然跳到了几百万，各种收件姓名离奇古怪的募捐信统统按你的地址寄来，百货店寄错账单，公用事业公司通知要切断一切供应，这类事很多。要是你设法找什么人进行投诉，那么你立刻会收到同一台计算机打出的认错信，说道："我们的计算机出了错，现已在您的账户中作了调整。"

　　这些都被认为纯粹是无缘无故的偶然事件。人们相信，差错不属于一部完好的机器正常行为之列。假使出了错，那必然是个人的、人的错误，是乱摸乱动的结果，是哪个钮卡住了，有人按错了键。计算机在它正常的完善状态，是万无一失的。

　　是否真这样呢，我可拿不准，归根到底，计算机的全部关键就在于是人脑的延伸，

作者简介

　　刘易斯·托马斯(1913～1994)，美国医学家、生物学家。生于美国纽约，就读于普林斯顿大学和哈佛医学院，历任明尼苏达大学儿科研究所教授、纽约大学—贝尔维尤医疗中心病理学系和内科系主任、耶鲁医学院病理学系主任、美国科学院院士。1974年出版随笔集《细胞生命的礼赞》，该书收文29篇，获该年度美国图书奖。《水母与蜗牛》是刘易斯·托马斯的第二本文集。

　　他关于科学发现的过程、关于科研的规划与管理、关于国家的科研政策、关于美国保健制度的困窘、关于生物—医学科研中的社会和伦理含义等一系列问题的论述，值得每一个关注科学哲学、科学社会学的人认真研究。

刘易斯·托马斯像

虽然大为改进，可依旧是人的，或许可说是超人的。一台好的计算机思路清晰敏捷，下棋可以胜过你，有些计算机的程序还使它们能够写晦涩的诗歌。我们会做的，它们无所不能，而且还不止于此。

人们还不知道计算机是否有它自己的意识，这将是很难弄明白的。当你步入一间装有巨型机的大机房里，伫足细听时，不难想象那微弱、遥远的嗡鸣是思维的声音，而那些转动的圆锥看起来像眼珠转动不停的野兽在努力集中注意力整理信息。但是真正的思维，以及做梦，却不是这样的。

从另一方面看，到处都能见到，在每批邮件里都有证据，表明机器也具有相同于我们的无意识活动的东西。作为人脑的延伸，它们的构造中也具有同样的犯错误的机能，犯自发的、不受约束的和可能性繁多的错误。

错误就深藏在人类思维的基础之中，像个瘤那样滋养着整个结构。要不是我们具有犯错误的能耐，我们绝做不成任何有用的事情。我们思维的途径就是一路在正确和错误的取舍间作出选择，而错误选择必定像正确选择一样多。在生活中我们就是一路这样做的。我们是生来就要犯错误的，编好了码犯错误的。

常言道，我们在"尝试和出错"之中学习。我们为什么总是这么说呢？为什么不说"尝试和搞对"或"尝试和获胜"呢？老话这么说，是因为在现实生活中事情就是这样的。

一个好的实验室，正像一个好的银行、好的公司、好的政府一样，动作应像一台计算机。几乎一切事情都做得按部就班，无懈可击，各种数字相加正好就是预期的答数。日子就这么过去。碰巧哪天幸运，于是哪个幸运的实验室里会有个人犯下一个错误：用错了减震器，填错了一个空格，读数时小数点错了位，暖房温度低了一度半，一只老鼠溜出了箱子，或者无非看错了当天的日志。不管是什么，当结果

出来的时候，明显出了纰漏，于是行动就此开始。

错误本身并不是重大错误，但它开了条路。下一步才是关键性的。假使研究人员能够说："可是即使如此，你看那结果！"假使这样，那么新的发现（不论它是什么），就可以捕捉了。要取得进展，就须在错误的基础上迈步。

凡是新颖的思想，或者新式的音乐即将流行之前，总会有场争论。在我们的头脑里双方会展开辩论，大摆道理，同时我们却暗自得意，因为我们知道：一方是对的，另一方是错的。事情迟早会有定论，但是假使没有两个方面，没有争论，就根本不可能有行动。希望就在于出错的本能、犯过失的倾向。能够越过信息的山峰，轻松地降落在错误的一边，这代表了人类天赋的最高境界。

这可能是人类独有的天赋，甚或是我们的遗传密码中注定的。其他生物看来都没有注定要在日常生活中犯错误的 DNA 链，更肯定没有要它以必然犯错误作为行为准则的 DNA 链。

作为人类，我们最高明，最能眉飞色舞开动脑筋的时刻，是当我们面前摆着两个以上选择的那会儿。有时候，同时有 10 条，甚至 20 条路可走，而除了一条之外，其余肯定是错的，这种富于选择的场合能把我们提升到一个全新的境地。这过程就称为探索，而它是以人类难免出错为基点的。假使我们的头脑里只有一个中心，仅能在该作出正确决定时有所反应，而不是有着一丛丛各不相同、轻信而且容易受骗的神经元，足以把我们引进死胡同，抛到树梢头，带进末路，送上蓝天，转弯抹角，拐错弯儿，要不是这样，我们只能原地踏步，裹足不前。

比我们低等的动物就没有这种了不起的自由。它们大多数都困于绝对不犯过失的境地。猫当然有它好的一面，然而它就绝对不犯错误。我还从没有见过一只举止笨拙、屡屡出错的猫。狗有时不太稳当，偶尔会犯些可爱的小错，但那是模仿它们的主人才学来的。鱼无论做什么都无懈可击。我们组织中的个体细胞都是没有脑筋的机器，一板一眼地完成动作，像蜜蜂一样，绝对不像人。

当我们越来越依靠更为复杂的计算机来处理事务的时候，我们应该记住这些。我是说，应让计算机具有它们的头脑；让它们自行其是。假使我们能够做到这点，能在事情的进展过程中皱皱眉头把头侧向一边，不去管它，那么人类和计算机类就前程无量了。你们通常用的好些的计算机一瞬间所能完成的计算量，就要我们任何人用算尺拉上一辈子。因此，现今轻易能够获得的、机器所造成的精确误算，几乎是无穷无尽的。这样你就可以想象，从中我们能够得到多大的机会。因此我们将能着手解决一些最棘手的问题。例如，现今生活的实际已经显然表明，全世界已是个单一的共同体，那么我们应该如何组织我们全球规模的社会生活呢？作为工作设想，我们可以假定，所有正确的安排方式都行不通。于是，为了向前推进，我们所需要的是一整套错误的选择，而且必须比我们任何人现在所能想出的少数错误做法，更为多样和有趣得多。事实上我们需要一张无穷尽的选择单子，为了把这张单子打印出来，我们必须让计算机自己运转，随机选择下一个步骤。假使做出的是一个够大的错误，我们就能发现我们登上了一个新的水平，在清新的境界中感到震惊，准备从头迈步。

（程雨民　译）

·作品赏析·

刘易斯·托马斯是一个科学家，但他又讴歌生命，捍卫生命固有的协调，捍卫不容侵犯的人性，这使他不止是一个科学家。刘易斯·托马斯又是一位作家，在美国家喻户晓，人们推崇他，痴迷于他优美的文笔，信服于他透彻的说理，他的机智幽默常赢来人们会心的一笑。手持科学的利剑，发扬人性的光辉，他对于读者的关怀似医生，似长者，亲切中透着诚恳，理性中包含着博爱。《人皆有错》是他的一篇随笔散文，从中我们可以看出这位西方作家的其文其人。

《人皆有错》运用科学的态度分析了现代生活中尤其是计算机领域经常出的一些问题，而且说这种错误是"到处都能见到"，可能犯"自发的、不受约束的和可能性繁多的错误"。但作者并没有像我们平常那样批评这种错误，而是告诉我们"要不是我们具有犯错误的能耐，我们绝做不成任何有用的事情"。作者进而拿低等动物，猫、狗、鱼的"一板一眼"，无懈可击作比，论述犯错误的必要性。作者在文末的点睛之笔"假使做出的是一个够大的错误，我们就能发现我们登上了一个新的水平"，便是这篇文章的思想主旨之所在：人类只有在不断地制造错误中，才能不断地前行。

读一读托马斯的《人皆有错》，也许会让我们这些在几千年"慎独"文化中诚惶诚恐的中国人，在"错误"面前，真正地敞开心胸，露出坦荡的笑脸。

大男人沙文主义 / 柏杨

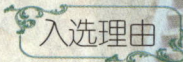

入选理由

对于改良民族文化的呼吁
文字犀利，锋芒毕露
嬉笑怒骂中蕴含深刻的见解

　　结婚制度主要的目的之一，是保持弱者（在过去，弱者当然指的是老奶），和保护下一代的儿女。但实行的结果，有时候似乎不但保护不了弱者，反而保护了蹂躏弱者的强者。有些国家里，只要男人对女人说三声"滚"，女人就得"滚"。女人可不能对男人说三声"滚"，男人不但不会"滚"，恐怕还会拳脚交加。中国更不用说啦，首先是职业道德家一口咬定"女人是祸水"（这句话不知道是谁发明的，真应该推荐他是金脚奖）。有了这个坚强的哲学基础，儒家"大亨"遂颁布了"七出之条"——凡犯了七出之条中的任何一条，一律"休掉"——一曰：没有生儿子。二曰：淫荡。三曰：不能讨公婆的欢喜。四曰：搬弄是非。五曰：偷东西。六曰：嫉妒。七曰：得了恶疾。

　　所谓"休掉"，就是"离婚"。不过离婚是现代言语，含有平等意识，为大亨所不取。大亨取的是片面的"休掉"手段，可是，只准丈夫"休掉"妻子，却不准妻子"休掉"丈夫。朱买臣的太太只好逼着丈夫写休书，不能逼着丈夫离婚也。

　　从这七出之条可以看出，酱缸文化中，男人真是舒服舒服，老奶们不过是供老爷发泄性欲的工具，一不高兴，就扔到荒山野外，不但没有女权，更没有人权。所谓没有儿子，那就是说，仅只生了女儿也不行，盖"女人不是人"也。夫不生育的责任，男女两方，各占一半。有一则黄色小幽默可说明老奶对这条的反抗：丈夫抱怨妻子不生孩子，妻子曰："这你就要检讨啦，俺在娘家就生过两个。"盖生不了孩子，女人不能独挡一面，男人也应看看医生。尤其是只生女，不生男，跟妻子更风马牛不相干，而职业道德家却下得狠心，一推六二五，全推到女人头上。至于淫荡，言语模糊，如果是指通奸而言，还有话说。但看语气似乎并不如此简单，妻子跟丈夫的亲热镜头，都可能列入淫荡范围，女人就更死无葬身之地矣。

不能讨公婆欢喜，是传统孝道的一环，而传统孝道，如泰山压顶，能把人压得粉身碎骨。这一条在七条中，看起来最稀松平常，其实却是最残忍的一条。年轻老奶所受的是丈夫跟公婆的夹击，丈夫还有松懈的时候，一则他多少总有一点夫妻之情，一则一个正常的男人，白天总要出去工作，妻子还可以喘口气。而公婆也者，却像两个把熟了的老鹌鹑，不分昼夜地卧在巢里，专找陌生媳妇的茬——一想起她夺走了儿子，就牙齿痒痒。尤其是婆婆，把当初自己当媳妇时所受的活罪，原封不动，甚至花样翻新地回报给别人家女儿。谚曰："三十年的媳妇熬成婆"，很少人当了"婆"之后，能回想往事，为下一代解除那种当媳妇的痛苦。然而，这一条最可怕的不在这些，而在它能使臭男人可以随时借口"孝道"，横逞凶暴，圣人之一的曾参先生，就靠这一条，干掉了老婆。有一天，他的妻子为他的晚娘煮饭，没有把梨蒸熟，他就立刻露出"孝"的嘴脸，把妻子赶走。表面的理由是嫌她"不孝"，真正的理由是啥，我们就不知道啦。

《孔雀东南飞》图

《孔雀东南飞》主要描写刘兰芝嫁到焦家为焦母不容而被遣回娘家，兄逼其改嫁，新婚之夜，兰芝投水自尽。此乐府诗中反映了"七出之条"中第三条"不能讨公婆的欢喜"的危害和残酷。

在一般人印象中，是非似乎是女人的特技，驱逐出境也罢。不过搬弄是非并不是女人的专利，尤其不是妻子的专利。公婆二老闷得发慌，也会张家长李家短闲磕牙。臭男人的本领也不弱于老奶，坐在办公室，挤在咖啡店，咬耳朵、搭肩膀，泄泄甲先生的隐私，掀掀乙先生的底牌，造造丙先生的谣言。说的人口沫四飞，听的人又惊又喜。这种风景固举目皆是，却可安然无恙。偷东西是七出之条中最具体的一条，不必细表。但嫉妒就问题丛生，从前男人黄金时代，妻妾跟骡马一样，成队成群；而传统的道德规范却硬性规定她们不准吃醋，吃醋就挂牌开除，真是管闲事管到床单上啦。柏杨先生建议，最好把自称或被称为正人君子之类的职业道德家，七八个人编为一个小组，共娶一位千娇百媚，看看他们的表演如何，敢打包票，那一定大大地可观。

至于说得了恶疾便得走路，更显示出臭男人恶毒的一面。恶疾的定义是啥，也是言语模糊。如果指的梅毒，古之老奶也，除了跟自己丈夫，很少有可能跟别的男

丰子恺漫画《张家长，李家短》
柏杨认为，搬弄是非并不是女人的专利，尤其不是妻子的专利，男人也有此"爱好"。

人睡觉，一旦有斯疾也，一定来自丈夫，可是凶手无事，被害人却得吃上官司。如果指的砍杀尔，那么，在骨瘦如柴中，被赶出大门，恩爱情义，一笔勾销，纵是臭男人的一条癞皮狗，也不忍心，对一夜夫妻百日恩的老奶，却认为可下此毒手，天理良心安在，悲哉。

——写到这时，柏杨先生内急。等到从茅坑凯旋归来，柏杨夫人一手提水桶，一手拿抹布，正在清理我的书桌。夫柏杨先生书桌的脏乱，名闻远近，她阁下突然觉得这样下去，有辱门楣，乃乘虚而入。但问题是，书桌虽然脏乱，却多少有脉络可寻，被她那么一搞，看来明窗净几，心旷神怡，可是却打乱了原有的脉络，像扭了筋的大腿一样，寸步难行。这也找不到，那也找不到，气得我放声悲号，本来要揍她一顿，以儆效尤的，可是根据过去宝贵的经验，似乎以不动手为宜。因之，我想上个条陈给有立法权的朋友，最好在"六法全书"上加上一条——可称之为"一出之条"，凡老奶不经丈夫同意，胆敢擅自整理丈夫书桌的，不必经过告状手续，做丈夫的，有权把她阁下一脚踢出（如果老奶学过空手道，另当别论）。

——一出之条是抗议文学的产物，七出之条是典型的大男人沙文主义的产物，职业道德家英勇地为中国人的道德订下了双重标准。女人输卵管不通，不能生育，是犯罪的；男人输精管不通，不能生育，不但不是犯罪的，反而说那是女人的错。女人淫荡通奸是犯罪的，男人淫荡通奸不但不犯罪，反而是一项风流韵事，傲视群伦。女人不能讨公婆欢喜是犯罪的，男人不能讨岳父母的欢喜，不但不是犯罪的，反而被称赞为有骨气。女人搬弄是非是犯罪的，男人搬弄是非不但不是犯罪，反而是见多识广。女人偷东西是犯罪的，男人如果偷啦，当然也是犯罪的，但处罚起来，轻重相差天壤。女人嫉妒吃醋是犯罪的，男人嫉妒吃醋不但不是犯罪的，一旦捉奸捉双，就可一刀二命。女人得了恶疾、不治之症是犯罪的，男人得了恶疾、不治之症，不但不是犯罪的，反而向女人倒打一耙。

呜呼，五千年之久，中国女人就在这种愁云惨雾中，求生不得，求死不能。不特此也，女人还要在历史上担任灭人家、亡人国的主要角色。被丑化了的夏桀帝姒履癸，跟商纣帝子受辛，他们明明是自己砸了锅的，却偏怪罪施妹喜、苏妲己。吴王国的国王吴夫差先生，是一个半截英雄，前半截英明盖世，后半截昏了尊头，兴

起诬杀伍子胥先生的冤狱，结果兵败自杀。如此明显的兴衰轨迹，职业道德家却硬说都是他太太西施女士搞的。几乎无论是啥，凡是糟了糕的事件，都要由女人分担一部分责任或全部责任。

在七出之条时代，臭男人有无限的权威，这权威建立在两大支柱上，一是"学识"，一是"经济"，结合成为生存的独立能力。女人缺少这些，只好在男人的铁蹄之下，用尽心机，乞灵于男人的肉欲。男人喜欢细腰，女人就活活饿死；男人喜欢大胸脯，女人就打针吃药，开膛破乳；男人喜欢纤纤小足，女人就拼命地缠——以致骨折肉烂，构成一半中国人是残废的世界奇观。

然而，前已言之，到了20世纪，老奶接受了教育，有了经济独立能力，一个个生龙活虎，强而且骄，臭男人开始觉得有点罩不住，只好随波逐流，扬言他本来就是主张男女平等的，但心窝里残存着的大男人沙文主义，仍阴魂不散，不时地蠢蠢欲动。总觉得口号归口号，实践归实践，家里总不能两头马车呀。于是，人格分裂：一方面认为老奶要现代化，学问庞大，仪态万方，既猛赚银子，又光芒四射；一方面又认为丈夫仍是一家之主，仍要老奶保持七出之条时代侍奉丈夫的传统美德。丈夫回到家里，高喊累啦，跷起二郎腿，天塌啦也不理。妻子回到家里，一样累啦，却不能喊累，仍要给丈夫端香茶，拿拖鞋，递纸烟，赶蚊子（假设有蚊子的话），然后下厨房，举案齐眉，喂饱之后，又要洗碗洗筷，打扫清洁，给丈夫放洗澡水，铺床叠被。否则的话，臭男人轻则怨声载道，重则暴跳如雷。经济独立后的老奶，表面上看起来解除了一道枷锁，实际上却换了两道枷锁。丈夫表面上失去了七出之条，实际上却仍高踞山头，称王称霸。

这种大男人沙文主义的残余幽灵，制造出来的社会问题，正与日俱增。

· 作品赏析 ·

《大男人沙文主义》是柏杨针对中国社会中传统的男尊女卑现象，发表自己的看法，语言犀利、见解深刻，可由此窥见柏杨杂文随笔风格之一斑。文中柏杨称中国五千年文化为"酱缸文化"，称传承的儒家道德规范如女性头上压顶千年的泰山。正是这样的道德规范的束缚使"中国女人就在这种愁云惨雾中，求生不得求死不能"。本文观点深刻尖锐，直指中国传统文化的核心，指出了中国几千年文化中存在的痼疾。但作者并不只限于谈古，谈古是为了论今，作者又审视20世纪的社会现状，认为现今社会虽然表面看"男女平等"，但其实几千年封建思想的遗毒依然存在。对一方面"认为老奶要现代化，学问庞大，仪态万方"，另一方面"又认为丈夫仍是一家之主，仍要老奶保持七出之条时代侍奉丈夫的传统美德"的当今女性的处境，表示十分愤慨。作者出语尖锐犀利，文字中流露着对于中国传统文化中男尊女卑的不合理现象的深刻批判。

我爱喝稀粥 / 王蒙

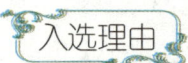

朴素无华的文字中蕴含着丰厚的内蕴

淡泊朴素的生活志向的追求

一粥一饭中的独特体验

在我的祖籍河北省南皮县，和河北的其他许多地区一样，人们差不多顿顿饭都要喝稀粥。甚至在米饭炒菜之后，按道理是应该喝点汤的，我们河北人也常常是喝粥。

家乡人最常喝的是"黏粥"，即玉米面或玉米糁子熬的糊糊。乡亲们称做这种粥为"馇"（音 cha），他们说"馇锅黏粥"，而不说什么"熬一锅粥"。新下来的玉米，有时候加上红薯，饭后喝上两碗，一可以补足尚未完全充实饱满的胃，二可以提供进餐时需要摄入的水分（那时候我们进餐的时候可没有什么饮料啊——没有啤酒可乐，也没有冰水矿泉水），三可以替代水果甜食冰激凌，为一顿饭收收尾，做做总结，把嘴里的咸、腥、油腻、酸、辣（如果有的话）味去一去，为一顿饭打上个句号。

喝稀粥的时候一般总要就一点老腌萝卜之类的咸菜。咸菜与稀粥是互相提味、互相促进、相得益彰的，这一点无须多说。吃惯了这种搭配，即使吃白米粥、糯米粥、

牛奶麦片粥、燕窝粥、海鲜粥，如我后来有幸吃过的那样，也常常不能忘情于老腌萝卜、云南大头菜或者四川榨菜；还有"天源酱园"、"六必居"、保定"春不老"的名牌特制酱菜，咸菜也是不断发展丰富提高的，常吃稀粥咸菜也罢，食者是完全用不着气馁的。

也有属于甜点性质的粥：赤豆汤，八宝莲子粥，板栗、杏仁、花生做的羹食等等。就不就咸菜，则无一定之规了。

粥喝得多、喝得久了，自然也就有了感情。粥好消化，一有病就想喝粥，特别是大米粥。新鲜的大米的香味似乎意味着一种疗养，一种悠闲，一种软弱中的平静，一种心平气和的对于恢复健康的期待和信心。新鲜的米粥的香味似乎意味着对于病弱的肠胃的抚慰和温存。干脆说，大米粥本身就传递着一种伤感的温馨，一种童年的回忆，一种对于人类的幼小和软弱的理解和同情，一种和平及与世无争的善良退让。大米粥还是一种药，能去瘟毒、补元气、舒肝养脾、安神止惊、防风败火、寡欲清心。大鱼大肉大虾大蛋糕大曲老窖都有令人起腻、令人吃勿消的时候，然而大米粥经得住考验而永存。

另一种最常喝的粥就是"黏粥"了。捧起大粗碗，"吸溜吸溜"吸吮着玉米面馇的稠稠糊糊、热热烫烫的黏粥，真有一种与大地同在、与庄稼汉同呼吸、与颗颗

北方农家

粮食相交融的踏实清明。玉米粥使人变得纯朴，变得实在，玉米粥甚至给人一种艰苦奋斗、先天下之忧而忧、后天下之乐而乐的乡土意识、忧患意识、安贫乐道随遇而安人不堪其忧我也不改其乐的意识。玉米粥会叫人想到贫穷困难，此话不假，笔者在三年困难时期就有过一天只喝两顿粥的经验，玉米粥拼命喝，喝得肚子里咣里咣当，喝得两眼发直。正因为如此，笔者才由衷欢呼十一届三中全会以来改革开放、繁荣经济、人民生活提高的有目共睹的伟大成绩。同时，玉米食品又是和营养学、现代化、生活选择的多样化联系在一起的。例如在那个一些小子认为月亮都要比中国的圆的美国，炸玉米片、崩玉米花都是深受欢迎的大众食品，少量的玉米糊糊也可以作为配菜与主菜一道上台盘，为西式大菜增色添香。近年来，国内的玉米方便改良食品也方兴未艾起来。呜呼，吾乡之玉米粥也，且莫以其廉价简陋而弃之，山重水复疑无路，柳暗花明又一村，它的生命力还远大着呢！

至于每年农历腊月初八北方农村普遍熬制的"腊八粥"，窃以为那是粥中之王，是粥之集大成者。谚曰："谁家的烟囱先冒烟，谁家的粮食堆成尖。"是故，到了腊八这一天，家家起五更熬腊八粥。腊八粥兼收并蓄，来者不拒，凡大米小米糯米黑米紫米黍米（又称黄米，似小米而粒略大、性黏者也）鸡头米薏仁米高粱米赤豆芸豆绿豆豇豆花生豆板栗核桃仁小枣大枣葡萄干瓜果脯杏仁莲子以及其他等等，均溶汇于一锅之中，熬制时已是满室的温暖芬芳，入口时则生天下粮食干果尽入吾粥，万物皆备于我之乐，喝下去舒舒服服、顺顺当当、饱饱满满，真能启发一点重农爱农思农之心。说下大天来，我们十多亿人口中的八九亿是在农村呀，忘了这一点可就是忘了本、忘了自己是老几喽。

闽粤膳食中有一批很高级的粥，内置肉糜、海鲜、变蛋乃至燕窝鱼翅，食之生富贵感营养感多味感南国感，食之如接触一位戴满首饰的贵妇，心向往之赞之叹之而终不觉亲近。这大概反映了我土包子的那一面吧。

当然，不是说稀粥至上，随着生活水平的提高，眼界的开阔，我们的餐桌上理应增添许多新鲜的、富有营养的饮食，饮食习惯上的保守是不足取的。其实讲到吃东西我是很能接受新鲜事物包括各种东洋西洋土著乃至特异食品的。诸如日本之生鱼片、美国之生牛肉、法国之各色（包括发绿发黑发臭者）计司（乳酪）、俄罗斯之生鱼子、桂皮味之冰激凌苹果排、各种冷饮热饮天然人工含酒精含咖啡因或不含这些玩艺之液体食品，均在在下小小胃口的受用之列。这一点使我深觉自豪，这一点使我时而自吹自擂：鄙人口味，就是富有开放性兼容性嘛。我喜欢尝试新经验，包括吃喝，这样，活得不是更有滋味吗？对于身体健康不是更有利吗？

但是，我对稀粥咸菜似乎仍然有特殊的感情。当连续的宴请使肠胃不胜负担的时候，当过多的海鲜使我这个北方人嘴上长泡、身上起荨麻疹的时候，当一种特异的饮食失去了最初的刺激和吸引力、终于使我觉得吃不消的时候，当国外的访问生活使我的肠胃不得安宁的时候，我会向往稀粥咸菜，我会提出"喝碗粥吧"的申请，我会因看到榨菜丝、雪里蕻、酱苤蓝，闻到米粥香味而欢呼雀跃，因吃到了稀粥咸菜而熨帖平安。不论是什么山珍海味，不论是什么美酒佳肴，不论走到哪个地方，在不断尝试新经验，补充新营养的同时，我都不会忘记稀粥咸菜，我都不会忘记我的先人、我的过去、我的生活方式，以及那哺育我的山川大地和纯朴的人民。我相信我们都会吃得更美好、更丰富、更营养、更文明、更快乐。

· 作品赏析 ·

《我爱喝稀粥》是王蒙较为有名的一篇随笔，作者在文中写了自己河北家乡的粥，详细地叙述了家乡粥的做法、对身体的益处以及常见的几种粥。同时将其他地方的许多高级、"富贵"的粥和家乡的粥进行对比，从中生发出对于朴素淡泊的生活理想的追求。文章写得朴素无华，但内蕴丰厚，达到了一种"大巧若拙"的艺术境界。

作者着意写了两种粥：大米粥和玉米粥。在作者眼中，大米粥是"一种对于人类的幼小和软弱的理解和同情，一种和平及与世无争的善良退让"；而玉米粥代表着一种艰苦奋斗的思想，一种先天下之忧而忧、后天下之乐而乐的乡土意识，一种自得其乐的乐观向上精神。作者能在家乡的粥中找到生活的安慰，找到一种真实的人生境界。作者将一种真诚的生活理想，寄托于家乡一粥一饭的追忆中。因为少年时代朴实的家乡生活是作者人生中最温馨、最亲切的回忆，所以家乡的一草一木、一粥一饭，也自然有独特之处。在经历了人生的无数次历练，在看厌了闽粤膳食中"高级粥"、"富贵粥"之后，家乡朴实的大米粥、玉米粥自然就成了一道特别的风景，它们代表着一种返璞归真的情怀，一种朴素淡泊的生活志向。

作者在结尾说自己也能接受"各种东洋西洋土著乃至特异食品"，但最终还是会"回归"于"稀粥"，因为"我都不会忘记我的先人、我的过去、我的生活方式"。结尾点题，将文章提升到一个很高的思想境界。

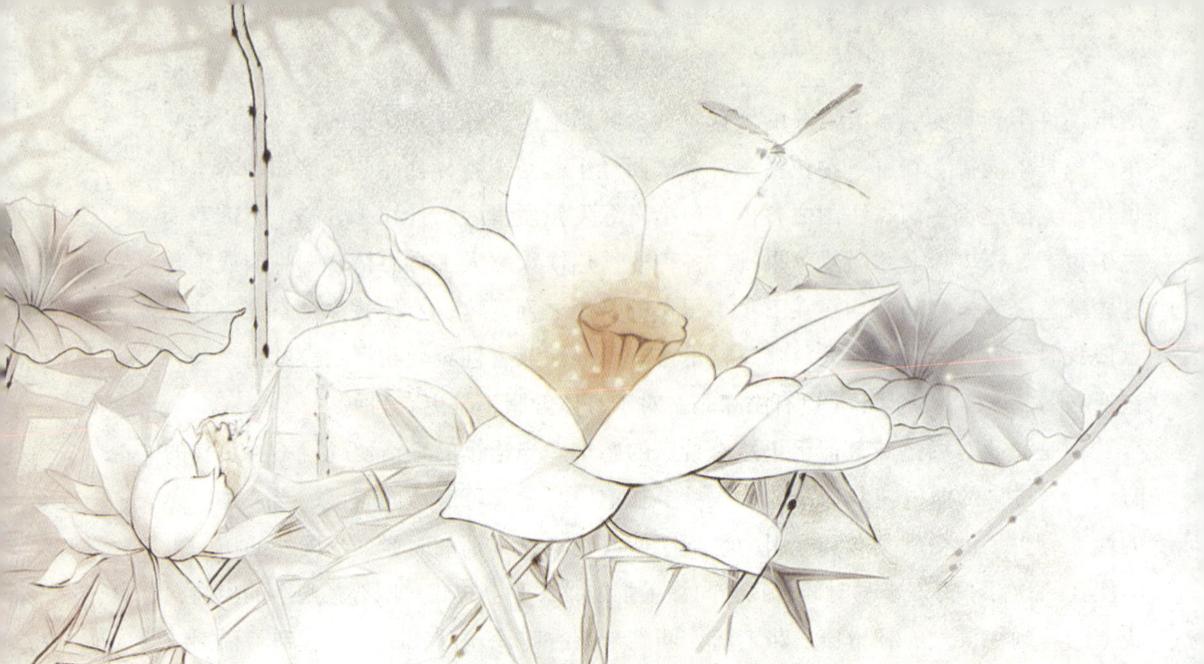

妈妈的梦幻 / 李敖

入选理由

文字轻松诙谐
字里行间飞荡着纯真的生活气息
侧面反映中国传统文化中的弊端

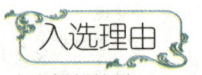

妈妈从小有一个梦幻，就是当她长大结婚以后，她要做一家之主，每个人都要服从她。

当妈妈刚到我们李家的时候，妈妈的妈妈也跟着来了。外祖母是一位严厉而干练的老人，独裁而又坚强，永远是高高在上的大权独揽：上自妈妈，下至我们八个孩子(二元宝，六千金)，全都唯她老太太之命是从，妈妈虽是少奶奶兼主妇，可是在这位“太上皇后”的眼里，她只不过是一个“孩子王”，一个孩子们的小头目，一个能生八个孩子的大孩子。

由于外祖母的侵权行为，妈妈只好仍旧做着梦幻家。她经常流连在电影院里——那是使她忘掉不得志的好地方。

在外祖母专政的第19年年底，一辆黑色的灵车带走了这个令人敬畏的老人。5天以后，爸爸从箱底掏出一张焦黄的纸卷，用像读诏书的口吻向妈妈朗诵道：

“凡我子孙，

当法刘伶：

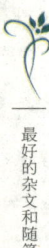

妇人之言，

切不可听！"

带着冰冷的面孔，爸爸接着说：

"这 16 个字是我们李家的祖训。19 年来，为了使姥姥高兴，我始终没有拿出来实行，现在好了，你们外戚的势力应该休息休息了！从今天起，李家的领导权仍旧归我所有，一切大事归我来管，你继续照做孩子头！"

在一阵漫长的沉默中，妈妈的梦幻再度破灭了！于是，在电影院附近的几条街上，更多了妈妈的高跟鞋的足迹。

爸爸的治家方法比外祖母民主一些，他虽禀承祖训，不听"妇人之言"，可是他对妈妈的言论自由却没有什么钳制的举动。换句话说，妈妈能以在野之身，批评爸爸。通常是在晚饭后，妈妈展开她一连串、一系列的攻击，历数爸爸的"十大罪"：说他如何刚愎自用，如何治家无方……听久了，千篇一律总是那一套。而爸爸呢，却安坐在大藤椅里，一面洗耳恭听，一面悠然喝茶，一面频频点首，一面笑而不答。其心胸之浩瀚，态度之从容，古君子之风度，使人看起来以为妈妈在指摘别人一般。直到妈妈发言累了，爸爸才转过头来，对弟弟说：

"'唱片'放完啦！小少爷，赶紧给你亲爱的妈妈倒杯茶！"

旧历年到了，爸爸总是预备九个红包，妈妈在原则上是绝不肯收这份压岁钱，可是当弟弟偷偷告诉她分给她的那包的厚度值得考虑的时候，妈妈开始动摇了，犹豫了一会儿以后，她终于没有兴趣再坚持她的"原则"了！

堂堂主妇被人当作孩子，这是妈妈最不服气的事。可是令她气恼的事还多着哪！妈妈逐渐发现，她的八个孩子也把她视为同列了。例如爸爸买水果回来，我们八个孩子却把水果分为九份，爸爸照例很少吃，多的那份大家都知道是分给谁的。妈妈本来赌气不想吃，可是一看水果全是照她喜欢吃的买来的，她就不惜再宣布一次"下不为例了"！

爸爸执政第 8 年的一个清晨，妈妈在流泪中接替了家长的职位。丧事办完以后，妈妈把六位千金叫进房里，叽叽咕咕地开

《李敖大全集》书影

了半天妇女会，我和弟弟两位男士敬候门外，等待发布新闻。最后门开了，幺小姐走出来，拉着嗓门喊道：

"老太太召见大少爷！"

我顿时感到情形不妙。进屋以后，14只女性的眼光一齐集中在我身上，我实在惶恐了！终于，妈妈开口了，她用竞选演说一般的神情，不慌不忙地说道："李家在你姥姥时代和你老子时代都是不民主的；不尊重'主权'——'主'妇之'权'——的！现在他们的时代都过去了！我们李家要开始一个新时代！昨天晚上听你在房中读经，高声朗诵《礼记》里女人'幼从父兄，出嫁从夫，夫死从子'那一段，我不知道你是不是故意念给我听的。不过，大少爷，你是聪明人，又是在台大学历史的，总不会错认时代的潮流而开倒车吧？我想你一定能够看到现在已经不是一个'夫死从子'的时代了……"

我赶紧插嘴说：

"当然，当然，妈妈说得是，现在时代的确不同了！爸爸死了，您老人家众望所归，当然是您当家，这是天之经、地之义、人之伦呀！还有什么可怀疑的？您做一家之主！我投您一票！"

听了我这番话，妈妈——伟大的妈妈——舒了一口气，笑了，"筹安六君子"也笑了，"咪咪"——那只被大小姐指定为波斯种的母猫，也摇了一阵尾巴。我退出来，向小少爷把手一摊，做了一个鬼脸，喟然叹曰：

"李家的外戚虽然没有了，可是女娲却来了！好男不跟女斗，识时务者为俊杰，我看咱们哥俩还是赶快'劝进'吧！"

妈妈政变成功以来，如今已经5年了！5年来，每遇家中的大事小事，妈妈都用投票的方法来决定取舍，虽然我和弟弟的意见——"男人之言"——经常在两票对七票的民主下做了被否决的少数，可是我们习惯了，我们都不再有怨言。我们是大丈夫，也是妈妈的孝顺儿子，男权至上不至上又有什么

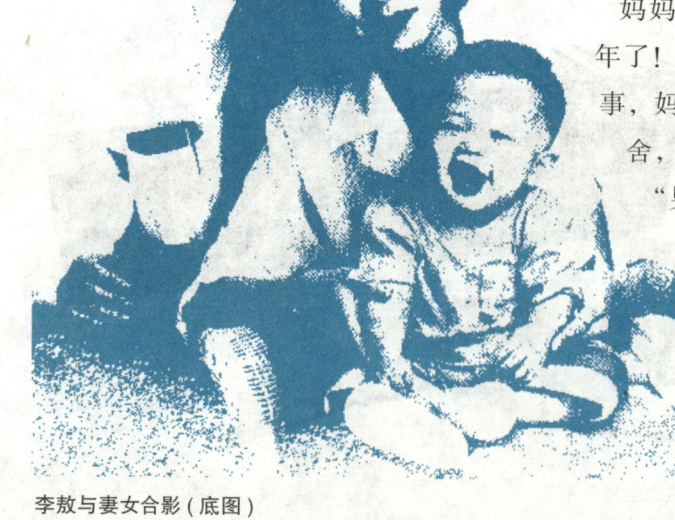

李敖与妻女合影（底图）

要紧——只要妈妈能实现她的梦幻！

后记：这篇文章是 1959 年做，原登在 1959 年 11 月 20 日台北《联合报》副刊。发表后，妈妈终于找到了我，向我警告说："大少爷，你要是再把我写得又贪财又好吃，我可要跟你算账了！"

·作品赏析·

《妈玛的梦幻》是李敖早期的一篇作品，年少得意的生活境况，使早年的李敖有了一份任尔云卷云舒的丰盈心境，因而也写出了春风得意马蹄疾的疏朗文字，与其中年后的疾厉文风有着迥异的差别。纯真的生活气息飞荡于字里行间，读之有如沐春风的舒畅感觉。但作者于轻松的文笔之外，侧面流露的东西，使人又产生些许思考。

《妈妈的梦幻》里写了自己的母亲在经历了母权、夫权"专政"后，争取到自己"主"权——主妇之权的过程。文章写了家庭的第一专政者，"外祖母"是一位严厉而干练的老人，独裁而坚强，永远高高在上地大权独揽，所以妈妈只好流连于电影院里做着"梦幻家"；当姥姥的专政结束后，作为第二任家庭统治者的父亲又以"凡我子孙，当法刘伶：妇人之言，切不可听"的祖训为依据掌握了家庭的领导权，于是"在电影院附近的几条街上，更多了妈妈的高跟鞋的足迹"。这是作者的母亲，一个普通的中国母亲的经历，而这样的母亲又何尝不是中国社会中千百个母亲的缩影？她们是中国几千年文化的一面镜子。她们深受中国传统的男尊女卑文化的压抑，《妈妈的梦幻》中作者的"妈妈"就是一个鲜明的例子。对于这一点，作者显然是敏感的，而他日后的"自由主义哲学"和"清算旧传统"的思想也正是这种认识的一个延续。

母亲的照片 / 戴厚英

入选理由

文字冷艳，感情真挚
忧郁中蕴含深情
流露着对生命的深刻感悟

母亲穿着大红绸袄拍的两张照片已经印好。我仔细端详，仿佛又看见了母亲当年的美丽和端庄，那一对深陷的眸子，又闪出热情聪慧的光彩。柔细如丝的头发，早已全白；当年那个乌黑的，续了假发绾成的美丽的大髻也早已成为儿女的记忆。

戴厚英像

这几年，我多次劝她，把头后那小小的髻剪了，梳个短发。回答总是：不，那多难看。可是，髻儿越来越小，终于梳不住了，不得不用个卡子别起来。额前的短发怎么也梳不上去，终日蓬松着，飘拂着，像她的耗损殆尽的生命。然而，在这两张照片上，短发被发油抿起，只有耳边的两绺微微蓬松在耳外，倒显出几分生气。

那天，母亲穿上散发着太阳气味的大红寿衣，在镜子前照来照去，完全忘了眼下正是炎热的6月天气，被太阳晒了一天的寿衣，更是每一个针眼儿都往外冒着热气。

母亲被她镜子里的红润的脸色迷住了。大病之后，她的脸色一直是黄黄的，脸皮也是干干的。害得她都不

作者简介

　　戴厚英（1938～1996），安徽颍上县人。1956年，考进了华东师范大学中文系。戴厚英从40岁开始写《诗人之死》到58岁遇害，短短18年创作生涯中，她一共出版了7部长篇小说，两部短篇小说集，两部散文随笔集，半部自传，还有一些未出版的遗稿。已出版的作品有《诗人之死》、《空中的足音》、《流泪的淮河》、《往事难忘》、《风水轮流》、《脑裂》、《人啊，人！》、《悬空的十字路口》等。

敢照镜子了。可是这会儿，在红袄的映照下，在汗水的滋润下，病容几乎不见了。

今年夏天，我从美国回到上海，未敢停留，就回家乡去探望母亲了。我正是为了母亲的病而匆匆回国的。

当母亲听见我的声音从屋里走出来拉住我的手时，我悬着的一颗心落下了，母亲好了。

但是，在回家的最初的那些日子里，所有的亲人和邻居都向我诉说着母亲今春的病，我才知道，那病实在是因我的出国而发的。母亲被一些传说吓坏了，以为我再不可能回国，母女再无见面的机会。

母亲病得实在厉害，以至于所有的后事都已准备齐全，包括寿衣、孝巾。如今这些都是备而不用的东西了，还要不时地拿出来晾晾晒晒。

这样可以拍张照片吗？母亲对着镜子问我。

我马上拿出照相机，让她坐在堂屋沙发上，为她拍了两张。

我说最好把所有的寿衣都穿上拍几张照片，我想看看，穿上这身衣服好不好看。母亲意犹未尽，一面说，一面又去照镜。

母亲总是爱美。不但自己要衣着合体干净，而且也这样要求家里每一个人。记得有一次她从外地串亲戚回到家乡，看见站在河边接船的父亲穿着一件有了汗渍的汗衫，不等到家，就坐在河边哭了起来，数落着父亲无用，不能照顾自己；责备着小辈粗心，未能照料好老人。如今快80岁了，连寿衣的款式针脚也一点不肯马虎，为她操办寿衣的大姐不知被她责备了多少次，为难得哭了多少场。我理解，母亲希望自己留给儿孙们的最后一个印象也是美丽的。

可是今天要穿起全部寿衣照相？天！那要再加一套蓝缎棉袄裤，一顶蓝色棉帽，一双绣花棉鞋，还有一副白丝扎腿带。

我说，算了吧，妈。等天凉快了，我好好给你照几张，今天还是把这些收起来吧。

母亲肯定自己也觉得热了，脱下红棉袄，让我包好，收进衣橱，说：等天凉快……

可恼的天，整个夏天一直酷热，直到我回上海的时候，也没有一丝凉意。我怕热坏了母亲，便不敢重提她那穿起全部寿衣拍照的心愿。我想，总还有机会。

悠闲的农村老太太安享着幸福晚年

农村老太太和孩子们在一起

在中国传统思想的影响下，母亲经常是照顾完儿女，又要帮儿女照看好孩子。所以作者说"母亲是我们兄弟姐妹的共同保姆。她几乎给我们所有的人带过孩子"。

要是我能活85岁，还有7年，这不算贪心吧？人家还活一百多岁呢。母亲不住地问我，好像阎王爷的生死簿由我保管着。她说，我不是怕死，就是舍不得。一辈子吃辛吃苦，好容易活到今天，儿女们个个成家立业，可以让我享享清福，怎么就要死了呢？孙子还没娶妻，出国的外孙女还没回来……

我总是笑着回答：放心，你能活100岁。然而，在心里，我却在默默祷告，若能让她在这几年少受一点疾病的折磨，我就心满意足了。

母亲确实老了，弱了，她那盏生命之灯的油快耗尽了，灯火昏暗而摇曳，时刻都让人担心，它会突然熄灭……

我相信母亲的话，她不是怕死，只是舍不得。眼前的生活，对别人也许不算什么，但是对她，可是得来不易啊！

母亲7岁丧母，9岁丧父，连惟一疼爱她的祖母也被日本鬼子残酷地杀害，尸骨无存。日本人剖开了老人的肚子，挖去了老人的心肝，据说是当菜吃了。母亲只能寄养在亲戚家里，过一半小姐一半使女的生活，为此，她不能读书，这是她终生憾事。如果她识字，谁能料定她会有多大的作为呢？她是那么聪明。

母亲的聪明只能用在家务上，她学会了一手好针线，好茶饭，成了一个极其能干的主妇。

母亲生养了11个孩子，成活了7个。每一个孩子都是她亲手带大的。从我记事时起，就记得她的针线笸箩里装满了鞋样和鞋底，孩子们一双双鞋帮都是绣花的。猫头鞋、虎头鞋，风帽，瓦片帽，哪一样不是她亲手缝制？我们读书以后，为了不让我们的穿着显得土气，她又亲手为我们缝制各种时装。旗袍，中山装，没有一样她不会的。在家道败落，遭遇不幸的时候，她又从家庭走上社会，给人作针线帮助父亲养家糊口。

在全家下放农村务农的时候，母亲已经五十多岁了，但是她像所有的乡下妇女一样劳动，学会了各种的农村活计，成了家中一根顶梁柱。

要是没有母亲，我们一家能熬过那10年艰难的日子？不能。戴着政治帽子的父亲实在太善良太软弱了。在强大的压力下他常常手足无措。一切都要母亲支撑。

那年，我们全家即将调回城镇，小弟弟早就不满的那门包办的亲事也面临破裂。满脑子孔孟之道又害怕被人指责的父亲一定要小弟将亲事维持下去，小弟感到走投无路而寻死上吊。当家人将小弟从绳上放下来呼喊抢救的时候，母亲咬着牙下了一道命令：这门亲事不算了！我不能逼死自己的儿子。要骂，骂我；要赔不是，我去；要是犯了法，我坐牢。小弟终于获得了自由。

母亲是我们兄弟姐妹的共同保姆。她几乎给我们所有的人带过孩子。在外地工作的我和大姐，都曾把孩子送到她那里，我的孩子一直在她身边生活到小学毕业；早夭的三妹撒下一个3岁的儿子是她带大的；接着是四妹的女儿，大弟二弟的儿女，当小弟的孩子出世的时候，她已年过七旬，实在不能带了，为此她愧疚不已：我要是年轻5岁……实在，要不是我们这些儿女的反对，她还是会带的。为了领大一个个孩子，她不得不在40岁的时候就和父亲分房而居，今年，他们才重新住到一间房里。父亲为此来信感谢我们小辈，说我们使他两老"生前死后之事均有所靠"，读着这样的信，我心中真像倒翻了五味瓶。我们和他们，到底谁该感谢谁啊？

我们终于熬了过来，如今的日子虽无大富大贵，但不愁温饱，阖家和睦，母亲非常满足了。她就是要多过几年这样的日子，然而她却老了，病了，来日不多了……

就在晒过寿衣几天之后，母亲又发病了。她把我的手放在她那狂跳的心口上，放声大哭。她哭她的命苦，哭她难以舍弃的亲人，特别哭她难以舍弃的我——

别的儿女用不着我多照应了，他们的日子都过得热热乎乎的。只有你，一只孤雁，

往哪里飞？母亲紧紧地拽住我的手，我只有流泪。但是此刻，我并不觉得自己可怜，只觉得无法报答母亲无边无际的爱。

父亲和母亲都习惯了乡下简朴的生活，对现代化的享受不感兴趣。他们惟一的希望，就是多活几年，再给儿孙们一些爱，再享受一些儿孙们的爱。相比之下，他们付出的太多，得到的太少。尽管他们常常埋怨人心不古，孝顺儿孙已经少见了，但他们还是在毫无保留地付出他们的爱。

母亲爱了一辈子，好像还没爱够。父亲也是。我不记得他们恨过什么。

我希望掌握生死牌的神明能满足我母亲的愿望，让她活到85岁。在爱越来越少的世界上，这些充满爱心的老人不该受到特别的保护吗？

·作品赏析·

如果说在多变压抑的生活中，寻求本真的人性是戴厚英小说的主题，那么《母亲的照片》可以说是戴厚英小说的一个缩影：抑郁中蕴含深情，热烈而富于伤感。正如作者其人，萧乾称她是"一位诚实的作家，一个真正的人"，因为作者始终坚定地追求着生命的纯真与人格的真实，所以在排斥世俗的过程中难免生出难以排遣的忧伤，也因其对真实生命状态的执著追求，所以她的忧伤也更为深沉。《母亲的照片》字里行间流露着一种足以打动人心的伤感，有李贺"油壁车，夕相待，冷翠烛，劳光彩"的冷艳色调；也有"高堂明镜悲白发，朝如青丝暮成雪"的悲怆情怀。

《母亲的照片》中弥漫着一种忧郁、感伤气息，如文中提到一些人或事：母亲身上"散发着太阳气味的大红寿衣"，母亲额前的短发"像她的耗损殆尽的生命"；以及文后母亲拉着我的手"放声大哭"。读来总让人感到女作家戴厚英生命中难以抚平的伤痕，而文字不过是她一生沉重心事的抒写。童年家境的惨淡，青年时代留下的创伤，一生难以忘怀的恋人早逝，这些都构成了戴厚英一生难解的心结，构成她生命中难以化解的心事。若不是对于生命的深刻感悟，又何至于有如此深沉的悲痛。而她这种不幸的个人际遇，又何尝不是一段多灾多难的历史的返照，她内心的创伤又何尝不是历经磨难的中国知识分子的永远的痛楚。

一个女人的爱情观 / 张晓风

入选理由

朴素的爱情，唤起无数心灵的共鸣
绚烂至极归于平淡的艺术境界
善良博爱的主旋律

忽然发现自己的爱情观很土气，忍不住自笑了起来。

对我而言，爱一个人就是满心满意要跟他一起"过日子"，天地鸿蒙荒凉，我们不能妄想把自己扩充为六合八方的空间，只希望以彼此的火烬把属于两人的一世时间填满。

客居岁月，暮色里归来，看见有人当街亲热，竟也视若无睹，但每看到一对人手牵手提着一把青菜一条鱼从菜场走出来，一颗心就忍不住恻恻地痛了起来，一蔬一饭里的天长地久原是如此味永难言啊！相拥的那一对也许今晚就分手，但一鼎一镬里却有其朝朝暮暮的恩情啊！

作者简介

张晓风（1941～　），女作家。笔名晓风、桑科。江苏铜山人，生于浙江金华。8岁后赴台，毕业于台湾东吴大学。做过教师。现任台湾阳明医学院教授，讲授小说、戏剧、诗词等课程。她笃信宗教，喜爱创作，小说、散文及戏剧著作有三四十种，曾一版再版，并译成各种文字。20世纪60年代中期即以散文成名，1977年其作品被列入《台湾十大散文家选集》。余光中曾称其文字"柔婉中带刚劲"，将之列为"第三代散文家中的名家"。

张晓风像

爱一个人原来就只是在冰箱里为他留一只苹果，并且等他归来。

爱一个人就是在寒冷的夜里不断在他杯子里斟上刚沸的热水。

爱一个人就是喜欢两人一起收尽桌上的残肴，并且听他在水槽里刷碗的音乐——事后再偷偷把他不曾洗干净的地方重洗一遍。

爱一个人就有权利霸道地说："不要穿那件衣服，难看死了。穿这件，这是我新给你买的。"

爱一个人就是一本正经地催他去工作，却又忍不住躲在他身后捣几次小小的蛋。

爱一个人就是在拨通电话时忽然不知道要说什么，才知道原来只是想听听那熟悉的声音，原来真正想拨通的，只是自己心底的一根弦。

爱一个人就是把他的信藏在皮包里，一日拿出来看几回、哭几回、痴想几回。

爱一个人就是在他迟归时想上一千种坏可能，在想象中经历万般劫难，发誓等他回来要好好罚他，一旦见面却又什么都忘了。

爱一个人就是在众人暗骂："讨厌！谁在咳嗽！"你却急道："唉，唉，他这人就是记性坏啊，我该买一瓶川贝枇杷膏放在他的背包里的！"

爱一个人就是上一刻钟想把美丽的恋情像冬季的松鼠秘藏坚果一般，将之一一放在最隐秘最安妥的树洞里，下一刻钟却又想告诉全世界这骄傲自豪的消息。

爱一个人就是在他的头衔、地位、学历、经历、善行、劣迹之外，看出真正的他不过是个孩子——好孩子或坏孩子——所以疼了他。

也因此，爱一个人就是喜欢听他儿时的故事，喜欢听他有几次大难不死，听他如何淘气惹厌，怎样善于玩弹珠或打"水漂漂"，爱一个人就是忍不住替他记住了许多往事。

爱一个人就不免希望自己更美丽，希望自己被记得，希望自己的容颜体貌在极盛时于对方如霞光过目，永不相忘，即使在繁花谢树的冬残，也有一个人沉如历史典册的瞳仁可以见证你的华采。

爱一个人总会不厌其烦地问些或回答些傻问题，例如："如果我老了，你还爱

我吗？""爱。""我的牙都掉光了呢？""我吻你的牙床！"

爱一个人便忍不住迷上那首白发吟：

亲爱的，我年已渐老

白发如霜银光耀

惟你永是我爱人

永远美丽又温柔……

爱一个人常是一串奇怪的矛盾，你会依他如父，却又怜他如子；尊他如兄，又复宠他如弟；想师事他，跟他学，却又想教导他把他俘虏成自己的徒弟；亲他如友，又复气他如仇；希望成为他的女皇，他惟一的女主人，却又甘心做他的小丫鬟小女奴。

爱一个人会使人变得俗气，你不断地想：晚餐该吃牛舌好呢，还是猪舌？蔬菜该买大白菜，还是小白菜？房子该买在三张犁呢，还是六张犁？而终于在这份世俗里，你了解了众生，你参与了自古以来匹夫匹妇的微不足道的喜悦与悲辛，然后你发觉这世上有超乎雅俗之上的情境，正如日光超越调色盘上的一样。

爱一个人就是喜欢和他拥有现在，却又追忆着和他在一起的过去。喜欢听他说，那一年他怎样偷偷喜欢你，远远地凝望着你。爱一个人又总期望着未来，想到地老天荒的天年。

爱一个人便是小别时带走他的吻痕，如同一幅画，带着鉴赏者的朱印。

爱一个人就是横下心来，把自己小小的赌本跟他合起来，向生命的大轮盘去下一番赌注。

爱一个人就是让那人的名字在临终之际成为你双唇间最后的音乐。

爱一个人，就不免生出共同的、霸占的欲望。想认识他的朋友，想了解他的事业，想知道他的梦。希望共有一张餐桌，愿意同用一双筷子，喜欢轮饮一杯茶，合穿一件衣，并且同衾共枕，奔赴一个命运，共寝一个墓穴。

前两天，整理房间时，理出一只提袋，上面赫然写着"××孕妇服装中心"，我愕然许久，既然这房子只我一人住，这只手提袋当然是我的了，可是，我何曾跑到孕妇店去买衣服？于是不甘心地坐下来想，想了许久，终于想出来了。我那天曾去买一件斗篷式的土褐色短褛，便是用这只绿色袋子提回来的，我是的确闯到孕妇店去买衣服了。细想起来那家店的模样儿似乎都穿着孕妇装，我好像正是被那种美丽而沉甸甸的繁殖喜悦所吸引而走进去的。这样说来，原来我买的那件宽松适意的斗篷式短褛竟真是给孕妇设计的。

这里面有什么心理分析吗？是不是我一直追忆着怀孕时强烈的酸苦和欣喜而情不自禁地又去买了一件那样的衣服呢？想多年前冬夜独起，灯下乳儿的寒冷和温暖

便一下涌回心头，小儿吮乳的时候，你多么希望自己的生命就此为他竭泽啊！

对我而言，爱一个人，就不免想跟他生一窝孩子。

当然，这世上也有人无法生育，那么，就让共同作育的学生，共同经营的事业，共同爱过的子侄晚辈，共同谱成的生活之歌，共同写完的生命之书来作他们的孩子。

也许还有更多更多可以说的，正如此刻，爱情对我的意义是终夜守在一盏灯旁，听车声退潮再复涨潮，看淡紫的天光愈来愈明亮，凝视两人共同凝视过的长窗外的水波，在矛盾的凄凉和欢喜里，在知足感恩和渴切不足里细细体会一条河的韵律，并且写一篇叫《爱情观》的文章。

·作品赏析·

张晓风，是一个具有女性敏锐眼光却没有"小女人"之气的女作家。善良、博爱，构成她文章的主旋律。她总是带着平和的微笑注视着周围的一沙一世界、一花一天堂。

《一个女人的爱情观》中作者说自己的爱情观很"土气"，都忍不住"自笑"，而作者的"土气"中却反映着一种朴实的生活态度。这种"土气"如同你在晨曦之中的海滩上无意捡起的粗实贝壳，剥开却有明润美丽的珍珠色泽。

走进张晓风的《一个女人的爱情观》才知道爱一个人原来就是：

"在冰箱里为他留一只苹果，并且等他归来"；

无论他的地位，头衔……"看出真正的他不过是个孩子"；

"手牵手提着一把青菜一条鱼从菜场走出来"；

"依他如父，却又怜他如子"。

这是张晓风眼中的爱情，也是现代人最不以为然的一种老式的爱情观，就是作者本人也称之为"土气"。如果对比西方《廊桥遗梦》中直露开放的恋情，或琼瑶式的大胆反叛的爱情，这种爱情的确使这个时代的少男少女失去憧憬。但真正的"朝朝暮暮"两情相依又无不在"一鼎一镬""一蔬一饭"中。张晓风崇尚的爱情是"亲爱的，我年已渐老 / 白发如霜银光耀 / 惟你永是我爱人 / 永远美丽又温柔"，这与叶芝的"多少人爱慕你年轻时容颜，我只爱你脸上老去的皱纹，爱你朝圣者的灵魂"如出一辙。而张晓风更打动人的地方是她以女性独特的细腻，诠释着人类"厌倦到终老"的爱情观："天地鸿蒙荒凉，我们不能妄想把自己扩充为六合八方的空间，只希望以彼此的火烬把属于两人的一世时间填满"。这就是张晓风的风格：不着一字渲染，却泼出一幅隽永含蕴的爱情山水画，圆润朴素的语言，亲切朴实的文风总能让人回味无穷。

白 发 / 冯骥才

将岁月的流逝融入生命的必然中
看似朴实无华，实则内涵丰厚
彰显一派健康、明朗的新气象

人生入秋，便开始被友人指着脑袋说：

"呀，你怎么也有白发了？"

听罢笑而不答。偶尔笑答一句：

"因为头发里的色素都跑到稿纸上去了。"

就这样，嘻嘻哈哈、糊里糊涂地翻过了生命的山脊，开始渐渐下坡来。或者再努努力，往上登一登。

对镜看白发，有时也会认真起来：这白发中的第一根是何时出现的？为了什么？思绪往往会超越时空，一下子回到了少年时——那次同母亲聊天，母亲背窗而坐，窗子敞着，微风无声地轻轻掀动母亲的头发，忽见母亲的一根头发被吹立起来，在夕照里竟然银亮银亮，是一根白发！这根细细的白发在风里柔弱摇曳，却不肯倒下，

好似对我召唤。我第一次看见母亲的白发，第一次强烈地感受到母亲也会老，这是多可怕的事啊！我禁不住过去扑在母亲怀里。母亲不知出了什么事，问我，用力想托我起来，我却紧紧抱住母亲，好似生怕她离去……事后，我一直没有告诉母亲这究竟为了什么。最浓烈的感情难以表达出来，最脆弱的感情只能珍藏在自己心里。如今，母亲已是满头白发，但初见她白发的感受却深刻难忘。那种人生感，那种凄然，那种无可奈何，正像我们无法把地上的落叶抛回到树枝上去……

当妻子把一小酒盅染发剂和一支扁头油画笔拿到我面前，叫我帮她染发，我心里一动，怎么，我们这一代生命的森林也开始落叶了？我瞥一眼她的头发，笑道："不过两三根白头发，也要这样小题大做？"可是待我用手指撩开她的头发，我惊讶了，在这黑黑的头发里怎么会埋藏这样多的白发？我竟如此粗心大意，至今才发现才看到。也正是由于这样多的白发，才迫使她动用这遮掩青春衰退的颜色。可是她明明一头乌黑而清香的秀发呀，究竟怎样一根根悄悄变白的？是在我不停歇的忙忙碌碌中、侃侃而谈中，还是在不舍昼夜的埋头写作中？是那些年在大地震后寄人篱下的茹苦含辛的生活所致？是为了我那次重病内心焦虑而催白的？还是那件事……几乎伤透了她的心，一夜间骤然生出这么多白发？

黑发如同绿草，白发犹如枯草；黑发像绿草那样散发着生命诱人的气息，白发却像枯草那样晃动着刺目的、凄凉的、枯竭的颜色。我怎样做才能还给她一如当年那一头美丽的黑发？我急于把她所有变白的头发染黑。她却说：

"你是不是把染发剂滴在我头顶上了？"

我一怔。赶忙用眼皮噙住泪水，不叫它再滴落下来。

一次，我把剩下的染发剂交给她，请她也给我的头发染一染。这一染，居然年轻许多！谁说时光难返，谁说青春难再，就这样我也加入了用染发剂追回岁月的行列。谁知染发是件愈来愈艰难的事情。不仅日日增多的白发需要加工，而且这时才知道，白发并不是由黑发变的，它们是从走向衰老的生命深处滋生出来的。当染过的头发看上去一片乌黑青黛，它们的根部又齐刷刷冒出一茬雪白。任你怎样去染，去遮盖，它总是一茬茬涌现。人生的秋天和大自然的春天一样的顽强。挡不住的白发啊！

开始时精心细染，不肯放掉一根。但事情忙起来，没有闲暇染发，只好任它花白。染又麻烦，不染难看，渐而成了负担。

这日，邻家一位老者来访。这老者阅历深，博学，又健朗，鹤发童颜，很有神采。他进屋，正坐在阳光里。一个画面令我震惊——他不单头发通白，连胡须眉毛也一概全白；在强光的照耀下，蓬松柔和，光明透彻，亮如银丝，竟没有一根灰黑色的，真是美极了！我禁不住说，将来我也修炼出您这一头漂亮潇洒的白发就好了，现在的我，染和不染，成了两难。老者听了，朗声大笑，然后对我说：

"小老弟，你挺明白的人，怎么在白发面前糊涂了？孩童有稚嫩的美，青年有健旺的美，你有中年成熟的美，我有老来冲淡自如的美。这就像大自然的四季——春天葱茏，夏天繁盛，秋天斑斓，冬天纯净。各有各的美感，各有各的优势，谁也不必羡慕谁，更不必模仿谁，模仿必累，勉强更累。人的事，生而尽其动，死而尽其静。听其自然，对！所谓听其自然，就是到什么季节享受什么季节。哎，我这话不知对你有没有用，小老弟？"

我听罢，顿觉地阔天宽，心情快活。摆一摆脑袋，头上华发来回一晃，宛如摇动一片秋光中的芦花。

·作品赏析·

自古以来人们对于时光的流逝总有独特的感受。李太白的"朝如青丝暮成雪"的感慨，张若虚的"人生代代无穷已，江月年年只相似"的彻悟，晏殊的"无可奈何花落去，似曾相识燕归来"的伤感。《白发》中冯骥才用了中国文人一贯假以抒情的"青丝白发"，也写人生易老的话题。是老调重弹？还是旧瓶装新酒？细读或许别有一番滋味。文章由妻子染发起，使作者感到了老之将至的危机，而后生出了"追回岁月"的奇想，于是开始"染发"，最后落脚于博学老者的解惑："孩童有稚嫩的美，青年有健旺的美，你有中年成熟的美，我有老来冲淡自如的美"；"人的事，生而尽其动，死而尽其静，听其自然"。冯骥才对于岁月流逝、青春不再这一人生现象，没有表现出文人一贯的感伤气息，也没有故弄玄虚的长篇大论，只把岁月的流逝融入最平常的生命必然中，从而一扫此类文章的一贯感伤情调，显示了一派健康、明朗的新气象。

种一片太阳花 / 李天芳

入选理由

一首生命的赞歌
于细微处见真知
丰富的联想

差不多没有人不喜爱花，但谙于花道，又长于种花的人并不多。我就是个只爱花，而不会养花的人。

这原因也许是多方面的。年幼时，生养我的家乡，是个草木落地生根的地方，常年四季、所到之处都有鲜花开放。成年以后，在北方的山野为民，虽然寒冷的气候和瘠薄的土地，都不利于绿色生命的繁衍，但出门是田地，举目是山坡，夏花秋叶还是比比皆是。

作者简介 ⋯⋯⋯⋯⋯⋯⋯⋯

李天芳（1941～　），西安市人，毕业于陕西师大中文系，曾从事教育工作和文学月刊编辑。从1964年在《人民文学》发表散文处女作以来，一直坚持文学创作。出版散文集、小说集、长篇小说、随笔、报告文学等多种，近300万字。主要作品有长篇小说《月亮的环形山》（获首届"双五"文学最佳作品奖）、小说散文集《秘密》、中短篇小说集《爱的未知数》等。

来到机关后，山川和土地远了。机关的四合院，构筑方整，屋舍俨然。半世纪前，据说曾经是大军阀的公馆。为了舒适，也为了阔气，室内的地用木板镶了，室外的地用青砖铺了。偌大的一个院子里，竟难找到五谷和花草赖以生长的泥土。

春天，别处的草青了，树绿了，这里，映进眼帘的却是一片单调的砖瓦色；夏天，烈日当空，砖铺的院地像火炉那样散发着热，叫人焦躁难忍。此情此景，促人强烈地生起对于色彩的渴望。渴望郁郁葱葱的树，斑斓多姿的花。

有这念头的似乎还不止我。于是大家动手，揭掉砖头，垒起花墙，收拾出一块长方形的花圃。

种什么呢？我和同事们面对一方泥土，七嘴八舌地讨论起来，认定不能太娇，也不能太雅，太娇太雅都不是我们服侍得的了。末了，一致地想到太阳花。

银粒儿一般的种子撒下去以后，天天有人俯着身子瞅它、盼它。可是大半月过去了，竟丝毫没有动静。有人说种早了，有人说埋深了。正在各种判断莫衷一是时，它破土而出了。

新出的芽儿，细得像针，红得像土，几天之内，就抽出很圆的秆，细圆的叶。叶和秆都饱和着碧绿的汁液，嫩得不敢碰。很快的，叶叶秆秆密密麻麻连成一片。像法兰绒一般，厚厚地铺了一地。

当案头的文稿看得双目昏花时，走到院里来，看一看这绿茵可爱的太阳花，对于困倦的眼睛，是一种极好的休息。

一天清晨，太阳花开了。在一层滚圆的绿叶上边，闪出三朵小花。一朵红，一朵黄，一朵淡紫色。乍开的花儿。像彩霞那么艳丽，像宝石那么夺目。在我们宁静的小院里，激起一阵惊喜，一片赞叹。

三朵花是信号，号音一起，跟在后边的便一发而不可挡。大朵、小朵、单瓣、复瓣，红、黄、蓝、紫、粉一齐开放。一块绿色的法兰绒，转眼间，变成缤纷五彩的锦缎。连那些最不爱花的人，也经不住这美的吸引，一得空暇，就围在花圃跟前，欣赏起来。

从初夏到深秋，花儿经久不衰。一幅锦缎，始终保持着鲜艳夺目的色彩。起初，我们以为，这经久不衰的原因，是因为太阳花喜爱阳光，特别能够经受住烈日的考验。不错，是这样的。在夏日暴烈的阳光下，牵牛花偃旗息鼓，美人蕉慵倦无力，富贵的牡丹，也会失去神采。只有太阳花对炎炎赤日毫无保留，阳光愈是炽热，它开得愈加热情，愈加兴盛。

但看得多了，才注意到，作为单独的一朵太阳花，其生命却极其短促。朝开夕谢，只有一日。因为开花的时光这么短，这机会就显得格外宝贵。每天，都有一批成熟了的花蕾在等待开放。日出前，它包裹得严严密密，看不出一点要开的意思，可是一见阳光，就即刻开放。花瓣苏醒似的，徐徐地向外伸张，开大了，开圆了……

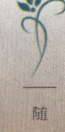

这样一个开花的全过程，可以在人的注视之下，迅速完成。此后，它便贪婪地享受阳光，尽情地开去。待到夕阳沉落时，花瓣儿重新收缩起来，这朵花便不再开放。第二天，迎接朝阳的将完全是另一批新的，成熟了的花蕾。

这新陈交替多么活跃，多么生动！也许正是因为这一点，太阳花在开花的时候，朵朵都是那样精神充沛、不遗余力。尽管单独的太阳花，生命那么短促，但从整体上，它们总是那样灿烂多姿，生机勃勃。

人们还注意到，开完的太阳花并不消沉，并不意懒。在完成开花之后，它们将腾出空隙，把承受阳光的最佳方位，让给新的花蕾，自己则闪在一旁，聚集精华，孕育后代，把生命延续给未来。待到秋霜肃杀时，它已经把银粒一般的种子，悄悄地撒进泥土。第二年，冒出的将是不计其数的新芽。

太阳花的欣赏者们，似在这里发现了一个世界，一个科学的、合理的、公平的世界。他们像哲学家那样，发出呼喊和感叹：太阳花的事业，原来是这样兴旺发达，繁荣昌盛的呵！

太阳花给予的启迪，无疑是有益的。

为了这，我们院里的劳动者们说，来年春暖时分，还要种一片太阳花！

·作品赏析·

布莱克说："一粒沙里见世界，一朵花里见天国。"通过小小的太阳花，作者发出了对蓬勃的生命力的热情颂歌，告诉我们去珍惜生命，热爱生命。这只是文章的第一层意味，更为深刻的是，作者从一片太阳花中见到了一个科学、合理、公平的世界。

文章结构严整清晰却又平中见奇。时间的进展和作者的心理感受是牵引全文的线索，自然而流畅。作者在行云流水般的娓娓诉说中，迸出了思想的火花，使读者大有豁然开朗之感，原来，走过前面这道平凡的风景，是为了见后面的别有洞天之地。这就使得文章充溢着哲学理趣，扩充了文章的内涵。而事实上，前面的风景虽平凡却不平淡。作者用细腻的笔触，逼真地描写了她之所见、之所感。明显的对比、生动的拟人、形象的比喻等修辞手法的运用，更使文章显得活泼而又生趣盎然。

这样的人生 / 三毛

入选理由

语言活泼通俗，幽默诙谐
浓郁的抒情色彩
体现了对美好人生的追求

我搬到北非加纳利群岛住时，就下定了决心，这一次的安家，可不能像沙漠里那样，跟邻居的关系混得过分密切，以至于失去了个人的安宁。

在这个繁华的岛上，我们选了很久，才选了离城20多里路的海边社区住下来。虽说加纳利群岛是西班牙在海外的一个省份，但是有一部分在此住家的，都是北欧人和德国人。我们的新家，坐落在一个面向着大海的小山坡上，一百多户白色连着小花园的平房，错错落落地点缀了这个海湾。

荷西从第一天听我跟瑞典房东讲德国话时，就有那么一点不自在。后来我们去这社区的办公室登记水电的申请时，我又跟那个丹麦老先生说英文，荷西更是不乐。等到房东送来一个芬兰老木匠来修车房的

三毛像

作者简介

三毛（1944～1991），原名陈平，祖籍浙江定海，生于重庆，中国台湾当代女作家。幼年随父母到台湾。12岁入台北省立第一女子中学，但只读了一年半，之后在家闭门独居7年。20岁入台湾文化大学学习。两年后到西班牙、德国、美国学习。后回台任教。之后赴撒哈拉，与西班牙人荷西结婚。6年后荷西溺水身亡。三毛返台任教于文化大学。1991年1月自缢。主要作品有散文集《雨季不再来》、《撒哈拉的故事》及多部剧本、译作等。

随笔篇

门时，我们干脆连中文也混进去讲，反正大家都不懂。

"真是笑话，这些人住在我们西班牙的土地上，居然敢不学西班牙文，骄傲得够了。"荷西的民族意识跑出来了。

"荷西，他们都是退休的老人了，再学另一国的话是不容易的，你将就一点，做做哑巴算了。"

"真是比沙漠还糟，我好像住在外国一样。"

"要讲西班牙文，你可以跟我在家里讲，我每天啰苏得还不够你听吗？"

荷西住定下来了，每天都去海里潜水，我看他没人说话又被外国人包围了，心情上十分落寞。

等到我们去离家七里路外的小镇邮局租信箱时，这才碰见了西班牙同胞。

"原来你们住在那个海边。唉！真叫人不痛快，那么多外国人住在那里，我们邮差信都不肯去送。"

邮局的职员看我们填的地址，就摇着头叹了一口气。

"那个地方，环境是再美不过了，偏偏像是黄头发人的殖民地，他们还问我为什么不讲英文。奇怪，我住在自己的国家里，为什么要讲旁人的话。"荷西又来了。

"你们怎么处理海湾一百多家人的信？"我笑着问邮局。

"那还不简单，每天抱一大堆去，丢在社区办公室，绝对不去一家一家送，你们要信，自己去办公室找。"

"你们这样欺负外国人是不对的。"我大声说。

"你放心，就算你不租信箱，有你的信，我们包送到家。你先生是同胞，是同胞我们就送。"

我听了哈哈大笑，世上就有那么讨厌外国人的民族，偏偏他们赚的是游客生意。

"你们讨厌外国人，西班牙就要饿死。"

"游客来玩玩就走，当然欢迎之至。但是像你们住的地方，他们外国人来了，自成一区，长住着不肯走，这就讨厌透了。"

荷西住在这个社区一个月，我们申请的新工作都没有着落，他又回到对面的沙漠去做原来的事情。那时撒哈拉的局势已经非常混乱了，我因此一个人住了下来，没有跟他回去。

"三毛，起初一定是不惯的，等我有假了马上回来看你。"

荷西走的时候一再地叮咛我生活上的事情。

"我有自己的世界要忙，不会太寂寞的。"

"你不跟邻居来往？"

"我一向不跟邻居来往的，在沙漠也是人家来找我，我很少去串门子的。现在跟这些外国人，我更不会去理他们了。"

"真不理？"

"不理，每天一个人也够忙的了。"

我打定主意跟这些高邻鸡犬相闻，老死不相往来。

我来之后在两个月之内，认识了那么多的邻居，实在不算我的过错。

荷西不在的日子，我每天早晨总是开了车去小镇上开信箱，领钱、寄信、买菜、看医生，做这些零碎的事情。

我的运气总不很好，每当我的车缓缓地开出那条通公路的小径时，总有邻居在步行着下坡也要去镇上办事。

我的空车停下来载人是以下几种情形：遇见年高的人我一定停车，提了东西在走路的人我也停车，小孩子上学我顺便带他们到学校，天下雨我停车，出大太阳我也停车。总之，我的车很少有不满的时候，当然，我载客的对象总是同一个社区里住着的人。

我一向听人说，大凡天下老人，都是噜苏悲伤自哀自怜，每日动也不动，一开口就是寂寞无聊的一批人。所以，我除了开车停车时载这些老年人去镇上办事之外，就硬是不多说太多的话，也决不跟他们讲我住在哪一幢房子里，免得又落下如同沙漠邻居似的陷阱里去。

荷西有假回来了，我们就过着平淡亲密的家居生活。他走了，我一个人种花理家，

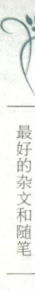

见到邻居了，会说话也不肯多说，只道早午安。

"你这种隐士生活过得如何？"荷西问我。

"自在极了。"

"不跟人来往？"

"唉啊！想想看，跟这些七老八十的人做朋友有什么意思。本人是势利鬼，不受益的朋友绝对不收。"

所以我坚持我的想法，不交朋友。都是老废物嘛，要他们做什么，中国人说敬老敬老，我完全明白这个道理，给他们来个敬而远之。

所以，我常常坐在窗口看着大海上飘过的船。荷西不回来，我只跟小镇上的人说说话，邻居，绝对不理。

有那么一天中午，我坐在窗前的地毯上向着海发呆，身上包了一块旧毛巾，抽着线算算今天看过的船有几只。

窗下面我看见过不知多少次的瑞典清道夫又推着他的小垃圾车来了，这个老人胡子晒得焦黄，打赤膊，穿一条短裤，光脚。眼光看人时很锐利，身子老是弯着。他最大的嗜好就是扫这个社区的街道。

我问过办公室的卡司先生，这清道夫可是他们请来的？他们说："他退休了，受不了北欧的寒冷，搬到这里来长住。他说免费打扫街道，我们当然不会阻止他。"

这个老疯子说多疯就有多疯，他清早推了车出来，就从第一条街扫起，扫到我这条街，已经是中午了。他怎么个扫法呢？他用一把小扫把，把地上的灰先收起来，再用一块抹布把地用力来回擦，他擦过的街道，可以用舌头舔。

那天他在我窗外扫地，风吹落的白花，这老人一朵一朵拾起来。海风又大吹了一阵，花又落下了，他又拾；风又吹，他又拾。这样弄了快20分钟，我实在忍不住了，光脚跑下石阶，干脆把我那棵树用力乱摇，落了一地的花，这才也蹲下去一声不响地帮这疯子拾花。

等我们捡到头都快碰到一起了，我才抬起头来对他嘻嘻地笑起来。

"您满意了吧？"我用德文问他。

这老头子这才站直了身子，好像一个希腊神似的严肃地盯着我。

"要不要去喝一杯茶？"我问他。

他点点头，跟我上来了。我给他弄了茶，坐在他对面。

"你会说德文？"他好半晌才说话。

"您干吗天天扫地？扫得我快疯了，每天都在看着您哪。"

他嘴角居然露出一丝微笑，他说："扫地，是扫不疯的，不扫地才叫人不舒服。"

"干吗还用抹布擦？您不怕麻烦？"

"我告诉你，小孩子，这个社区总得有人扫街道，西班牙政府不派人来扫，我就天天扫。"

他喝了茶，站起来，又回到大太阳下去扫地。

"我觉得您很笨。"我站在窗口对他大叫，他不理。

三毛在国外旅行途中的照片

三毛与其父母及荷西的合影

"您为什么不收钱？"我又问他，他仍不理。

一个星期之后，这个老疯子的身旁多了一个小疯子。只要中午看见他来了，我就高兴地跑下去，帮他把我们这半条街都扫过。只是老疯子有意思，一板一眼认真扫，小疯子只管摇邻居的树，先把叶子给摇下来，老人来了自会细细拾起来收走，这个美丽的社区清洁得不能穿鞋子踩。

我第一次觉得，这个老人可有意思得很，他跟我心里的老人有很大的出入。

又有一天，我在小镇上买菜，买好了菜要开车回来，才发觉我上一条街上的德国老夫妇也提了菜出来。

我轻轻按了一下喇叭，请他们上车一同回家，不必去等公共汽车，他们千谢万谢地上来了。

等到了家门口，他们下车了，我看他们那么老了，心里不知怎的发了神经病，不留神，就说了："我住在下面一条街，18号，就在你们阳台下面，万一有什么事，我有车，可以来叫我。"

说完我又后悔了，赶快又加了一句："当然，我的意思是说，很紧急的事，可以来叫我。"

"嘻嘻，你的意思是说，如果我心脏病发了，就去叫你，是不是？"

我就是这个意思，但给这精明的老家伙猜对了我的不礼貌的同情，实在令我羞愧了一大阵。

过了一个星期，这一对老夫妇果然在一个黄昏来了，我开门看见是他们，马上一紧张，说："我这就去车房开车出来，请等一下。"

"嗯，女孩子，你开车干什么？"老家伙又盯着问。

"我哪里知道做什么？"我也大声回答他。

"我们是来找你去散步的。人有脚，不肯走路做什么。"

"你们要去哪里散步？"我心里想，这两个老家伙，加起来恐怕有180岁了，拖拖拉拉去散步，我可不想一起去。

"沿着海湾走去看落日。"老婆婆亲切地说。

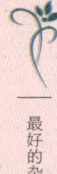

"好，我去一次，可是我走得很快的哦！"我说着就关上了门跟他们一起下山坡到海边去。

三个小时以后，我跛着脚回来，颈子上围着老太太的手帕，身上穿着老家伙的毛衣，一到家，累得坐在石阶上动都不会动。

"年轻人，要常常走路，不要老坐在车子里。走这一趟就累得这个样子，将来老了怎么是好。"老家伙大有胜利者的意味，我抬头瞪了他一眼，一句都不能顶他。世上的老人五花八门，我慢慢地喜欢他们起来了。

当然，我仍是个势利极了的人，不受益的朋友我不收，但这批老废物可也很给我受益。

我在后院里种了一点红萝卜，每星期荷西回来了就去拔，看看长了多少，那一片萝卜老也不长，拔出来只是细细的线。

有一日我又一个人蹲在那里拔一个样品出来看看长了没长，因为太专心了，矮墙上突然传来的大笑声把我吓得跌坐在地上。

"每天拔是不行的，都快拔光啦！"

我的右邻手里拿着一把大油漆刷子，站在扶梯上望着我。

"这些菜不肯长。"我对他说。

"你看我的花园。"他说这话时我真羞死了。这也是一个老头子，他的院子里一片花红柳绿，美不胜收，我的园子里连草也不肯长一根。

我马上回房内去抱出一本园艺的书来，放在墙上，对他说："我完全照书上说的在做，但什么都不肯长。"

"啊！看书是不行的，我过来替你医。"

他爬过梯子，跳下墙来。

两个月后，起码老头子替我种的洋海棠都长得欣欣向荣。

"您没有退休以前是花匠吗？"我好奇地问他。

"我一辈子是钱匠，在银行里数别人的钱。退休了，我内人身体不好，我们就搬来这个岛来住。"

"我从来没有见过您的太太。"

"她，去年冬天死了。"他转过头去看着大海。

"对不起。"我轻轻地蹲着挖泥巴，不去看他。

"您老是在油漆房子，不累吗？"

"不累，等我哪一年也死了，我跟太太再搬来住，那时候可是我看得见你，你看不见我们了。"

"您是说灵魂吗？"

"你怕？"

"我不怕，我希望您显出来给我看一次。"

他哈哈大笑起来，我看他失去了老伴，还能过得这么地有活力，令我几乎反感起来。

"您不想您的太太？"我刺他一句。

"孩子，人都是要走这条路的，我当然怀念她，可是上帝不叫我走，我就要尽力欢喜地活下去，不能过分自弃，影响到孩子们的心情。"

"您的孩子不管您？"

"他们各有各的事情，我，一个人住着，反而不觉得自己是废物，为什么要他们来照顾。"

说完，他提了油漆桶又去刷他的墙了。

养儿何须防老，这样豁达的人生观，在我的眼里，是大智慧大勇气的表现。我比较了一下，我觉得，我看过的中国老人和美国老人比较悲观，欧洲的老人很不相同，起码我的邻居们是不一样的。

我后来认识了艾力克，也是因为他退休了，常常替邻居做零工，忙得半死也不收一毛钱。有一天我要修车房的门，去找芬兰木匠，他不在家，别人就告诉我去找艾力克。

艾力克已经74岁了，但是他每天拖了工具东家做西家修，怎也老不起来。

等他修完了车房门之后，他对我说："今天晚上我们有一个音乐会，你想不想来？"

"在谁家？什么音乐会？"

"都是民歌，有瑞典的、丹麦的、德国的，你来听，我很欢喜你来。"

那天晚上，在艾力克宽大的天台上，一群老人抱着自己的乐器兴高采烈地来了，我坐在栏杆上等他们开场。

他们的乐器有笛子，有小提琴，有手风琴，有口琴，有拍掌的节奏，有悠扬的口哨声，还有老太太宽洪的歌声尽情放怀地唱着。

艾力克在拉小提琴，一个老人顽皮地走到我面前来一鞠躬，我跳下栏杆跟他跳起圆舞曲来。我从来没有跟这么优雅的上一代跳过舞，想不到他们是这样地吸引我，他们丰盛的对生命的热爱，对短促人生的把握，着实令我感动。那个晚上，月亮照在大海上，衬着眼前的情景，令我不由得想到死的问题。生命是这样的美丽，上帝为什么要把我们一个一个收回去？我但愿永远活下去，永远不要离开这个世界。

等我下一次再去找艾力克时，是因为我要锯一块海边拾来的漂流木。

开门的是安妮，一个已经70岁了的寡妇。

"三毛，我们有好消息告诉你，正想这几天去找你。"

"什么事那么高兴。"我笑吟吟地打量着穿游泳衣的安妮。

"艾力克与我上个月开始同居了。"

我大吃一惊，欢喜得将她抱起来打了半个转。

"太好了，恭喜恭喜！"

伸头去窗内看，艾力克正在拉琴。他没有停，只对我点了点头，我跑进房内去。

"艾力克！我看你那天晚上就老请安妮跳舞，原来是这样的结果啊！"

安妮马上去厨房做咖啡给我们喝。

喝咖啡时，安妮幸福地忙碌着，艾力克倒是有点沉默，好似不敢抬头一样。

"三毛，你在乎不结婚同居的人吗？"安妮突然问我。

"那完全不是我的事，你们要怎么做，别人没有权利说一个字。"

"那么你是赞成的？"

"我喜欢看见幸福的人，不管他们结不结婚。"

"我们不结婚，因为结了婚我前夫的养老金我就不能领，艾力克的那一份只够他一个人活。"

"你不必对我解释，安妮，我不是老派的人。"

等到艾力克去找锯子给我时，我在客厅书架上看放着的相片，现在不但放有艾力克全家的照片，也加进了安妮全家的照片。艾力克前妻的照片仍然放在老地方，没有取掉。

"我们都有过去，我们一样怀念着过去的那一半。只是，人要活下去，要再寻幸福，

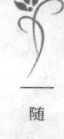

三毛与荷西结婚初的合影

这并不是否定了过去的爱情……"

"你要说的是，人的每一个过程都不该空白地过掉，我觉得你的做法是十分自然的。安妮，这不必多解释，我难道连这一点也不了解吗？"

借了锯子我去海边锯木头，正是黄昏，天空一片艳丽的红霞。我在那儿工作到天快黑了，才拖了锯下的木块回家。我将锯子放在艾力克的木栅内时，安妮正在厨房高声唱着歌，70岁的人了，歌声还是听得出爱情的欢乐。

我慢慢地走回家，算算日期，荷西还要再四天才能回来。我独自住在这个老年人的社区里，本以为会感染他们的寂寞和悲凉，没有想到，人生的尽头，也可以再有春天，再有希望，再有信心。我想，这是他们对生命执著的热爱，对生活真切的有智慧的安排，才创造出了奇迹般灿烂的晚年。

我还是一个没有肯定自己的人，我的下半生要如何度过，这一群当初被我视为老废物的家伙们，真给我上了一课在任何教室也学不到的功课。

· 作品赏析 ·

行走于千山万水中的三毛是一个传奇，她纯真、善良，对自然和人生有着独特的感悟。她的散文也如她传奇一生一样充满浪漫色彩，她的文字中闪耀着博爱、仁慈、人道的光辉。《这样的人生》描写的是三毛搬到北非加纳利群岛住时，那里的一群热爱生活、创造灿烂晚年的老年人。三毛住在这个老年人的社区"本以为会感染他们的寂寞和悲凉"，但见过他们真正的生活后才知"人生的尽头，也可以再有春天，再有希望，再有信心"。三毛写这篇文章时是她生活最为丰盈，心境最明朗的一段时间，所以此时她笔下的人物也就染上了她心灵明朗的色彩。于是《这样的人生》中拉着提琴的"艾力克"，跳着老年舞的"安妮"，便有了神采飞扬的鲜活面孔，正印证了王国维的"一切景语，皆情语"。恰恰是作者洒脱的心境使文章有着浓郁的抒情色彩。

人物形象的鲜明，也是此文的一大特点。三毛善于将小人物进行浓墨重彩的描写，使平凡的生命散发出耀眼的光辉。《这样的人生》中免费打扫街道的老人，无偿给邻居作零工的艾力克，帮"我"种菜的退休老职工。这些平凡面孔却有着鲜明的个性色彩，体现着人性美的光辉，而三毛最擅长的就是用白描的手法表现人物鲜活的个性。

庭院深深深几许 / 刘墉

入选理由

任意旷达的人生态度
恬淡疏朗中充满生活情趣
文中有画，画中有诗

刘墉像

　　邻居的杜鹃花，总是剪得整整齐齐，早春花开时，像是一块块彩色大蛋糕，我的花却从来未曾修理，东支西岔地，开得舒舒密密。

　　至于仲秋菊花的季节，我的院子就更纷乱了！夹道的雏菊，年年及时而发，加上母亲在春天撒下的百日草，此时也长得瘦瘦高高，一阵秋风苦雨，全倚斜

作者简介 ....

　　刘墉（1949~　　），号梦然，生于台北，祖籍北京，画家、作家。曾入哥伦比亚大学博士班，曾任美国丹维尔美术馆驻馆艺术家、纽约圣若望大学驻校艺术家、圣文森学院副教授。1986年，应聘为全美水墨画协会年展主审、1997年应中国大陆全国性刊物《中学生月刊》邀请撰写专栏，稿费捐赠"希望工程"。

　　著有《杀手正传》、《点一盏心灯散文集》、《我不是敲诈你》、《从跌倒的地方爬起来飞扬》、《在灵魂居住的地方》、《萤窗小语》、《超越自己》、《创造自己》等。另外，出版中英文著作60余种。其创作的原则是"为自己说话，也为时代说话"；处世的原则是"不负我心，不负我生"。

倾倒了，走过园间的石板道，仿佛行在菊花阵间，必须跳着前进。

今年又多了藤蔓，这两棵年前由学生家里移来的植物，真是各展所长，完全不需施肥，却繁生得令人吃惊。不但爬过了篱墙，扯断了铁丝网，而且将院里的一棵粉花树，也层层罩了起来，春天花开时，原来的粉花成了团簇成串的紫藤。

还有蔷薇也是极猖狂的，斜斜探出的枝条，足有六七尺长，带着尖尖的红刺，冷不防地钩人衣裳。

门前两棵梧桐，更到了早该管教的年岁，垂下的枝桠，挂着梧桐子，常拂人面，而且周围数丈的草坪，完全失去了阳光，任是施肥，也无法长得齐整。

所以每当邻人剪草，我就略感惶恐，觉得自己立身在众家齐整的庭院间，有些落拓不修边幅之感。

其实这些也是有意，全为我的个性使然，非仅发型不爱落入形式，院子中的花木，也愿其适性。藤本当爬、菊本当蔓，蔷薇本当舒展，梧桐本当飘摆，否则又如何尽得其间风流！

最爱欧阳公和李易安的"庭院深深深几许"，那庭院之美，全在三个深字，让人读来便觉得重重柳韵、层层松涛、积时成茸、荫满中庭，一眼望去不断，一径行去不完，也只有懂得造园艺术的中国人，能得其中神理。

也最爱那种绕树而行，俯身而走，蹑脚而跳的感觉，万物自有其静，我且不去干扰，人何必非要胜天，且看鸟栖深林，林藏鸟兽，彼此既是上，又是客，正如同人在林园穿梭，也是林园的一部分，何必非要它来让我？相揖相敬，岂不更是融融而见天趣。

也就因此：与邻人齐整的庭院相比，我的更见野逸之趣，而这种野逸并非放荡，如同"大胆下笔、小心收拾"的写意山水，乍看之下，似下墨淋漓、恣意挥洒，细究其间，却有许多定静的工夫。

且看那狂风后折断的花枝，有许多既加了支子的竹条，又细细地予以捆绑定位，使那断枝处能够慢慢复原；且看那伸得过长的雏菊，在花盆的另一侧都加了石块，免得不均衡而倾倒；且看草地的边缘，都做了防止土壤流失的工程。这高妙处，正是妙造自然，在无碍自然发展之中，做了保育工作。

所以每当环保人士大声疾呼的时候，我都暗自想：如果有一天把凡尔赛宫庭院搞得像是五色大拼盘的设计师，能突然顿悟，而做出深深深几许的园林；机械文明陶铸出的人们，能够知道自然的零乱，实在正是宇宙的齐整与均衡时，人人育物，而不碍物；人人适己性，而能不碍他人之性，从人定胜天的抱负，增向天人合一的境界时，问题就能解决了！

今早，在院中写稿，几只小鸟站在不远的枝头朝着我叫，心喜鸟儿亲善，便也与之对唱，却见引来群鸟，也都在不远处跳跃飞鸣，使我得意万分。直到有一只山雀耐不住地冲上离我头顶不远的茱萸树梢吃那初熟的果子。才发觉自己是扰人进餐的恶客，只好即刻收起稿本，让出位子。

且勿怪我为鸟雀所欺，因为人在天地间，本不当独尊，让几分与林木，退些许与鸟兽，身外反得几分清净土，胸中反得多少宽敞地！

后院紧邻着列为鸟类保护区的森林，也便自然拥有了四季不同的鸟啭虫鸣，或许正因为听多了轻灵之音；感触也变得敏锐了起来，而今已经不必用眼睛看，认窗外的声音，就足以分辨季节和万物的消长。

譬如早春，情人节之后，虽然还是满地积雪，鸟儿却已经在枝头打情骂俏，我常想，为什么他们在这么冷的时候就准备求偶产卵了呢？太低的气温不是会影响孵化吗？但是又想想，或许鸟儿更知夫妻的情趣，小两口在外面细雪纷飞的日子，挤在树洞里，既然不能到外面逍遥，何不顺便孵几个蛋，等到树梢抽出新绿，泥土也从融雪中露了头，正好孩子也出世了。

天生爱操心，每年春天听见林子里传来吱吱喳喳的小鸟叫声，便觉得看到了医院育婴室喂奶时"群婴乱哭"的景象，偏偏鸟儿又起得奇早，天刚露白，已经"哭"成一团，跟着窗前山茱萸的枯枝上，便传来鸟妈妈或鸟爸爸的叫声。使我这个一向晏起的人，忍不住地披衣下楼，到车房里找大袋的鸟食，先倒入纸盒子里，再利用纸盒的尖角，转倾入那像是一栋小房子的喂鸟器，而后提上楼，打开卧室的两层窗，忍着近于零度的寒风，将小房子挂在窗外。

由于多次受寒感冒，一家人都曾经纠正我的做法。可是我说：跟那辛苦的鸟父母比起来，我还算轻松呢！何况在这么早春，有一阵没一阵地下雪，万物都未发舒，鸟父母怎么可能找到足够的食物养孩子呢？我更预测，由于今年早春，我换装了这个再也让松鼠占不到便宜的喂鸟器，保险夏天树林里的鸟，会比往年多一倍。

事情没有多久就应验了，仲春才过，早上几乎已经无法安枕，因为"刘氏鸟餐厅"的生意兴隆，大排长龙。

鸟儿的家庭，原来跟人类是差不多的。人们开车带孩子去吃汉堡，鸟父母也是把孩子一齐带到我的餐厅来。

麻雀夫妇的孩子最多，共5名，整排紧紧地靠着，站在山茱萸的横枝上等待，大鸟并非直接到我放的食盒取餐后飞回小鸟身边，而是衔到谷子之后，先飞到别的枝头或地面，将壳子谷子嚼碎，再转去喂食。

那些鸟兄弟姐妹，都生得一个样子，飞羽未长全，浑身毛绒绒的，一对翅膀无力地垂向两侧，胸腹由于腿的力量不足，所以直接贴在树枝上，或许天生为了吃，嘴巴都长得奇大，虚扑着双翼，高声吱吱喳喳叫着，来吸引父母的注意。

不知道是不是鸟也跟人一样偏心，对于那比较不知道撒娇的孩子，大鸟常会忽

随笔篇

379

略，所幸食物多，别的小鸟吃饱了，不再积极地求食，那被冷落多时的，才获得机会，由这一点，我更认为自己是做了许多功德，想想，要不是我这"刘氏鸟餐厅"的设立，不知有多少弱小，会在出生不久被淘汰。

当然孩子少的鸟家庭，小鸟能获得较多的照顾，像是三个小孩，尖嘴黑头顶的小山雀（Chickadee）；两个小孩，黑眼圈、灰身子的白颊鸟（Titmouse），和只有一个小孩的红雀"大主教"（Cardinal），很显然地看出孩子愈少，父母愈轻松。尤其是"大主教"，夫妻二鸟总是一个站在远处守望站岗，一个吃谷子喂食，表现了极好的家庭分工。

鸟儿天生才具也不同，大嘴的鸟可以轻松地吃核果，小嘴专吃昆虫的鸟，在这无虫的早春，只好改变食谱。聪明的小山雀（Chickadee），由于胃小得可怜，又专爱挑向日葵子，所以自己发明了方法，先用两只脚踩住葵花子，再啄开外壳，一口一口慢慢品味。

至于斑鸠，总见不到它们的孩子；想必是夫妻二鸟，自己先到餐厅享用。然后再叫上一包外卖，带给家中的小孩。这种反吐或制造出鸽乳式的喂食法，在许多小鸟身上似乎也可以见到，常看到一只大鸟吃一次食，便接连喂上好几只小鸟，它一边喂，一面不断伸缩摆动颈子，正像是由嗉囊中挤出食物。这种画面给我很大的感动，使我想起衣索匹亚饥荒和高棉难民的画面，许多饥饿的母亲，托着自己干瘪的乳房，让怀中的孩子吮吸，那是捐出自己的生命，将最后剩余的一眯点残汁挤压出去，只为了自己的下一代。

孟夏的时候，鸟都已经长大了：成串地站在电线上，俯视着我的窗口，有时候鸟餐厅的食物告罄，而一时没有补充，它们甚至会趴在纱窗上往屋里张望。这时候的大鸟也轻松了，虽然小鸟仍然常常装着蓬松羽毛、拍动翅膀地乞食，却可以视若无睹，只有那"大主教"红雀，比较娇宠独生的孩子，仍然一个劲儿地喂食。

跟人一样，孩子大了，家里就变得比较安静，夏日的森林虽仍然有声声的鸟鸣深处，却远不如春日的嘈杂，取而代之的则是唧唧的虫声了。

用唧唧来形容虫鸣是不对的，正如同以小提琴的声音来形容交响乐的不足，因为那是千百种不同声音的集合，如海涛、如潮汐，一波一波地涌来。

夏夜听虫，总令我想起迪斯尼的《爱丽丝梦游仙境》卡通电影，各种花草的精灵和小虫、青蛙，在指挥者的引导下，有秩序地按照节拍演奏。

林里的虫声就是如此，那不是乌合之众的大杂烩，而像是有指挥家在台上似的，以规律的节拍，忽大忽小，忽强忽弱地从四林间拥来。弱的时候，好像童年陪父亲彻夜在水源地垂钓时，听到的细细水声，是一种呢喃，又像是轻叹。强的时候，像是珠玉飞漱，绵缀不经，那声音无比紧密，如同玛雅古城的石块，天衣无缝地砌合，竟插不下一支小刀；又仿佛冬日的细雪，一层外还有一层，怎样也窥不透。

从来睡得很轻，但在夏夜，虽然开着窗子，正迎着万顷的密林，而虫声如涌，却能很安然地入梦，有一晚学生在画室里听见了虫声，问我后院是不是装了马达什么的，其他学生也一齐附议，我才发现那虫声对于不常听的人，竟是如此轰轰然。

对于这件事，我曾经多次思考，也曾在夜晚静静地分析窗外的虫海，想要以失眠夜来找一个咒诅虫声的理由。但是，没一下子，就进入梦乡，而那梦中是有虫声伴着，却感到无比的安宁。那是一种浑然完满的感觉，虽不是无声的静幂阒然，却觉得更是恬适，仿佛让那软软的蛩音包着、托着、裹着、浮着，轻轻地荡入其中。

我渐渐了解，安静并非无声，而是一种专情。每样能唤起我们专情的东西，不论文学、绘画、音乐、雕塑，就都能带来安静。而最好的安眠药物，则应该是那蛩音鸟啭的大自然之音，因为我们的世代祖先，绝大部分都与大自然为伍，只有到了近代，才被那许多人为的喧嚣，扰乱了体内的天然律动，要想调整它，最准的调音师，就是这些天籁！

暮秋的夜晚，只要聆听窗外，就可以知道当时的气温，虫儿真是敏感，甚至如天气将要转寒，它们也能提早觉察，渐渐地将高亢之音，降为低沉之调，如果次日天暖，又可能重新恢复那浩荡的交响。

落雨的夜晚也是如此，虫声会随着雨点的大小而起降，但与气温转寒时的变化不同，有些虫似乎特别怕雨，稍有些霏微，便失去了那一种乐器，另有些虫则不怕雨，即使倾盆而下，隔着雨幕，仍然隐隐约约地听见那雨中行吟者的歌声。

秋虫声就是要这样聆听的，在那细小的音韵中去感触，即使到了晚秋，只要以心灵触动，仍然可以感受到那微微的音响。我曾想，说不定白天虫儿也是叫的，只是因为其他的声音太多，心灵也不够静，所以听不见，于是人们自作聪明地说：晚来虫鸣，确实自从有了这个感悟与推想，日间在园里写作，居然渐渐自鸟啭中，可以过滤出虫鸣，自认为耳朵对大自然的品味是更细致，也更深入一层了。

只是随着仲秋虫声的日稀，便有了许多凄然，不知那些原本活泼而快乐的虫子乐师，是因为禁不住霜寒而次第凋零，抑或逐渐隐退，如果它们是后者，明年孟夏还会不会出现？虽然下一年的音乐季可以预期，但是否仍会是同一批音乐家？但再想想，虫海也是生生死死，每日在生，每日在死，说不定就在那夏夜不断的混声大合唱的队伍中，就时时有团员颓然在行列中萎落，再由那新生的穿戴逝者的衣服，偷偷起来。于是那唱、那奏，既是迎新也是送旧，唱着"逝者逝了！生者生了"！都是宇宙当然的事，岂不值得欣欣歌颂吗？

当墙外那棵叶子奇大，有些像是热带阔叶木的树，一夕间突然低垂了叶片，晚秋便真在来临了，虫鸣更在这一年成为绝响，代之而起的，是另一种天籁。

虽然在台风时听过风的怒吼，但是直到今天，我仍然不敢确定，风本身是不是会造成声音，咻咻的是它吹过电线、杀簌簌的是它吹过树梢、飒飒的是它穿越森林，那出声的是风，抑或被它拂动的东西呢？

不过无论如何，风是整个天籁的催助者，催着青绿，也催着秋红，繁花在风里开展，在风中受孕，在风中残落；密叶也在风中抽芽，在风中飘零。

如果细细地谛听，确实可以听见四季的风之絮语，甚至连那小小如樱花绢细的花瓣飘落的声音，都可以听得到，因为它们带着充足的水分，凋零落时，常片片黏在一起坠落，也因此，虽然同为花瓣，由于每次落下的数目不同，轻重有别，也就

能产生不一样的声音。

当然最富变化的风声还是在晚秋了，每一片叶子都述说着一段不平常的故事，如同它所经历的岁月一般。愈是高高在上的，愈在寒风中先红，也愈早告别枝头。橡树的叶子红得发暗，因为它们是失去了水分的供应而变色，所以凋时如同一张张厚纸片般，在风中因振动而沙沙哀吟，又在地面哗啦哗啦地滚动。

至于饱含水份却不得不凋的枫叶和梧桐，就相较得沉默了，尤其是在秋风秋雨的日子，它们柔软的叶片，能贴上窗玻璃，成为逆光下最剔透的风景。但是落在草坪上，则常牢牢地黏附着，遮盖了天光，造成下面秋草的早逝。还有那红叶的漆树，由于是复叶，一支长长的茎上，挂着二三十片小叶，所以总是挂着、纠葛着落下，制造出另一种复合的音响。

可惜院中没有芭蕉，在风中用它叶片摩擦如摇橹的声响送我入梦。所幸临窗的瓜藤，叶子转黄泛白之后，由于失去了水分，表面带着绒毛，又有藤蔓牵挂着，摇曳摩擦出最美的音乐。那是以薄薄的叶片做共鸣板，以须蔓为琴弦所制造的交响，如果再遇上潇潇的冷雨，点滴凄清、点滴凄清，更是愁损离人，载我到了宋室的江南。

与仲夏以后由高转低的虫鸣恰恰相反，冬天的风声由低转高，当叶子都不再争议，树枝便开始在风中呼啸，我想那风并不单纯，它们虽由同一个方向来，却在每一个枝子间转来转去，仿佛神怪电影中的精灵，飘忽地难以捉摸，却又捉弄每一个遇到的对象。

所以清朗明澈，甚至掩藏不下一只飞鸟的冬林，在北风的拨弄下，反而能奏出各种令人难以想象的音阶。与虫声不同的是，虫鸣必多半靠双翅的震动，所以有近于弦乐器，那风涛则属于管乐器，或带些锯琴绵延不绝如缕的诡异。它们分成好几部，高低呼应地唱和，且摇动屋顶上的电视天线，发出铮铮的音响。

冬夜听风，需要壮阔的胸怀，如同吟大江东去浪淘沙般，要有山东汉子敲铁板的铿锵，非闺阁小境界所能消受。此刻，春日的鸟啭、夏夜的虫鸣、晚秋的吟

唱，都像是清代四王吴恽的工细小品，发展到白石老人的金石之笔，提炼了精华，而挥弃了纤巧。只觉得旷大的天地，原本经过自己细细点染的枝枝节节，突然又恢复成了一张白纸，横直涂上几笔，却道出了真正不吐不快的东西，也便再无可添加处。

倒是那白，颇耐人玩味，且点滴可听。犹如一早起，推帘看到的那满天满地的白雪，若用三个季节训练出的敏锐观察，每一片雪花都是一幅图画；每一片雪花的飘落，居然都像是小片琼璃般，发出清脆的音响。

至于特别寒冷而朔风野大的日子，就更是好听了，呜呜像是吹法国号的北风，把邻人屋顶上的粉雪卷起，再带上我的窗玻璃，就听见叮叮当当恍如八音盒小风铃的敲击，美极了！

还有那双层窗间，若偷溜进些室内的水气，奇寒的日子，更会在最外层玻璃上，结起一片片像是羽毛，又如同云母般的冰花，有时会长长地延伸几英尺，左右联缀成一幅玉树琼枝的图画。

当然真正的玉树琼枝还是在窗外，一寸寸堆高的雪花，渐渐压弯了树梢，枝子承不住时，就整块整块地向下滑落；小鸟在树上跳跃，扑翅的振动，更会惊落满树的白花。这时坐在屋内，只要听那雪花落地的音响，是干雪的轻？是湿雪的重？抑或凝成块的冰雹？就可以知道冬天的脚步移动到了什么地方。

当那脚步渐远，先有冰冻近月的大雪块从屋顶滑落，走过长长的檐下，一定要小心被打了头，尤其是有大片斜顶的屋子，那雪块坠地的声音，真像是打雷。

而后许久不曾听见的水声，由屋角的天沟中传来，淙淙潺潺又滴滴嗒嗒地，屋内的暖气管则收敛了许多杂音。鸟的叫声频繁了，甚至有些站在窗边，啄食以前掉在缝里的小米，发出紧促的像是敲门的音响：

"喂！情人节要到了，刘氏餐厅几时重新开张啊？"

·作品赏析·

《庭院深深深几许》是刘墉的一篇以花草虫鸟为表现题材的散文。作者将自己的人生感悟融于对自然景象的叙述中，恬淡、疏朗的文字中充满着人生的情趣，使读者在轻松的阅读中，自然地领悟人生哲理、生存智慧。

走进《庭院深深深几许》，我们可以看到刘墉为我们描绘的一个富有自然情趣的自家庭院，重重柳韵、夹道雏菊、花香鸟语、虫声啾啾。作者对院中鸟虫的描写，贯穿于春夏秋冬四时更替之中，使原本安静的自然田园式的庭院变得情趣盎然。"登山则情满于山，观水则意溢于水"，一草一木在刘墉满怀深情的笔下都点化成文。而旷达自在，顺其自然的人生态度在充满情趣的描写中也自然流露。

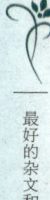

秦 腔 / 贾平凹

入选理由

文字古朴苍劲，感情热烈深沉

对于一种健康进步的民族文化的召唤

代表了作者总体的创作思想和艺术风格

　　山川不同，便风俗区别，风俗区别，便戏剧存异；普天游游之下人不同貌，剧不同腔，京、豫、晋、越、黄梅、二簧、四川高腔，几十种品类；或问：历史最悠久者，文武最正经者，是非最汹汹者？曰：秦腔也。正如长处和短处一样突出便见其风格，对待秦腔，爱者便爱得要死，恶者便恶得要命。外地人——尤其是自夸于长江流域的纤秀之士——最害怕秦腔的震撼；评论说得婉转的是：唱得有劲。说得直率的是：大喊大叫。于是，便有柔弱女子，常在戏台下以绒堵耳，又或在平日教训某人：你要不怎么怎么样，今晚让你去看秦腔！秦腔成了惩罚的代名词。所以，别的剧种可以各省走动，惟秦腔则如秦人一样，死不离地；严重的乡土观念，也使其离不了窝：可能还在西北几个地方变腔走调地有些市场，却绝对冲不出往东南而去的潼关呢。但是，几百年来，秦腔却没有被淘汰，被沉沦，这使多少人在大惑而不得其解。其解是有的，就在陕西这块土地上。如果是一个南方人，

贾平凹像

作者简介 ....

　　贾平凹（1952～　），当代作家，原名贾平娃。陕西丹凤人。1975年西北大学中文系毕业后任陕西人民出版社文艺编辑、《长安》文学月刊编辑。1982年后从事专业创作。曾任中国作家协会理事。现为陕西省作家协会副主席、西安市文联主席、《美文》杂志主编。出版小说、散文、文论集二十余本。作品曾四次荣获国家级文学奖，一次美国美孚"飞马"文学奖。作品被翻译成英、法、日、韩文版。

坐车轰轰隆隆往北走，渡过黄河，进入西岸，八百里秦川大地，原来竟是：一抹黄褐的平原；辽阔的地平线上，一处一处用木椽夹打成一尺多宽墙的土屋，粗笨而庄重；冲天而起的白杨、苦楝、紫槐，枝干粗壮如桶，叶却小似铜钱，迎风正反翻覆……你立即就会明白了：这里的地理构造竟与秦腔的旋律惟妙惟肖地一统！再去接触一下秦人吧，活脱脱的一群秦始皇兵马俑的复出：高个，浓眉，眼和眼间隔略远，手和脚一样粗大，上身又稍稍见长于下身。当他们背着沉重的三角形状的犁铧，赶着山包一样团块组合式的秦川公牛，端着脑袋般大小的耀州瓷碗，蹲在立的卧的石碌碡碡碡上吃着牛肉泡馍，你不禁又要改变起世界观了：啊，这是块多么空旷而实在的土地，在这块土地摸爬滚打的人群是多么"二愣"的民众！那晚霞烧起的黄昏里，落日在地平线上欲去不去的痛苦的妊娠，五里一村，十里一镇，高音喇叭里传播的秦腔互相交织，冲撞，这秦腔原来是秦川的天籁、地籁、人籁的共鸣啊！于此，你不渐渐感觉到了南方戏剧的秀而无骨吗？不深深地懂得秦腔为什么形成和存在而占却时间、空间的位置吗？

八百里秦川，以西安为界，咸阳、兴平、武功、周至、凤翔、长武、岐山、宝鸡，两个专区几十个县为西府。三原、泾阳、高陵、户县、合阳、大荔、韩城、白水，一个专区十几个县为东府。秦腔，就源于西府。在西府，民性敦厚，说话多用去声，一律咬字沉重，对话如吵架一样，哭丧又一呼三叹。呼喊远人更是特殊：前声拖十二分地长，末了方极快地道出内容。声韵的发展，使会远道喊人的人都从此有了唱秦腔的天才。老一辈的能唱，小一辈的能唱，男的能唱，女的能唱；唱秦腔成了做人最体面的事，任何一个乡下男女，只有唱秦腔，才有出人头地的可能，大凡有出息的，是个人才的，哪一个何曾未登过台，起码不能吼一阵乱弹呢？！

农民是世上最劳苦的人，尤其是在这块平原上，生时落草在黄土炕上，死了被埋在黄土堆下；秦腔是他们大苦中的大乐，当老牛木犁疙瘩绳，在田野已经累得筋疲力尽，立在犁沟里大喊大叫来一段秦腔，那心胸肺腑，关关节节的困乏便一尽儿涤荡净了。秦腔与他们，要和"西凤"白酒、长线辣子、大叶卷烟、牛肉泡馍一样成为生命的五大要素。若与那些年长的农民聊起来，他们想象的伟大的共产主义生

活，首先便是这五大要素。他们有的是吃不完的粮食，他们缺的是高超的艺术享受，他们教育自己的子女，不会是那些文豪们讲的，幼年不是祖母讲着动人的迷丽的童话，而是一字一板传授着秦腔。他们大都不识字，但却出奇地能一本一本整套背诵出剧本，虽然那常常是之乎者也的字眼从那一圈胡子的嘴里

秦腔《三滴血》
《三滴血》为秦腔"易俗社"作家范紫东所写，叙述了五台县令晋信书，不查实情，以滴血之法判嗣，拆散父子，造成冤案的故事，嘲讽了迷信教条和封建道学的虚伪。

吐出来十分别扭。有了秦腔，生活便有了乐趣，高兴了，唱"快板"，高兴得像被烈性炸药爆炸了一样，要把整个身心粉碎在天空！痛苦了，唱"慢板"，揪心裂肠的唱腔却表现了多么有情有味的美来，美给了别人享受，美也熨平了自己心中愁苦的皱纹。当他们在收获时节的土场上，在月在中天的庄院里大吼大叫唱起来的时候，那种难以想象的狂喜、激动、雄壮，与那些献身于诗歌的文人，与那些有吃有穿却总感空虚的都市人相比，常说的什么伟大的永恒的爱情是多么渺小、有限和虚弱啊！

我曾经在西府走动了两个秋冬，所到之处，村村都有戏班，人人都会清唱。在黎明或者黄昏的时分，一个人独独地到田野里去，远远看着天幕下一个一个山包一样隆起的十三个朝代帝王的陵墓，细细辨认着田埂上、荒草中那一截一截汉唐时期石碑上的残字，高高的土屋上的窗口里就飘出一阵冗长的二胡声，几声雄壮的秦腔叫板，我就痴呆了，感觉到那村口的土尘里，一头叫驴的打滚是那么有力，猛然发现了自己心胸中一股强硬的气魄随同着胳膊上的肌肉疙瘩一起产生了。

每到农闲的夜里，村里就常听到几声锣响：戏班排演开始了。演员们都集合起来，到那古寺庙里去。吹、拉、弹、奏、翻、打、念、唱、提袍甩袖，吹胡瞪眼，古寺庙成了古今真乐府，天地大梨园。导演是老一辈演员，享有绝对权威，演员是一家几口，夫妻同台，父子同台，公公儿媳也同台。按秦川的风俗：父和子不能不有其序，父和孙却可以无道，弟与哥嫂可以嬉闹无常，兄与弟媳则无正事不能多言。但是一到台上，秦腔面前，人人平等，兄可以拜弟媳为帅为将，子可以将老父绳绑索捆。寺庙里有窗无扇，屋梁上蛛丝结网，夏天蚊虫飞来，成团成团在头上旋转，熏蚊草就墙角燃起，一声唱腔一声咳嗽。冬天里四面透风，柳木疙瘩火当中架起，一出场一脸正经，一下场凑近火堆，热了前怀，凉了后背。排演到什么时候，什么

秦腔《红梅阁》剧照
根据明代周朝俊的《红梅记》改编而来，剧中叙述了裴禹和卢昭容、李慧娘的爱情婚姻故事。李慧娘为贾似道的侍妾，游湖偶遇裴生，慧娘情不自禁一句"美哉，少年"引来杀身之祸。裴禹和卢昭容相恋受阻，李慧娘鬼魂相助，使之团圆。

时候都有观众，有抱着二尺长的烟袋的老者，有凳子高、桌子高趴满窗台的孩子。庙里一个跟斗未翻起，窗外就哇地一声叫倒好，演员出来骂一声：谁说不好的滚蛋！他们抓住窗台死不滚去，倒要连声讨好："翻得好！""翻得好！"更有殷勤的，跑回来偷拿了红薯、土豆，在火堆里煨熟给演员作夜餐，赚得进屋里有一个安全位置。排演到三更鸡叫，月儿偏西，演员们散了，孩子们还围了火堆弯腰踢腿，学那一招一式。

一出戏排成了，一人传出，全村振奋，扳着指头盼那上演日期。

一年十二个月，正月元宵日，二月龙抬头，三月三，四月四，五月五日过端午，六月六日晒丝绸，七月过半，八月中秋，九月初九，十月初一，再是那腊月五豆，腊八，二十三……月月有节，三月一会，那戏必是上演的。戏台是全村人的共同的事业，宁肯少吃少穿也要筹资积款，买上好的木石，请高强的工匠来修筑。村子富不富，就比这戏台阔不阔。一到演出，半下午人就扛凳子去占地位了，未等戏开，台下坐的、站的人头攒拥，台两边阶上立的、卧的是一群顽童。那锣鼓就叮叮咣咣地闹台，似乎整个世界要天翻地覆了。各类小吃趁机摆开，一个食摊上一盏马灯，花生、瓜子、糖果、烟卷、油茶、麻花、烧鸡、煎饼，长一声、短一声，叫卖不绝。锣鼓还在一声儿敲打，大幕只是不拉，演员偶尔从幕边往下望望，下边就喊："开演呀，场子都满了！"幕布放下，只说就要出场了，却又叮叮咣咣不停。台下就乱了，后边的喊前边的坐下，前边的说后边的为什么不说最前边的立着；场外的大声叫着亲朋子女名字，问有坐处没有，场内的锐声回应快进来；有要吃煎饼的喊熟人去买一个，熟人买了站在场外一扬手，"日"地一声，隔人头甩去，不偏不倚目标正好；左边的喊右边的踩了他的脚，右边的叫左边的挤了他的腰，一个说："狗年快完了，你还叫啥哩？"一个说："猪年还没到，你便拱开了！"言语伤人，动了手脚；外边的趁机而入，一时四边向里挤，里边向外拱，人的旋涡涌起，如四月的麦田起风，根儿不动，头身一会儿倒西，一会儿倒东，喊声、骂声、哭声一片；有拼命挤将出来的，一出来方觉世界偌大，身体胖肿，但差不多却光了脚，乱了头发。大幕又一挑，站出戏班头儿，大声叫喊要维持秩序；立即就跳出一个两个所谓"二秆子"人物来。

这类人物多是头脑简单，四肢发达，却十二分忠诚于秦腔，此时便拿了树条儿，哪里人挤，哪里打去，如凶神恶煞一般。人人恨骂这些人，人人又都盼有这些人，叫他们是秦腔宪兵，宪兵者越发忠于职责，虽然彻夜不得看戏，但大家一夜满足了，他们也就满足了一夜。

终于台上锣鼓停了，大幕拉开，角色出场。但不管男的女的，出来偏不面对观众，一律背身掩面，女的就碎步后移，水上漂一样，台下就叫：瞧那腰身，那肩头，一身的戏哟！是男的就摇那帽翅，一会双摇，一会单摇，一边上下飞闪，一边纹丝不动，台下便叫："绝了，绝了！"等到那角色儿猛一转身，头一高扬，一声高叫，声如炸雷豁啷啷直从人们头顶碾过，全场一个冷颤，从头到脚，每一个手指尖儿，每一根头发梢儿都麻酥酥的了。如果是演《救裴生》，那慧娘站在台中往下蹲，慢慢地，慢慢地，慧娘蹲下去了，全场人头也矮下去了半尺，等那慧娘往起站，慢慢地，慢慢地，慧娘站起来了，全场人的脖子也全拉长了起来。他们不喜欢看生戏，最喜欢看熟戏，那一腔一调都晓得，哪个演员唱得好，就摇头晃脑跟着唱，哪个演员走了调，台下就有人要纠正。说穿了，看秦腔不为求新鲜，他们只图过过瘾。

在这样的地方，这样的环境，这样的气氛，面对着这样的观众，秦腔是最逞能的，它的艺术的享受，是和拥挤而存在，是有力气而获得的。如果是冬天，那风在刮着，像刀子一样，如果是夏天，人窝里热得如蒸笼一般，但只要不是大雪，冰雹，暴雨，台下的人是不肯撒场的。最可贵的是那些老一辈的秦腔迷，他们没有力气挤在台下，也没有好眼力看清演员，却一溜一排地蹲在戏台两侧的墙根，吸着草烟，慢慢将唱腔品赏。一声叫板，便可以使他们坠入艺术之宫，"听了秦腔，肉酒不香"，他们是体会得最深。那些大一点的，脾性野一点的孩子，却占领了戏场周围所有的高空，杨树上，柳树上，槐树上，一个枝杈一个人。他们常常乐而忘了险境，双手鼓掌时竟从树杈上掉下来，掉下来自不会损伤，因为树下是无数的人头，只是招致一顿臭骂罢了。更有一些爬在了场边的麦秸堆上，夏天四面来风，好不凉快，冬日就扒个草洞，将身子缩进去，

在烈日下搭台演戏　明信片
在教育十分落后的偏僻地区，看戏可能是那里人民唯一的娱乐活动和知识来源了。在烈日下，一个竹木支撑的草棚便是简易的戏台了。台下的观众不顾烈日，拥在台前，可见欣赏曲目对他们的吸引力之大。

露一个脑袋。也正是"有闲阶级"享受不了秦腔吧，他们常就瞌睡了，一觉醒来，月在西天，戏毕人散，只好苦笑一声悄然没声儿地溜下来回家敲门去了。

当然，一次秦腔演出，是一次演员亮相，也是一次演员受村人评论的考场。每每角色一出场，台下就一片喊喊喳喳：这是谁的儿子，谁的女子，谁家的媳妇，娘家何处？于是乎，谁有出息，谁没能耐，一下子就有了定论。有好多外村的人来提亲说媒，总是就在这个时候进行。据说有一媒人将一女子引到台下相台上一个男演员，事先夸口这男的如何俊样，如何能干，但戏演了过半，那男的还未出场，后来终于出来，是个持枪国民党的伪兵，还未走到中台，扮游击队长的演员挥枪一指，"叭"的一声，那伪兵就倒地而死，爬着钻进了后幕，那女子当下哼了一声，闭了嘴，一场亲事自然了了。这是喜中之悲一例。据说还有一例，一个老头在脖子上架了孙孙去看戏，孙孙吵着要回家，老头好说好劝只是不忍半场而去，便破费买了半斤花生，他眼盯着台上，手在下边剥花生，然后一颗一颗扬手喂到孙孙嘴里，但喂着喂着，竟将一颗塞进孙孙的鼻孔，吐不出，咽不下，口鼻出血，连夜送到医院动手术，花去了70元钱。但是，以秦腔引喜的事却不计其数。每个村里，总会有那么个老汉，夜里看戏，第二天必是头一个起床往戏台下跑。戏台下一片石头，砖头，一堆堆瓜子皮，糖果纸，烟屁股，他掀掀这块石头，踢踢那堆尘土，少不了要捡到一角两角甚至三元四元钱币来，或者一只鞋，或者一条手帕。这是村里钻刁人干的营生，而馋嘴的孩子们有的则夜里趁各家锁门之际，去地里摘那香瓜来吃，或去谁家院里将桃杏装在背心兜里。自然也少不了有那些青春妙龄的少男少女，则往往在台下混乱之中眼送秋波，或者悄悄退出，相依相偎，到黑黑的渠畔树林子里去了……

秦腔在这块土地上，有着神圣的不可动摇的基础。凡是到这些村庄去下乡，到这些人家去做客，他们最高级的接待是陪着看一场秦腔，实在不逢年过节，他们就会要合家唱一会乱弹，你只能点头称好，不能耻笑，甚至不能有一点不入神的表示。他们一生最崇敬的只有两种人：一是国家领导人，一是当地的秦腔名角。即是在任何地方，这些名角没有在场，只要发现了他们的父母，去商店买油是不必排队的，进饭馆吃饭是会有座位的，就是在半路上挡车，只要喊一声，我是某某的什么，司机也便要嘎地停车。但是，谁要侮辱一下秦腔，他们要争死争活地和你论理，以致大打出手，永远使你记住教训。

秦腔《游西湖》中马兰鱼饰李慧娘

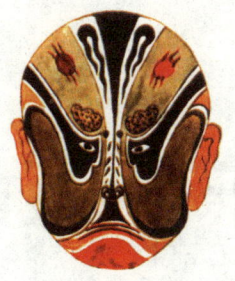

秦腔脸谱
依次为：陈武、卞庄、张飞、燃灯道人。

每每村里过红白丧喜之事，那必是要包一台秦腔的，生儿以秦腔迎接，送葬以秦腔志哀，似乎这个人生的世界，就是秦腔的舞台，人只要在舞台上，生、旦、净、丑，才各显了真性。

广漠旷远的八百里秦川，只有这秦腔，也只能有这秦腔，能使八百里秦川的劳作农民喜怒哀乐。秦人自古是大苦大乐之民众，他们的家乡交响乐，除了大喊大叫的秦腔还能有别的吗？

· 作品赏析 ·

贾平凹不愧是现代文坛中的大手笔。广博的学识、苍凉沉郁的文风，使其在文学界素有"鬼才"的称誉。读贾平凹的作品，似在苍凉的盛夏午夜，于秦川大地听古朴悲凉的埙曲，热烈而悲怆，苍劲而古朴。《秦腔》是贾平凹一篇随笔，从一定意义上说，这篇文章涵盖了贾平凹创作的总体思想和风格特色。

《秦腔》可以说代表了 20 世纪四五十年代出生的作家群体的整体心声。历史曾在他们一生中留下难以抹去的痕迹，曾带给他们迷茫和痛苦，但又使他们亲近哺育他们的苍茫大地和普通民众。这就使他们在经历苦难的同时，又对他们所生活过的广大农村产生深厚的感情，以至多年以后仍保持着对于那里的一份诚挚的人文关怀。如张承志善写大北方的人文气象，铁凝善于着笔于华北农村，贾平凹钟情于大苦大乐的秦川大地。他们根据那段生活中的独特体验，对一定的地域生活进行审视，并上升到中国文化的高度进行思索。《秦腔》中说，秦腔是秦川农民大苦中的大乐，"他们一生最崇敬的只有两种人：一是国家领导人，一是当地的秦腔名角"，贾平凹眼里秦腔文化代表大西北人们的一种生活状态，他们落后于现代文明，却又保持着最古朴最纯真的人性，他们因远离现代文明而亲切朴实，但他们的落后和闭塞又会让人生出无边的痛惜和悲悯。

这是贾平凹的梦？抑或是贾平凹的痛？而作者对于秦腔进行的深情地关注，其中无不包含着对于一种健康、进步的民族文化的热情召唤。

成千上万的丈夫 / 毕淑敏

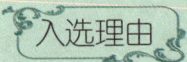
入选理由

于婚姻的剖析中蕴含对人生的深刻理解
祥和冷静的创作风格
蕴含着丰厚的人生智慧

有成千上万的男人，可能成为我们的好丈夫。

这句话，从一位做律师的女友嘴中，一字一顿地吐出时，坐在对面的我，几乎从椅子滑到地上。

别那么大惊小怪的。这话也可以反过来对男人说，有成千上万的女人，可以成为你们的好妻子。你知道我不是指人尽可夫的意思。教养和职业，都使我不会说出这类傻话。我是针对文学家常常在作品中鼓吹的那种"唯一"，才这样标新立异。女友侃侃而谈。

没有唯一，唯一是骗人的。你往周围看看，什么是唯一？太阳吗？宇宙有无数只太阳，比它大的，比它亮的，恒河沙数。钻石吗？也许有一天我们会飞到一颗钻石组成的星球，连旱冰场都是钻石铺的。那种清澈透明的石块，原子结构很简单，更容易复制了。指纹吗？指纹也有相同的，虽说从理论上讲，几十亿上百亿人当中，才有这种可能性。好在我们找丈夫不是找罪犯，不必如此精确。世上的很多事情，过度精确，必然有害。伴侣基本是一个模糊数学问题，该马虎的时候一定要马虎。

毕淑敏像

作者简介

毕淑敏（1952～），国家一级作家，内科主治医师，北师大文学硕士。1952年毕淑敏出生于新疆，中学就读于北京外国语学院附属学校。1969年入伍，在西藏阿里高原部队当兵11年。1980年转业回北京。她在从事医学工作20年后，开始专业写作，共发表作品200万字。曾获各种文学奖30余次。

有一句名言很害人，叫做：每一片绿叶都不相同。我相信在科学家的电子显微镜下，叶子间会有大区别，楚河汉界。但在一般人眼中，它们的确很相似。非要把基本相同的事物，看得大不相同，是神经过敏故弄玄虚。在森林里，如果戴上显微镜片，去看高大的乔木，除了满眼惨绿，头晕目眩，无法掌握树林的全貌，只得无功而返。也许还会迷失方向，连回家的路都找不到了。

婚姻是一般人的普通问题，不要人为地把它搞复杂。合适做你丈夫的人，绝非前无古人后无来者的异数。就像我们是早已存在的普通女人，那些普通的男人，也已安

19 世纪的中国婚礼仪式

稳地在地球上生活很多年了。我们不单单是一个人，更是一种类型，就像喜欢吃饺子的人，多半也热爱包子和馅饼。科学早就证明，洋葱和胡萝卜脾气相投，一定会成为好朋友。大豆和蓖麻天生和平共处。玫瑰花和百合种在一处，彼此都花朵繁茂，枝叶青翠。但甘蓝和芹菜相克，彼此势不两立。丁香和水仙花，更是水火不相容。郁金香干脆会致毋忘草于死地……如果你是玫瑰，只要清醒地坚定地寻找到百合种属中的一朵，你就基本获得了幸福。

当然了，某一类人的绝对数目虽然不少，但地球很大，人又都在走来走去，我们能否在特定的时辰，遭遇到特定的适宜伴侣，也并不是太乐观的事。

相信唯一，你就注定在茫茫人海东跌西撞寻寻觅觅，如同一叶扁舟想捕获一匹不知潜在何处的鳝鱼，等待你的是无数焦渴的黎明和失眠的月夜。

抱着拥有唯一的愿望不放，常常使女人生出组装男友和丈夫的念头。相貌是非常重要的筹码，自然列在前茅。再加上这一个学历高，那一个家庭好，另一个脾气柔雅，还有一个事业有成……女人恨不能将男人分解，剁下各自最优异的部分，由女人纤纤素手用以上零件，粘合成一个完美的新男人，该是多么美妙！

只可惜宇宙浩淼，到哪里寻找这样的胶水！

这种表面美好的幻想，核心是一团虚妄的灰雾在作祟。婚姻中自然天成的唯一

随
笔
篇

393

1947年，南京举行集体婚礼典礼。新郎和新娘各立一队，鱼贯步入礼堂。

佳侣，几乎是不存在的。许多婚礼上我们以为天造地设的婚姻，夭折得如同闪电。真正的金婚银婚，多是历久弥新的磨合与默契。

女人不要把一生的幸福，寄托在婚前对男性千锤百炼的挑拣中，以为选择就是一切。对了就万事大吉，错了就一败涂地。选择只是一次决定的机会，当然对了比错了好。但正确的选择只是良好的开端，即使航向对头，我们依然还会遭遇风暴。淡水没了，船橹漂走，风帆折了……种种危难如同暗礁，潜伏于航道，随时可能颠覆小船。选择错了，不过是输了第一局。开局不利，当然令人懊恼，然而赛季还长，你可整装待发，蓄芳来年。只要赢得最终胜利，终是好棋手。

在我们人生旅途中，不得不常常进入出售败绩的商场。那里不由分说地把用华丽外衣包装的痛苦，强售给我们。这沉重惨痛的包袱，使人沮丧，于是出了店门，很多人动用遗忘之手，以最快的速度把痛苦丢弃了。这是情绪的自我保护，无可厚非。但很可惜，买椟还珠，得不偿失。付出的是生命的金币，收获的只是垃圾。如果我们能够忍受住心灵的煎熬，细致地打开一层层包装，就会在痛苦的核心里，找到失败随机赠送的珍贵礼品——千金难买的经验和感悟。

如果执著地相信唯一，在苦苦寻找之后一无所获，或是得而复失，懊恼不已，你就拿到了一本储蓄痛苦的零存整取存单，随手都有些进账可以添到收入一栏里记载了。当它积攒到一笔相当大的数目，在某个枯寂的晚上，一古脑挤提出来，或许可以置你于死地。

即使选择非常幸运地与"唯一"靠得很近，也不可放任自流。"唯一"不是终生的平安保险单，而是需要养护需要滋润需要施肥需要精心呵护的鲜活生物。没有比婚姻这种小动物，更需要营养和清洁的维生素了。就像没有永远的敌人一样，也没有永远的爱人。爱人每一天都随新的太阳一同升起，越是情调丰富的爱情，越是易馊，好比鲜美的肉汤如果不天天烧开，便很快滋生杂菌以至腐败。

不要相信唯一。世上没有唯一的行当，只要勤劳敬业，有千千万万的职业适宜我们经营。世上没有唯一的恩人，只要善待他人，就有温暖的手在危难时接应。世上没有唯一的机遇，只要做好准备，希望就会顽强地闪光。世上没有唯一只能成为你的妻子或丈夫的人，只要有自知之明，找到相宜你的类型，天长日久真诚相爱，就会体验相伴的幸福。

女友讲完了，沉思袅袅地笼罩着我们。我说，你的很多话让我茅塞顿开。但是……但是……什么呢？直说好了。女友是个爽快人。

我说，是否因工作和爱人都不是你的唯一，所以才这般决绝？不管你怎样说，我依然相信世界上存在着"唯一"这种概率。如同玉石，并不能因为我们自己不曾拥有，就否认它的宝贵。

女友笑了，说，一种概率若是稀少到近乎零的地步，我们何必抓住苦苦不放？世上有多少婚姻的苦难，是因追求缥缈的"唯一"而发生啊！对我们普通的男人和女人来说，抵制唯一，也许是通往快乐的小径。

· 作品赏析 ·

睿智而不失柔雅，多思而不失理性，这是毕淑敏作品的总体风格。她的文章如同她的名字一样，不故作玲珑也没有屡弱之气，正如王蒙对于她的作品的评价，"正常、善意、祥和、冷静乃至循规蹈矩的难能可贵"。《成千上万的丈夫》是毕淑敏一篇有名的哲理随笔，正体现了她作品的上述风格。

《成千上万的丈夫》中，毕淑敏以与友人对话的形式，解释了生活中普遍的情感婚姻问题，作者说"如果你是玫瑰，只要清醒地坚定地寻找到百合种属中的一朵，你就基本获得了幸福"，如果只是寻找"唯一"，"你就注定在茫茫人海东跌西撞寻寻觅觅"，"等待你的是无数焦渴的黎明和失眠的月夜"。作者在婚姻问题上，保持着冷静平和的态度。她对于爱情中"唯一"的看法，是一种参透人生后的理智。作者认为，如果总是相信唯一，那你的人生就会永远处于"千锤百炼的挑拣中"，便会不断地"得而复失，懊恼不已"。如果总是不满足于身边的弱水三千，无限地追求理想中的极致，那我们何时才能取得我们钟情的一瓢？毕淑敏在对爱情的看法中，没有无奈愤慨，更不是对现实的妥协，其中更多地代表着她的一种人生态度。她遵从着生命的必然轨迹，绝不奢望将其纳入主观和人为的轨道，而她所追求的无非是一份返璞归真的真诚。

将对生命的热情关注化为冷静的处方，寄道德和科学于文学之中，使"读者更好地活下去，爱下去，工作下去"（王蒙语），这就是《成千上万的丈夫》中反映出的毕淑敏的整体创作思想。

女为悦己者容 /张辛欣

入选理由

精致的语言使文章带有诗的韵味
对于爱情体验有着女性独特的细腻敏感
作者丰盈柔婉的内心世界的展示

只有你对我说了这句古老的话，

但又同样地

把我一个人留下。

你还说了那么多别的！独独这句话，前前后后，绕着，随着，追着我；照着我，从头到脚。

我的确穿得很马虎，这样的马虎，已经很久。一条膝盖上起了大包的尼龙直筒裤；一条灯芯绒牛仔裤，绒已经平了，硬了，膝盖上也已经起了大包，两条裤子轮换着，已经轮换了三年；两件妈妈手织的毛衣，一薄，一厚；一双运动鞋，从秋天到冬天，

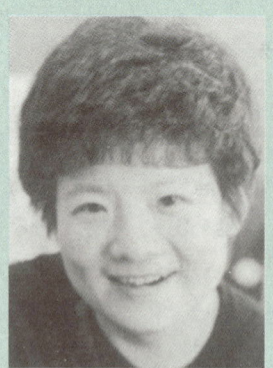

作者简介 ......

张辛欣（1953～ ），祖籍山东，1953年生于南京一个军人家庭，不久随家迁居北京。1969年初中毕业到黑龙江军垦农场当农工，不久又到湖南当兵，1971年退伍回到北京在医院里当了5年护士，以后又当专职共青团干部。1978年开始发表作品，1979年考取中央戏剧学院导演系，其间发表了《在同一地平线上》、《我们这个年纪的梦》、《疯狂的君子兰》等作品而蜚声文坛，同时也成为最有争议的作家之一。1984年她与桑晔合作开始了口述实录文学《北京人》的创作，1985年初同时在五个文学期刊推出，她再次成为文坛上引人注目的人物。

张辛欣像

这部作品使她在国外赢得了很大的文学声誉，外文译本多达8种。1985年她被分到北京人民艺术剧院当导演，依然致力于小说和散文创作。1988年10月去美国康乃尔大学当访问学者，其中有一时期在佐治亚大学学习和写作。

又到了春天。直到有一日，在客人面前俯仰大笑，仰面之后，自然便低头，一低头，发现拖鞋里自己的脚，袜子头上有一个洞！顿时，自己把自己的笑吓呆住了。人走了，又低头看看那个小洞。小时候，长大成人以后，总把穿有洞的袜子的人和不可救药的邋遢相联。小时候想，长大了，决不做这样的人，长大了，想，这样的人要做我的情人，我立刻逃得远远！

"你上电视啦，算个服装和风度结合的小小代表！"

一日，朋友说。

"不可能，绝对不可能！"

"千真万确！"

一个人说，几个人说，大家都笑嘻嘻地说。

"没有这种事，根本没有去拍这种电视……"疑惑着，分析着，明白了。那是从另一个场合借来的镜头。借来的镜头里的那套服装，也是拼凑起来的。为了那个惟一的夜晚，搞舞台美术设计的朋友，职业化地打量、打量马马虎虎的我，命令我把所有的衣服都拿出来，扒拉一下，再扒拉一下，一转眼珠，定了，指挥我立即穿起来。穿了，没有穿衣镜，再一转眼珠，叫我站在书柜玻璃跟前，关去室内顶灯，留一盏台灯，灯罩朝向墙壁，淡淡的余光抹在暗的书柜玻璃上，玻璃上有一个在心满意足地来回溜达的设计师，有一个一动不动如此的我。

仿佛只是红与黑。黑色的，质感厚重的西式套裙，套裙上装，开身，露一段红毛衣，然后，跳过裙子一块齐齐方方的黑，脚上呼应着红靴子，细长。

为了在那个夜晚的一次出现，所有的女人都精心地设计了自己，不出现的女朋友，背来自己全部最地道的高级时装，供出现的人任意挑选！谁知道呢，我那双夺人眼的红靴子，就是从这位不露面的朋友

镜子前的现代女性老明信片
终日忙碌在穿衣镜前的女性，目的只有一个：女为悦己者容。

脚上现脱下来的！人看上去纯黑的套裙，其实是紫药水颜色，在舞台灯光下，才呈现庄重的黑效果，那厚重感，靠的是织起球的、廉价的腈纶原料；红毛衣，倒确是货真价实的开司米好毛衣，人说穿不下，颜色也不合适，舍的。接了，舍不得穿，供着那片心没说出的想要护我的温暖。只是，那温暖只管春秋，不抵寒风；那腈纶套裙，单为夏季的雨；穿红靴子的季节，该是冬天……"你要坚信！坚信舞台效果！坚信效果绝对好！"真的！那仿佛的红与黑，得了碰头彩！设计我的朋友，专业就是化腐朽入神奇，借我靴子的朋友，有仙女的热心肠，一瞬间，唤起我的幻想，会来一辆南瓜变成的金色的马车，马车飞驰，赴王子盛大的舞会！……那是一个惟一的夜晚，是一个神话般的夜晚，为那个夜晚所有出现和不出现的女人，都是灰姑娘，每一个灰姑娘都有水晶鞋！

我仍然穿着运动鞋，膝盖起包的裤子，手织的毛衣，包括那双有洞的袜子。直到你出现在面前。

又一日，一位女朋友，从大洋那边捎来一套耳环。耳环一套中有三副。一对金晃晃的底托上，大红、嫩黄、纯黑三副环。都是圆形，正圆、椭圆、细细的不正的圆。每一种颜色都叫人悦目，悦目着，灰灰的心亮亮地一闪！随之捎来的信里问："不过，你有耳朵眼儿吗？！"

把耳环供在书柜上，征求了许多人的意见："要不要扎耳朵眼儿？"

"当然！"

"千万别！扎歪了，全完了！"

"万一不歪呢？"

也问了你，半开玩笑地，当着人。

你不回答。

只为你的出现，才会征求小小的、比耳朵眼儿还小的、关于耳朵眼儿的意见！

你不在意。

你们，都不在意！

叫我深爱过的人哪，不管值不值得爱，没有一个人在意过我的穿和戴！

为了什么？他们不在意？

也许，他们觉得你的精神足以抵挡包装，也许，他们认为你既然不漂亮，打扮不好更难看，不说，已是在意的疼爱？也许他们和你要的就是精神游戏，而到那些漂亮的小妞儿那儿共同扮着街头伴侣的那种角色，也许，当他们在那儿玩得尽兴意不足，扭头一瞥，判定你这样不施粉，不涂脂，不打扮的自知，是所谓"层次"，是你。

这可真惨！没有一个人知道我这一点点，我的全部的虚荣心。没有人知道。这

也来不及知道。你也不在意！

——我非常希望能为我所喜爱的人穿得漂亮！而且，我甚至希望，一直希望，那是惟一为我所爱的人，为我买的！小时候，知道爸爸常常夜里写作，知道爸爸挣了稿费，妈妈添了好看的衣服，只是妈妈不敢穿，都藏在柜子里，箱子里。爸爸为妈妈，天经地义呀！于是，就再也没有天经地义的古老的事。我自己挣钱养活自己。养活自己，便要计算，合算不合算。买衣服，一般的衣服，随便穿的，已经随便穿着。太漂亮的，招人看衣服，活得不随便。怪的，只能穿一次，顶多两次，再穿，因为新奇而显得活泼的印象丢了，也许招来加倍的糟糕！不合算！买衣服不如买板板正正的工具书呢，书再贵，随时地供应你，可以叫你像那种萝卜，"心里美"……也许！即使真爱过，爱着你的人，也不过像你对那些工具书，像那搞舞台美术的朋友对你的设计，把你算成他们自己世界的一种成分，一种色彩，他们还管着他们的世界的其他部分，你，不要，也不该，企图夺了全部的颜色？！

我也聪明得太过分，聪明到，一旦意识到我愿意使你悦耳的时候，立刻跺着脚，烦得大叫："真麻烦！又要用心！"你看看我，仍然不在意。你即便在意也难知，那用心，是多么地费事、费时，多么地徒劳！要在平平常常的，有限的衣服中间，一日、一日，拼出不重复、不扎眼的和谐，多么地难！又决不能为你穿得太漂亮，尽管非常想，也不能！你的目光一亮之后，就会习惯，就会有新的期待，一日、一日，能为你无穷地变换自己吗？我预先就没有信心，一切变换着的新奇，日久都在叠加平淡。我想得好远！

我实在聪明得太过分，聪明到愚蠢。

我真的又从袜子开始武装，并且，买了一双鞋。

买到鞋的时候，你已经走了。

知道你走了，仍然在一家店、一家店地看鞋、找鞋。阳光下，双手紧紧抱着一双漂亮的鞋，怀着一个读过的故事。故事里有一个异族的姑娘，一个流浪的小皮匠，皮匠送给姑娘一双新靴子，走了，说了，明年春天回来。春天来了，姑娘穿起新靴子站在路边等待，等到靴子沾满尘土，等到靴子破了，她的身边有了一个小姑娘，小姑娘，又开始一个人站在路边，穿着一双新靴子……

你真的没有如期回来。那双过分漂亮的鞋，搭不了平常的衣服，放进柜子里。

我仍然穿着运动鞋在路上独自走。我突然发现，原来，现在流行着这样的鞋！这样的裤子！这样的外套！这样的围巾！这样的……

我突然才看见，突然才觉得，好像就是从这个时候开始，女子们，一个个，都如此地精心！

这个时候，我从北走到南，又从南折回北。南边，春风不必重度，绿草从未枯

黄；北边，风乍起。从北到南，鞋、裤子、外套和围巾，竟都彼此相似；从南到北，贩卖新奇的小摊上，悬挂着同类货！我暗暗庆幸，庆幸我只买了一双鞋，庆幸没来得及入那大流的时髦，庆幸我还算合算！只是，这个时候，所有那些很昂贵，然而因为南北都如此，便一致地跌了"价"的鞋和服装和一位、一位各自的精心，却一致地表达着一种心愿的女人们，配着这乱穿的春天，叫我一个一个地入眼，直入心！收不完，揽不尽的新奇，不如平常的精心更惊心！一个公共汽车站牌，一件黑蓝色风衣，竟配好一条黑蓝色的裤子，醒目的，一条碎白花黑蓝底的围巾！在一条薄呢子裙旁，有一位穿着羽绒服，紫红色的羽绒服，同样醒目，一条红条纹紫地的长围巾！老式样的围巾，多么用心！为了谁呢？那黑蓝风衣、黑蓝裤、黑蓝底碎白花围巾的人，脚上是一双黑皮鞋，鞋子已经磨烂了，没有擦鞋油；紫红羽绒服、紫地红条纹围巾的，头发烫过，却在败着。两张脸，都是中年，在为谁呢？为过谁呢？就是还在为着谁，哪有那么多的时间不停地从上到下收拾自己，就是不停地收拾了，也来不及赶车……

谢天谢地，我还没有做得太蠢。假如，我真的像电影、电视、舞台上那种角色，真的穿上漂亮的鞋，戴着亮闪闪的耳环，穿拂柳枝、桃花，兴冲冲地跑着赴约，然后，独自站在空荡荡的站台、大厅、草地或者任何一个等待情人的场景中，那够多傻！幸好，他们从来没有宠坏你，没有满足你小小的虚荣心，他们还很有远见地说："所以，才有这样的你！"我得说："谢谢！"

绿，又来了。树尖茸茸的绿的意思；雨中，细细的树干变黑，绿越加地翠；绿茂盛了，树上、地下，连菜摊上的黄瓜、莴苣、连梗的新蒜，都添着一丛丛的绿。满目的绿叫人心痛！和谁在新鲜、易变的绿间穿得漂亮地走一走呢？一年，一年，一遍一遍的绿，怀着不同的想象，始终如一，同样地，我要对你说：谢谢，谢谢你留下的这句话，叫我又一次愚蠢地入白日梦，叫我又看见平日视而不见的东西！叫我又新鲜地感觉着重复的春天！

谁真的在为一个具体的谁用心吗？谁的心不大于那个具体的对象？回想在灯下编织过的每一个爱情故事，哪一个，不是有一段激情藏在后面？只是，每一次，都像那个故事中穿着新靴子的姑娘，穿上靴子开始等待的时候，那爱情已不再复现！故事叫少年人轮番惆怅，谢过幕，幕后似演着真实的故事，故事里的自己也吃着惊，惊于面对一个一个不如演出的故事那么单纯、美丽的真实，丑恶和没有意思一样地没有意思。而就在这个时候，那些美丽的故事，总是已经变成铅字！又怎么样呢？假如，你们把我们当做点作、丰富生活的一些色彩，也许，我也该把你们当作一种颜色，一种感觉。不管现实怎样，画，已经画成了那样，不必修改。

谢谢你！告诉我你还在着！比起不打招呼的负心人，单单这一声招呼，已值得千恩万谢！

我宁愿你是走开了，走远了，也不愿你是在这个世界上突然消失。

那，我将在整个春天，整个夏天，很多年很多年。

为你，穿着

丧服。

·作品赏析·

张辛欣的作品大多体现着现代女性对于社会与自我关系的思考，体现着现代女性独立的人格。和同时期的王安忆、铁凝的冷静的现实主义风格相比，张辛欣似乎更注重感情的"投入"，其女性立场似乎更强烈。《女为悦己者容》从整体上反映了张辛欣作为女性作家独特的敏感和细腻的情怀。

读《女为悦己者容》，我们会和作者一同揭开一段梦里花开花落的隐痛。在作者的娓娓道来中，"玲珑的耳环"、"漂亮的玻璃鞋"、"红色的长靴"，这些生活中的精致事物，都成了她个人世界的情感道具。"谁真的在为一个具体的谁用心吗？"在历经了无数次情感的失落，看尽了生命中的来了又去了后，在每一个曲终人散的午夜，都市中的每一个现代女子是否都会有着这样的心灵独白？

不吝惜全心的投入，敢于面对自己的真实的情感，张辛欣用一颗善感柔弱的心承受着生命中的每一份苍凉与喜悦。她喜欢生命中的每一个存在过的故事，哪怕故事叫人"轮番惆怅"，哪怕谢过幕，"爱情已不再复现"，她依然感动于生命中的每一次执著。

这就是张辛欣，如今她穿梭于经济界、导演界、新闻界，虽然她的成功已为大多数人所熟知，但灵魂深处，她依然是一个"愿为悦己者容"的古典女子：善感、柔情。

《女为悦己者容》让我们读懂张辛欣，它正是作者丰盈的内心世界的展示，也体现着每一个现代女子的婉约气息，读来让人感动不已……

简单之美 /丽莎·普兰特

入选理由

对新的生活观念及方式的阐释

由日常生活小事发现大道理

言简意赅、主题鲜明

简单主义正在成为一种新兴的生活主张。因为大多数的生活，以及许多所谓的舒适生活，不仅不是必不可少的，而且是人类进步的障碍和历史的悲哀。人们更愿意选择另一种生活方式，这简单而且真实的生活。

斯迪芬在她所在的社区的一次停电中，发现了许多事情的真相。在那次意外的停电中，斯迪芬和她的家人，对科技强加的黑暗中的秘密十分感兴趣：不仅有神奇的萤火虫，还有城市的静寂、久违的家庭温馨和邻里的关怀。

其实，在离他们不远的地方，已经有些人选择了"无电源插头"的生活。

那么为什么要选择无电生活呢？最大的一个好处是：孩子们可以在无电视的环境里成长。没有暴力，没有商业行为，没有电子游戏。孩子们读书、爬树、在河里游泳……总之，他们像健康的小动物一样成长。其实，他们本来就应该是这样的。

另外一个好处就是经济、省钱。人们不用月月缴纳电费、有线电视费以及各种网络有偿服务的费用，甚至不必受到电视广告的诱惑而增加不必要的消费。

3月的一个夜晚，瑞得·派克在他的无电小屋中和家人围坐在炉火前望着窗外的星空，静静地聆听，静静地观察。桌上几支蜡烛跳动着火焰，炉中的铁锅冒着热气。

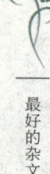

作者简介 ......

丽莎·普兰特，美国畅销书作家，1999年末出版《简单生活》，几个月后就有了中译本。

每一次小屋之行都让瑞得一家感到家庭的温馨和生活的恬静，夜晚也充满了神奇和憧憬。

当然，简单生活并不一定是物质的匮乏，但它一定是精神的自在；简单生活也不是无所事事，但却是心灵的单纯。一个清洁工和一个公司总裁同样可以选择过简单生活，一个隐居者和一个百万富翁如果都认同简单的做法，他们同样可以更充分地吸取生活的营养，然后快乐终生。"简单"的关键是你自己的选择和内心感受。就像素食主义只是简单主义者的一种选择，但并非简单生活的实质。

简单其实是一种全新的生活哲学。当你用一种新的视野观看生活、对待生活时，你会发现许多简单的东西才是最美的，而许多美的东西正是那些最简单的事物。

（陈子　王小娟　王广新　译）

·作品赏析·

1999 年，丽莎·普兰特出版《简单生活》一书，倡导一种简单的现代生活方式。该文的中心思想也贯穿了简单主义这一观点。一贯以崇尚金钱和成功著称于世的美国人，也对过去的价值观产生了怀疑和厌倦，不少人甚至宁可放弃高收入和为事业疲于奔命的生活方式，而选择少赚钱、少消费和求得快速成功，换取更多的自由时间，去过一种比较轻松的生活。做自己想做的事，比如跑到没人的山野，除了吃饭睡觉享受自然风光，什么也不做。这当然是一种复杂之后的简约，华贵之后的淡雅，比华贵更华贵。美国人爱简单，是他们被复杂伤透了心，他们对复杂带来的精致生活已腻味，而压力日益增加的中国人也开始接受这种生活方式，过简单的生活。可以说，简单生活是现代社会里人们共享的一个概念，一种美。